Tschingis
Aitmatow

Der Richtplatz

Zu diesem Buch

Als die Wölfin Akbara und ihr Wolf Taschtschajnar ein letztes Mal vor dem schlimmsten Feind – dem Menschen – ausreißen, ahnen sie nicht, daß ihr Ende unausweichlich ist. Die Zeit der Wölfe, der Antilopen und der Hirten scheint abgelaufen. Denn wo immer der Mensch in das seit Urzeiten herrschende Gleichgewicht der Natur eingreift, wächst die Verwüstung des Lebens.

Awdij Kallistratow, der ausgestoßene Priesterzögling und Gottsucher, kann sich mit der gleichgültig und selbstsüchtig gewordenen Welt nicht abfinden. Auf der Suche nach den Wurzeln der Kriminalität tarnt er sich als Rauschgiftkurier und reist in die Steppe Mujun-Kum, wo der berauschende Hanf Anascha wächst. Eine Reise, die ihm zum Kreuzweg wird.

Tschingis Aitmatow spannt in seinem Roman einen großen Bogen: Von Moskau bis in die Steppen der Mujun-Kum und zu den Gletschern am Ala-Möngkü, von den drängenden Problemen der Sowjetgesellschaft bis zu einer Vision von Golgatha, wo Jesus von Nazareth und Pontius Pilatus darüber streiten, was eigentlich den Menschen zum Menschen macht.

Der Autor

Tschingis Aitmatow, geboren 1928 in Kirgisien, ist einer der bekanntesten Schriftsteller der Sowjetunion. Nach der Ausbildung an einem landwirtschaftlichen Institut arbeitete er zunächst als Zootechniker. Nach ersten Veröffentlichungen zu Beginn der fünfziger Jahre besuchte er das Gorki-Literatur-Institut in Moskau und wurde Redakteur einer kirgisischen Literaturzeitschrift, später der Zeitschrift »Novyj Mir«. Mit »Dshamilja« (Unionsverlag Taschenbuch 1) gewann er Weltruhm. Weitere Werke von ihm im Unionsverlag: »Aug in Auge«, »Abschied von Gülsary«, »Die Klage des Zugvogels«, »Ein Tag länger als ein Leben«, »Karawane des Gewissens«, »Begegnung am Fudschijama«, »Du meine Pappel im roten Kopftuch« (UT 6).

Tschingis Aitmatow

Der Richtplatz

Aus dem Russischen von
Friedrich Hitzer

Unionsverlag
Zürich

Die russische Originalausgabe erschien
unter dem Titel *Placha*
in der Zeitschrift *Novyj Mir,* Heft 6, 8 und 9,
Moskau 1986.

Unionsverlag Taschenbuch 13
Erste Auflage 1991
© by Tschingis Aitmatow 1986
© by Unionsverlag 1987
Rieterstraße 18, CH-8059 Zürich
Telefon (0041) 01 - 281 14 00
Alle Rechte vorbehalten
Umschlaggestaltung: Heinz Unternährer, Zürich
Druck und Bindung: Clausen und Bosse, Leck
ISBN 3-293-200013-3

1 2 3 4 - 94 93 92 91

Erster Teil

I

Nach der kurzen und wie vom Atem eines Kindes hingehauchten Erwärmung des Tages auf den zur Sonne geneigten Gebirgshängen schlug unfaßbar rasch das Wetter um. Von den Gletschern her setzte der Wind ein, durch Spalten und Schluchten drang buckelig und spitz die Dämmerung vor und trug unmerklich das kalte Graublau der bevorstehenden Schneenacht mit sich.

Schnee gab es in Massen ringsum. Über den gesamten Höhenzug um den Issyk-Kul waren die Berge von Schneewehen zugedeckt; über diese Gegend war vor ein paar Tagen ein Sturm hinweggefegt wie Feuer, nach Laune dieses eigenwilligen Elements plötzlich auflodernd. Unheimlich, was sich da so heftig abspielte – die Berge verschwanden in der undurchdringlichen Finsternis des Schneesturms, und es verschwand der Himmel, als hätte sich die eben noch sichtbare Welt in ein Nichts verwandelt. Dann kam alles zur Ruhe, und das Wetter klarte rundum auf. Seit der Befriedung des Schneesturms standen die Berge gefesselt von riesigen Verwehungen in der erstarrten und allem auf der Welt entrückten, erkalteten Stille.

Und nur dieses beharrlich anwachsende und zunehmende, sich nähernde dumpfe Rattern eines Großraumhubschraubers, der sich zu jener vorabendlichen Stunde durch den Cañon Usum-Tschat hindurcharbeitete, hin zum Gletscherpaß Ala-Möngkü, der in windiger Höhe von Wolkengespinsten eingenebelt war, es steigerte sich mehr und mehr, kam heran, anhaltend von Minute zu

Minute stärker werdend, es gewann schließlich die Oberhand, es ergriff die Herrschaft über den ganzen Raum und schickte sich an, mit einem alles erdrückenden, dröhnenden Getöse über die nur für Laute und Licht erreichbaren Grate, Gipfel und Wolkengletscher zu schwimmen. Um das zwischen Felsen und Schluchten vielfach widerhallende Echo vermehrt, rückte das bedrohliche Gedröhn hoch oben mit einer derart unabwendbaren und furchterregenden Kraft voran, daß es schließlich schien, als fehlte nur wenig, und das Schreckliche geschähe, wie damals – beim Erdbeben...

In einem kritischen Moment geschah es dann auch: Von einem steilen, durch die Winde nacktgefegten Berghang, der unter der Flugbahn lag, löste sich unter dem Schlag des Schalls etwas Geröll und kam sofort wieder zum Halt, wie geronnenes Blut. Dieser Stoß genügte indessen, daß sich vom bebenden Boden einige wuchtige Gesteinsbrocken aus dem Steilhang losrissen und weit in die Tiefe hinabrollten, immer schneller und heftiger, Staub und Schotter hinter sich aufwirbelnd, durch Stauden von Rotweide und Berberitze hindurch, eine Schneewehe völlig zersprengten, bis sie am Fuß des Steilhangs wie eine Kanonenkugel einschlugen und die Höhle erreichten, die hier von Grauwölfen in der Nähe eines halb zugefrorenen warmen Baches gebaut war, unter einem ausladenden Felsen, an einer von Gestrüpp verdeckten tiefen Spalte.

Die Wölfin Akbara sprang vor den herabstürzenden Steinbrocken und dem niedersprühenden Schnee zurück und wich rückwärts in die Dunkelheit der Spalte, gespannt wie eine Feder, mit gesträubter Nackenmähne und mit wild glühenden, im Halbdunkel phosphoreszierenden Augen, bereit, sofort und augenblicklich zu kämpfen. Aber ihre Ängste waren dieses Mal unnötig. In offener

Steppe ist das schrecklich, wenn du, auf der Flucht vor einem dich verfolgenden Hubschrauber, nirgendwohin springen kannst, während er unablässig deiner Fährte nachjagt, dich einholt, dich mit dem Sausen der Rotoren betäubt und von oben herab mit Feuerstößen aus Maschinenpistolen angreift, wenn es also in der Welt überhaupt keine Rettung mehr vor einem Hubschrauber gibt und die Erde sich auch nicht auftut, um den Gejagten Zuflucht zu gewähren, wenn es keine solche Spalte gibt, wo du dein ewig verwegenes Wolfshaupt vergraben könntest...

In den Bergen ist es ganz und gar anders – hier kannst du immer davonspringen, immer etwas finden, wo du dich verbergen und die Gefahr abwarten kannst. Aber die Urangst ist nie vernünftig, und erst recht nicht die vor kurzem erkannte und erlebte. Mit dem Herannahen des Hubschraubers begann die Wölfin laut zu winseln, krümmte sich, den Kopf verbergend, zusammen, und trotzdem hielten es die Nerven nicht aus, mit einem Ruck riß sich Akbara los und heulte auf, erfaßt von ohnmächtiger, blinder Furcht, und kroch auf dem Bauch krampfhaft zum Ausgang vor, böse und verzweifelt die Zähne fletschend, bereit, auf der Stelle zu kämpfen, als könne sie es damit in die Flucht schlagen, dieses über dem Spalt dröhnende eiserne Ungeheuer, bei dessen Erscheinen sogar die Steinbrocken von oben herab zu prasseln begannen wie beim Erdbeben.

Auf das panische Geheul Akbaras hin zwängte sich ihr Wolf in die Höhle – Taschtschajnar, der sich seit der Zeit, da die Wölfin schwer trug am Leib, meistens außerhalb der Höhle befand, in der Abgeschiedenheit des dichten Gestrüpps. Taschtschajnar, er hatte seiner zerschmetternden Kiefer wegen von den Hirten der Gegend seinen Namen – Steinbrecher – bekommen, kroch zu Akbaras

Ruhelager, um sie knurrend zu beruhigen, als wollte er sie mit seinem Körper vor Unglück schützen. Sie preßte sich an seine Seite, und immer fester an ihn gedrückt, winselte die Wölfin weiter, als flehte sie klagend den ungerechten Himmel oder irgend jemand an, vielleicht ihr unglückliches Schicksal, und sie konnte sich, am ganzen Körper zitternd, noch lange nicht beherrschen, sogar als der Hubschrauber schon jenseits des mächtigen Gletschers Ala-Möngkü verschwunden und hinter den Wolken gar nichts mehr von ihm zu hören war.

Und in dieser allumfassenden Bergstille, die alles verschlang, als sei die Lautlosigkeit des Weltalls eingebrochen, verspürte die Wölfin plötzlich in ihrem reifenden Leib lebendige Stöße und Regungen. So war es auch gewesen, als einmal Akbara, noch in den ersten Zeiten ihres Jagdlebens, im Sprung eine große Häsin erstickt hatte: Im Bauch der Häsin waren damals auch solche Regungen unsichtbarer Wesen aufgekommen, und dieser seltsame Umstand hatte die junge, neugierige Wölfin gar sehr verwundert und gebannt, argwöhnisch hatte sie auf ihr ersticktes Opfer geschaut und erstaunt die Ohren gespitzt. Das war so wundervoll und unbegreiflich gewesen, daß sie sogar versucht hatte, ein Spiel mit den unsichtbaren Körpern anzufangen, genauso wie es die Katze mit den halbtoten Mäusen zu treiben pflegt. Und nun nahm sie selbst in ihrem Inneren eine solche lebende Last wahr, da gaben welche Zeichen von sich, die unter günstigen Umständen binnen anderthalb bis zwei Wochen das Licht der Welt erblicken würden. Doch vorerst waren die Tierjungen vom Schoß der Mutter noch untrennbar, ein Teil ihres eigenen Wesens, und deshalb erlebten sie auch bis zu einem gewissen Maß im entstehenden, noch unklaren, nebelhaften embryonalen Vorbewußtsein denselben Schrecken, dieselbe Verzweiflung wie, zu dieser Stunde, die Wölfin selbst. Das war ihre erste Fernberührung mit der Außenwelt, mit der sie erwartenden feindseligen Wirklichkeit. Das brachte sie auch dazu, sich im Leib zu bewegen und damit auf das Leiden der Mutter zu reagieren. Auch für sie war es schrecklich, die Angst hatte ihnen das Blut der Mutter übertragen.

Aufmerksam dem lauschend, was ohne ihren Willen ablief, lauschend der in ihrem Schoß auflebenden Last, geriet Akbara in Erregung. Das Herz der Wölfin begann wiederholt zu stechen und füllte sich mit Kühnheit und Entschlossenheit, unbedingt die zu verteidigen und vor jedweder Bedrohung zu schützen, die sie in sich austrug. Jetzt hätte sie es bedenkenlos mit jedem und allem aufgenommen. In ihr war der große natürliche Instinkt erwacht, die Nachkommen zu erhalten. Zugleich spürte Akbara das Bedürfnis wie eine heiße Welle heranströmen, zu liebkosen, zu erwärmen und lange, lange Zeit den Säugern Milch zu geben, als wären sie bereits an ihrer Seite. Das war ein Vorgefühl des Glücks. Und sie stöhnte vor Zärtlichkeit, vor Erwartung, daß Milch in die rot und prall geschwollenen, riesigen, in zwei Reihen am Wanst herausragenden Zitzen trat, ein Gefühl der Wonne durchzog langsam den ganzen Körper, und so rückte sie erneut zu ihrem graumähnigen Taschtschajnar hin, um sich endgültig zu beruhigen. Er war gewaltig, sein Fell war warm, kräftig und geschmeidig. Und sogar er, der mürrische Taschtschajnar, erfühlte, was die Wolfsmutter, die sich immer enger an ihn schmiegte, verspürte, und er witterte, was in ihrem Schoß vor sich ging, und war also auch davon berührt. Ein Ohr aufrecht gestellt, hob Taschtschajnar den kantigen, schweren Schädel mit dem düsteren Blick aus den tiefsitzenden, dunklen Augen; in den kalten Pupillen leuchtete schattenhaft ein dumpfes, wohliges Vorgefühl auf; er knurrte dabei verhalten, etwas schnaubend und hustend, und brachte damit wie immer seine gute Laune und die Bereitschaft zum Ausdruck, widerspruchslos der blauäugigen Wölfin zu gehorchen und sie zu beschützen, und er schickte sich an, Akbaras Kopf, ihre leuchtenden blauen Augen und die Schnauze, mit seiner breiten, warmen und feuchten Zunge sorgsam reinzulecken. Akbara liebte Taschtschajnars Zunge, wenn sie, vom heftigen Blutstrom heiß geworden, biegsam wurde, schnell und energisch wie eine Schlange, wenn er damit zu spielen begann und sich ihr sehnsüchtig und zitternd vor Ungeduld ergab, sie aber tat anfänglich so, als wäre ihr dies zumindest gleichgültig, sogar dann noch, wenn die Zunge ihres Taschtschajnar weich und feucht war, in den Minuten der Ruhe und Glückseligkeit nach sättigendem Mahl.

Bei diesem Paar reißender Tiere war Akbara der Kopf, sie war der Verstand und verfügte über das Recht, die Jagd zu beginnen, während er die treue, zuverlässige, unermüdliche und ihren Willen unbedingt erfüllende Kraft war. Diese Beziehungen wurden niemals verletzt. Nur einmal hatte es diesen merkwürdigen und unerwarteten Vorfall gegeben, als ihr Wolf bis zum Morgengrauen verschwunden war und mit dem ihr fremden Geruch eines anderen Weibchens zurückkehrte – mit der Ausdünstung schamloser Brunst, die Rüden über Dutzende von Werst scharfmachte und herbeilockte; das hatte in ihr unbändige Wut und Zorn hervorgerufen, und sie wies ihn auch sogleich ab, und unerwartet hatte sie ihm mit ihrem Reißzahn eine tiefe Wunde in der Schulter versetzt und ihn gezwungen, viele Tage lang ununterbrochen hinter ihr herzuhumpeln. Sie hielt diesen Dummerjan in gehöriger Entfernung, von hinten war nur sein Geheul zu hören, und nicht ein einziges Mal antwortete sie darauf, sie wartete nicht auf ihn, als wäre Taschtschajnar nicht ihr Wolf, als gäbe es ihn überhaupt nicht, und wehe, er würde von neuem versuchen, sich ihr zu nähern, sich zu unterwerfen und sie zu verwöhnen, dann würde Akbara ernsthaft ihre Kräfte mit ihm messen – nicht von ungefähr hatte bei diesem von weither zugewanderten graublauen Paar sie den Kopf und er die Beine.

Jetzt war Akbara, nachdem sie sich etwas beruhigt und an der breiten Seite Taschtschajnars angewärmt hatte, ihrem Wolf dankbar dafür, daß er ihre Angst teilte und ihr damit das Selbstvertrauen zurückgab, und deshalb widersetzte sie sich auch nicht seinen eifrigen Liebkosungen, erwiderte sie und leckte seine Lefzen an die zwei Mal; ihre Lähmung, die sie zuvor, in den Minuten panischen Schreckens, überfallen hatte und die immer noch in unerwarteten Krämpfen zu spüren war, richtete ihre volle Aufmerksamkeit auf sich selbst, und sie vernahm dabei, wie sich in ihrem Leib die noch ungeborenen Welpen unverständig und unruhig aufführten; und so war sie mit allem versöhnt, mit der Höhle, mit dem großen Winter in den Bergen, mit der allmählich hereinbrechenden Frostnacht.

So endete für die Wölfin der Tag einer schrecklichen Erschütterung. Vom unausrottbaren Mutterinstinkt beherrscht, fürchtete sie nicht nur um sich, sondern auch um jene, die alsbald in dieser Höhle zu erwarten waren und für die sie das alles gemeinsam mit dem Wolf ausgesucht und hergerichtet hatte, in der tiefen Spalte unter dem Felsvorsprung, durch allerlei Gestrüpp verborgen, hinter verstreutem Bruchholz und Steinschlag –

dieses Wolfsnest war dafür bestimmt, daß die Nachkommenschaft eine Bleibe hatte, ihren Zufluchtsort auf Erden.

Um so mehr, als Akbara und Taschtschajnar in dieser Gegend Zugewanderte waren. Für das erfahrene Auge unterschieden sie sich sogar äußerlich von ihren hier heimischen Artgenossen. Das erste, was die Neuankömmlinge unterschied, waren die für Steppenwölfe charakteristischen hellen Töne der Fellstulpen am Hals, die die Schultern fest umrahmten wie ein prachtvoller silbergrauer Umhang von der Unterbrust bis zum Widerrist. Von Wuchs wie die »Akdshaly«, aber graublaumähnig, überragten sie die gewöhnlichen Wölfe der Hochebene um den Issyk-Kul. Und hätte jemand sie aus der Nähe gesehen, so wäre er sehr erstaunt gewesen – diese Wölfin hatte durchsichtige blaue Augen, ein äußerst seltener, möglicherweise einzigartiger Fall. Die Wölfin hatte unter den hiesigen Hirten den Beinamen Akdaly, die Weißwiderristige, aber schon bald veränderte sie sich nach den Gesetzen der Sprachumwandlung zu Akbary, sodann zu Akbara – die Große –, und dabei wäre es keinem in den Sinn gekommen, daß in alldem ein besonderes Vorzeichen lag...

Noch ein Jahr zuvor hätte hier niemand solche Graumähnigen erwartet. Als sie dann einmal aufgekreuzt waren, hielten sie sich indes abseits. Anfänglich streunten die Neulinge, um Zusammenstöße mit den einheimischen Hausherren auszuweichen, zumeist in neutralen Zonen der hiesigen Wolfsreviere umher, schlugen sich mit Mühe und Not durch, preschten sogar, auf der Suche nach Beute, in die Felder hinaus, in die von Menschen bewohnten Niederungen, doch den örtlichen Rudeln schlossen sie sich nicht an – die blauäugige Wölfin Akbara hatte einen viel zu unabhängigen Charakter, um sich Fremden zuzugesellen und ihnen untergeordnet zu sein.

Richter aller Dinge ist die Zeit. Allmählich konnten sich die graumähnigen Zuwanderer selbst durchsetzen; in etlichen grausamen Kämpfen besetzten sie ihr Stück Erde im Hochland um den Issyk-Kul, und nun waren bereits sie, die Eingewanderten, Hausherren, und die einheimischen Wölfe trauten es sich schon nicht mehr, in ihre Reviere einzufallen. Man konnte also sagen, daß sich das Leben der zugezogenen graumähnigen Wölfin am Issyk-Kul ziemlich erfolgreich gestaltete, doch alldem war ihre eigene Geschichte vorausgegangen, und wären Tiere imstande, sich an die Vergangenheit zu erinnern, so hätte Akbara, die sich durch große Aufgewecktheit und feine Wahrnehmung auszeichnete, all das von neuem durchleben müssen, was in ihr, wer weiß, vielleicht Erinnerungen, manchmal gar Tränen und schweres Stöhnen weckte.

In der untergegangenen Welt der fernen Savanne Mujun-Kum hatte das Leben des großen Jagens seinen Lauf genommen, das endlose Verfolgen in den endlosen Weiten der Mujun-Kum, auf den Fährten der endlosen Herden der Saigas. Seit Urzeiten hausten die Saiga-Antilopen in diesen Savannensteppen des ewig dürrholzigen Saxaul, die ältesten aller Paarhufer, so alt wie die Zeit selbst, diese im Lauf ausdauernden Herdentiere mit der aufgeworfenen Schnauze, den breiten rohrförmigen Nüstern, die Luft durch die Lungen mit solcher Kraft ausblasen, wie der Wal durch seine borstigen Spritzlöcher ganze Ozeanströme bläst, und deshalb mit der Fähigkeit ausgestattet sind, ohne Atempause vom Aufgang bis zum Untergang der Sonne zu rennen, und wann immer sie sich in Bewegung setzten, wurden sie verfolgt von ihren uralten und unzertrennlichen Wölfen; die eine aufgescheuchte Herde versetzte die benachbarte in Panik und jene wiederum die nächste und die weitere, und dann stürzen sich in dieses gemeinsame Rennen die großen und kleinen Herden aus entgegengesetzten Richtungen, die Saigas rasten durch die Mujun-Kum dahin – durchs Gebirge, durch die Täler, über den Sand, wie die Wasser der Sintflut –, da lief die Erde rückwärts davon und dröhnte unter den Hufen wie unterm Hagelgewitter zur Sommerzeit; und die Luft wirbelte von der Bewegung, vom Staub und vom Brandgeruch des unter den Hufen geschlagenen Feuersteins, durchdrungen vom Geruch des Herdenschweißes, dem Geruch des wahnsinnigen Wettlaufs um Leben und Tod, während die Wölfe, getrennt voneinander laufend, hinterher- und nebenherrannten und versuchten, die Saigaherde in ihren Wolfshinterhalt zu lenken, wo dann inmitten der blattlosen Salzsträucher des Saxaul die Schneidesicheln warteten – reißende Tiere sprangen urplötzlich aus dem Hinterhalt auf den Nacken des ungestüm dahinrennenden Opfers und stürzten, wie ein Kreisel mit der Antilope verknäuelt, hin und schafften es dabei, die Kehle zu durchbeißen, aus der ein Strom von Blut schoß, und stürzten sich daraufhin von neuem in die Verfolgung; doch die Saigas erkannten irgendwie und oftmals frühzeitig, wo sie der Wolfshinterhalt erwartete, und schafften es, zur Seite auszuweichen, und dann wurde die Treibjagd von neuem aufgenommen, in einem neuen Kreis, mit noch größerer Wucht und Geschwindigkeit, und alle zusammen – die Gejagten und die Verfolgenden – verknäuelten sich in eine einzige Kette des grausamen Daseins, gingen ganz auf im Lauf, sie verbrannten ihr Blut wie im Todeskampf, um zu überleben und zu leben, und vielleicht konnte sie nur Gott selbst anhalten, die einen wie die anderen, die Gejagten und Jagenden, denn es ging um Leben und Tod von lebenstrotzenden Kreaturen, die Wölfe nämlich hielten ein derart besessenes Tempo nicht aus, waren nicht geboren, in einer solchen Form des Daseinskampfes zu bestehen, sie brachen im Kampfrennen zusammen und blieben im Staubsturm der dahinbrausenden Verfolgung zurück und verendeten; oder aber, falls sie am Leben blieben, verzogen sie sich danach in andere Gebiete, wo sie in harmlose Schafsherden einfielen, für die es kein Davonrennen gab; dafür gab es jedoch dort eine andere Gefahr, die schrecklichste aller denkbaren Gefahren – dort bei den Herden befanden sich Menschen, die Schafsgötter oder auch Schafssklaven, jene also, die selbst leben, aber andere nicht überleben lassen, schon gar nicht, wenn diese von ihnen unabhängig sind und so frei, um frei zu sein...

Menschen, Menschen sind Gottmenschen! Die Menschen machen Jagd auf die Saigas der Savanne Mujun-Kum. Früher waren sie auf Pferden erschienen, in Fell gekleidet, mit Pfeilen bewaffnet, sodann kamen sie mit knallenden Gewehren, sprengten hurrabrüllend hierhin und dorthin, und die Saigaherde stürzte lärmend in die eine oder die andere Richtung, und finde sie dann einer im Saxaulgestrüpp! Es war dann aber die Zeit gekommen, da die Gottmenschen die Treibjagd mit Autos veranstalteten und die Saigas, fast so wie die Wölfe, bis zur Zermürbung jagten, die Antilopen zusammentrieben und sie aus dem fahrenden Wagen niederschossen; und sodann fingen die Gottmenschen an, in Hubschraubern heranzufliegen, orteten die Saigaherden aus der Luft und umzingelten die Tiere nach vorgegebenen Koordinaten; dabei rasten Scharfschützen über die Ebene mit einer Geschwindigkeit bis zu hundert Stundenkilometern und noch mehr, damit die Steppenantilopen nicht entkommen konnten, während die Hubschrauber von oben Ziel und Kurs korrigierten. Autos, Hubschrauber und Schnellfeuergewehre – und das Leben in der Savanne Mujun-Kum kippte um...

Die blauäugige Wölfin Akbara war noch von halbheller Färbung gewesen und ihr künftiger Wolfsgemahl Taschtschajnar knapp über ihrem Alter, als für sie die Zeit gekommen war, sich an die Mühen des Wolfslebens zu gewöhnen – an die großen Treibjagden. Anfangs schafften sie gerade das Nachsetzen, zerfleischten niedergeworfene Antilopen, töteten nicht ganz Getötete, doch mit der Zeit übertrafen sie viele ihrer erfahrenen Artgenossen an Kraft und Ausdauer, vor allem die alternden. Und wäre alles verlaufen wie von der Natur vorgesehen, dann wäre ihnen bald die Aufgabe von Leittieren des Rudels zugefallen. Aber es war alles anders gekommen...

Kein Jahr ist dem andern gleich, im Frühjahr jenes Jahres aber war der Nachwuchs unter den Saigaherden besonders reichhaltig, viele Muttertiere warfen zweimal, war doch im vergangenen Herbst während des Treibens die dürre Grasdecke der Savanne zweimal aufgegrünt, nach einigen ausgiebigen Regenfällen bei heißem Wetter. Die Nahrung war kräftig, daher auch die Zahl der Würfe. Zum Werfen zogen sich die Saigas zu Frühjahrsbeginn in den schneefreien großen Sand zurück, weit in die Tiefe der Mujun-Kum, wohin die Wölfe kaum je gelangten und wo die Jagd auf die Saigas über Wanderdünen ein hoffnungsloses Unterfangen ist. Auf Wüstensand ist die Antilope nicht einzuholen. Doch dafür erhielten die Wolfsrudel das Ihrige im Überfluß zum Herbst und Winter, als die jährlich wiederkehrende Wanderung einen Riesenbestand Antilopen in die Weiten der Halbwüste und der Steppe hinaustrieb. Nun verfügte Gott höchstpersönlich, daß die

Wölfe ihren Anteil erhielten. Sogar im Sommer, besonders bei großer Hitze, ziehen es die Wölfe vor, die Saigas nicht anzurühren, andere, leichtere Beute ist genug vorhanden – über die ganze Steppe flitzen zahllose Murmeltiere, sie holen im Winterschlaf Versäumtes nach und müssen während ihres kurzen Sommerlebens all das schaffen, wozu Raubtiere und andere Kreaturen ein ganzes Jahr haben. Der Stamm der Murmeltiere legt also ringsum geschäftige Hast an den Tag und mißachtet die überall lauernden Gefahren. Warum sie nicht fangen, da ja allem seine Stunde schlägt, im Winter kriegt man aber kein Murmeltier – es gibt sie nicht. Auch andere kleine Tiere und Vögel, insbesondere Rebhühner, dienen den Wölfen während der Sommermonate als zusätzliche Nahrung, aber die Hauptbeute bringt die große Herbstjagd auf die Saiga – vom Herbst bis zum Ende des Winters. Wiederum galt hier das Gesetz: alles zu seiner Zeit. Und darin bestand die naturgegebene Zweckmäßigkeit des Lebenskreislaufs in der Savanne. Lediglich Naturkatastrophen und nur der Mensch konnten diesen ursprünglichen Gang der Dinge in der Mujun-Kum zerstören...

2

Vor Tagesanbruch kühlt die Luft über der Savanne etwas ab, und erst jetzt verschafft die Nacht Erleichterung, den Lebewesen wird freier zumute, es kommt die Glücksstunde zwischen dem heraufziehenden Tag, trächtig schon mit seiner Sonnenglut, die bis zum Weißglühen die salzige Steppe täglich und unerbittlich durchbäckt, und der scheidenden, schwülheißen Nacht, die das Ihre vollendet hat. Der Mond glüht nun über der Mujun-Kum wie eine gelbe Kugel und taucht die Erde in ein beständiges bläuliches Licht. Nirgendwo, an keinem Horizont ein Anfang oder ein Ende dieser Erde, überall fließen ihre dunklen, unermeßlichen Weiten mit dem Sternenhimmel zusammen. Die Stille lebt, denn alles, was die Savanne bevölkert, alles – die Schlangen ausgenommen – beeilt sich, die kühle Stunde, das Leben zu genießen. Im Tamariskengesträuch piepsen und rascheln die frühen Vögel, geschäftig flitzen die Igel hin und her, die Zikaden, die, ohne je zu verstummen, die ganze Nacht hindurch sangen, zirpen nun mit ganzer Kraft und strecken sich bereits aus ihren Höhlen, nach allen Richtungen äugen die gerade erwachten Murmeltiere und lassen sich noch Zeit bis zum Einsammeln ihres Futters, die abgefallenen Samen des Saxaul. Eine flachköpfige graue Zwergohreule und fünf flachköpfige Eulchen, halbwüchsig und schon völlig befiedert, fähig, die Flügel zu schlagen, flattern mal hierhin, mal dorthin, und sie fliegen – die ganze Familie –, wie sich das gehört, rufen sich ständig fürsorglich zu, ohne sich aus den Augen zu verlieren. Andere Geschöpfe und unterschiedliche wilde Tiere der Savanne tun es ihnen in der vormorgendlichen Dämmerung gleich, jedes auf seine Weise ...

Und der Sommer hielt an, der erste gemeinsame Sommer der blauäugigen Akbara und Taschtschajnars, die sich bereits als unermüdliche Treiber bei den Zermürbungsjagden auf die Saiga hervorgetan hatten und schon zu den stärksten Wolfspaaren der Mujun-Kum gehörten. Zu ihrem Glück – auch in der Welt der Wildtiere mag es wohl glückliche und unglückliche Wesen geben – waren sie beide, Akbara und Taschtschajnar, mit natürlichen Eigenschaften ausgestattet, die für Steppenräuber der Halbwüstensavanne so lebenswichtig sind: blitzschnelle Reaktion, das Vorausfühlen beim Jagen, eine Art »strategischer« Auffassungsgabe und selbstverständlich außergewöhnliche Körperstärke, Schnelligkeit und Sprungkraft im Lauf. Alles sprach dafür, daß diesem Jägerpaar eine große Zukunft bevorstand, ein Leben, erfüllt von den Beschwernissen der täglichen Nahrungssuche, aber gleichermaßen auch voll der Schönheit ihres Raubtierdaseins. Vorläufig stand ihrer uneingeschränkten Herrschaft über die Steppen der Mujun-Kum nichts im Wege, da ja nur hin und wieder zufällig Menschen in diese Gebiete eindrangen; im übrigen waren sie noch kein einziges Mal einem Menschen von Angesicht zu Angesicht begegnet. Dies würde ihnen wenig später bevorstehen. Und da war noch ein Merkmal des Lebens, genauer gesagt eine Gunst, wenn nicht gar ein Privileg der Schöpfung: Die Raubtiere, wie auch die gesamte Tierwelt, konnten von Tag zu Tag leben, ohne Sorgen und ohne Angst vor dem Morgen. Der Plan der Natur hatte es so eingerichtet, daß die Tiere von dieser verfluchten Daseinslast von Grund auf frei waren. In dieser Gnade der Natur lag aber auch die Tragödie beschlossen, die den Bewohnern der Mujun-Kum auflauerte. Keinem von ihnen war es gegeben, davon etwas zu ahnen. Keinem von ihnen war die Vorstellung eingegeben, daß letztendlich der scheinbar grenzenlose Lebensraum – die Savanne Mujun-Kum, so ausgedehnt und gewaltig, diese Insel im asiatischen Subkontinent –, daß dieser fingernagelgroße gelbbraune Fleck auf der Landkarte Jahr um Jahr von den Rändern her durch umgepflügtes Neuland eingekreist wurde, vom Andrang der zahllosen vor sich hin träumenden Viehherden, die, der Kette artesischer Brunnenlöcher folgend, neue Futterplätze suchten; auch durch die Kanäle und Straßen der Randgebiete und durch die unmittelbar an die Savanne gelegten Erdgasleitungen, die riesigsten ihrer Art; immer hartnäckiger, langfristiger und mit mehr und mehr Technik ausgerüstet, brachen die Menschen auf Rädern mit Motoren und Funkausrüstungen zu den Wasservorräten in die Tiefe aller Wüsten und Halbwüsten ein, darunter auch der Mujun-Kum, und daß dieses Einbrechen schon nicht mehr die geographischen Entdeckungen selbstloser Gelehrter waren, derer sich die Nachfahren stolz rühmen, sondern eine ganz und gar gewöhnliche Sache von ganz und gar gewöhnlichen Menschen, zu der beinahe jeder fähig ist. Den Bewohnern der einzigartigen Savanne Mujun-Kum war noch weniger das Wissen eingegeben, daß alles, was in der menschlichen Gesellschaft gewöhnlich geworden ist, in sich die Quelle des Guten wie des Bösen auf der Welt verbirgt. Und daß es ganz von den Menschen selbst abhängt, wohin sie diese Kraft des Gewöhnlichen lenken – zum Guten oder zum Schlimmen, zum Erschaffen oder zum Verwüsten. Und erst recht nicht ahnen konnten die Geschöpfe der Savanne Mujun-Kum jene feingesponnenen Qualen, die den Menschen, seit sie denkende Wesen geworden waren, bis aufs äußerste zusetzen, wenn sie versuchen, sich selbst zu erkennen und dennoch das Wesen jenes uralten Rätsels nicht durchschauen: weshalb das Böse fast immer das Gute besiegt.

All diese Menschheitsfragen konnten, nach Logik der Dinge, die Raubtiere und die anderen Geschöpfe der Mujun-Kum nicht berühren, denn sie lagen außerhalb ihrer Natur, außerhalb ihrer Instinkte und Erfahrung. Und im großen und ganzen hatte vorläufig noch nichts die Lebensweise dieser gewaltigen Steppe verletzt, über die heißen Ebenen und Wellen erstreckt sich die Halbwüste, und nur hier wachsen und gedeihen die dürrebeständigen Arten der Tamariske, eine Pflanze, halb Strauch, halb Baum, hart wie Stein und verdrillt wie Schiffstau, hier gedeiht der sandige Saxaul und allerlei hartes Weidegewächs, vor allem der spitzbogige, schilfige Tschij, diese flimmernde Pracht der Halbwüste, das Steppenrohrgras, das in Mond und Sonne schimmert wie goldener durchsichtiger Wald aus Gesträuch und Gestrüpp, in dem jeder wenigstens von der Größe eines Hundes bei erhobenem Kopf alles – wie in seichtem Wasser – um sich herum sieht, so wie er selbst gesehen werden kann.

In dieser Gegend erfüllte sich auch das Schicksal des neuen Wolfspaares Akbara und Taschtschajnar, und sie hatten zu dieser Zeit – das wichtigste im Leben der Tiere – schon ihre Erstlinge, die drei Welpen aus der ersten Brut, die Akbara in jenem denkwürdigen Frühling in der Mujun-Kum zur Welt gebracht hatte, in der denkwürdigen Höhle, die sie in der Talsenke, unter der ausgewaschenen Wurzel des Saxaul, ausgewählt hatten, nahe beim halbdürren Tamariskenhain, wohin man bequem die Wolfsjungen zum Aufziehen hinausführen konnte. Die Wolfsjungen hielten bereits die Ohren aufrecht, entwickelten ihre Eigenheiten, obgleich ihre Ohren beim gemeinsamen Spielen auf Welpenart zur Seite knickten; auch auf den Beinen fühlten sie sich bereits ziemlich sicher, und immer häufiger hefteten sie sich zu kleinen und größeren Ausflügen an die Fährte der Eltern.

Unlängst hatte ein solcher Ausflug, der sie einen ganzen Tag und die Nacht von der Höhle wegführte, mit einem unerwarteten Unheil geendet.

An jenem frühen Morgen führte Akbara ihre Brut an den fernen Rand der Savanne von Mujun-Kum, wo in den Weiten der Steppe, besonders in den dumpfen, tiefen Schluchten und Mulden, halmige Gräser wachsen, die einen schweren, nichts ähnelnden bestrickenden Duft von sich geben. Schlendert man lange durch diese hohen

Gräser, so spürt man zunächst eine ungewöhnliche Leichtigkeit in den Bewegungen, wie ein angenehmes Gleiten über der Erde, sodann kommt es zu Schlaffheit in den Beinen und zu Schläfrigkeit. Akbara erinnerte sich an diese Plätze noch von der Kindheit her, sie stattete diesem Ort einmal im Jahr, wenn die betäubenden Gräser blühten, einen Besuch ab. Unterwegs jagte sie kleines Steppenfederwild und liebte es dann, sich in dem hohen Gras leicht zu berauschen und sich in den heißen Schwaden des gräsernen Duftes herumzuwälzen, im Lauf dieses Schweben zu verspüren und dann einzuschlummern.

Dieses Mal waren Taschtschajnar und sie schon nicht mehr allein – ihnen folgten die Wolfsjungen, drei plumpe, langbeinige Welpen. Für den Nachwuchs gehörte es sich, bei den Ausflügen möglichst viel vom umliegenden Land kennenzulernen, sich von Kindheit an seine künftigen Wolfsreviere anzueignen. Die Stellen der stark duftenden Gräser, wohin sie die Wölfin führte, um sie damit vertraut zu machen, markierten die Reviergrenzen, dahinter erstreckte sich eine fremde, unüberschaubare Welt, dort könnten Menschen sein, von dort trug es bisweilen langgezogene, heulende, herbstliche Winde, die Dampfpfeifen von Lokomotiven, das war die den Wölfen feindliche Welt. Dorthin, an diese Grenze der Savanne, zogen sie, von Akbara geführt.

Hinter Akbara folgte, gemächlich trabend, Taschtschajnar, während die Wolfsjungen, ausgelassen vor lauter überschüssiger Energie, herumtollten, immerzu darauf erpicht, vorauszuspringen, doch die Wolfsmutter erlaubte ihnen eine derartige Eigenmächtigkeit nicht, sie achtete streng darauf, daß es niemand wagte, den Pfad vor ihr zu betreten...

Zunächst kamen sie durch sandigen Boden zwischen

dem Saxaulgehölz und dem Wüstenwermut, die Sonne stieg immer höher und kündigte damit, wie gewohnt, klares, heißes Savannenwetter an. Gegen Abend schon hatte die Wolfsfamilie die Savannengrenze erreicht. Just vor Anbruch der Dunkelheit. Die Gräser standen in diesem Jahr hoch und reichten den ausgewachsenen Wölfen fast bis zum Widerrist. Erhitzt von der heißen Sonne des Tages, strömten die unansehnlichen Blüten an den flauschigen Halmen einen starken Duft aus, und besonders an den Stellen, wo das Gewächs eng gedrängt stand, verdichtete sich der Duft jenes Grases. Hier richteten sich die Wölfe nach der langen Wegstrecke in einer kleinen Schlucht einen Rastplatz ein. Die unermüdlichen Wolfsjungen wollten sich indessen nicht ausruhen, ja, sie rannten immerfort umher, berochen und beäugten alles, was an dem unbekannten Ort ihre Neugierde weckte. Die Wolfsfamilie hätte da wohl die ganze Nacht verbringen können, um so mehr, als die Raubtiere sich ausgezeichnet gesättigt und ausgiebig den Durst gestillt hatten – unterwegs hatten sie es geschafft, einige fette Murmeltiere und Hasen zu reißen, allerlei Nester zu plündern, den Durst hatten sie an der Quelle in einer Schlucht, die am Weg lag, gestillt, aber ein außergewöhnliches Ereignis veranlaßte sie, diesen Ort vorzeitig zu verlassen und nach Hause umzukehren, zur Höhle in der Tiefe der Savanne. Die ganze Nacht über liefen sie.

Was war geschehen? Die Sonne war schon im Untergehen, als Akbara und Taschtschajnar, von den Düften des betäubenden Grases leicht berauscht, sich im Schatten von Sträuchern zum Schlaf ausstreckten und plötzlich nicht weit entfernt eine menschliche Stimme vernahmen. Als erste hatten den Menschen die Wolfsjungen gesehen, die miteinander über der kleinen Schlucht spielten. Die

Raubtierjungen konnten nicht ahnen, daß dieses plötzlich aufgetauchte Wesen ein Mensch war. Ein Menschenwesen – völlig nackt bis auf eine Badehose am Leib und an bloßen Füßen Turnschuhe, mit einem einst weißen, inzwischen gehörig abgenutzten, schmutzigen Panama auf dem Kopf – rannte so splitternackt durch ebendiese Gräser. Es rannte seltsam, suchte das Gewächs und lief dort unentwegt zwischen den Halmen vor und zurück, als bereite es ihm Vergnügen.

Die Wolfsjungen hielten sich zunächst versteckt, sie waren verwundert und fürchteten sich ein bißchen – so etwas war ihnen noch nie begegnet. Und der Mensch rannte und rannte immerzu durch die Gräser wie ein Verrückter. Die Wolfsjungen faßten nun etwas Mut, die Neugierde siegte, sie wollten mit ihm ein Spiel anfangen, mit diesem merkwürdigen Läufer, diesem überdrehten, nie gesehenen, nackthäutigen zweibeinigen Raubtier. Und da hatte auch der Mensch die Wolfsjungen entdeckt. Und das erstaunlichste war: Statt sich in acht zu nehmen und darüber nachzudenken, wieso hierher auf einmal Wölfe kamen, ging dieser Kauz zu den Wolfsjungen hin und streckte ihnen zärtlich die Hände entgegen.

»Oho, schau mal einer, was ist denn das?« rief er aus, schwer schnaufend und sich den Schweiß aus dem Gesicht wischend. »Doch nicht etwa ein Wölflein? Oder kommt mir das nur so vor, weil mir schwindelt? Ja, nein, dreie sind es, so hübsche und so große Kerlchen! Ach, ihr meine süßen, wilden Dingerchen! Woher kommt ihr denn, und wohin wollt ihr? Was macht ihr denn da? Mich hat wohl der Teufel hierhergeführt, aber was tut ihr da in diesen Steppen unter dem verfluchten Gras? Nun kommt schon, kommt doch her zu mir, habt keine Angst! Ach, ihr Dummerchen, ihr meine lieben wilden Tierlein!«

Die unverständigen Wolfsjungen folgten tatsächlich seinen Koseworten. Schwanzwedelnd drückten sie sich verspielt zur Erde, krochen zum Menschen hin, in der Hoffnung auf einen Wettlauf, als auf einmal Akbara aus der Schlucht heraussprang. Die Wölfin hatte die Gefährlichkeit der Lage augenblicklich erkannt. Dumpf knurrend stürzte sie sich auf den nackten Menschen, den die Strahlen der untergehenden Steppensonne rosafarben anleuchteten. Es hätte sie keinerlei Mühe gekostet, ihm mit den Eckzähnen kräftig die Kehle oder den Bauch zu zerfetzen. Aber der Mensch, beim Anblick der wütend anfallenden Wölfin völlig verstört, hockte sich nieder und faßte sich dabei aus Angst an den Kopf. Das war es auch, was ihn rettete. Schon im Anlauf hatte Akbara ihre Absicht geändert. Sie sprang über den Menschen hinweg, den nackten und schutzlosen, den sie mit einem Schlag hätte vernichten können, sie sprang über ihn hinweg, erspähte die Züge seines Gesichts und die vor unheimlicher Angst erstarrten Augen, sie witterte in jener Sekunde die körperliche Ausdünstung des Menschen, wandte sich erneut um, nachdem sie ihn übersprungen hatte, um ein zweites Mal in der anderen Richtung über ihn hinwegzusetzen. Ohne zu verharren, stürzte sich Akbara zu den Wolfsjungen, trieb sie weg und drängte sie ab zur Schlucht, stieß dort mit Taschtschajnar zusammen, biß den Wolf, packte rechtzeitig auch ihn, der beim Anblick des Menschen seine Nackenmähne schrecklich gesträubt hatte, und sie alle vertrollten sich im Haufen hinab in die Schlucht und waren augenblicklich verschwunden...

Und erst jetzt kam es diesem nackten und unbeholfenen Typen in den Sinn, vor den Wölfen davonzurennen. Er rannte lange durch die Steppe, ohne sich umzusehen und zu verschnaufen...

Das war die erste zufällige Begegnung Akbaras und ihrer Familie mit dem Menschen gewesen. Aber wer konnte wissen, was diese Begegnung ankündigte...

Der Tag neigte sich dem Ende zu, er klang aus mit einer langen, überschüssigen Glut von der untergehenden Sonne, von der tagsüber aufgeheizten Erde. Sonne und Steppe bestehen seit Ewigkeiten: Nach der Sonne bemißt man die Steppe, die Größe des von der Sonne beleuchteten Raumes. Und der Himmel über der Steppe bemißt sich nach der Höhe, die der Milan im Flug erreicht hat. Zu jener Stunde vor Sonnenuntergang kreiste über der Savanne Mujun-Kum in schwindelnder Höhe ein ganzer Schwarm weißgeschwänzter Milane. Sie flogen, als wären sie entrückt, schwammen ziellos, selbstvergessen und schwebend den Flug um des Fluges willen vollendend, in ihrer immerfort kühlen, von einem Dunstschleier verhüllten, wolkenlosen Höhe. Einer hielt sich am andern, alle kreisten in einer Richtung, als wollten sie damit die Ewigkeit und die Unerschütterlichkeit dieser Erde und dieses Himmels versinnbildlichen. Die Milane gaben keinerlei Laut von sich, sondern beobachteten nur schweigend, was sich da tief unter den Flügeln abspielte. Dank ihrer außerordentlichen, alles erfassenden Spähkraft, dank ihres Sehvermögens (das Gehör steht bei ihnen an zweiter Stelle) hatten diese aristokratischen Greifvögel die Oberhoheit über die Savanne, auf die sündhafte Erde ließen sie sich lediglich zur Nahrungsaufnahme und fürs Nachtlager herab.

Sie beobachteten wohl zu jener Stunde aus unermeßlicher Höhe, wie auf einer Handfläche, den Wolf, die Wölfin und die drei Wolfsjungen, die sich auf einem kleinen Hügel unter verstreuten Tamariskenbüschen und dem goldfarbenen Gesträuch des Tschij niedergelassen hatten. Wegen der Hitze hechelten sie gleichzeitig mit hängender Zunge, sie rasteten auf der kleinen Anhöhe und dachten dabei nicht im geringsten daran, daß sie aus dem Himmel der Greifvögel beobachtet wurden. Taschtschajnar verharrte mit schräg gelagertem Oberkörper in seiner Lieblingspose: Er hatte die Pfoten vor sich gekreuzt, den Kopf gehoben, er zeichnete sich durch einen mächtigen Nacken, starke Knochen und einen massigen Körperbau aus. Daneben saß die junge Wölfin Akbara, den kurzen Schwanz sorgsam unter sich zurechtgelegt, wie ein zur Statue erstarrter Körper. Die Wölfin stützte sich auf die gerade vor sich gestellten, sehnigen Beine. Ihre weiß schimmernde Brust und der feine Bauch mit den nach wie vor abstehenden, wenn auch schon nicht mehr so hervorschwellenden Zitzen in zwei Reihen unterstrichen die festen, kräftigen Lenden der Wölfin. Und die Wolfsjungen, die Drillinge, tummelten sich daneben. Ihre rastlose Aufsässigkeit und Verspieltheit ärgerten die Eltern nicht im geringsten. Der Wolf und die Wölfin schauten auf sie mit offensichtlicher Nachsicht – sollen sie sich halt austoben...

Und die Milane kreisten unentwegt in jener entrückten Höhe und beobachteten noch immer ungerührt, was sich unten bei Sonnenuntergang in der Mujun-Kum tat. Nicht weit von den Wölfen und Wolfsjungen, etwas abseits von ihnen in den Tamariskenhainen, weideten Saigas. Gar nicht wenige waren es. Eine ziemlich große Herde hielt sich hier in den Tamarisken auf und in einer gewissen Entfernung noch eine andere, noch zahlreichere Herde. Würden sich die Milane für diese Steppenantilopen interessieren, so hätten sie sich beim Rundblick über die Savanne, über Dutzende von Kilometern, davon überzeugen können, daß die Zahl der Saigas riesig war – Hunderte, Tausende waren es, sie waren der Urtyp der Tiere in dieser gesegneten, ihnen seit Urzeiten vertrauten Halbwüste. Die Saigas warteten das Ende der Abendhitze ab und brachen des Nachts zu den Wassertränken auf, zu den in der Savanne so seltenen und fernab gelegenen Naßquellen. Einzelne Gruppen zog es bereits in jene Richtung, und sie beschleunigten dabei rasch ihren Lauf. Sie hatten große Entfernungen zurückzulegen.

Eine der Herden zog so nah an dem Hügel vorüber, wo sich die Wölfe befanden, daß ihre rasch dahingleitenden Flanken und Rücken, die leicht gesenkten Köpfe und die kleinen Hörner der Böcke in der geisterhaft beleuchteten Grasdecke des Tschij deutlich zu sehen waren. Sie bewegten sich immer mit gesenktem Kopf, dadurch können sie jeden Augenblick zum Rennen losbrechen, ohne den geringsten Luftwiderstand zu verspüren. So hat sie die Natur im Lauf der Evolution ausgestattet, und darin liegt der Hauptvorteil der Saigas: vor beliebiger Gefahr können sie sich durch Flucht retten. Sogar wenn sie nicht alarmiert sind, bewegen sich die Saigas gewöhnlich in mäßigem Galopp, unermüdlich und unerschütterlich, und sie geben dabei niemandem den Weg frei, außer den Wölfen, denn sie, die Antilope, ist die Vielzahl, und schon darin beruht ihre Stärke...

Jetzt zogen sie an Akbaras Familie vorüber, die von Sträuchern verdeckt wurde – eine galoppierende Masse, und diese Bewegung zog einen lebenden Wind mit sich, aus Herdengeruch und dem Staub der Hufe. Die Wolfsjungen auf dem Hügel überkam eine Erregung, instinktiv erwitterten sie etwas. Alle drei schnupperten angestrengt in die Luft und wollten, ohne noch zu begreifen, worum es ging, in jene Richtung laufen, von wo es diesen so aufwühlenden Herdengeruch hertrug, so sehr drängte es sie in das stenglige Unterholz des Tschij, in dem eine große Bewegung zu erahnen war: das Flimmern vieler flitzender Körper. Dennoch rührten sich die Wolfseltern nicht einmal, weder Akbara noch Taschtschajnar veränderten ihre Positur, sie blieben äußerlich gelassen, obgleich es ihnen keine Mühe gemacht hätte, in buchstäblich zwei Sprüngen, urplötzlich, an der Seite der vorüberziehenden Herde aufzutauchen und sie zu jagen, sie heftig und unbändig zu verfolgen, zu zermürben in jenem gemeinsamen Wettlauf bis zur Schwelle des Todes, wo man aufgibt, wo Erde und Himmel die Plätze vertauschen, in einer jähen Wende so flink und geschickt zu sein und im Flug ein paar Antilopen niederzureißen. Möglich wäre das durchaus gewesen, aber es hätte auch so kommen können, daß sie die Beute nicht erjagt hätten, das war bisweilen auch geschehen. So oder so – Akbara und Taschtschajnar dachten nicht daran, eine Verfolgungsjagd zu beginnen, auch wenn sich das fast aufdrängte, auch wenn sich die Beute geradezu anbot, aber sie rührten sich nicht vom Fleck. Dafür gab es Gründe – sie waren an dem Tag satt, und bei solch unglaublicher Hitze und schwerem Magen eine Hetzjagd zu veranstalten und die kaum einzuholenden Saigas zu verfolgen, das hätte fast soviel wie den Tod bedeutet. Die Hauptsache war aber, daß eine derartige Jagd für den Nachwuchs noch verfrüht gewesen wäre. Die Wolfsjungen hätten in Stücke zerfetzt werden können, ein für allemal, sie wären im Lauf außer Atem geraten, hinter dem unerreichbaren Ziel zurückgeblieben, sie hätten daraufhin den Mut verloren. Im Winter, wenn die Jahreszeit der großen Treibjagden kam, dann konnten die Jungwölfe, bereits mit gewachsenen Kräften und beinahe ein Jahr alt, ihre Kraft versuchen, dann konnten sie sich der Sache anschließen, doch vorerst lohnte es sich nicht, ihnen das Spiel zu verderben. Aber bald würde die Stunde ihres Ruhmes schlagen!

Akbara sprang von den Wolfsjungen, die sie in der Ungeduld des Jagdfiebers belästigten, etwas zurück, setzte sich an einem anderen Fleck nieder und verfolgte dabei unverwandten Blickes den Zug der Antilopen auf der Suche nach einer Tränke, Flanke an Flanke im silbrigen Tschij, wie Fische zur Laichzeit zu den Oberläufen der Flüsse schwimmen, alle in ein und derselben Richtung strömend und keine von der anderen zu unterscheiden. Im Blick Akbaras schimmerte ein Wissen durch – laß die Saigas jetzt nur davonziehen, es kommt der festgesetzte Tag, alles, was in der Savanne war, wird in der Savanne bleiben. Die Wolfsjungen hatten sich inzwischen darangemacht, den Vater zu belästigen, sie versuchten, den mürrischen Taschtschajnar aufzuscheuchen.

Akbara aber stellte sich plötzlich den Anfang des Winters vor, sah die große Halbwüste ganz in Weiß vor sich, jenen schönen Tag, da zur Morgendämmerung Neuschnee auf der Erde liegt, einen Tag oder einen halben Tag lang liegenbleibt, jene Stunde aber wird den Wölfen das Signal geben für die große Jagd. Und von dem Tag an wird die Jagd auf die Saigas die Hauptsache in ihrem Leben sein. Und dieser Tag wird anbrechen! Nebelschwaden in den Niederungen, frostiger Rauhreif auf dem traurigen weißen Tschij, auf den umgeknickten, buschigen Tamarisken und diesige Sonne über der Savanne – die Wölfin stellte sich den Tag so deutlich vor, daß sie unwillkürlich erbebte, als wäre das alles bereits so, als hätte sie unverhofft die frostige Luft eingeatmet und würde bereits auf den federnden Pfotenpolstern, geschlossen zu Blütensternbildern, dahintappen, auf verharschtem Schnee, und vollkommen deutlich konnte sie ihre stattlich ausgewachsenen Mutterspuren lesen und alle Spuren der Wolfsjungen. Bereits erwachsen wären sie dann, stünden fest auf den Beinen und zeigten schon ihre Neigungen, ihre Spuren würde sie selbst lesen und darin wiederum all das erkennen, gleich daneben den Abdruck der stärksten Pfoten – mächtige Blütenstände mit Krallen wie Schnäbeln, die aus Nestern herausragten, das wären die Pfoten Taschtschajnars, tiefer und kräftiger in den Schnee eingedrückt als all die anderen, weil er gesund ist und schwergewichtig an der Wamme, er ist die Kraft und das blitzschnelle Messer an den Kehlen der Antilopen, und jede eingeholte Saiga wird den weißen Schnee der Savanne schlagartig mit purpurrotem Blut tränken, wie ein Vogel – im Schwingen der heißen roten Flügel, um des einen Zweckes willen, damit anderes Blut lebe, verborgen in ihren grauen Fellen, denn ihr Blut lebte auf Kosten eines anderen Blutes; so war es vom Ursprung aller Anfänge vorgegeben, ein anderes Mittel gab es nicht, und da war niemand Richter, wie es auch weder Schuldlose noch Schuldige gab, schuld hatte nur der, der das eine Blut schuf für das andere. (Lediglich dem Menschen ist ein anderes Los bestimmt, er beschafft sich sein Brot durch Arbeit, und durch Arbeit züchtet er sich Fleisch – er erschafft die Natur für sich selbst.)

Und die Spuren im Neuschnee der Mujun-Kum, die größeren und etwas kleineren Wolfsdolden, würden sich nebeneinander durch den Nebel der Niederungen ziehen und in den windgeschützten Talsenken, inmitten der Sträucher, enden – da warten dann die Wölfe, blicken um sich und lassen die zurück, die im Hinterhalt bleiben...

Nun naht die heißersehnte Stunde, Akbara schleicht

sich heran, so nah man herankriechen kann, und preßt sich dabei im Schnee eng an die vereisten Gräser, ohne zu atmen, nähert sich den weidenden Saigas, so nah, daß sie in ihre Augen sieht, die noch durch nichts beunruhigt sind, und dann stürzt sie sich auf sie wie Schatten – und dies ist die Sternstunde des Wolfes! So lebhaft stellte sich Akbara jene erste Treibjagd, die Lehre der Jungwölfe, vor, daß sie unwillkürlich aufwinselte und sich kaum auf der Stelle hielt.

Ach, was wird das für ein Verfolgen sein durch die Savanne des Winteranfangs! Die Saigaherden werden Hals über Kopf dahinjagen, wie vom Feuer getrieben, und der weiße Schnee wird sich augenblicklich in eine schwarze Erdnarbe verwandeln, und sie, Akbara, wird ihnen auf der Fährte sein, führend und allen voran, und hinter ihr, beinahe gleichauf, ihre Wolfsjungen, alle drei Erstlinge, ihre Nachkommenschaft, die auf die Welt gekommen und vom Ursprung an bestimmt waren zu solcher Jagd, und nebenher ihr Taschtschajnar, der gewaltige Vater, im Lauf unbändig und nur ein einziges Ziel verfolgend – die Saigas so zu treiben, daß sie in den Hinterhalt gelenkt werden, um damit für seine Sprößlinge die Jagdaufgabe vorbildlich zu erfüllen. Ja, das wird ein unbändiger Lauf werden. Und in Akbara lebte zu jener Stunde nicht nur die künftige Beute als Ziel und heißer Wunsch, sondern auch das Verlangen, möglichst bald möge das Jagen beginnen, wenn sie in der Verfolgung wie grau geflügelte Vögel dahingetragen werden... Darin erfüllte sich der Sinn ihres Wolfslebens...

Das waren die Träume der Wölfin, die Triebe ihrer Natur; wer weiß, vielleicht waren ihr die Träume von oben eingegeben, bitter wird sie sich später an sie erinnern müssen, im Herzen wird es sie stechen, und sie wird davon oft und auswegslos träumen ... Und sie wird wehklagen, wie zur Strafe für ihre Träume. Denn alle Träume sind so – anfänglich entstehen sie in der Einbildung, dann aber zerbrechen sie, weil sie es darauf ankommen ließen, wie so manche Blumen und Bäume, ohne Wurzeln zu wachsen ... So sind doch alle Träume – und ihre Tragödie ist: Man braucht sie bei der Erkenntnis von Gut und Böse ...

3

Der Winter war bereits in die Mujun-Kum eingezogen. Einmal hatte es schon recht ordentlich geschneit, doch der Schnee bedeckte die Savanne nicht lange, die an jenem Morgen wie ein weißer Ozean erschien, uferlos für den Blick, mit im Dahinrollen erstarrten Wogen, mit grenzenlosem Raum für den Wind und das rispenblütige Gipskraut, und wo dann schließlich in der Mujun-Kum eine Stille einkehrte wie im unendlichen Weltraum, der Sand war endlich mit Nässe vollgesogen, und die feuchten Lehmsenken waren durchweicht, nachdem sie ihre rauhe Härte verloren hatten ... Doch zuvor waren die schnatternden Herbstgänse in Schwärmen über die Savanne in Richtung Himalaja gezogen, von wer weiß welchen Meeren und Flüssen her, wohl zum Ursprung neuer Wasser, so daß die Bewohner der Savanne, verfügten sie über Flügel, sich dem Ruf hätten ergeben und mitziehen müssen. Doch jeder Kreatur ist ihr Paradies vorbestimmt ... Sogar die Steppenmilane waren, in ihrer Höhe schwebend, ein klein wenig zur Seite gewichen ...

Akbaras Wolfsjungen waren zum Winter hin merklich gewachsen und hatten ihre kindliche Gleichheit abgelegt, alle drei Erstlinge waren in linkische, das Maß ihres Alters übersteigende Jungwölfe verwandelt, doch ein jeder hatte bereits seine ausgeprägte Eigenart. Die Wölfin konnte ihnen freilich keine Namen geben: Von Gott gefügte Grenzen lassen sich nicht überschreiten, dafür konnte sie leicht nach dem Geruch, was Menschen nicht gegeben ist, und nach anderen Lebensmerkmalen unterscheiden und einen jeden ihrer Nachkommenschaft einzeln zu sich rufen. So verfügte das größte der Wolfsjungen über eine breite Stirn wie Taschtschajnar und wurde wahrgenommen als der Großschädel, während das mittlere, auch ein Brocken, mit den langgezogenen hebelförmigen Läufen als der Schnellfuß galt, den niemand daran hindern würde, mit der Zeit ein Traberwolf zu werden; unter ihnen war aber noch, haarscharf wie Akbara selbst, die Blauäugige mit dem weißen Flecken um die Leisten, wie ihn Akbara hatte, ihr verspieltes Nesthäkchen, und Akbara hatte sie sich in ihrem wortlosen Bewußtsein als Nesthäkchen eingeprägt. Sie wuchs heran zum Gegenstand von Zwist und tödlichen Kämpfen unter den Rüden, dann, wenn ihre Zeit zum Ranzen käme...

In der Nacht war unmerklich der erste Schnee gefallen, und der frühe Morgen brachte einen unverhofften Festtag für alle. Anfangs hatten die hochgeschossenen Wolfsjungen vor dem Geruch und dem Aussehen des unbekannten Stoffes, der das ganze Gelände um die Höhle verwandelt hatte, etwas Scheu, doch darauf gefiel ihnen die kühle Freude, sie rannten und tollten umher – wer ist der schnellere –, zappelten im Schnee, schnaubten und wufften vor Lust. So hatte der Winter für die Erstlinge begonnen, und sein Ende würde die Trennung bringen, von der Wolfsmutter und dem Wolfsvater, den Abschied voneinander, und dann würde jedes für sich ein neues Leben beginnen.

Bis zum Abend fiel noch einmal Schnee, und am nächsten Morgen war die Steppe schon vor Sonnenaufgang klar und taghell. Ruhe und Stille breiteten sich überallhin aus, und der beißende Winterhunger kündigte sich an. Das Wolfsrudel lauschte gespannt in die Umgebung, es war höchste Zeit für den Fang und das Erbeuten von Nahrung. Für die Treibjagd auf die Saigas erwartete Akbara die Mitwirkenden aus anderen Rudeln. Vorerst kündigte sich noch niemand an. Alle lauschten und warteten auf solche Signale. Da sitzt Großschädel in ungeduldiger Spannung, ahnt noch nicht, welche Mühen ihm bei der Jagd bevorstehen, auch Schnellfuß hält sich bereit, und dort Nesthäkchen – sie blickt der Wölfin in die blauen Augen, hingebungsvoll und kühn, während nebenan der Vater der Familie, Taschtschajnar, auf und ab geht. Und alle warteten darauf, wie Akbara befiehlt. Doch über ihnen waltete ein höherer Gebieter – Zar Hunger, der Herr über die Befriedigung der Leiber.

Akbara erhob sich und setzte sich trabend in Bewegung, längeres Warten war sinnlos. Und alle folgten ihr nach.

Alles begann etwa so, wie es der Wölfin geträumt hatte, als die Wolfsjungen noch klein waren. Und nun war die Zeit angebrochen, die eigentliche Zeit für die Steppentreibjagd in Rudeln. Noch würde es ein wenig dauern, bis sich mit den Frösten auch die Einzelgänger an die Wolfsgemeinschaften anschlössen und bis Winterende gemeinsam auf Beute gingen.

Unterdessen führten Akbara und Taschtschajnar ihre Erstgeborenen schon zur Bewährung zu ihrer ersten großen Jagd auf die Saigas.

Die Wölfe gingen, sich der Steppe anpassend, mal im Schritt, mal im Trab und preßten dabei in den jungfräulichen Schnee die Blumen von Raubtierspuren, Zeichen der Kraft und des geballten Willens, da schlichen sie unter den Sträuchern, mal geduckt, mal schlüpfend wie Schatten. Und alles hing nun von ihnen selbst ab und vom Glück ...

Geschwind lief Akbara auf einen Hügel hinauf, Umschau zu halten, und erstarrte, die blauen Augen in die Ferne gerichtet und die Gerüche der Winde mit ihrem Spürsinn auslesend. Die große Savanne erwachte, so weit die Wahrnehmung im leichten Nebel reichte, die Saigaherden ließen sich nach dem Wind an verschiedenen Orten erwittern – riesige Ansammlungen von Jährlingen, die sich schon in neue Herden aufgeteilt hatten. Das Jahr war für die Saigas fruchtbar gewesen, das kam also auch den Wölfen zugute.

Die Wölfin verweilte auf der von Tschij bewachsenen Anhöhe etwas länger, sie hatte wohl auszuwählen und nach dem Wind zu bestimmen, wohin und in welche Richtung der Steppe sich begeben, um ohne Fehl die Jagd zu beginnen.

Und just zu dem Zeitpunkt war auf einmal von irgendwoher, seitwärts und von oben her, ein seltsames dumpfes Grollen zu hören, über die Steppe zog ein Heulen, das aber keineswegs dem Donnern des Gewitters ähnelte. Dieser Ton war völlig unbekannt und wurde derart laut, daß es auch Taschtschajnar nicht mehr hielt, er sprang zur Wölfin hoch, und sie beide wichen vor Angst zurück – am Himmel ereignete sich etwas, dort tauchte ein noch nie gesehener Vogel auf, ungeheuerlich krachend flog er über der Savanne, etwas schiefliegend und mit dem Schnabel nach unten geneigt, dahinter, in einiger Entfernung, schien noch so ein Ungetüm zu fliegen. Sodann entfernten sie sich, und der Lärm verstummte allmählich.

Und so hatten zwei Hubschrauber den Himmel der

Mujun-Kum durchschnitten wie Fische, die im Wasser keine Spuren ihrer Bewegung hinterlassen. Damit aber hatte sich weder oben noch unten etwas verändert, abgesehen davon, daß es um Luftaufklärung ging, daß darüber zu jener Stunde die Funksprüche der Piloten in unverschlüsseltem Text über den Äther gingen, was sie gesehen hatten, wo und in welchem Planquadrat sich Zugänge zur Mujun-Kum befanden, für Geländewagen und Laster mit Anhängern...

Aber die Wölfe – was hätten sie, da die urplötzliche Verwirrung einmal überstanden war, noch damit anfangen können – hatten alsbald die Hubschrauber vergessen und trabten über die Steppe zu den Revieren der Saigas hin, ohne auch nur im Traum zu ahnen, daß sie alle, alle Bewohner der Savanne, schon entdeckt, auf Karten in numerierten Quadraten vermerkt und zum Massenabschuß verurteilt waren, daß ihr Untergang bereits eingeplant und koordiniert war, daß man schon auf zahllosen Motoren und Rädern heranrollte...

Woher sollten sie, die Steppenwölfe, auch wissen, daß ihre Urbeute – die Saigas – jetzt für die Erfüllung des Fleischplans gebraucht wurde, daß die Lage für das Gebiet außerordentlich angespannt war – der »Fünfjahresplan« wird platzen – und irgend so ein Forschling aus der Leitung des Gebietskomitees plötzlich die Strategie vorschlug: Ran an die Fleischvorräte der Mujun-Kum. Die Idee lief darauf hinaus, es gehe nicht nur um die Produktion, sondern auch um den tatsächlich vorhandenen Fleischbestand, und nur dies sei der einzige Ausweg, das Gesicht dieses Gebiets in der Volksmeinung und bei den übergeordneten Aufsichtsorganen zu wahren. Woher hätten sie, die Steppenwölfe, wissen sollen, daß aus den Zentralen in das Gebiet Anrufe kamen, unverzüglich und augenblicklich die Forderung zu erfüllen. Buddelt es aus dem Boden, aber bringt das Fleisch her, Schluß mit dem Verschleppen, im Jahr, da der Fünfjahresplan abgeschlossen wird, was sollen wir dem Volk sagen, wo bleibt der Plan, wo bleibt das Fleisch, wo bleibt die Erfüllung der Verpflichtungen?

»Plan wird bestimmt erfüllt«, antwortete die Gebietsverwaltung, »in der nächsten Dekade. Zusätzlich Reserven an Außenstellen vorhanden, wir werden Druck machen, werden es einfordern...«

Und die Steppenwölfe schlichen sich zu der Stunde nichtsahnend und eifrig auf Umwegen zum verborgenen Ziel, immer noch von der Wölfin Akbara angeführt, geräuschlos auf den weichen Schnee tretend, sie näherten sich der letzten Grenze vor dem Angriff, den hohen Stengeln des Tschij, zwängten sich dazwischen und ähnelten dabei den bräunlichen Erdhügeln. Von hier konnten Akbaras Wölfe alles sehen wie auf einer Handfläche. Die unzählbare Herde der Steppenantilopen, alle wie ausgesucht, absolut einheitlich geschaffen, mit weißem Fell an den Flanken und kastanienfarbenem Rücken, weidete in dem breiten Tamariskental, ohne die Gefahr zu ahnen, und sie fraßen gierig das Steppengras mit dem feuchten Schnee. Akbara wartete vorerst noch ab, das war nötig, um vor dem Sprung Atem zu schöpfen und in einem Satz aus der Deckung hervorzupreschen und sich in vollem Lauf in die Verfolgung zu stürzen, und dann würde die Treibjagd schon selbst anzeigen, wohin und wie das Manöver zu lenken war. Die Jungwölfe hielten vor Ungeduld die Schwänze krampfhaft angelegt und stellten die Ohren wie fliegende Vögel, auch der beherrschte

Taschtschajnar war bereit, die Stoßzähne in das erjagte Opfer zu hauen, ihm kochte das Blut; Akbara jedoch hielt die Flammen in den Augen verborgen und gab noch kein Zeichen zum jähen Absprung, sie wartete auf den günstigsten Zeitpunkt, nur dann konnte man mit einem Erfolg rechnen – die Saiga erreicht im Handumdrehen ein Tempo, dem kein anderes Tier folgen kann. Den günstigsten Zeitpunkt mußte man erwischen.

Und da, wahrlich wie Donner vom Himmel, erschienen jene Hubschrauber von neuem. Dieses Mal kamen sie übermäßig schnell und niedrig über der Erde angeflogen und steuerten sofort bedrohlich gezielt über die aufgescheuchten Saigas, die daraufhin wild losgaloppierten, fort von dem ungeheuerlichen Unheil. Das geschah so jäh und betäubend schnell, daß viele hundert Antilopen verschreckt durchdrehten, ihre Leittiere und die Orientierung verloren und in heillose Panik gerieten, denn die harmlosen Tiere konnten der auf sie herabstürzenden Flugtechnik aber auch gar nichts entgegensetzen. Und ebendas kam den Hubschraubern gelegen, sie preßten die rennende Herde gegen die Erde, überholten sie zugleich, ließen sie mit einer anderen, ebenso zahlreichen Saigaherde, die sich in der Nähe befand, zusammenprallen und zogen immer neue, aufeinander zustürmende Herden in diesen Weltuntergang von Mujun-Kum, die Hubschrauber stürzten die panisch dahinrasende, desorganisierte Masse der Steppenantilopen in Verwirrung, was die Katastrophe noch mehr steigerte, die über die Paarhufer hereinbrach. Das hatte die Savanne noch niemals erlebt. Und nicht nur die Paarhufer, sondern auch die Wölfe, ihre unzertrennlichen Gefährten und ewigen Feinde, befanden sich in derselben Lage.

Als vor den Augen Akbaras und ihres Rudels dieser

unheimliche Überfall der Hubschrauber geschah, verbargen sich die Wölfe zuerst und krümmten sich an den Wurzelstöcken des Tschij vor Schrecken zusammen, aber dann hielten sie es nicht mehr aus und stürzten sich von der verfluchten Stätte davon. Die Wölfe mußten verschwinden und sich retten, so gut es ging, irgendwohin an einen sicheren Ort davonlaufen, aber genau das ließ sich nicht verwirklichen. Sie hatten noch kaum Abstand gewinnen können, als hinter ihnen die Erde erbebte und dröhnte wie bei einem Sturm – die unzählbare Masse der Saigas wurde aufgerollt und von Hubschraubern durch die Steppe gejagt, alle in gleicher Richtung, und sie legten sich ins Zeug, mit schrecklicher, immer noch zunehmender Geschwindigkeit. Die Wölfe konnten das weder abwenden noch sich im Lauf verkriechen, da sie einem lebenden, alles niederreißenden Strom, einer riesigen, daherrasenden Masse an Tieren im Weg standen. Und wären sie auch nur eine Sekunde lang stehengeblieben, die Hufe der Saigas hätten sie unweigerlich zerstampft und zerquetscht, dermaßen ungestüm war diese gedrängte tierische Naturgewalt, die jederlei Kontrolle über sich verloren hatte. Und nur weil die Wölfe ihre Geschwindigkeit nicht verringerten, sondern im Gegenteil, soweit die Kraft reichte, steigerten, blieben sie am Leben. Und jetzt waren sie schon selbst gefangen im Gewühl dieses großen Rennens, das Unwahrscheinliche und Undenkbare war geschehen – die Wölfe waren gemeinsam auf der Flucht mit ihren Opfern, die sie noch vor wenigen Minuten zerreißen und in Stücke zerfetzen wollten, jetzt retteten sie sich vor der gemeinsamen Gefahr, Seite an Seite mit den Saigas, jetzt waren sie, angesichts einer solchen erbarmungslosen Wendung des Schicksals, gleiche geworden. Daß Wölfe und Saigas in einem Haufen rannten, das hatte die Savanne Mujun-Kum noch niemals gesehen, nicht einmal bei den großen Steppenbränden.

Einige Male versuchte Akbara aus dem Strom der Dahinrasenden herauszuspringen, doch dies stellte sich als unmöglich heraus, sie hätte riskiert, sogleich unter den Hunderten von Hufen der neben ihr ungestüm dahinjagenden Antilopen zerstampft zu werden. In diesem tollwütigen mörderischen Galopp hielten sich die Wölfe Akbaras noch dicht beisammen, und sie konnte sie auch noch im Augenwinkel sehen – da sind sie, mitten unter Antilopen, im gestreckten Lauf, so schnell sie nur können, ihrem ersten Sprößling quellen vor Angst die Augen hervor, dort Großschädel, hier Schnellfuß und, kaum mithaltend, immer schwächer werdend, aber noch mit ihnen zusammen, Nesthäkchen, und auch er, in panischem Galopp, der Schrecken von Mujun-Kum, ihr Taschtschajnar. Sollte es etwa der blauäugigen Wölfin davon geträumt haben, daß sie, statt der großen Jagd, gemeinsam in der Herde der Saigas rennen, ohnmächtig, ohne Ausweg und Rettung, von Antilopen fortgetragen wie Späne im Fluß... Als erstes verschwand Nesthäkchen. Sie fiel unter die Hufe der Herde, ihr Gewinsel wurde augenblicklich verschlungen vom Stampfen Tausender Hufe...

Die Hubschraubertreibjäger, durch Funk miteinander verbunden, achteten darauf, die Antilopenbestände von zwei Enden so herzutreiben, daß diese nicht seitwärts auseinanderstieben konnten und sie daraufhin noch einmal durch die Savanne hinter den Herden herjagen mußten, sie steigerten die Angst und erhöhten das Tempo und zwangen die Antilopen, schneller und schneller zu rennen und zu rasen. In den Kopfhörern röchelten die erregten Stimmen der Treibjäger: »Nummer zwanzig, hör mal, Nummer zwanzig! Los, gib ihm Saures! Noch eins drauf!« Die

Hubschrauberpiloten konnten von oben her sehr wohl sehen, was sich unten abspielte, wie sich über den weißen Neuschnee ein schwarzer Strom des Schreckens durch die Steppe wälzte. Und als Antwort war in den Kopfhörern eine muntere Stimme zu hören: »Wir legen noch einen Zahn zu. Ha, ha, ha, schau mal da, mittendrin rennen auch Wölfe. Mann o Mann, hat's euch erwischt, Graubrüder! Seid bald kaputt und mausetot, Brüderchen! Hier läuft nichts mehr, von wegen uns austricksen!«

So jagten und trieben sie, bis die Saigas völlig zermürbt waren, genauso hatte man es ausgeheckt, und die Berechnung stimmte.

Und als die gejagten Antilopen in die große Ebene strömten, empfingen sie dort jene, denen seit dem Morgen die Hubschrauber so gründlich in die Hände gearbeitet hatten. Hier warteten die Jäger, genauer gesagt – die Erschießer. Auf Geländewagen – den »Uasiks« mit offenem Verdeck – trieben die Erschießer die Saigas weiter und knallten sie in voller Fahrt ab, mit Maschinenpistolen, aus unmittelbarer Nähe und ohne zu zielen, wie bei der Heumahd. Und hinter ihnen kamen Anhängerwagen – man warf die Trophäen auf die Ladebühne, eine um die andere, die Menschen fuhren eine Gratisernte heim. Robuste Typen besorgten zügig und bedenkenlos das neue Gewerbe, erstachen halbgetötete Saigas, setzten den Verwundeten nach und erledigten auch sie; doch die Hauptaufgabe bestand darin, die blutbespritzten Kadaver an den Läufen hin und her zu schwingen und in einem Ruck über die Ladewand auf die Brücke zu schmeißen. Die Savanne zollte den Göttern ihren großen blutigen Tribut dafür, daß sie es gewagt hatte, Savanne zu bleiben – auf den Ladeflächen häuften sich die Kadaver der Saigas zu Bergen.

Und das blutige Schlachtfest ging weiter. In hem-

mungsloser Verfolgung stießen die Abschießer auf den Fahrzeugen in das Gewühl der nun eingeholten, schon entkräfteten Saigas vor, mähten die Tiere rechts und links nieder und trugen damit noch mehr Panik und Verzweiflung in die Herde hinein. Die Angst erreichte eine derart apokalyptische Spannung, daß es der Wölfin Akbara, vor Schüssen taub geworden, schien, die ganze Welt würde taub und stumm und alles ringsum stürze in Chaos und Verderben, und sogar die Sonne hoch oben schien lautlos in Flammen zu stehen, als werde auch sie, zusammen mit ihnen, in dieser tollwütigen Treibjagd verfolgt und suchte taumelnd ebenfalls Rettung, als zerfiele sie in viele flimmernde Splitter, ja auch die Hubschrauber schienen plötzlich zu verstummen, stellten ihr Krachen und Pfeifen ein und kreisten jetzt geräuschlos über der in den Abgrund versinkenden Steppe, wie gigantische, stumme Milane... Und die MP-Schützen des Erschießer-Trupps feuerten geräuschlos, in den »Uasiks« kniend, geräuschlos dahinjagend und über die Erde fliegend, lautlos sausten die Wagen, lautlos rasten irre gewordene und völlig abgehetzte Saigas, und lautlos wälzten sie sich, von Kugeln durchsiebt, schlagartig von Blut überströmt...
Und in dieser apokalyptischen Lautlosigkeit erschien Akbara das Antlitz des Menschen. Es erschien so nah und so furchtbar und mit einer solchen Deutlichkeit, daß sie entsetzt die Fassung verlor und beinahe unter die Räder geriet. Ein Geländewagen jagte Seite an Seite mit ihr, dicht neben ihr. Und der Mensch saß vorne, bis zur Hüfte hinausgelehnt. Er trug eine Schutzbrille gegen den Wind vor die Augen gebunden, sein Gesicht war bläulich purpurfarben, von Wind und Bewegung entstellt, am schwarzen Mund hielt er ein Mikrofon und brüllte unsäglich und doch unhörbar über die ganze Steppe hin,

während er von seinem Platz aufhüpfte. Das war wohl der Führer der Treibjagd; und hätte in jenem Augenblick die Wölfin die Geräusche und Stimmen hören und die menschliche Sprache verstehen können, dann hätte sie erfahren, was er über Funk hinausschrie: »Schießt an den Rändern! Tötet am Rand! Nicht in die Mitte knallen, die zerstampfen es! Zermanschen! Hol's der Teufel!« Er befürchtete, die Kadaver der getöteten Saigas würden von den Hufen der hinterherrennenden Tiere zerstampft werden...

Und da merkte plötzlich der Mensch mit dem Mikrofon, wie neben ihm, beinahe Seite an Seite mit dem Auto, inmitten der flüchtenden Antilopen ein Wolf galoppierte und dahinter noch einige Wölfe. Er zuckte zusammen, brüllte unartikuliert heiser und hämisch auf, er warf das Mikrofon weg und holte von unten eine Flinte, legte sie über den Arm und lud durch. Akbara konnte nichts tun, als der Mensch mit dem gläsernen Augenschutz auf sie zielte, sie begriff das nicht, und hätte sie es auch verstanden, sie war in der Treibjagd gefangen und konnte nichts unternehmen, sie hätte durch keine Wendung ausweichen oder anhalten können, und er zielte, wollte sorgfältig zielen, und dies rettete Akbara. Unter ihren Läufen schlug es jäh ein, die Wölfin überschlug sich und sprang sogleich wieder auf und weiter, um nicht zerstampft zu werden; und im folgenden Augenblick sah sie, wie ihr Großschädel, der stärkste ihrer Erstlinge, im Lauf angeschossen durch die Luft hochflog und heruntersank, blutüberströmt, langsam zur Seite rollend, langgestreckt und die Pfoten seitwärts schlenkernd, vielleicht hat er noch einen Schrei des Schmerzes ausgestoßen, mag sein, es war das Klagegeheul vor dem Tod, sie hörte nichts, der Mensch mit dem gläsernen Augenschutz schwang triumphierend die Flinte über seinem Kopf, im nächsten Augenblick übersprang Akbara den leblosen Kadaver von Großschädel, und da drangen in ihr Bewußtsein von neuem die Laute der realen Welt wie ein Schwall – die Stimmen und das Lärmen der Treibjagd, das pausenlose Krachen der Schüsse, wildes Hupen der Automobile, Schreie und Rufen von Menschen, das Röcheln von Antilopen im Todeskampf und über ihr das dumpfe Gedröhn der Hubschrauber... Viele Saigas brachen vor Erschöpfung zusammen und blieben liegen, mit den Hufen schlagend, vor Atemnot und rasendem Herzklopfen schwer keuchend, sie hatten nicht mehr die Kraft, sich zu rühren. Die Kadaversammler schlachteten sie an Ort und Stelle ab, mit voller Wucht das Messer durch die Kehle, zerrten sie an den Läufen und schmissen sogleich die krampfhaft zuckenden, halblebenden Körper auf die Ladeflächen der Lastwagen. Schrecklich waren diese Menschen anzusehen, von Kopf bis Fuß blutgetränkt...

Hätte in den Höhen des Himmels ein Auge über diese Welt gewacht, würde es wohl gesehen haben, wie dies alles geschah und welche Wendung es für die Savanne Mujun-Kum nahm, doch auch es hätte wohl kaum voraussehen können, was dem noch folgte und ausgeheckt wurde...

Die Treibjagd in der Mujun-Kum wurde erst gegen Abend abgebrochen, da alle – Verfolgte und Verfolgende – entkräftet waren und die Dämmerung über der Steppe heraufzog. Am anderen Morgen sollten die Hubschrauber vom Wartungsstützpunkt zurückkehren und die Treibjagd von neuem beginnen, diese Arbeit würde wohl noch an die drei Tage dauern, vielleicht auch vier, wenn man bedachte, daß im sandigen Westteil der Mujun-

Kum-Steppen nach ersten Meldungen der Hubschrauberaufklärung angeblich noch viele nicht aufgescheuchte Saigaherden vorhanden waren, unerschlossene Reserven des Gebiets, wie man es offiziell bezeichnete. Und falls unerschlossene Reserven existierten, ergab sich mit zwingender Notwendigkeit die Aufgabe, die genannten Reserven möglichst rasch zu erschließen und im Interesse des Gebiets in die Planung mit einzubeziehen. Ebendas war die offizielle Begründung des »Unternehmens« Mujun-Kum. Bekanntlich stehen aber hinter jederlei offiziellen Verlautbarungen immer diese oder jene Lebensumstände, die den Gang der Geschichte bestimmen. Und die Umstände der Geschichte sind letztendlich die Menschen mit ihren Antrieben und Leidenschaften, Lastern und Tugenden, mit den unvorhersehbaren Windungen und Widersprüchen ihres Geistes. So gesehen war die Tragödie der Mujun-Kum auch keine Ausnahme. In der Savanne waren in jener Nacht Menschen. Bewußte oder unbewußte Vollstrecker dieser Greueltat.

Und die Wölfin Akbara und ihr Wolf Taschtschajnar, vom ganzen Rudel als einzige am Leben geblieben, trabten in der Finsternis durch die Steppe weiter und versuchten, sich möglichst von den Stätten der Treibjagd zu entfernen. Aber sie konnten sich nur mühselig bewegen, das ganze Fell war am unteren Teil des Bauches, am Damm und fast bis zum Kreuzbein während des Tages in Dreck und Matsch völlig durchnäßt worden. Die zerschundenen, mit Wunden bedeckten Läufe schmerzten dumpf und brannten heftig, jede Berührung mit dem Boden fügte den Tieren Schmerz und Leiden zu. Und vor allem hatten sie den Wunsch, zu ihrer gewohnten Höhle zurückzukehren und zu vergessen, was über ihr verwegenes Wolfshaupt hereingebrochen war.

Doch auch da ging es schief. Als sie der Höhle näher kamen, stießen sie unerwartet auf Menschen. Am Rand der vertrauten Niederung, eingezwängt in einen kleinen Tamariskenhain, der niedriger war als die Räder, stand ein Koloß von Lastwagen. In der Dunkelheit waren neben dem Laster menschliche Stimmen zu hören. Die Wölfe blieben kurz stehen und kehrten sodann schweigend in die offene Steppe zurück. Aus irgendeinem Grund glühten zu diesem Zeitpunkt, die Dunkelheit zerschneidend, die Scheinwerfer voll auf, zwar in die den Tieren entgegengesetzte Richtung, aber schon das genügte. Die Wölfe jagten los, so gut sie konnten, hinkend und hüpfend, rissen aus, ganz gleich wohin. Besonders Akbara lahmte an den Vorderpfoten... Um die durch Überanstrengung beschädigten Läufe abzukühlen, mußte sie sich Schneestellen aussuchen, die seit dem frühen Morgen übriggeblieben waren. Traurig und bitter zogen sich die zerknitterten Blumen ihrer Spuren dahin. Die Wolfsjungen waren umgekommen. Hinter ihr blieb die nunmehr unzugängliche Höhle zurück. Dort waren jetzt Menschen...

Es waren ihrer sechs, sechs mit dem Fahrer Kepa, sechs durch den Zufall zusammengewürfelte Leute, Einsammler von getötetem Wild, die jene Nacht in der Savanne verbrachten, um sich am Morgen möglichst früh an das so einträgliche Geschäft zu machen – pro Stück ein halber Rubel. Obgleich sie schon drei vollbeladene Laster abgefertigt hatten, war es bei weitem nicht gelungen, alle zerschossenen und bei der Treibjagd zerquetschten Saigas vor Einbruch der Dunkelheit einzusammeln. Am Morgen würden sie noch die auf dem Feld zurückgelassenen suchen, sie auf den Laster schmeißen, bereit zum Abtransport und Umladen in Waggons des Gütertransports, der die Beute unter Planen aus der Zone Mujun-Kum weiterschaffen sollte.

An jenem Abend war am Horizont der Mond sehr früh aufgegangen, er hatte die volle Rundung erreicht und beherrschte über der fahlen, stellenweise noch schneebedeckten Steppe die Nacht. Das Mondlicht tauchte die Erde in Licht und Schatten, beleuchtete und beschattete die Bäumchen, die Schluchten und Anhöhen der Savanne. Doch die scharfe Silhouette des riesigen Lastwagens flößte den Wölfen noch lange Angst ein – jedesmal, wenn sie zurückblickten, zogen sie den Schwanz ein und beschleunigten ihren Lauf. Und dennoch blieben sie wieder stehen und blickten angestrengt zurück, als wollten sie versuchen, in das Wesen des Geschehenen einzudringen, was die Menschen dort, am Ort ihrer alten Höhle, taten, warum sie da haltgemacht hatten und ob dieser kolossale, schreckerregende Wagen noch lange bleiben würde. Es war im übrigen ein MAS-Geländewagen, ein militärisches Modell, mit einer Plane überzogen und mit Rädern von solcher Wucht, als sollten sie hundert Jahre lang halten. Auf der Ladefläche lag inmitten Dutzender Saigakadaver, die auf den Abtransport am nächsten Morgen warteten, ein Mensch mit gefesselten Händen, als sei er in der Steppe gefangengenommen worden. Er lag und spürte mit dem Körper, wie die ihn berührenden Kadaver der Saigas immer mehr abkühlten und steif wurden. Und trotzdem hielten ihre Häute ihn warm, sonst wäre es schlimm geworden für den Menschen, der gezwungen war, reglos zu liegen. Er konnte den Mond durch einen Schlitz der Zeltplane über der Ladefläche sehen, er blickte auf den großen Mond wie in eine Leere, sein Gesicht war bleich und voll tiefen Leidens.

Nach dem, was unlängst vorgefallen war, hing jetzt sein Los von den Menschen ab, mit denen er hierhergekommen war, um wie sie bei einer erfolgreichen Treibjagd in der Mujun-Kum etwas hinzuzuverdienen...

Schwer ist es, zu bestimmen, was den Weg des Menschen bestimmt. In jedem Fall ist die Kombination aller möglichen menschlichen Beziehungen, aller möglichen Charaktere in der Kette aller möglichen Schicksale dermaßen unendlich und verwickelt, daß auch das supermodernste Computersystem eine allgemeine Kurve der einfachsten menschlichen Naturen nicht zu integrieren vermag. Diese sechs, genauer gesagt die fünf, da ja der Fahrer Kepa sowieso nicht zählte, als treuer Mann am Lenkrad, er war außerdem der einzige unter ihnen mit Familie, jedoch ähnelte er den anderen und war kaum von ihnen zu unterscheiden – mit einem Wort, diese sechs konnten als ein Beispiel für einander entgegengesetzte Fälle dienen, wo ein rechnergesteuertes Integrieren überhaupt nicht nötig ist, und auch als ein Beispiel für die Unerschöpflichkeit der Wege des Herrn, wenn es sogar um das unbedeutendste Kollektiv von Menschen geht. Es war also dem Herrn gefällig, daß sie sich alle als Menschen von erstaunlich gleicher Art entpuppten, zumindest ganz am Anfang der Abfahrt in die Mujun-Kum...

Vor allem waren sie Menschen wie Spreu im Wind, entwurzelt und ohne Zuhause, Kepa selbstverständlich ausgenommen; dreien von ihnen war die Frau davongelaufen, alle waren mehr oder minder Versager und also meistenteils über die Welt verbittert. Eine Ausnahme mochte vielleicht der Jüngste sein, mit dem alttestamentlichen Namen Awdij – die Bibel erwähnte ihn im Ersten Buch der Chronik –, Sohn eines Diakons irgendwo bei Pskow, der nach dem Tod des Vaters als vielversprechender Sproß eines Kirchendieners ins geistliche Seminar eingetreten war und zwei Jahre danach wegen Häresie von dort verjagt wurde. Und jetzt lag er auf dem Gestell des Lasters, mit gefesselten Händen und in Erwartung dessen, was ihm blühte für den Versuch der Meuterei an Bord – so hatte es Ober höchstpersönlich definiert.

Mit Ausnahme Awdijs waren sie alle eingefleischte oder – wie sie sich selbst titulierten – professionelle Alkoholiker. Wiederum konnte aber Kepa dazu nicht gezählt werden, schließlich mußte er auf den Führerschein achten, sonst hätte ihm die Frau die Augen ausgekratzt, aber in der Mujun-Kum hatte er in jener Nacht dennoch kräftig zugelangt, nicht weniger schlimm als die anderen, und aufs neue mißtrauten sie auch in dieser Hinsicht Awdij, diesem miesen Awdjuchen, warum sich gerade er, ein Landstreicher, da noch einmal verweigern mußte und auch nicht trinken wollte – damit hatte er noch größeren Haß von seiten Obers auf sich gezogen.

Ober ließ er sich der Kürze halber von den ihm unterstellten Kadaver-Einsammlern nennen, bis zur Abhalfterung war er tatsächlich Oberleutnant eines Disziplinarbataillons gewesen. Als man ihn degradiert hatte, beklagten seine Gönner den Übereifer, daran glaubte er selbst auch und war tief gekränkt über die Ungerechtigkeit der Vorgesetzten, er zog es indes vor, über den wahren Grund für den Rausschmiß aus der Armee nicht zu sprechen. Was hätte das auch genützt, das waren alte Geschichten. Obers richtiger Name war Kandalow, in der ursprünglichen Fassung womöglich auch Chandalow, aber all dies kümmerte niemanden – Ober war allemal Ober, in des Wortes ursprünglicher Bedeutung.

Die zweite Person in dieser »Junta« – einvernehmlich hatten sie ihr Unternehmen »Junta« getauft, der einzige, der schwach widersprochen hatte, war Hamlet-Galkin gewesen, der ehemalige Künstler: »Ist doch für Witzbolde – ›Junta‹, ich mag das nicht, Jungs, wir begeben uns doch auf eine Safari, wollen wir uns doch ›Safari‹ nennen!«, doch seinem Vorschlag hatte sich so recht keiner angeschlossen, vielleicht hatte die verschwommene »Safari« gegen die energische »Junta« verloren –, so also war der zweite der »Junta« wie von selbst ein gewisser Mischasch, aufgeschlüsselt Mischka-Schabaschnik, ein Typ von wahrhaft büffelhafter Grimmigkeit, der sogar Ober selbst hätte zum Teufel weiß wohin verwünschen können. Die Angewohnheit des Mischasch, bei jeder Gelegenheit mordshurenmäßig zu fluchen, war für ihn wie Einschnaufen und Ausschnaufen. Er war auch auf die großartige Idee gekommen, Awdij zu fesseln und auf die Brücke des Lasters zu werfen. Was von der »Junta« auch unverzüglich getan wurde.

Den bescheidensten Rang in dieser »Junta« nahm Hamlet-Galkin ein, ehemaliger Schauspieler, durchs Saufen heruntergekommen und frühzeitig von der Bühne abgetreten; er schlug sich daher mit Mühe und Not durch Gelegenheitsjobben durch, und da ergab sich ebendieser schnelle Verdienst, irgendwelche Antilopen oder Saigas an den Läufen packen und auf einen Laster schmeißen, war ja egal, was, verdienst so viel, wie du sonst im Monat nicht kriegst; zudem war noch die Prämie von Ober zu erwarten, auch wenn er sie – einen Kasten Wodka für den ganzen Trupp – vom zu erwartenden Auftragslohn abzog.

Und schließlich war da noch der verträglichste und harmloseste unter ihnen, ein junger Kerl von hier, aus der Umgebung von Mujun-Kum, Üsükbaj oder einfach: der Ureinwohner. Unschätzbar an Ureinwohner-Üsükbaj war, ihm ging jedes Selbstwertgefühl ab, was man ihm auch sagte, er war mit allem einverstanden, und für eine Flasche Wodka wäre er bereit gewesen, sich zum Nordpol zu bewegen. Eine Kurzfassung der Geschichte von Eingeborenen-Üsükbaj lief auf folgendes hinaus: Er war früher Traktorist gewesen, und als er anfing, hemmungslos zu trinken, hatte er eines Nachts den Traktor auf einer Durchgangsstraße stehenlassen, ein des Wegs kommendes Auto verkeilte sich, ein Mensch kam ums Leben, Üsükbaj saß ein paar Jahre ab, währenddessen war ihm die Frau mit den Kindern endgültig davongelaufen, und er befand sich plötzlich in der Stadt als nicht eingeplante Arbeitskraft, betätigte sich als Entlader und Belader beim Lebensmittelhandel, lungerte zum Saufen in Toreinfahrten oder auf Treppen herum, wo ihn dann Ober persönlich auflas, und er lief ihm nach, ohne sich umzusehen, es gab ja auch nichts zum Umsehen... Ober-Kandalow konnte man ja nichts abschlagen – er verfügte wirklich über einen sozialen Spürsinn...

So waren sie alle, mit Ober-Kandalow an der Spitze, zusammengekommen und auf der Woge der Treibjagd in der Mujun-Kum-Savanne aufgetaucht...

Und wenn vom Schicksal und von Schicksalen zu reden ist, von verschiedenartigen Lebensumständen, die wiederum zu Ursachen anderer Ereignisse werden, dann hätte Ober-Kandalow bei Gott keinerlei Sorgen mit dem gescheiterten Seminaristen Awdij gehabt, falls es diesem nämlich gelungen wäre, seinerzeit zu Ende zu studieren und es bis zur Priesterweihe zu bringen. Im übrigen hatten sich die ehemaligen Seminargefährten Awdijs, einstmals ebenso leichtsinnige Schuljungen wie alle Schüler, nach der Wahl des Lebensweges weitaus beständiger, vor allem aber vernünftiger erwiesen als Awdij, der Sohn des verblichenen Diakons; sie waren gleich nach Abschluß der geistlichen Ausbildung erfolgreich auf den Stufen der Kirchenlaufbahn aufgerückt. Wenn unter ihnen auch Awdij gewesen wäre – und anfänglich zählte er zu den höchstbegabten, bei den Patres Theologen heißgeliebten Jünglingen –, ja dann hätten Ober-Kandalow und Awdij Kallistratow kaum jemals zusammentreffen können, schon allein darum, weil Ober-Kandalow Popen wahrhaft für einen Anachronismus hielt und noch niemals in seinem Leben die Schwelle einer Kirche überschritten hatte, nicht einmal aus Neugierde.

Ja, wenn... Wenn man nur wüßte, was so alles geschieht. Wenn man nur alles im voraus wüßte. Wer wird denn jemand darum bitten, einen Fragebogen auszufüllen, um bei einer Tour mit anderen etwas dazuzuverdienen. Ist doch fast so, wie wenn man in den Kartoffeleinsatz fährt. Man muß halt statt Knollen auflesen die bei der Treibjagd getöteten Tiere einsammeln... Wenn Ober-Kandalow gewußt hätte, daß ihm am Bahnhof der Penner Awdij begegnen würde – dieser absonderliche, abnorme Typ –, dann hätte er sich im Sand der Mujun-Kum nicht den Kopf zerbrechen müssen, wie vorgehen, wohin mit ihm, wie diesen irren Awdij ohne Schaden loswerden, der alles, was er selbst so eifrig und vielversprechend zur Rehabilitierung seiner Vergangenheit organisiert hatte, ins Wanken brachte. Wer hätte das denken können, in welch merkwürdiger, unwahrscheinlicher und dabei törichter Weise alles in einem Knoten verknüpft würde! Diese Gedanken weckten in Ober-Kandalow den großen Wunsch, zu trinken, was bedeutete, sich bis zur schwarzen Besinnungslosigkeit vollaufen zu lassen, wie er das auch gehörig konnte, ein halbes Glas in einem Zug, dann noch ein halbes und noch eines, dich betäuben und weitermachen, bis es für dich keine Schranken mehr gibt, bis du zur schwarzen Bewußtlosigkeit gelangst... und es dem Hirn reinwürgen... Aber auch das fürchtete er, denn er wußte, wie schwer es danach sein würde...

Und woher war er, dieser Awdij, gerade auf ihn gestoßen! Und wiederum hatte sich all das, wenn vom Schicksal und von Schicksalen die Rede ist, von verschiedenartigen Lebensumständen, die wieder andere Ereignisse hervorrufen, schon vor langem und weit von hier verknüpft...

Der aus dem geistlichen Seminar als häretischer Neudenker verstoßene Awdij hatte als freier Mitarbeiter der Gebietszeitung des Komsomol gearbeitet. Die Redaktion des Blattes war an ihm, der frisch vom Seminar kam und zu leicht lesbaren Themen nicht übel schrieb, interessiert gewesen. Von der Kirche mit dem Bannfluch belegt, war er ein anschauliches Beispiel für antireligiöse Propaganda. Der verkrachte Seminarist war seinerseits an der Möglichkeit interessiert, in der Presse zu Themen der Ethik und Moral bei der Jugend aufzutreten, was seiner seelischen Verfassung entsprach. Der dabei in den Spalten der Zeitung erlaubte Spielraum seiner ungewöhnlichen Betrachtungen hatte die Leser, und nicht nur junge, zweifellos angelockt, besonders vor dem Hintergrund der kläglich didaktischen Appelle und sozialen Beschwörungsformeln, die sonst in der Gebietspresse überschwappten. Und vorerst wurden anscheinend die wechselseitigen Interessen auch gewahrt, sie ergänzten sich gegenseitig, doch keiner hatte gewußt, genauer gesagt fast keiner mit Ausnahme jenes einen Wesens, welche Absichten dieser junge und doch frühe Erneuerer ausbrütete. Awdij hatte gehofft, mit der Zeit und bei Festigung eine annehmbare Form und Platz für eine an die Grenze des Möglichen gehende ideologische Rubrik zu finden, wo er höchst aktuelle und seiner Überzeugung nach lebenswichtige, neudenkerische Vorstellungen von Gott und Mensch in der gegenwärtigen Epoche würde aussprechen können, als Gegengewicht zu den dogmatischen Postulaten der archaischen Glaubenslehre. Dabei bestand die ganze Lächerlichkeit seiner Lage darin, daß er sich vor zwei völlig unzugänglichen und uneinnehmbaren Festungen befand, deren Stärke auf der Unerschütterlichkeit und gegenseitigen Unvereinbarkeit beider Seiten beruhte, auf der einen Seite die von der Zeit abgehobenen, tausendjährigen Apologeten der Osterbotschaft, die über die Reinheit der Glaubenslehre vor jedweder, sogar gutgemeinten neuen Idee wachten, und auf der anderen Seite die mächtige Logik des wissenschaftlichen Atheismus, welche die Religion von Grund auf verwarf. Und er, der Unglückliche, befand sich zwischen zwei Mühlsteinen. Und dennoch brannte in ihm sein Feuer. Die eigenen Ideen von der zeitbedingten Entwicklung der Kategorie Gott, abhängig von der historischen Menschheitsentwicklung, hatten ihn ergriffen, und der Häretiker Awdij Kallistratow hoffte, das Schicksal würde ihm früher oder später die Möglichkeit verschaffen, den Menschen das Wesen seiner Erkundungen zu offenbaren, da ja, wie er annahm, alles dahin führte, daß die Menschen ihre Beziehungen zu Gott in der postindustriellen Epoche selbst erleben möchten, wenn die Macht der Menschen ihre allerkritischste Phase erreicht haben würde. Diese Schlußfolgerungen Awdijs waren noch unausgegoren und umstritten, doch sogar eine solche Gedankenfreiheit hatte ihm die offizielle Theologie nicht verziehen, und die Hierarchen der Eparchie hatten ihn, als er sich weigerte, die Häresie des Neudenkens zu bereuen, aus dem geistlichen Seminar verstoßen.

Awdij Kallistratow hatte eine bleiche, hohe Stirn, wie

viele seiner Generation trug er die Haare bis zur Schulter und ließ sich, bei jugendlichem Äußeren, einen dichten kastanienfarbenen Bart wachsen, der ihm zwar nicht sehr gut stand, aber immerhin seinem Gesicht einen friedfertigen Ausdruck verlieh. Die grauen, hervorstehenden Augen glänzten fiebrig und drückten die Unruhe des Geistes und des Denkens aus, die zu seiner Wesensart gehörte, was ihm große Freude an eigenen Ansichten verschaffte und viele qualvolle Leiden von seiten der Menschen, die ihn umgaben, auf die er im guten zuging...

Awdij trug meistens karierte Hemden, Pullover und Jeans, bei Kälte zog er ein Mäntelchen über und eine alte, noch vom Vater stammende Pelzmütze. So war er auch in der Savanne Mujun-Kum erschienen...

Daß er sich zu dieser Stunde im Laderaum des Lasters gefesselt umherwälzte, brachte ihn auf bittere Gedanken. Doch am schärfsten empfand er hier seine völlige Einsamkeit, was ihm den halbvergessenen Spruch eines orientalischen Dichters über das Wesen des Einsamseins ins Gedächtnis rief: »Und unter tausendfacher Menge bist du einsam, und auch mit dir allein bist du ein Einsamer.« Und je bitterer und qualvoller er an sie dachte, an jene, die ihm seit einiger Zeit das nächste Wesen auf der Welt geworden war, das ihn ständig in Gedanken begleitete wie die zweite Hypostase seines eigenen Wesens, das er auch jetzt von sich nicht loslösen konnte und dem er seine Gefühle und Erlebnisse zuwenden mußte –, und wenn es unter Menschen tatsächlich Telepathie gibt, als eine übersinnliche Verbindung zwischen besonders nahestehenden Naturen in besonders angespanntem Zustand, dann hätte jemand in jener Nacht ein merkwürdiges Verlangen des Geistes und das Vorgefühl eines Unheils verspüren müssen...

Jetzt hatte er schließlich den wahren Sinn der paradoxen Worte desselben orientalischen Poeten erschlossen, über die er früher innerlich sogar gespottet hatte; kaum zu glauben, wie konnte einer nur behaupten: »Möge sich niemals verlieben, der wahrhaft dazu geneigt ist zu lieben.« Was für ein Unsinn! Jetzt weinte er still, an sie denkend und sie bewußt wahrnehmend; wenn er von ihrer Existenz auf Erden nichts wüßte und sie nicht so sehr für sich und so verzweifelt liebte wie das eigene Leben vor dem Tod, dann gäbe es nicht diesen anhaltenden Schmerz, nicht diese Schwermut und den unüberwindlichen, sinnlosen und quälenden Wunsch, sich unverzüglich und sogleich loszureißen und zu befreien und mitten in der Nacht zu ihr durch die Savanne zu fliehen, zu jener in der transkontinentalen Weite verlorenen Station Shalpak-Saz, um plötzlich dort zu sein wie damals, nur für eine halbe Stunde, gleich neben ihrer Tür, in dem Häuschen am Krankenhaus, wo sie lebt am Rand der großen Wüste ... Aber er hatte keine Kraft, sich zu befreien, und verwünschte sich wegen seiner vielleicht auch verfehlten Hingabe an sie, gerade ihretwegen war er doch zurückgekehrt, ein zweites Mal in diese asiatischen Gebiete gekommen, er befand sich nun hier, in der Mujun-Kum, und lag jetzt da mit gefesselten Händen, beleidigt und erniedrigt. Aber die Gefühle ihr gegenüber waren um so heftiger, je aussichtsloser sein Wunsch war, sie zu sehen, und je qualvoller das Bewußtsein der Einsamkeit wurde; diese Gefühle erschlossen ihm zugleich die ganze Gnade seiner Vereinigung mit Gott, denn nun wurde ihm offenbar, daß sich Gott durch Liebe offenbart, und damit dem Menschen das höchste Glück des Daseins schenkt, und daß hier Gottes Großmut unendlich ist, so unendlich wie der Strom der Zeit, und das

Schicksal der Liebe zugleich in jedem Fall und in jedem Menschen unwiederholbar...

»Ruhm dem Allmächtigen!« flüsterte er vor sich hin und blickte auf den Nachtmond und dachte bei sich: Wenn sie wüßte, wie groß und unermeßlich die göttliche Gnade ist, wenn Gott das Herz mit Liebe erfüllt...

Und da ertönten neben dem Wagen Schritte, jemand kletterte auf das Gestell, schnaubend und rülpsend. Das war Mischasch, und hinter ihm tauchte der Kopf Kepas auf. Sie hatten wohl für den Anfang schon kräftig zugelangt, der Wodka stieg einem scharf in die Nase.

»Na, warum flackst du Hurenbock so herum? Los, Hundspope, steh auf, Ober will dich auf dem Teppich, zur Umerziehung«, sagte Mischasch zu ihm, über die Saigakadaver im Wagen vorrückend wie ein Bär in die Höhle. Kepa kicherte und fügte seinerseits hinzu: »Von wegen Teppich, auf deinem höchsteigenen Arsch hockst du, auf dem Bödchen der Mujun-Kum.«

»Teppich, das könnte dir so passen«, brummelte Mischasch und rülpste, »für so was gehörst du Hurenbock nach Sibirien! Uns verblöden wollen, zu Mönchen machen, bist an die Falschen geraten, Scheißkerl!«

4

In all der Zeit hatte Awdij Kallistratow einige Briefe nach Shalpak-Sas an Inga Fjodorowna geschickt, und sie hatte ihm postlagernd in die Stadt geantwortet, weil Awdij Kallistratow noch keine ständige Anschrift hatte. Die Mutter hatte er schon in der Kindheit verloren, wonach sein Vater, Diakon Kallistratow, zeitlebens Witwer blieb, seine ganze gute Seele und die dürftige Bildung, die theologische und die weltliche, auf den Sohn übertrug und auf die Tochter, die drei Jahre älter war als Awdij. Die Schwester Awdijs, Warwara, hatte sich zum Studium nach Leningrad begeben, sie wollte ans pädagogische Institut, wurde aber als Tochter eines Kultdieners nicht aufgenommen, schließlich hätte ihr das den Zugang zum Unterricht an Schulen verschafft; daraufhin hatte sie die Aufnahmeprüfung ins Polytechnikum bestanden, verblieb auch in Leningrad, heiratete und gründete eine Familie und arbeitete als technische Zeichnerin an einem Projektierungsinstitut.

Awdijs Weg führte ins geistliche Seminar, er hatte das selbst gewollt, auch der Vater hatte sich das sehr gewünscht, besonders nach der Geschichte mit dem Versuch der Tochter Warwara beim pädagogischen Institut. Als Awdij im Seminar mit dem Studium begonnen hatte, schätzte sich Diakon Kallistratow glücklich und stolz, er freute sich darüber, daß sein Traum in Erfüllung gegangen war, seine Mühen und Einflüsterungen nicht vergebens blieben und Gott seine Gebete erhört hatte. Indes verstarb er alsbald, und vielleicht war dies eine Güte des Schicksals, denn die häretische Metamorphose, die seinen Sohn Awdij Kallistratow überkam, hätte er nicht ertragen, als sich dieser vom Neudenken auf dem Gebiet des Ewigen fortreißen ließ, von der Welt der Theologie, der Lehre des wohl ein für allemal in der Unendlichkeit und Unwandelbarkeit göttlicher Kraft Gegebenen.

Und als Awdij Kallistratow in der Jugendzeitung des Gebietskomitees mitzuarbeiten begann, wurde die kleine Wohnung, in der Diakon Kallistratow mit Familie viele, viele Jahre verbracht hatte, für einen neuen Kirchendiener beansprucht, dem ehemaligen Seminaristen Awdij Kallistratow schlug man vor, als einer Person, die keinerlei

Beziehung zur Kirche mehr habe, die Wohnung zu räumen.

Awdij hatte in diesem Zusammenhang die Schwester Warwara nach Hause gebeten, damit sie, nach eigenem Ermessen, die für sie brauchbaren Gegenstände, hauptsächlich alte Ikonen und Bilder, als Erinnerung und Erbe nach Leningrad fortnähme. Für sich selber behielt Awdij die Bücher des Vaters. Das war die letzte Begegnung des Bruders und der Schwester, bevor sie ihrem eigenen Schicksalsweg folgten. Sie trafen sich danach nicht mehr, ihre Beziehungen waren völlig normal, ihre Lebenswege aber verschieden. Seitdem lebte Awdij in Privatwohnungen, erst in Zimmern, dann in Ecken, da er Einzelzimmer nicht mehr bezahlen konnte. Und deswegen wurden ihm Briefe postlagernd geschrieben.

Und eben zu der Zeit war Awdij Kallistratow das erste Mal für die Redaktion der Komsomol-Zeitung des Gebiets nach Mittelasien gefahren. Als unmittelbarer Anlaß dafür diente die Idee, Wege und Mittel zu erforschen und zu beschreiben, wie in das jugendliche Milieu der europäischen Landesteile Rauschgift gelangen konnte – Anascha, eine Pflanze, die in Mittelasien wuchs, in den Tschuja-Steppen und der Mujun-Kum. Anascha ist eine nahe Verwandte des weithin bekannten Marihuana, eine besondere Art des wilden südlichen Hanfes, der in den Blüten und speziell in den Blütenständen und im Blütenstaub stark wirkende betäubende Stoffe enthält, die beim Rauchen Euphorie und die Illusion der Glückseligkeit hervorrufen und danach, bei vermehrter Dosis, eine Phase der Niedergeschlagenheit, der dann eine für die Umgebung gefährliche Aggressivität folgt.

Die Geschichte dieser Reise hatte Awdij Kallistratow ausführlich in seinen Reisenotizen beschrieben und wie er in der Steppe unerwartet mit der Wolfsfamilie zusammengestoßen war, er hatte alles Erlebte voller Schmerz und Unruhe geschildert, als Zeuge und Bürger, der sich über die Verbreitung dieses betäubenden Teufelskrauts Sorgen macht. Doch die Veröffentlichung der Studien, in der Redaktion anfänglich mit Hurra aufgenommen, hatte sich verzögert und war danach überhaupt ins Stocken geraten.

Über sein anhaltendes Mißgeschick und seine Erlebnisse hatte Awdij Kallistratow an Inga Fjodorowna geschrieben, den auf der Welt ihm am nächsten stehenden Menschen; er sah sie als Geschenk eines gesegneten Schicksals an und hielt sie für den Fluß, in den er eintauchte, und so fürs tägliche Dasein auflebte und erstarkte. Alsbald hatte er begriffen, der Briefwechsel mit Inga Fjodorowna sei das Erlebnis in seinem Leben, wer weiß, vielleicht die wichtigste Vorbestimmung, die seine Existenz auf der Erde rechtfertigte.

Hatte er ihr seine Briefe abgesandt, lebte er damit wie durch den Heiligen Geist, und er rekonstruierte immer wieder im Gedächtnis all das Geschriebene, als wolle er es sich selbst kommentieren. Es war eine ganz merkwürdige Form des Umgangs aus der Entfernung – ein in Zeit und Raum unaufhörliches Ausstrahlen seiner gequälten Seele.

»... Sodann dachte ich viele Tage darüber nach, ob meine Worte am Anfang des Briefes Sie nicht schockiert haben: ›Im Namen des Vaters und des Sohnes und des Heiligen Geistes‹. Ich hatte sie angeführt als ein in diesen Traditionen Erzogener, sie dienen mir immer als Kammerton vor einem ernsthaften Gespräch, als Einstimmung des Geistes vor dem Gebet, und ich bin dieser Regel nicht untreu geworden, sei es auch nur, um Sie ein weiteres Mal an meine kirchennahe Herkunft und die seminaristische Vergangenheit zu erinnern. In meiner Beziehung zu Ihnen gibt es nichts, was mich hätte veranlassen können, irgendwelche mich betreffenden Umstände zu unterschlagen.

Und ich habe noch darüber nachgedacht, warum ich ›Sie‹ schreibe, da wir doch schon beim Abschied bereits du zueinander sagten. Verzeihen Sie mir, mit mir ist etwas geschehen – es ist nicht viel Zeit verflossen, da ich fern von Ihnen bin. Trotzdem versuchen alle Sonderlinge, sich unsinnige Rechtfertigungen zurechtzulegen. Dennoch will ich aber dazu nebenbei sagen: Gestatten Sie, daß ich mich Ihnen aus der Ferne mit dem ›Sie‹ zuwende. So fühle ich mich weitaus wohler. Wenn es uns aber beschieden sein soll, zusammenzutreffen, worum von nun an meine verborgenen und daher besonders heimlichen Träume kreisen (das sind meine Traum-Kinder, ich ziehe sie groß und kann ohne sie nicht leben, ich stelle mir vor, welch ein Glück es ist, seine Kinder zu lieben, wenn man sie lieben kann wie einen Traum), aber meine Träume sind geboren aus meiner Existenz, die nichts ist als ein Streben des Geistes zur göttlichen Vollkommenheit, dem ewig Anziehenden und Unendlichen; mittels dieser Träume von unserer Begegnung, daran habe ich keinen Zweifel, widerstehe ich der Drohung des Nichtseins; vielleicht ist deshalb die Liebe Antithese des Todes und stellt daher das Schlüsselmomentum des Lebens nach dem Geheimnis der Geburt dar; all das wiederhole ich zur Beschwörung des Wunsches, es möge uns eine Begegnung beschieden sein, und ich verspreche, Sie nicht zu behelligen, ich verspreche, dann du zu sagen... Vorerst aber gibt es so viel zu bereden...

Inga Fjodorowna, Sie erinnern sich hoffentlich daran, was wir vereinbart haben, sobald in der Zeitung meine

Materialien, um derentwillen ich in Ihre Gegend gefahren bin, erschienen sein würden, ich würde sie Ihnen unverzüglich per Luftpost zuschicken. Leider bin ich nicht sicher, ob meine Studien über die Halbwüchsigen, über die Kuriere der Anascha und über all das, was mit diesem betrüblichen Phänomen unserer Tage zusammenhängt, in allernächster Zeit herauskommen. Ich spreche nur von unserer Gegenwart, da ja Anascha auf diesen Böden seit Urzeiten als Unkraut verbreitet war, vor rund fünfzehn Jahren indes – Sie wissen das selbst, was kann ich da Ihnen, einer Sachkundigen, überhaupt erzählen, ich sehe jetzt im Erzählen einen gewissen Sinn für das ganze Unterfangen – daß bis vor etwa fünfzehn Jahren, wie einheimische Bewohner des Gebiets behaupten, niemand jemals auf den Gedanken gekommen war, diese bösartige Sache – oder wie es die Anaschisten bezeichnen: das Gras – zum Rauchen oder zu einem anderen Zweck zu sammeln. Dieses Übel ist erst neuerdings aufgekommen, und das nicht zuletzt unter dem Einfluß des Westens. Und wenn man mir jetzt vorschlägt, mein Material umzuarbeiten und mich auf einen Bericht für irgendwelche Instanzen zu beschränken, so hält man das im Kopf nicht aus. Freilich geht es hier um etwas anderes: Um die unbegründete Angst, daß höchst sensationelles Material über Rauschgift unter der Jugend – beugen wir der Ordnung halber gleich vor: unter einem unerheblichen Teil der Jugend mit wenig Bewußtsein – angeblich unserem Ansehen Schaden zufügen könne; das ist lächerlich und empörend zugleich. Ist das doch haargenau eine Vogel-Strauß-Politik ... Und ist dieses Prestige um einen solchen Preis überhaupt nötig!

Ich stelle mir vor, Inga Fjodorowna, wie Sie beim Lesen dieser Zeilen nachsichtig gelächelt haben, vor allem meine naive Empörung belächelten, oder, umgekehrt, Ihr Antlitz sich verdüsterte, was Ihnen, nebenbei bemerkt, gut steht. Wenn Sie betrübt und verdrossen sind, dann werden Ihre Gesichtszüge rein und versonnen, wie bei jungen Nonnen, die ernsthaft das göttliche Wesen erfüllen wollen, die echte Schönheit der Bräute Christi liegt ja doch in ihrer Beseeltheit. Spräche ich das laut aus, womöglich gar unter Menschen, würde es wie Schmeichelei tönen. Doch habe ich bereits gesagt, in meiner Beziehung zu Ihnen gibt es nichts, was ich geringschätzen würde oder übertreiben müßte. Und wenn Ihr sorgenvolles Antlitz bei mir Gedanken an die Muttergottes der Renaissance-Malerei hervorruft, so wollen Sie dies im äußersten Fall der Unvollkommenheit meiner kunsthistorischen Erfahrung zuschreiben. Wie dem auch sei, ich setze meine feste Hoffnung darauf, daß Sie an meine Aufrichtigkeit glauben ... Alles hatte ja damit begonnen – Sie haben mir aufs erste Wort geglaubt und mir damit einen neuen Zustand des Lebens erschlossen.«

Wegen meines Materials bin ich erneut in der Zeitungsredaktion gewesen, und wieder dieselbe Geschichte – alles beim alten, nichts tut sich, keinerlei Lichtblick. Zuerst hat die ganze Redaktion gejubelt über meine Steppennotizen, aber jetzt keine Spur mehr von Begeisterung und von keinem eine vernünftige Erklärung, warum sie völlig verflogen ist, und wie aufrichtig hatten sie doch zuerst gejubelt, daß diese Probleme aufgeworfen wurden. Der Chefredakteur weicht mir auf jede nur erdenkliche Weise aus, übers Telefon zu ihm vorzudringen ist unmöglich, die Sekretärin beruft sich unentwegt auf seine Überlastung: Sitzung, Plankonferenz, die übergeordneten Instanzen – wie sie das betont! – hätten ihn zu sich gebeten.

Und wieder gehe ich allein durch die vertrauten Straßen, als wäre ich ein Fremder, den es zufällig hierher verschlagen hat, als sei ich nicht hier geboren und aufgewachsen, leer und fremd ist es mir um die Seele. Manche Bekannte grüßen mich nicht, für sie bin ich ein aus der Kirche Ausgestoßener, ein aus dem Seminar ausgeschlossener Häretiker und so weiter und so fort. Und nur das eine wärmt mein Herz, diese eine Sehnsucht und Sorge ist ständig bei mir – mein Brief. Ich gehe und denke darüber nach, was ich schreiben werde, daß ich ihr im nächsten Brief über alles berichte, das sie interessieren kann, über alles, was mir als Anlaß dient, mit ihr mein Trachten zu teilen. Nie hätte ich geahnt, es würde zum Sinn meines Lebens werden, an eine geliebte Frau zu denken und ihr Briefe zu schreiben. Ich warte auf den kleinsten Anlaß, dorthin zu fahren, wo wir uns begegnet waren. So bald wie nur möglich! Bei jedem Schritt denke ich daran. Sicher kennen auch andere Menschen diese glücklichen Tage, in denen die Liebe zum Kern des Lebens wird, doch im Unterschied zu ihnen werde ich bis zum Tod nicht aufhören zu lieben, und das wird der einzige Sinn meines Daseins bleiben...

Inzwischen fallen schon die Blätter auf den Boulevard. Und was ich geschrieben habe, ist im Frühsommer geschehen. Die Redaktion hatte damals meine Idee begrüßt und zur Eile angetrieben. Ich hatte ja nicht ahnen können, als die Sache damals in Reichweite gerückt war, daß sich die Redaktion später drücken würde. Mitnichten hätte ich gedacht, daß das sonderbare Prinzip ein so gewaltiges Ausmaß hat, in der Massenpresse nur davon zu berichten, was für uns von Vorteil ist und dem Ansehen nützt.

In jenen Tagen reizte mich allerdings vor allem die

bevorstehende Reise in die unbekannten südlichen Gebiete, die mich, einen Provinzrußländer, reizten. Der Gedanke war ja, nicht als unbeteiligter Beobachter zu reisen, sondern sich in die geheime Gesellschaft der Anaschakuriere einzuschleichen und mit ihnen zu reisen. An Jahren bin ich freilich älter als sie, dem Aussehen nach jedoch nicht so sehr, allzuviel Vorsicht war also nicht nötig. In der Redaktion war man der Meinung, in alten Jeans und ausgelatschten Tennisschuhen würde ich mich als junger, zwangloser Bursche gar nicht schlecht machen, wenn ich zudem noch meinen Bart abrasierte. Das hatte ich dann getan und den Bart für die Zeit entfernt. Ich hatte auch keinerlei Notizbücher mitgenommen und verließ mich ganz aufs Gedächtnis. Mir war wichtig, ins Milieu einzudringen und herauszufinden, was diese Jungens dorthin, was sie – außer der Hoffnung auf schnelles Geld und Spekulation – antrieb; ich mußte unbedingt von innen her die persönlichen, sozialen und familiären, nicht zuletzt auch die psychologischen Momente dieser Erscheinung erforschen.

Und darauf hatte ich mich auch vorbereitet. Das war im Mai gewesen. Gerade zu der Zeit beginnt der Anaschahanf zu blühen, und just in diesen Tagen brechen sie auf zur Blütenernte und machen sich wegen des Teufelskrauts auf den Weg in die Mujun-Kum- und die Tschuja-Steppen. Von alldem hatte mir mein Bekannter berichtet, der Geschichtslehrer einer der Schulen unseres Städtchens, Viktor Nikiforowitsch Gorodezkij. Als wir einmal allein waren und über dies und das redeten, nannte er mich spaßeshalber Pater Awdij. Er selbst ist ein verhältnismäßig junger Mann, ein Klassenkamerad meiner Schwester Warwara. Und sein Neffe, der Sohn seiner Schwester, Pascha, dem Viktor Nikiforowitsch wohl selbst den

Namen Pach gab, dieser Pascha also war, wie sich in der Folge herausstellte, unter die Anaschisten geraten. Zuerst hatten weder die Eltern noch Viktor Nikiforowitsch davon gewußt.

Irgendwie hatte Pascha die Eltern um Erlaubnis gebeten, zum Großvater nach Rjasan zu fahren, bei dem er häufig gewesen war. Rund fünf Tage nach seiner Abreise hatte Viktor Nikiforowitsch ein Telegramm vom Untersuchungsrichter der Staatsanwaltschaft für Transportwesen, Dshaslibekow, aus einer weit entfernten kasachischen Station erhalten. Im Telegramm wurde mitgeteilt, der Neffe Pascha befände sich in Haft, man habe ihn im Zusammenhang verbrecherischen Transportierens von Drogen auf der Eisenbahn festgenommen.

Viktor Nikiforowitsch hatte sofort verstanden, warum der Untersuchungsrichter Dshaslibekow gerade ihm und nicht den Eltern das Telegramm geschickt hatte. Pascha hatte vor dem Vater, einem heftigen und schroffen Menschen, Angst. Viktor Nikiforowitsch war unverzüglich nach Alma-Ata geflogen und kam vierundzwanzig Stunden später mit dem Zug bei der Station in der Steppe an. Er hatte Pascha in verzweifelter Verfassung angetroffen. Ihm drohte, nach einem Sondererlaß, ein sofort vollstreckbares Gerichtsurteil über mindestens drei Jahre Strafkolonie bei strengstem Vollzug. Der Prozeß war unvermeidlich, der Tatbestand des Vergehens lag auf der Hand. Viktor Nikiforowitsch hatte den Versuch unternommen, dem Neffen, so gut es ging, beizubringen, daß es leider keinen anderen Ausweg gebe, daß nach dem Gesetz auf ein Verbrechen die Strafe folge. Er gab ihm Ratschläge, wie er sich verhalten und was er vor Gericht sagen solle, er versprach ihm, den Eltern alles zu erklären und ihn in der Kolonie zu besuchen. All dies war in

Anwesenheit des Untersuchungsrichters Dshaslibekow geschehen.

Und da sagte auf einmal Dshaslibekow: »Viktor Nikoforowitsch, wenn Sie dafür bürgen, daß Ihr Neffe künftig ein derartiges Verbrechen nicht mehr begeht, dann lasse ich ihn auf eigene Verantwortung frei. Ich habe den Eindruck gewonnen, daß Sie diesen jungen Mann auf den richtigen Weg bringen können. Wird er aber noch einmal beim Transport von Anascha ertappt, dann wird man ihn als Rückfalltäter verurteilen. Entscheiden Sie also selbst.«

Natürlich hatte sich Viktor Nikiforowitsch unsäglich gefreut, er verbürgte sich auf der Stelle für Pascha, wußte nicht, wie er dem Untersuchungsrichter danken sollte, und da hatte Dshaslibekow gesagt:

»Und Sie, Viktor Nikiforowitsch, möchte ich bitten, dort zu helfen, bei Ihnen vor Ort. Regen Sie in der Presse eine ernsthafte Diskussion über dieses Thema an. Sie sind doch Lehrer. Wir bekämpfen die Verbrechen, wenn sie bereits begangen wurden oder gerade begangen werden. Wer und was treibt denn solche Bübchen, das sind ja noch halbe Kinder, in die Ferne, in menschenleere Gegenden, mitten unter deklassierte Elemente oder hoffnungslose Rückfällige, wir wissen das nicht, aber wir verurteilen diese Halbwüchsigen, wir sind gezwungen, sie abzuurteilen. Es ist sehr gut, daß Sie sofort reagierten und unverzüglich anreisten, Sie haben mir sehr geholfen, aber viele, ja die meisten Eltern kommen nicht einmal her. Und so gerät dann ein Fünfzehnjähriger in die Strafkolonie mit verschärftem Vollzug. Und was ist dort? Was geschieht da mit ihnen, was bringt man ihnen bei? Als nichtsnutzige, verkrüppelte Menschen kommen sie von dort zurück. Sie wissen, was ich meine, das Gefängnisleben ist ja nicht gerade das beste. Viktor Nikiforowitsch, in der Seele tut es einem weh, das mit anzusehen. Sie können mir glauben, allein in der vergangenen Saison haben wir auf unserem Streckenabschnitt mehr als hundert Halbwüchsige verurteilt, aber wie viele von ihnen haben wir nicht fassen und festnehmen können, sie kommen von überall her, von Archangelsk bis Kamtschatka, und sie finden ihr Ziel wie die Fische den Laichplatz. Wieviel werden es noch sein? Alle verurteilen geht gar nicht. Ihr Gewerbe ist ein ganzes System. Da gibt es Führer – Hiesige und Auswärtige –, die bringen sie zu den Plätzen, wo Anascha wächst, auch sie werden von uns verurteilt. Und was sie mit den Zügen anstellen? Güterzüge halten sie in der Steppe an, in Personenzüge trauen sie sich nicht, da würden sie sofort geschnappt. Irgendwer versorgt sie mit einem besonderen Stoff, so einem Pulver, wenn man das nachts auf die Eisenbahnschwellen und Geleise schüttet, dann erzeugen die Scheinwerferkegel die Illusion, als sei da auf der Strecke ein Feuer. Die Schwellen brennen, die Geleise brennen. Natürlich hält der Lokführer den Zug an, in der Steppe ist ja vieles möglich, er stürzt hinaus, aber nichts, nichts brennt, alles in Ordnung. Und währenddessen schlüpfen die Anaschisten mit ihren Taschen und Koffern in die Waggons. Die Züge sind heute bis zu einem Kilometer lang, such da nur mal nach, die sind längst drin und fahren mit bis zum nächsten Knotenpunkt. Dort kaufen sie sich Fahrkarten. Reisende gibt es da jede Menge! Find mal heraus, wer da was ist. Freilich hat die Miliz in den letzten Jahren Spezialhunde dabei, die wittern den Geruch von Anascha. Mit einem Hund haben sie auch Ihren Neffen entdeckt.«

Dies und noch viel mehr hatte Viktor Nikiforowitsch in jenen Gegenden erfahren. Er war es, der mich in die Sache eingeweiht hat. Dieses Gespräch fiel bei mir auf

fruchtbaren Boden. Seit langem quälte mich innerlich die Frage, wie ich noch nicht beschrittene Pfade zu Verstand und Herz meiner Altersgenossen aufspüren könnte. Ich sah meine Bestimmung darin, Gutes zu lehren. Vielleicht war es meinerseits etwas selbstgefällig anzunehmen, darin läge meine Vorbestimmung, aber es war bestimmt mein aufrichtiger Wunsch, und vielleicht hing dies nicht zuletzt mit meiner Herkunft zusammen. In einigen Aufsätzen hatte ich bereits, wenngleich in ganz allgemeinen Zügen, von der Verderblichkeit des Alkoholismus unter Jugendlichen geschrieben, ähnliches hatte ich auch über die Rauschgiftsucht verfaßt, dabei stützte ich mich auf die traurige Erfahrung des Westens. Im wesentlichen war aber all das aus fremdem Mund und zweiter Hand. Für einschlägiges und zugleich eindringliches Material mit eigenen Gedanken und Erlebnissen über die allseits bekannten Fälle der Rauschgiftsucht unter Jugendlichen, die viele abergläubisch ignorieren, als sei es die Pest, insbesondere die traurigen Fälle unter Halbwüchsigen – von der Selbstzerstörung der Persönlichkeit bis hin zu sadistischen Morden –, für solches Material hatten mir einfach die Kenntnis des Problems und die Erfahrung von innen gefehlt. Nun hatte es sich gefügt, daß Viktor Nikiforowitsch Gorodezkij aus eigenem Erleben mit diesem Phänomen zusammenstieß und mir sein Herz ausschüttete...
Um Pascha von den ehemaligen Freunden und Gefährten loszureißen, die mit Anascha handelten, mußte die ganze Familie – Vater, Mutter, Kinder – die Wohnung mit einer kleineren tauschen und in eine andere Stadt umsiedeln. Mit Bitternis und Kummer hatte mir Viktor Nikiforowitsch all dies mitgeteilt.

Nun war mir endgültig klar: Ich mußte die Sache anpacken.

Ich war in Moskau angekommen, wo ich vom Kasaner Bahnhof in die Hanfsteppen abfahren sollte. Eben hier, am Kasaner, formierte sich die Gruppe der Kuriere, so nannten sie sich nämlich – Kuriere. Diese Kuriere – davon konnte ich mich dann überzeugen – waren aus den verschiedensten Städten des Nordens und des Baltikums angereist, als aktivste Punkte stellten sich Archangelsk und Klaipeda heraus, wohl deshalb, weil man dort das Anascha an ausfahrende Matrosen verkaufen konnte. Um mit den Kurieren Verbindung aufzunehmen, mußte ich am Kasaner Bahnhof einen Gepäckträger mit der Nummer 87 und dem Decknamen Utjug oder Utja, das »Bügeleisen«, finden und ihm den Gruß eines alten Freundes bestellen, den Pascha erwähnt hatte. Utjug hatte eine Bekanntschaft an den Fahrkartenschaltern, offenbar sicherte er, zweifellos für ein bestimmtes Entgelt, die Durchreise. Den Organisator hinter alldem hatte ich allerdings nicht herausfinden können, offenbar stand irgendwer, auch im geheimen, an der Spitze der Gruppe. Dieser Utja hatte also für eine organisierte Abreise der Kuriergruppe gesorgt, das heißt, er mußte für alle die Fahrkarten zu einem bestimmten Zug beschaffen, aber möglichst in verschiedenen Waggons. Als ich den Kurieren nähergekommen war, erfuhr ich, das erste Gebot aller Anaschabeschaffer bestünde darin, sich gegenseitig nicht zu verraten, wenn einer auffliegen sollte, deshalb dürften sie unter Menschen möglichst wenig miteinander verkehren.

Und da war nun der bekannte Platz der drei Bahnhöfe, wo ich in Moskau so häufig gewesen bin, ob ankommend oder abreisend. Ein ungeheuerliches Gedränge, besonders in der Metro und an den Bahnhöfen, da ist kein Durchkommen, du kannst dich kaum durch die Menschenmenge zwängen, und wenn es dich auch in dem lebenden Strudel des Dreibahnhofplatzes umherwirbelt, so mochte ich doch immer wieder gerne in Moskau ankommen und liebte es geradezu, mich loszureißen, hin zum verhältnismäßig weiten Raum im Zentrum, mich durch die Straßen treiben zu lassen, in den Buchantiquariaten herumzuschmökern, vor den Anschlägen und Reklametafeln stehenzubleiben und mich dann, wenn möglich, das weiß nicht wievielte Mal zur Tretjakowsker Galerie und zum Puschkin-Museum zu begeben.

Dieses Mal hatte ich mich beim Verlassen des Zuges am Jaroslawler Bahnhof, mitten im Massenstrom zum Kasaner Bahnhof, bei dem Gedanken ertappt, wie gut ich doch gelebt und gefühlt hatte, als ich nur mir selbst und meinen bescheidenen Wünschen gehörte und ich sorglos und uneingeschränkt meinen Streifzügen durch die Straßen Moskaus nachgehen konnte. Nun aber hatte ich möglichst rasch in dem riesigen Ameisenhaufen des Kasaner Bahnhofs den Verbindungsmann, diesen Gepäckträger mit dem Decknamen Utjug und der Nummer 87 auf der Brust, zu finden. Mein Gott, wie viele solcher Gepäckträger, genauer gesagt Karrenschieber, gibt es da; wenn der schon Nummer 87 war, dann gab es wohl mindestens hundert. Und tatsächlich war es in diesem Durcheinander gar nicht einfach, ihn aufzuspüren. Ich hatte wenigstens eine halbe Stunde darauf verwendet, alle möglichen Standplätze der Karrenschieber abzugehen, bis ich ihn schließlich auf dem Bahnsteig des Zuges nach Taschkent entdeckte. Utjug hatte für irgendwelche Leute Gepäck geladen, er trug hurtig Koffer und Körbe in den Waggon und ließ dabei schlagfertig gegenüber den Schaffnern witzige Bemerkungen fallen, er wiederholte die an Bahnhöfen verbreitete Redensart: »Hast du Zaster, fährst du bis Kasan, hast du keinen, drehst du Däumchen.« Ich wartete abseits, bis er sich freigemacht hatte, die Abreisenden im Waggon verschwunden waren und sich die Schaffner entlang dem Zug an den Abteilfenstern aufgestellt hatten. Und da war er aus dem Windfang eines Waggons herausgekommen und steckte gerade außer Atem das Trinkgeld in die Tasche. Er war ein rotblonder stämmiger Kerl, ein listiger Kater mit flinken Augen. Ich hatte fast einen Fehler begangen, war drauf und dran, ihn zu siezen und mich außerdem noch für die Störung zu entschuldigen.

»Grüß dich, Utjug, wie steht's?« fragte ich ihn so leichthin, wie es nur ging.

»Wie in Polen, hast du einen Karren, bist du Pan«, antwortete er schlagfertig, als würden wir uns schon hundert Jahre kennen.

»Bist also Pan«, schlußfolgerte ich und zeigte auf seinen Gepäckschieber.

»Hast du eine Ahnung! Wer viel Zaster hat, geht nicht am Stock, Kumpel. Was hast du vor, Stint? Hast was zum Schleppen? Zu Diensten.«

»Schleppen kann ich selber«, scherzte ich. »Hab einen Handel.«

»Schieß los, was für einen?«

»Nicht hier, los gehn wir.«

»Klar, Stint, nichts wie los.«

Und so gingen wir den langen Bahnsteig entlang zum Bahnhofsgebäude. Der Taschkenter Zug setzte sich in Bewegung, floß in einer Kette von Fenstern und Gesichtern vorüber, auf dem benachbarten Gleis ragte ein anderer Zug auf, der von irgendwoher eingefahren war. Die Züge standen in etlichen Reihen, das Volk hastete und eilte hin und her, der Lautsprecher gellte die Nummern ankommender und abfahrender Züge und allerlei anderes heraus.

Als wir beim Bahnhofsgebäude angekommen waren, schwenkte Utjug den Karren in die Ecke, dort bestellte ich ihm, mich nach allen Seiten mit Blicken vergewissernd, die Grüße von Paschas Freund, der Igor hieß, unter den Kurieren jedoch Morshok, das Walroß, genannt wurde, warum aber gerade das Walroß, weiß wohl niemand.

»Wo ist Morshok selbst?« erkundigte sich Utjug.

»Der kommt noch«, antwortete ich, »ein Geschwür zwickt den Magen.«

»Hab's im Urin gehabt.« Mitleidsvoll, aber nicht ohne Triumph schlug sich Utjug gegen die Stirn. »Hab's ihm doch geflüstert, Stint, schon bei der letzten Runde hat's geklingelt; sag ich: Walroß, fick dich nicht krumm. Hat aber Extra geschluckt, ist übern Rand gekippt. Da hast du's, dein Geschwür.«

Ich zeigte ein mitleidsvolles Gesicht, obgleich ich, offen gestanden, keine Ahnung hatte, was das für ein Extra war – Wodka oder sonstwas. Doch gottlob hatte ich den Riecher, nicht nachzubohren. Wie sich später herausstellte, war Extra ein Extrakt aus der Hanfpollenmasse, der an Kinderplastilin erinnerte, der kostbarste Stoff war das (übrigens hatte Viktor Nikiforowitsch mir von Plastilin schon erzählt), ein ganz besonderer Endstoff von Rauschgift, dem Opium ähnlich. Das war Extra. In Chemielaboratorien konnte man Extra in Pulver umwandeln, für Injektionen wie mit Heroin. Die Kuriere wie Morshok hatten diese Möglichkeit nicht, dafür konnten sie bei großem Verlangen Extra nehmen, es unter der Zunge halten, kauen, mit Wodka hinunterspülen oder mit Brot schlucken. Extra nehmen hieß bei ihnen, »ins Hirn schneiden«. Am einfachsten war es aber für sie, Anascha zu rauchen, ein jeder auf seine Art, in reiner Form oder mit Tabak gemischt. Wahrscheinlich ist das nicht schlimmer als ins Hirn schneiden, beim Rauchen spürt man die Wirkung allerdings schneller als bei den anderen Mitteln.

All dies und vieles andere mehr aus dem Leben der Kuriere habe ich nach und nach im Zug nach »Chalchin-Gol« erfahren, unter »Chalchin-Gol« waren wiederum die Plätze zu verstehen, wo Anascha wuchs. Mit diesem »Chalchin-Gol« bin ich noch mal fast hereingefallen.

»Und du, Stint, willst auch nach Chalchin-Gol«, fragte Utjug so nebenbei.

Zunächst stockte ich, weil ich nicht verstand, was »Chalchin-Gol« bedeutete, dann tat ich so, als hätte ich es kapiert.

»Ja, in die Richtung, klar, wohin denn sonst.«

»Na also, alles klar. Was die Fahrkarten angeht, Stint, keine Sorge, das haut hin. Und der Rest ist fällig, wenn ihr mit dem Gras zurückkommt, das regelt dann Dog. Nicht mein Bier.«

Wer Dog war, der uns mit Fahrkarten versorgte, und was er später in Ordnung bringen sollte, wußte ich nicht und kriegte das auch bis ganz zum Schluß nicht mit. Dafür hatte ich im Gespräch mit Utjug erfahren, daß unsere Abreise nach »Chalchin-Gol« erst am darauffolgenden Tag stattfand. Dies vor allem aus dem Grund, daß noch nicht alle Kuriere eingetroffen waren. Zwei von ihnen sollten mit dem Nachtzug aus Murmansk eintreffen. Und noch einer würde, ich weiß nicht, woher, möglicherweise erst am nächsten Morgen ankommen. Das beunruhigte mich gar nicht, noch ein weiterer Tag in Moskau bedeutete ja doch auch etwas.

Beim Abschied bis zum nächsten Morgen, wo ich zu

einer bestimmten Stunde zum Kasaner Bahnhof kommen sollte (ich mußte allerdings so oder so am Bahnhof übernachten), interessierte sich Utjug noch dafür, ob ich einen Rucksack und Plastiktüten dabeihätte, um darin das Gras, das heißt Anascha, verstauen zu können. Rucksack und Tüten hatte ich im Köfferchen. Und er empfahl mir, in einem Geschäft ein Schächtelchen aus Glas oder Plastik aufzutreiben, das hermetisch abzuschließen sei, um darin die Pollenmasse unterzubringen, das sogenannte Plastilin.

»Wenn du schlau bist, kratzt du dir ein wenig Plastilin zusammen, ist allerdings nicht einfach«, erklärte er. »Bin selbst nie gefahren, hab aber viel gehört. Hier lebt so einer, Lecha, der hat sich nach der zweiten Saison einen ›Shigul‹ angeschafft. Kreuzt jetzt durch Moskau und spuckt auf den Rest ... Und malochen, wenn er sich anstrengt, an die zehn Tage vielleicht ...«

Damit trennten wir uns. Ich verstaute mein Köfferchen in der Gepäckaufbewahrung und machte mich auf meinen Weg durch Moskau.

Das war Ende Mai gewesen. Für Moskau gibt es wohl keine bessere Zeit als diese Tage vor Sommerbeginn, sogar wenn man sie mit dem Herbst vergleicht, dem herrlichen Frühherbst mit seiner glasklaren Luft und der Goldpracht des Laubs, die sogar in den Augen der Vorübergehenden widerscheint. Mir aber ist gerade im Vorsommer wohl ums Herz, sowohl am Tag auf den Straßen als auch in den weißen Nächten, wenn bis am Morgen der Widerschein der Nachtröte die Stadt und den Sternenhimmel über ihr beherrscht.

Ich beeilte mich, vom Bahnhof in die frische Luft hinauszukommen, dabei war mir eingefallen, daß man ins Zentrum am besten mit der Metro gelangt, und so tauchte ich wieder in den wimmelnden Menschenstrom ein. Bis zum Berufsverkehr der Abendstunde blieb noch Zeit, ich fuhr also mühelos durch die sich abwechselnden, dröhnenden Schichten von Licht und Schatten direkt ins Zentrum. An der Swerdlow-Station warf ich einen Blick auf meinen Lieblingsplatz. Ein runder Platz voller Grün und Farbenpracht, wie ein gesegnetes Inselchen, eingeschlossen inmitten des Ringes unaufhörlichen Verkehrs und der Bauten ringsum. Und fast instinktiv trieb ich im Strom der Passanten dahin, erst zur Manège – ich hatte gedacht, dort gäbe es irgendeine Ausstellung –, aber die Manège war geschlossen; daraufhin schlenderte ich entlang der alten Moskauer Universität, vorüber am Paschkow-Haus zur Wolchonka und von dort zum Puschkin-Museum. Ich weiß nicht, warum ich mich so ruhig und wohlig fühlte, vielleicht weil vor dem Berufsverkehr die Moskauer Straßen im Zentrum solch friedliche Stimmung abgeben, vielleicht strahlt sie aber von der Ziegelsilhouette des Kreml her, die – einer unerschütterlichen Bergkette gleich – diesen Teil der Stadt dominiert. ›Was haben diese Mauern wohl schon gesehen, und was werden sie noch zu sehen bekommen?‹ dachte ich mir, und versunken in diese dahingleitenden Gedanken, vergaß ich, daß ich erst vor kurzem den Bart abrasiert hatte, und faßte mir deshalb immer wieder ans nackte Kinn; eine Weile verdrängte ich auch meinen Versuch, mich im trüben Zentrum des Bösen zurechtzufinden, das sich im Kasaner Bahnhof eingenistet hatte.

Nein, das Schicksal gibt es doch, es lenkt alles, was geschieht, das Gute wie das Schlechte. Und so mußte einem wohl auch solch ein Glück widerfahren, woran ich, auf dem Weg zum Puschkin-Museum, nicht einmal im Traum gedacht hätte. Ich bin da also gegangen und dachte, bestenfalls auf Novitäten in der Sammlung des

Museums zu stoßen – ich wäre dann eben nur durch die Säle geschritten und hätte alte Eindrücke aufgefrischt. Und da hielt mich aber gleich am Eingang vor dem Gärtchen ein entgegenkommendes Pärchen an:

»Hör mal, Bursche, brauchst du kein Billettchen?« offerierte mir ein Typ mit grellgrüner Krawatte und in neuen rötlichen Schuhen, die ihn offensichtlich drückten. Auf seinem Gesicht und dem seiner Begleiterin standen Ungeduld und Langeweile.

»Wofür, hab keine Karten, worum geht's?« fragte ich interessiert, da weit und breit keine Schlangen zu sehen waren.

»Fürs Konzert natürlich. Mußt nur beide nehmen.«

»Für welches Konzert?« fragte ich.

»Keine Ahnung, so ein Kirchenchor.«

»Im Museum?« verwunderte ich mich.

»Nimmst du sie oder nicht? Kriegst zwei Karten für einen Dreier, da, nimm.«

Ich nahm die beiden Karten an mich und eilte ins Museum. Nie hatte ich gehört, daß man im Puschkin-Museum Konzerte veranstaltete. Aber ich brachte dann beim Verwalter in Erfahrung, man würde seit einiger Zeit neben dem Museumsangebot eine Art Zyklus klassischer Musik darbieten, hauptsächlich ausgesuchte Kammermusik, interpretiert von bedeutenden Musikern. Und dieses Mal – wie wundervoll! – war im Italienischen Hof altbulgarischer Kirchengesang angekündigt. Davon hätte ich mir nimmer träumen lassen! Ob etwa der Vater der Slawischen Liturgie, Joann Kukusel, aufgeführt wurde? Leider kannte die Verwalterin keine Einzelheiten. Sie sagte nur, man erwarte wichtige Gäste, wenn nicht gar den bulgarischen Botschafter höchstpersönlich. Das hätte mich kaltgelassen, aber ich war erregt und erfreut, denn schon mein Vater hat mir viel über bulgarische Gesänge erzählt, und nun wurde mir vor der riskanten Reise ein solches Geschenk beschert. Bis zum Konzertbeginn blieb noch rund eine halbe Stunde, ich schlenderte aber nicht durchs Museum, sondern ging auf die Straße hinaus, um frische Luft zu schnappen und mich zu beruhigen.

Ach, Moskau, Moskau, auf einem dieser sieben Hügel nah bei der Moskwa am Ende eines Maitages! Alles erfreut und überzeugt dich in der Stadt, wenn kein Schatten die Seele verdunkelt, und die kurzlebige Harmonie des Daseins regiert. Ich atmete frei und tief durch, am Himmel war alles klar, auf der Erde wohlig warm, und ich schritt vor und zurück, den Eisenzaun um den Museumsgarten entlang.

Ich wurde traurig, daß ich niemand erwartete, vielleicht lag es daran, daß ich zwei Karten besaß. Und wie selbstverständlich und natürlich wäre es gewesen, wenn sie von einer zur anderen Minute herbeigeeilt wäre und ich sie auf der anderen Straßenseite erblickt hätte, wie sie Anstalten machte, die Straße zu überqueren, aus Furcht, sich zu verspäten; ich würde ihr, voller Sorge um eine so Schöne, so Unvorsichtige und Ungeschickte, verzweifelte Zeichen geben, ja nicht über die Straße zu laufen – wieviel Autos fahren doch hier vorüber, wieviel Menschen drängen sich da, und nur sie allein trägt unter allen anderen in sich das Glück, das mir bestimmt ist; und sie würde mir zulächeln, denn sie liest meine Gedanken aus meinem Gesicht. Und dann eile ich, ihr zuvorkommend, hinüber zu ihr auf die andere Straßenseite, um mich selbst ist mir nicht bang, bin ich doch flink, also geschwind hinübergerannt, ich blicke ihr in die Augen und nehme sie bei der Hand.

Ich hatte mir eine solche Szene ohne Anlaß und Logik

vorgestellt, und doch verspürte ich tatsächlich unversehens die Sehnsucht nach Liebe und dachte mir zum wiederholten Mal: Sie ist mir bis jetzt noch nicht begegnet, die das Schicksal als meine Geliebte vorgesehen hat. Doch gibt es sie überhaupt, die mir Vorherbestimmte, habe ich sie mir nicht nur ausgedacht, und verkompliziere ich nicht die einfachen Dinge? Viel habe ich darüber schon nachgedacht, ein jedes Mal bin ich zu dem traurigen Schluß gekommen, daß ich an vielem selbst schuld bin, sei es darum, daß ich zu große Erwartungen habe, oder aber, weil ich auf die Mädchen als uninteressanter Mensch wirke. Jedenfalls haben sich meine Altersgenossen in dieser Hinsicht als weitaus erfolgreicher und gewandter erwiesen. Als Rechtfertigung dafür könnte lediglich dienen, daß das geistliche Seminar verhinderte, ins junge Leben einzutauchen. Doch auch nach dem Weggang aus dem Seminar wollte mir auf diesem Gebiet gar nichts gelingen. Warum nur? Wäre sie jetzt tatsächlich erschienen, ebenjene, die ich bereit war zu lieben, dann hätte ich ihr als erstes gesagt: Gehen wir, lauschen wir dem Kirchengesang und finden uns darin ... Doch dann befielen mich Zweifel. Wenn sie das langweilig und eintönig findet, ja nicht ganz verstehen kann? Vor allem aber ist ja Ritengesang im Dom etwas ganz anderes als in einem weltlichen Gebäude vor gemischtem Publikum. Das kann nicht gutgehen, es wäre, wie wenn man Bachsche Choräle in Sportstadien aufführte, oder in einer Kaserne vor Luftlandetruppen, die an Paradenmärsche gewöhnt sind.

Am Puschkin-Museum fuhren nun im Hochglanz blitzende Autos vor, es rollte sogar ein Bus von Intourist heran. Es war also an der Zeit. Am Eingang zum Italienischen Hof drängelten sich schon Menschen. Irgendwie ähnelten sie sich alle, die Frauen und die Männer, wie immer, wenn Menschen gemeinsam eine bestimmte Handlung, ein bestimmtes Ereignis erwarten. Irgendwer fragte nach einer Eintrittskarte. Ich gab die eine Karte dem kurzsichtigen Studenten, möglicherweise trug er aber die falsche Brille. Und er zeigte gar keine Freude. Er fing an, in der Menge die paar Münzen zu zählen, ließ sie fallen, ich bat ihn, damit aufzuhören, sagte, die Karten seien mir geschenkt worden, deshalb könne ich ihm eine davon vermachen, er aber gab nicht auf, und als ich schon im Saal war, steckte er mir das Kleingeld in die Jackentasche. Natürlich konnte ich das Geld brauchen, lebte ich doch, wie man so sagt, von der Hand in den Mund, und dennoch... Mich machte es verlegen, daß das Hauptstadtpublikum passend gekleidet war, ich dagegen trug abgescheuerte alte Jeans, eine aufgeknöpfte Joppe und robuste Schuhe, zudem hatte ich ja den Bart entfernt, woran ich mich so schwer gewöhnen konnte, als würde mir etwas fehlen, und ich war eben drauf und dran, die weite Reise anzutreten in die geheimnisvollen Hanfsteppen, mit irgendwelchen Anaschabeschaffern. Aber all dies waren bedeutungslose Bagatellen...

In dem hohen, zweistöckigen Italienischen Hof waren, wie mir schien, alle Exponate an ihrem Stammplatz verblieben, lediglich die Saalmitte hatte man eng bestuhlt, hier nahmen wir Platz. Keine Bühne, keine Mikrofone, kein Vorhang – nichts dergleichen gab es da. Wo das Präsidium sein sollte, befand sich am Rand ein kleines Pult. Schon nach rund zwei Minuten waren alle Plätze besetzt, am Eingang drängelten sich noch Leute. Offensichtlich gab es unter den Anwesenden viele, die sich kannten, sie unterhielten sich lebhaft, und nur ich allein schwieg, ich war ganz für mich.

Doch da traten aus den Seitentüren zwei Frauen hervor.

Die eine, Angestellte des Puschkin-Museums, stellte die andere vor – die bulgarische Kollegin, wie sie sich ausdrückte, vom Sophienmuseum der Alexander-Newski-Kathedrale. Das Stimmengewirr im Saal erstarb. Die Bulgarin, eine ernsthafte junge Frau, glatt gekämmt, in guten Schuhen und mit schönen Beinen, was mir irgendwie ins Auge stach, blickte über eine große getönte Brille und begrüßte uns, sie hielt in leidlich gutem Russisch einen kurzen Vortrag. Sie erzählte, daß in ihrem Krypta-Museum, den halb im Keller gelegenen Sälen der Kathedrale, neben kostbaren Exponaten der Kirchenarchitektur, neben alten Handschriften, Mustern der Ikonenmalerei und der Buchkunst, die Exponate auch in lebendiger Darstellung gezeigt wurden, zu den abendlichen Konzerten, wie sie lächelnd mitteilte – bei den mittelalterlichen Kirchengesängen! Mit diesem Ziel seien sie, der »Krypt«-Chor, auch auf Einladung des Puschkin-Museums hergekommen.

»Dürfen wir bitten!« schlug sie unter Beifall vor.

Die Sänger traten ein, eigentlich waren sie schon hier, hinter den Türen, durch die auch wir hereingekommen waren. Es waren ihrer zehn, nicht mehr als zehn. Alle waren jung, sozusagen meine Altersgenossen, sie trugen die gleichen schwarzen Konzertroben mit strengen Fliegen auf dem Vorhemd, und alle hatten schwarze Stiefel an. Es gab weder Instrumente noch Mikrofone, keine Tonverstärker und nicht einmal eine Publikumsbühne, selbstverständlich auch keine Lichteffekte – man hatte im Saal einfach das Licht etwas gedämpft.

Und obgleich ich davon überzeugt war, daß die Hörer hier eine Vorstellung davon hatten, was ein Chor ist, wurde mir irgendwie um die Sänger angst und bange. Wieviel Volk hatte sich doch eingefunden, und unsere

Jugend ist ja so sehr an elektronische Lautstärke gewöhnt, die Sänger aber waren wie Unbewaffnete auf dem Schlachtfeld.

Die Sänger stellten sich hautnah, Schulter an Schulter, auf und bildeten dabei einen kleinen Halbkreis. Ihre Gesichter waren ruhig und gesammelt, ohne eine Spur von Bange. Und noch eine andere Merkwürdigkeit hatte ich festgestellt: Sie kamen einem samt und sonders ähnlich vor. Möglicherweise war das deshalb so, weil sie zu dieser Stunde von gemeinsamer Sorge beherrscht waren, von gemeinsamer Bereitschaft und einer einzigen Seelenkraft. In solchen Momenten ist alles aus den Gedanken verbannt, was zu anderer Zeit im Alltag eines jeden einzelnen sehr wichtig sein mag – es ist wie vor Beginn eines Gefechts, da denken alle nur noch daran, wie sie den Sieg erringen.

Vor Beginn des Konzerts gab die Leitende wieder mit ihrem ernsten Blick über die getönten Brillengläser hinweg eine kurze historische Einführung über die Eigenart der bulgarischen Kirche, die auf byzantinische Wurzeln zurückgeht und doch auch ihre Besonderheiten und ihre eigene Liturgie hat, die Leitende berührte sogar Einzelheiten der nationalen bulgarischen Gesangstraditionen. Und dann verkündete sie den Beginn des Konzerts.

Die Sänger waren bereit. Sie schwiegen erst noch eine Weile, stimmten ihren Atem ein, rückten sich mit den Schultern noch näher, und dann war es ganz still geworden, als hätte sich der Saal völlig geleert – alle waren gespannt, was diese zehn vermögen, wie sie sich herauswagen und worauf sie vertrauen. Und da, auf ein Kopfnicken des dritten von rechts, offenbar dem Leitenden der Gruppe, setzten sie an. Und die Stimmen stiegen auf in die Höhe...

Es schien, als habe sich in der Stille der göttliche Himmelswagen langsam vom Platz gelöst, mit glitzernden Rädern und Speichen, und er rollte auf unsichtbaren Wellen über die Grenzen des Saales, er hinterließ eine lange, nicht abebbende, feierliche und jubilierende Stimmenspur, die jedesmal aus unerschöpflichen geistigen Reserven wiedererstand.

Gleich bei der Einleitung wurde klar, daß dieser Chor eine solche Meisterschaft des Gesangs erreicht hatte, eine derartige Beweglichkeit und Gefügigkeit der Stimmen, die unvorstellbar ist bei zehn verschiedenen Menschen, auch wenn jeder hervorragend und meisterhaft singt; und wäre dieser Gesang von Musikinstrumenten begleitet worden, insbesondere von modernen Musikinstrumenten, so wäre dieses einzigartige Gefüge völlig in sich zusammengestürzt. Ein wundersames Schicksal bestimmte diese zehn: Sie wurden fast zu ein und derselben Zeit geboren, sie überlebten und fanden sich, sie waren durchdrungen vom Pflichtgefühl der Söhne gegenüber den Vorvätern, die Ihn ihrerseits einst durch Leiden erfahren hatten, Ihn, den Erdachten, Unfaßbaren und vom Geistigen Untrennbaren, denn nur daraus konnte dieser unbeschreibliche, inbrünstige Gesang entstehen. Nur in der Leidenschaft, in der Begeisterung und Macht der Klänge und Gefühle lag die Kraft ihrer Kunst, da die erlernten religiösen Texte bloß Vorwand und formale Hinwendung zu Ihm sind, an erster Stelle indes der Menschengeist steht, der zu den Gipfeln eigener Größe strebt.

Die Hörer waren bezwungen, bezaubert und in Gedanken versunken; jeder erlebte den Vorgang auf seine eigene Weise, jeder war in sich vertieft und unmittelbar mit dem verbunden, was sich über Jahrhunderte in tragischen

Irrungen und Erleuchtungen der Vernunft gefügt hatte, die ewig in sich forschend das Wort gemeinsam mit allen gemeinsam erfaßt und hier die Kraft des Gesangs in all den Seelen verzehnfachte. Und zugleich entführte die Phantasie einen jeden in die verschwommene, doch immerzu schmerzvoll herbeigesehnte Welt, die sich aus eigenen Erinnerungen und Träumen, aus Sehnsucht und Gewissensbissen, aus den Verlusten und den Freuden zusammensetzte, die den Menschen auf seinem Lebensweg begleiten.

Ich habe erst nicht verstanden und, um die Wahrheit auszusprechen, wollte auch gar nicht verstehen, was mit mir zu der Stunde geschah, was meine Gedanken und Gefühle so unwiderstehlich zu diesen zehn Sängern hinzog, die dem Äußeren nach Menschen waren wie ich, deren Hymnen aber gleichsam von mir selbst ausgingen, von meinen eigenen Antrieben, von angehäuften Schmerzen, Sorgen und Verzückungen, die bis dahin aus mir keinen Auslaß gefunden hatten; während ich mich von ihnen befreite und mich zugleich mit neuem Licht und Verstehen füllte, erfaßte ich dank der Kunst dieser Sänger das ursprüngliche Wesen des Kirchengesangs – diesen Schrei des Lebens, den Schrei des Menschen mit hoch erhobenen Händen, der von dem ewigwährenden Durst kündet, sich selbst zu betätigen, sein Los zu erleichtern, einen Halt zu finden in den unermeßlichen Weiten des Universums, im tragischen Vertrauen darauf, daß außer Ihm noch andere himmlische Kräfte existieren, die dem Menschen darin hülfen. Was für ein grandioser Irrtum! Oh, wie groß ist doch das Verlangen der Menschen, von hoch oben erhört zu werden! Und wieviel Energie, wieviel Gedankenkraft hat er in diese Beteuerungen eingebracht, in Reue und Lobhudelei, und sich dabei zu

Demut, Gehorsam und Ergebenheit gezwungen, ganz gegen sein brodelndes Blut und seine Urnatur, die nach Aufruhr dürsten, nach Neuerung und Negation. Oh, wie schwer fiel ihm das, wieviel Qualen hat ihn das gekostet. Rigweda und Psalmen, Beschwörungen, Hymnen und Schamanentum! Wieviel dieser endlosen Fürbitten und Gebete wurden in Jahrhunderten ausgesprochen – die wie bittere, salzige Ozeane die gesamte Erde überschwemmten. Wie schwer ist doch im Menschen das Menschliche geboren worden...

Sie aber sangen, diese zehn, miteinander in Gott verbunden, damit wir uns in unser Selbst vertiefen konnten, in die kreiselnden Strudel des Unterbewußten, damit wir das Vergangene in uns wiedererweckten, den Geist und die Schmerzen dahingeschiedener Generationen, damit wir dann emporschwingen könnten, über uns selbst und die Welt hinausflögen, die Schönheit und den Sinn der eigenen Vorherbestimmung fänden und, nachdem wir nun einmal ins Leben gekommen waren, dessen herrliche Gestalt liebgewönnen. Diese zehn sangen so selbstvergessen, so gotteswürdig, daß sie – wohl ohne es zu ahnen – in den Seelen jene höchsten Regungen erweckten, die den Menschen im Alltag, inmitten widerwärtiger Hast und Kümmernisse, selten genug erfassen. Und so kam über die Versammelten unversehens eine Gnade, ihre Gesichter waren bewegt, bei einigen schimmerten Tränen in den Augen.

Wie froh war ich, wie dankbar dem Zufall, der mich hierhergeführt hatte und mir diesen Festtag schenkte; meine Existenz trat hinaus in eine Weite außer Raum und Zeit, wo sich alle meine Erkenntnisse und Erlebnisse wundersam zusammenfügten – in den Erinnerungen ans Vergangene ebenso wie im Bewußtsein des Gegenwärtigen und in den Träumen vom Künftigen. Mitten in diese Überlegung hinein überströmte es mich, daß ich ja noch gar nie geliebt habe, das Sehnen nach Liebe pochte in meinem Blut und harrte auf seine Stunde, gab sein Zeichen durch drückenden Schmerz in der Brust. Wer ist sie nur, wo ist sie, wann und wie wird das sein? Einige Male habe ich auf die Tür geblickt, vielleicht ist sie schon hereingetreten, steht da, hört und wartet darauf, wann ich sie endlich ansehe. Wie schade nur, daß sie zu jener Stunde nicht in dem Saal war, daß ich nicht mit ihr teilen konnte, was mich so betroffen machte und meine Phantasie beflügelte. Und dabei hatte ich eben noch gedacht, das Schicksal möge daraus bloß nichts Lächerliches entstehen lassen, etwas von der Art, an das man sich später nur noch schamvoll erinnert...

Unwillkürlich kam mir die Mutter aus früher Kindheit ins Gedächtnis zurück... Ich erinnere mich an den Wintermorgen, an den Schnee, der so selten auf den Boulevard fällt; mit lächelnden Augen blickt sie mir ins Gesicht, knöpft mein weit geöffnetes Mäntelchen zu und spricht zu mir, aber ich laufe weg von ihr, und fröhlich holt sie mich ein, über unserem Städtchen verhallt der Glockenklang von der Kirche auf dem Hügelchen, dort verrichtet gerade mein Vater seinen Dienst, der Provinzdiakon, ein Mensch von inbrünstigem Glauben, erst jetzt erahne ich, wie vortrefflich er die Vergänglichkeit aller Werke verstand, die der Mensch im Namen Gottes und für Gott schafft... Ich aber bin, bei aller Sympathie für ihn, einen ganz anderen Weg gegangen, nicht den, den er sich ersehnt hatte. Und das Wissen lastet auf mir, daß Vater im Einvernehmen mit sich selbst in die andere Welt ging; ich aber wälze mich hin und her, leugne das Vergangene, auch wenn ich mich dabei an gewesener Größe berausche, an jener gewaltigen Ausdruckskraft der einst allmächtigen Idee, die sich von Jahrhundert zu Jahrhundert ausbreitete und die Seelen der Nichtbekehrten auf allen Kontinenten und Inseln bekehren wollte, um sich auf alle Zeit in der Welt zu verewigen, in allen Anschauungen aller Generationen, sie zügelte und lenkte ab, wie der Blitzableiter die Blitze in die Erde lenkt, sie blieb ewige Herausforderung der ewig menschlichen Zweifel am Sinn der Demut. Dank dem Glauben wie dem Zweifel, den beiden Kräften des Seins, die gleichermaßen und gemeinsam das Leben bewegen.

Ich war geboren worden, als die Kräfte des Zweifels die Oberhand gewannen, die dann ihrerseits neue Zweifel in die Welt setzten, und ich bin ein Produkt dieses Prozesses, dem Bannfluch der einen Seite ausgesetzt und von der anderen Seite mit all meinen Schwierigkeiten nicht angenommen. Was soll es schon besagen, bei solchen wie mir windet sich die Geschichte heraus, sie weist die Seele von sich ... So dachte ich, als ich dem altbulgarischen Gesang lauschte.

Die Lieder wurden eins nach dem andern vorgetragen, klangen im Saal wie das Echo verflossener Zeiten. Die biblischen Leidenschaften im »Abendmahl«, beim »Kindsmord« und im »Klageengel« wechselten ab mit den gestrengen, flammenden Liedern anderer Märtyrer des Glaubens; obgleich mir vieles schon bekannt war, hat mich die Handlung selbst gefesselt, wie einen diese zehn verzauberten und Erfahrenes in große Kunst verwandelten, deren Kraft ja von der geschichtlichen Aufnahmebereitschaft des Volksgeistes abhängt – wer viel gelitten hat, der hat vieles verstehen gelernt ...

Während ich die Stimmen der Sofioter Sänger anhörte, die trunken und durchgeistigt waren vom eigenen Gesang, während ich mich in ihre Mimik versenkte, entdeckte ich plötzlich, daß da einer von ihnen, der zweite von links, der einzige Helle unter den dunklen und schwarzhaarigen Bulgaren, mir sehr ähnelte. Es ist verblüffend, einen Menschen zu erblicken, der dir wie dein Ebenbild erscheint. Graue Augen, schmale Schultern – in der Kindheit hat man ihn wohl auch Schwächling genannt –, langes blondes Haar und auch diese zerbrechlichen, von feinen Äderchen übersäten Arme; vielleicht überwindet er seine Schüchternheit durch das Singen, ähnlich wie ich, wenn ich bisweilen ein Gespräch auf die mir vertrauten theologischen Themen lenke, um über meine Befangenheit hinwegzukommen. Man kann sich gut vorstellen, wie dümmlich das aussieht, wenn ich solche ernsthaften Gespräche bei der ersten Begegnung mit Frauen führe. Und auch das Antlitz des grauäugigen Sängers wie meines, eingefallene Wangen, eine leicht gebogene Nase, zwei Längsfalten teilten die Stirn, und am bemerkenswertesten war: Er trug genau denselben Bart wie ich, bevor ich ihn abrasiert hatte. Unwillkürlich faßte ich mich am gewesenen Bart, und es fiel mir erneut ein, daß ich am Morgen mit den Anaschakurieren abreisen mußte. Und ich wunderte mich: Wohin denn, und wozu eigentlich? Welch ein Gegensatz – die göttlichen Hymnen und die dunkle Sucht der Utjugs im Bahnhof für diesen schlimmen Rauch aus schlimmem Gras. Doch zu allen Zeiten strömte jenseits der Tempelmauern das wirkliche Menschenleben mit Gutem und Bösem. Und unsere Zeiten sind da keine Ausnahme...

Ich habe also an jenem Konzert mein Ebenbild gefunden. Danach ließ ich meinen Doppelgänger nicht mehr aus dem Auge, ich folgte ihm, wie er sang, wie sich sein Gesicht weitete, sein Mund öffnete, als er die höchsten

Tonstufen nahm. Ich empfand mit ihm und versetzte mich an seine Stelle, als sei er meine Wiederverkörperung. Auf diese Weise sang ich selbst mit. In mir sang alles, ich wurde eins mit dem Chor und verspürte dabei ein ungewöhnliches, die Tränen weckendes Gefühl von Brüderlichkeit, Größe und Gemeinsamkeit, als ob wir uns nach langer Trennung wiedergetroffen hätten – unsere vollkommenen, starken und triumphierenden Stimmen schwingen sich empor zu den Himmeln, und die Erde unter uns ist beständig und unverrückbar. Und wie wir singen, wieviel wird gesungen werden, ein ewiges Singen...

So sangen sie, und ich sang mit ihnen. Diesen Zustand herrlichen Selbstvergessens erlebe ich oft beim Hören alter grusinischer Lieder. Ich kann das nur schwer erklären, aber es genügen schon drei Georgier, selbst die einfachsten Leute, und die Seele ist übervoll, die Kunst atmet, eine einfache Kunst von seltener Gestalt und Kraft. Vielleicht ist das ein besonderes Geschenk der Natur an die Georgier, eine eigene Form der Kultur, vielleicht einfach von Gott selbst. Ich verstehe kein Wort, aber ich singe mit, das ist das entscheidende.

Dies ging mir durch den Kopf, während sie sangen, und auf einmal überkam mich eine Erleuchtung, mir offenbarte sich der tiefere Sinn der grusinischen Erzählung »Die Sechs und der Siebente«, die ich einmal gelesen hatte. Die Geschichte ist kurz, die Zeitschriften sind voll solcher Geschichten, und man kann nicht behaupten, sie sei außergewöhnlich, sie ist mehr eine leicht romantische, psychologische Fabel, doch das Finale hat sich mir fest eingeprägt, wie ein Spleiz hat sich das in mir festgesetzt.

Der Inhalt der Erzählung, genauer gesagt der Ballade (an den schwierigen Namen des kaum bekannten Verfassers erinnere ich mich nicht), ist ebenfalls recht trivial. Die Flammen der Revolution lodern, es tobt der blutige Bürgerkrieg, in den letzten Gefechten behauptet sich die Revolution gegenüber dem Feind, und folglich kommt es auch in Georgien zu dem für die Geschichte typischen Ausgang – die Sowjetmacht obsiegt und treibt die letzten Reste der bewaffneten Konterrevolutionäre noch aus den gottverlassensten Bergdörfern. Es herrscht das in solchen Fällen eherne Grundgesetz: Wenn sich der Feind nicht ergibt, wird er vernichtet. Doch Grausamkeit gebiert wiederum Grausamkeit, auch das ist ein uraltes Gesetz. Besonders verbissen widersteht die Abteilung des verwegenen Guram Dshochadse, der die umliegenden Berge hervorragend kennt, ein ehemaliger Hirte und Reiter, der nunmehr zum unaufspürbaren verwegenen Räuber geworden ist und sich im Klassenkampf nicht mehr zurechtfindet. Aber auch seine Tage sind gezählt, Niederlage um Niederlage hat er bereits erlitten. In Gurams Abteilung wird ein Tschekist eingeschleust, unter dem Risiko der Enttarnung und bei allen daraus resultierenden Konsequenzen gewinnt er Dshochadses Vertrauen und wird sein Kampfgenosse. Der Tschekist fädelt es so ein, daß Guram Dshochadse nach einem heftigen Gefecht – die Verluste haben den Trupp stark gelichtet – bei einem Flußübergang in einen Hinterhalt gerät. Als sie in wildem Galopp das Ufer erreichen und sich in den Fluß stürzen, läßt sich der Tschekist vom Pferd ins Gestrüpp fallen, als sei ihm der Sattelriemen abgerissen. Die immer noch ansehnliche Reiterschar Dshochadses will indes auf den ausgebrannten Pferden über die Sandbänke des breiten Gebirgsflusses hinwegsetzen, in der Mitte aber, wo man von allen Seiten her offen einblicken kann, mäht man sie durch zwei getarnte schwere Maschinengewehre von beiden Ufern her nieder, nimmt sie aus nächster Nähe ins Kreuzfeuer. Ein rasendes Getümmel, die Leute verenden und ertrinken im Gebirgsfluß, Guram Dshochadse jedoch – das Schicksal hat ihn gerettet! – kann entrinnen, er macht kehrt und kommt dank seinem starken Roß durch das Ufergestrüpp. Ihm jagen einige getreue Reiter hinterher, die am Leben geblieben sind, unter ihnen auch der Tschekist, unverzüglich hat er sich ihnen angeschlossen, als er blitzschnell begriff, daß die Operation nicht völlig geglückt war und der Anführer der Abrechnung entkam.

Nach diesem Gefecht am Fluß war Dshochadses Trupp endgültig zerschlagen, er war faktisch erledigt.

Als Guram Dshochadse die Verfolger schließlich abgeschüttelt hat und das gehetzte Pferd anhält, stellt es sich heraus, daß vom ganzen Trupp, ihn eingezählt, nur sieben Mann übriggeblieben sind, der siebente aber ist der Tschekist, mit Namen Sandro. Daher rührt wohl auch der Titel der Erzählung – »Die Sechs und der Siebente«.

Sandro hatte den Befehl, um jeden Preis den Bandenführer Guram Dshochadse zu beseitigen. Auf diesen Kopf war eine hohe Summe ausgesetzt. Es ging nun gar nicht mehr um diese Summe, sondern um den Befehl, nachdem schon klar war, daß sich Dshochadse nicht mehr in ein Gefecht begibt, wo man ihn hätte erschießen können; jetzt war er ja eigentlich so gut wie allein, ein in die Falle geratenes Tier, er würde sich nur noch auf sich selbst, auf seine persönliche List verlassen und außerordentlich wachsam sein. Es lag auf der Hand: Dshochadse würde sich nicht ergeben, sondern bis zum letzten Atemzug kämpfen...

Und hier ist nun die Auflösung dieser Geschichte, sie hat mich am meisten bewegt...

Nach dem unerbittlichen Vernichtungsschlag am Fluß

macht Guram Dshochadse, der alle Pfade in den Schluchten wie seine Tasche kennt, am späten Abend jenes Tages an einem schwer zugänglichen Ort halt, in einem Bergwald nah der türkischen Grenze. Und sie alle, die »Sechs und der Siebente«, stürzen, kaum abgesattelt, vor Erschöpfung zu Boden. Fünfe fallen sofort in Tiefschlaf, aber es bleiben zwei, die nicht schlafen. Der Tschekist Sandro schläft nicht, ihn quält die eine Sorge – wie kann er nur sein Ziel erreichen, wie soll ihm die Vergeltung gelingen? Nach der vernichtenden Katastrophe schläft auch der verwegene Guram Dshochadse nicht, ihn bedrückt, daß der Trupp zerschlagen wurde, ihn quält der morgige Tag. Und bloß Gott kann es wissen, woran diese beiden unversöhnlichen Gegner, zwischen denen die Revolution steht, sonst noch denken.

Der Vollmond steht rechts über ihrer Schlafstelle, der Wald rauscht wie immer in schweren, dumpfen Nächten, unaufhörlich lärmt in der Tiefe der Fluß über die Steine, und ringsum erstarren die Berge in steinernem Schweigen. Und plötzlich springt Guram Dshochadse auf, als beunruhige ihn etwas.

»Schläfst du nicht, Sandro?« fragt er den siebenten verwundert.

»Nein, aber warum springst du auf?« fragt nun Sandro.

»Ach, nichts. Kann nicht schlafen, irgendwas läßt mich hier nicht liegen, der Mond scheint so hell. Ich leg mich in der Höhle schlafen.« Und Dshochadse nimmt seine Burka, die Waffe und den Sattel, beim Gehen fügt er hinzu: »Über den Rest sprechen wir morgen. Zum Reden bleibt uns nur wenig Zeit.«

Und damit ist er verschwunden, richtet sich einen Platz am Höhlenausgang her – als Hirte hat er hier nicht selten vor Unwetter einen Unterschlupf gefunden –, er hat sich zurückgezogen, um seinen tiefen Kummer besser zu ertragen, oder aber ein Vorgefühl hat ihn gewarnt, so zu lagern, daß sich niemand aus keiner Richtung der Höhle nähern kann, ohne von ihm sofort rekognosziert zu werden. Sandro ist unruhig geworden: Wie ist diese doch wohl sinnvolle Maßnahme des Anführers zu verstehen? Was wäre, wenn der anfinge nachzurätseln?

So haben sie die Nacht verbracht, und am nächsten Morgen gibt Guram Dshochadse den Befehl, die Pferde zu satteln. Und niemand weiß, was er auf dem Herzen hat und zu unternehmen beabsichtigt. Und als dann die Pferde gesattelt sind, alle stumm vor ihm stehen und ihr Roß am Zaum halten, spricht er mit einem Seufzer:

»Nein, so darf man sich nicht aus der Heimat davonmachen. Laßt uns heute von unserer Erde, die uns aufgezogen hat, Abschied nehmen, aber dann wollen wir auseinandergehen, jeder, wohin er will. Doch solang wir noch hier sind, wollen wir sein wie daheim.«

Er schickte zwei Reiter in die nächste Ortschaft, wo er Anhänger hat, sie sollen Wein und Essen beschaffen, zwei weitere – Sandro und noch einen – läßt er Trockenholz fürs Feuer holen und die Pferde bewachen, er selber geht mit den beiden übrigen auf die Jagd nach Wild, vielleicht würden sie ein Reh zum Abschiedsmahl erlegen.

Dem Tschekisten Sandro bleibt nichts anderes übrig, als zu gehorchen und den geeigneten Moment abzuwarten, um seinen Befehl auszuführen. Vorerst hat sich aber noch keine passende Gelegenheit ergeben.

Am Abend versammeln sich die sechs und der siebente erneut. Sie haben sich am Waldrand nah der Höhle ein Feuer gemacht, auf Linnen haben sie das aus dem Dorf herbeigebrachte Brot ausgebreitet, den Wein, Salz und die Speisen, die ihnen Guram Dshochadses Getreue mitgegeben haben. Das Lagerfeuer brennt lichterloh. Die sieben treten an die Flammen heran.

»Sind alle Pferde gesattelt und alle bereit, in die Steigbügel zu treten?« fragt Guram Dshochadse.

Zur Antwort nicken alle schweigend.

»Hör mal, Sandro«, bemerkt Guram Dshochadse, »du hast ordentlich Holzscheite zusammengetragen, brennen gut, doch warum hast du sie so weit von der Feuerstelle gelassen?«

»Brauchst dich darum nicht zu kümmern, Guram, ist meine Sache, fürs Feuer bin ich verantwortlich. Du aber sprich, was du zu sagen hast.«

Und sodann spricht Guram Dshochadse: »Meine Freunde, wir haben verloren. Wenn gekämpft wird, dann siegt der eine, und der andere unterliegt. Darum bekriegen sich die Menschen. Blut haben wir vergossen, auch unser Blut. Von der einen und der anderen Seite haben viele Söhne ins Gras beißen müssen. Was war, das ist vorbei. Um Verzeihung bitte ich die gefallenen Freunde und die gefallenen Feinde. Kommt der Feind im Kampf um, dann ist er nicht mehr dein Feind. Säße ich jetzt noch hoch zu Roß, würde ich die Gefallenen trotzdem um Verzeihung bitten. Das Schicksal hat sich aber von uns abgewandt, denn auch das Volk hat sich in seiner Mehrheit von uns abgewandt. Und sogar das Land, wo wir geboren und aufgewachsen sind, wünscht nicht mehr, daß wir in ihm bleiben. Da ist kein Platz für uns. Und auch keine Nachsicht. Wäre ich der Sieger, würde ich meine Feinde nicht schonen, das sag ich wie vor Gott. Jetzt gibt es für uns nur noch einen Ausweg – unseren Kopf in die Fremde zu retten. Gleich da drüben, hinter dem hohen Berg, liegt die weite Türkei, und etwas daneben, hinter dem Gebirgskamm, wo der Mond aufgeht, da ist der Iran. Wählt selbst, wohin ihr wollt. Ich selber geh in die Türkei, nach Stambul, werde Lastenträger am Hafen. Jeder von uns muß selbst entscheiden, wo er sein Haupt hinlegen will. Sieben von uns sind übriggeblieben. Und nach einer Weile werden wir, einer nach dem andern, in die Fremde ziehen, in sieben verschiedene Richtungen. Wir werden uns nie wiedersehen. Das ist der letzte Tag, da wir zusammen sind, einander sehen und hören, die sieben Überlebenden. Nehmen wir also Abschied voneinander und von der Heimat, nehmen wir Abschied vom grusinischen Brot und Salz und von unserem Wein. Solchen Wein wirst du nirgendwo und nimmermehr kosten. Nach dem Abschied wird ein jeder seine Richtung wählen. Wir nehmen nichts mit von hier, nicht einmal ein Sandkorn aus grusinischer Erde. Die Heimat kannst du nicht davontragen, nur das Heimweh nimmst du mit; wenn man die Heimat mit sich schleppen könnte wie einen Sack, dann wäre sie keinen Groschen wert. So laßt uns zu guter Letzt anstoßen und ein letztes Mal unsere Lieder singen...«

Der Wein ist im Schlauch von Tierhäuten, ein bäuerlicher, in ihm sind Erde und Himmel. Er weckt ungestümen Rausch und den Wunsch, seinen Kummer zu ertränken, und von neuem kämpfen in den Seelen Freud und Leid. Und das Lied strömt wie von selbst, so wie unverhofft die Quelle mitten im steinigen Berghang entspringt, und alles, was sie auf ihrem Weg mit dem Wasser berührt, wird wachsen und gedeihen. Leise beginnen sie mit dem Lied der Väter, still schwillt es an, kehlig murmelnd wie die Quelle vom Hang herab, alle sieben singen vortrefflich, denn einen Georgier, der nicht singt, den gibt es nicht, sie singen gekonnt, ein jeder auf seine Art und nach seiner Kraft, und das Lied lodert auf wie das Feuer, um das sie stehen.

So hat der Abschiedsgesang der sieben eingesetzt, genauer gesagt – der sechs und des siebenten, der nicht eine Sekunde vergißt, was er zu vollenden hat. Keiner von ihnen, vor allem nicht Guram Dshochadse, darf straflos über die Grenze entkommen. Dies darf er, der Tschekist, nicht zulassen, so lautet sein Befehl. Und er muß diesen Befehl ausführen.

Und sie singen ein Lied nach dem anderen, es wird Wein getrunken, den du um so mehr trinkst, je lieber du singst und je stärker die Seele brennt, die es immer wieder nach Wein und Liedern dürstet.

Sie stehen im Kreis, lassen die Peitschen fallen und legen sich dann und wann die Arme um die Schultern, und wenn sie das Verlangen haben, von der göttlichen Kraft erlöst zu werden, der geheimnisvollen und unabwendbaren, doch alles sehenden und allwissenden Kraft, dann heben sie die Hände zum Himmel empor. Wie kann das nur sein, wenn Gott alles sieht und alles weiß, wohin wird er sie jagen, fort von ihrem Land? Und warum ist es so eingerichtet, daß sich Menschen bekriegen und gegeneinander kämpfen, daß Blut und Tränen vergossen werden, daß sich jeder im Recht sieht, den andern aber im Unrecht, wo ist die Wahrheit, und wer ist berechtigt, sie auszusprechen? Wo ist der Prophet, der über sie gerecht urteilte? Klangen in den althergebrachten Liedern, die das Volk in seinen Erinnerungen aufbewahrte, nicht die Leiden an, die von den Vätern seit Urzeiten durchlitten, als ursprüngliche Erfahrung von Gut und Böse durchdacht und als Schönheit und Ewigkeit empfunden wurden? Und darum gebiert auch in den Münder der sieben ein Lied das andere, sie öffnen auch nie ihren Kreis, der siebente indes verläßt ihn von Zeit zu Zeit, schafft Holzscheite herbei und legt sie aufs Feuer. Nicht zufällig (für alles im Leben gibt es ja einen Grund) hat er das Trockenholz auf einem Riesenhaufen im Wald zusammengetragen, für das Feuer trug er ja persönlich die Verantwortung. Und die Lieder singt er wie sie alle, von ganzer Seele, gehören doch die Lieder allen in gleichem Maß. Es gibt keine Lieder, die nur von Zaren gesungen werden und allen anderen verboten sind, wie es auch keine Lieder gibt, die nur des Pöbels würdig sind. Sing und sei froh, leide und weine und tanze, solang du lebst...

Die du geliebt und auf die du bebend gewartet hast, die aufhörte, dich zu lieben, und wie du dann gelitten hast, so daß du den Verstand verlorst und sterben wolltest, oh, wenn sie dein letztes Lied vor dem Tod nur hören könnte; und wie dich in der Kindheit die Mutter liebkoste, und wo der Vater den Tod fand, wie sich die Gefährten in blutigem Kampf schlugen, und welchem Gott du deine Seele in selbstlosem Schauer geöffnet hast; und hast du daran gedacht, was die Geburt eines Menschen ist, und hast du daran gedacht, der Tod steht immer neben dir, solange du atmest, aber nach dem Tod wird es keinen Tod mehr geben, nur das Leben wird den Tod überwinden, kein anderes Maß hat die Welt als das Leben, also entrinne dem Töten, betritt aber der Feind deine Erde, dann verteidige dein Land und hüte die Ehre der Geliebten wie deine Heimat; und hast du erfahren, was Trennung bedeutet, wie Trennung auf dir lastet, als ob du einen Felsen auf dich lädst, hast erfahren, nichts macht Freude ohne die Geliebte – keine Blume und kein Licht und auch nicht der Tag –, wer weiß schon, worüber in Liedern alles gesungen wird, du wirst es nicht nacherzählen können...

Und in jener Nacht gibt es keine Menschen, die sich so nah und verwandt sind wie diese sieben Georgier, die zur Stunde des Abschieds so traurig und so begeistert singen. Die Urgewalt der Lieder bringt sie einander noch näher. Wieviel haben doch die Vorfahren an beseelten Worten voller unsterblicher Harmonie durchlebt und ersonnen zu Nutzen und Frommen der Nachkommen. Und wie man den Vogel nach seinem Flug erkennt, so vermag der Grusinier den Grusinier dem Lied nach auf zehn Werst Entfernung zu erkennen und zu sagen, wer er ist und woher er kommt, wie ihm zumute ist und was ihm auf der Seele brennt, ist er des Wegs von einer fröhlichen Hochzeit, oder quält ihn der Kummer...
Der Mond steht schon recht hoch über den Bergen und verströmt sein weiches Licht über die ganze Erde, einschmeichelnd wiegt der Wald seine dunklen Wipfel im Wehen des Windes, gedämpft lärmt der Fluß, er schimmert und gießt sein feuchtes Silber über die runden Steine, schattenhaft und unhörbar fliegen die Nachtvögel über die Köpfe der am Feuer Singenden hinweg, sogar die gesattelten Pferde warten geduldig auf ihre Herren und spielen mit hellhörigen Ohren, und in ihren Augen tanzen Feuerfunken... Den Pferden ist der Weg in fremdes Land vorherbestimmt, und jene Stunde rückt näher...
Doch die Lieder wollen nicht aufhören, so ist es dann auch Guram Dshochadse, der dem Singen ein Ende setzt: »Singt also, Freunde, trinkt den Wein, wir werden uns nie mehr im Kreis versammeln, unsere Ohren werden keine grusinischen Gesänge mehr hören.« Sie singen einzeln und gemeinsam, tanzen zur eigenen Begleitung, inbrünstig und feurig wie vor dem Tod, und von neuem bilden die sieben, das heißt die sechs und der siebente, einen Kreis. Sandro aber geht seinem Auftrag nach, er verläßt

die Runde und wirft Holz ins Feuer, die Flammen lodern heiß und heißer.

Sie raffen sich auf, das letzte Lied zu singen, dann noch eines und wieder ein allerletztes zum Abschied, dennoch wollen sie nicht zur Ruhe kommen, schließen sich noch einmal im Kreis zusammen, sie senken die Köpfe, versonnen und kraftvoll schwillt der Gesang an, es ist, als grollte es aus der Erde hervor. Sandro entfernt sich erneut, um Holz zu holen, obgleich das Feuer lichterloh brennt. Und das ist genau bedacht, seitwärts kann er einen jeden der sechs im Kreis Stehenden deutlich erkennen, sie ihrerseits, vom Feuer vor ihnen geblendet, können ihn schlecht sehen... Der schwere Mauser ist bereits gespannt. Unabwendbar naht die Stunde der Vergeltung und der Strafe. Er hebt den mehrfach geladenen Schnellschußmauser hoch, stützt ihn auf den Arm nieder und streckt mit dem ersten Schuß, der wie Donner in die Dunkelheit hineinkracht, den Anführer Guram Dshochadse nieder, gleich danach – die von den Lippen fliegenden Liedworte sind noch nicht erstorben – alle übrigen, einen nach dem anderen, sie aber haben es gar nicht fassen können, was geschehen ist. Und so wird noch einmal, im Teufelskreis des Tötens, für vergossenes Blut erneut Blut vergossen.

Ja, für die Gesetze der menschlichen Beziehungen gibt es keine auflösende Formel wie in der Mathematik, und so dreht sich die Erde wie ein Karussell blutiger Dramen... Soll sich denn dieses Karussell bis zum Weltenende, solange die Erde um die Sonne kreist, drehen?

Die Schüsse waren präzise, nur einer hat sich krampfhaft auf den Händen nochmals hochgestützt, Sandro aber springt gleich zu ihm hin und streckt ihn mit einem Schuß in die Schläfe nieder ... Die Pferde haben vor Angst zurückgesetzt, sind aber wieder in den Seilen erstarrt...

Das Feuer brennt noch, der Fluß lärmt, der Wald und die Berge stehen unverrückbar, und der Mond verharrt unerschütterlich an seinem hohen Platz, nur das Lied, das an diesem Abend so anhaltend klang, ist jäh unterbrochen...

Sandros Gesicht ist kreidebleich in der Nacht, er keucht und langt nach dem ledernen Burdjuk mit dem restlichen Wein, er begießt sich, erstickt fast und hebt an zu trinken, um das innere Feuer zu löschen ... Dann holt er Atem, umschreitet ruhig die Ermordeten, sie liegen ums Feuer herum, jeder in einer anderen Stellung. Daraufhin nimmt er die Waffen der Getöteten, bindet sie an den Sattelbögen fest, entfernt das Zaumzeug und die Halfter von den Pferdeköpfen und läßt die Rosse frei. Alle sieben Pferde befreit er so, auch seinen Braunen... Und er schaut ihnen nach, da sie, die Freiheit witternd, wie Gänse hintereinanderher dem Tal zustreben, ins Vorgebirgedorf zu den Menschen ... Laufen doch Pferde immer dorthin, wo Menschen leben... Dann ist auch das Hufeisengeklapper verstummt, die langgezogene Silhouette der Kette von Pferden wird in der Tiefe vom nebligen Monddunst verschluckt...

Es ist vollbracht. Sandro geht noch einmal schweigend im Kreis um die sechs, die er auf einen Schlag niederstreckte, er entfernt sich etwas zur Seite und hält die Mündung des Mausers an seine Schläfe. Noch einmal ertönt mit kurzem Echo ein Schuß in den Bergen. Nun hat auch der siebente seine Lieder ausgesungen...

So endet jene grusinische Ballade. Unversehens erinnerte ich mich daran, als ich im Museum den bulgarischen Sängern lauschte. Diese Menschengesänge leuchten aus dem Dunkel der Jahrhunderte und rufen verzückt den Allmächtigsten an, Menschen haben das Nichtwirkliche in geistige Wirklichkeit verwandelt, Menschen haben es erschaffen in der Überzeugung, sie seien so einsam in dieser Welt, daß sie Ihn nur in Liedern und Gebeten fänden.

Ich durchlebte jene Geschichte in einigen Sekunden. Verglichen mit der Geschwindigkeit des Denkens, ist die Lichtgeschwindigkeit ein Nichts; der Gedanke bewegt sich durch Raum und Zeit schneller als alles andere, wenn er ins Vergangene entschwindet.

Jetzt glaubte ich daran, daß es sich in jenen Jahren tatsächlich so abgespielt haben könnte. Zum Schluß der Erzählung »Die Sechs und der Siebente« schrieb ihr Verfasser, daß Sandro, also der siebente, postum mit einem Orden belohnt worden sei.

Wenn aber die Tragödien der Bürgerkriege nicht zu Tragödien der Nationen geworden wären, wenn der Widerstand der einen gegen die neu aufsteigende Geschichte und die Ungeduld der andern im Kampf um die Beschleunigung ebendieser Geschichte das Leben nicht mit Stumpf und Stiel ausgerottet hätte – woher kämen dann diese schrecklichen Furchen auf dem Acker der Revolution, und hätte dann die grusinische Ballade vielleicht einen andern Ausgang genommen? Den Preis erkennt man an den Kosten ... Der siebente hätte doch triumphierend weiterleben können, aber er ist nicht am Leben geblieben – aus schwer erklärbaren Gründen. Ein jeder kann das nach eigenem Gutdünken auslegen. Als ich mit diesen bulgarischen Gesängen schwebte wie auf einem Boot unter dem weißen Segel des erhabenen Geistes, der wie der offene Ozean ewig wogt, da wollte mir scheinen, daß die grusinische Dichtung so enden mußte, weil der Glaube aller sieben in ihren Liedern beschlossen lag ...

Hast du für dich eine Entdeckung gemacht, dann steht

alles in dir im Einklang, und die Seele leuchtet auf. Ich sah doch, wie rein, ergeben und durchdrungen die Augen der bulgarischen Chorsänger beim Singen meiner Lieblingshymnen waren, sah, wie sich ihre Gesichter vor Anspannung mit Schweiß überzogen, und ich war neidisch, nicht unter ihnen zu sein, nicht jener andere, mein Doppelgänger.

Und auf der Woge der heranströmenden Erleuchtung dachte ich: Woher stammt dies alles im Menschen – die Musik, die Lieder, die Gebete, was ist es nur, was all das so unentbehrlich macht? Rührt das vom unterbewußten Gefühl des tragischen Seins im Lebenskreislauf, wo alles wird und alles vergeht, von neuem kommt und erneut vergeht, und der Mensch hofft, sich auf diese Weise auszudrücken, zu bestimmen und zu verewigen. Wenn dann alles sein Ende hat, im Weltenende in Milliarden Jahren, wenn unser Planet stirbt und in Kälte erstarrt, dann wird ein anderes Weltbewußtsein, das von anderen Milchstraßen kommt, inmitten der großen Lautlosigkeit und Leere ganz gewiß unsere Musik und unseren Gesang vernehmen. Denn die Schöpfung hat uns unauslöschlich das Sehnen eingegeben, nach dem Tod weiterzuleben! Wie wichtig ist diese Erkenntnis für den Menschen, wie nötig die Überzeugung, daß eine solche Verlängerung möglich ist. Wahrscheinlich werden sich die Menschen noch einen Automaten ausdenken, eine nie ruhende Antriebskraft für Gesänge – das wird die Anthologie des Besten aus der Menschheitskultur aller Zeiten sein; und beim Genuß dieses Chorgesangs war ich sicher, daß alle, die diese Worte und Musik dann erhörten, begreifen und verspüren würden, wie widerspruchsvoll diese Menschenwesen waren, diese Genies und Märtyrer, die einzigen vernunftbegabten Kreaturen.

Leben, Tod, Liebe, Mitleid und Inspiration – dies alles kommt in der Musik zum Ausdruck, denn nur in der Musik können wir jene höchste Freiheit erlangen, für die im Verlauf der ganzen Geschichte gekämpft wurde, seit dem ersten Aufflackern des menschlichen Bewußtseins, nur in ihr haben wir das erreichen können. Und es ist nur die Musik, die zum Zukünftigen hinstrebt und die Dogmen aller Zeiten überwindet ... Und daher vermag sie das zu sagen, was wir nicht aussprechen können...

Ich blickte auf die Uhr und fürchtete mich davor, daß das Konzert in meinem geliebten Puschkin-Museum zu Ende ginge und ich zum Kasaner Bahnhof zurückkehren mußte, in eine völlig andere Welt, daß ich dann in ein ganz anderes Leben eintauchen würde, wo es seit Urzeiten in Abgründen von wirbelnder Hast brodelt, wo keine göttlichen Lieder erklingen und wo sie auch nichts bedeuten... Doch gerade deswegen mußte ich dorthin.

5

Ein halber Tag war vergangen, der Zug fuhr schon durch die Gegenden an der Wolga, und in den Coupés breitete sich, soweit dies möglich war, der geregelte Reisealltag aus, der auf viele Tage hinaus bemessen war; im offenen Wagen, in dem Awdij Kallistratow fuhr, gab es, wie man sagen könnte, eine Wohngemeinschaft. Unterschiedliches Volk war unterwegs, so ist das eben: Wer reisen muß, hat seinen Grund. Unter ihnen auch die Anaschakuriere, die Reisegefährten Awdij Kallistratows. Er schätzte, daß in diesem Zug ein gutes Dutzend Kuriere fuhren, er selbst kannte bisher nur zwei, der forsche Gepäckträger Utjug hatte sie ihm am Bahnhof zugeführt, junge Burschen aus Murmansk. Der ältere, Petrucha, war um die Zwanzig, der zweite, noch ein Jüngelchen von sechzehn, hieß Lenja, er fuhr aber die Tour schon zum zweiten Mal. Deshalb hielt er sich für einen erfahrenen Wolf und prahlte sogar damit. Die Murmansker hielten sich anfänglich zurück, obgleich sie wußten, daß Awdij – in der Aussprache des Nordens nannten sie ihn Awdjaj – einer der Ihren war, daß er auf Empfehlung verläßlicher Leute als Kurier anfing. Zu ersten Anspielungen in der Sache kam es im Windfang zwischen zwei Waggons, wo sie eine Rauchpause einlegten. Inzwischen hatten die Leute das Rauchen in den Waggons gründlich satt, angesichts der vollen Belegung und der ohnehin stickigen Luft. Sie waren also hinausgegangen auf die Plattform des Windfangs, um zu plauschen und eine zu schmauchen. Als erster wurde Petrucha darauf aufmerksam, daß Awdij nicht so rauchte, wie sich das für Leute ihres Schlags gehörte.

»Hast wohl nie so was wie geraucht, Awdjaj, was? Wie ein Dämchen, hast Schiß vorm Ziehen, was?«

Er mußte schwindeln. »Hab mal geraucht und dann wieder aufgesteckt...«

»Sieht man, ich mach's von Kind auf. Und unser Lenka, ein Raucher vor dem Herrn, kifft wie ein Alter, und beim Saufen läßt er nichts aus. Jetzt dürfen wir's noch nicht, aber dann legen wir los.«

»Ist doch noch ein halbes Kind!«

»Wer, der Lenka? Jung und heiß. Du schiebst wohl die erste große Nummer, das ist nicht irgendein Schabasch. Aber der kennt schon alle Kniffe und Tricks, alle Achtung!«

»Und wie steht's mit Gras, nimmt er's, oder schleppt er nur?« erkundigte sich Awdij.

»Der Lenka? Was glaubst du, wie der raucht. Alle rauchen jetzt. Mußt mit Verstand qualmen«, erläuterte

Petrucha. »Manche schlucken, bis ihnen schwarz wird, die Kerle taugen nichts. Verderben alles, die Stinker. Das ist ein Gras, Mann, und was für eines, zum Frohlocken, das reine Paradies.«

»Wieso frohlocken?«

»Also, das ist wie ein Bächlein, rinnt so dahin, kannst drüberhüpfen und drüberspucken, aber für dich ist's ein Fluß, ein Ozean, ein Schlaraffenland. Da ist dein Frohlokken. Freude ist ja so eine Sache, woher nehmen, ha? Also, Mann, du kaufst dir Brot, schaffst dir was an zum Anziehen, auch Schuhzeug, und alle saufen Wodka, den kriegen sie auch mit Pinke. Das Gras kostet dich zwar eine Stange, aber dann hast du was ganz besonders Angenehmes. Bist wie im Traum, und da ist alles um dich herum wie im Kino. Nur was ganz anderes, im Kino glotzen hundert und tausend, da bist du aber nur für dich, geht keinen was an, und wer sich einmischt, hat einen in der Fresse, geht dich einen feuchten Dreck an, ich lebe, wie ich will, halt dich raus aus meinem Haus. So ist das, Mann!« Er schwieg, kniff die Augen zusammen und sagte unverblümt: »Wie wär's, Awdjaj, probier's mal, willst keine kiffen, tut dir gut, spendier dir extra eine von mir.«

»Ich probier dann schon die meinigen«, lehnte Awdij ab, »wenn ich meinen Anteil hab, ist das was anderes.«

»Auch wahr!« stimmte ihm Petrucha zu. »Was dein ist, ist dein.« Er schwieg und fuhr dann fort: »In unserm Geschäft, Awdjaj, ist die Hauptsache – Vorsicht, nur Feinde um dich, jedes Weib, jeder Veteran mit seinem Metallklunker auf der Brust, jeder Rentner, von den andern gar nicht zu reden. Die wollen nur eines, uns verknacken, und ab die Post, so weit, wie's geht, ins Straflager, fort mit ihnen aus unsrem Blick. Daher die Grundregel – sei wie eine Null, ein unscheinbares Grauvögelchen, bis du deine Beute hast. Und dann mußt du unsereins kennen! Hast du Kohle im Sack, dann können sie dich alle mal lecken. Aber gehst du drauf, Awdjaj, und krepierst, Maul zu, darfst deine Leute nie verpfeifen. Ist Gesetz. Und kannst du nicht dichthalten, bist du erledigt, so oder so, die machen Brei aus dir. Auch in der Zone, kriegen dich allemal. Sind keine Witzchen und Spielchen, Mann...«

Nach und nach kam heraus, daß Petrucha auf verschiedenen Baustellen arbeitete, sobald aber Sommer war, machte er sich auf den Weg in die Gegenden der Mujun-Kum, er kannte die Plätze, wo es reichlich Anascha gab. Er sagte, da gäbe es Sträucher, besonders in den langen Schluchten, zum Herumwälzen, das reichte für die ganze Welt. Zu Hause lebte nur die alte Mutter, eine Trinkerin. Die Brüder waren in alle Richtungen ausgeflogen, in den Polarkreis, an die Erdgasleitungen. Armleuchter und Unglücksraben seien die, rafften ihre Kohle, wie er sich ausdrückte, im Packeis oder in reiner Mückenscheiße. Petrucha aber hängt ein einziges Mal im schlitzäugigen Asien herum, und dann kann er das ganze Jahr an die Decke spucken, und die Spucke geht ihm nicht aus. Bei seinem Partner Lenka stand es um die Familienverhältnisse noch schlimmer. Die Mutter kannte er nicht. Kam ins Kinderheim. Mit etwa drei Jahren holte ihn ein Murmansker Kapitän der Hochseeschiffahrt, der meist die Route Kuba fuhr, zusammen mit seiner Frau aus dem Heim und adoptierte den Buben vorschriftsgemäß. Sie hatten keine eigenen Kinder. Nach fünf Jahren war alles kaputt. Die Frau des Kapitäns walzte mit einem Kavalier nach Leningrad davon. Der Kapitän ergab sich dem Suff und nahm Arbeit im Hafen an. Lenka lernte in der Schule so recht und schlecht, lebte mal bei der Tante des Kapitäns, mal bei dessen Bruder, einem Buchhalter, die Frau des Buchhalters war ein Besen, so kam eines zum andern, und Lenka hörte auf, seine Pflicht zu tun, und klinkte aus. Lenka verließ den Kapitän für immer. Fand dann eine Bleibe bei einem Kriegsveteranen, einem ehemaligen Unterseebootmann, einem einsamen, gutmütigen Menschen, der keinerlei Einfluß auf Lenka hatte. Der Junge lebte, wie er wollte. Packte es ihn, irgendwohin zu fahren, machte er sich davon. Hatte er Lust, heimzukommen, tauchte er wieder auf. Und nun war es schon die zweite Saison, daß Lenka als Anaschakurier unterwegs war, anscheinend war er diesem Teufelskraut verfallen, mit ganzen sechzehn Jahren und einem ganzen Leben vor sich...

Awdij Kallistratow gelang es kaum, sich zusammenzunehmen und nicht auf die himmelschreienden Einzelheiten einzugehen, da er sich ja zur Aufgabe gemacht hatte, das Wesen dieser Erscheinungen zu erfassen, die immer mehr junge Menschen in ihr Netz zogen. Und je tiefer er in diese traurigen Geschichten eindrang, desto mehr erinnerte ihn all dies an eine Unterströmung im trügerisch ruhigen Meer des Lebens: Neben privaten und persönlichen Gründen, die eine Neigung zu dem Laster erzeugten, machten auch gesellschaftliche Gründe die Jugend anfällig für solche Krankheiten. Auf den ersten Blick waren diese Ursachen schwer zu erfassen, wie über einen Blutkreislauf schien sich die Krankheit über den gesamten Organismus zu verbreiten. Man konnte sich endlos in die Motive jedes einzelnen vertiefen, einen Sinn ergab das kaum, wenn es überhaupt einen gab. Als mindestes hätte ein ganzes soziologisches Traktat verfaßt werden müssen, doch am besten wäre gewesen, in der Presse und im Fernsehen eine Diskussion zu eröffnen. Und dies hatte er sich ja auch erhofft, aber wie naiv war er gewesen ... Ja, naiv, ein ahnungsloser Seminarist ohne Lebenserfahrung. Er mußte erst noch die Erfahrung machen, daß niemand daran interessiert war, öffentlich über solche Dinge zu reden, und jeder sich ständig auf das angebliche Ansehen unserer Gesellschaft berief, obgleich es eigentlich nur die Angst war, die persönliche Stellung zu gefährden, die hinwiederum von Meinung und Stimmung anderer Personen abhing. Wer Alarm über Mißstände in einem Teil der Gesellschaft schlagen wollte, durfte offenbar, vor allem anderen, keine Furcht davor haben, sich selbst zu schaden. Zu seinem Glück oder Unglück lastete eine solche versteckte Angst nicht auf Awdij Kallistratow. Vorerst standen ihm jedoch all diese Alltagsentdeckungen noch bevor. Er hatte diesen Weg soeben erst eingeschlagen und jene Seite der Wirklichkeit nur berührt, die er aus Mitleid mit den verirrten Seelen am eigenen Leib zu erfahren trachtete; wenigstens einigen dieser Menschen wollte er helfen, freilich nicht mit Moralpredigten, Vorwürfen oder Verweisen, sondern er wollte durch persönliche Anteilnahme und das eigene Beispiel beweisen, daß ein Ausweg aus diesem verderblichen Zustand nur in eigener Wiedergeburt möglich sei; jeder mußte in sich seine seelische Revolution vollbringen. Er konnte allerdings nicht ahnen, wie teuer er für solche hochherzige Ideen würde bezahlen müssen.

Jung war er. Vielleicht war es nur das... Wie hat er doch im Seminar Christi Geschichte erlernt, in solchem Maß Seine Leiden auf sich übertragen, daß er laut schluchzte, wie er davon las, daß Ihn Judas im Garten Gethsemane verraten hatte! Oh, welche Erschütterung des Weltengebäudes hat er darin gesehen, daß sie Christus an jenem heißen Tag auf dem Kahlen Berg kreuzigten.

Aber zu der Zeit hatte der kaum erfahrene Jüngling nicht bedacht: Ob es nicht auf Erden ein Gesetz gibt, wonach die Welt ihre Söhne mit den reinsten Ideen und dem aufrüttelndsten Geist am meisten bestraft? Vielleicht lohnte sich das Nachdenken darüber, ob das nicht für solche Ideen eine Lebensgrundlage, ja ein Mittel ihres Triumphes war? Ob das so sein mußte? Ob dies der Preis des Sieges war?

Gleich zu Anfang sprach Awdij darüber sogar mit Viktor Gorodezkij, den er, ungeachtet des geringfügigen Altersunterschiedes, ehrerbietig mit Nikiforowitsch titulierte. Die Aussprache hatte sich ergeben, bevor Awdij den Entschluß gefaßt hatte, mit dem geistlichen Seminar zu brechen.

»Was soll ich denn sagen? Sieh mal, Pater Knabe! – Sei nicht beleidigt, Awdij, wenn ich dich bisweilen Pater Knabe nenne, doch das paßt so gut«, sinnierte Gorodezkij, als sie bei ihm zu Hause Tee tranken. »Du verläßt das Seminar, das heißt wohl eher – man wird dich aus der Kirche verstoßen, ich bin davon überzeugt, deine Lehrmeister werden nicht zulassen, daß du sie herausforderst und verläßt ... Um so mehr, als du aus seltenen und für die Kirche sehr unangenehmen Gründen gehst, also nicht etwa, weil dir eine Ungerechtigkeit widerfahren ist, nein, nicht wegen Unterdrückung oder um einer Beleidigung willen oder weil du gar mit einer Kirchenperson einen Skandal gehabt hättest, nein, Pater Knabe, die Kirche steht bei dir in keiner Schuld ... Du wirst dich sozusagen aus rein ideellen Erwägungen lossagen.«

»Ja, Viktor Nikiforowitsch, so ist es. Unmittelbare Gründe gibt es nicht, dies wäre zu einfach, ja eine Beleidigung. Nicht an mir liegt es, sondern am Umstand, daß die traditionellen Religionen heute hoffnungslos veraltet sind, ja man kann nicht ernsthaft von Religion sprechen, die doch ursprünglich das Gattungsbewußtsein der erwachenden Unterschichten erwecken wollte. Sie verstehen sicher: Wenn die Geschichte eine neue Zentralfigur am weltweiten Horizont der Religionen hervorbringt, einen Gott-Zeitgenossen mit neuen göttlichen Ideen, die den gegenwärtigen Bedürfnissen der Welt entsprechen, nur dann könnte man hoffen, daß sich die Glaubenslehre lohnt. Da ist der Grund für meinen Austritt.«

»Verstehe, verstehe!« lächelte Gorodezkij nachsichtig, schlürfte Tee und fuhr fort: »Das klingt einleuchtend. Doch bevor wir deine Theorie behandeln, muß ich dir sagen, nun sitze ich hier, trinke Tee und bin zutiefst glücklich, daß wir beide nicht im Mittelalter leben. Wegen einer solchen unerhörten Ketzerei hätte man dich und mich im katholischen Europa, in Spanien, in Italien oder sonstwo dich für deine kühnen Worte und mich für mein unvorsichtiges Zuhören, dafür hätte man uns beide, mein teurer Pater Knabe, zunächst geviertelt, dann auf dem Scheiterhaufen verbrannt, daraufhin die Überreste zu Pulver zermahlen und in alle Winde zerstreut. Die Inquisition hätte mit uns grausam abgerechnet, und mit was für einer Wonne! Die heilige Inquisition verbrannte einen Unglücklichen schon aufgrund der schriftlichen Denunziation, wonach er sich angeblich erlaubt habe, bei Erwähnung der Unbefleckten Empfängnis geheimnisvoll zu lächeln; da muß man doch wohl nachdenken...«

»Viktor Nikiforowitsch, verzeih, aber ich muß dich unterbrechen«, lächelte Awdij und spielte nervös mit den Knöpfen seines schwarzen Seminaristenrockes. »Ich verstehe wohl, dich nur wenig erheitert zu haben, doch ganz im Ernst, wenn es in unserer Zeit eine Inquisition gäbe und mir morgen wegen meiner Ketzerei der Scheiterhaufen drohte, ich würde kein Jota meines Wortes verwerfen.«

»Ich glaube dir«, nickte Gorodezkij zustimmend.

»Auf diese Gedanken bin ich zufällig gestoßen, und zwar beim Studium der Geschichte des Christentums und beim Beobachten unserer Zeit. Und ich werde eine neue, zeitgemäße Form Gottes suchen, selbst wenn ich sie niemals finde...«

»Gut, daß du die Geschichte erwähnst«, unterbrach ihn Gorodezkij. »Hör mir jetzt gut zu. Deine Idee vom neuen Gott ist abstrakte Theorie, obschon in manchem auch höchst aktuell, um in der Sprache unserer Intellektuellen zu sprechen. Das sind deine Ausgeburten, wie früher die Sinndeuter zu sagen pflegten. Du programmierst Gott, aber Gott kann nicht spekulativ ausgedacht werden, so verlockend und überzeugend dies auch wäre. Begreife doch, hätte man Christus nicht gekreuzigt, wäre Er nicht Gott, der Herr. Das ist eine einzigartige Persönlichkeit, besessen von der Idee eines allgemeinen Königreiches der Gerechtigkeit, zunächst wurde Er von den Menschen bestialisch getötet, hinterher emporgehoben, besungen, beweint, und schließlich haben sie mitgelitten. Verehrung und Selbstbezichtigung, Reue und Hoffnung, Strafe und Gnade – und Menschenliebe, alles kommt hier zusammen. Daß danach alles entstellt worden ist und angepaßt an bestimmte Interessen gewisser Kräfte, das ist eine andere Sache, das ist wohl das Los aller Universalideen. Also denk mal nach, was ist stärker, mächtiger, anziehender und näher: der Märtyrergott, der auf den Richtblock geht, um der Idee willen Kreuzesqualen auf sich nimmt, oder das vollkommene, höchste, meinetwegen auch modern denkende Wesen, dieses abstrakte Ideal?«

»Ich habe darüber nachgedacht, Viktor Nikiforowitsch. Sie haben recht. Aber ich kann mich nicht vom Gedanken lossagen, es sei an der Zeit, die Vergangenheit zu überprüfen, so unerschütterlich die Vorstellung von Gott auch sein mag, denn sie entspricht längst nicht mehr den neuen Erkenntnissen unserer Welt. Das ist doch offenkundig. Das wollen wir nicht bestreiten. Vielleicht gehe ich tatsächlich von der Abstraktion aus und suche das, was sich dem Nachforschen entzieht. Und wenn schon? Dann sind meine Ideen eben unvereinbar mit der kanonischen Idee. Ich kann da nicht aus meiner Haut. Wie glücklich wäre ich, könnte mich jemand vom Gegenteil überzeugen.«

Verständnisvoll breitete Gorodezkij die Arme aus: »Ich begreife dich, Pater Awdij. Bei alledem muß ich dich warnen – Gottsuchertum ist für die Kirchenoberen das schrecklichste Verbrechen gegen die Kirche, das ist wie wenn du dir vorgenommen hättest, die ganze Welt auf den Kopf zu stellen.«

»Ich weiß es«, sagte Awdij ruhig.

»Doch noch weniger liebt man Gottsucher in der Welt. Hast du das bedacht?«

»Das ist paradox«, wunderte sich Awdij.

»Wirst ja sehen...«

»Aber warum denn? Berühren sich hier die beiden Positionen?«

»Das ist es nicht, niemand braucht das...«

»Sonderbar, das Nötigste also braucht niemand.«

»Ich denke, du wirst es schwer haben, Awdij. Ich beneide dich nicht, aber ich will dich auch nicht abhalten«, sagte Gorodezkij zu guter Letzt.

Er hatte recht. In allem behielt er recht. Schon bald konnte sich Awdij Kallistratow davon überzeugen.

Diese Episode ereignete sich, bevor man ihn aus dem

Seminar verstieß. Im Städtchen war eine, vom Rektorat am Bahnhof empfangene, hochverehrte Person eingetroffen, der Koordinator des Patriarchats für Lehranstalten, Pater Dimitrij. Im Seminarmilieu hieß er Pater Koordinator. Ein würdiger und kluger Mann mittleren Alters, ganz wie man ihn sich vorstellte, war Pater Koordinator dieses Mal im Zusammenhang mit einem außergewöhnlichen Ereignis eingetroffen, woran einer der allerbesten Seminaristen schuld hatte – Awdij Kallistratow war auf den Weg der Häresie abgewichen, der offenen Revision der Heiligen Schrift, er hatte die zweifelhafte Idee vom Gott-Zeitgenossen entwickelt. Selbstverständlich war Pater Koordinator als Lehrmeister und Friedensstifter herbeigeeilt, um kraft seiner Autorität den irregeleiteten Jüngling in den Schoß der Kirche zurückzuholen und den Mißklang nicht über ihre Mauern hinausdringen zu lassen. In diesem Sinn unterschied sich die Kirche nicht wenig von jenen weltlichen Einrichtungen, für welche die Ehre der Uniform die allerwichtigste ist. Wäre Awdij Kallistratow ein in Lebensfragen besser beschlagener Mensch gewesen, so hätte er das väterliche Ansinnen des Koordinators gewiß angenommen, Awdij indessen begriff den angesehenen Kirchenmann mitnichten, und dies völlig aufrichtig, dadurch erschwerte er dessen Absichten ganz erheblich.

Awdij wurde in der Mitte des Tages zum Gespräch mit Pater Koordinator gerufen und verbrachte mit ihm nicht weniger als drei Stunden. Zu Anfang schlug Pater Koordinator ein gemeinsames Gebet am Altar der Akademiekirche vor, die in einem der Säle des Hauptgebäudes untergebracht war.

»Mein Sohn, du ahnst gewiß, daß ich ein ernsthaftes Gespräch mit dir vorhabe, dennoch wollen wir nichts übereilen, geruhe doch, mich zum göttlichen Altar zu begleiten«, bat er Awdij und blickte mit seinen vorquellenden rötlichen Augen auf ihn, »ich spüre, wir müssen mit einem gemeinsamen Gebet beginnen.«

»Dank sei Euch, Herr und Gebieter«, sagte Awdij, »ich bin bereit. Für mich persönlich ist das Gebet der Kontrapunkt der ständigen Gedanken an den Allmächtigen. Mir scheint, die Idee vom Gott-Zeitgenossen verläßt mich nie.«

»Wollen wir nicht so hastig sein, mein Sohn«, sprach Pater Koordinator verhalten und erhob sich vom Sessel. Er ließ sogar das gewagte Wort vom Gott-Zeitgenossen und vom Kontrapunkt an seinen Ohren vorüberhuschen, der vielerfahrene Kleriker wollte das Gespräch nicht gleich vom Anfang an zuspitzen. »Lasset uns beten! Laß mich dir sagen«, fuhr er fort, »je länger ich auf der Welt lebe, desto deutlicher werden mir Gottes Gnade und Seine grenzenlose Barmherzigkeit. Vielleicht sind unsere Gebete für Ihn bloß ein leichtfertiges Stammeln, aber in ihnen ruht unsere unauflösliche Einheit mit Gott.«

»Sie haben recht, Gebieter«, sprach Awdij, an der Tür stehend.

Und da er noch grün und ungeduldig war, hielt er die im Gespräch geforderte Anstandspause nicht ein und spielte sofort seinen Trumpf aus: »Ich wage dennoch anzumerken, Gott ist in unserem Verständnis unendlich; da sich indessen das Denken auf der Erde von Erkenntnis zu Erkenntnis entwickelt, drängt sich der Schluß auf: Gott muß auch die Eigenschaft der Entwicklung besitzen. Wie aber denken darüber Sie, Gebieter?«

Da aber konnte Pater Koordinator einer Antwort nicht ausweichen. »Du bist gar hitzig, mein Sohn«, sprach er, räusperte sich dumpf und ordnete seinen dichtgewebten Ornat. »Es geziemt sich nicht, so über Gott zu urteilen, auch wenn es von jugendlichem Leichtsinn herrührt. Uns ist nicht gegeben, den seit Ewigkeiten bestehenden Schöpfer zu erkennen. Er existiert außer uns. Sogar der Materialismus erkennt an, daß die Welt außerhalb unseres Bewußtseins existiert. Gott erst recht.«

»Verzeihen Sie, Gebieter, es ist besser, die Dinge bei ihrem Namen zu nennen, außerhalb unseres Bewußtseins gibt es keinen Gott.«

»Und du bist dir dessen gewiß?«

»Ja, deshalb spreche ich es aus.«

»Nun, machen wir nicht gleich das Tüpfelchen aufs i. Wir sind bereit, eine kleine Lehrdiskussion abzuhalten. Nehmen wir sie nach dem Gebet wieder auf. Doch vorerst habe die Güte und führe mich in den Dom.«

Schon die Tatsache allein, daß Pater Koordinator Awdij die Ehre eines gemeinsamen Gebets in der Akademiekirche erwies, mußte nach Logik der Dinge als Zeichen des Wohlwollens aufgefaßt werden, und der Seminarist, dem ein Ausschluß drohte, hätte folglich diese für ihn günstige Situation nutzen sollen.

Sie gingen den Korridor entlang, Pater Koordinator vorneweg, seitwärts und einen halben Schritt dahinter Awdij Kallistratow. Awdij sah die gerade Haltung des Geistlichen, den sicheren Gang, das schwarze, bis auf den Boden frei fallende Übergewand, das eine besondere Erhabenheit verlieh, und er verspürte im Geistlichen die über Jahrhunderte Gestalt angenommene Macht, die in jeder Menschensache, unter Bewahrung der Glaubensregeln, vor allem die eigenen Interessen wahrnimmt. Mit dieser althergebrachten, widerstehenden Kraft mußte er auf seiner Suche nach der Wahrheit im Leben zusammenstoßen. Aber vorerst gingen sie beide zu Ihm, an den sie glaubten, ein jeder auf seine Weise; Sein Name war ihnen Verpflichtung, anderen Menschen verbindliche Gedanken über die Welt und den Platz der Menschen darin nahezubringen. Der eine wie der andere setzte fest auf Ihn, da Er ja allwissend und allgnädig war. Und so schritten sie dahin...

Die Akademiekirche war zu der Stunde leer, deshalb erschien sie auch nicht so klein. Im übrigen war es eine Kirche wie jede Kirche, nur hing bleich in der Tiefe des leicht geblendeten Altars das Antlitz Christi, streng eingefaßt von dunklen Haaren, mit einem durchdringenden, strafenden Blick, matt von unten angeleuchtet. An Ihn richteten sich Blicke und Gedanken der beiden knienden Menschen, des Hirten und seines jungen Zöglings, dem vorerst die Freiheit des eigenen Urteils noch nicht genommen worden war. Jeder von ihnen hatte sich in Hoffnung hierherbegeben, gleichsam zum persönlichen Gespräch mit Ihm, denn Er konnte synchron Dialoge zu jeder Tages- und Nachtzeit mit der unzählbaren Menge derer führen, die den Drang hatten, sich an Ihn zu wenden, Er konnte das mit der ganzen Menschheit gleichzeitig an beliebigen Orten des Erdenraums tun. Darin beruhte ja auch Seine Allanwesenheit.

Und auch dieses Mal war alles wie gewohnt. Sie verrichteten ihr Gebet, und darin wollte jeder seine Unruhe und Kümmernis darlegen, seine Handlungen, die dem Glauben an Ihn entsprangen, und jeder suchte seine Beziehung mit dem Universum, wo er einen so verschwindenden Ort in einer so verschwindenden Frist einnahm, jeder bekreuzigte sich und dankte dabei dem Schöpfer, daß es ihm beschert war, auf die Welt zu kommen, und ein jeder bat darum, ihn mit Seinem

Namen auf den Lippen sterben zu lassen, wenn der letzte ihrer letzten Tage gekommen sein würde.

Danach kehrten sie wieder in den Raum zu ihren Angelegenheiten zurück, hier fand die offene Aussprache von Angesicht zu Angesicht statt.

»Nun denn, mein Sohn, ich will dir keine Moralpredigten halten«, sprach zu Beginn Pater Koordinator, während er es sich im Ledersessel gegenüber Awdij Kallistratow bequem machte, der auf einem Stuhl saß und die Hände auf die schmalen Knie legte, die kantig unter dem grauen Seminaristengewand hervortraten.

Awdij war auf ein strenges Gespräch gefaßt, und das verwunderte ihn nun doch etwas: In den Augen des Gebieters erblickte er weder Zorn noch ungute Anwandlungen, im Gegenteil, Pater Koordinator war äußerlich völlig ruhig.

»Ich habe zu hören, Gebieter«, antwortete der Seminarist gehorsam.

»Nun denn, ich wiederhole, mir liegt nicht daran, dich zu rügen und dir Strafpredigten zu halten. Derart primitive Methoden der Einflußnahme sind nichts für dich. Aber die Reden, die du dir gestattest – und dies weniger aus Leichtsinn denn aus Hitzigkeit –, können nur Verdruß hervorrufen. Du hast aber inzwischen wohl bemerkt, daß ich mit dir als Ebenbürtigem spreche. Außerdem bist du klug genug ... Ich will dir offen sagen: Im Interesse der Kirche liegt es, daß sich dein Verstand ihrer Lehre nicht widersetzt, sondern uneingeschränkt und unbedingt dem Testament des Herrn dient. Und ich mache daraus kein Geheimnis. Obwohl ich dir auf väterliche Art die Ohren langziehen könnte, schließlich habe ich dein verstorbenes Väterchen ganz gut gekannt, und wir haben uns gegenseitig trefflich verstanden. Er war ein Mensch von wahrhaft christlichen Tugenden und überdies höchst gebildet. Aber das Schicksal hat mich auch mit dir zusammengeführt, mit Awdij, dem Sohn des verblichenen Diakons Innokentij Kallistratow, des – in der Amtssprache gesprochen – altgedienten ehemaligen Kirchendieners. Und was ist das Ergebnis? Ich verhehle nicht: Anfänglich habe ich Außergewöhnliches von dir gehört, was die positive Seite betrifft, nun haben mich aber, wie du selbst begreifst, beunruhigende Umstände hierhergeführt. Es stellt sich heraus, daß du den Weg der Revision der Glaubenslehre eingeschlagen hast. Du bist bei alldem, betrachtet man deinen Status, bloß ein Zögling gewesen. Aber schon deine rein beiläufigen Äußerungen haben mich davon überzeugen können, daß deine Irrungen altersbedingten Charakters sind. So möchte es mir dünken, ist der Jugend, kraft einer ganzen Reihe von Ursachen, doch eine besondere Anmaßung zu eigen, die sich in jedem einzelnen unterschiedlich offenbart, wohl abhängig von Temperament und Erziehung. Hast du etwa je davon gehört, daß ein bejahrter Mensch, der nicht wenige Lebensqualen zu erleiden gehabt hat, am Ende seiner Tage den Glauben an Gott aufgegeben oder auf seine Weise die Gottesbegriffe neu ausgelegt hätte? Nein, solches geschieht nie oder nur äußerst selten. Das Wesen des Göttlichen erfaßt man immer tiefer gerade mit dem Alter. Alle europäischen Philosophen, insbesondere die sogenannten französischen Enzyklopädisten, die in der unruhigen vorrevolutionären Epoche den atheistischen Sturmangriff auf die Religion begonnen haben, der nun schon knapp dreihundert Jahre anhält, alle sie waren doch, nebenbei bemerkt, junge Menschen, ist es nicht so?«

»Ja, Gebieter, sie waren jung«, bekräftigte Awdij.

»Da hast du es. Spricht das nicht dafür, daß dieser – ein

Modewort – Extremismus der Jugend eigentümlich ist, weil dies ihre Alterseigenart ist?«

»Ja, aber diese jungen Menschen, die ihrer Meinung nach, Gebieter, zu Extremisten werden, besitzen, der Gerechtigkeit halber sei es gesagt, zu alledem noch recht wohldurchdachte Überzeugungen«, fügte Awdij ein.

»Unzweifelhaft, unzweifelhaft«, beeilte sich Pater Koordinator zuzustimmen. »Aber dies ist eine andere Frage. Jedenfalls waren sie keine Gottesdiener, ihr Verhältnis zur Religion war ihre Privatsache, von ihnen erwartete man etwas anderes, doch du, mein Sohn, bist ein künftiger Seelsorger.«

»Gerade darum«, unterbrach ihn Awdij, »der Idee nach sollen doch die Menschen mir und meinen Erkenntnissen ganz und gar glauben.«

»Nicht so vorschnell«, der Blick des Pater Koordinator verfinsterte sich. »Wenn du nicht den Wunsch hast, das zu begreifen, was ich zu deinem Wohl sage, dann laß uns anders reden. Zunächst also bist du nicht der erste und wirst auch nicht der letzte sein, den auf dem Pfad des Ringens um den Glauben der Geist des Widerspruchs in Besitz nimmt. Solche wie dich, in Zweifel Verstrickte, hat die Kirche schon immer gekannt. Und was macht das schon? Jede große Sache hat ihren Preis. Solche Momente sind vorübergehend und zufällig, es hat sie immer gegeben, es wird sie immer geben. Wichtig allein ist der unvermeidliche Ausgang: Entweder sagt sich das Subjekt von seinen Zweifeln entschieden los und öffnet sich entschieden und mit noch größerem Eifer und Feuer der strikten Anerkennung des wahren Glaubens, dann folgt auch die Vergebung durch die höherstehenden Väter, oder das Subjekt wird, im Fall seiner Uneinsichtigkeit und Verweigerung, als Ketzer aus dem Schoß der Kirche verstoßen und mit dem Bannfluch belegt. Ist dir klar, daß es einen dritten Weg nicht gibt, daß ein dritter Weg ausgeschlossen ist? Dein Neudenken kann nicht akzeptiert werden. Ist dir das klar?«

»Ja, Gebieter, aber ich gestehe, den dritten Weg brauche ich nicht, sondern die Kirche ist es, die ihn braucht.«

»Na, na«, schüttelte Pater Koordinator spöttisch den Kopf. »Wie kann man so etwas nur behaupten!« rief er mit bitterer Schadenfreude aus. »Sei so gnädig und lege dar, was du der Heiligen Kirche für einen dritten Weg anempfiehlst. Wohl gar eine Revolution? Das hätte die Geschichte noch nicht gekannt.«

»Die Überwindung der jahrhundertealten Verknöcherung, die Befreiung aus dem Joch des Dogmatismus, die Gewährung der Freiheit für den menschlichen Geist, Gott als das höchste Wesen des eigenen Seins zu erkennen...«

»Halt ein, halt ein!« protestierte Pater Koordinator. »Diese Eigeninitiative ist lachhaft, mein Guter!«

»Wenn Sie die Selbständigkeit des Denkens grundsätzlich ausschließen, dann hat es für uns, Gebieter, keinen Sinn, weiter miteinander zu reden!«

»Genau dies – es hat keinen Sinn!« Pater Koordinator entflammte und erhob sich von seinem Platz. Seine Stimme heulte auf: »Wach auf, Jüngling, entsage deinem Hochmut! Du bist auf dem Weg des Verderbens! Dir dünkt, Unglückseliger, Gott sei nur die Frucht deiner Einbildung, weil für dich der Mensch selbst fast wie ein Gott über Gott steht – wo doch das Bewußtsein nur von der himmlischen Kraft erschaffen ist. Gibst du dem Neudenken freien Lauf, dann bringst du die tausendjährigen Vermächtnisse und Verbote ins Wanken, die von Menschen in Erleuchtungen und Qualen so teuer erkauft wurden, auf daß sie über alle Generationen hinweg die göttlichen Pfeiler stützen. Das ist es, worauf du zielst, wenn du für die Befreiung aus dem Joch des Dogmatismus eintrittst, wo doch die Dogmen aus Gottes Gnade geschaffen wurden. Die Kirche wird ohne das Neudenken bestehen, wie sie immer bestanden hat, aber ohne Dogmen kann es keine Glaubenslehre geben. Und wenn es schon darum geht, denk daran: Der Dogmatismus ist die allerstärkste Stütze aller Zustände und aller Mächte. Merke dir das. Mit deiner vorgeblichen Verbesserung Gottes durch Neudenken ignorierst du Ihn in Wirklichkeit. Und hast keine Scheu, Ihn durch dich zu ersetzen! Doch das Heil hängt nicht von dir und deinesgleichen ab; Gott verfährt nach Seinem Willen – deine Gotteslästerung wird nur dich selbst vernichten. Und Gott wird unerschütterlich und ewig sein! Amen.«

Awdij Kallistratow stand vor Pater Koordinator mit weißen Lippen, dessen heftige Empörung bereitete ihm Qualen. Und dennoch wich er nicht zurück.

»Verzeihen Sie mir, Gebieter, man sollte den himmlischen Kräften nicht das zuschreiben, was aus uns selbst entspringt. Warum hätte uns Gott so unvollkommen erschaffen, wenn Er hätte vermeiden können, daß wir, Seine Geschöpfe, in uns gleichzeitig zwei entgegengesetzte Kräfte verbinden – die Kräfte des Guten und die Kräfte des Bösen. Weshalb hätte Er es nötig gehabt, uns so anfällig zu machen für Zweifel, Laster und Tücke, sogar im Umgang mit Ihm selbst. Sie treten für den absoluten Glauben ein, für ein abgeschlossenes, ein für allemal gültiges Begreifen des Wesens der Welt und unseres Geistes, aber das ist doch unlogisch – ist es wirklich möglich, daß wir in den zwei Jahrtausenden Christentum nicht imstande waren, dem ein einziges Wort hinzuzufügen, was schon zu vorbiblischen Zeiten ausgesprochen wurde? Sie treten für das Monopol auf Wahrheit ein, dies aber ist im besten Fall eine Selbsttäuschung, denn es kann keine Lehre geben, und käme sie gar von Gott, die ein für allemal die Wahrheit bis zum Grund erkennt. Wenn dem so wäre, hieße das – es ist eine tote Lehre.«

Er schwieg, und in die eingetretene Stille hinein begann hinter dem Fenster die Glocke der Stadtkirche zu läuten. So nah und so vertraut war jener Glockenklang – das symbolische Band zwischen Mensch und Gott –, daß Awdij davonschwimmen, in der endlosen Ferne entschwinden wollte wie diese Klänge...

»Du bist zu weit gegangen, junger Mann«, sprach Pater Koordinator in kaltem, fremdem Ton. »Ich hätte mit dir kein theologisches Streitgespräch führen dürfen, denn deine Erkenntnisse sind äußerst unreif und sogar bedenklich, redest du denn für den Feind des Menschengeschlechts, hat dich der Teufel aufgehetzt? Doch eines sag ich dir noch zum Abschied: Wegen solcher Ideen wird man dich nicht um einen Kopf kürzer machen, aber auch in der Welt wird nicht geduldet, daß man grundlegende Lehren in Zweifel zieht, beansprucht doch jede Ideologie den Besitz der endgültigen Wahrheit, und damit wirst du unweigerlich zusammenstoßen. Das weltliche Leben ist indes wesentlich härter, als es scheint, du wirst für deinen Leichtsinn noch bezahlen und an unser Gespräch denken. Doch nun genug, mach dich bereit, das Seminar zu verlassen, die Kirche, das Haus Gottes, wird dich verstoßen.«

»Meine Kirche wird immer bei mir sein«, beharrte Awdij Kallistratow. »Meine Kirche, das bin ich selbst. Tempel anerkenne ich nicht, erst recht anerkenne ich nicht Priester, insbesondere so, wie sie heute sind.«

»Was soll das, Junge, Gott gebe, daß alles gut endet, aber du kannst gewiß sein: Die Welt wird dich Gehorsam lehren, denn dort herrscht Lebenszwang, sich ein Stück Brot zu verschaffen. Und dieser Zwang hat bis heute das Leben von Millionen von deinesgleichen in der Macht gehabt.«

Diese Warnungen waren ihm dann tatsächlich öfters in den Sinn gekommen, ein jedes Mal schien es aber Awdij Kallistratow so, als würde ihm das Wesentliche, ein höherer Sinn seines Loses, noch bevorstehen, als seien alle Wendepunkte und Schicksalsschläge des Lebens nur vorübergehend, aber dann müsse doch der Tag anbrechen, da viele Menschen seinem Beispiel folgten, und lag nicht gerade darin das Ziel seiner Existenz?

An den Tagen, als er gemeinsam mit den Anaschakurieren in die Hanfsteppen reiste, von frühmorgens bis spätabends aus dem Zugfenster auf Wüstenweiten blickte, da sprach er zu sich selbst: »Nun bist du ganz für dich, mit nichts mehr verbunden als mit dem Redaktionsauftrag, in allem übrigen bist du frei und kannst über dich selbst nach eigenem Ermessen verfügen. Was ist nun anders, was hat sich dir auf dem Leidensweg erschlossen? Da ist also das Leben, wie es ist, und du stehst ihm von Angesicht zu Angesicht gegenüber. Wie schon vor hundert Jahren fahren Menschen irgendwohin und kommen von irgendwoher, und du bist einer der Reisenden, die Kuriere sind auch Reisende unter Reisenden, aber sie sind im Grunde verzweifelte Menschen, schmarotzen sie doch von einem der furchtbarsten Laster. Jener bittere Rauch ist scheinbar nichts, eine süße Betäubung, aber er zerstört den Menschen im Menschen. Und wie willst du sie schützen, wenn sie sich selbst opfern? Weißt du denn, woher das alles herrührt? Worin liegen die Ursachen verborgen? Du schweigst und weißt nicht, wo anfangen, wie erklären und was unternehmen? Und hast du nicht mit unwiderstehlicher Kraft die Seminarmauern hinter dir gelassen, bist in die Stromschnellen des Lebens eingetaucht, um es zum Besseren zu wenden? Deine Mitseminaristen haben dich den Idealisten genannt. Wohl nicht zufällig. Und jetzt denkst du bereits, ob dich diese Kuriere brauchen, ob es für sie nötig ist, daß du dich in ihre Angelegenheiten einmischst. Ja, und was kannst du für sie tun? Überreden und sie veranlassen, ein anderes Leben zu führen? Und während du dich abquälst, kreuz und quer denkst, fahren sie ihrem festen Ziel entgegen, haben nichts als ihren Erfolg im Auge und sehen darin ihr Glück. Wie aber kann man sie von ihrem leidenschaftlichen Ziel abbringen und bewegen, der Wahrheit ins Auge zu sehen? Mischt man sich nicht ein und hilft nicht, dann werden sie früher oder später verurteilt und in Strafkolonien geworfen, sie würden das aber nicht als Schuld auffassen, sondern als Pech. Eine andere Sache wäre es schon, sie vom Bösen abzubringen, damit sie sich reumütig läuterten, sich vom verbrecherischen Treiben lossagten und echtes Glück in etwas anderem suchten. Wie herrlich müßte das sein! Doch worin sollten sie ihr Glück sehen? Etwa in den Werten, um die wir werben? Die sind doch ordentlich entweiht und gewöhnlich. In Gott, den sie von Kindheit an nur als Opa-Oma-Märchen verspotteten? Und wieviel Kraft hat das Wort noch angesichts der Möglichkeit, hemmungslos Geld zu scheffeln? Derzeit führen doch alle den gängigen Spruch im Mund: Ehrlich währt am längsten, aber Geld stinkt auch nicht! Und das Geld, das die Kuriere machen, ist wohl nicht nur das unsrige, sondern höchstwahrscheinlich auch fremdes, wie viele Kuriere kommen doch aus Hafenstädten, aus Murmansk und Odessa, aus dem Baltikum und, wie man sagt, auch aus dem Fernen Osten. Wohin geraten Anascha, das daraus gewonnene Plastilin und Extra? Aber ist das überhaupt wichtig? Warum geschieht das, wieso ist das möglich in unserem Leben, in unserer Gesellschaft, die in alle Welt hinausposaunt hat, daß unser soziales System gegen Laster immun sei? Oh, wenn ich es schaffe, so zu schreiben, daß darauf viele, viele reagieren wie auf ihre Sache, auf Feuer im eigenen Haus, auf ein Unglück der eigenen Kinder, dann würden viele unvoreingenommene Menschen das Wort aufgreifen, das Geld bezwingen und das Laster besiegen! Gott gebe, daß ich eines Tages das Wort nicht ins Leere spreche, und wenn es wahrlich stimmt – AM ANFANG WAR DAS WORT –, dann müßte es doch seine ursprüngliche Kraft entfalten ... So müßte man leben, so müßte man denken...

Aber, mein Gott, wiederum wende ich mich an Dich: Was ist das Wort gegen klingende Münze? Was ist die Verkündigung vor dem geheimen Laster? Wie mit dem Wort die Materie des Bösen überwinden? Gib mir also Kraft, verlaß mich nicht auf meinem Weg, ich bin allein, noch ganz allein, und sie, die im Bann des schnellen, leichten Geldes stehen, sind ohne Zahl...«

Sie hatten das Land um Saratow hinter sich gelassen, der Zug von Moskau nach Alma-Ata fuhr bereits den zweiten Tag durch kasachische Gebiete. Erstmals auf der Turaner Seite des Kontinents, staunte Awdij Kallistratow auf seiner Reise über die Weite und Größe des Gebiets, über die einst von Rußland erschlossenen Räume, vor dem Blick dehnten sich wahrhaft unübersehbare Fernen aus: Zusammen mit Sibirien, stellte er sich vor, wäre das fast die Hälfte des Festlandes der Welt. Und wie selten sind da Ansiedlungen anzutreffen... Städte, Dörfer und Ails, Haltepunkte, verstreute Viehgehöfte und Häuser schmiegten sich an die Eisenbahnstrecke, wie rare Pinselstriche auf der Steppenleinwand, die nur grundiert ist, im übrigen jedoch unbemalt, grau und in der Eintönigkeit belassen... Über die Turaner Tiefebene erstreckten sich überall weit offene Steppen, jetzt waren die großen und kleinen Gräser voll aufgeblüht und entfalteten ihre Pracht, sie verwandelten das Antlitz der Erde für einige wenige Tage, die bald wieder unter der erbarmungslosen Sonne vertrockneten und danach ein ganzes Jahr aufs Frühjahr warteten...

Durch die leicht geöffneten Waggonfenster drangen die dichten Duftschwaden der blühenden Steppengräser besonders intensiv, wenn der Zug an einer jener namenlosen unbekannten Stationen haltmachte, die von allen vier Himmelsrichtungen her offen waren; dann wollte man aus dem stickigen Waggon hinausspringen und frei in den Gräsern herumlaufen, die zwar unansehnlich waren, aber Wermutsgerüche verströmten und dem Boden Saft wie Trockenheit verliehen. Ist doch sonderbar, dachte Awdij, wächst das verfluchte Anascha etwa auch so frei, duftet es ebenso verführerisch? Die Düfte sind wohl um einiges stärker und schärfer, ginge man davon aus, was die Kuriere in Augenblicken der Offenheit äußerten, doch vor allem sei Anascha lang und stielförmig und sein Gestrüpp reiche einem bis zur Gürtellinie. Dennoch wachse es bei weitem nicht überall, dieser wilde Hanf habe seine eigenen Stellen – Gott sei Dank nicht überall –, man müßte ihn schon aufspüren und sich holen; wäre er zugänglicher, man hätte sich die Folgen ausmalen können... So also fahren die Kuriere aus den fernen Hafen-

städten vom einen Teil der Welt in den anderen, wie verzaubert reisen sie dem betäubenden Anascha nach ...
Sie aber würden noch ein weites Stück Weg fahren müssen, und wer weiß, wie das alles ausging, was aus diesem Unternehmen würde...

Es gab aber auch Augenblicke, da Awdij Kallistratow das Ziel seiner geheimen Reise vergaß und sich innerlich ausmalte, von wem und zu welchen Zeiten diese Gebiete besiedelt worden waren, er erinnerte sich an Bücher, an Filme, die er während der Schulzeit hatte sehen können, und freute sich, wenn er noch Spuren verschwundenen Lebens antraf: eine Herde von braunen Kamelen, die wie Häuser einer Geisterstadt über die Steppe verstreut waren, Tatarenfriedhöfe und kleine, aus ein paar Jurten bestehende Ails. Eine einzelne Jurte würde ja, gottverlassen, wie sie ist, wie im Flug vorüberhuschen, sofern sie das Auge überhaupt erblickte; der Gedanke an die Bewohner dieser verlorenen, brüchigen Heimstätten weckte in ihm beklemmenden Schrecken, einzeln oder in Gruppen jagten Reiter vor den Blicken vorüber, manche wie zu grauer Vorzeit noch in den spitz zulaufenden Mützen und mit althergebrachtem Pferdegeschirr... Und er dachte bei sich: Wie haben hier die Menschen nur leben können, ohne vor Schwermut und Wassermangel in den großen Weiten zu sterben? Und wie war es ihnen in den Nächten zumute? Was empfindet hier der Mensch angesichts des nächtlichen Weltraums, wie furchtbar und unheimlich muß ihm dieses Gefühl völliger Einsamkeit in der Weltunendlichkeit gewesen sein? Die durchfahrenden Züge bringen also auch Freude und gehen einem keineswegs so auf die Nerven wie in den Großstädten. Vielleicht ist es aber auch umgekehrt, und die große Steppennacht gebiert in den Seelen große Verse, was ist denn die Poesie anderes als die Selbstbehauptung des Menschengeistes im Weltenraum...

Solche Überlegungen lenkten ihn indessen nicht lange ab, von neuem schoß ihm durch den Sinn, daß diese Anaschakuriere, mit denen er reiste, vom Standpunkt des Gesetzes aus Verbrecher waren und daß er sich einstweilen im Interesse der von ihm ersonnenen sozial-ethischen Reportage mit diesem Leben und dem Bösen, das die Anaschisten in sich trugen, würde abfinden müssen. Er verspürte dabei in der Herzgrube ein leichtes Frösteln, ein unangenehmes Gefühl im Magen, eine verschwommene, bis zum Schüttelfrost gehende Unruhe, als sei er selber ein Kurier und in diese Verbrechen verwickelt. Und da wurde ihm klar, wie es im Innern eines Menschen aussieht, der mit einer geheimen Last auf der Seele lebt, ihm ging auf: Die Erde kann noch so groß, ein neuer Eindruck noch so freudvoll sein, all dies besagt nichts, wird weder das Herz noch den Verstand erreichen; wenn es im Geist auch nur eine einzige winzige Schmerzstelle gibt, wird sie nach und nach den Zustand des Menschen und seine Beziehungen zur Umgebung bestimmen. Eng an die Kuriere gebunden, mit denen er nun den Weg in die Hanfsteppen teilte, bei seinem Versuch, sie zur Umkehr und Offenheit herauszufordern, vermutete Awdij Kallistratow, jeder seiner Weggenossen müßte, bei allem selbstsicheren Auftreten, von diesem Treiben und der unablässigen Angst vor der unabwendbaren Strafe niedergedrückt sein, und er brachte ihnen Mitleid entgegen. Stand doch hinter ihren Bravaden und dem provozierenden Jargon, den Karten, dem Wodka und ihrer Verwegenheit nichts anderes als die Devise: Komme nur, was kommen mag. Ein anderes Leben kam ihnen ja nicht in den Sinn. Die Seelen dieser Menschen dem Laster zu entreißen, sie aus ihrem Joch zu befreien und ihnen die Augen für sich selbst zu öffnen, ihnen die ewig verfolgende Angst zu nehmen, die sie lähmte wie ein in die Luft versprühtes Gift – das war Awdij Kallistratows sehnlicher Wunsch; und unter Zuhilfenahme all seiner Erkenntnisse und seines Quentchens Lebenserfahrung, diesem hohen Ziel näherzukommen; nun war ihm auch klar, daß er nach dem Weggang aus dem Seminar und der Trennung von der offiziellen Kirche in seiner Seele ein Verkünder geblieben war; der oberste Auftrag auf seinem Lebensweg war, den Menschen das Wort der Wahrheit und des Guten, so wie er es auffaßte, nahezubringen. Dazu mußte man ja nicht unbedingt die priesterliche Weihe empfangen haben, dafür mußte man dem ergeben sein, dem man huldigte. Noch konnte er nicht ganz absehen, worauf er sich, auf Drängen des Herzens, des Verstands und des guten Willens, eingelassen hatte. Eine Sache ist es ja wohl, in hochherzigen Träumen vor dem Laster zu erretten, etwas anderes aber ist es, unter realen Menschen Gutes zu tun, die keineswegs danach gieren, von einem gewissen Awdij auf den Weg der Tugend gebracht zu werden, für sie war eben auch er ein Kurier und Anschaffer, der um heiße Rubelchen ans Ende der Welt rollte. Was kümmerte es sie, daß Awdij Kallistratow vom edlen Wunsch getrieben war, ihr Schicksal durch die Macht des Wortes zum Licht hin zu wenden, er, der unerschütterlich glaubte, Gott lebe im Wort, und es entfalte seine göttliche Wirkung, wenn es nur echter und makelloser Wahrheit entspringe. Daran glaubte er wie an ein Weltgesetz. Vorläufig wußte er jedoch das eine nicht: Das Böse widersteht dem Guten auch dann noch, wenn das Gute denen helfen will, die den Weg des Bösen eingeschlagen haben... Diese Erfahrung stand ihm noch bevor...

6

Im Morgengrauen des vierten Tages tauchten die buckligen Ausläufer der Schneeberge auf und kündigten an, daß sich der Zug den Niederungen der Tschuja- und der Mujun-Kum-Steppen, dem Ziel ihrer Reise, näherte. Die Schneeberge zeigten in diesen Weiten nur ungefähr die Richtung an, entfernte man sich hinaus in den Raum der Steppen, so verschwanden auch sie aus dem Gesichtsfeld. Aber da erschien die Sonne am Erdenrand, und zu ungezähltem Mal leuchtete alles in friedlichem Licht auf, und der Zug, vollgepackt mit Menschen so unterschiedlichen Schicksals, funkelte vor den Bergen auf, die lange Waggonkette tauchte aus der Steppe in die dunstüberzogenen Täler ein – und die Berge waren nicht mehr zu sehen...

Bei der Station Shalpak-Saz mußten die Anschafferkuriere aussteigen und sich auf eigene Faust durchschlagen, ein jeder für sich allein, doch nach einheitlichem Plan und unter einheitlichem Kommando. Dies beschäftigte Awdij Kallistratow auch am meisten, was war das wohl für einer, dieser Er, den man nur beiläufig und verhalten erwähnte, die Hauptperson bei der Sache, deren Auge ständig über ihnen wachte?

Bis Shalpak-Saz blieben noch drei Stunden Fahrt. Die Kuriere gerieten allesamt in Bewegung. Schon in der Frühe hatte Petrucha den Unwillen der Reisenden erregt, da er sich nach dem nächtlichen Trinkgelage lange in der Toilette wusch, bevor er sich zu ihm begab, um die letzten Anweisungen einzuholen. Am Abend zuvor hatte er mit den Kumpanen beim Schampus angefangen, für sie war das eine Kinderei, glasweise hatten sie den getrunken, wie Limonade, dann hatten sie zu Wodka gewechselt, was sich bemerkbar machte. Der minderjährige Lenka war völlig betäubt, und Awdij war es nur mit viel Mühe gelungen, ihn auf die Beine zu stellen. Erst als er erwähnte, sie wären bald in Shalpak-Saz, riß Lenka sich zusammen und richtete sich auf der Liegepritsche auf, er ließ den zerzausten Kopf am willenlosen, mageren und ungewaschenen Hals hängen. Wer hätte ihm angesehen, daß dieses Jüngelchen auf dem Weg des Verbrechens gar nicht schlecht verdiente und dabei sein Leben bereits zugrunde gerichtet war.

Der Zug fuhr gleichmäßig und schnell durch die ebenen Weiten der Steppe, und in irgendeinem Waggon mußte sich Er befinden, zu Ihm eilte der halb bewußtlose Petrucha, nachdem er ein Glas teerschwarzen, dickflüssigen Tee in sich hinuntergeschüttet hatte, um endgültig zu ernüchtern. Offenbar hatte Er im allgemeinen allzuviel gegen Saufereien einzuwenden. Während der ganzen Fahrt hatte es Awdij Kallistratow nie geschafft, Ihn auch nur von weitem zu erspähen, obgleich sie doch in ein und demselben Zug fuhren. Wer ist Er nur? Wie sieht Er denn aus? Versuch Ihn mal unter hundert Reisenden herauszufinden. Aber wer es auch sein mochte, Er verhielt sich so vorsichtig wie ein Tier, das sich im Schilfdickicht versteckt, während der ganzen Reise hatte Er sich nicht zu erkennen gegeben. Petrucha war dann bald von Ihm zurückgekommen, wie ein geprügelter Hund, finster, verärgert und ernüchtert. Er selber hatte ihn natürlich wegen des nächtlichen Saufgelages, gerade am Vorabend der Ankunft, tüchtig zusammengeschissen. Er höchstpersönlich hatte ja nicht unrecht, sobald der Zug in Shalpak-Saz eintraf, war für die Beschaffer die Zeit des Handelns gekommen, und da hat sich der Dummkopf Petrucha vollaufen lassen, eine ganze Woche lang wird ihm der Schädel brummen.

Mit mißmutigem Blick auf Awdij, als hätte der ihm etwas angetan, brummelte Petrucha: »Los, muß mit dir reden.«

Sie begaben sich zur Plattform im Windfang. Dort steckten sie sich eine an. Die Räder ratterten und dröhnten.

»Hör gut zu, Awdij, also, merk dir's«, fing Petrucha an.

»Bin ganz Ohr«, Awdij verrunzelte das Gesicht.

»Verzieh nicht die Schnauze«, brauste Petrucha auf, »was für einer bist du überhaupt?«

»Was ist los mit dir, Pjotr«, versuchte ihn Awdij zu besänftigen, »warum denn so sauer wegen nichts? Gut, ich trinke nicht, und du säufst wie ein Loch, warum mußt du mich deshalb gleich anpflaumen? Sag mir lieber, wie's weitergeht!«

»Weiter geht's, wie Er es will.«

»Mein ich ja auch. Was hat Er gesagt?«

»Geht dich einen feuchten Dreck an«, unterbrach ihn Petrucha. »Für uns bist du ein Neuer, du gehst deshalb mit mir und Lenka, also wir sind zu dritt. Die andern sind allein oder zu zweit.«

»Klar, nur – wohin geht's?«

»Ist nicht dein Bier, einfach immer mir nach. Wir steigen in Shalpak-Saz aus. Wie weiter, müssen wir selbst sehen. Per Anhalter bis zum Sowchos ›Mujun-Kum‹, danach gibt's keine Maus mehr, da hüpfen wir zu Fuß.«

»So ist das also?«

»Hast gedacht, die bringen uns mit einem Shigulchen hin!? Nein, Brüderchen! Wenn sie dort einen sehen, reißen sie dich auf, fährt einer mit Wagen oder Motorrad, ist sowieso Sense.«

»Und Er selbst, wo ist der, mit wem geht Er?«

»Was geht dich das an?« entrüstete sich Petrucha. »Und warum fragst du immer nach Ihm? Geht Er oder geht Er nicht! Vielleicht geht Er überhaupt nicht! Ist Er dir Rechenschaft schuldig, oder wie soll man das auffassen?!«

»Rein gar nichts. Er ist der Boß, notfalls muß man doch wissen, wo Er ist.«

»Genau das mußt du eben nicht wissen!« erklärte Petrucha überheblich. »Geht uns einen Dreck an, wo und wie der ist. Wenn's sein muß, holt Er dich aus dem letzten Loch.« Petrucha schwieg bedeutsam, als wolle er den Eindruck dieser Worte begutachten, dann fügte er mit starren, trüben und noch nicht ganz ernüchterten Augen hinzu: »Dir, Awdjaj, läßt Er ausrichten, arbeitest du ordentlich, kannst bei uns immer mithalten, aber wenn da plötzlich was passiert und du dich als miese Fotze entpuppst, dann verpiß dich lieber gleich jetzt. Sind wir an der Station, kannst dich vertrollen, in alle vier Richtungen, und wir rühren dich nicht an, steigst du aber ein, gibt's kein Zurück. Drehst du was Krummes, gibt's nirgendwo kein Loch für dich. Kapiert?«

»Kapiert, klar, was gibt's da zu kapieren. Bin kein Grünschnabel«, antwortete Awdij.

»Also klar, Mann, denk dran, ich hab's dir gesagt, du hast es gehört, bitte später kein Wimmern, ich hab's nicht gewußt und nicht kapiert, verzeiht und macht's gnädig.«

»Es langt, Pjotr«, unterbrach ihn Awdij. »Wiederholst dich umsonst. Hab selber eine Birne auf. Weiß doch, worauf ich mich einlasse und was sein muß. Du hörst da jetzt mal besser an, was ich dir rate: Ab heute ist Schluß damit, laß den Lenka nicht mehr saufen. Ist ein Dummkopf. Und was hast du davon? Da ziehen wir in die Gegend hier, und das bei so einer Hitze, was sind wir denn für Anschaffer?«

»Einverstanden«, schnitt ihn Petrucha ab, er lächelte erleichtert und krümmte dabei die feuchten Lippen. »Was stimmt, das stimmt. Glaub mir, Awdjaj, ich selber nehm keinen Tropfen ins Maul, und dem Lenka verbiete ich's. Alles klar!« Sie fielen in Schweigen und waren damit zufrieden, daß das Gespräch zu einem für alle günstigen Ende kam. Der Zug zischte schaukelnd zum Knotenpunkt Shalpak-Saz, wo die Zugmaschine und die Maschinisten ausgewechselt wurden. Viele Reisende, die aussteigen mußten, richteten schon ihre Sachen her. Lenka schaute beunruhigt in den Windfang herein.

»Was treibt ihr da?« erkundigte er sich und verzog vor Schmerzen das Gesicht. »Müssen uns doch fertigmachen. In einer knappen Stunde sind wir da.«

»Keine Angst«, erwiderte Petrucha. »Was heißt fertigmachen? Bist doch kein Dämchen. Rucksack um und ab die Post.«

»Lenja«, rief Awdij den Jungen zu sich. »Komm her zu mir. Brummt der Schädel?« Lenka wiegte schuldbewußt den Kopf. »Pjotr und ich habe beschlossen: Von heute an keinen Tropfen. Einverstanden?« Lenka nickte schweigend. »Also geh schon, wir kommen gleich. Wir schaffen's, keine Angst.«

»Ein Haufen Zeit noch«, sagte Petrucha mit Blick auf die Uhr. »Etwas mehr als eine Stunde.« Als Lenka fort war, sagte er: »Hast recht, was den Lenka angeht. Es reißt ihn zur Flasche, den Rotzkerl, aber kaum hat er gesoffen, kippt er aus den Latschen. Aber jetzt basta! Geschäft ist Geschäft. Haben halt unterwegs auf den Putz gehauen. Und denk ja nicht, ich hätt' Lenkas Geld versoffen, der hat's von weiß woher, aber ich versauf das eigene.«

»Geht's denn darum?« reagierte Awdij bitter. »Der Junge tut mir einfach leid.«

»Hast recht damit«, seufzte Petrucha verständnisvoll. Das offenherzige Gespräch hatte Petrucha wohl auf einen Gedanken gebracht, der ihm seit längerem keine Ruhe ließ. »Hör mal, Awdjaj, was hast du vorher, also vor uns, getrieben oder gejobbt? Bist vielleicht ein Dealer? Brauchst dich jetzt nicht anstellen, entweder wir feiern einen im Restaurant, daß sich die Tische biegen, oder wir löffeln aus dem Blechnapf. Kannst so oder so würfeln.«

Awdij wollte nichts verbergen. »Bin kein Dealer nicht. Und zum Genieren gibt's auch nichts. Hab vorher im geistlichen Seminar studiert.«

Eine solche Wendung hatte Petrucha wohl überhaupt nicht erwartet. »Halt, Moment mal! Im Seminar, sagst du, also du hast auf Pope studiert?«

»Ja, so ungefähr...«

»Oho!« Petrucha riß die Augen auf und pfiff verwundert durch die zugespitzten Lippen. »Und warum bist du von da weg, oder haben sie dich wegen was davongejagt?«

»Wie man's nimmt. Eigentlich bin ich weg.«

»Wieso das? Haben wohl Gott nicht teilen wollen mit dir, oder?« fuhr Petrucha ausgelassen fort. »Zum Totlachen!«

»Richtig, nicht geteilt.«

»Nun sag mal, da du all das draufhast... Gibt es Gott, oder gibt es Ihn nicht?«

»Ist schwer zu beantworten, Pjotr. Für den einen gibt es Ihn, für den andern gibt es Ihn nicht. Hängt alles vom Menschen selbst ab. Soviel Menschen auf der Welt leben, ebensoviel denken auch: Gibt es Gott oder nicht?«

»Wo ist Er dann, Awdjaj, wenn's Ihn, sagen wir mal, gibt?«

»In unseren Gedanken und unseren Worten...«

Petrucha verstummte und bedachte das Gesagte. Lauter und vernehmlicher hämmerten die Räder der Waggons, ihr Schall schlug durch die Windfangtür, Fahrgäste, die durchgegangen waren, hatten sie offenstehen lassen.

Petrucha schloß die Tür, horchte auf das gedämpfte Hämmern der Räder und sagte schließlich: »Dann hab ich Ihn also nicht. Und bei dir, Awdjaj, ist Er da oder nicht da?«

»Weiß nicht, Pjotr. Möchte schon gern denken, es gibt Ihn, mir wär es recht, es gäb Ihn...«

»Heißt also, du brauchst das?«

»Ja, für mich unbedingt.«

»Da soll dich einer kapieren«, zischelte Petrucha. Offenbar war er an etwas hängengeblieben. »Scheißspiel, grad mit uns zu fahren, wenn du Gott brauchst.«

Awdij beschloß, es sei jetzt weder die Zeit noch der Ort dafür, das Gespräch zu vertiefen. »Aber Geld braucht man ja auch«, sagte er versöhnlich.

»Aha, da hast du was gesungen. Gott oder das leidige Geld. Und selber bist hinterm Geld her!«

»Ja, vorerst ist das so«, mußte Awdij zustimmen.

Dieses Gespräch war für Awdij Kallistratow ein Denkanstoß. Zum ersten wurde ihm unmißverständlich klar, daß Er, der die gesamte Reise der Anaschakuriere unsichtbar unter seiner Kontrolle hielt, äußerst mißtrauisch, berechnend und folglich auch grausam war; Er würde, falls Er in einem Kettenglied der von Ihm geleiteten Operation etwas Verdächtiges vermutete, nicht davor zurückschrecken, Rache zu üben und sich und seine Hintermänner außer Gefahr bringen. Dies war zu erwarten, ging es ja um Drogenhandel. Zum zweiten hatte er den unterwegs geführten Gesprächen mit Petrucha und den anderen entnommen, daß es doch einen Sinn habe, auf die Kuriere mit dem Wort einzuwirken, die Pflicht eines Verkünders war ja das vertrauensvolle Gespräch, die Eingebung durch das Wort ohne Rücksicht auf die drohende Gefahr. Hatten doch einst selbstlose Missionare das Wort Christi zu den wilden afrikanischen Stämmen gebracht und dabei ihr Leben riskiert, schließlich konnte sich die Rettung der Seelen um den Preis des eigenen Lebens als das höchste Ziel, als Los und Sinn seines Lebensweges erweisen – so wird er eine Seele retten.

Bei der Station Shalpak-Saz trafen sie um elf Uhr vormittags ein. Es war ein Knotenpunkt zum Umsteigen, zwei Abzweigungen führten von hier zu den fernen Schneebergen, die beim Morgengrauen zu sehen gewesen waren, deshalb gab es hier auch viele Durchreisende in unterschiedlichen Richtungen; für die Kuriere hatte das Vorteile: Man konnte im Treiben der Station untertauchen. Und alles hätte nicht besser verlaufen können. Awdij war erstaunt, wie einfach und geschickt sie zur Essenszeit in die Bahnhofskantine einsickerten. Mit Awdij waren sie rund zwölf (so kam es ihm vor), sie mußten weiter in die Steppe, um Anascha einzusammeln. Die Kuriere saßen verstreut an den kleinen Tischen, allein, zu zweit, dem Aussehen nach gab es jede Menge vom Schlag Lenkas und etwas ältere Burschen wie Petrucha, obgleich sie nicht offen miteinander verkehrten und äußerlich unter den Fahrgästen nicht auffielen. In der sommerlichen Hauptsaison eilt jeder von irgendwoher irgendwohin, eine typische Mischung von europäischen und asiatischen Gesichtern ... Und wenn auch Mitarbeiter der Miliz hierherkamen, um nach dem Rechten zu sehen, obgleich man an der Station alle zwei Schritte auf einen Milizionär stieß, sie beunruhigte das mitnichten. Sie aßen rasch zu Mittag, um anderen den Platz zu überlassen, die auch darauf warteten, einen Imbiß aus der Tageskarte zu sich zu nehmen, danach verteilten sie sich unauffällig, auf ein unmerkliches Zeichen hin, jeder mit seinem Gepäck – einem Sack, einem Täschchen, worin sie Brot, Konserven und anderes Notwendige verstaut hatten. Und so gingen sie auseinander, hin zu ihren Plätzen, und sie zerstreuten sich in den endlosen Weiten dieser Steppen, die an die Mujun-Kum grenzten.

Zu dritt machten sich Petrucha, Awdij und Lenka auf den Weg, wie das Er, den Awdij dann noch nicht zu Gesicht bekommen hatte, ausgedacht und abgesegnet hatte. Daß aber Er die gesamte Operation unsichtbar lenkte, daran konnte es keinerlei Zweifel geben. Mit Petrucha begaben sie sich fast bis zur Mujun-Kum; für einen viertel Rubel, den Petrucha vom Geld nahm, das Er verteilt hatte, konnten sie mit einem vorbeifahrenden Lastwagen bis zur Außenstelle der Sowchose »Utschkuduk« mitfahren. Für alle Fälle hatten sie sich eine Legende erfunden: Sie waren Schabaschniks. Awdij ein Zimmermann, in diesen Gegenden war so einer reinste Mangelware, im übrigen entsprach dies der Wahrheit – Awdij war tatsächlich kein schlechter Zimmerer. Der Vater hatte ihm das von Kindesbeinen an beigebracht. Petrucha legte ihm, auch für alle Fälle, leichtes Werkzeug in den Seesack – Hobel, Hammer und Meißel; er hatte das vorsorglich von zu Hause mitgenommen. Lenka und sich selber sollte Petrucha als Verputzer und Maler ausgeben, sie seien Studenten der Pädagogisch-Technischen und wollten in den Ferien zur Saisonarbeit an die entlegene »Utschkuduk«, in die Gegend um die Mujun-Kum fahren, um sich bei den Steppenbewohnern beim Bau ihrer Häuser etwas hinzuzuverdienen.

Der Tag war brüllend heiß, doch im offenen Lastwagen

ging es leichter, da buk es einen nicht so durch und durch, ein frischer Steppenwind umwehte sie. Wie jeder Nebenweg taugte auch diese Straße zu nichts, sie war voller Schlaglöcher.

Als der Wagen bei einer ausgefahrenen Spur bremste, wirbelte er eine Staubwolke hoch, man mußte mit Händen wedeln und husten. Das einzige, was einen mit der strapazierenden Straße versöhnte, waren die umliegenden Weiten, unwillkürlich kam der Gedanke auf: Hätte man Flügel, könnte man über der Erde dahinfliegen ... ›Jetzt habe ich gleichsam erlebt, daß die Erde ein Planet ist‹, dachte sich Awdij, am Fahrerhaus stehend. ›Und wie eng ist es doch dem Menschen auf dem Planeten. Wie fürchten sie sich davor, keine Behausung und keine Nahrung zu finden, mit ihresgleichen zusammenzuleben. Vorurteile, Angst und Haß haben wohl deshalb den Planeten auf die Größe eines Stadions eingeengt, wo alle Zuschauer Geiseln sind, denn beide Mannschaften haben Atombomben mitgebracht, um zu siegen, und trotzdem brüllen die Fans: Tor, Tor, Tor! Das ist unser Planet. Doch jeder Mensch muß erst noch Mensch werden, heute, morgen, immerdar. Daraus fügt sich die Geschichte. Wohin geht die Reise, um welcher lebenswichtigen Bedürfnisse willen suchen sie sich und anderen das Gift, was bewegt sie dazu, und was finden sie in dem schrecklichen Kreis der Selbstverleugnung?‹

In Utschkuduk, dieser wahrlich gottverlassenen kasachischen Siedlung, fanden sie auf Anhieb eine Arbeit. Sie verdingten sich für ein paar Tage als Verputzer und Tischler für das halbfertige Haus eines Schafhirten. Der Hirte selbst war mit der Schafherde auf dem Weideplatz, die Familie befand sich bei ihm, der Rohbau stand leer und war dem benachbarten Verwandten für den Fall anvertraut, daß – wie schon im vergangenen Jahr – Schabaschniks aufkreuzten. Sie tauchten auf, als hätten sie es im voraus gewußt, drei Mordskerle, die Kuriere Petrucha, Awdij und Lenka.

Sie hausten im Rohbau, der hatte ja schon ein Dach, und das Wetter war heiß. Den Herd richteten sie sich im Hof her, und sie kochten sich sogar etwas. Sie arbeiteten, das muß gesagt werden, wie die Stiere. Petrucha stand frühmorgens auf, weckte unverzüglich seine Handwerker Awdij und Lenka, dann gingen sie an die Arbeit und werkten bis zum Anbruch der Dunkelheit. Ihr Abendessen nahmen sie schon beim Schein des Feuerchens ein, und erst dann gestattete sich Petrucha, etwas zu verschnaufen, und sinnierte:

»Du bist, Awdjaj, wie ich das so sehe, äußerst zufrieden – das kommt vom Arbeiten. Wir werden natürlich, wie sich das gehört, vom Hausherrn was kriegen. Aber auf solchen Kies, wenn du's genau wissen willst, kannst du scheißen. Das ist wenig zu beißen, das machen wir nur so zum Schein. Doch wenn wir abschieben und an ein gutes Örtchen kommen, werden wir nur so herumhüpfen und mit beiden Händen die Blüten abreißen, das ist was ganz anderes – streifst bloß einen Tag durch die Steppe und lebst davon ein ganzes Jahr, wie ein Minister. Lenka, du kennst das doch! Oder?«

»Hab wenig Ahnung«, antwortete Lenka, der immer stiller wurde.

»Nur müßt ihr euch vorsehen, Jungs«, ermahnte Petrucha gestreng, »niemand auch nur ein Wörtchen, weder dem Nachbarn noch anderen Hiesigen, sind gutmütige Leutchen – und trotzdem: niemand ein Sterbenswörtchen, und wenn du stirbst. Besonders dann, wenn da jemand aufkreuzt und anfängt, dich auszufragen. Awdjaj, du sagst dann nur: Mein Name ist Hase, ich weiß von nichts, vielleicht weiß unser Brigadier was. Also redet nur einer, und das bin ich, bin aber auch unwichtig, weiß rein gar nichts. Klar?«

Was soll einer darauf noch antworten – alles klar heißt alles klar ... Aber nicht das beunruhigte Awdij, sondern der Umstand, daß er zum Schweigen gezwungen war und nicht versuchen durfte, auf die Burschen, die auf die schiefe Ebene geraten waren und um jeden Preis an das verbrecherische Geld kommen wollten, irgendwie einzuwirken; nach einer solchen Einmischung dürstete seine Seele, aber dies durfte er sich nicht erlauben. Selbst wenn es Awdij gelungen wäre, sie kraft der Idee und des Wortes zu erschüttern und sie dazu zu bringen, über die Vergeudung ihrer Kräfte nachzudenken, sogar wenn die beiden der Stimme der Vernunft gehorcht hätten und mit diesem Leben Schluß machen wollten – sie hätten es nicht wagen dürfen; aus dem einfachen Grund nicht, weil sie bereits tief in eine unerbittliche wechselseitige Bürgschaft mit andern verstrickt waren, die das ungeschriebene Recht besaßen, sie wegen Verrats zu bestrafen. Wie aber konnte man diesen Teufelskreis durchbrechen? Awdijs einziger Trost war, daß er einer edlen Sache dienen konnte und durch eigene Erfahrung herausfinden würde, wie die Anaschakuriere arbeiten, um dies dann detailliert zu veröffentlichen und damit den Menschen die Augen zu öffnen. Und das wäre, wie er erhoffte, der Anfang eines moralischen Kampfes um die Seelen gestrauchelter Jugendlicher. Nur das versöhnte Awdij mit dem Gedanken, in ihre Angelegenheiten verstrickt zu sein und zu Petruchas Gruppe zu gehören.

Am dritten Tag ihres Aufenthalts in Utschkuduk war es zu einem kleinen Zwischenfall gekommen. Awdij hatte ihm keine große Bedeutung beigemessen, während Petrucha sehr unruhig geworden war, als er davon erfuhr. Zu der Stunde war Petrucha abwesend, er war mit dem Nachbarn, einem alten Kriegsinvaliden, in dessen Kutsche zum Zentralhof der Sowchose weggefahren, um sich dort mit Konserven, Zigaretten und Zucker einzudecken, weil sie sich am folgenden Tag bei Sonnenaufgang weiter in die Steppe begeben wollten, als hätten sie vor, sich andernorts als Schabaschniks zu verdingen.

Lenka verrichtete im Haus letzte Verputzarbeiten, und Awdij, der sich im Schatten eingerichtet hatte, hämmerte die Scheunentür zusammen. Als von der Straße das Rattern eines Motorrads herübertönte, drehte sich Awdij um und hielt die Handfläche über die Augen. Neben dem Haus kam ein großes Motorrad zum Stehen, es heulte auf, und der Fahrer sprang behend vom Sattel. Zu Awdijs Erstaunen war es eine ganz junge Frau, die auf dem Motorrad gesessen hatte. Wie kommt die nur mit so einer schweren Maschine zurecht, und das noch auf solchen Straßen?! Die Frau zog den runden Helm mit dem baumelnden Riemen vom Kopf, nahm die Windschutzbrille ab, schüttelte den Kopf und verteilte ihr dichtes blondes Haar auf den Schultern.

»Hab ich mich abgehetzt.« Sie lächelte und zeigte eine weiße Zahnreihe. »Und wie verstaubt, mein Gott!« rief sie fröhlich aus und klopfte den Staub von sich ab. »Grüß Sie!«

»Seien Sie gegrüßt«, antwortete Awdij verwirrt. Die idiotischen Ermahnungen Petruchas wirkten sich bei ihm aus. ›Wer ist sie? Warum ist sie hierhergefahren?‹ dachte sich Awdij.

»Ist der Hausherr da?« fragte die Motorradfahrerin, immer noch freundlich lächelnd.

»Welcher Hausherr?« meinte Awdij begriffsstutzig.

»Der Herr des Hauses etwa?«

»Na klar, natürlich.«

»Scheint jetzt nicht dazusein, ist irgendwo auf der Weide.«

»Und Sie, haben Sie ihn nicht gesehen?«

»Nein, nicht gesehen. Nein, doch gesehen, flüchtig, ist vor kurzem eingetroffen. Aber ich hab nicht mit ihm gesprochen.«

»Merkwürdig, wie das, mit ihm nicht gesprochen – Sie arbeiten wohl hier, bauen ihm das Haus?«

»Verzeihen Sie, ich schaffte es wirklich nicht, mit ihm zu sprechen. Er war wohl in Eile. Mein Vorarbeiter hat mit ihm geredet, Pjotr heißt er. Jetzt ist der nicht da. Muß aber bald kommen.«

»Hilft mir, entschuldigen Sie, gar nichts, wenn das so ist. Ich hab nur Orman sprechen wollen, den Schafhirten, er weiß schon, worum es geht. Deshalb hab ich auf einen Sprung hereingeschaut, dachte, ich treff ihn an. Bitte vielmals um Entschuldigung, anscheinend habe ich gestört.«

»Gar nicht, was denken Sie.«

Die Motorradfahrerin setzte den Helm mit dem baumelnden Riemen wieder auf, ließ den Motor an, blickte im Wegfahren durch die Gläser der Schutzbrille auf Awdij und nickte flüchtig. Awdij erwiderte ihr, ohne es selbst zu bemerken, mit Handwinken. Und noch lange danach beschäftigte ihn der Gedanke an diese scheinbar unbedeutende, zufällige Episode. Und dies mitnichten, weil sich der Verdacht in seine Seele schlich, ob ihr unerwarteter Besuch am Vorabend des Aufbruchs zum Beutemachen wirklich so harmlos war, ob sie vielleicht etwas gerochen hatte – nein, daran dachte er keinesfalls. Schon kurz nach ihrer Abfahrt, bei der sie ganze Staubwolken hinter sich gelassen hatte, malte er sie sich aus, plastisch und detailliert, als hätte er sich vorgenommen, sie für den Rest des Lebens sich einzuprägen. Und nunmehr stellte er verwundert und befriedigt fest, wie gut sie gebaut war, an Wuchs nicht groß, ein klein wenig über mittlerer Größe, alles an ihr war fraulich und harmonisch, wie er sich das wünschte. »Nein, ohne Spaß«, sprach er, als stritte er mit jemandem, »eine Frau, wie sie sein sollte! Genau so muß eine Frau sein.« Awdij prägte sich die ungewöhnlich feinen Züge ihres durchgeistigten Gesichts ein, ihre braunen, beinahe schwarzen Augen, die in lebhaftem Glanz leuchteten, dabei waren die das Gesicht umrahmenden, locker auf die Schulter fallenden Haare rundherum blond, und diese Mischung aus dunklen Augen und blonden Haaren verlieh ihr den besonderen Reiz. Alles an ihr fand sein Gefallen: Die kleine, fast unsichtbare Schramme auf der linken Wange (vielleicht war sie als Kind einmal hingefallen), es paßte alles zusammen – Jeans, Joppe, abgetragene Stiefel mit umgeschlagenem Schaft und die Selbstsicherheit, mit der sie das Motorrad fuhr; schließlich konnte Awdij kaum auf dem Fahrrad fahren ... Und wie er durcheinandergeraten war, als sie sich nach dem Hausherrn erkundigt hatte und er dann mit seinem Hab-ihn-gesehen, Hab-ihn-nicht-gesehen wie ein kleiner Bub einfach dastand; was war es denn nur, das ihn so verwirrt hatte?

Anregend, ja sehr anregend war es für Awdij Kallistratow, an sie zu denken, obgleich es eigentlich nichts zu erinnern gab – sie war eingetroffen und unversehens davongefahren, das war alles. Und dennoch – wer war sie, woher kam sie, es lag auf der Hand, daß sie von irgendwoher kam, aber weshalb denn, und was hatte eine solche Frau in diesen Wüstenorten zu schaffen?

Als Petrucha erfahren hatte, eine sonderbare Frau auf Motorrad habe ihnen einen Besuch abgestattet, war er zu Witzen nicht aufgelegt, lang und unnachgiebig bohrte er nach, was sie gesagt habe, woran sie interessiert gewesen sei und was ihr Awdij erwiderte, der das Gespräch einige Mal Wort für Wort nacherzählen mußte.

»Da ist was faul, da ist was faul«, schüttelte Petrucha zweifelnd den Kopf. »Schade, daß ich nicht da war, auf Anhieb hätte ich herausgeschmeckt, was das für ein Vögelchen ist. Siehst du, Awdjaj, auch wenn du gescheit bist und gebildet, ich hätt' mich da besser als du zurechtgefunden, hätte sie ausgehorcht, wenn's um so was geht. Herausgekitzelt, wer sie ist und was sie braucht, aber du, Freundchen, bist konfus geworden, seh ich, völlig verwirrt. Auch wenn ich dich schon einmal vor so einem Fall gewarnt habe.«

»Was beunruhigt dich?« versuchte ihn Awdij zur Vernunft zu bringen. »Was ist da schon dran, um sich so zu fürchten.«

»Daß sie Schnüffler auf unsere Spur hetzen. Vielleicht hat man sie zum Ausspionieren geschickt?«

»Hör mit dem Unsinn auf!«

»Wart ab, was du sagst, wenn du hinter Gittern aufwachst oder wenn dich Er ausquetscht, der ist schärfer als die Schnüffler, zieht dir die Haut von den Knochen, daß es klingelt. Kapierst du wenigstens, was das heißt? Mit so einem Messerchen anritzen?«

»Beruhig dich, Pjotr, passiert ist passiert. Daran hätte man eher denken müssen. Da, nimm den Lenka, noch minderjährig, und wer hat ihn in die Sache hineingezogen? Vielleicht sogar du, und wie alt bist du – zwanzig, oder? Und wie ein Blödmann, wagst keinen Hupfer und keinen Muckser, immer nur: Er wird sauer, Er wird wütend. Besser wär's, du hättest daran gedacht, wie's überhaupt weitergeht, zerbrich dir doch darüber den Kopf.«

Aber Awdijs Vorpreschen hatte keinen Erfolg. Petrucha platzte sofort.

»Halt dich daraus, Awdjaj, und laß von dem Lenka die Finger. Wenn du auf Pope studiert hast, vergiß es. Vergiß das! Und deine netten Reden kannst du dir an den Hut stecken, mit Ihm machen wir Moneten. Klar? Lenka ist Waise, wer braucht ihn denn, mit Geld ist er wer. Ich saufe, wann ich will, ich fresse, wann ich will. Deine Märchen machen nicht satt, und was es heißt, mit den Kumpeln einen draufmachen, daß sich die Tische biegen, und wenn dir die Mädchen einen runterholen, daß es dir durch und durch geht, davon kannst du nur träumen. Ich kenn doch meine Brüder, die reinsten Malocher, da würd'st du dich umschauen, wie die ihre Rubelchen machen! Malochen, bis sie umfallen. Und ich klau die Rubelchen mir nichts, dir nichts zusammen. Nur ein Dummfick mag's Geld nicht, stimmt doch, Lenka?«

»Stimmt«, lächelte dieser wonnig und nickte, sonnenklar war das.

Aber dies sollte lediglich die Vorstufe zu einem noch grundsätzlicheren Gespräch sein, sobald sich die Gelegenheit dazu ergeben würde. Awdij hatte nun begriffen, er durfte nicht zu weit vorpreschen – wer würde ihm sonst den Anaschakurier abnehmen, der nur aufs Geld aus war.

Bei Sonnenaufgang waren sie am anderen Tag aufgestanden. Am Horizont hatte das Leuchten der Morgenröte eingesetzt, die entfernt verstreuten Höfe der Siedlung schliefen noch, sogar die Hunde bellten noch nicht, als sich die drei Kuriere leise durch die Umzäunung in die offene Steppe davonmachten. Petruchas Beschreibung zufolge mußte man nicht allzuweit gehen. Er kannte die Richtung und hatte versprochen, Awdij bei erstbester Gelegenheit den Anaschahanf zu zeigen.

Das sollte sich bald ergeben. Eine ziemlich feste, stielige und geradegewachsene Pflanze mit dichtgefranstem Blütenstand um den Stiel – dies war Anascha, weswegen sie aus Europa nach Asien gereist waren. ›Mein Gott‹, dachte Awdij, als er das Anascha sah, ›die Pflanze sieht so gewöhnlich aus, fast wie Steppengras, und wieviel betäubende Süße enthält sie doch für manche, so daß sie für dieses Teufelskraut das Leben aufs Spiel setzen. Und hier ist es, unter den Füßen!‹ Ja, das war Anascha, die aufgegangene Sonne hatte schon zu glühen begonnen, und sie standen inmitten der menschenleeren Steppenweite, wo es kein Bäumchen gab, und sie atmeten den aufdringlichen Duft des herben wilden Hanfes ein, während sie die Blütenblätter durch die Finger gleiten ließen. Und was für wundersame Visionen hatte Anascha im Verlauf vieler Jahrhunderte bei seinen Rauchern geweckt! Awdij versuchte sich die alten orientalischen Basare vorzustellen – er hatte darüber in Büchern gelesen –, in Indien, Afghanistan oder in der Türkei, irgendwo in Stambul oder Dshajpur, unter den alten Festungsmauern an den Toren ehemals bedeutender Paläste, wo man Anascha offen verkaufte, kaufte und auch an Ort und Stelle rauchte, wo sich jeder auf seine Weise und nach seiner Phantasie mannigfaltigen Halluzinationen hingab – dem einen schwebten Haremsfreuden vor, dem anderen Ausritte auf vergoldeten Schahelefanten unter kostbaren Baldachinen, mit buntem Volk und bei frohem Treiben auf den festlichen Straßen, und einen dritten befiel die dunkle Finsternis der Einsamkeit, die in den Tiefen des erstarrten Bewußtseins geboren wurde, eine Finsternis, die brodelnde Wut hervorrief und den Wunsch, die ganze Welt zu zerschmettern und niederzubrennen. Unverzüglich und auf der Stelle, jeder gegen jeden ... War nicht darin eines der schicksalhaften Verhängnisse des einstmals blühenden Orients beschlossen? Und die Ursache für das süße Vertrüben des Verstands, lag sie wirklich in dem wilden Hanf, der einfach und gewöhnlich in diesen trockenen Steppen wuchs, verborgen?

»Da ist sie ja, unsere Liebste!« rief Petrucha voller Freude und umfaßte den Steppenraum mit ausholender Geste. »Schau hin, nichts als Anascha! Pures Anascha! Aber die pflücken wir nicht – was ist das schon! Kleine Fische! Ich führ euch zu Plätzen, da drehst du durch...«

Und sie schritten weiter, und binnen einer Stunde waren sie auf derart dichtes Gestrüpp von Anascha gestoßen, daß schon ein Atemholen lustig machte, als wäre man leicht berauscht. Hanf gab es hier nach Herzenslust. Und sie fingen an zu pflücken, Blätter und Blüten des Anascha, und breiteten das Gesammelte zum Trocknen aus. Petrucha behauptete, man müsse es zwei Stunden und nicht länger trocknen lassen. Die Arbeit ging flott vonstatten. Es hätte nicht besser sein können. Plötzlich war aber von irgendwoher das Rattern eines Hubschraubers zu vernehmen. Er flog niedrig über die Steppe hinweg und, wie es schien, in ihre Richtung.

»Ein Hubschrauber, ein Hubschrauber!« brüllte Lenka nach Bubenart laut und freudig auf und hüpfte krampfhaft hin und her.

Petrucha aber behielt klaren Kopf. »Flach auf den

Bauch, du Idiot!« schrie er auf und fluchte mordshurenmäßig.

Und alle warfen sich flach auf den Bauch und hielten sich im Gras verborgen, der Hubschrauber flog etwas seitwärts vorüber, so daß sie von den Piloten wohl nicht bemerkt wurden. Petrucha aber konnte sich später kaum beruhigen und beschimpfte Lenka lange, er war der Meinung, daß der Hubschrauber speziell zum Ausspähen der Kuriere herbeigeflogen kam.

»Wie blöd kann man nur sein«, räsonierte er, »von oben kann man alles sehen, jede Maus. Und uns Laffen sieht man über hundert Werst. Kaum gesehen, hat er schon weitergefunkt. Und kreuzt erst die Miliz im Wagen auf, dann gute Nacht, kannst dich nirgends verkriechen – nur Hände hoch und ab in den Knast!«

Aber bald hatte auch er es vergessen, sie mußten ja arbeiten. Genau an dem Tag war es dann auch, daß sich ein völlig unerwarteter Zwischenfall ereignete: Awdij begegnete einer Wolfsfamilie. Und das kam so.

Sie hatten eine Rauchpause eingelegt, ein wenig gevespert, als Petrucha sagte: »Hör mal, Awdjaj, hast dich bei uns so was wie eingelebt, gehörst jetzt dazu. Also, jetzt sag ich dir, wir haben da für die Neulinge, für so Typen wie dich also, da haben wir so ein Gesetz. Wenn du, sagen wir also, zum ersten Mal an die Sache gehst, mußt du für Ihn – also du mußt einen ausgeben, du kapierst doch, ein Geschenk...«

»Was soll das, auch noch ein Geschenk?« Awdij, verwundert über diese Wendung der Sache, schwenkte ratlos die Arme.

»Reiß dich am Riemen, was zuckst du da zusammen? Denkst wohl, mußt ins Geschäft und schnell ein Geschenk holen? Kannst lang laufen. Also, was ich da anspitze, ich denk, du müßtest dir ein Plastilinchen anschaffen, also wenigstens ein Streichholzschächtelchen voll. Du rennst da so durch die Gräserchen, ich sag dir, wie's geht, und das Plastilin gibst du dann beim Treffpunkt ab, wie so ein Geschenk, bist doch ein kluger Typ, kapierst alles: Er ist der Boß, und du bist ein Kuli, siehst du, so ist das, der vertraut dir...«

Awdij dachte nach. Das hätte ja einen Sinn, wenn du ihm das Plastilin bringst, die Pollenmasse des Anascha, das wertvollste Produkt, könnte das dir den Zugang zu Ihm verschaffen. Es würde sich die Möglichkeit ergeben, Ihn schließlich zu Gesicht zu bekommen. Und wie nötig wäre das! Auf ein Mal würde er mit Ihm, unter dessen Gewalt alle Kuriere standen, sprechen können. ›Macht, Macht, wo zwei Menschen sind, da ist auch schon Gewalt‹, lächelte Awdij Kallistratow bitter.

»Gut«, sagte er, »ich sammle also Plastilin und liefere es Ihm ab. Und wann soll das sein, an der Station, oder?«

»Genau weiß ich das nicht«, gestand Petrucha. »Vielleicht wirst du's schon morgen abgeben.«

»Was heißt morgen?«

»Halt so. Müssen rechtzeitig nach Hause kommen. Es langt. Und morgen ist der Einundzwanzigste. Morgen müssen wir bis um Punkt vier nachmittags da sein. Also, auf geht's.«

»Wo da sein?«

»Eben da«, prahlte Petrucha mit seiner Kenntnis. »Wir sammeln uns, dann wirst du's rauskriegen. Bei Kilometer dreihundertdreißig.«

Awdij fragte nicht weiter, er faßte es so auf, daß der dreihundertdreißigste Kilometer ein bestimmter Eisenbahnabschnitt an der Tschujsker Zweigstrecke sei; wichtig wäre das andere, die Begegnung mit Ihm würde nämlich frühestens dort und wahrscheinlich morgen zustande kommen. Wäre es darum nicht besser, keine Zeit zu verlieren und sich gleich ans Einsammeln dieses Plastilins zu machen?

Die Sache war unkompliziert, aber äußerst zermürbend und der Methode nach barbarisch. Man mußte sich bis auf die Haut ausziehen und durch das Gestrüpp rennen, damit die Pollen von den Hanfblütenständen auf dem Körper hafteten, das tat er dann auch. Da mußte nun Awdij Kallistratow laufen, noch nie im Leben war er so viel gerannt wie an dem Tag! Dieser Blütenstaub, kaum sichtbar, fast mikroskopisch und farblos, blieb zwar kleben, doch diesen beinahe unsichtbaren Film vom Körper zu lösen erwies sich als nicht ganz so einfach, als Resultat aller Mühen ergab sich eine klitzekleine Menge Plastilin. Und nur das Bewußtsein, daß er dies brauchte, um dem Kopf, dem hochgepriesenen Boß, zu begegnen und so die verborgenen Triebfedern der Kuriere bloßlegen und dann durch das Wort und die Zeitung das gesamte Land mit einem einzigen Schmerzensschrei erfüllen zu können, einzig und allein das veranlaßte Awdij, unter heißer Sonne vor und zurück zu rennen und nochmals zu rennen.

Bei diesem Hin-und-her-Laufen entfernte sich Awdij Kallistratow ordentlich von den Gefährten und suchte dabei in der Steppe das dichteste Anaschagesträuch aus. Ein erstaunlicher Zustand trat ein. Schwebte er? Oder war es nur Einbildung? Awdij wußte nicht mehr, wie ihm geschah. Prall strahlte am Himmel die Sonne, die Luft war von Wärme durchdrungen. Vögel flatterten und zwitscherten, besonders hell trillerten die Lerchen, Schmetterlinge und andere Insekten schimmerten und gaben auch Töne von sich – ringsum war ein Erdenparadies, ein

Paradies, in dem er bis auf die Haut nackt war – er hatte bloß Panamahut, Brille, Badehose und Turnschuhe anbehalten –, so raste Awdij Kallistratow, dieser weißhäutige, hagere Nordmensch, berauscht von Blütenpollen, wie aufgezogen vor und zurück durch die Steppe und immer wieder hinein in das höchste und dichteste Gestrüpp. Ringsumher wirbelte der Blütenstaub in Schwaden vom blühenden, den Samen bindenden Hanf hoch, und natürlich weckte das lange Einatmen des umherfliegenden Narkotikums in Awdijs Phantasie verschiedene Visionen. Eine war ganz besonders glückselig: Er jagt auf dem Motorrad dahin, hält sich auf dem Sozius hinter der Fahrerin. Es macht ihm nichts aus, daß nicht er es ist, der das kraftvolle Motorroß lenkt, wie sich das für einen wirklichen Mann gehört, sondern er ist hinten der Beifahrer, wo gewöhnlich die Frauen sitzen. Anders geht es ja gar nicht, er kann ja überhaupt nicht Motorrad fahren und hat überhaupt keinen Sinn für Technik. Ihm ist es völlig recht so, daß er mit ihr zusammen auf einem Motorrad fährt. Ihre Haare flattern im Wind, quellen aus dem Schutzhelm, berühren sein Gesicht wie Windhände, kleben an Lippen und Augen, kitzeln den Hals, und das ist wunderbar; bisweilen wendet sie sich um, lacht ihn ausgelassen an, und ihre Augen strahlen – und wie sehnlich ist sein Wunsch, dies möge ewig andauern und nie aufhören...

Zur Besinnung kommt er erst, als er neben sich drei Wolfsjunge erblickt. Sieh mal einer an! Woher kommen die denn? Er traut seinen Augen nicht. Drei Wölflein kommen schwanzwedelnd näher und wollen mit ihm spielen – sie scheuen, aber rennen nicht fort. Langbeinig wie Halbwüchsige, mit halb eingeknickten, wackligen Ohren, noch mit spitzer Schnauze, lebhaften und fast komisch vertrauensseligen Augen. Dies rührt Awdij so sehr, daß er alles vergißt und anfängt, sie zärtlich zu sich zu rufen, zu erheitern und heranzulocken, er aber strahlt vollends vor menschlichem Wohlwollen, doch in dem Moment blitzt vor ihm ein weißer Schimmer auf, das schlohweiße Fletschen der auf ihn zustürzenden Wölfin... Dies kam so urplötzlich und ungestüm, aber auch so verhalten und schrecklich, daß er nicht einmal verspürte, wie ihm die Knie einsackten und wie er, sich an den Kopf fassend, in die Hocke ging – er wußte auch nicht, daß ihm ebendies das Leben rettete; die Wölfin war indes schon drei Laufschritte vor ihm und setzte in einem einzigen wütenden Sprung über seinen Kopf hinweg, sie überschüttete ihn dabei mit ihrem Tiergeruch, in dieser Sekunde begegneten sich ihre Blicke, Awdij spähte in den blauen Strahl der Wölfin, ihre unglaublich blauen und grausigen Augen, und er fröstelte am ganzen Leib, die Wölfin aber sprang noch einmal wie ein ungestümer Windstoß über ihn hinweg, stürzte zu den Wolfsjungen und verjagte sie wie im Flug, schlug im Lauf die Zähne ein, riß mit den Zähnen ein aus der Schlucht herausdrängendes, furchtbares Tier – einen Riesenwolf mit gesträubter Nackenmähne – jählings zurück, und augenblicklich waren sie alle verschwunden, als habe sie der Sturm hinweggefegt...

Und Awdij, mit heiler Haut davongekommen, rannte lange durch die Steppe, sein Schrecken entlud sich in Schreien. Er rannte, der Kopf war benebelt, der Körper sackschwer, und die Erde wankte unter seinen bleiernen Beinen, er wollte sich fallen lassen, hinstürzen, einschlafen, und da fing er an zu kotzen, er meinte zu verspüren, die Todesstunde sei gekommen. Und trotz alldem reichte noch seine Willenskraft, ein jedes Mal von dem ekligen Erbrochenen wegzukommen und weiterzulaufen, bis ihn ein neuer Erbrechensanfall in Grund und Boden krümmte, höllische Schmerzen erzeugte und den Magen schier zerriß. Er spie das Pollengift aus und, von Krämpfen gequält, stöhnte Awdij vor sich hin: ›Mein Gott, laß es gut sein, es reicht! Niemals, niemals mehr will ich Anascha sammeln! Mir reicht es, ich will nicht, ich will diesen Geruch nicht sehen und nicht hören, o Gott, erbarm dich meiner...‹

Als er sich endlich ganz und gar ausgekotzt hatte und daranmachte, seine Kleider zusammenzusuchen, eilten Petrucha und Lenka herbei. Die Erzählung über die Begegnung mit den Wölfen erfüllte sie mit Angst. Besonders erschreckt zeigte sich Lenka.

»Mach nicht in die Hose! Warum bibberst du?« fauchte ihn Petrucha an. »Mann, als die Leute Gold suchten, was ist da alles passiert, aber nichts da, sie haben weitergeschürft ... Und du hast Schiß vor so Wölfen, sind doch längst über alle Berge...«

»Sind also auf Goldsuche«, sagte Lenka nach einigem Schweigen.

»Ist das nicht piepsegal?« pflaumte Petrucha zurück.

Das machte sich Awdij zunutze. »Ist schon ein Unterschied, Pjotr«, sagte er leise vor sich hin, »sogar ein sehr großer. Gold bringt viel Böses, aber das holt man sich ganz offen, Anascha ist aber Gift für alle. Hab's an mir selbst ausprobiert, bin fast eingegangen, hab die ganze Steppe vollgekotzt....«

»Hör auf damit, ein bißchen vergiftet, bist eben nichts gewohnt, keiner kann was dafür«, winkte Petrucha unzufrieden ab. »Mach uns nicht an, hat man dich etwa hergeschleppt? Du mit deinem Herrgott und Gut und Böse und all dem Zeug, willst du uns eigentlich das Spiel verderben? Warum steckst du denn deine Nase rein? Ums liebe Geld bist hergerollt und halt den Wölfen fast in den Rachen gefallen.«

»Ich will nicht meine Nase reinstecken, saubermachen will ich.« Awdij war jetzt entschlossen, mehr aufzudrehen, als er ursprünglich geplant hatte. »Schau dich doch selbst an, Pjotr, scheinst ein recht kluger Kerl zu sein, aber es ist doch unmöglich, daß du nicht kapierst, daß das ein Verbrechen ist.«

»Ist mir klar! Und was machst du?«

»Ich mach es, um zu erretten.«

»Retten!« schrie Petrucha böse. »Du willst uns also retten? Wie denn? Na los, erzähl mal!«

»Für den Anfang tun wir Buße vor Gott und den Menschen...«

Zu Awdijs Verwunderung brachen sie nicht in lautes Gelächter aus. Nur Petrucha spuckte aus, als sei ihm etwas Ekliges ins Maul geraten.

»Buße tun! Hübsch ausgesponnen«, brummelte er vor sich hin. »Büß nur du, wir machen Kohle! Wir brauchen Kies, kapiert – ganz einfach und klar! Und du – geh ruhig büßen! Und wenn du Witze machst, Awdjaj, dann etwas vorsichtiger! Wenn Er rauskriegt, daß du uns anmachst und ausspannen willst, vergeht dir Hören und Sehen, merk dir das! Ich sag dir's als Kumpel. Mach uns nicht an, für uns zählt vor allem Kohle! Lenka, sag, was brauchst du – Gott oder Geld?«

»Geld!« erwiderte der.

Awdij verstummte, entschloß sich, abzuwarten und das Gespräch zu vertagen.

»Nun reicht's, wir haben uns verquatscht, Schluß jetzt, machen wir uns fertig«, ordnete Petrucha versöhnlich an. »Und aus deinem Plastilin, Awdjaj, ist also nichts geworden?«

»Leider nicht. Wie sich die Wölfin auf mich stürzte, weiß selber nicht mehr, hab ich's irgendwo gelassen. Auch die Kleider, ich geh mal suchen.«

»Deine Klamotten finden wir, wo sollen die auch hin, aber dein Plastilin kannst du schon nicht mehr zusammenkratzen. Wir müssen heut aufbrechen. Schon gut, wir sagen halt, wie's war, Er wird's schon einsehen. Und wenn nicht, kratzt du's dir eben das nächstemal zusammen...«

Die Rucksäcke vollgestopft mit Anaschagras, marschierten sie bis Mitternacht in Richtung Eisenbahnstrecke. Das Gehen fiel nicht schwer, das war ja keine Last – angetrocknetes Gras –, doch der starke Duft des Anascha dampfte sogar durch die Polyethylenpakete, machte schwindlig und schläferte ein. Um Mitternacht legten sich die Kuriere in der Steppe schlafen, bei Morgengrauen wollten sie weiter. Lenka zwängte sich zwischen Awdij und Petrucha – nach dem Zwischenfall fürchtete er die Wölfe. Das war begreiflich, bei diesem Halbwüchsigen. Aber es war wie verhext: Beim Gehen hatten sie sich nichts mehr gewünscht, als zu schlafen, aber kaum hatte Awdij sich hingelegt, konnte er kein Auge zutun. Daß Lenka darum gebeten hatte, in die Mitte zu dürfen, rührte ihn sehr, wer hätte das gedacht – das Bürschchen fürchtet sich vor Wölfen. Wie tief muß in ihm die Verderbnis sitzen, wie lange muß sie in ihm Wurzeln geschlagen haben, daß er soeben noch, ohne mit der Wimper zu zucken, antworten konnte, für ihn sei Geld wichtiger als Gott. Freilich war hier Gott nur bedingt gemeint, nämlich als das Symbol eines gerechten Lebens. Solche Gedanken gingen Awdij durch den Kopf...

Zur Sommerzeit haben die Steppennächte ihre eigene Schönheit. Eine unermeßliche, von der Größe der Erde und des Himmels ausgehende Stille, eine vom Duft vieler Gräser erfüllte Brutwärme und die aufregendste Erscheinung – der leuchtende Mond und die Sterne, unzählbar, kein Staubkörnchen trübt den Anblick der Gestirne, und alles ist so rein, daß in den Tiefen dieses rätselhaften Universums alles Trachten der Menschen sich verliert. In diesen seltenen Augenblicken wendet er sich ab von den Dingen des Alltags. Aber nicht für lange, schade...

Awdij aber dachte daran, vorerst sei alles so gekommen wie gewünscht, er war mit den Kurieren bis zu den Hanfsteppen gelangt, hatte alles mit eigenen Augen gesehen und an sich selbst erprobt. Nun kam noch das Schwierigste – in den Zug einsteigen und wegfahren. Für die Kuriere war der Transport des Anascha das Gefährlichste. Am häufigsten wurden sie von der Miliz an den asiatischen Haltestellen festgenommen, im rußländischen Teil war das in dieser Hinsicht einfacher. Und wenn man es schaffte, sich bis Moskau durchzuschlagen und noch weiter bis zum Bestimmungsort, dann war es bereits ein Volltreffer. Das große Böse triumphierte, indem es sich in den kleinen Erfolg kleiner Leute verwandelte...

Awdij konnte sich damit nicht abfinden, er ertrug nicht einmal den Gedanken, doch etwas zu unternehmen, was nicht einfach das Verbrechen vereitelte, sondern das Denken umschmiedete, die Kuriere überzeugte und davon abbrachte, dies lag – das hatte er nunmehr mitgekriegt – nicht in seinen Kräften. Dieser andere, der ihm entgegenwirkte und sich irgendwo in diesen Steppen aufhielt, der unsichtbar alle Kuriere unter Kontrolle hielt und darunter auch ihn, Awdij; der, der unter ihnen »Er« hieß, schien beträchtlich stärker als er. Dieser Er war der Herr, wenn auch nur ein Minidiktator auf dem Beutezug um Anascha, Awdij indessen, der sich als wandernder Mönch den

Räubern beigesellt hatte, bestenfalls eine lächerliche Gestalt ... Mönche jedoch, Herrgottsidealisten und Fanatiker, bleiben Mönche, geschehe, was wolle ... Awdji stand noch einiges bevor...

Er dachte auch an den sonderbaren Vorfall vom vergangenen Tag: Diese unverständigen, langbeinigen Wolfsjungen hatten den Menschen für ein komisches und harmloses Wesen gehalten und wollten mit ihm ein wenig herumtollen, auf einmal war da indes diese blauäugige, in Wut geratene Wölfin erschienen. Welch ein flammender Zorn war in ihr gewesen – daß das alles so geendet hatte! Welcher Sinn mochte darin liegen, daß sie zwei Mal über ihn hinweggesprungen war? Was hätte es denn sie und ihren Wolf gekostet, ihn augenblicklich zu zerfetzen, diesen nackten und wehrlosen Stadtidioten mit Panamahut und Badehose, der so entblößt und schutzlos war, wie das nur im Märchen vorkam. Oder hatte sich da das Schicksal, in Gestalt dieser Raubtiere, seiner erbarmt – war das nicht ein Zeichen dafür, daß er in diesem Leben noch gebraucht wurde? So herrlich ungestüm war die ungewöhnliche blauäugige Wölfin in ihrem rasenden Sprung, in ihrer Angst um die Jungen gewesen. Man konnte es ihr nicht verdenken, Dank sei ihr, daß sie ihn nicht angegriffen und übel zugerichtet hatte, war er doch völlig harmlos. Bei diesem Gedanken lächelte Awdij still vor sich hin: Hätte die Motorradfahrerin das gesehen, sie hätte sicher schallend gelacht! Sie hätte sich an ihm sicher so ergötzt wie an einem Clown im Zirkus. Dann erfaßte ihn aber die Angst: Was nun, wenn das Motorrad plötzlich inmitten der menschenleeren Steppe abstirbt, sie ist allein, und die Wölfe greifen sie an?! Abergläubisch beschwor er da die blauäugige Wölfin: ›Hör mich an, du wunderschöne Wolfsmutter! Du lebst hier, leb, wie du leben mußt und wie es die Natur gebietet. Das einzige, was ich erflehe, in Gottes Namen, im Namen deiner Wolfsgötter und deiner Wolfsjungen, rühr sie nicht an, wenn plötzlich ihr Motorrad abstirbt! Füg ihr kein Leid zu! Und wenn du dich an ihr erfreuen möchtest, an dieser Schönheit auf der zweirädrigen Maschine, lauf neben ihr her, am Wegrand entlang, renn heimlich mit, nimm Flügel und flieg an ihrer Seite. Und vielleicht erkennst du in ihr, blauäugige Wölfin, wenn man den Buddhisten glauben darf, eine Schwester in Menschengestalt? Möge es so sein, du bist eine Wölfin, und sie ist ein Mensch, doch ihr beide seid schön, auf eure Art! Ich habe vor dir keine Geheimnisse – dir gestehe ich es: Ich liebe sie von ganzem Herzen, ja, so ein Narr bin ich, ein Narr, nichts anderes! Nur hoffnungslose Narren können so träumen. Und wenn sie davon erfährt, ach, sie macht sich sicher lustig über mich, ach, wie schallend wird sie lachen! Aber wenn es sie glücklich macht, dann soll sie mich ruhig auslachen...‹

Es war noch ziemlich dunkel, nur ein Schimmer von Licht breitete sich über der Steppe aus, als Petrucha daranging, Awdij und Lenka zu wecken. Es war Zeit, aufzustehen und weiterzugehen bis zum Kilometer dreihundertdreißig. Je früher, desto besser. Denn nicht nur sie, sondern auch zwei, drei weitere Kuriertrupps sollten gleichzeitig an besagtem Platz mit der Beute und dem bereits getrockneten Anascha eintreffen; sie mußten dann einen vorüberfahrenden Güterzug zum Halt bringen, unbemerkt einsteigen, die Station Shalpak-Saz erreichen und dort in andere Züge einsickern. Die gesamte Operation wurde anscheinend von Ihm geleitet. Er würde sie in Empfang nehmen, oder sie mußten ihn bei Kilometer dreihundertdreißig ausfindig machen, Petrucha rückte da mit keiner vernünftigen Erklärung heraus. Entweder er wußte es nicht, oder er wollte darüber nicht sprechen.

Erneut schulterten sie ihre Rucksäcke und folgten Petrucha. Petruchas topographischer Spürsinn und sein Gedächtnis versetzten Awdij in Erstaunen. Frühzeitig kündigte er an, wo welche Schlucht war, wo eine kleine, schattige Quelle, wo eine Mulde oder eine Niederung. Und Awdij bedauerte es, daß derartige Fähigkeiten an Petrucha verloren waren! Ist hier ein paar Mal durchgezogen und weiß doch alles!

»Ich stamme halt«, sagte der, »von einer Bauernfamilie ab.« Petrucha erzählte noch, vom Hörensagen wisse er, daß rund zweihundert Kilometer von diesen Plätzen hier die Wüste Mujun-Kum beginne, dort gäbe es diese Steppenantilopen. »Scheint so, daß die feinen Herrschaften mit ihren prima Dienst-Jeeps zum Jagen herfahren, sogar fast von Orenburg herunter. Direkt zur Sakuska, zum Vespern, die Saiga rennt dort lebend herum, und zum Saufen nehmen die jede Menge mit. Die reinste Zarenjagd! Ist auch gar nicht gefährlich. Kommt zwar vor, daß der Wagen eine Panne hat, die Jäger verdursten dann, verirren sich in der Steppe. Im Winter überrascht sie ab und zu ein Buran, so ein Steppenschneesturm. Dann findest du halt später nur noch Knöchelchen. Ein Jäger ist mal durchgedreht, haben ihn mit dem Hubschrauber gesucht. Der fliegt hinter ihm her, will ihn retten, und was tut er? Rennt davon, will sich verstecken. Haben ihm lang nachgejagt, als sie ihn schnappten, hat's ihm die Sprache verschlagen. Und sein Weib soll in der Zeit auf einen anderen draufgesprungen sein! Da hast du die Fotzen! Sind alle gleich! Nein, ich werd nicht heiraten. Hab einen Klassezahn, hängst ihr saubere Klamotten um, die besten, die's gibt, und Ehrenwort – die will nichts mit heulenden Bälgern. Und die Hauptsache hab ich schon angeschafft, das Motorrad, ein Renner aus der Tschechoslowakei, steht im Stadel, und jetzt ist der Shigul dran, kein Problem. Ein Wolga, der neue, fast wie ein Mercedes, wär schon super, mit dem Kassettending, du drehst auf, und das geht dir direkt unter die Haut, Mann. Beziehungen braucht man, zahlen und blechen, geht wie geschmiert. Und dann ab die Post, mit dem Wolga nach Workuta, sollen sich mal die Augen rausgucken, die Brüderchen. Ha, ha, ihre Weiber zerreißt's vor Eifersucht. Im Gepäckraum alles da zum Saufen, viel Ausländisches. Natürlich auch unser Wässerchen, besser als Wodka gibt's nix. Müssen doch grün werden vor Neid, wie Iwan der Trottel, also nimm, da hast du ... Und deshalb mach ich den Kurier, und euch, Freundchen, führ ich ein ins wahre Leben, schnell gelebt, jung gestorben, mach's, solang du kannst, und wenn's vorbei ist, dann mach die Zunge lang, wie der Bär im Winter...«

Wie er dieses scheinbar nichtsnutzige Baldavern Petruchas anhörte, dachte Awdij daran, daß der Mensch zerrissen wird zwischen der Verführung, sich zu bereichern, der totalen Nachahmungssucht und seiner Eitelkeit; das ist doch der dreifache Kitt des Massenbewußtseins, darauf ruht doch überall und zu allen Zeiten die unerschütterliche Welt des Spießers, die Zufluchtstätte des Bösen im Großen und Kleinen, der Nichtigkeit und Armseligkeit – wie schwer muß es sein, auf Erden eine Kraft zu finden, die Religion mit eingeschlossen, die der allmächtigen Ideologie der Spießerwelt widerstehen kann. Wieviele selbstlosen Geistesflüge waren an dieser unerschütterlichen, wenngleich gestaltlosen Feste zerschellt ... Und wenn er nun zum geheimen Treff der Anaschabeschaffer marschierte, so war das ein neuer Beweis: Der Geist ist zwar beständig, aber hilflos... Dieser Stern stand also auch über ihm... Den ganzen Weg über bereitete er sich in Gedanken auf die Begegnung mit Ihm vor, er mußte zum Kampf bereit sein...

Sie langten bei Kilometer dreihundertdreißig rund zwei Stunden zu früh an, schon um drei Uhr waren sie dort. Während sie sich dem schmalen Graben entlang der Eisenbahnstrecke näherten, teilte ihnen Petrucha vorsorglich mit, wo sie die Rucksäcke verstauen sollten und daß sie sich ja nicht hinauslehnten oder vor aller Augen herumspazierten. Sie sollten die ganze Zeit über seine Anweisungen abwarten.

Sie waren dann ordentlich ermüdet, kein Wunder nach diesem Tagesmarsch. Es tat wohl, sich in einer Mulde der seidigen Wiese auszustrecken, wo Salbei und Steppengras wuchsen. Behaglich war es auch, in der Ferne die Züge dröhnen zu hören, wie sich das Rattern näherte, die Geleise unter den donnernden, schwerlastigen Kilometerzügen hämmerten, wie die Züge mit dröhnenden Rädern vorüberflogen, den Geruch von Eisen und Diesel versprühend, und wie dann noch sehr lang der Lärm in der Ferne nachhallte und sich erst allmählich im Ozean der Stille ringsum auflöste ... Auch Personenzüge flogen vorüber, mal in dieser, mal in jener Richtung. Awdij war immer zusammengezuckt, schon als Kind hatte er gern den Personenzügen nachgesehen, wer in den Fenstern auftauchte, die Gestalten und Gesichter. Ach, ihr Glücklichen, nehmt mich doch mit auf die Reise! Dieses Mal jedoch mußte er auf dieses Vergnügen verzichten, sich hinter einer Staude verstecken und den Kopf niederhalten. Schlimmer aber war, daß er Beteiligter sein würde, zumindest jedoch Zeuge, wie ein Güterzug an diesem Abschnitt auf Banditenart zum Halten gebracht wurde...

Eine längere Pause trat ein, und es herrschte völlige Stille. Awdij war eingeschlummert, aber da ertönte ein Pfiff. Petrucha lauschte aufmerksam, er pfiff zurück, und zur Antwort erklang nochmals ein Pfiff.

»Nun, ihr wartet hier mucksmäuschenstill«, sagte Petrucha, »und ich geh mal los, man ruft mich. Und ohne mich keinen Schritt, verstanden, Awdjaj, kapiert, Lenka? Einen Güterzug stoppen, das ist gar nicht so einfach. Da muß man mit Köpfchen rangehen.«

Mit diesen Worten war er verschwunden. Etwa nach einer halben Stunde kam er zurück. Und Petrucha wirkte irgendwie komisch, als er zurückkehrte. Etwas Unfaßliches hatte sich an ihm verändert, sein Blick war hinterlistig und ausweichend. Awdij ließ in solchen Fällen seinem Argwohn ungern freien Lauf, er verscheuchte lieber seine Hintergedanken. Am Ende würde sich vielleicht herausstellen, daß der Mann einfach Magenschmerzen gehabt hatte ... Und deshalb erkundigte er sich gelassen: »Nun sag schon, Pjotr, wie steht's?«

»Vorerst alles klar, bald geht's los.«

»Den Güterzug stoppen, oder?«

»Na klar. Im Güterzug ist es am sichersten. Und am besten ist's, wenn wir auf die Nacht in die Station einrollen und einen Ersatzzug kriegen.«

»Genau so.«

Sie schweigen.

Petrucha steckte sich eine Zigarette an und sagte, beiläufig ziehend: »Da hat sich ein Kumpel das Bein verstaucht, Grischan heißt er. Hab ihn grade getroffen. Ist was schiefgelaufen bei Grischan. Mit so einem Haxen das Zeug einsammeln ... Wohin damit, der kann doch nicht etwa am Stock hüpfen. Tut mir leid, der Typ. Wieviel Typen werden wir dort wohl sein, rund zehne. Jeder schüttet ein bißchen Anascha ab, wollen doch sehen, daß wir dem Mann aus der Patsche helfen.«

»Ich bin bereit«, ließ sich Awdij hören. »Lenka schläft noch, aber ich meine, auch er wird nicht geizen.«

»Na, der Lenka, der gehört doch zur Bande! Und du, Awdjaj, wirst vielleicht zu Grischan gehen, nur so, zum Reden. Bist doch so ein Studierter, Mann, vielleicht kannst du dem Hinkebein die Stimmung heben.«

»Und wo ist Er, etwa auch dort?« fragte Awdij unvorsichtig.

»Was hast du bloß immer, Er hier, Er da«, brauste Petrucha auf. »Woher soll ich's wissen! Ich rede von Grischan, und du kommst mir mit ›Er‹ daher. Wenn's sein muß, findet der uns bestimmt, wenn nicht, geht es uns einen feuchten Dreck an. Warum kümmert dich das?«

»Ach, laß es. Hab halt so gefragt. Beruhig dich. Wo ist dieser Grischan? In welcher Richtung?«

»Da, geh dorthin, da ist er, im Schatten, sitzt unterm Busch. Geh nur, geh!«

Awdij begab sich in die Richtung und erblickte bald darauf Grischan, der saß mitten im Gras auf einem kleinen Klappstuhl, in der Hand hielt er einen Stock. Ein Käppi verdeckte ihm die Stirn. Schien ein wendiger Bursche zu sein – Awdij war noch nicht in seiner Nähe, da hatte der sich bereits umgewandt und in die Faust gehustet. Unweit von ihm saßen noch zweie. Im ganzen waren sie zu dritt. Und Awdij begriff: Das war Er ... Awdij verlangsamte seinen Schritt und verspürte einen kalten Schauer, und das Herz begann schneller zu pochen ...

Zweiter Teil

I

Einen Gruß dem Verletzten«, sagte Awdij so locker wie nur möglich und versuchte damit, das Herzklopfen zu mäßigen.

Grischan saß auf einem winzigen Klappstuhl, er spielte mit dem Stock und kniff ein Auge zusammen. »Schönen Gruß, von wem denn bitte?«

Awdij lächelte unwillkürlich. »Von einem, der zunächst wissen will, wie es dir geht.«

»Ah, so ist das! Sehr verbunden, sogar ganz entschieden verbunden, wenn auch nur für den Anfang. In menschenleerer Steppe ist so eine Aufmerksamkeit doppelt wertvoll. Will was heißen! Sind doch alle Brüder unter dem Herrn, nicht wahr?«

›Der redet aber viel, und wenn er dazu noch belesen ist, das wäre schade. Das hätte ich nicht erwartet, so jedenfalls nicht. Er mimt den Schwätzer‹, dachte sich Awdij. ›Wozu das? Oder ist das ein Spiel von Ihm?‹ Außerdem stellte Awdij insgeheim fest, daß Grischan eine unauffällige Gestalt war: braune Haare, der Wuchs etwas überm Durchschnitt, hager, gekleidet wie die Leute seines Alters – Jeans, ein abgetragenes Hemd mit Reißverschluß, ein unscheinbares Käppi, das man bei Bedarf in die Tasche stecken konnte. Wenn Grischan nicht etwas gehinkt hätte und deshalb an einem dicken, knorrigen Stock gegangen wäre, wäre er schwerlich aufgefallen, in einer Menge wäre er verschwunden. Nur Grischans Augen hätten sich einem bei näherem Beobachten vielleicht eingeprägt. Der Ausdruck seiner flinken grauen Augen wechselte unentwegt, möglicherweise fiel ihm nicht einmal selbst auf, wie häufig er sie zusammenkniff, schrägstellte und mit den farblosen Brauen spielte, das erinnerte an ein in die Ecke getriebenes Tier, das sich auf einen stürzen und einen beißen möchte, sich aber dazu nicht entschließen kann und dennoch zu allem bereit scheint und dabei Drohgebärde annimmt. Vielleicht verstärkte diesen Eindruck der abgebrochene obere Schneidezahn, der sich beim Sprechen entblößte. ›Er hätte sich doch ein Goldkrönchen verpassen lassen können, warum er das nicht getan hat?‹ dachte Awdij. ›An sich sollte er ja ein zusätzliches Kennzeichen vermeiden.‹

»Wie steht's mit dem Fuß? Verstaucht? Also nicht aufgepaßt?« fragte er höflich.

Grischan nickte unbestimmt. »Ja, kann man wohl sagen, ein bißchen lädiert. Nicht aufgepaßt, hast recht, Awdij, so heißt du doch?«

»Ja, mein Name ist Awdij.«

»Seltener Name, richtig biblisch«, räsonierte Grischan, er dehnte die Worte und kostete sie absichtsvoll aus. »Awdij ist doch zweifellos das Nämchen eines Kirchenergusses«, folgerte er nachdenklich. »Ja, ja, es war einmal, daß die Menschen mit Gott gelebt haben. Von daher stammen doch in der alten Rus' die Prestitschenskijs, die Bogolepows und die Blagowestows. Und demnach müßtest du einen entsprechenden Familiennamen haben, Awdij?«

»Kallistratow...«

»Aha, alles paßt zusammen... Nun, ich heiße etwas simpler, ganz auf proletarisch – Grischan. Ja, aber nicht das ist wichtig. Hast also recht, Awdij Kallistratow, hab mit dem Fuß nicht aufgepaßt. Da kann man doch Schreckliches folgern: Nur der letzte Blödmann achtet nicht darauf, was unter seinen Füßen ist. Und das Gequatsche über die Mattscheibe, wo einem die Beine nicht mehr folgen, ist genauso blöd. Wie du siehst, mach ich auf Invalide. Eigentlich eine banale Geschichte.«

»Und wie hat sich das ausgewirkt?« fragte Awdij, er hatte dabei Petruchas Anspielungen im Auge.

»Hab ich nicht mitgekriegt«, erwiderte Grischan vorsichtig.

»Ich meine, diese banale Geschichte hat sich auf deinen geschäftlichen Erfolg ausgewirkt – muß man das nicht so verstehen?«

»Ach so, das ist ein anderes Thema!« Grischan wechselte brüsk den Ton und ließ sein gekünsteltes Spiel fallen. »Willst du vom Geschäft reden, dann hast du recht. Aber darum geht's jetzt nicht, da mach ich mir keine Sorgen. Ich würde sonst ganz anders mit dir reden, das kannst du dir denken, wozu dann dieses Blabla ... Kurzum, hier bin ich so was wie ein Organisator, oder sagen wir mal, ein Armeeoffizier, und mein Hauptziel ist es, die Frontlinie zu durchbrechen und Menschenmaterial durchzuschleusen.«

»Wie kann ich dabei von Nutzen sein? Und überhaupt würde sich ein Gespräch darüber lohnen. Zu diesem Menschenmaterial hab ich doch auch etwas zu sagen.«

»Na schön, wenn die Interessen derart übereinstimmen, muß man das wohl nicht nur bereden, sondern aushandeln. Genau das hatte ich auch vor. Nun denn, da erhebt sich zum Beispiel eine Frage, sozusagen unter uns Pfarrerstöchtern gesprochen...« Nach dieser listigen Anspielung brach er ab und hieß die beiden Kuriere, sich seitwärts hinzusetzen und stillzuhalten. »Was sitzt ihr da so untätig herum, kommt her, haltet euch bereit!«

Sie vollzogen schweigend, was offenbar zuvor vereinbart worden war. Nach dieser Anordnung warf Grischan einen Blick auf die Uhr. »In knapp einem Stündchen beginnen wir die Landungsoperation. Kannst sehen, wie das geht. Bei uns herrschen strenge Sitten. Disziplin wie bei Landetruppen. Und wir sind eine echte Truppe, in Feindesland, selbstlos dem Vaterland ergeben. Großgeschrieben. Und du wirst auch vorgehen, wie man dir befiehlt. Kein ›Kann ich‹ oder ›Kann ich nicht‹. Wenn wir alle so arbeiten, wie sich's gehört, erreichen wir zum Abend dieses Shalpak-Saz.«

Grischan machte eine bedeutungsvolle Pause. Dann warf er einen hämischen Blick auf Awdij und sagte spöttisch mit entblößter Zahnlücke: »Und nun zur Hauptsache. Dazu nämlich, was dich zu uns geführt hat. Alles mit der Ruhe! Nur keine Hast! Also, in dem Jammertal der Verbrechen, in dem sogar du sonderbarerweise das Licht der Welt erblickt hast, worüber wir dann noch zu reden haben, ist deine Position die folgende: Du bist Kurier in unserer Bande, und du weißt zuviel. Offensichtlich bist du kein Dummkopf, und doch bist du in die Falle gegangen. Also sei jetzt mal so gütig und honoriere mein grenzenloses Vertrauen.«

»Was soll das?«

»Ich denke, du kommst selbst drauf...«

»Raten ist schön und gut, offen reden was anderes.«

Beide verstummten. Sie warteten ab, bis der durchfahrende Zug vorübergedonnert war, ein jeder bereitete sich auf den nunmehr unvermeidlichen Zweikampf vor. In dieser Minute kam es Awdij in den Sinn, wie merkwürdig sich doch menschliche Beziehungen gestalteten: Sogar hier in der nackten Steppe, wo alle scheinbar gleich waren und dieselben Chancen hatten, wo ein jeder gleichermaßen vor dem Abgrund stand und für ein Verbrechen verantwortlich war, wo aber jeder auch, wenn es gelang, denselben Erfolg erwarten durfte – sogar hierher hatten die Menschen unausrottbare Gesetze wie ihr eigen Blut mit hergebracht; und so kam es, daß Grischan über das ungeschriebene Recht zu befehlen verfügte, er war hier der Chef.

»Du ordnest also an, offen und ungeschminkt zu sprechen«, unterbrach Grischan das Schweigen. »Gut.« Grischan zog die Antwort unbestimmt in die Länge und fügte auf ein Mal verschlagen hinzu, als sei ihm ganz plötzlich etwas eingefallen: »Hör mal, stimmt es, daß dich Wölfe angefallen haben?«

»Ja, da war so was gewesen«, bekräftigte Awdij.

»Will es dir nicht so vorkommen, Awdij Kallistratow, das Schicksal habe dich nur deshalb am Leben gelassen, damit du mir jetzt einige Fragen beantworten kannst?« Hinter Grischans Lächeln bleckte der Zahnsplitter.

»Meinetwegen!«

»Dann Schluß mit den Faxen. Du wirst mir hier und jetzt und augenblicklich erklären: Warum wiegelst du mir meine Jungs auf?«

»Eine Korrektur«, unterbrach ihn Awdij.

»Was für eine? Was soll's bringen?«

»Ich versuche, sie auf den wahren Weg zu führen, das Wort ›aufwiegeln‹ ist da also gänzlich fehl am Platz.«

»Vergiß es, Genosse Kallistratow, wahr und nicht wahr – in der Hinsicht hat jeder seine eigene Vorstellung. Schlag dir diese Sächelchen aus dem Kopf. Hier ist nicht der Ort für Wortklaubereien. Ich möchte wissen, was du rauskriegen und was du für dich erreichen willst, heiliger Vater.«

»Meinst du damit irgendeinen persönlichen Vorteil?«

»Zweifellos, was denn sonst?« winkte Grischan mit

weit ausholender Geste ab und lächelte in triumphierendem Spott.

»In dieser Hinsicht nichts, absolut nichts!« unterbrach ihn Awdij.

»Großartig!« rief Grischan fast erfreut aus. »Etwas Besseres kann man sich nicht ausdenken! Alles paßt zusammen. Du bist also einer von der erleuchteten Gattung besessener Idioten, die...«

»Hör auf! Ich weiß, was du sagen möchtest.«

»Das heißt, du hast dich in der Mujun-Kum als Anaschasammler verkleidet, hast dich bei uns eingeschlichen, bist einer von uns geworden, nicht weil dich, wie den Christus, das große Geld anmacht und auch nicht weil du verloren auf der Straße stehst, nachdem sie dich aus dem Seminar herausgeworfen haben? An Stelle dieser Popen hätte ich dich in den Arsch getreten und zu Mus gemacht: Nicht einmal für die bist du zu gebrauchen. Die spielen doch ihr altes Spiel, und du nimmst alles für bare Münze, todernst.«

»Ja, todernst. Und du, du mußt mich auch ernst nehmen«, erklärte Awdij.

»Von wegen! Glaubst du denn, ich verstehe dich nicht, ich blicke durch dich hindurch, ich sehe genau, was du für einer bist. Angemacht haben sie dich, ein Fanatiker bist du, eingepackt in die eigene Idiotie, deshalb bist du hier, warum denn sonst? Ist also angekommen als Messias mit dem edlen Ziel, uns die Augen zu öffnen – uns, den Gefallenen, die Anascha anschaffen und mit dem verbotenen Rauschgift handeln und spekulieren. Bist gekommen, die uralten Retterideen zu verbreiten, diese Platitüden, die wie Pisse auf drei Werst stinken. Bist gekommen, um uns vom Bösen abzubringen, auf daß wir Buße tun und umkehren und die von dir so vergötterten Werte des

Totalbewußtseins annehmen. Auch der Westen behauptet doch, bei uns denken alle in derselben Manier.« Grischan erhob sich unerwartet flink für einen, der sich verstaucht hatte, von seinem mit Leinwand überzogenen Stühlchen, schritt zu Awdij hin und hielt sein erhitztes Gesicht ganz nah an dessen Gesicht. »Und hat der Rettungsprophet auch bedacht, mit wem er es zu tun hat?«

»Das habe ich, darum bin ich auch hier. Und ich ermahne dich im voraus: Ich werde mein Ziel erreichen, um euretwillen, was mich das auch kosten mag, wundre dich nur nicht.«

»Um unsretwillen!« Grischan krümmte sich vor Lachen. »Beruhige dich, ich wundre mich nicht, weshalb soll ich mich wundern, da war ja schon mal einer so übergeschnappt, gekreuzigt haben sie den, den Retter des Menschengeschlechts... Die Hände mit Nägeln am Kreuz eingeschlagen, den Kopf hat er doch hängenlassen, hat auch für dich die Märtyrerfratze verzogen – frohlocket und weint und verneigt euch bis ans Ende der Welt. Gar nicht dumm, kapierst du, was sich da einige Schlaumeier ausgedacht haben als ihren Zeitvertreib, eine hübsche Beschäftigung für alle Zeiten – uns vor uns selbst zu erretten! Und was hat es gebracht, wer und was ist jetzt errettet in dieser Welt! Antworte mir! Alles, was schon vor Golgatha da war, ist bis heute so geblieben. Und im Menschen hat sich seither auch nichts verändert. Aber wir, wir alle warten nur darauf, daß da einer kommt, um uns, die Sündigen, zu erretten. Du hast bei dem Geschäft gerade noch gefehlt, Kallistratow. Doch da bist du nun also bei uns aufgetaucht. Erschienen und nicht von Staub bedeckt.« Grischan schnitt eine Grimasse. »Herzlich willkommen, neuer Christus!«

»Du kannst dir erlauben, über mich zu reden, wie's dir

gefällt, aber der Name Christi ist hier fehl am Platz«, wies ihn Awdij zurecht. »Du empörst und wunderst dich darüber, daß ich hier erschienen bin, aber staune nicht, denn unsere Begegnung war unabwendbar. Denke darüber nach! Oder begreifst du das etwa nicht? Wenn nicht ich, dann wäre unfehlbar ein anderer auf dich gestoßen. Ich habe mit dieser Begegnung gerechnet...«

»Und mit mir hast du wohl auch gerechnet?«

»Auch mit dir. Unser Treffen war unabwendbar. Da bin ich erschienen, und nicht von Staub bedeckt, wie du sagst.«

»Völlig logisch, hol's der Teufel, wir kommen aneinander nicht vorbei. Vielleicht liegt darin so eine saumäßige Gesetzmäßigkeit. Aber triumphier nicht, Retter Kallistratow, deine Theorie taugt nicht in der Praxis. Jetzt aber Schluß mit der Philosophie, obwohl du ja ein amüsantes Subjekt bist. Es reicht, mit dir ist alles glasklar. Ich geb dir einen guten Rat, wenn es nun schon so weit gekommen ist: Verzieh dich, Kallistratow, rette dein Köpfchen, jetzt wird dich niemand anrühren, und was du in der Steppe eingesammelt hast, kannst du nach Herzenslust verschenken, verbrennen, in den Wind streuen – dein Wille geschehe. Aber paß gut auf, daß sich unsre Wege niemals mehr kreuzen!« Grischan stieß den Stock vielsagend gegen einen Stein.

»Ich kann deinen Rat nicht annehmen. Das ist für mich ausgeschlossen.«

»Hör mal, du bist ein waschechter Idiot! Was soll das?«

»Ich stehe vor Gott und vor mir selbst im Wort für euch alle ... Dir ist das vielleicht unbegreiflich...«

»Nein, nein! Weshalb denn?« schrie Grischan und erbleichte vor Zorn. »Übrigens bin ich in einer Theaterfamilie aufgewachsen, glaub mir, ich schätze und begreife dein Spiel. Aber du bist zu weit gegangen, nach jeder Aufführung, selbst nach der genialsten, fällt am Ende der Vorhang. Und jetzt fällt der Vorhang, Genosse Kallistratow, er fällt vor einem einzigen Zuschauer. Finde dich damit ab! Und zwinge mich nicht dazu, eine weitere Sünde zu begehen. Hau ab, solange noch Zeit ist.«

»Du willst deuten, was Sünde ist. Ich verstehe, was du im Sinn hast, doch wäre das für mich ein schwerer Sündenfall, entfernte ich mich sehenden Auges vor der Missetat. Mir kann das keiner ausreden. Mir ist das keinesfalls gleichgültig, was etwa mit dem minderjährigen Lenka, mit Petrucha und deinen anderen Jungs geschieht. Ja, auch du gehörst dazu.«

»Ich bin erschüttert!« unterbrach ihn Grischan. »Woher nimmst du dir denn das Recht heraus, dich in unser Leben einzumischen? Letzten Endes ist jeder frei, über sein Schicksal selbst zu verfügen. Da sehe ich dich erstmals im Leben, wer bist du denn überhaupt, dich um mich und die andern zu kümmern, als hättest du irgendwelche Vollmachten von oben. Verschone mich! Und fordere nicht das Schicksal heraus. Wenn du alle Tassen im Schrank hast, dann geh mit Gott, wir kommen schon irgendwie ohne dich zurecht. Kapiert?«

»Aber ich komme so nicht zurecht! Du verlangst Vollmachten, also gut, ein Mandat hat mir niemand ausgestellt. Gerechtigkeit und Pflichtbewußtsein, das ist meine Vollmacht, und du bist frei, sie anzuerkennen oder nicht. Doch ich will sie strikt erfüllen. Du hast soeben erklärt, dein Schicksal selbst zu entscheiden. Klingt großartig. Isolierte Schicksale gibt es aber nicht, auch keine Grenze, die Schicksal von Schicksal trennt, außer Geburt und Tod. Zwischen Geburt und Tod sind wir aber alle ineinander verflochten, wie Fäden im Gespinst. Du, Grischan, und alle übrigen, die sich unter deiner Macht befinden, ihr bringt doch jetzt, um des eigenen Vorteils willen, aus diesen Steppen mit dem Anascha Schaden und Unglück für andere. Mit einer flüchtigen Verführung zieht ihr Menschen in euren Kreis, den Kreis der Verzweiflung und des Verfalls.«

»Und du willst also den Richter spielen über uns? Willst du darüber rechten, wie wir leben und uns verhalten sollen?«

»Nein, ich bin nicht der Richter. Ich bin einer von euch, nur...«

»Was ›nur‹?«

»Daß ich anerkenne – über uns ist Gott als das höchste Maß des Gewissens und der Gnade.«

»Aha, wieder Gott! Und was ist denn die Botschaft an uns?«

»Daß sich Gottes Gnade in unserem Willen ausdrückt. Er ist in uns, durch unser Bewußtsein wirkt er auf uns ein.«

»Hör mal, warum so kompliziert? Was folgt daraus? Was haben wir davon?«

»Was denn was! Kraft der Vernunft beherrscht sich doch der Mensch wie Gott. Was ist denn sonst die aufrichtige Erkenntnis des Lasters? Meiner Ansicht nach die Verurteilung des Bösen in dir selbst auf der Ebene Gottes. Der Mensch bestimmt sich selbst die neue Sicht auf das eigene Wesen.«

»Worin unterscheidet sich deine Ansicht vom Massenbewußtsein? Wir entfliehen dem, um nicht Gefangene der Masse zu sein. Wir passen nicht zu ihnen, wir sind allein.«

»Falsch. Freiheit ist nur dann Freiheit, wenn sie das Gesetz nicht fürchtet, sonst bleibt das eine Fiktion. Aber deine Freiheit steht unter dem ewigen Joch der Angst und der gerechten Strafe.«

»Was muß das dich kümmern, ist doch unsere Wahl und nicht die deinige.«

»Ja, deine Wahl, aber sie betrifft nicht nur dich. Begreif, es gibt den Ausweg aus der Sackgasse. Bereue hier und jetzt, hier in der Steppe unter klarem Himmel, gebt euch das Wort, ein für alle Mal mit dieser Sache Schluß zu machen und vom leichten Geld loszukommen, das der Schwarzmarkt verheißt, los vom Laster, und dann sucht die Versöhnung mit euch selbst und dem, der Gottes Namen trägt und uns in Vernunft vereint...«

»Und was dann?«

»Dann werdet ihr von neuem das echte Menschenwesen gewinnen...«

»Tönt wunderschön, zum Teufel! Und so simpel!« Grischan spielte finster mit dem knorrigen Stock, er wartete ab, bis ein weiterer, jenseits des Grabens verborgener Güterzug vorübergedonnert war; als der Zuglärm verstummt war, durchbohrte er Awdij, der sich völlig offenbart hatte, mit einem harten, spöttischen Blick und sagte in die Stille hinein: »Nun denn, ehrenwerter Awdij, in Geduld habe ich, wie man so sagt, deinen Ansichten gelauscht, wenn auch nur aus Neugier, und so muß ich dich schwer enttäuschen – du irrst dich, wenn du in deiner Selbstgefälligkeit vermutest, nur dir sei es gegeben, in deinen Gedanken mit Gott zu reden, und daß ich mit ihm keinen Kontakt hätte, nur dir allein, dem gerecht Denkenden, stünde ein solches Privileg zu, auf das ich verzichten müsse. Sieh mal einer an, soeben hast du vor Verwunderung fast geseufzt, als schmerzhaft an dein Ohr drang, daß auch einer wie ich mit Gott in Kontakt steht?«

»Überhaupt nicht. Nur das Wort ›Kontakt‹ ist hier etwas ungewöhnlich. Im Gegenteil, ich bin froh, das aus deinem Mund zu vernehmen. Vielleicht hat sich in dir etwas verändert?«

»Mitnichten. Was für eine Naivität. Also nimm zur Kenntnis, Kallistratow, fang aber nicht an zu stottern – zu Gott hab ich meinen eigenen Zugang, ich verkehre anders mit ihm, vom schwarzen Ende her. Dein Gott ist nicht so wählerisch und unzugänglich, wie dir scheint...«

»Und was erreichst du, wenn du vom schwarzen Ende zu Gott gelangt bist?«

»Nicht weniger als du. Ich verhelfe den Menschen zum Glückserleben, zur Gotteserkenntnis im Kif. Ich gebe denen, was ihr ihnen weder durch eure Predigten noch durch eure Gebote geben könnt ... Ich bringe meine Leute weitaus praktischer in Gottes Nähe als irgendwer sonst.«

»In Gottes Nähe, erkauft mit Geld? Mit Hilfe des Teufelskrauts? Durch Rauschgift? Und das nennst du Glück der Gotteserfahrung?«

»Was denn sonst? Hältst das wohl für Blasphemie und Gotteslästerung! Na klar! Ich besudle dein Gehör. Dein Konkurrent, verstehst du? Bin dir über den Weg gelaufen. Ja, zum Teufel, ja, Geld und Drogen! Ist doch so, wenn du es wissen willst – Geld ist alles. Was denkst du denn, hat Geld einen Spezialgott? Kommt ihr etwa in Kirchen und ähnlichen Einrichtungen ohne Geld aus?«

»Aber das ist doch eine völlig andere Sache!«

»Hör auf! Laß die Schleimerei! Alles auf der Welt wird verkauft und gekauft, darunter auch dein Gott. Doch ich geb den Leuten was zum Kiffen und zum Erleben, wo ihr ihnen bloß Worte einflößt, und dazu noch im Jenseits. Nur der Kif macht glückselig, befriedet und befreit dich von den Fesseln in Raum und Zeit. Meinetwegen, die Glückseligkeit ist nur vorübergehende Illusion, reine Halluzination, aber es ist Glück, und man findet es nur im Trancezustand. Euch Predigern fehlt sogar die Selbsttäuschung.«

»Das eine hast du richtig gesagt, dies ist alles nur Selbsttäuschung.«

»Was willst du denn eigentlich? Die Wahrheit für fünf Kopeken? Die gibt es nicht so billig, heiliger Vater! Wo das andere Glück fehlt, ist Kif zumindest ein bitterer Ersatz.«

»Aber wer bittet dich darum, das zu ersetzen, was es nicht gibt? Das ist doch ein böses Vorhaben und nichts anderes als das!«

»Sachte, sachte, Kallistratow! Nimmt man's genau, bin ich doch dein Assistent.«

»Wie das?«

»Einfach so, daran ist nichts Sonderbares! Vom Tag der Schöpfung an hat man dem Menschen so viel eingeflößt, man hat den Erniedrigten und Beleidigten so viel an Wundern verheißen und versprochen: Hier kommt das Reich Gottes, dort die Demokratie, da die Gleichheit und Brüderlichkeit, das Glück im Kollektiv, leb in der Kommune, ganz wie du magst. Und obendrein haben sie als Lohn des Fleißes das Paradies versprochen. Aber was geschah denn in Wahrheit? Nichts als Worte! Und ich, wenn du's wissen willst, lenke die Dürstenden und Gestrauchelten ab. Ich bin der Blitzableiter, ich entführe die Menschen auf dunklem Weg zum unerfüllbaren Gott.«

»Du bist wahrlich gefährlicher, als ich erwartete! Was für eine weltweite Unruhe du anstiften könntest – allein die Vorstellung ist schrecklich! Vielleicht ist an dir ein kleiner Napoleon verlorengegangen.«

»Warum denn kein großer? Von mir aus: gerne! Aber im Westen wär ich ein kleiner Fisch, und du würdest es trotzdem nicht wagen, mit mir zu polemisieren, sondern nach meiner Pfeife tanzen und dich umsehen, was gut und böse ist.«

»Daran zweifle ich nicht. Aber Schreckliches sehe ich in deinen Worten auch nicht. Nichts von dem, was du sprichst, ist neu. Grischan, du schmarotzt davon, daß die Menschen den Glauben verloren haben, und da zu ernten ist viel bequemer als alles andere. Alles ist schlecht, alle lügen – tröste dich im Kif. Aber versuch nur mal, wenn du alles, was gewesen ist, brandmarkst, den Menschen ein neues Weltbild zu vermitteln. Der Glaube ist kein Kif, der Glaube ist aus den Leiden vieler Generationen hervorgegangen, am Glauben muß man Jahrtausende und tagtäglich arbeiten. Aber du möchtest mit dem schandbaren Treiben den Wechsel von Tag und Nacht und die ewige Ordnung umstürzen. Denn du fängst mit dem Wohlbefinden an und hörst bei der ewigen Ruhe auf – denn auf den Kif, den du so sehr rühmst, folgen Wahnsinn und endgültiger Seelenverfall. Warum sprichst du das nicht bis zu Ende aus? Dein Kif ist also eine Provokation: Man glaubt, Gott zu finden, und gerät in die Arme des Satans. Wie kann man damit leben?«

»Überhaupt nicht. Alles in der Welt findet seine Strafe. Auch dafür. So wie der Tod die Strafe fürs Leben ist ... Jetzt staunst du! Du bist verstummt? Mein Scheinheiliger, dir paßt natürlich meine Konzeption nicht!«

»Die Konzeption des Antichrist! Niemals!«

»Ha, ha! Was ist dein Christentum denn wert ohne Antichrist? Ohne seine Herausforderung? Wer braucht das denn? Was für ein Bedürfnis befriedigt es? Klar, ihr kommt ohne mich nicht aus! Mit wem denn sonst kämpfen und wie die Militanz eurer Ideen demonstrieren?«

»Schlagfertig bist du schon, durchaus!« lachte Awdij

unwillkürlich auf. »Du jonglierst mit Widersprüchen. Doch laß die schönen Reden. Wir finden keine gemeinsame Sprache. Wir sind Antipoden. Sind unvereinbar – deshalb jagst du mich davon. Du fürchtest mich. Und dennoch beharre ich darauf: Tu Buße, befreie die Kuriere aus deinem Netz. Ich biete dir meine Hilfe an.«

Grischan verstummte unerwartet. Seine Miene verfinsterte sich, schweigend ging er vor und zurück, er stützte sich dabei auf den Stock und blieb dann stehen.

»Wenn du meinst, Genosse Kallistratow, ich würde dich fürchten, dann irrst du gewaltig. Bleib, ich verjag dich nicht. Wir werden jetzt in den Güterzug einsickern. Organisieren sozusagen einen Überfall für den Transport.«

»Sag lieber – einen Raubüberfall«, verbesserte Awdij.

»Wie es dir gefällt, räuberisch so oder so, aber nicht mit dem Ziel des Raubens, sondern zum Zweck der illegalen Fahrt, das sind verschiedene Dinge, denn der Staat nimmt uns die Bewegungsfreiheit.«

»Laß den Staat aus dem Spiel. Was möchtest du mir vorschlagen?«

»Nichts Besonderes. Bei dem räuberischen Einstieg, wie du mit Verlaub präzisiert hast«, Grischan bewegte den Kopf in Richtung Bahngeleise, »werden wir vollständig und offen beisammen sein. Versuch dann, sie abspenstig zu machen, den minderjährigen Lenka und den zackigen Petrucha, erlöse ihre Seelen, o Retter! Mit keinem Sterbenswörtchen will ich dabei stören. Ich tu so, als sei ich nicht da. Und wenn es dir gelingt, diese Leute auf deine Seite zu ziehen und sie zu deinem Gott hinzulenken, mache ich mich sofort aus dem Staub, wie das bei einer Niederlage angebracht ist. Hast du mich verstanden? Nimmst du meine Herausforderung an?«

»Ich nehme an«, erwiderte Awdij knapp.

»Dann handle! Aber was wir hier besprochen haben, soll auch niemand erfahren. Wir sagen halt, hätten über dies und das geplaudert.«

»Danke! Aber ich hab nichts zu verbergen«, antwortete Awdij.

Grischan zuckte die Schultern. »Na schön. ›Du hast gesprochen‹, wie es in der Bibel heißt. Gib gut acht.«

Es war bereits die siebte Abendstunde an einem der letzten Maitage. Doch nach wie vor schien die Sonne grell und heiß über der Steppenebene, und verdächtig erstarrte Silberwolken standen schon den ganzen Tag über wie festgerammt; anfänglich blaß, hingen sie nun zum Abend hin wie ein dichter und finsterer Streifen direkt überm Horizont und erweckten in Awdijs Seele ein Gefühl unerklärlicher Unruhe; ein Gewitter ballte sich zusammen.

Noch immer fuhren die Züge in die eine und die andere Richtung, vom Norden in den Süden und vom Süden in den Norden, und die Erde erbebte und erzitterte unter den schweren Rädern. ›Wieviel Land und wieviel Raum und Licht, aber dennoch geht dem Menschen etwas ab, vor allem die Freiheit‹, dachte sich Awdij, während er in die Steppenweite blickte. ›Ohne Menschen kann der Mensch nicht sein, wie sehr es ihm auch eine Last ist, mit ihnen zu leben. Und jetzt – wie soll ich nur vorgehen? Was ist zu tun, damit sich jeder, der in Grischans Netze geraten war, so verhält, wie ihm die Vernunft gebietet, nicht aber aus Furcht vor den Komplizen und infolge des Herdentriebes handelt und sich aus lauter Schwäche dem Einfluß dieses Drogenjesuiten nicht entzieht. Nein, was war das bloß für einer! Eine schreckliche, äußerst gefährliche Bestie. Wie soll ich vorgehen, wie packe ich es an?‹

Und die Stunde war gekommen. Bevor sie den Güterzug anhielten, sammelten sich die Kuriere in Gruppen von zwei, drei Mann entlang der Bahnstrecke und verbargen sich hinter Gräsern und Büschen. Ihr Signal war ein Pfiff. Als der Zug in der Ferne an einer Biegung wie eine kriechende Schlange auftauchte und der Pfiff noch kaum verklungen war, machten sie sich alle fertig zum Sprung. Die Rucksäcke und die Koffer mit dem Anascha waren griffbereit. Awdij, Petrucha und Lenka hatten sich zu dritt hinter einen Haufen Schotter gelegt, der von Ausbesserungsarbeiten liegengeblieben war. Unweit von ihnen befand sich Grischan mit zwei weiteren Kurieren: Der eine, ein Rothaariger, hieß Kolja, der andere, ein Flinker mit Hakennase und einem kaukasischen Akzent, hieß Machatsch, aller Wahrscheinlichkeit nach kam er aus Machatschkala. Von den übrigen hatte Awdij keinen Schimmer, ihm war aber klar, daß noch zwei, drei Kuriere ein günstiges Versteck gefunden hatten und sich zum entscheidenden Sprung bereithielten. Die beiden, die Grischan zum chemischen Feuerchen an der Strecke geschickt hatte – auf einer Brücke die Illusion eines Brandes zu erzeugen und den Maschinisten damit zu zwingen, die Lokomotive anzuhalten –, die befanden sich weit vor dem fahrenden Zug, bei der Markierung »330 km«. Hier führte die Strecke über eine kleine Brücke, die eine vom Hochwasser im Frühling ausgewaschene, tiefe Schlucht überspannte. Dort – an diesem verwundbaren Ort – zündelten die beiden, die unter den Kurieren die Diversanten hießen.

Der Zug näherte sich schnell, und Awdij war sich bewußt, daß es alle nervte, wie das ausging, ob sie schnell auf die Waggons aufspringen konnten, was für ein Zug das war – und wenn es nur Zisternen sind, wo wirst du einen Platz finden? Und es ist die Stunde mit ungerader Ziffer, am Ende fährt da noch ein bewachter Zug mit Militärgut, dann war es überhaupt aus und vorbei.

Mit zitternden Händen steckte sich Lenka eine Zigarette an. Petrucha fauchte ihn sogleich wütend an. »Schmeiß das weg! Ich bring dich um, du Aas!«

Doch der, blau und bleich im Gesicht, zog gierig Zug um Zug, und da stürzte sich Petrucha auf ihn wie ein Tier, schlug ihm mit aller Wucht auf den Schädel, so daß die Mütze wegflog. Trotzdem blieb ihm Lenka nichts schuldig, gab ihm Schlag um Schlag zurück, wartete den günstigsten Augenblick ab und stellte Petrucha das Bein. Petrucha geriet nun völlig außer Rand und Band, und eine verbissene Schlägerei brach zwischen ihnen aus.

Awdij mußte sich aufrichten. »Hört auf, sofort aufhören, Petrucha, laß den Lenka in Ruhe. Schämst du dich nicht!«

Vor Wut warf sich Petrucha auf Awdij: »Was schleichst du dich da rum, Pfaffe, Haferlaffe! Aufstehen, du Klotz, auf einen Werst sieht man dich.« Aus Leibeskräften zerrte er ihn an den Hosenbeinen herunter. Erhitzt vom Handgemenge, schwer schnaufend und sich beschimpfend, rollten sie auf ihre Plätze zurück. Der Zug war schon nah. Die Aufregung der Kuriere übertrug sich unwillkürlich auch auf Awdij. Es war ja auch ein außerordentlich gespannter und gefährlicher Moment.

Von seiner Kindheit her kannte Awdij noch die Lokomotiven der Nachkriegszeit, jene romantischen Maschinen, die mächtige Rauchsäulen und Dampfschwaden ausstießen, die Umgebung mit Pfeifen erfüllten, aber er hätte sich nicht vorstellen können, einmal mit solchem Beben den Zug zu erwarten, stand ihm doch jetzt ein gesetzloser und überdies gewaltsamer Einstieg bevor.

Und der schwere Güterzug, gezogen von einem Paar aneinandergekuppelter Lokomotiven, rückte bedrohlich näher, sein Herannahen überlief einen kalt bis zur Gänsehaut. Welch ein Unterschied zwischen den einstigen Lokomotiven und den heutigen Dieselmaschinen. Deren Kraft war im Inneren verborgen, sie zogen jedoch einen derart langen Schwanz von Waggons hinter sich her, der scheinbar kein Ende hatte. Und die zahllosen Räder rollten und rollten, sie trugen unter den Waggons einen stürmischen Wind mit sich, ein Dröhnen und kleinzerhackte Klopfzeichen. Awdij blickte auf diesen ungestüm und exakt fahrenden Koloß, und er mochte es nicht glauben, daß man diesen ungeheuerlich massigen Riesenzug würde stoppen können.

Die Waggons – Flachwagen, Zisternen, Langholztransporter, beladene und bedeckte Container – jagten nacheinander vorüber, schon die Hälfte des Zuges war vorbeigesaust, und Awdij dachte, es würde nicht klappen, dies alles sei ein vergebliches Unterfangen: unmöglich, diesen rollenden Koloß bei der Geschwindigkeit anzuhalten. Doch auf einmal ließ das Tempo des Zuges nach, die Räder rollten immer langsamer, die Bremsen knirschten, und der Güterzug verringerte unter krampfhaften Zuckungen, als bliebe er irgendwo hängen, die Fahrt. Awdij traute seinen Augen nicht: Der Zug kam fast zum Stehen. Aber plötzlich ertönte ein durchdringender Pfiff, ihm folgte noch einer zur Antwort.

»Los!« befahl Petrucha. »Vorwärts!«

Sie packten Rucksäcke und Taschen und stürzten sich zu den langsam fahrenden Waggons hin. Alles geschah rasch und heftig, wie bei einem Angriff aus dem Hinterhalt. Man mußte sich an irgend etwas festhalten oder anklammern, um in einen Waggon oder auf eine Plattform hochklimmen zu können, nur aufspringen, von da an konnte man sich dann schon über die Bedachungen weiterhieven und bequem unterkommen. Nun vollzog sich für Awdij alles wie in einem Alptraum: Er wälzte sich über eine schier bis zum Himmel aufragende stumpfe Waggonwand hoch, unbewußt verwundert darüber, wie hoch sie ragte und wie beißend der Diesel der Räder roch, die augenblicklich weiterrollten. Ungeachtet dessen kraxelte Awdij fieberhaft weiter, half einem dort, während ihn hier ein anderer abstützte. Zweimal zuckte der Zug bedrohlich zusammen, begann zu knirschen und zu klirren – aufpassen, sonst fällst du unter die Räder. Doch es hätte nicht viel besser laufen können. Und dann zuckelte der Zug nochmals, um danach die verlorene Zeit aufzuholen. Awdij blickte um sich und entdeckte, daß er sich gemeinsam mit den unzertrennlichen Mitstreitern Petrucha und Lenka in einem leeren Waggon befand, auch Grischan war hier. Gott allein mochte es wissen, wie dieser es fertiggebracht hatte, mit dem verletzten Bein auf den Zug aufzuspringen, mit ihm waren noch die beiden anderen, Machatsch und Kolja. Alle sahen bleich aus und atmeten schwer, doch ihre Gesichter waren froh und zufrieden. Awdij konnte es nicht fassen, daß es rundum geklappt hatte und der schwierigste Augenblick hinter ihnen lag. Nun fuhren die Anaschabeschaffer in Richtung Shalpak-Saz, von dort aus begann der Weg ins weite Land, in die großen Städte, unter die große Menge der Menschen...

Eine Fahrt von rund fünf Stunden stand ihnen bevor. Sie hatten Glück: Im Leerwaggon, den sie besetzt hatten, befanden sich zurückgelassene, nach der Warenfracht unbenutzte, entleerte Holzkisten – die Kuriere richteten sich diese zum Sitzen her. Sie plazierten sich auf Grischans

Anweisung hin so, daß man sie von draußen nicht bemerken konnte. Im Waggon war es hell genug, wenn man die Türen nur von einer Seite her öffnete, überdies war die Bedachung an beiden Enden für die Durchlüftung offen.

Beim ersten Halt an einer Ausweichstelle schoben sie die Tür ganz zu und hielten still, in schwüler Hitze warteten sie den Aufenthalt ab, aber niemand tauchte entlang dem Güterzug auf. Petrucha schaute vorsichtig hinaus und teilte mit, die Luft sei rein und weit und breit keiner zu sehen. Kaum war der entgegenfahrende Personenzug vorübergedonnert, setzte sich der Güterzug erneut in Bewegung, beim folgenden Haltepunkt konnte Machatsch sogar einen ganzen Kanister kalten Wassers auftreiben, die Lebensgeister im Waggon kehrten wieder zurück, alle wurden munter, sie verzehrten Zwieback und Konserven, schwärmten bereits davon, wie sie bei der warmen Mahlzeit in der Stationskantine von Shalpak-Saz zulangen würden.

Der Zug fuhr indes auf seiner Strecke durch die Steppen um den Tschuj den Bergen zu...

An jenem langen Maiabend war es noch taghell. Sie sprachen von diesem und jenem, vor allem aber vom Essen und über das Geld. Petrucha fiel seine elegante Schickse ein, die ihn in Murmansk erwartete, wozu Machatsch mit rein kaukasischem Akzent anmerkte:

»Hör mir, Petrucha, Freundchen, kannst du aufreißen Büchse nur in Murmansk? Was denn los, gar kein bißchen mehr gehen in Moskau? Ha, ha, ha! Kein Zahn da in Moskau?«

»Bist ein Affenköter, Machatschka, was verstehst denn du davon?« platzte Petrucha bös heraus. »Wie alt bist du denn?«

»Wieviel soviel! Alle mir gehören! Bei uns in Kaukasus schon lang machen alle Kinder wie ich! Ha, ha, ha!«

Dieser Wortwechsel munterte die übrigen auf, sogar Awdij lächelte unwillkürlich, er blickte dabei von Zeit zu Zeit auf Grischan, der aber saß abseits und griente herablassend. Er hatte wieder auf seinem Klappstühlchen Platz genommen und hielt noch immer den knorrigen Stock in Händen. Den anderen Kurieren ähnelte er nur darin, daß er wie alle übrigen dieselben billigen Zigaretten rauchte.

So fuhren sie in lustiger Gesellschaft und brachten Leben in den leeren Güterwaggon. Lenka hatte sich in einer Waggonecke zusammengerollt, auch die anderen machten sich daran, zu schlafen, obgleich die Sonne am Horizont noch nicht ausgeglüht war und noch alles ringsum beleuchtete. Sie schmauchten ein wenig und schwatzten, aber auf einmal verstummten die Kuriere, dann flüsterten sie untereinander und schauten dabei auf Grischan.

»Hör mir, Grischan«, wandte sich Machatsch an ihn, »was da herumhocken, verstehst, wollen was kiffen, haben wir bei Versammlung beschlossen, ja? Haben Zeit, wie ist das mit Kif? Ich hab da, lieber Tamada, so einen Duft, Paffpaff, nur Dieb von Bagdad raucht so was!«

Grischan warf einen schnellen Blick auf Awdij: Also, was ist nun? Und er schwieg, maß die Zeit und ließ beiläufig fallen: »Dann mal los!«

Leben kam in die Gruppe, und sie drängelten sich um Machatsch. Der aber langte aus dem Jackett sein Anascha, eben sein Düftchen, den nur der Dieb von Bagdad schmauchte. Er drehte eine große Papirossa, zog als erster und reichte die Selbstgedrehte weiter in den Kreis. Andächtig zog ein jeder den Anascharauch ein und gab den Stengel an den nächsten weiter. Als die Reihe an Petrucha war, inhalierte der gierig und verkniff die Augen, dann bot er die Selbstgedrehte Awdij an:

»Nun, Awdjas, schluck auch ein bißchen! Was ist denn, hat dir's die Haare weggerissen? Da, qualm schon! Hab dich nicht so, bei Gott, was bist du denn für eine Jungfrau!«

»Nein, Pjotr, ich werde nicht rauchen, bemüh dich nicht!« lehnte Awdij glattweg Petruchas Vorschlag ab.

Der war sofort beleidigt. »Einmal Pope, immer Pope! Nicht zu fassen, Superpope! Möchtest was Besseres sein und spuckst doch auf die andern.«

»Ich spucke nicht auf dich, Pjotr, du hast unrecht.«

»Hast wohl immer das letzte Wort!« winkte Petrucha ab, er nahm noch einen Zug und übergab dann die Selbstgerollte an Machatsch, der aber hielt sie mit kaukasischer List Grischan hin. »Und nun, lieber Tamada, bist du an der Reihe! Es ist dein Toast!«

Schweigend wies Grischan die Hand zurück.

»Wie du willst, Boß, Herr!« Mit Bedauern schüttelte Machatsch den Kopf, und die Selbstgedrehte machte von neuem die Runde. Gierig inhalierte Lenka, nach ihm der rothaarige Kolja, darauf Petrucha und wiederum Machatsch. Und alsbald setzte bei den Rauchern eine Veränderung der Stimmung ein, ihre Augen wurden mal trübe, mal glänzend, die Lippen schwollen an zu grundlosem, glücklichem Lächeln, und nur Petrucha konnte noch immer nicht die Beleidigung vergessen, unentwegt warf er auf Awdij schräge, ungehaltene Blicke und brummelte sich etwas über Popen in den Bart, die seien doch samt und sonders Scheusale.

Grischan saß schweigend auf seinem Stühlchen, gelassen beobachtete er aus seiner Ecke heraus die Raucherrunde mit dem ironisch herausfordernden, herablassendem Grinsen des Supermanns. Die flink huschenden, vernichtenden Blicke, die er von Zeit zu Zeit dem an der Tür stehenden Awdij zuwarf, sprachen beredt davon, daß er mit dem Gang der Dinge zufrieden war und erriet, was in Awdij, dem Gerechten, vorging.

Awdij hatte begriffen, daß Grischan den Kurieren die Erlaubnis zu kiffen gegeben hatte, um ihm ein Musterspektakel vorzuführen. Schau nur genau hin, wie man das macht! Schau mal, wie stark ich bin und wie ohnmächtig dein hohes Streben im Kampf mit dem Bösen ist.

Und obgleich sich Awdij so gab, als ließe ihn das alles kalt, war er im Innersten empört und litt an seiner Ohnmacht, er konnte Grischan nichts entgegensetzen, konnte nichts Praktisches unternehmen, um die Kuriere seinem Einfluß zu entreißen. Dann aber setzte bei Awdij die Selbstbeherrschung aus. Er war nicht mehr imstande, den Zorn zu zügeln, der ihn mehr und mehr übermannte. Den letzten Tropfen brachte Petruchas erneuter Vorschlag, von dem Fisch einen Rauch zu nehmen, von der Selbstgerollten, die sich nach jedem Zug mit immer mehr Speichel vollsog, bis der Glimmstengel schließlich bösartige, gelbgrüne Schattierungen annahm.

»He, Awdjaj, verzieh doch nicht die Fresse, mein Pfäffelchen! Ich tu's aus reinem Herzen. In dem Fischlein steckt die reinste Wonne, das Hirn zerfließt wie Süßmost«, sagte Petrucha aufdringlich.

»Halt dich zurück!« unterbrach ihn Awdij gereizt.

»Was soll denn das! Ich öffne dir die ganze Seele, und du läßt einen abblitzen, fährst einem grad übers Maul!«

»Na denn, gib her!« sagte Awdij im Zorn, streckte die Hand nach dem glimmenden Fisch aus, hielt ihn über dem Kopf, als wolle er vor Petrucha demonstrieren, und warf den Stengel durch die offene Tür des Güterwaggons. Das war so schnell gegangen, daß alle – Grischan eingeschlossen – für eine Weile überrascht erstarrten. In die eingetretene Stille hinein hörte man das Klopfen der rollenden Räder immer deutlicher, dröhnender und bedrohlicher. »Hast es gesehen?« wandte sich Awdij herausfordernd an Petrucha. »Haben alle gesehen, was ich tat?« Awdijs zorniger Blick erfaßte die Kuriere. »So wird es bleiben!«

Petrucha und dann alle übrigen wandten sich verständnislos und fragend Grischan zu: Was soll denn das, Chef, was ist da für ein ungebetener Maulheld aufgetaucht?

Grischan schwieg demonstrativ und ließ seinen Blick spöttisch von Awdij über die verdutzten Gesichter der Kuriere schweifen.

Als erstem platzte Machatsch der Kragen: »Hör mir, Tamada, was schweigst? Bist stumm?«

»Naa, ich nix stumm«, äffte ihn Grischan nach und fügte schroff hinzu, ohne seine Schadenfreude zu verbergen: »Ich hab diesem Typ das Wort gegeben, nichts zu sagen. Im übrigen müßt ihr das selbst klarkriegen! Mehr sag ich nicht...«

»Is wahr?« fragte Machatsch Awdij konsterniert.

»Es stimmt, aber das ist nicht alles!« schrie Awdij heraus. »Ich habe das Wort gegeben, ihn zu entlarven«, er bewegte den Kopf zu Grischan hin, »diesen Teufel, der euch in diese verderbliche Versuchung hineingezogen hat! Und ich werde nicht schweigen, denn die Wahrheit ist auf meiner Seite!« Und ohne selbst zu fassen, wie ihm geschah, was er tat und hinausschrie, packte er seinen Rucksack aus dem Haufen der anderen Rucksäcke mit dem Anascha. Alle außer Grischan sprangen überrascht von ihren Plätzen hoch, noch voller Zweifel, was sich dieser asketische Überpope Awdij Kallistratow ausgeheckt haben mochte.

»Da seht her, Jungs!« Awdij riß den Rucksack über den Kopf. »Wir führen hier das Verderben, die Pest und das Gift für Menschen mit uns. Und das tut ihr, weil ihr vom leichten Geld betäubt seid, du, Pjotr, und du, Machatsch, du, Lenka, und auch du, Kolja! Von Grischan zu reden lohnt sich nicht. Ihr wißt selber, was das für einer ist!«

»Stopp, stopp, Awdjaj! Komm, mein Lieber, gib den Sack her!« Petrucha näherte sich ihm.

»Zurück!« Awdij stieß ihn weg. »Und werd nicht aufdringlich! Ich weiß, wie man dieses Menschengift vernichtet.«

Und ehe die Kuriere ihre Besinnung zurückfinden konnten, da hatte Awdij schon den Rucksack aufgeschnürt und damit begonnen, das Anascha durch die Waggontür in alle Winde zu streuen. Das Teufelskraut – und wieviel Hanf war da zusammengetragen worden, von gelbgrünen Blütenständen und Blütenblättern – flog entlang dem Bahndamm, wirbelnd und gleitend wie Laub im Herbst. Im Wind war so das Geld davongeflogen – Hunderte und Tausende Rubel! Für einen Augenblick waren die Kuriere erstorben, und wie verhext starrten sie Awdij an.

»Ihr habt's gesehen!« schrie Awdij und schleuderte den ganzen Rucksack durch die Tür hinterher. »Jetzt aber folgt meinem Beispiel! Und wir tun gemeinsam Buße, und Gott wird uns sein Herz öffnen und verzeihen! Los, Lenka, Pjotr! Werft es fort, schleudert das verfluchte Anascha in den Wind!«

»Er ist durchgedreht! Der wird uns bei der Station den Bullen ausliefern! Schnappt ihn, haut den Popen zusammen!« brüllte Petrucha außer sich.

»Halt, stoppt! Hört mich an!« schrie Awdij, er versuchte zu erklären, wie er die mit Anascha sattgerauchten und in Wut geratenen Kuriere sah, aber es war bereits zu spät. Die Kuriere hatten sich auf ihn wie tollwütige Hunde gestürzt. Petrucha, Machatsch und Kolja hämmerten mit ihren Fäusten um die Wette auf ihn ein. Nur Lenka versuchte hilflos, sie auseinanderzuzerren und die Prügelnden gewaltsam zu trennen.

»Hört doch auf!« rannte er hilflos um sie herum. Aber er konnte sie nicht mehr stoppen, mußte er doch zugleich gegen dreie angehen. Eine unerbittliche Schlägerei war entbrannt.

»Haut ihn! Schleift ihn! Schmeißt ihn aus dem Waggon!« belferte der tobende Petrucha.

»Erwürgt den Popen! Stürzt ihn hinunter!« sekundierte ihm Machatsch.

»Nein, laßt das! Nicht umbringen! Ihr dürft ihn nicht töten!« heulte laut und anhaltend der zitternde Lenka.

»Verdrück dich, Schuft, ich mach dich zu Kleinholz!« Kolja riß sich von Lenka los.

Awdij wehrte sich nach Kräften, er versuchte dabei, von den offenen Türen wegzukommen und sich bis zur Mitte des rundum schwankenden Waggons durchzuschlagen; jetzt konnte er sich eigenen Auges von der Wut, der Brutalität und dem Sadismus der Rauschgiftsüchtigen überzeugen, von ihrer seligen Euphorie war keine Spur mehr. Awdij war klar, daß die Rauferei um Leben und Tod ging und die Kräfte sehr ungleich verteilt waren. Mit den drei robusten, tobenden Burschen würde er nicht fertig werden, für ihn stand ja nur noch Lenka, der aber zählte nicht. Grischan saß währenddessen ungerührt auf seinem Platz wie ein Zuschauer im Zirkus oder Theater, er hielt mit seiner Schadenfreude nicht zurück.

»Was ist denn da los! Sieh mal einer an!« spottete er lachend. Er hatte sie aufgehetzt und sich zuvor ausgeklügelt, wie sie aufeinanderprallen würden, nun erntete er die Früchte des Sieges – und er schaut zu, wie man vor seinen Augen einen Menschen totschlägt.

Awdij war sich bewußt: Nur Grischans Dazwischentreten würde seine Lage ändern können. Er hätte nur auszurufen brauchen: »Grischan, rette mich!« – und die Kuriere hätten sich auf der Stelle beruhigt. Aber Grischan um Hilfe anzugehen, das hätte Awdij unter keinerlei Umständen über sich gebracht. Ihm blieb nur das eine: in die Tiefe des Waggons gelangen, sich in eine Ecke verkriechen. Dort mochten sie ihn zusammenschlagen, zermalmen und mit ihm alles anstellen, nur eines nicht – ihn bei voller Fahrt hinauswerfen, dies wäre der sichere Tod...

Aber so einfach war es gar nicht, in eine Ecke zu gelangen. Fußtritte und Schläge mit voller Wucht schleuderten ihn zu den sperrangelweit geöffneten Türen. Nur ein Sekundenbruchteil dort, und die Kuriere hätten nicht gezögert, ihn aus dem Waggon hinauszustoßen. Und Awdij richtete sich immer wieder auf, hartnäckig versuchte er, in die entfernt gelegene Ecke durchzubrechen, er hoffte, die Süchtigen würden sich erschöpfen und zur Besinnung kommen. Der erste, der bei der verbissenen Schlägerei eine über den Schädel abgekriegt hatte und liegenblieb, war Lenka. Kolja hatte ihm den Schlag verpaßt, damit er aufhörte, die Abrechnung mit dem Popen, mit diesem Gerechten, dem Feind der Kuriere, zu stören. Tollwütig arbeiteten die Kuriere mit ihren Fäusten, schließlich ging es um irre Summen leichtverdienten Geldes.

»Schlagt ihn, haut ihn zu Klump! Erwürgt ihn, erwürgt ihn!« tobte Petrucha besessen und packte Awdij von hinten, drehte ihm die Arme zurück und setzte ihn so den Schlägen von Machatsch aus, dieser versetzte ihm wie ein wildgewordener Stier niederschmetternde Hiebe in den Magen, Awdij krümmte sich völlig zusammen, spuckte Blut und stürzte auf die Planken des fahrenden Waggons. Daraufhin schleppten sie ihn zu dritt an die Tür, aber noch immer leistete er Widerstand, klammerte sich krampfhaft an die Dielenbretter und riß sich dabei die Fingernägel ab, er versuchte sie abzuschlagen und sich loszureißen: Grischan saß unheilvoll, als wäre nichts geschehen, auf seinem Stühlchen in der Waggonecke, die Beine übereinandergeschlagen und mit unerschütterlich triumphierendem Gesichtsausdruck, er pfiff etwas vor sich hin und spielte mit dem knorrigen Stock. Und da wäre ein Ausweg gewesen: Gnade erflehen und den Schrei ausstoßen – »Rette mich, Grischan!« – und es wäre nicht ausgeschlossen gewesen, daß der sich großmütig herabgelassen und dem Morden Einhalt geboten hätte, doch Awdij öffnete nicht den Mund; sein Kopf zog eine Blutspur über die Bretterdielen, sie schleppten ihn bis zum Rand der offenen Waggontür, und hier, unmittelbar an der Öffnung, kam es noch zu einem letzten Handgemenge. Sie schreckten davor zurück, Awdij aus dem Stand hinauszuwerfen, das hätte sie mit ihm hinabreißen können. Awdij konnte sich gerade noch an der Tür festklammern, genau besehen außerhalb davon an die Eisenklammern des Holmes. Der Gegenwind erfaßte ihn mit einem heftigen Stoß, drückte ihn gegen die Türen, aber da gelang es Awdij, mit dem linken Fuß einen Metallvorsprung zu ertasten und sich einzuhängen, er hielt sich aufrecht, und wohl noch nie zuvor hatte er in sich solche Kräfte verspürt und ein solches Verlangen zu überleben wie in diesem Moment, als er versuchte, das Unheil durchzustehen.

Hätten sie ihn in Ruhe gelassen, wäre es ihm vielleicht gelungen, hochzuklimmen und in den Waggon zurückzukriechen. Aber die Kuriere schlugen mit den Füßen nach seinem Kopf wie auf einen Fußball, sie beschimpften ihn mit den letzten Ausdrücken, prügelten ihn völlig blutig, er aber hielt sich am Holm fest, die Kiefer krampfhaft zusammengebissen.

Die letzten Minuten waren besonders furchtbar. Petrucha, Machatsch und Kolja waren nun völlig außer Rand und Band. Da hatte es auch Grischan nicht länger ausgehalten, er war zu den Türen hingehüpft: Nun konnte er mit dem Heucheln aufhören, jetzt durfte er sich daran ergötzen, wie es Awdij Kallistratow zu Tode zerfetzte. Und Grischan stand da und wartete den unausweichlichen Moment ab, da die Kuriere Awdij erledigten. Dagegen war nichts zu sagen – Grischan beherrschte seine Sache meisterhaft. Er ermordete Awdij Kallistratow durch fremde Hände. Morgen würde man den toten Kallistratow finden und zum Schluß kommen, daß er weder einfach aus dem Zug gefallen war noch sich hinausgestürzt hatte – aber dann war Grischan sauber, er persönlich hatte sich ja keinen Finger schmutzig gemacht. Er würde sagen: Die Kerle haben sich gestritten und geprügelt, ein Unglücksfall also, er ist bei der Rauferei gestolpert.

Das letzte, woran sich Awdij erinnerte, waren die Fußtritte ins Gesicht, die Schuhe der Kuriere verfärbten sich vor Blut, der Gegenwind dröhnte in seinen Ohren wie loderndes Feuer. Awdijs Körper wurde bleischwer, es zog ihn immer tiefer in die schreckliche, grausame Leere, der Zug aber raste dahin und brach den Widerstand des Windes, der Zug jagte noch immer durch die Steppe, und niemand in der Welt kümmerte sich um ihn, den Verdammten, dessen Leben an einem Faden hing. Und die untergehende Sonne dieses unendlich langen Tages blendete mit ihren Strahlen seine in Qual und Schrecken hervorquellenden Augen, ihn und die Sonne riß es gemeinsam in den dunklen Abgrund des Nichts. Doch sosehr sie ihn auch traten, Awdij lockerte nicht den Griff der Hände, bis ihm Petrucha den letzten, entscheidenden Stoß versetzte; er packte Grischans Stock, den dieser wie zufällig vor sich hingehalten hatte – da nimm ihn und schlag zu, schlag auf die Hände, bis er losläßt, bis sie sich lösen...

Und Awdij flog wie ein einziger Klumpen aus Schmerz in die Tiefe, er spürte schon nicht mehr, wie er über die Böschung herabrollte, sich durch Stöße verletzte, wie es die Haut in Fetzen abriß, wie entlang der Stelle seines Sturzes das Zugende vorübersauste, wie der Zug entschwand und seine einstigen Weggefährten davontrug, wie das Lärmen der Räder verstummte.

Bald darauf erlosch die Sonne, die Dunkelheit brach an, und im Westen ballten sich am bläulich bleiernen Himmel rosafarbene Wolken zusammen...

Und schon brausten andere Züge an dem unheilvollen Ort vorüber. Und wer da nicht um Gnade und die Verlängerung seines Lebens gefleht hatte, der lag zerschmettert in der Böschungsmulde der Bahnstrecke. Und seine ganze ungestüme Suche nach der Wahrheit, all seine Erfahrungen und Beweise waren nun fortgeschleudert und zertreten. Hatte es sich denn gelohnt, keine Schonung zu suchen und die Chance zu verwerfen, doch noch heil davonzukommen? Ging es doch um nicht mehr und nicht weniger als um das eigene Leben, dafür wären nur drei Worte auszusprechen gewesen: »Rette mich, Grischan!« Doch er hatte diese Worte nicht ausgesprochen...

Wahrlich, die Paradoxa des Herrn kennen keine Grenzen... Hatte es doch schon einmal in der Geschichte den Fall gegeben, ein Sonderling aus Galiläa hatte auch eine derart hohe Meinung von sich gehabt, daß auch er auf nur ein paar Worte verzichtete und mit dem Leben büßte. Obgleich seither eintausendneunhundertfünfzig Jahre vergangen sind und sich nicht alle dessen besinnen, reden Menschen darüber, sie grämen und sie streiten sich, wie und was damals vor sich gegangen war und wie solches hatte geschehen können. Und immer wieder möchte es ihnen scheinen, es sei erst gestern geschehen, derart frisch ist die Erschütterung. Und eine jede Generation – wie viele mögen seither geboren sein, ihre Zahl ist ungezählt – macht sich das neu gegenwärtig, und alle erklären: Wären sie an jenem Tag und zu jener Stunde auf der Schädelstätte gewesen, so hätten sie in keinem Fall die Bestrafung des Galiläers zugelassen. So sehen sie es heute. Wer aber hätte damals den Lauf der Dinge geahnt, daß alles andere über die Jahrhunderte hinweg vergessen ginge, nur nicht dieser eine Tag...

Außerdem war es auch damals Freitag gewesen, und auch jener andere war nicht auf den Gedanken gekommen, um seiner Rettung willen und zu seinem eigenen Nutzen nur zwei Worte auszusprechen...

2

Jener Morgen in Jerusalem war heiß, und er kündigte einen noch heißeren Tag an. Unter den Marmorsäulen auf der Arkadenterrasse des Palastes von Herodes, wo Prokurator Pontius Pilatus seinen Sitz aufzustellen befohlen hatte, umwehte ein kühler, dem Boden nach durchziehender, kaum spürbarer Wind die Füße in den Sandalen.

Die hohen, pyramidenähnlichen Pappeln im großen Garten rauschten unmerklich, ihr Laub hatte sich in diesem Jahr vorzeitig gelb verfärbt.

Von der Arkadenterrasse des Palastes aus ging der Blick über die Stadt, ihre Umrisse verschwammen im treibenden Dunst – die Luft erhitzte sich zusehends –, sogar die Umgebung Jerusalems, sonst immer deutlich zu erkennen, war nur trüb an der Grenze zur weißen Wüste zu erahnen.

An diesem Morgen kreiste lautlos und schwebend ein einsamer Vogel über dem Hügel, er hatte die Flügel breit gespannt, als hinge er an einem unsichtbaren Faden des Firmaments, und überflog in gleichmäßigen Runden den großen Garten. Nur der Adler oder Milan bringt unter den Vögeln die Geduld auf, so lange und gleichförmig im heißen Himmel zu fliegen. Als er den zufälligen Blick erhaschte, den der vor ihm stehende, das Standbein wechselnde Nazarener Jesus auf den Vogel geworfen hatte, war der Prokurator entrüstet und sogar gekränkt. Und er sagte gallig und hart:

»Wohin lenkst du deine Augen, Judenkönig? Das ist dein Tod, der dort kreist!«

»Der kreist über uns allen«, erwiderte Jesus leise, als spräche er mit sich selbst, und dabei berührte er unwillkürlich mit der Handfläche die dunkle Schwellung am Auge: Als man ihn zum Rat der Ältesten führte, hatte sich die Menge, von den Priestern und Ältesten aufgestachelt, am Basar mit Prügeln auf ihn gestürzt. Die einen hatten unbarmherzig zugeschlagen, die andern ins Gesicht gespuckt, und er hatte zu der Stunde begriffen, wie ingrimmig ihn die Leute des Hohenpriesters Kaiphas haßten, und er hatte eingesehen, daß von der Jerusalemer Gerichtsbarkeit keinerlei Milde zu erwarten war, und nichtsdestoweniger war er nach Menschenart verwundert und erstaunt, wie grausam und treulos die Menge sich aufführte, als sei es ihnen völlig neu, daß er ein Landstreicher war, als hätten sie nicht soeben noch seinen Predigten in Tempeln und auf Plätzen bei angehaltenem Atem gelauscht, als wären sie nicht in Jubel ausgebrochen, wie er auf der grauen Eselin, den Jungesel hinter sich, durchs Stadttor eingezogen war, als hätten sie nicht Blumen auf den Weg gestreut und voller Hoffnung ausgerufen: »Hosianna dem Sohne Davids! Hosianna in der Höhe!«

Nun stand er mit trübem Blick und zerfetzten Kleidern vor Pontius Pilatus und harrte dessen, was da kommen würde.

Der Prokurator war ganz und gar nicht bei guter Laune, vor allem jedoch war er sonderbarerweise auf sich selbst zornig, auf seine Zögerlichkeit und die unerklärliche Unentschlossenheit. Derartiges war ihm noch nicht widerfahren, weder als Kommandant römischer Truppen noch als Prokurator. Eigentlich war es doch lächerlich, statt unverzüglich das Ältestenurteil zu bestätigen, machte er sich nutzlose Mühe und zog das Verhör in die Länge, eine Verschwendung von Zeit und Kraft. Warum machte er es sich nicht einfach und wartete den Entscheid des Hohenpriesters und seiner Handlanger ab und sagte: Da hast du ihn, nehmt euch euren Angeklagten und verfügt über ihn, wie ihr beschlossen habt ... Aber irgend etwas sträubte sich in Pontius Pilatus, auf diese einfachste Weise vorzugehen. Ist es dieser Kauz überhaupt wert, daß man sich mit ihm abmüht?

Nicht auszudenken, dieser Sonderling! König der Juden will er sein, den Gott, der Herr, liebhat, und der Herr habe ihn den Juden als Führer zum gerechten Gottesreich geschenkt! Ein Königreich allerdings, in dem es keinen

Platz mehr gibt für Kaiser und Könige, für ihre Statthalter und dienstfertigen Synagogen, und er verspricht Glück und Gleichheit für alle und in alle Ewigkeit. Er ist ja wahrlich nicht der erste, der nach der höchsten Macht strebt, doch so klug, schlau und tückisch hat es noch keiner angestellt – wenn er erst mal am Ruder ist, wird er wohl genauso herrschen wie alle anderen, denn so ist nun einmal der Lauf der Welt und wird es immer bleiben. Und der Kerl weiß das selbst nur zu gut, doch er treibt sein Spiel! Verführt vertrauensselige Menschen mit seinem Neuen Reich.

Wenn es der Wahrheit entspricht, daß ein jeder den anderen nach Maßgabe des eigenen Argwohns beurteilt, dann traf dies just in diesem Fall zu: Der Statthalter schrieb Jesus die Absichten zu, die er, ohne je mit ihrer Verwirklichung zu rechnen, im tiefsten Inneren selbst hegte. Das war es also, was Pontius Pilatus reizte, und deshalb weckte der Verurteilte in ihm zugleich Neugier und Haß. Der Prokurator nahm an, er habe die Pläne des Nazareners Jesus durchschaut! Dies und nichts anderes hatte sich der herumstreunende Prophet ausgeheckt: In den Provinzen Unruhe anzuzetteln, den Menschen das Neue Reich zu versprechen und das zu stürzen, was er später selbst besitzen wollte. Das war ein Kerl! Dieser klägliche Judäer wagte tatsächlich, davon zu träumen, wovon nicht einmal er, Befehlshaber der kleinasiatischen Provinzen des Römischen Imperiums persönlich, er, Pontius Pilatus, träumen konnte, genauer gesagt, wovon zu träumen er nicht einmal sich selbst gestattete. Dies waren die Überzeugungen, die Schlußfolgerungen und die Erwartungen des vielerfahrenen Prokurators, als er den Landstreicher Jesus auf recht ungewöhnliche Art verhörte: Er versetzte sich in dessen Haut und war über die Absichten dieses unerhörten Usurpators empört. Über alldem war Pontius Pilatus in wachsende Erregung geraten, immer mehr quälten ihn die Zweifel – er wollte einerseits das Todesurteil, das der Ältestenrat Jerusalems am Vortag über Jesus verhängt hatte, sofort mit seiner Unterschrift bekräftigen als auch diesen Augenblick hinauszögern und die Entlarvung dieses Jesus bis zum Ende auskosten.

Die Antwort des dem Untergang geweihten Landstreichers auf die Bemerkung über den Vogel am Himmel hatte den Prokurator in ihrer Offenheit und Unbotmäßigkeit unangenehm berührt. Er hätte schweigen oder etwas Schmeichelhaftes sagen können, aber nein, er hatte sich selbst etwas zum Trost gefunden – der Tod kreist über uns allen. ›Hab nur acht, der beschwört das Unheil über sich selber herauf, als würde er die Strafe tatsächlich nicht fürchten‹, erzürnte sich Pontius Pilatus insgeheim.

»Kehren wir also zu unserem Gespräch zurück. Weißt du, Unglücklicher, was dich erwartet?« fragte mit heiserer Stimme der Prokurator, der sich zum wiederholten Mal mit einem Tuch den Schweiß vom braun glänzenden Gesicht, von der Glatze und dem prallen, kräftigen Hals wischte. Während sich Jesus für die Antwort sammelte, ließ der Prokurator die verschwitzten Finger knacken, er drehte dabei jeden Finger einzeln, er hatte diese häßliche abstoßende Angewohnheit. »Ich frage dich: Weißt du, was dich erwartet?«

Jesus seufzte schwer und erblaßte bei dem Gedanken daran, was ihm bevorstand: »Ja, Statthalter Roms, ich weiß, man wird mich heute hinrichten«, sprach er mit Mühe aus.

»›Ich weiß‹!« wiederholte der Prokurator mit Hohn und einem Lächeln voller Verachtung und Bedauern, während er den gescheiterten Propheten von Kopf bis Fuß musterte.

Der stand vor ihm, niedergeschlagen und ungelenk, mit langem Hals und langen Haaren, hängenden Locken und zerrissenen Kleidern, barfüßig – die Sandalen waren wohl bei der Schlägerei verlorengegangen; hinter ihm sah man die Häuser der Stadt auf den fernen Hügeln. Die Stadt wartete auf den, der beim Verhör vor dem Prokurator stand. Die gemeine Stadt erwartete ihr Opfer. Die Stadt verlangte heute, bei dieser Gluthitze, eine blutige Aktion, ihre finstersten Instinkte wollten angefacht werden – und dann würde die Menge in den Straßen vor Schreien und Heulen fast ersticken, böse bellen wie ein Rudel Schakale, wenn die erblicken, wie der wütende Löwe in der Libyschen Wüste das Zebra zerfleischt. Pontius Pilatus hatte solche Szenen unter Tieren wie unter Menschen erlebt, innerlich schreckte er zusammen, als er sich für einen Moment vorstellte, wie die Kreuzigung vor sich geht. Und er wiederholte den Vorwurf nicht ohne Mitgefühl: »Du hast gesagt: ›Ich weiß‹! ›Wissen‹ ist das falsche Wort. In vollem Maß wirst du es erfahren, wenn du dort sein wirst...«

»Ja, römischer Statthalter, ich weiß das und erschaudere beim bloßen Gedanken daran.«

»Unterbrich mich nicht, und hab keine Eile, in jene Welt zu kommen, das gelingt dir früh genug«, brummelte der Prokurator, der seinen Gedanken hatte nicht zu Ende führen können.

»Verzeih gehorsamst, Herrscher, wenn ich dich zufällig unterbrach, ich habe das nicht gewollt«, entschuldigte sich Jesus. »Ich habe keinerlei Eile. Ich möchte noch etwas leben.«

»Und du denkst nicht daran, dich von deinen unzüchtigen Worten loszusagen?« fragte der Prokurator ohne Umschweife.

Jesus winkte ab, seine Augen waren auf kindliche Art hilflos. »Es gibt nichts, wovon ich mich lossagen könnte, Herrscher, die Worte sind von meinem Vater bestimmt, ich war verpflichtet, sie den Menschen zuzutragen und damit Seinen Willen zu erfüllen.«

»Du beharrst also auf deiner Sache.« Gereizt hob Pontius Pilatus die Stimme an. Der Ausdruck seines Gesichts mit der großen Adlernase, der harten Linie des von tiefen Falten umrahmten Mundes wurde verächtlich kalt. »Ich durchschaue dich ja durch und durch, wie immer du dich verstellst«, sagte er in einem Ton, der keinen Widerspruch duldete. »Was heißt denn das wirklich – die Worte deines Vaters zu den Menschen zu tragen, das meint doch, sie zum Narren halten und den Pöbel in die Hand zu bekommen! Den Pöbel zu Unruhen aufhetzen. Vielleicht solltest du auch mir seine Worte berichten – ich bin doch auch ein Mensch!«

»Du hast daran vorerst keinen Bedarf, römischer Herrscher, du erduldest keine Leiden und hast kein Verlangen nach einer anderen Lebensweise. Die Macht ist dein Gott und Gewissen. Daran hast du aber keinen Mangel. Und Höheres gibt es nicht für dich.«

»Richtig. Höheres als die Macht Roms gibt es nicht. Ich hoffe, das wolltest du sagen?«

»So denkst du, Herrscher.«

»So haben kluge Menschen immer gedacht«, verbesserte ihn der Prokurator nicht ohne Herablassung. »Darum heißt es auch«, belehrte er ihn, »der Kaiser ist nicht Gott, aber Gott ist wie der Kaiser. Überzeug mich vom Gegenteil, wenn du sicher bist, daß dem nicht so sei. Nun!« Unverwandt richtete er den spöttischen Blick auf

Jesus. »Im Namen des römischen Imperators Tiberius, dessen Statthalter ich bin, vermag ich einiges an der Lage der Dinge in Raum und Zeit zu verändern. Du aber versuchst, dem eine höhere Gewalt entgegenzusetzen, eine andere Wahrheit, die angeblich du bringen wirst. Interessant, höchst interessant. Sonst würde ich nicht mit dir meine Zeit vergeuden. In der Stadt können sie kaum erwarten, daß das Urteil des Ältestenrates vollstreckt wird. Also, antworte!«

»Was soll ich da antworten?«

»Bist du überzeugt, der Kaiser sei geringer als Gott?«

»Er ist ein Sterblicher.«

»Klar ist er sterblich. Doch solang er bei Kräften ist: Gibt es für die Menschen einen anderen Gott, der höher ist als der Kaiser?«

»So ist es, Herrscher Roms, wenn man an die Welt ein anderes Maß anlegt.«

»Ich sage nicht, du reizt mich zum Lachen.« In gespielter Gekränktheit, stirnrunzelnd und die strengen Brauen hochziehend, ließ Pontius Pilatus die Worte fallen. »Doch du kannst mich aus dem einfachen Grund nicht überzeugen, weil das nicht einmal komisch ist. Mir ist es ein völliges Rätsel, wer und warum man dir glaubt.«

»Mir glaubt, wen die Bedrückung und das ewige Verlangen nach Gerechtigkeit zu mir stoßen, dort fallen die Samen meiner Lehre auf den von Leiden gedüngten und von Tränen durchtränkten Grund.«

»Genug, genug!« winkte der Prokurator hoffnungslos ab. »Sinnlose Zeitverschwendung.«

Und beide verstummten, jeder dachte dabei an seine Sache. Auf dem fahlen Körper von Jesus trat reichlich Schweiß hervor. Aber er wischte ihn weder mit der Hand ab noch mit dem Ärmel seiner Chlamys, danach stand ihm nicht der Sinn – vor Angst stieg ihm der Brechreiz in die Kehle, der Schweiß rann über sein Gesicht und tropfte neben den dünnen, sehnigen Beinen auf die Marmorplatten.

»Und nach alldem möchtest du«, fuhr Pontius Pilatus unversehens heiser fort, »daß ich, Roms Prokurator, dir die Freiheit schenke?«

»Ja, gütiger Regent, laß mich frei.«

»Und was wirst du tun?«

»Mit dem Wort Gottes durch die Lande ziehen.«

»Halt mich nicht für dumm!« schrie der Prokurator und sprang, außer sich vor Zorn, auf. »Nun habe ich mich endgültig davon überzeugt, dein Platz ist am Kreuz, nur der Tod kann dich bändigen!«

»Du irrst, hoher Regent, der Tod ist machtlos vor dem Geist«, sprach Jesus fest und vernehmlich.

»Wie? Was hast du da gesagt?« fragte Pontius Pilatus erstaunt und näherte sich Jesus, sein Gesicht, entstellt vor Zorn und Verwunderung, überlief es mit dunkelbraunen Flecken.

»Das, was du gehört hast, Herrscher.«

Pontius Pilatus atmete tief ein und warf dann jäh die Arme nach oben, er hob an, etwas zu sagen, aber da ertönten schallend Schritte von beschlagenen Reiterstiefeln.

»Was gibt's?« fragte der Prokurator streng den bewaffneten Legionär, der mit einem Pergament auf ihn zutrat.

»Befohlen zu übergeben«, sagte der kurz und entfernte sich.

Es war eine Notiz an Pontius Pilatus von seiner Frau: »Füge, darum bitte ich dich, diesem rastlosen Wanderer mit dem Beinamen, wie es heißt, Christus, keinen Schaden zu, der nicht wiedergutzumachen ist. Alle sagen, er sei ein harmloser Prediger und Wunderheiler von allerlei Leiden. Und daß er angeblich Gottes Sohn sei, der Messias und König der Juden, haben sie ihm wohl eingeredet. Natürlich steht nicht mir das Urteil zu. Du weißt ja, wie händelsüchtig und besessen dies Volk der Judäer ist. Was aber wäre dann, wenn es stimmt? Es kommt doch sehr häufig vor, daß sich später bestätigt, was die unwissende Menge im Mund führt. Und sollte sich das auch dieses Mal bewahrheiten, dann werden sie dich verfluchen. Man erzählt, die Diener der hiesigen Synagogen und die Ältesten der Stadt haben vor diesem Jesus Christus Angst bekommen und fürchten ihn, weil ihm das Volk zuströmt, aus Neid hätten ihn die Priester verleumdet und die unwissende Menge gegen ihn aufgewiegelt. Wer ihn noch gestern abgöttisch verehrte, hat ihn heute mit Steinen beworfen. Mir will es so scheinen, Pontius, mein Gemahl, daß fürderhin der ganze schlechte Ruf auf dich fallen wird, wenn du der Hinrichtung dieses Narren zustimmst. Wir werden doch nicht ewig in Judäa hängenbleiben. Ich hoffe auf deine Rückkehr nach Rom, mit allen Ehren, die deiner würdig sind. Tu es nicht, Pontius. Als ihn neulich die Wache abführte, da sah ich, was für ein schöner, geradezu junger Gott er ist. Übrigens hatte es mir am Tag zuvor geträumt. Ich erzähle es später. Ein sehr wichtiger Traum. Zieh nicht den Fluch auf dich und deine Nachkommen!«

»O Götter, Götter! Womit habe ich euch erzürnt?« stöhnte Pontius Pilatus auf und bedauerte ein weiteres Mal, daß er diesen unzurechnungsfähigen und ungestümen Scheinpropheten nicht sofort hatte abführen lassen, auf diesen Hügel hinter den städtischen Gärten, wo die Hinrichtung stattfinden sollte, die das Jerusalemer Gericht verlangte. Und nun mischte sich auch noch seine

Frau in die Amtsgeschäfte ein. Ob das bereits die Wühlarbeit der hinter Jesus Christus stehenden Kräfte war? Jedenfalls ein Widerstand himmlischer Mächte gegen diese Sache. Aber die Himmelsbewohner interessierten sich wenig für irdische Angelegenheiten, und was versteht die Frau denn schon von Politik mit ihrem Weiberhirn; und warum sollte er die Feindseligkeit des Hohenpriesters Kaiphas und der Oberschicht Jerusalems wecken, die ja Rom treu ergeben waren, und dies nur wegen des zweifelhaften Streuners Jesus, der die Kaiser schmähte? Woher hatte sie das nur, daß dieser Typ schön sei wie ein junger Gott? Jung war er, einverstanden. Dies und nicht mehr. Von besonderer Schönheit konnte bei ihm wahrhaftig keine Rede sein. Hier steht er doch, wie ein geprügelter Hund nach einer Rauferei. Was hat sie nur an ihm gefunden? Der Prokurator ging einige Schritte, sinnierend über diese Notiz, und setzte sich ächzend wieder in den Sessel. Da blitzte in ihm noch ein Gedanke auf, der ihm noch nie in den Sinn gekommen war. Wie nichtig war doch der Mensch – kacken und seichen, kopulieren und gebären, sterben, gebären und wieder sterben, wieviel Gemeinheiten und Missetaten trägt er in sich herum, und mitten aus der Abscheulichkeit und Niedertracht tauchen plötzlich von irgendwoher die Weissagungen auf, die Seher, die Aufwallungen des Geistes. Nimm den da – der glaubt so sehr an seine Bestimmung, als lebte er im Traum und nicht im Wachzustand. Aber genug damit, man muß ihn ernüchtern! Es ist an der Zeit, Schluß zu machen!

»Eins will ich noch wissen«, wandte sich der Prokurator an Jesus, der noch immer schweigsam an seinem Platz verharrte. »Nehmen wir also an, du bist ein Prophet und kein Missetäter, der Unruhe unter gutgläubigen Menschen sät, angenommen, du bist mit dem Recht der Kaiser, die Welt zu beherrschen, nicht einverstanden, wenn du vom Reich der Gerechtigkeit redest, angenommen, ich glaube dir, dann sag mir eines: Was zwingt dich, in den Tod zu gehen? Offenbare mir, was sind deine Gründe? Falls du die Absicht hast, auf solche Weise die Herrschaft über das Volk von Israel zu erlangen, werde ich das zwar nicht zulassen, aber ich könnte dich verstehen. Warum sägst du dir gleich zu Beginn den Ast ab, auf dem du sitzen möchtest? Wie willst du Kaiser werden, wenn du des Kaisers Macht verleugnest? Dir ist klar: In meiner Hand liegt es nun, dich am Leben zu lassen oder in den Tod zu schicken. Was ist es also, warum schweigst du? Bist du vor Angst verstummt?«

»Ja, Statthalter Roms, ich fürchte mich vor der grausamen Hinrichtung. Und Kaiser will ich überhaupt nicht sein.«

»Dann bereue auf allen Plätzen der Stadt, erkläre dich schuldig. Gesteh, du bist ein Scharlatan, ein falscher Prophet, mache keinen mehr glauben, du seist der Judenkönig, auf daß der Pöbel von dir ablasse und nicht durch unnütze, verbrecherische Hoffnung verführt werde. Ein Reich der Gerechtigkeit kann es niemals geben. Gerecht ist immer das, was ist. In dieser Welt ist Tiberius der Imperator, er ist das unerschütterliche Bollwerk der Weltenordnung. Und das Reich der Gerechtigkeit, über das du verführerische Reden hältst, bis die Leichtsinnigen murren, ist ein Hirngespinst! Denk gut darüber nach! Und hör damit auf, dir und den anderen den Kopf zu zerbrechen. Und wer, im übrigen, bist du schon, daß du den Imperator Roms herausfordern willst – ein unbekannter Herumtreiber, ein falscher Prophet, ein Marktschreier, davon wimmelt es im Lande Judäa. Aber du hast mit deiner Lehre die Samen der Versuchung ausgestreut, darüber ist dein Hoherpriester sehr beunruhigt, entlarve darum deinen Betrug. Und du selbst verschwindest am besten nach Syrien oder anderswohin, und ich als römischer Prokurator werde versuchen, dir zu helfen. Willige ein, solange es nicht zu spät ist. Warum schweigst du wieder?«

»Ich denke darüber nach, Statthalter Roms, daß wir beide so verschieden sind und einander kaum jemals verstehen werden. Warum soll ich meiner Seele Gewalt antun und mich von der Lehre des Herrn lossagen, nur weil es dir und dem Kaiser nützt, die Wahrheit aber darunter leidet?«

»Wirf keinen Schatten auf die Interessen Roms. Was Rom nützt, steht über allem.«

»Über allem steht die Wahrheit und nichts als die Wahrheit. Zweierlei Wahrheiten gibt es nicht.«

»Erneut verstellst du dich, Landstreicher!«

»Noch nie habe ich mich verstellt. Meine Antwort lautet: Du sollst nicht leugnen, was im Namen der Wahrheit gesagt wird. Du selbst, Pontius Pilatus, hast es so gewollt. Und zum zweiten sollst du keine Sünde, die du nicht begangen hast, auf dich nehmen, dich auf die Brust schlagen, auf daß du dich von einer Verleumdung weißwaschen könntest. Ist das Gerücht verlogen, stirbt es von selbst.«

»Doch zuvor wirst du sterben, König der Juden! Somit gehst du also in den Tod, gleich, welchen Weg der Rettung es gibt?«

»Zur Rettung ist mir nur noch dieser Weg verblieben.«

»Zu welcher Rettung?« fragte der Prokurator verständnislos.

»Zur Rettung der Welt.«

»Genug der Narreteien!« Pontius Pilatus verlor die Geduld. »Du gehst also freiwillig in dein Verderben?«

»Ja, so ist es, denn ein anderer Weg bleibt mir nicht.«

»O Götter, Götter!« murmelte der Prokurator müde und führte die Hand über die tiefen Falten auf seiner Stirn. »Was für eine Hitze, ob das Wetter sich endlich ändert?« brummelte er vor sich hin. Und er faßte den letzten Entschluß: ›Warum muß immer alles an mir hängenbleiben? Was bemühe ich mich eigentlich um ihn, wenn er darin gar keinen Nutzen sieht? Bin ich auch ein Sonderling?‹ Und er sprach: »In diesem Fall wasche ich mir die Hände!«

»Dein Wille geschehe, Statthalter«, erwiderte Jesus und senkte den Kopf.

Sie verstummten von neuem, und wahrscheinlich verspürten sie beide, wie jenseits der Palastmauern und der prachtvollen Gärten, auf den glühenden Straßen der Stadt, in den brütenden Niederungen und auf den Hügeln Jerusalems eine dumpfe, unheilschwere Stille anschwoll, die von einem Augenblick zum anderen zu platzen drohte. Vorerst drangen nur unklare Laute herüber – das Lärmen der großen Basare, wo es vom frühen Morgen an von Menschen, Last- und Zugtieren wimmelte. Aber zwischen diesen Welten lag das, was sie trennte und das Obere vor dem Unteren beschützte: Hinter der Absperrung patrouillierten Legionäre, etwas tiefer im Hain stand Kavallerie zum Einkesseln. Man sah, wie die Pferde mit dem Schweif die Fliegen wegwedelten.

Nach seiner Erklärung, er wasche sich die Hände, empfand der Prokurator eine gewisse Erleichterung, denn nun konnte er sich sagen: ›Ich habe alles getan, was in meiner Macht steht. Die Götter sind meine Zeugen, nicht ich habe ihn genötigt, auf seinem Standpunkt zu beharren und die Lehre höher zu stellen als das eigene Leben. Da er jedoch nicht abschwöre, soll es geschehen ... Für uns ist es sogar besser so. Er hat sein Todesurteil selbst unterschrieben.‹ In Gedanken bereitete Pontius Pilatus zugleich die Antwort an seine Frau vor. Er warf einen schrägen Blick auf Jesus von Nazareth, der versonnen lächelnd sein vorbestimmtes Los erwartete, und überlegte weiter: ›Was mag jetzt im Kopf dieses Mannes vorgehen? Er wird sich wohl selbst bemitleiden und verstehen, was ihn seine Weisheit kostet, von der er sich nicht loszusagen wagt. Er steckt in der eigenen Falle. Versuch nur, dich loszueisen – ein einziger Gott für alle, für alle Länder und das ganze Menschengeschlecht, und das für alle Zeiten. Ein einziger Glaube. Ein Reich der Gerechtigkeit für jeden und alle. Worauf will er hinaus? Nichts einzuwenden, wer will denn das nicht, darauf baut er ja bei seinem Treiben! Aber so ist nun mal das Leben, da sieht man wieder mal, wie es übertriebene Spitzfindigkeiten bestraft. So endet der Anschlag auf den Thron, der einem von der Herkunft her nicht bestimmt ist! Pläne hat der! Den Pöbel wollte er aufwiegeln, gegen Kaiser und Könige rebellieren, damit die Seuche von Plebs zu Plebs übergreift und um die Welt geht. Die ganze althergebrachte Weltenordnung hat er auf den Kopf stellen wollen. Ein verwegener Kopf! Das muß man ihm lassen! Nein, so einer darf nicht am Leben bleiben. Sieht so gewöhnlich und friedlich aus, aber was sich in ihm verbirgt – so einen Plan kann nur ein großer Geist anzetteln. Wer hätte ihm das zugetraut?‹

In diesen Gedanken fand Prokurator Pontius Pilatus seinen inneren Frieden wieder. Auch beruhigte ihn der Gedanke, daß er nun um das unangenehme Gespräch mit dem Hohenpriester Kaiphas herumkam, der im Namen des Ältestenrates öffentlich verlangt hatte, der Gerichtsentscheid in Sachen Jesus von Nazareth müsse bestätigt werden.

»Zweifle nicht, weiser Herrscher, du wirst den inneren Frieden finden und in allem recht behalten«, sagte Jesus, als habe er die Gedanken des Prokurators erraten.

Pontius Pilatus brauste auf und fuhr ihn an: »Mach dir um mich keine Sorgen. Für mich steht die Sache Roms über allem, denk an dich selbst, du bist verloren!«

»Verzeih, hoher Herrscher, es stand mir nicht an, diese Worte laut auszusprechen.«

»So ist es. Und damit du es nicht bedauern mußt, wenn es dann zu spät ist, überdenke es noch einmal, während ich mich entferne, und falls du deinen Entschluß bis zu meiner Rückkehr nicht änderst, will ich das letzte Wort aussprechen. Und glaub nicht, du seist der Judenkönig und die Säule der Welt, glaub ja nicht, die Erde käme ohne dich nicht aus. Im Gegenteil, es entwickelt sich alles zu deinen Ungunsten. Und deine Zeit ist längst abgelaufen. Du kannst dich nur noch retten, wenn du abschwörst. Ist dir das klar?«

»Es ist mir klar, Herrscher...«

Pontius Pilatus erhob sich von seinem Platz, um sich zur Ruhe zu begeben; er legte die weite Toga um die Schultern zurecht. Knochig, großköpfig, kahl und gebieterisch, überzeugt von seiner Würde und Allmacht. Als er über die Arkadenterrasse schritt, fiel sein Blick wiederum auf jenen Vogel, der majestätisch in den Lüften schwebte. Er konnte nicht ausmachen, ob es ein Adler war oder ein ähnlich Befiederter, doch nicht dies erregte ihn, sondern der Umstand, daß der Vogel für ihn unerreichbar war – den wirst du nicht verscheuchen können, auch nicht herrufen. Der Prokurator zog die Brauen scharf hoch und warf einen feindseligen Blick nach oben: Da kreist er also und kreist und hat hier nichts zu suchen. Da ging ihm durch den Sinn, dieser Vogel war ja der Imperator am Himmel. Offenbar kein Zufall, daß der Adler des Imperators Größe symbolisiert – der Kopf mit dem mächtigen Schnabel, das raubgierige Auge und Flügel so fest wie Eisen. Ja, so muß der Imperator sein! Vor aller Augen in der Höhe und unerreichbar für alle ... Und aus der Höhe über die Welt herrschen, nicht von Gleichheit mit irgendwem und in irgendwas, ja, der Imperator mußte über eigene Götter verfügen, losgelöst von den anderen, den Untertanen gegenüber gleichgültige und verachtungsvolle Götter. Das ist es doch, worauf Gewalt gründet, das ist es, was Macht fürchten läßt, das ist es, worauf die Ordnung aller Dinge beruht. Dieser Nazarener indes, der hartnäckig auf seiner Lehre beharrt und alle gleichmachen will, vom Imperator bis zum Sklaven, da es angeblich nur einen Gott gebe und vor ihm alle Menschen gleich seien, der behauptet nun: Das Reich der Gerechtigkeit für alle bricht an. Er hat die Gemüter verwirrt, die Unterschichten aufgehetzt und den Plan ausgeheckt, die Welt auf seine Weise auf den Kopf zu stellen. Und was ist daraus geworden? Die gleiche Menge hat ihn geschlagen und ihm ins Gesicht gespuckt, dem Scheinweisen und falschen Propheten, dem Betrüger und Scharlatan ... Und trotzdem, was ist das für ein Mensch? Seine Lage ist aussichtslos, aber er führt sich auf, als würde nicht er unterliegen, sondern die ihn verurteilen ...

So sinnierte Prokurator Pontius Pilatus, Statthalter des römischen Imperators, höchstselbst wohl ein Halbimperator, jedenfalls in diesem Teil der Mittelmeergebiete, als er sich vom Verhör entfernt hatte, um Jesus von Nazareth für einige Minuten mit sich allein zu lassen; soll der jetzt nur den gähnenden Abgrund, über dem er hängt, verspüren. Man mußte seinen Geist brechen, ihn dazu zwingen, erniedrigt davonzukriechen und von diesem einzigen Gott für alle abzufallen, sich von der allgemeinen Gleichheit loszusagen, um dieses Scheusal mit gebrochenem Rückgrat aus den Landen Israels fortzujagen, soll er dann ruhig weiter herumvagabundieren und verschwinden, nicht lange wird es dauern, bis seine Anhänger aufhören, an ihn zu glauben, und ihn tüchtig verdreschen...

Derart räsonierte im Widerstreit mit seinen Zweifeln der vielerfahrene Regent Pontius Pilatus, er suchte nach dem zuverlässigsten, zweckmäßigsten und vorbildlichsten Ausweg, um die aufgekeimte Verschwörung auszumerzen. Beim Verlassen der Arkadenterrasse mutmaßte er, der Verurteilte würde, allein gelassen, mit sich ins reine kommen und verspüren, was ihn bedrohte, und ihm bei seiner Rückkehr, ihm, dem Prokurator, zu Füßen fallen. Wenn der Prokurator geahnt hätte, daß dieser Sonderling in diesen wenigen Minuten daran überhaupt nicht dachte, gar nicht über dergleichen nachsann, sondern sich Erinnerungen hingab – denn auch die Erinnerungen machen Schicksal der Lebenden aus, und sie schenken ein letztes Glück auf der Schwelle vom Leben in den Tod.

Kaum hatte sich der Prokurator entfernt, als aus der Seitennische rasch vier Wachen hervortraten und sich am Rand der Arkadenterrasse aufstellten, als könnte der Verurteilte von hier aus flüchten. Der aber erlaubte es sich, an den nächststehenden Legionär eine Frage zu richten.

»Darf ich sitzen, guter Wachmann?«

»Setz dich«, erwiderte jener und schlug dabei mit der Lanze auf den Steinboden.

Jesus setzte sich auf die Marmorstufe an der Mauer,

gebeugt und mit bleichem, spitzem Angesicht, das von den langen, herabfallenden Wellen der dunklen Haare eingefaßt war. Und er bedeckte die Augen mit der Handfläche und versank selbstvergessen in sich. ›Sich satt trinken?‹ dachte er. ›Und irgendwo im Fluß ein Bad nehmen?‹ Lebhaft stellte er sich fließendes Wasser vor, es strömt am Ufer dahin, bedeckt die Erde und die Kräuter mit Küssen, und er hört ein Plätschern, als schlügen Ruder und brächten das Boot nahe an den Ort heran, wo er sitzt, als nähme ihn jemand ins Boot auf und trüge ihn davon, mit ihm von hier fortzuschwimmen. Es ist die Mutter, sie ist es, die voller Unruhe und Angst zu ihm herantreibt. ›Mama!‹ flüstert er lautlos. ‚Mama, wenn du nur wüßtest, wie schwer mir ist! Noch gestern nacht war ich im Garten Gethsemane auf dem Ölberg, erschöpft, traurig, die Angst war wie die finstere Nacht über mich hereingebrochen, ich hatte den Halt verloren, wachte mit den Jüngern, konnte mich indes nicht beruhigen, und in schrecklicher Vorahnung hatte ich blutige Schweißausbrüche. Und da habe ich mich an den Herrn, meinen himmlischen Vater, gewandt. ‚Vater‘, habe ich gesagt, ‚o sei doch gnädig und laß diesen Kelch an mir vorübergehen! Aber es ist nicht mein Wille, sondern Dein Wille geschehe.‘ Und jetzt ist er da, dieser Kelch, randvoll und unausweichlich, er geht nicht vorüber, kommt näher und näher, es wird das vollbracht werden, was auch du vorhergesehen hast. Du hast gewußt, was mir widerfährt, mein Gott, wie hast du, meine liebe Mutter, die mir den Atem gegeben hat, all diese Jahre gelebt, mit welcher Hoffnung hast du mich großgezogen, der ich nach Gottes Plan für diesen großen und schrecklichen Tag, den unglückseligsten aller Tage, vorherbestimmt war, denn es gibt kein größeres Leid für den Menschen als den eigenen

Tod, doch für die Mutter, vor deren Augen die eigene Leibesfrucht, ihre eigene Art, zugrunde geht, ist das doppeltes Leid. Verzeih mir, meine Mutter, nicht ich bin es, der mein Schicksal bestimmt hat, sondern mein Vater, der Allerhöchste, so wenden wir uns Ihm ohne Murren zu, und Sein Wille geschehe!‹

Im Gedenken seiner Mutter Maria fiel ihm zu der Stunde noch das Ereignis ein, das ihm, dem Fünfjährigen, in der Kindheit zugestoßen war. Zu jener Zeit hatte sich die Familie in Ägypten aufgehalten, wohin sie vor König Herodes geflüchtet waren, der nach dem Leben des neugeborenen Kindes, des künftigen Jesus Christus, trachtete, denn Wahrsager hatten verkündet, der König der Juden sei geboren. Damals war der Junge schon herangewachsen, nicht weit entfernt von ihnen floß ein großer wasserreicher Fluß vorüber, vielleicht war es der Nil – groß war der Fluß und breit. Maria war mit dem Knaben dorthin gegangen, Wäsche zu spülen, wie das viele Frauen dieser Gegend taten. An jenem Tag indes, da sie am Fluß waren, legte ein alter Mann an, er begrüßte Maria und ihren Kleinen liebevoll. »Vater!« rief ihm Maria zu. »Willst du meinem Söhnchen nicht erlauben, auf dem Boot zu fahren? Er wünscht sich das so sehr, und er weint, das dumme Kerlchen.« – »Ja doch, Maria«, erwiderte der Alte, »dazu hab ich doch das Boot hergebracht, damit du darauf den kleinen Jesus ausfahren kannst.« Maria hatte sich nicht gewundert, daß er sie bei Namen kannte, sie hatte gedacht, er sei einer aus der Umgebung. Doch als sie sich aufraffte, den Alten darum zu bitten, das Ruder zu führen, war der plötzlich verschwunden, als hätte er sich in Luft aufgelöst. Aber auch das verwirrte Maria nicht, hatte doch der Junge so sehr Schiffchen fahren wollen, er rannte überglücklich umher, hüpfte vor Aufregung auf und ab und trieb seine Mutter zur Eile an. Und dann ließ sie die Wäsche auf die Ufersteine fallen, nahm das Söhnchen, setzte ihn ins Boot, band es los und stieß mit dem Ruder ab, sie sprang hinein, setzte sich den Kleinen auf den Schoß, und so trieben sie stromabwärts. Wie wundervoll war es doch, still über das glitzernde Wasser das Ufer entlangzugleiten, sanft schwankte das Schilf in den Untiefen, bunt flimmerten die Blumen, lebhaft lärmten die Vögel in den Büschen, sie sangen und zwitscherten, in der heißen, frischen Luft summten, schwirrten und zirpten die Insekten. Wie herrlich war ihnen doch zumute! Maria stimmte leise ein Lied an, sie war glücklich, und ihr Söhnchen fand das Schiffchenfahren so aufregend. Und dies bereitete Maria noch mehr Freude. Da aber kam Bewegung in den großen Baumstamm, der im seichten Wasser festgelegen hatte – sie waren noch nicht weit abgetrieben und befanden sich in Ufernähe –, Wellen brodelten auf, und der Stamm trieb bedrohlich und ungestüm auf sie zu. Das war ein Riesenkrokodil – seine hervorquellenden Augen richteten sich gierig auf sie beide. Der Junge erschrak und schrie auf, Maria erstarrte und wußte nicht, was sie unternehmen sollte. Das Krokodil schlug mit dem Schwanz und hätte das Boot beinahe umgekippt. Maria ließ das Ruder fahren und drückte ihr Kind fest an sich. »O Herr!« flehte sie. »Er ist es! Dein Sohn Jesus! Von dir erschaffen! Laß ihn nicht im Stich, Herr! Rette ihn!«

Die Frau war so sehr von der Angst gepackt, daß sie bloß die Augen zusammenkneifen und den beschwören konnte, der alles war im Weltenall, den Himmlischen Vater ihres Kindes. »Laß uns nicht im Stich, du wirst ihn noch brauchen!« schrie sie auf. Das Boot indes trieb ohne Steuer weiter und wurde von unten durch das Krokodil angestoßen. Als sich schließlich Maria traute, die Augen zu öffnen, entlud sich aus ihrer Brust ein Freudenschrei – das Boot hatte am Ufer angelegt, als sei es von jemand dorthin gelenkt worden, und das Krokodil hatte kehrtgemacht und schwamm von dannen. Außer sich sprang Maria aus dem Boot, rannte das Ufer entlang, weinend vor Erschütterung und lachend vor Glück. Sie rannte und drückte dabei den Kleinen an sich, bedeckte ihn mit Küssen und Tränen. »Jesus! Jesus! Mein herzallerliebstes Söhnchen! Dich hat der Vater erkannt! Er hat dich gerettet! Er war es, der dich rettete! Er hat dich lieb, du bist Sein heißgeliebter Sohn, Jesus! Du wirst sehr weise sein, Jesus! Du wirst ein Lehrer sein, Jesus! Und den Menschen die Augen öffnen, Jesus! Und sie werden dir nachfolgen, Jesus, und du wirst dich von den Menschen niemals lossagen, niemals, niemals!« So lachte und weinte die »gebenedeite unter den Frauen«.

So jammerte und jubelte sie vor Freude, daß der Gottessohn durch ein Wunder gerettet worden war, und sie ahnte nicht, daß dies ein Zeichen Gottes war, auf daß die Menschen erkennen sollten, wer dieser Knabe Jesus sei, Sohn des Zimmerers Josef, der nach Ägypten geflohen war, um das Neugeborene vor Herodes zu erretten. Denn kaum war Maria aus dem Boot ans Ufer gesprungen und davongerannt, war das Boot entschwunden, es trieb auf dem Fluß dahin, die Frauen aber, die ihre Wäsche am Fluß wuschen und auf ihr Schreien herbeigeeilt waren, haben später bezeugt: Während sie mit dem Kleinen im Arm daherlief, war um ihren Kopf ein goldenes Leuchten zu sehen. Und alle waren glücklich und bis zu Tränen gerührt, als sich der kleine Jesus zärtlich an die Mutter preßte, ihren Hals umschlang und im Atem der Mutter sagte: »Mama, wenn ich groß bin, will ich das Krokodil

am Schwanz packen, daß es uns nicht mehr angst macht!« Alle hatten über die Kinderworte gelacht, aber dann versuchten sie herauszufinden, wem denn das Boot gehörte. Da stellte es sich heraus, daß keiner ringsum diesen Menschen kannte, und danach sah ihn auch niemand wieder. Viele Tage lang versuchte der Zimmerer Josef, den rätselhaften Bootsmann ausfindig zu machen, um sich bei ihm zu entschuldigen und ihm den Verlust zu ersetzen, aber auch er konnte ihn nicht finden...
Gerade so hatte sich einst die Geschichte mit dem kleinen Jesus in Ägypten zugetragen, und er erinnerte sich jetzt daran auf der Arkadenterrasse, als er die Mutter für Kummer und Leid um Verzeihung bat. ›Ich verabschiede mich jetzt von dir, Mutter‹, sprach er zu ihr, ›sei nicht verletzt, wenn ich nicht mehr imstande bin, mich dir zuzuwenden in der Stunde der Hinrichtung. Ich fürchte den Tod, und meine Beine frieren, obgleich es heute schier unerträglich heiß ist. Verzeih mir, Mutter, und murre nicht in schwerer Stunde um dein Los. Fasse Mut. Ich habe aber zur Wahrheit unter den Menschenkindern – die schwerste Bürde des Schöpfers – keinen anderen Weg, nichts anderes gibt es für mich, als sie durch den eigenen Tod zu besiegeln. Zu den Menschen führt kein anderer Weg. Und ich gehe zu ihnen. Verzeih und leb wohl, Mama! Schade nur, daß ich das Krokodil nicht am Schwanz gepackt habe. Es heißt, sie leben sehr lang, diese Krokodile, zwei, drei Menschenleben. Und hätte ich es gepackt, in Frieden hätte ich es gelassen... Laß sie doch leben... Und da ist mir noch in den Sinn gekommen, Mama: Falls dieser alte Bootsmann ein Engel war, vielleicht steht mir dann ein Wiedersehen mit ihm in jener Welt bevor... Wird er sich an das Ereignis erinnern? Ich höre Schritte, mein Henker wider Willen

naht – Pontius Pilatus. Lebe wohl, Mutter, im voraus leb wohl!‹

Pontius Pilatus kehrte auf die Arkadenterrasse mit demselben kräftigen Schritt zurück, wie er gegangen war. Die Wache entfernte sich augenblicklich, und von neuem blieben die beiden ganz allein auf der Terrasse zurück. Der Prokurator musterte Jesus, der sich bei seinem Erscheinen erhob, aufmerksam und begriff: Alles lief wie gewünscht – das Opfer ging unerschütterlich auf die allerletzte Grenze zu. Trotzdem entschied er sich auch dieses Mal dafür, nicht mit aller Kraft zuzuschlagen – es kam ohnehin, wie es kommen mußte.

»Nun denn, wie ich sehe, ist das Gespräch beendet«, sagte Pontius Pilatus, ohne zu verweilen. »Du hast es dir nicht anders überlegt?«

»Nein.«

»Sinnlos! Denk noch einmal nach!«

»Nein!« schüttelte jener den Kopf. »Möge geschehen, was geschehen muß.«

»Nutzlos!« wiederholte Pontius Pilatus, wenn auch nicht völlig überzeugt. Insgeheim erbebte er aber, ihn erschütterte die Entschlossenheit des Nazareners. Und zugleich wünschte er nicht, daß der sich lossage und anfinge, Rettung zu suchen und um Gnade zu bitten.

Und Jesus hatte dies alles verstanden. »Gräm dich nicht«, lächelte er demütig. »Ich glaube, deine Worte sind offenherzig. Und ich verstehe dich. Ich würde sehr gerne leben. Erst an der Schwelle des Nichtseins begreift der Mensch, wie teuer ihm das Leben ist. Und meine Mutter tut mir leid – ich hab sie schon immer so liebgehabt, von Kindheit an, auch wenn ich das nicht gezeigt habe. Sei es wie es sei, Statthalter Roms, denk daran: Du könntest eine einzelne Seele retten, und dafür wäre dir großer Dank gewiß, doch meine Pflicht ist es, viele zu retten, sogar die nach uns auf die Welt kommen.«

»Retten? Bald wird es dich auf Erden gar nicht mehr geben.«

»Ja, auch wenn ich nicht mehr unter den Menschen bin.«

»Gib dir selbst die Schuld, wir kommen darauf nicht mehr zurück«, erklärte Pontius Pilatus entschlossen, er wollte nichts mehr riskieren. »Nur eine letzte Frage noch...« Bei seinem Sitz blieb er stehen, zog die buschigen Augenbrauen zusammen und verstummte nachdenklich. »Sag mir, bist du jetzt noch imstande, ein Gespräch zu führen?« sprach er dann auf einmal vertraulich weiter. »Falls dir nicht danach ist, bemühe dich nicht, ich will dich nicht aufhalten. Man erwartet dich am Berg.«

»Wie es dir beliebt, Herrscher, ich stehe dir zur Verfügung«, antwortete Jesus und hob seine durchsichtig blauen Augen auf den Prokurator, sie verblüfften ihn durch ihre Stärke und gedankliche Konzentration, als ob Jesus nicht das Unvermeidliche auf dem Berg bevorstünde. »Danke«, sagte Pontius Pilatus völlig unerwartet. »Gib mir Antwort auf die letzte Frage, mehr um der Neugier willen. Reden wir wie freie Menschen miteinander – ich bin in nichts abhängig von dir, und auch du stehst jetzt, du siehst es selbst so, an der Schwelle zur völligen Freiheit, seien wir also aufrichtig.« Er setzte sich. »Sag mir, hast du den Jüngern, deinen Anhängern, gesagt – du begreifst, ich glaube nicht an deine Lehre –, hast du deinen Anhängern wirklich gesagt und sie davon überzeugen können, du würdest, wenn man dich kreuzigt, am dritten Tag auferstehen und eines Tages wieder zurückkehren, um das Jüngste Gericht abzuhalten über alle, die heute leben, und auch über diejenigen, die noch auf die

Welt kommen, über alle Seelen und alle Generationen vom ersten Tag der Schöpfung an? Daß du also ein zweites Mal auf dieser Welt erscheinen würdest. Ist das so?«

Jesus lächelte merkwürdig, als spräche er zu sich selbst: Da sieh mal einer an. Und während er mit bloßen Füßen auf dem Marmor hin und her trat, schwieg er, als habe er sich gefragt, ob eine Antwort überhaupt lohne.

»Hat dir das Judas Ischariot eingeredet?« meinte er spöttisch. »Das beunruhigt dich wohl sehr, römischer Statthalter?«

»Ich weiß nicht, wer Judas ist, aber so haben es mir angesehene Leute hinterbracht – die Ältesten. Also, ist das nur Geschwätz?«

»Denk, wie du willst, Herrscher«, antwortete Jesus kalt. »Niemand zwingt dir auf, was deinem Geist fremd ist.«

»Nein, ich meine es ernst, ich lache nicht«, sagte der Prokurator schnell. »Ich denke nur, das ist die letzte Möglichkeit, mit dir zu reden. Sobald man dich von hier wegführt, gibt es kein Zurück. Aber ich möchte gerne wissen, wie man nach dem Tod wieder auf die Welt kommt, ohne geboren zu werden, und dann über alle Seelen Gericht halten kann. Und wo wird das Gericht sein – in den Himmeln etwa? Und wie lange müssen die Menschen, die dir das glauben, auf diesen Tag warten, bis ihnen die ewige Ruhe gewährt ist? Gestatte, daß ich meine Meinung sage. Deine Rechnung ist einfach, du setzt darauf, daß sich jeder in jener Welt ein bequemes Leben wünscht. Ach, der sterbliche Mensch, ewig begehrt er, nie ist er zufrieden. Es ist so einfach, ihn zu verführen – sogar im Leben nach dem Tod wird er dir noch nachrennen wie ein Hund. Doch angenommen, dem wäre so, wie du lehrst, Prophet, dein Leben ist doch schon im Schwinden, du kannst es nur noch durch ein Gespräch verlängern...«

»Ich muß es überhaupt nicht verlängern.«

»Aber du gehst doch nicht auf den Berg und hinterläßt meine Frage ohne Antwort. Ein solcher Abgang wäre ja schlimmer als der Tod.«

»Fahr fort.«

»Nun, also angenommen, deine Lehre stimmt, dann sag mir: Wann kommt der Tag deiner Wiederkehr? Und wenn der Mensch warten muß, unvorstellbar lange, was nützt es ihm dann? Was sich im eigenen Leben nicht erfüllt, ist wertlos. Und dann ist es ja auch, offen gestanden, schwer vorstellbar, man könne auf ein so unwahrscheinliches Geschehen warten. Braucht es dazu blinden Glauben? Was hat man davon? Was nützt es?«

»Deine Zweifel sind begreiflich, Regent Roms, du denkst als grober Erdenmensch, wie deine Lehrer, die Griechen. Ich wollte dich damit nicht verletzen. Vorerst stehe ich vor dir wie ein sterblicher Mensch, du streitest zu Recht. Außerdem sind wir beide verschieden wie Feuer und Wasser. Und unsere Ansichten gehen auseinander, wir beide sehen das von verschiedenen Enden. Nun aber zu deinen Fragen, Herrscher... Auf die Wiederkehr wird man unendlich lange warten müssen, das ist wahr. Da hast du recht. Wann der Tag kommt, kann niemand vorhersagen, denn dies liegt in den Plänen des Schöpfers. Was für uns tausend Jahre währet, mag für ihn ein Augenblick sein. Aber darum geht es nicht. Der Schöpfer hat uns mit dem höchsten Gut dieser Welt ausgestattet – mit Vernunft. Er hat uns den Willen gegeben und die Kraft des Verstehens. Wie wir mit dieser Gabe des Himmels schalten und walten, wird auch die Geschichte der Menschengeschichte bestimmen: Du kannst es nicht leugnen, der Sinn der menschlichen Existenz liegt in der Selbstvervollkommnung seines Geistes, in der Welt besteht kein höheres Ziel. Von Tag zu Tag auf den unendlichen Stufen zur leuchtenden Vollkommenheit des Geistes emporzusteigen, dies macht das Leben reich an Schönheit und Sinn. Am allerschwersten für den Menschen ist es, tagaus, tagein Mensch zu sein. Und darum muß er auf jenen Tag so lange warten, an den du nicht glaubst, Herrscher, denn es liegt an ihm selbst.«

Erregt sprang Pontius Pilatus auf und griff nach der Sessellehne. »Halt ein, warte, es soll tatsächlich von den Menschen abhängen! Ich glaube nicht an deine Lehre und kann sie nicht erfassen. Falls es an den Menschen liegt, ob diese Sache näher kommt oder in die Ferne rückt, werden sie dann nicht wie Götter?«

»Du hast nicht ganz unrecht, Herrscher Roms, doch zuvor möchte ich das Gerücht von der Wahrheit trennen. Gerüchte über die Wahrheit sind ein großes Unglück. Gerüchte verwandeln die tiefen Gewässer in schlammige Pfützen. Im Leben ist es immer so – jede große Idee, die den Menschen zum Segen war und in Erleuchtungen und Leiden erlangt worden ist, verzerren die von Mund zu Mund gehenden Gerüchte zum Bösen, für sie selber wie für die Wahrheit. Darüber führe ich meine Rede, Statthalter, die Märchen, an die du glaubst, sind Gerüchte, die Wahrheit liegt in etwas anderem.«

»Willst du jene Wahrheit nicht offenbaren?«

»Ich versuche es. Ich will dem Gespräch nicht ausweichen. Außerdem spreche ich darüber zum letzten Mal. So wisse also, Regent Roms, Gottes Plan liegt nicht darin, daß, wie der Blitz aus heiterem Himmel, einmal der Tag anbrechen wird, da Gottes Sohn, der Auferstandene, von den Himmeln herabsteigt, um über die Völker Gericht zu halten, sondern es wird alles umgekehrt sein, wenngleich das Ziel dasselbe ist. Nicht ich, dessen Lebensweg noch von hier durch die Stadt bis zur Schädelstätte reicht, werde nach der Auferstehung wiederkommen, sondern ihr Menschen seid es, die in Christo wiederkehren werdet – in höchster Gerechtigkeit, ihr werdet zu mir kommen in den unerkennbaren Generationen, die da folgen werden. Und dies wird meine Wiederkunft sein. Anders gesprochen, in den Menschen kehre ich wieder durch meine Leiden, in den Menschen komme ich zu den Menschen zurück. Darum geht es. Ich bin ihre Zukunft, tausend Menschenjahre nach mir, dies ist der Plan des Allmächtigen, so soll der Mensch auf den Thron seiner Bestimmung geführt werden – zum Guten und zur Schönheit. Darin liegt der Sinn meines Predigens, darin ist die Wahrheit, aber nicht in diesen umherschwirrenden Gerüchten und Märchen, welche die hohen Gedanken seicht machen. Doch fürs Menschengeschlecht ist dieser Weg der allerschwerste und unendlich längste unter allen Wegen, und mit diesem Einwand, Statthalter Roms, hast du recht. Dieser Weg beginnt mit dem Schicksalstag, der Tötung des Gottessohnes, und Generationen werden darob in ewiger Reue leben und ein jedes Mal von neuem erbeben angesichts des Opfers, das ich heute beweinen will zur Erlösung der Menschen von der Sündhaftigkeit, auf daß in ihnen die göttlichen Ursprünge erleuchtet und erweckt werden. Den Menschen als ewiges Beispiel zu dienen, bin ich in diese Welt hineingeboren. Damit die Menschen auf meinen Namen Hoffnung setzen und zu mir kommen durch das Leid, durch den tagtäglichen Kampf mit dem Bösen in sich, durch die Abscheu gegen Laster, Gewalt und Blutrünstigkeit, welche die Seelen so verhängnisvoll niederdrücken, wenn sie nicht in Liebe zu

Gott erfüllt sind und folglich auch nicht zu ihren Ebenbildern, zu den Menschen!«

»Halt ein, Jesus von Nazareth, du setzt Gott und die Menschen gleich?«

»In gewissem Sinn ja, und zudem sind alle Menschen zusammengenommen Gottes Ebenbild auf Erden. Und der Name ist der Gott jener Hypostase – der Gott-Morgen, der Gott der Unendlichkeit, die der Welt von seiner Schöpfung geschenkt worden ist. Du hast dich wahrscheinlich, Regent Roms, wiederholt dabei ertappt, daß deine Wünsche immerfort dem morgigen Tag zugewandt sind. Heute mag das Leben sein, wie es eben ist, aber morgen willst du es unbedingt anders haben, und selbst wenn es dir heute gutgeht, willst du es morgen besser haben. So lebt in uns die Hoffnung unauslöschlich wie das Licht Gottes. Gott-Morgen ist auch der umfassende Geist der Unendlichkeit, in ihm sind das ganze Wesen, alle Taten und alles Streben des Menschen aufgehoben; und ob dieser Gott-Morgen schön oder häßlich, gutherzig oder strafend ist – das hängt vom Menschen selbst ab. Solches Denken geziemt sich und ist geboten, Gott der Schöpfer selbst wünscht sich das von den denkenden Wesen, darum soll sich der Mensch selber um die Zukunft auf Erden kümmern, denn ein jeder ist ein Teilchen von Gott-Morgen. Der Mensch selbst ist Richter und Schöpfer eines jeglichen seiner Tage...«

»Was soll dann das Jüngste Gericht, das du so furchterregend verkündest?«

»Das Jüngste Gericht ... Ist dir denn nicht bewußt, Regent Roms, daß es schon an uns vollstreckt wird?«

»Du willst doch nicht sagen, unser ganzes Leben sei das Jüngste Gericht?«

»Du bist nicht weit von der Wahrheit entfernt, Regent

Roms, der Weg hat in den Nöten und Qualen seit Adams Verdammnis begonnen, mit den Missetaten, die von Zeitalter zu Zeitalter die einen Menschen an den andern verüben, die dann ihrerseits das Böse mit Bösem weitergebären und die Unwahrheit mit der Unwahrheit – das hat wohl für jeden eine Bedeutung, der auf dieser Welt gewesen ist und sein wird. Welch ein Abgrund an Bösem hat sich aufgetan, seit die Ahnen der Menschen aus Eden verjagt worden sind, wieviel Krieg, Grausamkeit und Morden, wieviel Verfolgung, Ungerechtigkeit und Verletzung haben die Menschen erlitten? Und all die schrecklichen irdischen Vergehen am Guten und Natürlichen, die seit dem Tag der Weltenschöpfung begangen wurden – ist denn all das keine Strafe des Jüngsten Gerichts? Wo liegt der Sinn der Geschichte? Die Vernunftwesen emporzuführen an göttliche Liebe und Mitleid? Wieviel schreckliche Prüfungen hat es in der Menschengeschichte gegeben, und ein Ende der Übel ist nicht abzusehen, sie brodeln auf wie die Wellen im Ozean. Ist das Leben in solcher Hölle nicht schlimmer als das Jüngste Gericht?«

»Und du, Jesus von Nazareth, du willst also der Geschichte des Bösen Einhalt gebieten.«

»Niemand gebietet der Geschichte Einhalt, ich möchte das Böse in den Taten und dem Trachten der Menschen ausmerzen – das ist es, was meinen Kummer ausmacht.«

»Dann gibt es auch keine Geschichte.«

»Welche Geschichte? Meinst du die, Statthalter Roms, um die du dich kümmerst? Es wäre besser, du könntest sie vergessen, denn gäbe es sie nicht, befänden wir uns weitaus näher bei Gott. Ich verstehe dich, Statthalter. Doch die echte Geschichte, in der die Menschlichkeit aufblüht, hat auf Erden noch nicht begonnen.«

»Moment mal, Jesus von Nazareth, lassen wir mich

einstweilen aus dem Spiel. Aber wie willst du, Jesus, die Menschen und die Völker diesem Ziel näherbringen.«

»Durch die Verkündigung des Reiches der Gerechtigkeit, ohne die Macht der Kaiser, nur so!«

»Ob das wohl genügt...«

»Ja, wenn das alle wünschten...«

»Interessant. Nun denn, ich habe dir aufmerksam zugehört, Jesus von Nazareth. Dein Blick schweift weit in die Zukunft, aber mir scheint, du überschätzt dich etwas; du baust mir zu sehr auf den menschlichen Glauben und vergißt darüber das ordinäre Wesen des Pöbels auf der Straße. Du wirst es sehr bald selbst merken, jenseits der Stadtmauer, du wirst die Geschichte kaum umkehren, diesen Strom kann niemand lenken. Ich frage mich nur: Wozu entfachst du das Feuer, in dem du als erster verbrennst? Ohne Kaiser kann die Welt nicht leben, zur Macht der einen gehört immer die Unterwerfung der anderen, und du mühst dich vergebens ab, eine andere, von dir ausgedachte Ordnung als neue Geschichte aufzuzwingen. Die Kaiser haben ihre eigenen Götter, sie verehren nicht deinen abstrakten Gott-Morgen, der irgendwo in der unendlichen Zukunft verschwimmt und der allen wie die Luft gleichermaßen gehört, denn all das, was man zu gleichen Teilen geben kann, das ist nichtig, minderwertig oder schal, darum ist den Kaisern aufgetragen, in ihrem Namen über einen jeden und alle zu herrschen. Und unter allen Kaisern, die in der Welt herrschen, haben die Götter den ruhmreichen Tiberius auserwählt – seine Macht, das Römische Imperium, hat sich über die halbe Welt ausgebreitet. Und deshalb übe ich unter der Obhut des Tiberius die Macht über Judäa aus, und darin sehe ich den Sinn meines Lebens, und ich habe ein ruhiges Gewissen. Es gibt keine höhere Ehre, als dem unbesiegbaren Rom zu dienen!«

»Du bist keine Ausnahme, Statthalter Roms, fast ein jeder verlangt leidenschaftlich danach, über wenigstens einen einzigen seiner Brüder zu herrschen. Darin liegt das Unheil. Du sagst es, so ist die Welt nun eingerichtet. Für das Laster gibt es immer tausend Gründe. Nur wenige aber denken darüber nach, worauf der Fluch des Menschengeschlechts beruht, daß nämlich alle vom Übel der Herrschsucht angesteckt sind, von den Vorstehern der Kehrfeger auf den Basaren bis zu den furchterregenden Imperatoren, und daß dieser Fluch das schlimmste aller Übel ist und daß das Menschengeschlecht dafür einmal die volle Rechnung wird begleichen müssen. Ganze Völker werden im Kampf um die Vorherrschaft, um Länder untergehen, sie werden sich gegenseitig bis auf die Fundamente und die letzten Wurzeln vernichten.«

Pontius Pilatus riß ungeduldig die Hand hoch und fiel ihm ins Wort. »Hör auf, ich bin nicht dein Jünger, der dir andächtig lauscht! Hör damit auf! Mit Worten läßt sich alles niederreißen. Genug der Prophezeiungen, Jesus von Nazareth, deine Anstrengungen sind vergeblich. Die Welt wird geführt von den Mächtigen, anders kann es nicht sein. So funktioniert die Welt, und so wird es bleiben. Der Stärkere hat die Macht, und immer und ewig werden die Starken die Welt beherrschen. Und diese Ordnung ist unwandelbar wie die Sterne am Himmel. Sie wird niemand versetzen. Vergebens ist deine Sorge um das Menschengeschlecht, vergeblich das Opfer deines Lebens. Den Menschen ist nichts beizubringen, weder mit Predigten in Tempeln noch mit Stimmen vom Himmel! Sie werden immer den Kaisern folgen, wie die Herde dem Hirten, und sie werden vor der Stärke und dem Wohlstand in die Knie gehen und den verehren, der sich als der schonungsloseste und mächtigste von allen erweist, und sie werden die Heerführer und ihre Schlachten rühmen, wo in Strömen das Blut fließt, damit der eine herrschen kann und der andere unterworfen und erniedrigt ist. Darin beruht ja auch das Heldentum des Geistes, den eine Generation nach der anderen besingt und weitervererbt, zu dessen Ehren werden die Banner getragen, und die Trompeten erschallen, das Blut wallt in den Adern, und der Schwur wird geschworen, den Fremden keinen Fußbreit abzutreten; und im Namen des Volkes wird feierlich verkündet, wie nötig der Krieg ist, man wird zum Haß auf die Feinde des Vaterlandes erziehen: Möge der eigene Zar hochleben, der andere aber zerschmettert und auf die Knie gezwungen werden, man will ihn samt seinem Volk versklaven und das Land wegnehmen – darin liegt doch der ganze Reiz des Lebens, der ganze Sinn des Daseins seit undenklichen Zeiten, und du, Nazarener, willst all das verdammen und verfluchen, du rühmst die Armen und Schwachen, du willst Wohltat überall und vergißt dabei: Der Mensch ist ein Raubtier, er braucht den Krieg zum Leben wie der Leib das Salz. Denk nach, worin deine Fehler und Irrtümer liegen, wenigstens zu dieser Stunde, bevor sie dich auf die Schädelstätte hinaus eskortieren. Aber zum Abschied sage ich dir: Du siehst die Wurzel des Bösen in der großen Machtgier der Menschen, in der Unterwerfung der Länder und Menschen durch Gewalt, damit vertiefst du aber nur deine Schuld, denn wer gegen die Gewalt ist, steht gegen die Starken. Dir geht es um das Römische Imperium, du willst dein Reich der Gerechtigkeit verkünden, um dich der wachsenden Macht Roms in den Weg zu stellen, seiner Herrschaft über den gesamten Weltkreis, schon allein dafür hast du drei Mal die Hinrichtung verdient!«

»Warum so großmütig, guter Regent, einmal hingerichtet genügt doch. Aber laß uns das Gespräch fortsetzen, obschon ich auch begreife, wie sich jetzt die Henker, die mich auf der Schädelstätte erwarten, in der brütenden Sonnenglut quälen; aber nun zu einem letzten Wunsch vor dem Tod. Du bist davon überzeugt, es sei auch Stärke, was du für Macht hältst. Es gibt aber eine Stärke anderer Art – die Kraft des Guten; sie zu erfassen ist wohl schwerer und schwieriger, doch für die Tugend braucht es nicht weniger Mut als für den Krieg. Hör mich an, Statthalter Roms, es hat sich so ergeben, daß du der letzte Mensch bist, mit dem ich vor dem Gang auf die Schädelstätte spreche. Und ich habe den Wunsch, mich dir zu offenbaren; aber denke nicht, ich flehe um Gnade.«

»Das wäre allerdings lächerlich.«

»Darum sage ich es auch, damit du, Statthalter Roms, in dieser Hinsicht beruhigt bist. Du allein wirst es erfahren. Mein Geist quälte sich vergangene Nacht ab, grundlos, wie mir zunächst schien. Nein, schwül war es nicht in Gethsemane, über die Vorstadthänge strich ein leichter Wind. Aber ich habe keinen inneren Halt gefunden, Sehnsucht, Angst und Schwermut haben mich bedrängt, und aus meinem Herzen entwanden sich schwere Laute in den Himmel. Meine Anhänger und Jünger versuchten, mit mir zu wachen, dennoch wurde mir nicht leichter. Und ich wußte, die vorbestimmte Stunde naht, der Tod wird unabwendbar über mich kommen. Schrecken erfaßte mich ... Denn der Tod ist für jeden Menschen das Ende der Welt!«

»Wieso denn das?« Pontius Pilatus betrachtete, nicht ohne Schadenfreude, den Verurteilten. »Wie steht's denn, Nazarener, mit dem Leben im Jenseits? Du warst es doch, der behauptete, das Leben höre mit dem Tod nicht auf.«

»Wiederum urteilst du nach Gerüchten, Regent! In

jener anderen Welt gleitet der Geist lautlos und unfaßlich, wie der spiegelnde Schatten im Wasser, aber für den Leib führt dorthin kein Weg. Dies ist eine völlig andere Sphäre, die nicht der Erkenntnis unterliegt. Und für den Strom der Zeit paßt dort kein irdisches Maß. Mir geht es um das unermeßliche Leben, um das Leben auf Erden. Mich packte das seltsame Vorgefühl völliger Verlassenheit in der Welt, und ich schleppte mich in der Nacht durch Gethsemane wie das Gespenst, das keine Ruhe findet, als sei ich das letzte und einzige denkende Wesen, das im ganzen Weltenall übriggeblieben ist, als flöge ich über die Erde, sähe keinen einzigen Menschen, nicht bei Tag und nicht bei Nacht, alles war tot, alles war durch und durch mit der schwarzen Asche von Feuern, die sich ausgetobt hatten, bedeckt, nirgendwo mehr Felder und Wälder und keine Schiffe in den Meeren, da war nur noch der seltsame, unendliche, kaum hörbare Ton, den es von fern herantrug, wie ein trauriges Stöhnen im Wind, ein Schluchzen der Erze aus den Tiefen der Erde, wie eine Totenglocke, und ich flog dahin, ein vereinsamtes Flaumfederchen in den Lüften, geschüttelt von Angst und schlimmer Ahnung, und dachte: Das ist das Ende der Welt. Und unerträgliche Wehmut verzehrte meine Seele: Wohin sind die Menschen geraten, wo soll ich jetzt mein Haupt hinlegen? Und so fing ich an zu hadern: Sieh, Herr, das ist der schicksalhafte Exodus, den alle Generationen erwartet haben, das ist die Apokalypse, die Vollendung der Geschichte der vernunftbegabten Wesen; wie hat nur solches geschehen und alles verschwinden können, sich selbst bis zur Wurzel und die Nachkommenschaft in sich auszurotten ... Bei dieser furchtbaren Vision war ich entsetzt: Das ist die Strafe dafür, daß du die Menschen geliebt und dich ihnen geopfert hast. Hat sich die grausame Menschenwelt in ihrem Ingrimm wirklich selbst umgebracht, wie der Skorpion, der sich mit dem eigenen Gift abtötet? Hat etwa die Feindschaft des Menschen zum Menschen zu diesem wüsten Ende geführt, die Unversöhnlichkeit der Imperien, die Unvereinbarkeit der Ideen, Hochmut und Machtgier, grenzenlose herrschsüchtige Kaiser und die ihnen in blindem Gehorsam und heuchlerischer Lobhudelei ergebenen Völker, die sich bis an die Zähne bewaffnet und mit Siegen in unzähligen Bruderkriegen geprahlt hatten? So also ist der Aufenthalt der Menschen auf dieser Erde zu seinem Ende gekommen, und sie haben das Gottesgeschenk des Bewußtseins mit sich ins Nichts genommen. O Herr, haderte ich vor mich hin, wozu hast Du sie mit Verstand und Wort und freien Schöpferhänden beschenkt, wo sie doch nur sich selbst mordeten und die Erde in eine Grabstätte verwandelten! So weinte und stöhnte ich in einer lautlosen Welt und verfluchte mein Los und sprach zu Gott: Wozu Du Deine Hand nicht erhoben hättest, hat der Mensch verbrecherisch vollbracht... So wisse also, Regent Roms, das Ende der Welt bringe nicht ich, auch kommt es nicht von Naturkatastrophen, sondern von der Feindschaft und dem Haß der Menschen. Von jener Feindschaft und den Siegen, die du so rühmst in deinem Machtrausch...«

Jesus schöpfte Atem und fuhr fort: »Solch eine Vision hatte ich letzte Nacht, und ich dachte lange darüber nach, ich konnte nicht schlafen und blieb wach im Gebet; gestärkt im Geist, wollte ich dann meinen Jüngern mitteilen, welche Vision mir der Vater herabgeschickt hat, aber da war in Gethsemane eine große Menge erschienen, und Judas befand sich unter ihnen. Judas umarmte mich hastig und küßte mich mit kalten Lippen: ›Freue dich, Meister‹, sprach er zu mir, den Ankömmlingen hatte er indes zuvor gesagt: ›Den ich küsse, Der ist es, ergreift Ihn.‹ Und sie packten mich. Wie du siehst, stehe ich jetzt vor dir, Statthalter Roms. Ich weiß, mir steht sogleich der Gang auf die Schädelstätte bevor. Dennoch warst du gnädig zu mir, Regent, und ich bin zufrieden, daß ich vor dem Tod berichten konnte, was ich gestern in Gethsemane erlitt.«

»Und du bist davon überzeugt, daß ich das alles glaube?«

»Das ist deine Sache, Statthalter, glauben oder nicht glauben. Wahrscheinlich glaubst du mir nicht, sind wir doch beide zwei verschiedene Elemente. Aber du hast mich angehört. Du kannst dir also nicht sagen, du hättest nichts. gehört, und du kannst dir auch nicht verbieten, darüber nachzudenken. Und ich werde mir sagen können, nichts davon habe ich ins Grab mitgenommen, was sich mir gestern in Gethsemane offenbarte. Mein Gewissen ist nun ruhig.«

»Sag an, Nazarener, hast du das nicht übrigens auf den Märkten prophezeit?«

»Nein, Herrscher, warum fragst du so?«

»Mir ist nicht klar, ob du spielst oder tatsächlich frei von Angst bist und die qualvollste Hinrichtung nicht fürchtest. Was macht es denn aus, wenn du nicht mehr sein wirst, ob du noch etwas aussprechen konntest oder nicht, wer dich anhörte und wer nicht? Wem soll es noch nützen? Ist das nicht alles nichtig und ein reiner Jahrmarkt der Eitelkeiten?«

»Sag das nicht, Herrscher, dies ist kein eitler Tand! Die Gedanken vor dem Tod steigen unmittelbar zu Gott empor, für Gott ist wichtig, was der Mensch vor dem Tod denkt, und danach beurteilt Gott die Menschen, die er einst als die Krone der Schöpfung unter allem Lebenden erschaffen hat, denn die letzten der allerletzten Gedanken sind immer rein und aufrichtig, in ihnen lebt nur die Wahrheit und keine Hinterlist. Nein, Herrscher, verzeih, doch denke nicht, daß ich spiele. In der Kindheit habe ich mit Spielzeug gespielt, dann nie mehr. Und daß ich die Qualen fürchte, verberge ich nicht. Ich fürchte mich, ich fürchte mich sehr! Und meinen Herrn, den allergütigsten Vater, flehe ich an, er möge mir genug Kräfte geben, auf daß ich das mir bestimmte Los würdig trage, mich nicht durch viehisches Geheul erniedrige oder auf andere Weise beschäme ... So bin ich bereit, Statthalter Roms, halte mich nicht länger auf, es ist vergeblich. Meine Zeit ist gekommen...«

»Ja, du begibst dich jetzt zur Schädelstätte. Wie alt bist du denn, Jesus von Nazareth?«

»Dreiunddreißig Jahre, Herrscher.«

»Wie jung du bist! Zwanzig Jahre jünger als ich.« Pontius Pilatus schüttelte den Kopf, und nach kurzem Nachdenken sagte er: »Ich höre, du bist unverheiratet, du hast demnach keine Kinder, wirst keine Waisen hinterlassen, so wollen wir es auch registrieren.« Und er verstummte, eigentlich hatte er noch etwas fragen wollen, doch er überlegte es sich anders und schwieg. Und tat gut daran zu schweigen. Er hätte fast Verwirrung angestiftet. »Hast du eine Frau gehabt?«, dies hatte er fragen wollen. Und er war selbst verlegen: Warum diese Weiberneugier – daß sich ein Mann von Ansehen nach solchen Angelegenheiten erkundigt...

In diesem Moment hatte er auf Jesus von Nazareth geblickt und aus dessen Augen gelesen, daß dieser die Frage erraten hatte, wahrscheinlich hätte er nicht geantwortet. Die durchsichtig blauen Augen von Jesus wurden dunkel, und er verschloß sich. ›Sieht so sanft aus, aber welch eine Kraft ist in ihm!‹ verwunderte sich Pontius

Pilatus und tastete nach seiner vom Fuß gerutschten Sandale.

»Nun gut«, wandte er die Frage in eine andere Richtung, als wollte er für die nicht zustande gekommene Unterhaltung über die Frau einen Ersatz finden. »Man erzählt, du seist sozusagen ein untergeschobenes Kind, ist dem so?«

Jesus lächelte aufrichtig und großmütig, dabei entblößte er weiße, gleichmäßige Zähne: »Man kann es auch so sagen.«

»Ist es nun so oder nicht?«

»Gewiß, gewiß, guter Herrscher«, bekräftigte Jesus im Gefühl, Pontius Pilatus finge an sich zu ärgern, denn auch diese Frage stand der Person des Prokurators nicht sehr an. »Ich wurde von meinem Himmlischen Vater ›ausgesetzt‹, durch den Heiligen Geist.«

»Gut, daß du niemand mehr verwirren kannst«, sprach der Prokurator müde und schleppend durch die Zähne. »Und trotzdem, wer ist die Mutter, die dich geboren hat?«

»Sie lebt in Galiläa, heißt Maria. Ich spüre, sie wird noch zur rechten Zeit eintreffen. Die ganze Nacht war sie unterwegs. Das weiß ich.«

»Ich denke nicht, daß das Ende ihres Sohnes sie erfreuen wird«, sprach Pontius Pilatus finster und machte Anstalten, das in die Länge gezogene Gespräch mit diesem Narren aus Nazareth abzuschließen.

Und der Prokurator richtete sich unter den Rundbögen der Arkadenterrasse in aller Höhe auf, majestätisch und großköpfig, mit gewichtiger Miene und hartem Blick, in blütenweißer Toga.

»Machen wir es der Ordnung halber kurz und klar«, verfügte er und hob an aufzuzählen. »Der Vater, wie hieß er schon? – Josef. Die Mutter – Maria. Selber stammst du aus Nazareth. Dreiunddreißig Jahre. Ledig. Kinderlos. Stachelte das Volk zum Aufruhr an. Drohte damit, den großen Tempel von Jerusalem zu zerstören und binnen drei Tagen einen neuen aufzurichten. Gab sich als Prophet aus, als König der Juden. Da hast du die Kurzfassung deiner ganzen Geschichte.«

»Sprechen wir nicht über meine Geschichte, ich aber sage dir: Du wirst in die Geschichte eingehen, Pontius Pilatus«, sprach Jesus von Nazareth leise und blickte dem Prokurator unverwandt und ernst ins Gesicht. »Auf immer und ewig.«

Pontius Pilatus winkte ab. Aber ihm schmeichelte diese Aussage, doch auf einmal veränderte er den Ton und wurde feierlich: »In der Geschichte wird der ruhmreiche Imperator Tiberius bleiben. Glorreich wird sein Name sein. Und wir sind bloß seine getreuen Mitstreiter, nicht mehr als das.«

»Und dennoch wirst du, Pontius Pilatus, in die Geschichte eingehen«, wiederholte der hartnäckig, der sich nun auf die Schädelstätte, jenseits der Mauern von Jerusalem, begab.

Seit dem Morgen war der Vogel, Milan oder Adler, über dem Palast von Herodes gekreist, als warte er auf jemand, nun verließ er seinen Platz und flog langsam in die Richtung, wohin sie den Eingekreisten, von zahlreicher Eskorte Geführten trieben, gefesselt wie einen gefährlichen Verbrecher –, mit ihm hatte der Prokurator von ganz Judäa, Pontius Pilatus, persönlich so lange geredet.

Der Prokurator verharrte auf der Arkadenterrasse, erstaunt und entsetzt verfolgte er den seltsamen Vogel, und der flog über dem dahin, den sie auf die Schädelstätte führten...

»Was soll das bedeuten?« flüsterte der Prokurator verständnislos und beunruhigt vor sich hin...

3

Der Sommerregen in der Steppe bereitete sich über lange Zeit vor, noch am Abend hatte er sich am dunklen Horizont gesammelt, in stummen Blitzsäulen und dahintreibenden Wolken vollgesaugt, um dann erst in tiefer Nacht einzusetzen. Seine schweren Tropfen trommelten kräftig auf die trockene Erde und ergossen sich darauf in Strömen, Awdij Kallistratow verspürte sie, als er zu Bewußtsein kam, sie waren das erste Lebensgeschenk.

Awdij lag noch im Wassergraben neben der Bahnstrecke – dort, wohin er gerollt war, als sie ihn aus dem Zug geworfen hatten. Als erstes dachte er: ›Wo bin ich? Es regnet ja.‹ Er stöhnte und wollte seine Lage verändern, doch vor wahnsinnigen Schmerzen in der Seite und bleierner Schwere im Kopf fiel er erneut in Ohnmacht und kam erst nach einiger Zeit wieder zu sich. Der rettende Regen brachte ihn zum Leben zurück. Es regnete reichlich und stark, das Wasser floß die Böschung hinunter und sammelte sich im Graben, wo Awdij lag. Es drang zu dem Menschen vor, blähte sich auf in Blasen, schwoll immer mehr an, bis zu Awdijs Kehle hoch, und dies zwang ihn dazu, sich zu überwinden und zu versuchen, aus dieser gefährlichen Stelle herauszukriechen. Die ersten Minuten, da der Körper sich wieder an Bewegung gewöhnen mußte, waren besonders qualvoll. Awdij konnte es kaum fassen, daß er am Leben geblieben war, hatten sie ihn im Waggon doch so brutal zusammengeschlagen und bei einer so ungeheuerlichen Geschwindigkeit aus dem Zug gestoßen. Aber das waren jetzt Bagatellen – er lebte, allem zum Trotz lebte er! Lebt und kann sich bewegen, zumindest kriechen, er hört und sieht den rettenden Regen, diesen herrlichen Regen, den es wie aus Kübeln schüttet und der seinen zerschlagenen Körper umspült, der Hände, Beine und den dröhnenden heißen Schädel kühlt, und er wird kriechen, solange die Kräfte ausreichen, denn bald wird es dämmern, und der Morgen bricht an, das Leben beginnt von neuem ... Und dann wird er nachdenken, was er tun soll, er muß nur irgendwie auf die Beine kommen...

Währenddessen waren nacheinander, Regen und Dunkelheit durchschneidend, einige Nachtzüge vorübergejagt ... Und auch dies machte ihn glücklich, alles, was vom Leben kündete, bereitete ihm Freude wie nie zuvor.

Awdij wollte sich gar nicht erst vor dem Regen in Schutz bringen, selbst wenn er es vermocht hätte, denn er hatte begriffen, daß er diesen Lebensspender brauchte. Wenn nur Hände und Beine ganz waren, die Schrammen und Quetschungen und sogar den brennenden Schmerz in der rechten Seite war er bereit demütig auszuhalten ... Trotzdem war es ihm gelungen, herauszukriechen und auf ein rettendes Hügelchen zu robben, und nun lag er im Regen, sammelte Kräfte, um weiterzuleben...

So war er wieder aus dem Nichts aufgetaucht und neu erstanden, er sammelte alle Kräfte seines Lebens und wunderte sich darüber, was für eine erstaunliche Klarheit und Plastizität des Denkens in ihm aufblitzte...

Und er sprach zu dem, den sie von Pontius Pilatus auf die Schädelstätte abführten: ›Meister, hier bin ich! Was soll ich tun, um Dir aus der Not zu helfen, was soll ich tun, Herr? Wie soll ich Dich retten? O wie schrecklich fühle ich Dein Schicksal, da ich aufs neue zum Leben auferstanden bin.‹

Jeder phantasiebegabte Mensch hat stärker oder schwächer die Fähigkeit, gleichzeitig in seinen Gedanken in verschiedenen Verkörperungen zu leben, die bisweilen Jahrhunderte und Jahrtausende auseinanderliegen. Doch wenn die Geschehnisse des Vergangenen so nah sind wie die unmittelbare Wirklichkeit, wer das Gewesene wie das eigen Fleisch und Blut erlebt, wie sein eigenes Schicksal, der ist Märtyrer und tragische Persönlichkeit; denn wer die Zukunft und das Ende eines Geschehens und dessen Folgen vorausahnt, der kann bloß erleiden und ist außerstande, auf den Gang der Ereignisse einzuwirken, der opfert sich für den Triumph der Gerechtigkeit, der niemals eintreten wird. Und auch das heiße Verlangen, die Wahrheit des Vergangenen zu bekräftigen, ist heilig. Eben so und nicht anders werden Ideen geboren, auf die Weise wachsen die neuen Generationen mit den vorangegangenen geistig zusammen, darauf gründet die Welt, ihre Lebenserfahrung wächst und mehrt sich – Gut und Böse werden von Generation zu Generation weitergereicht in ununterbrochener Erinnerung, endlos durch Zeit und Raum der Menschenwelt...

Und darum gilt das Wort: Die Gestrigen können nicht wissen, was heute geschieht, aber die Heutigen wissen, was gestern geschah, und morgen werden die Heutigen die Gestrigen sein...

Und es gilt auch das Wort: Die Heutigen leben im Gestern, wenn aber die Morgigen das Heute vergessen, kommt Unheil für alle...

Awdij war sehr erregt und verzagt, als der Tag vor dem ersten Ostertag anbrach, und am schwülen Vorabend des Festtages versuchte er, in der Unterstadt das Haus aufzufinden, wo tags zuvor das geheime Abendmahl mit den Jüngern stattgefunden hatte, wo Er das Brot brach und sprach: Dies ist Sein Körper; wo Er den Wein ausschenkte und sprach: Dies ist Sein Blut; denn schon damals hätte man die drohende Gefahr – den Verrat des Judas Ischariot – erahnen, rechtzeitig und unverzüglich aufbrechen und diese schreckliche Stadt verlassen können. Auf der Suche nach diesem Haus lief er bis in die Nacht in den verwinkelten und verwirrenden Gäßchen hin und her, blickte dabei in die Gesichter der Vorübergehenden und Vorüberfahrenden, als suche er hier Bekannte. Städter eilten zu ihren Familientafeln, andere wollten noch vor Ladenschluß einen Blick in die Geschäfte werfen, aber er entdeckte niemand, der ihm vertraut schien. Viele Passanten hätten ohnehin nicht gewußt, wer Jesus Christus ist. In der Stadt gab es wenig Landstreicher. Ein barmherziger Stadtbewohner lud ihn zu sich zum Osterfest. Doch Awdij lehnte dankend ab. Er hoffte noch, den Meister zu warnen. Die Unruhe, die Lichter in den Fenstern und die starken Gerüche in der Luft, die von den Kochherden strömten, die Schwüle, die von den zur Abkühlung reichlich gesprengten Straßen und Höfen dampfte, all das quälte ihn, bereitete ihm Kopfschmerzen. Er hastete aus der Stadt nach Gethsemane, in der Hoffnung, er würde dort den Meister mit den Jüngern beim Gebet und Gespräch antreffen. Doch vergebens! Der Garten war menschenleer, und unter dem großen Gummibaum, wo der Soldatentrupp den Meister festgenommen hatte, war auch niemand mehr. Die Jünger waren auf und davon, wie es der Meister selbst vorhergesagt hatte...

Der Mond schwamm über dem fernen Meer und dem Festland, Mitternacht war längst vorüber, der verhängnisvolle Tag rückte näher, von dessen Folgen man sich in Jahrhunderten nicht befreien wird, der noch lange die Geschichte der Menschheit prägen wird. Aber in Gethsemane und den anrainenden Hügeln, die von Gärten und Weinbergen zugewachsen sind, ist es zur Stunde still, nur die Nachtvögel singen in den Büschen, die Frösche quaken sich zu, es rauscht der hellwache Zedron, er kullert und ergießt sich im Mondschein über die steinigen, uralten Rinnsale von den Zedernbergen, zerteilt sich in Bäche und vereinigt sich aufs neue in einem Strom. Alles geht seinen gewohnten Gang wie seit Urzeiten – still und geruhsam ist diese Erdennacht, und nur er, Awdij, wollte sich nicht damit abfinden, daß sich alles vollende, wie es sich zu vollenden hat, nichts vermochte er aufzuhalten und abzuwenden, obgleich er im voraus wußte, wie alles enden wird. Vergebens weinte er und flehte Gott-Morgen an. Und noch eintausendneunhundertfünfzig Jahre danach konnte er sich mit dem Geschehen nicht abfinden, auf der Suche nach sich selbst versetzte er sich in die Vergangenheit und kehrte an den Ursprung zurück, von dem der Faden, über alle Kreisläufe der Zeit hinweg, auch zu seinem Schicksal verläuft. Er suchte Antwort und wandte sich dabei um ein Jahrtausend zurück, nur so konnte er wieder in seine Wirklichkeit zurückfinden, wo ihm der Steppenregen auf Kopf und Schultern fiel; dort fand er seine Befreiung, hier stellte er sich nüchtern den Tatsachen.

Und in seinem reinen Eifer nahm er sich etwas Freiheit gegenüber der Geschichte heraus – die Vorstellung des Jüngsten Gerichts, die sich weitaus später herausgebildet hatte, legte er in den Mund von Menschen, die davon nichts wissen konnten, denn Awdij war darauf versessen, daß Er Pontius Pilatus persönlich darüber berichtet hatte, wo ja der Schatten des Pilatus, des allmächtigen Reichsstatthalters, bis auf diesen Tag nicht verschwunden ist. (Es gibt ja bis heute genug Möchtegern-Pilati!) Und in dieser Vorwegnahme der Geschehnisse folgte Awdij Kallistratow ja nur einem Urgesetz dieser Welt: Auch was sich erst viel später offenbart, war schon immer wirksam. So auch die Idee des Jüngsten Gerichts – schon seit langem hatte der Gedanke einer nahenden Vergeltung für alle Ungerechtigkeit auf Erden die Menschen bedrückt.

Aber wer war dieser Jesus, von dem wie vom Nullpunkt aus die Abrechnung kommt? Mit dem das tragische Selbstbewußtsein beginnt? Und wozu war das alles nötig? Etwa nur zum Zweck der ewigen Reue? Seit dem Tag, da Er ans Kreuz stieg, kommen die Geister nicht von Ihm los! Dabei ist seit jenen Tagen so vieles, das mit dem Anspruch auf Unsterblichkeit daherkam, längst vergessen und in Schutt und Asche. Das Leben der Menschen verbessert sich täglich: Was heute neu, ist morgen schon alt, was heute besser scheint, verblaßt morgen vor noch Schönerem. Warum veraltet dann das Wort Jesu nicht und verliert nicht an Kraft? Und war all das, was von Seiner Geburt bis zur Hinrichtung geschah, mit allen Folgen über die Zeiten und Generationen, wirklich so unumgänglich und unvermeidbar für die Menschheit? Und wo lag der Sinn dieses Weges in der Geschichte der Menschen? Was haben sie erreicht? Wohin sind sie gelangt? Und wenn das verborgene Ziel die Menschenliebe ist, die Idee des Humanismus, wie das gelehrte Geister behaupten, also der Weg des vernunftbegabten Menschen zu sich selbst und zur unendlichen Vollkommenheit des Geistes – warum ist dann dieser Weg von Anfang an so schwierig, so mühevoll und grausam? Wer hat ihn ausgedacht, und wozu? Könnten denn die Menschen ohne diesen, von jedem auf seine Weise auslegbaren Humanismus existieren – vom christlichen bis zum universalen, vom sozialegoistischen und klassengeprägten bis zum prinzipiell abstrakten Humanismus? Und wozu noch in unserem Jahrhundert die auf jenem Weg längst abgewirtschaftete Religion?

In der Tat, wozu? Seit langem gibt es ja keine Geheimnisse mehr, sogar für die Kinder. Hat nicht die materialistische Wissenschaft den Espenpfahl in das Grab des christlichen Glaubens eingeschlagen, hat sie nicht über alle Glaubenslehren entschieden und sie gebieterisch vom Weg des Fortschritts und der Kultur hinweggefegt – dem einzig wahren Weg? Offenbar braucht der Mensch von heute kein Glaubensbekenntnis, es reicht ihm völlig aus, wenn er über die abgestorbenen Lehren historisch etwas beschlagen ist. Das hat sich doch alles verbraucht, ist erschlossen und verflossen. Aber wo sind wir angelangt, was ist an die Stelle jener mildtätigen, opferbereiten, längst auf den Müll geworfenen und von den realistischen Weltanschauungen verhöhnten Idee getreten? Was haben wir Ebenbürtiges oder gar Überlegenes? Das Neue müßte doch besser sein als das Alte. Und es ist ja da, das Neue gibt es! Es ist vorhanden! Sie ist im Anrücken, die neue, mächtige Religion – die Religion der militärischen Überlegenheit. Noch nie hat der Mensch es so weit gebracht, daß sein Leben Tag für Tag, von der Geburt bis zum Tod, völlig abhängig davon ist, ob diese Kräfte den Krieg auslösen oder sich zurückhalten. Es gibt keine anderen Götter außer den Besitzern dieser Waffen! Noch gibt es allerdings keine Kirchen, wo man am Altar die Modelle der Atomgeschosse segnet und sich vor den Generälen verneigt ... Soll das nicht auch Religion sein?

Derartigen Überlegungen über Dasein und Leben hatte sich Awdij Kallistratow schon früher hingegeben. Nun schweiften seine Gedanken weit aus und drangen in die

Vergangenheit, als könne er vordringen ins Wesen der alten Geschehnisse; da kehrte er – gleich dem frischen Wasser, das an alten Ufern vorüberströmt – zu jenen Tagen zurück, in die Nacht zum Freitag vor Ostern; er suchte den Meister und wollte Ihm seine Unruhe mitteilen, die Unruhe der Jahrhunderte später angebrochenen Zeiten mit ihrem neuen Gott – Gott Goliath, der das Bewußtsein auch des letzten Planetenbewohners verpestet hat mit seiner Religion der militärischen Überlegenheit. Was würde der Meister sagen, wie groß wäre Sein Entsetzen: Wohin treibt das Menschengeschlecht bei diesem tollwütigen Wettstreit um die militärische Überlegenheit? Und falls Er beschlösse, ein zweites Mal unsere Sünden auf sich zu nehmen und ans Kreuz zu gehen, dann würde Er schwerlich die Seelen der Menschen anrühren, die aggressive Religion der überlegenen Militärstärke hält sie versklavt...

Zu seinem Leidwesen traf er aber den Meister nicht an. Judas hatte Ihn bereits verraten, sie hatten Ihn ergriffen und abgeführt, und Awdij beweinte im verlassenen Gethsemane das Geschehene und das Künftige, mutterseelenallein in diesem Garten und in der ganzen Welt. So war er in Gethsemane erschienen, rückwärts eilend und seine Urahnen überholend, die damals noch im Dickicht der Nordwälder hausten und aus Baumstämmen geschnitzte Idole vergötterten, denen sogar sein Name – Awdij – noch unbekannt war. Der würde erst später übernommen, und er selber sollte erst im fernen zwanzigsten Jahrhundert geboren werden...

Schluchzend saß Awdij lange unter dem Gummibaum, wo sie den Meister erkannt, gefaßt und abgeführt hatten, und Awdij war erschüttert, aber am Schicksal der Welt war nichts mehr zu ändern...

Danach erhob er sich und ging voller Kummer in die Stadt Jerusalem. Dort schliefen hinter den Mauern die Bewohner einen ruhigen, ahnungslosen Schlaf, nur er allein strich besorgt und bestürzt durch die Stadt und dachte: Wo ist der Meister, was widerfährt ihm jetzt? Und dann überkam ihn der Gedanke, er könne den Meister noch retten, er begann, an die Fenster zu klopfen, an alle Fenster, links und rechts: ›Steht auf, Leute, das Unheil naht! Noch ist Zeit, laßt uns den Meister retten! Ich bring Ihn fort nach Rußland, da gibt es eine kleine, verborgene Insel in unserem Fluß, in der Oka...‹

Er stellte sich vor, der Meister wäre auf der verborgenen Insel inmitten des Flusses in völliger Sicherheit – dort hätte Er sich seinen Überlegungen über die Verkehrtheiten dieser Welt widmen können, und vielleicht hätte Er in einer Erleuchtung weit in die Zukunft der Menschheit hineingesehen; sicher hätte Er dann den Menschen göttliche Vollkommenheit verliehen, damit der Weg zum messianischen Ziel, das Er sich als oberste Pflicht auferlegt hatte, nicht durch Blut, Qualen und Erniedrigung besiegelt wird, die Er, ein Wahnsinniger, um der Menschen willen auf sich nahm wegen der Wahrheit, die den Verfolgern so gefährlich ist und die sie erbarmungslos ausrotten: Hat Er doch für das Glück der künftigen Generationen die verhängnisvolle Pflicht auf sich genommen und den Weg der Menschenbefreiung vom Joch uralter Ungerechtigkeit gewählt. Denn in den natürlichen Dingen gibt es ja keine Ungerechtigkeit, sie gedeiht nur unter den Menschen und rührt her von den Menschen. Aber: Kommt man ans Ziel mit einer derart antihistorischen Methode? Wird die Lehre des Meisters nicht ein jedes Mal vergessen, wenn der selbstsüchtige Mensch den Meister vergessen, sein Gewissen betäuben und abtöten möchte? Tausend Ausreden legt er sich zurecht: Er sei gezwungen, Böses mit Bösem zu vergelten; wie aber die Krone der Schöpfung, den Menschen, von seinen verhängnisvollen Leidenschaften abbringen, in die er täglich verstrickt ist, im Glück wie im Mißgeschick, in Armut und Reichtum, als Mächtiger und als Machtloser; wie nur die Krone der Schöpfung, den Menschen, von seiner unstillbaren Herrschsucht über andere abbringen, vom ständigen Abgleiten in Schrankenlosigkeit: Selbstzufriedenheit und Hochmut verlocken den Menschen, zu herrschen und zu unterdrücken, wenn er dazu die Gewalt hat, aber wenn er sie nicht hat, dann versucht er, mit Gefallsucht, Heuchelei und Hinterlist dasselbe Ziel zu erreichen. Worin liegt sein Sinn, und wer kann endlich auf diese Frage so antworten, daß keine Menschenseele an der Wahrhaftigkeit und Reinheit seiner Antwort zweifelt?

Und du, Meister, machst Dich bereit zur grausamsten Hinrichtung, auf daß der Mensch sich für Güte und Mitgefühl öffne, daß er vernehme, was im Urgrund den Vernünftigen vom Unvernünftigen unterscheidet, denn mühselig ist der Weg des Menschen auf Erden, tief wurzelt in ihm das Böse. Erreichen wir etwa auf dem Weg das absolute Ideal – den Verstand, den die Freiheit des Denkens beflügelt? Und die erhabene Persönlichkeit, die in sich das Böse für alle Zeiten überwindet, so wie eine ansteckende Krankheit besiegt werden kann? Oh, wenn dies zu erreichen wäre! Mein Gott, welch eine Bürde hast du dir auferlegt, eine unverbesserliche Welt zu bessern? Retter, halt ein, die, für die Du ans Kreuz gehst, in den Märtyrertod, werden Dich später verlachen. Ja, ja, die einen werden einfach schallend lachen, andere werden Jahrtausende später über Dein Scheitern spotten, die materialistische Wissenschaft wird vom Glauben an Gott keinen Stein auf dem anderen mehr übriglassen und alles zur Legende erklären: ›Ein Wunderling! Ein Narr! Wer hat ihn darum gebeten? Wozu dieses Spektakel mit der Kreuzigung? Wen wollte er damit beeindrucken? Was hat das gebracht, hat das am Menschen auch nur ein Härchen, nur ein Jota geändert?‹ Genau so werden jene Generationen denken, denen dein Sieg beinahe absurd erscheint, die in die tiefsten Geheimnisse der Materie eindringen werden, die die Schwerkraft überwinden und in den Weltraum vorstoßen, gegenseitig in alptraumhafter Gier um das Universum wetteifern und nach galaktischer Herrschaft streben, und auch das ganze unendliche Universum wird ihnen zuwenig sein, denn zur Rache für den Mißerfolg auf Erden werden sie in ihrem bedenkenlosen Ehrgeiz den Planeten selbst in Schutt und Asche legen – den Planeten, auf dem Du den Kult der Barmherzigkeit aufrichten wolltest. Denk also nach, was Gott für sie ist, die sich selber höher einschätzen als Gott, dieser Kauz, der am Kreuz hängt. Und wenn sie dann auf einen Schlag alles vernichtet haben, werden sie sogar Dein Andenken vom Antlitz der Erde fegen. Oh, mein armseliger, naiver Meister, eile mit mir zur Wolga, an die Oka, auf die einsame Insel, dort kannst Du wie auf einem Himmelsstern verweilen, den alle von überall her sehen, aber niemand erreichen kann. Denk darüber nach, noch ist es nicht zu spät, wir haben noch eine Nacht und einen Morgen, vielleicht kannst Du noch das harte Los vermeiden? Besinn Dich, ob der von Dir erwählte Weg tatsächlich der einzig mögliche ist?

Diese Gedanken trieben Awdij durch die Straßen und über die Plätze des nächtlichen, heißen Jerusalem, und er quälte sich ab, den zu begreifen, den der Herr selbst auf die Erde entsandt hatte, ein schreckliches und tragisches

Geschick zu erfüllen, den Menschen zum ewigen Beispiel und ewigen Vorwurf... Der Mensch aber ist mit der Eigenschaft ausgestattet, daß er diesen Vorwurf nie auf sich bezieht und für sich seine höchst eigene Rechtfertigung sucht: Das geht mich doch nichts an, am Lauf der Welt kann ich ja doch nichts ändern, mag geschehen, was will... Wieviel ewige Ironie war in diesem Plan verborgen, der darunter litt, daß er die menschliche Natur nur mangelhaft erfaßte...

Awdij ging am Stadttor auf und ab, als er einen streunenden Hund traf, der auf drei Pfoten humpelte – die vierte war beschädigt, der Hund hielt die Pfote an den Bauch gelegt. Klug und bekümmert blickte der Hund ihn an.

»Na ja, Lahmer«, sprach er zum Köter und musterte ihn. »Bist genauso obdachlos wie ich, komm mit mir.«

Der Hund zog gemeinsam mit Awdij bis zum Morgengrauen umher. Der Hund verstand, wie die Dinge lagen. Und am Morgen erwachte die Stadt erneut mit ihren Mühen und Sorgen, mit Traglasten beladene Kamele füllten die Basare und Märkte, Beduinen wurden aus den Sandwüsten herbeigetrieben, Esel und Maultiere schleppten kleinere Lasten, Pferdefuhrwerke mit Gepäck, Träger mit Ballen auf den Schultern, alles kam in Gang, Leidenschaften, Waren, Geschrei – alles drehte sich im Rad des Kaufens und Verkaufens... Trotzdem strömten viele Jerusalemer zu den weißen Mauern der Stadttempel, und von dort setzte sich eine aufgewühlte Menge zum römischen Prokurator Pontius Pilatus in Bewegung. Auch Awdij Kallistratow schloß sich an: Er hatte begriffen, daß es um das Schicksal des Meisters ging. Und er ging mit ihnen zum Palast des Herodes, doch die bewaffnete Wache ließ sie nicht zum Statthalter vordringen. Erwartungsvoll blieben sie beim Palast stehen. Noch immer strömte Volk herbei, obgleich seit dem frühen Morgen die Hitze ungebrochen anhielt. Allerlei Leidenschaften hatten unterschiedliche Menschen herangelockt. Was kursierte da nur an Gesprächen in der unruhigen Menge: Die einen redeten davon, der Prokurator werde den Nazarener Jesus auf Grund seiner von Rom verliehenen Macht begnadigen und freilassen, damit er sich möglichst weit weg von Jerusalem entferne und niemals mehr zurückkehre, andere meinten, zu Ehren des Osterfestes werde einem der Verurteilten das Leben geschenkt, und Jesus sei der Amnestierte, manche glaubten einfach, ihn werde vor den Augen aller Jahwe selbst retten, doch alle warteten, sie warteten, ohne zu ahnen, was dort, hinter der Umzäunung und den Palastmauern, geschah. Und in der Menge gab es auch viele, die den armen Schlucker verlachten, der für seinen drolligen Thron mit dem Kopf bezahlte, sie verhöhnten diesen elenden Narren und schimpften: Warum zieht der Prokurator die Sache in die Länge, so oder so wird er mit einem Ruck zerfetzt, was soll da noch das Behätscheln, die Sonne versengt einen schon jetzt, bis Mittag wird auf der Schädelstätte alles wie ausgeröstet sein. Dieser Nazarener Jesus verdreht noch jedem den Kopf, mit dem er redet. Klarer Fall, der wetzt dort die Zunge und verwirrt noch den Prokurator, zum Schluß wird der Statthalter von Rom noch Gutes tun wollen und ihn freilassen, wozu stehen wir eigentlich hier herum... Und der Jesus von Nazareth ist ja nicht der Schlimmste, hat sich dußlig geredet, nur, wo ist denn sein Neues Reich, jetzt haben sie ihn selbst am Wickel, wie einen Hund... Das kommt davon...

Awdij hörte sie reden und war empört. ›Untersteht euch, so zu sprechen! Undankbare, elende Gemüter! Wie kann man nur den gewaltigen Kampf des Menschengeistes mit sich selbst derart beschmutzen und herabwürdigen. Stolz müßt ihr auf Ihn sein, Menschen, meßt euch an Seinem Maß!‹ schrie Awdij Kallistratow verzweifelt und war von Tränen überströmt. Aber keiner in der Menge ringsum hörte ihn, niemand bemerkte seine Anwesenheit. Mußte er doch noch erst geboren werden im fernen zwanzigsten Jahrhundert...

Der Regen, der in tiefer Nacht begonnen hatte, nahm allmählich ab. Er verschwand, wie er aufgekommen war, um sich woanders abzugießen. Schließlich hatte er sich gelegt, nur da und dort lösten sich von oben vereinzelte, verspätete Tropfen. Die Stunde der Morgendämmerung nahte, eine sternengewaschene und funkelnde Dämmerung, der dunkelachatfarbene Himmel klarte nach dem Regen an den Rändern mehr und mehr auf. Kühl wehte es vom feuchten Grund her, von den Gräsern, die sich während der Nacht aufgerichtet hatten.

Doch keines der Lebewesen in der Steppe verspürte zu der Stunde die Freude am Dasein so heftig und dankbar wie Awdij Kallistratow, wenngleich sein Befinden mehr als zu wünschen übrigließ.

Awdij hatte aber Glück, die heiße Luft war während der Nacht nicht abgekühlt, er war deshalb nicht erstarrt vor Kälte. Er war von Kopf bis Fuß durchnäßt, die Schrammen und Wunden meldeten sich, aber er mißachtete den Schmerz und gab sich gänzlich seiner Hellsicht hin, die ihm die Möglichkeit verlieh, gleichzeitig im Vergangenen und Gegenwärtigen zu empfinden, er nahm das Leben aufs neue an, erschloß es sich als Geschenk des Schicksals, und die Möglichkeit, zu leben und zu denken, wurde ihm doppelt wertvoll. Als der Regen aufhörte, saß Awdij unter einer Eisenbahnbrücke, wohin er sich im Dunkeln mit letzter Kraft geschleppt hatte...

Unter dieser Brücke war es verhältnismäßig trocken, wie ein Landstreicher hatte er sich daruntergekrochen und war zufrieden, hier das Ende des Regens abzuwarten und sich seinen Gedankengängen hingeben zu können. Es dröhnte und hallte unter der Brücke wie unter den hohen Bögen einer mittelalterlichen Kathedrale. Wenn über seinem Kopf Züge hinwegfuhren, war es wie eine Geschützfeuerwelle, die aus der Ferne über einen herfiel und allmählich in der Ferne entschwand. Gut und weitläufig war in der Nacht Awdijs Sinnieren gewesen, und die Gedanken hatten sich wie von selbst entfaltet, unbegrenzt und unbehindert zog ihn sein Geist mit sich davon. Mal waren seine Gedanken bei Christus und Pontius Pilatus, und das Dröhnen der über ihn hinwegjagenden Züge hinderte ihn nicht daran, sich im antiken Judäa unter der lärmenden Menge auf Golgatha zu verspüren und gleichsam mit eigenen Augen all das zu sehen, was dort geschah, dann wieder fielen ihm Moskau und der Besuch des Puschkin-Museums ein, wo der bulgarische Chor gesungen hatte, er erinnerte sich an seinen Doppelgänger, jenen bulgarischen Sänger, der ihm so erstaunlich ähnelte, und dessen Antlitz mit dem geöffneten Mund erschien vor ihm. Welche erhabenen Klänge entlockten die Stimmen der bulgarischen Sänger, wie hatten sie Seele und Gedanken emporgehoben! Sein Vater, der Diakon Kallistratow, hatte Kirchengesang sehr gemocht und beim Anhören der Gesänge immer ergriffen geweint. Jemand hatte einmal dem Vater den wundervollen Gebetstext einer Nonne von heute gegeben. Die junge Frau, eine ehemalige Pädagogin und später Erzieherin eines Kinderheims, hatte sich in den Kriegsjahren die Weihe geben lassen, nachdem ihr Geliebter, mit dem sie ganze anderthalb Monate zusammengelebt hatte, auf einem Kriegsschiff gefallen war, das ein deutsches Unterseeboot versenkt hatte. Diakon Kallistratow las jenes »Dokument einer Seele«, das Wehklage und Gebet vereinte, jedesmal mit Tränen in den Augen. Der Vater hörte sehr gern, wenn Awdij, damals noch ein kleiner Junge, am Ehrenplatz des Hauses beim Klavier stand und ihm mit reiner Knabenstimme das Gebet über das versenkte Schiff laut vortrug. Awdij hatte das Gebet auswendig gelernt:

»Soeben ist der Himmel hell geworden, aber die Welt schläft noch bis Sonnenaufgang, und ich richte an Dich, Allsehender und Allgütiger, mein dringliches Gebet. Verzeih, o Herr, meine Eigenmächtigkeit, daß ich nicht zuvörderst Deiner gedenke, sondern Dich von neuem mit meiner Sache verdrieße, doch ich lebe, um dies Gebet zu sprechen, solange ich bin auf dieser Welt.

Du, Mitleidender, Gesegneter, Gerechter, verzeih mir, daß ich so beharrlich Dich rufe. In meinem Flehen ist kein Eigennutz, ich bitte auch nicht um ein Scherflein irdischer Güter, und ich bete nicht darum, meine Tage zu verlängern. Bloß um der Rettung der Menschenseelen rufe ich Dich unablässig an. Allverzeihender, laß uns nicht in Blindheit verharren, gestatte uns nicht, Rechtfertigung zu suchen, daß Gut und Böse auf der Welt unauflöslich verbunden sind. Schick dem Menschengeschlecht Deine Erleuchtung. Über mich selbst den Mund zu öffnen, wage ich nicht. Ich habe keine Furcht, jeden Ausgang als das Gebührende zu tragen – in der Hölle zu brennen oder in Dein Reich einzugehen, das kein Ende hat. Dies Los zu bestimmen liegt einzig bei Dir, unsichtbarer und unfaßbarer Schöpfer.

Ich bitte nur um das eine, eine größere Bitte habe ich nicht, ich, Deine Sklavin und Nonne, die Deinen Worten der Liebe gehorcht, ich, die verzweifelte Einsiedlerin, die das irdische Jammertal verachtet und alle Eitelkeit und Hast von sich geworfen hat, um ihr Trachten Deinem Geist, Herr, zu nähern.

Ich bitte nur um das eine, vollbringe das Wunder und laß jenes Schiff tagaus, tagein und Nacht für Nacht den Kurs halten, solange sich der Tag und die Nacht in dem von Dir bestimmten Wechsel des Weltenlaufs ablösen. Laß das Schiff schwimmen, unter unwandelbarer Wacht und bei immer geschlossenen Kanonenrohren, von Ozean zu Ozean, mögen die Wellen ums Heck schlagen, möge ihr machtvolles Rauschen und Tosen nie verstummen. Laß die Gischt des Ozeans es wie mit pfeifendem Regen überschütten, laß es das bittere und flüchtige Naß atmen. Laß das Knarren des Decks tönen, das Dröhnen der Maschinen im Schiffsraum und das Kreischen der Möwen, die dem Schiff im Fahrwind folgen. Und laß das Schiff Kurs halten auf die leuchtende Stadt am fernen Ufer des Ozeans, obgleich es nie und nimmer anlegen kann...

Das ist alles, um nichts mehr als das bitte ich Dich in meinem täglichen, nächtlichen Gebet. Und Du verzeih mir, Allmächtiger und Mildtätiger, daß ich Dich verdrieße mit meinem seltsamen Flehen über ein gesunkenes Schiff. Doch Du bist die Feste aller hohen Hoffnungen, der irdischen und der nichtirdischen. Du warst und bleibst der Allgegenwärtige, der Allmächtige und Mitleidende, der Ursprung aller Ursprünge. Und deshalb geht unser Flehen zu Dir, wie schon immer, wie auch heute und in den Tagen, die da kommen. Und möge deshalb jenes Schiff, wenn meine Tage um sind und niemand dasein wird, zu bitten, über den Ozean segeln in alle Ewigkeit. Amen!«

Daß ihm in dieser Nacht das Gebet der Nonne wieder einfiel... Dann blitzte noch der Gedanke auf, er begegne dem Mädchen, das auf dem Motorrad in Utschkuduk eingetroffen ist, und er trage auch ihr dieses Gebet vor – aber das kam ihm selbst komisch vor. Unwillkürlich lachte Awdij laut auf, er schalt sich einen leichtsinnigen Tölpel und stellte sich vor, wie sie auf ihn blickte, während er sich unter der Brücke jämmerlich krümmte, wie ein herumstreunender Dieb oder abgerissener Räuber. Was hätte sie wohl von ihm gehalten, wenn er ihr zu alldem noch das Gebet über ein Schiff hätte vortragen wollen, sie hätte ihn für wahnsinnig gehalten, und dies freilich zu Recht. Doch sogar jetzt hätte er sie, mit dem Risiko, sich vor ihr zu demütigen, sehen wollen...

Bis zum Morgengrauen saß Awdij unter der Brücke, und über seinem Kopf donnerten die Züge durch die Steppe. Am meisten beschäftigte ihn aber, wo jetzt die Kuriere waren, seine einstigen Weggefährten, und wie es um sie stand. Wahrscheinlich hatten sie sich bis Shalpak-Saz durchgeschlagen und fuhren schon weiter. Wo sind sie jetzt, Petrucha, Lenka und die andern? Wo ist Grischan, der Werwolf, der nicht zu fassen ist? Und Awdij bedauerte, daß er sich einen Fehltritt geleistet hatte, einen groben Fehler, und daß Grischan triumphierte, daß die finstere Sache siegte und alles so schlecht ausging. Und Awdij glaubte trotz alledem, daß die Prüfungen, die ihm in diesen Tagen auferlegt waren, für ihn unumgänglich waren. Die Kuriere hatte er nicht umerziehen können, aber das Material für die Reportage war fesselnd, und er hatte es sich selbst beschafft.

Diese Vorstellungen beruhigten Awdij etwas, aber er

war sehr bekümmert, vor allem wegen Lenka. Das war doch einer, den man auf den Weg der Wahrhaftigkeit hätte bringen können, aber es war schiefgegangen.

Awdij erinnerte sich jetzt an alle Erlebnisse in den Steppen der Mujun-Kum, auch an die Begegnung mit den Wölfen und wie die graue Wölfin über seinen Kopf hinweggesprungen war, statt ihn mit den Reißzähnen zu zerfetzen. Seltsam war dies gewesen, sehr seltsam, und für immer hatte sich ihm der ingrimmige und weise Blick ihrer blauen Augen eingeprägt.

Über den Geleisen ging indes wieder die Sonne auf, und das Leben setzte von neuem ein. Wundervoll war die weite Steppe nach dem nächtlichen Regen. Die Hitze hatte noch nicht eingesetzt, und so weit der Blick reichte, atmete alles Reinheit, und am Firmament sangen die Lerchen. Die Vögel trällerten ringsum und flatterten durch die Lüfte. Und die Züge zogen von Horizont zu Horizont, Zeichen des in der Ferne brodelnden Lebens.

Eintracht und Versöhnung herrschten an diesem Morgen in der Steppe, die sich die Nacht durch mit dem segensreichen Himmelsnaß vollgesogen hatte.

Sobald die Sonne anwärmte, beschloß Awdij, die Kleider zu trocknen, er hatte sie nach und nach ausgezogen und war entsetzt – seine Kleidung war derart zerfetzt, daß man sich schämen mußte, so vor Menschen zu erscheinen. Sein Körper war übersät von Schrammen und Schürfungen, Blutergüssen und riesigen blauen Flecken. Gut, daß er keinen Spiegel bei sich hatte; er wäre vor sich selbst zusammengezuckt, auch ohne Spiegel kapierte er, was mit ihm los war – es war unmöglich, das Gesicht zu berühren. Aber er war sich klar darüber, daß alles weitaus schlimmer hätte ausgehen können, er war am Leben geblieben, schon das allein war ein großes Glück.

Als er sich unter der Brücke entkleidet hatte, stellte sich noch eine weitere Überraschung heraus – der Paß und das bißchen Geld in den Taschen waren unbrauchbar geworden. Der Paß war beim Sturz zerrissen und im Regen durchnäßt, er hatte sich in einen feuchten Papierklumpen verwandelt. Und vom Geld waren nur noch zwei Scheine übriggeblieben – ein Fünfundzwanziger und ein Zehner. Mit diesem Geld mußte Awdij bis Moskau und weiter nach Priosk kommen...

Unselige Gedanken kamen nun über Awdij Kallistratow. Nachdem man ihn aus dem Seminar verstoßen hatte, mußte Awdij unter ziemlich beengten Umständen leben. Mit Einverständnis der Schwester Warwara hatte er das alte Klavier verkauft, auf dem sie in der Kindheit spielen gelernt hatte. Im Kommissionsladen gaben sie für das Klavier den halben Preis, da es derzeit an Musikinstrumenten nicht mangle, sie seien in Hülle und Fülle zu haben, sogar alte Tonbandgeräte, erst recht jedoch Klaviere. Er hatte den Preis akzeptieren müssen, da es ja keinen anderen Ausweg gab. Und nun blieb ihm überhaupt nichts mehr. Schlimmeres war nicht auszudenken!

Ein neuer Tag brach an, man mußte also weiterleben, die Realität hatte den Idealisten Kallistratow wieder an der Kehle.

Die ganze Nacht über hatte er unter der Brücke sinniert, jetzt mußte er entscheiden, wie er von hier wegkam, außerdem war da auch noch ans täglich Brot zu denken.

Und da lächelte Awdij das Glück zu. Als es tagte, kam unter der Brücke, wo er Zuflucht gefunden hatte, ein Feldweg zum Vorschein. Freilich kamen hier, nach allem zu urteilen, Wagen nicht oft des Weges. Er hätte wohl lange auf einen Autostopp warten müssen, so beschloß er, den nächsten Haltepunkt zu Fuß zu erreichen und von dort aus bis Shalpak-Saz zu fahren. Entschlossen zum Gehen, blickte Awdij sich nach einem Stock um, auf den er sich unterwegs stützen konnte. Beim Sturz aus dem Zug hatte er sich das rechte Knie zerschunden, es war angeschwollen und schmerzte stark. Awdij fing an zu lachen: »Hat Grischan am Ende gar den Stock hinausgeworfen, mit dem mich Petrucha zusammendrosch? Jetzt braucht er ihn wohl nicht mehr!« Den Stock fand er freilich nicht, statt dessen bemerkte er, wie ein Wagen durch die Steppe heranrollte.

Es war ein Laster mit selbstgebasteltem Fahrerhäuschen aus Sperrholz. Dort saß eine Frau neben dem Chauffeur und hielt in ihren Armen ein Kind. Der Wagen bremste sofort. Der Fahrer, ein kräftiger, dunkelhäutiger Kasache, musterte Awdij verwundert durchs halbgeöffnete Fenster der Fahrerkabine.

»Mensch, was ist mit dir los, haben dich Zigeuner verdroschen?«

»Nein, keine Zigeuner. Bin aus dem Zug gefallen.«

»Bist nicht besoffen?«

»Ich trink überhaupt nicht.«

Der Fahrer und die Frau mit Kind seufzten mitfühlend auf, sie unterhielten sich auf kasachisch, dabei sprach sie häufig das Wort *Bitschara* aus.

»Los, also setz dich, wir fahren nach Shalpak-Saz. Allein kommst du sonst um in der Steppe, Bitschara. Hier fahren Autos nicht oft vorüber.«

Awdij spürte ein verräterisches Würgen in der Kehle. Er war glücklich wie ein kleiner Junge und hätte fast losgeheult. »Dank, Bruder«, sagte er und drückte dabei die Hände an die Brust. »Ich hätte Sie ohnedies bitten wollen, mich mitzunehmen, wenn Sie dahin fahren. Ich kann kaum gehen, mit dem Bein ist's ganz schlecht. Danke.«

Der Fahrer stieg aus und half Awdij aufsteigen. »Los, komm her. Ich hiev dich hoch, Bitschara. Klettre nur, keine Angst, da ist Wolle vom Sowchos. Ich fahr sie abliefern. Du wirst es schön weich haben. Aber laß das Rauchen sein.«

»Bin überhaupt Nichtraucher. Keine Sorge«, versicherte ihm Awdij ernsthaft. »Die ganze Nacht über lag ich im Regen, bin völlig durchnäßt, hier werd ich warm und komm wieder zu mir.«

»Schon gut, schon gut! Hab das nur so dahingesagt. Ruh dich aus, Bitschara.« Die Frau blickte aus dem Fahrerhäuschen und sagte etwas zum Chauffeur.

»Meine Frau will wissen, ob du was essen möchtest?« erläuterte der Fahrer lächelnd.

»Sogar sehr gern!« gestand Awdij. »Danke. Wenn Sie etwas haben, geben Sie mir's bitte, bin Ihnen sehr dankbar.«

Awdij schien, diese Flasche saurer Schafsmilch und die ofenfrischen, duftenden Brotfladen seien der Himmelslohn für die Qualen dieser Nacht.

Nach dem Mahl fiel er auf den Ballen der Schafswolle, die nach Fett und Schweiß rochen, in tiefen Schlaf. Das Auto fuhr durch die Steppe, die noch frisch war vom nächtlichen Regenguß, und diese Fahrt war für Awdij wie die Genesung nach der Krankheit.

Er erwachte, als der Lastwagen anhielt.

»Da sind wir, wohin mußt du?« Der Fahrer war vom Sitz geglitten und stand bereits hinten an der Ladeplanke. »Bursche! Lebst du noch?«

»Ich lebe, lebe! Danke«, erwiderte Awdij. »Wir sind also schon in Shalpak-Saz?«

»Ja, am Haltepunkt. Wir müssen zum Lager für Tierprodukte, und wohin mußt du?«

»Zum Bahnhof. Nochmals Dank, daß ihr mir in der Not geholfen habt. Und vielen Dank an Ihre Frau. Mir fehlen die Worte, um euch zu danken.«

Als er mit Hilfe des Fahrers von der Ladefläche kroch, stöhnte Awdij vor Schmerzen auf.

»Bist schlecht beieinander, Bitschara. Geh ins Krankenhaus!« riet ihm der Fahrer. »Du brauchst einen Stock, dann gehst du leichter.«

Bis zum Bahnhofsgebäude brauchte Awdij gut eine halbe Stunde. Auf dem Weg fand er zum Glück eine Latte, klemmte sie sich wie eine Krücke unter die Achsel, so konnte er besser hinken.

Die Kommandos aus dem Selektor dröhnten über die Schienen und Überführungen, Scheinwerfer und Lastkräne, die durchfahrenden und abfahrenden Züge. Sie erfüllten den Bahnhofsplatz, ja die ganze Stadt um die Haltestation, weithin pfiffen die Lokomotiven, der Funkdienst rief Ankunft und Abfahrt der Personenzüge aus. Ringsum flitzten und hasteten besorgte Menschen – nicht von ungefähr galt Shalpak-Saz als einer der größten Knotenpunkte Turkestans.

Nun mußte Awdij entscheiden, wie wegfahren, auf welchem Zug, alles in allem hatte er dafür fünfunddreißig Rubel. Eine Fahrkarte mit Platzreservierung nur bis Moskau – wenn man überhaupt an der Kasse reservieren konnte – würde dreißig Rubel kosten. Und wovon leben? Und was tun mit dem Bein, mit den Quetschungen und den Schrammen? Soll er sich ins örtliche Krankenhaus wenden oder möglichst rasch von hier wegfahren? In seinen Gedanken versunken, humpelte Awdij durch die schwülen und menschengedrängten Stationsgebäude.

Mit seinen zerfetzten Kleidern, mit den blauen Flecken und dann noch mit der unförmigen Bretterschwarte statt einer Krücke zog er unwillkürlich die Aufmerksamkeit auf sich, viele blickten sich nach ihm um. Awdij war schon auf den Bahnsteig zum Fahrplan hinausgetreten, als er merkte, daß ihm ein Milizionär folgte.

»Bleib mal stehen, Bursche!« rief ihn der Milizionär an und kam näher. Der zornige, strenge Blick verhieß nichts Gutes. »Was hast du hier zu suchen? Wer bist du?«

»Ich?«

»Ja, du.«

»Ich will abreisen. Schau mir den Fahrplan an.«

»Hast du Papiere?«

»Was für Papiere?«

»Die üblichen – Paß, Kennkarte, Arbeitsnachweis.«

»Hab ich, nur, das ist so...«

»Also, herzeigen!«

Awdij verstummte verlegen.

»Verstehen Sie, ich, das ist so, Genosse, Genosse...«

»Genosse Leutnant«, soufflierte ihm der verärgerte Milizionär.

»Nun also, Genosse Leutnant, ich muß Ihnen sagen...«

»Was du sagen mußt, werden wir schon noch rauskriegen. Her mit den Ausweisen.«

Awdij langte umständlich nach dem feuchten Papierklumpen, der einmal sein Paß gewesen war.

»Da.« Er reichte ihn dem Milizionär. »Das ist mein Paß.«

»Ein Paß!« Verächtlich blickte der Milizionär auf Awdij. »Willst du mich an der Nase herumführen? Das soll ein Paß sein! Kannst es behalten, auf geht's zum Revier. Wir finden schon heraus, was du für einer bist.«

»Aber, Genosse Leutnant...« Awdij begann wegen seines Aufzuges, der Bretterschwarte und der herandrängenden Zufallsgaffer die Fassung zu verlieren. »Ich bin, verstehen Sie, Zeitungskorrespondent.«

»Was für ein Korrespondent?« empörte sich der Milizionär, der Festgenommene log schon sehr dreist. »Dann nichts wie los, Herr Korrespondent!« Die herumstehenden Gaffer brachen in schadenfrohes Gelächter aus.

»Sieh mal an, was der sich ausgeheckt hat – ein Korrespondent ist er!«

»Warum nicht gerade Außenminister?«

Awdij mußte hinter dem gereizten Leutnant durch den Wartesaal humpeln. Jetzt drehte sich schon jeder, der des Weges kam, nach Awdij um, man tuschelte und kicherte. Als sie an einer Familie vorübergingen, die sich mit ihrer Habe auf einer großen Holzbank niedergelassen hatte, drangen Satzfetzen an Awdijs Ohren.

Kleines Mädchen Mama, Mama, schau mal, wer ist das?

Frau Ach, Kindchen, das ist ein Bandit. Sieh nur, der Onkel Milizionär hat ihn geschnappt.

Männerstimme Von wegen Bandit. Ein kleiner Gauner, ein Tagedieb, nicht mehr.

Frauenstimme Oh, sag das nicht, Mischa. Der sieht so abgefeimt aus. Komm dem mal in einer dunklen Gasse in die Quere – der schlachtet dich ab...

Aber die schrecklichste Überraschung stand Awdij Kallistratow noch bevor. Er trat hinter dem Leutnant in eines der zahlreichen Gebäude um den Bahnhof und befand sich plötzlich in einem geräumigen Zimmer der Miliz, mit Fenster zum Platz hin. Ein untergeordneter Milizmann, der an einem Tisch beim Telefon saß, erhob sich, als der Leutnant erschien.

»Alles in Ordnung, Genosse Leutnant«, berichtete er.
»Setz dich, Bekbulat. Da ist noch so ein Vögelchen«, sagte der Leutnant mit einem Kopfzeichen auf Awdij. »Sieh ihn dir an, die reinste Schönheit. Und außerdem ein Korrespondent!«

Awdij blickte von der Schwelle aus nach allen Seiten und hätte fast aufgeschrien, so sehr erschütterte ihn der Anblick, der sich seinen Augen bot. In der linken Ecke bei der Eingangstür ging ein aus Armatureisen grob geschweißtes Gitter vom Boden bis zur Decke, und dahinter saßen wie Raubtiere im Käfig die Kuriere – die Anaschabeschaffer Petrucha, Lenka, Machatsch, Kolja, zwei Kurierdiversanten und noch einige Kerle –, insgesamt fast ein Dutzend, fast die ganze Mannschaft mit Ausnahme von Grischan. Er war nicht unter ihnen.

»Jungs, was ist mit euch? Wie ist das denn passiert?« brach es unwillkürlich aus Awdij hervor.

Nicht ein einziger der Kuriere reagierte. Sie rührten sich nicht einmal. Die Kuriere saßen im Gitter auf dem Boden dicht beisammen, sie hatten sich sehr verändert, wirkten fremd und finster.

»Gehören die etwa zu dir?« Der reizbare Milizionär lächelte seltsam.

»Natürlich!« erklärte Awdij. »Das sind meine Jungs.«
»Da sieh mal einer an!« Der Leutnant horchte auf.
»Gehört der zu euch?« fragte er die Kuriere.
»He, ihr, ich frag euch!« brauste er auf. »Was schweigt ihr da? Na gut, warten wir's ab. Ihr werdet bei mir noch tanzen wie Karauschen in der Bratpfanne, ihr werdet an mich noch denken, wenn sie einen jeden von euch nach dem Dreihundertsiebzehner abfahren lassen, ihr werdet noch ein Liedchen singen auf die große, weite Welt. Und hofft, glaubt nur nicht, ihr kommt davon, weil ihr

minderjährig seid. Das zählt nicht. Ja, so ist das, zählt nicht. Ihr seid auf frischer Tat ertappt!« Er schnippte auf die Awdij wohlvertrauten Rucksäcke und Koffer mit dem Anascha, die auf dem Boden herumlagen. Manche waren geöffnet oder aufgerissen, da und dort war Anascha verstreut, im Zimmer hing der schwere Duft des Steppenhanfes. Auf dem Tisch neben dem Telefon häuften sich Streichholzschachteln und Glasgefäße mit Plastilin. »Ihr wollt schweigen! Seid wohl beleidigt! Auf frischer Tat hab ich euch erwischt!« wiederholte der Leutnant rauh, und seine Stimme bebte vor Zorn. »Da sind die Beweisstücke! Die materiellen Objekte! Da sind eure Drogen!« Er begann, in die Rucksäcke mit dem Anascha zu treten. »Von eurer Bande ist nur ein Schurke der Treibjagd entwischt. Aber auch er wird noch in dieser Ecke hinter dem Gitter sitzen, gemeine Schufte seid ihr... Aufstehen! Euch meine ich – aufstehen! Sieh mal einer, wie sie auseinanderstieben. Stillgestanden und hersehen. Nicht wegschauen! Das ist ein Befehl, nicht wegschauen! Elemente wie ihr da, Abschaum, haben auf mich geschossen, unter den Waggons heraus, erwartet von mir keine Schonung! Lumpengesindel, Rotzlöffel, bewaffnet seid ihr auch schon! Und was kommt als nächstes? Ich bleib euer Feind für immer, und ich kann mich wehren. In allen Zügen und auf allen Wegen werde ich euch schnappen wie räudige Hunde, vor mir kann sich keiner verkriechen!« brüllte er. »So, ich will von euch wissen: Wer ist der, dieser Zerlumpte da, der sich als Korrespondent ausgibt? Wer ist dieser Typ?« Und er packte Awdij am Arm und zerrte ihn zum Gitter hin. »Antwortet, solang ich euch noch im guten frage! Gehört er zu euch?«

Für eine Weile schwiegen alle. Awdij blickte auf die

verfinsterten Mienen der Kuriere und konnte sich überhaupt nicht daran gewöhnen, daß diese üblen Burschen, die noch gestern den Güterzug in der Steppe angehalten, gekifft und ihn aus dem fahrenden Zug geworfen hatten, nun im Käfig saßen – armselig und jämmerlich, ohne Hosengürtel und barfuß (man hatte ihnen die Schuhe abgenommen, wohl damit sie nicht flüchten konnten, wenn man sie hinausführen mußte).

»Zum letztenmal frag ich euch!« Der Leutnant schnaubte vor Erregung. »Gehört dieser Typ, den ich da festgenommen habe, zu euch oder nicht?«

»Nein, gehört nicht zu uns«, antwortete in bösem Ton Petrucha für alle, unwillig hatte er dabei den Blick auf Awdij gehoben.

»Was soll das, gehöre doch zu euch, Pjotr!« verwunderte sich Awdij und trat, auf die Hilfskrücke gestützt, dicht ans Gitter. »Ihr tut mir so leid«, fügte er hinzu. »Wie ist denn das passiert?«

»Hier ist nicht der Ort für Beileidssprüche«, unterbrach ihn der Leutnant. »Ich werde jetzt einen jeden einzeln verhören«, drohte er den Kurieren an. »Und falls einer lügt – es kommt doch allemal ans Licht –, der kriegt noch einen Paragraphen drauf. Los, du, sprich«, wandte er sich an Machatsch.

»Keiner von uns«, antwortete der und verzog die feuchten Lippen.

»Und jetzt du da«, befahl der Leutnant dem Lenka.

»Keiner von uns«, erwiderte Lenka und seufzte schwer.

»Keiner von uns«, brummelte der rotköpfige Kolja.

Und alle ohne Ausnahme wollten Awdij nicht erkennen.

Seltsam – das Verhalten der Kuriere verletzte Awdij Kallistratow. Daß ihn alle verleugneten, einsilbig, knapp und entschieden, kränkte und entwürdigte ihn. Awdij spürte, daß es ihn heiß und kalt überlief, sein Kopf glühte.

»Wie ist das möglich, wie könnt ihr nur sagen, daß ihr mich nicht kennt?« Er war unschlüssig und verwirrt. »Ich bin doch...«

»Wohl der Korrespondent der ›New York Times‹«, unterbrach ihn der Leutnant spöttisch. »Schluß mit dem Gequassel, mal bist du dieser, dann bist du jener. Soll ich dir sagen, was du bist? Du hörst jetzt auf, mich zum Narren zu halten. Haben auch ohne dich genug am Hals. Verdrück dich und stör mich nicht. Und mit denen laß dich ja nicht ein. Gegen solche gibt's den Paragraphen, ein hartes Gesetz – Beschaffung und Verbreitung von Rauschgift und Drogenhandel, da wird man sofort verknackt. Mit denen macht man kurzen Prozeß. Und du, Freundchen Korrespondent, hau ab, und zwar dalli, dalli! Verschwinde und komm mir nicht mehr unter die Augen.«

Schweigen. Awdij Kallistratow trat von einem Bein aufs andere, aber er ging nicht weg.

»Hast du gehört, was der Genosse Leutnant gesagt hat?« ertönte die Stimme des Milizionärs, der die ganze Zeit über am Tisch Papiere ausgefüllt hatte. »Geh, solang es nicht zu spät ist. Bedank dich und geh.«

»Haben Sie zu diesen Türen einen Schlüssel?« Awdij wies auf das Schloß, das an der Eisentür hing.

»Was geht dich das an? Natürlich haben wir das!« antwortete der Leutnant ohne die geringste Ahnung, worauf Awdij hinauswollte.

»Dann öffnen Sie«, sagte Awdij.

»Noch etwas! Wer bist du denn?« Dem Leutnant platzte der Kragen. »Ich werde dir noch den Marsch blasen!«

»Ich will sofort hinters Gitter gebracht werden. Dort ist

mein Platz!« Awdijs Gesicht glühte, erneut überkam ihn eine Besessenheit wie damals im Waggon, als er das kostbare Anascha in den Wind hinauswarf. »Ich verlange, daß man mich auch verhaftet und verurteilt«, schrie Awdij, »wie diese Unglücklichen, die sich in der Welt nicht mehr zurechtgefunden haben, inmitten all der Widersprüche und Übeltäter! Ich muß dieselbe Verantwortung auf mich nehmen wie sie. Öffnet die Tür und sperrt mich gemeinsam mit ihnen ein! Vor Gericht werden sie bestätigen, daß ich schuldig bin wie sie! Wir bereuen unsere Sünden, und dies wird uns zur Läuterung gereichen...«

Da legte der Milizionär die Papiere zur Seite und sprang auf. »Der ist doch verrückt, Genosse Leutnant. Sehen Sie ihn nur an. Man sieht sofort, daß er nicht normal ist.«

»Ich bin bei Sinnen«, widersprach Awdij. »Und ich muß mit denen dieselbe Strafe verbüßen! Warum soll ich wahnsinnig sein?«

»Ruhig, ruhig.« Der Leutnant reagierte unschlüssig. Offenbar hatte er während seines gesamten, gar nicht leichten Dienstes bei der Transportmiliz noch niemals einen so verrückten Vorfall erlebt, erzähl das nur mal einem, keiner wird dir glauben.

Ringsum Schweigen. Und da fing einer an aufzuschluchzen, dann gab er sich seinen Tränen hin und heulte los. Lenka weinte, das Gesicht zur Mauer abgewandt. Petrucha hielt ihm den Mund zu und flüsterte ihm Drohungen ins Ohr.

»Also dann, Kamerad.« Der Leutnant erweichte sich plötzlich und sagte zu Awdij: »Gehen wir und unterhalten uns, ich höre dir ganz aufmerksam zu, bloß an einem andern Ort. Gehn wir raus und reden da. Los, los, tu, was ich sage.«

Und so gingen sie wieder in den Wartesaal, der proppenvoll war mit unterschiedlichem reisenden Volk. Der Leutnant führte Awdij zu einer freien Bank, hieß ihn, Platz zu nehmen, und setzte sich neben ihn.

»Ich bitte dich sehr, Genosse«, sagte er mit unerwarteter Vertraulichkeit, »stör uns nicht bei der Arbeit. Und wenn nicht alles klappt, sei nicht böse. Wir haben es nicht leicht. Hast ja selber gesehen. Ich bitte dich darum, fahr fort, fahr, wohin du mußt. Du bist frei. Aber komm bitte nicht mehr zu uns. Kapiert, ja?«

Noch bevor Awdij seine Gedanken sammeln konnte, um dem Leutnant sein Verhalten erläutern und seine Vorstellungen vom Schicksal der festgenommenen Kuriere darzulegen, stand der auf, schob die Menge auseinander und war weg.

Die müßigen Passanten richteten erneut schiefe Blicke auf Awdij – zu sehr hob er sich unter dieser buntgescheckten Menge ab. Zerschunden, das Gesicht von blauen Flecken übersät und die Kleider zerrissen, anstelle einer Krücke das Brett unter die Achsel geklemmt, rief Awdij bei den Leuten zugleich Neugier und Verachtung hervor. Zudem hatte ihn soeben ein Milizionär hergeführt.

Awdij wurde es immer schlechter... Das Fieber stieg an, und der Kopf schmerzte unerträglich. Die Ereignisse des verflossenen Tages, der nächtliche Regenguß, das geschwollene, steife Knie und schließlich die unerwartete Wiederbegegnung mit den Kurieren, denen jetzt furchtbare Strafe für ihr Verbrechen drohte – all das war nicht spurlos an ihm vorübergegangen. Awdij schüttelte es heiß und kalt, zunächst überliefen ihn Kälteschauer, dann wieder Fieberhitze. Er riß sich zusammen und setzte sich auf, zog den Kopf in die Schultern und war nicht mehr imstande, sich vom Platz zu erheben. Die unglückselige Krücke entglitt ihm und fiel vor seine Füße.

Da verschwamm alles vor Awdijs erlöschendem Blick. Die Gesichter und Figuren der Menschen zerflossen im Nebel und verloren ihre Umrisse, sie dehnten sich aus und krümmten sich zusammen, sie preßten sich aufeinander. Awdij wurde es zum Brechen übel, die Gedanken verwirrten sich, es fiel ihm schwer zu atmen. Völlig benommen saß Awdij in diesem schwülen, dampfenden, menschenüberfüllten Saal unter zufällig zusammengewürfelten Menschen. ›O weh, wie schlecht mir ist‹, dachte er. ›Sonderbare Menschen, keiner braucht den andern. Welche Leere ringsum, was für eine Zerrissenheit.‹ Awdij hoffte, daß dieser Zustand bald vorübergehe und er erneut zu sich käme, dann würde er versuchen, den Verhafteten irgendwie zu helfen. Daß sie ihn erst gestern aus dem fahrenden Zug geworfen und gewünscht hatten, es würde ihn zu Tode zerschmettern, war jetzt nicht mehr entscheidend. Diese Verbrecher, Schurken und abgestumpften Mörder hätten in jedem anderen Haß hervorgerufen und Rachedurst, nicht jedoch Mitleid. Aber der Idealist Kallistratow wollte das Leben nicht nehmen, wie es war, und da half auch die Logik nicht. Im Unterbewußtsein war ihm klar: Die Niederlage der Anaschakuriere war auch die seine, die Niederlage einer das Gute befördernden selbstlosen Idee. Er war zu schwach gewesen, auf die Anschaffer Einfluß zu nehmen und sie vor ihrem schrecklichen Los zu retten. Zugleich konnte er aber selbst nicht begreifen, wie verletzlich er war wegen seiner Bereitschaft, alles zu vergeben, und welch schicksalträchtige Folgen das nach sich zog...

Aber nie ist die Welt ohne gute Menschen, sie fanden

sich auch in der Menge am Bahnhof. Eine bejahrte Frau mit Kopftuch ums graue Haar saß mit ihren Sachen auf der Bank gegenüber und hatte offensichtlich mitgekriegt, daß der Mann krank war und Hilfe brauchte.

»Bürger«, hatte sie angehoben und dann sogleich auf mütterliche Art gefragt: »Söhnchen, ist dir nicht gut? Bist du denn nicht krank?«

»Sieht so aus, daß ich krank wurde, aber machen Sie sich keine Sorgen.« Awdij versuchte zu lächeln.

»Was soll denn das, nicht besorgt sein? Ach, Väterchen, was ist das denn bloß, bist du vielleicht von wo heruntergefallen? Und ein Fieber hast du, starkes Fieber«, sagte sie, nachdem sie Awdijs Stirn berührt hatte. »Und die Augen ganz und gar krank. Also, Söhnchen, das ist klar, vielleicht gibt's hier einen Arzt, oder man bringt dich ins Krankenhaus. So kann man dich doch nicht hierlassen...«

»Machen Sie sich keine Mühe, es ist nicht der Rede wert«, sagte Awdij mit geschwächter Stimme.

»Nein, nein. Du bleibst jetzt da sitzen. Ich bin gleich zurück...«

Nachdem sie die Nachbarin mit den Kleinkindern gebeten hatte, auf ihre Sachen achtzugeben, entfernte sich die barmherzige Frau.

Wie lange sie wegblieb, dafür hatte Awdij kein Gefühl mehr. Es war ihm todelend zumute. Jetzt wußte er, worum es ging: Er hatte starke Halsschmerzen. Nicht einmal den Speichel konnte er schlucken. ›Ist wohl Angina‹, dachte Awdij. Er war so abgeschlafft, daß er sich hinlegen und gleich auf dem Boden ausstrecken wollte, sollten sie doch auf ihn treten – vergessen, vergessen, vergessen...

Awdij war schon am Einschlummern, da geriet die

Menge im Wartesaal in Bewegung, ein Gewirr von Stimmen war zu hören. Er öffnete die Augen und erblickte, wie man aus dem Milizdienstraum die Kuriere herausführte. Von allen Seiten umschloß sie ein Milizkommando. Der reizbare Leutnant ging voran, die Leute traten vor ihm auseinander, ihm folgten die Kuriere in Handschellen. Eskortiert gingen sie im Gänsemarsch – Petrucha, Machatsch, Lenka, Kolja, die zwei Diversanten und die übrigen, insgesamt zehn Mann. Sie wurden aus dem Bahnhof hinausgeführt.

Awdij raffte sich zusammen, mühselig hob er die Krücke hoch und hastete den Kurieren hinterher. Es schien ihm, er würde sich sehr rasch bewegen, aber er konnte die Eskortierten doch nicht einholen. Unweit vom Bahnhofstor sah er ein geschlossenes Auto mit einem Gitterkäfig stehen. Zwei Milizionäre packten die Kuriere unter den Achseln und stießen sie hinein.

Dann nahm die Eskorte im Wagen Platz, und der Verschlag schnappte zu. Neben den Fahrer setzte sich der Leutnant, und das Auto fuhr vom Bahnhofsplatz.

Die Menge äußerte allerlei Vermutungen.

»Haben Banditen gefaßt. Eine ganze Meute.«

»Kein Haar besser, als wer in Wohnungen Menschen ermordet.«

»Oh, wie schrecklich!«

»Das sollen Banditen sein? Jüngelchen sind's.«

»Jüngelchen, sagst du? Die Jüngelchen von heute bringen um, wen sie wollen, ohne mit der Wimper zu zucken.«

»Aber Leutchen, was habt ihr denn, Anschaffer von Anascha sind die. Na ja, die halt Anascha transportieren. Die schnappen hier jede Menge davon auf den Güterzügen.«

»Die kannst du lang schnappen, wie du willst, schlüpfen doch durch die Maschen.«

»Ja, ja, Zustände sind das...«

So endete das bittere Abenteuer der Kuriere. Und Awdij verspürte in seinem Innern eine unerklärliche Verwüstung...

Er wußte gar nicht mehr recht, wo er zuvor gesessen hatte, so schleppte er sich in den Wartesaal, ging aufs Geratewohl weiter, mühsam schleifte er die Füße nach – und da traf er wieder auf die grauhaarige Frau.

»Da ist er, hier!« sagte sie zur Krankenschwester in weißem Kittel. »Wohin bist du denn gegangen, Söhnchen, wir haben dich überall gesucht. Die Krankenschwester ist auch mitgekommen. Hast sicher Fieber, und wie die sich davor fürchten, ob du vielleicht was Ansteckendes hast.«

»Das glaube ich nicht«, erwiderte Awdij mit schwacher Stimme.

Die Krankenschwester tastete Awdijs Stirn ab. »Erhöhte Temperatur«, meinte sie. »Haben Sie Durchfall? Durchfall mit fauligem Geruch«, präzisierte sie.

»Nein.«

»Trotzdem. Wir müssen zum Sanitätsposten. Dort wird noch ein Arzt danach sehen.«

»Ich bin bereit.«

»Und wo sind Ihre Sachen?«

»Ich hab' keine.«

4

Im Stationskrankenhaus von Shalpak-Saz, wohin man Awdij Kallistratow gebracht hatte, sagte die Ärztin Alija Ismajlowna, eine runzlig dreinblickende Kasachin, nach der Untersuchung des Kranken in strengem Ton:

»Ihr Zustand ist recht kompliziert. Die Beinwunde muß ein Spezialist ansehen. Doch vorerst wollen wir mit Antibiotika behandeln, damit sich der Infektionsherd nicht ausbreitet. Sie als Kranker müssen mir aber alles erzählen, was Ihnen zugestoßen ist. Ich frage Sie nicht aus Neugier, sondern als Arzt...«

Gar viele Begegnungen und Trennungen geschehen im Leben, aber zumindest einmal ereignet sich, was du nicht anders bezeichnen würdest als eine von Gott gefügte Begegnung. Das Risiko ist groß, daß solch eine Begegnung zu nichts führt; aber begreift es der Mensch erst später, erschrickt er beim Gedanken, die Begegnung hätte ergebnislos sein können ... Denn was der Mensch aus einer Begegnung macht, hängt ja nicht mehr von Gott ab, sondern von ihm selbst...

Solches widerfuhr Awdij Kallistratow. Am Abend des dritten Tages war sie zu ihm ins Krankenhaus gekommen, seine Traumgestalt, denn wer sie war, das wußte er ja nicht, und träumen kann man doch von allem in der Welt...

Nach den Spritzen und den Tabletten war die Temperatur etwas zurückgegangen, zum zweiten Abend hin stand das Fieber schon nicht mehr über siebenunddreißig drei. Die Schwellung am Bein war noch nicht abgeklungen, eine rechte Rippe war gebrochen, das Röntgenbild zeigte einen Riß. Insgesamt aber hatte sich der Zustand gebessert. Subjektiv konnte sich Awdij über sein Befinden nicht beklagen. Die Ärztin Alija Ismajlowna erwies sich als Heilkundige in des Wortes voller Bedeutung, sie kurierte nicht nur mit Kenntnissen, sondern durch ihre ganze Haltung. All ihre Anordnungen und ihre Art zu sprechen flößten dem Patienten Ruhe und Sicherheit ein, sie verhalfen ihm dazu, der Krankheit zu widerstehen. Ihre Therapie war verhalten und weise, nach all den Wirrnissen und Erschütterungen verspürte er besonders heftig, wie dringend nötig ein Mensch bisweilen Anteilnahme und Zuwendung hat. Offen gestanden, er freute sich sogar, erkrankt und in die Hände einer guten Ärztin geraten zu sein, so friedlich und wohl war ihm in dem stillen und bescheidenen Stationskrankenhaus zumute, das in einem kleinen Park lag.

Das Fenster mit den weißen Vorhängen zur Allee hin war halb offen. Die Hitze hatte noch nicht nachgelassen. Zwei Zimmernachbarn waren auf den Hof gegangen, um zu rauchen. Awdij lag allein und maß sich die Temperatur. Er hatte den dringenden Wunsch, daß das Fieber nicht erneut anstieg. Durchs Fenster drang der Widerhall scharfer Absätze, und eine Frauenstimme erkundigte sich nach ihm bei der diensthabenden Schwester. Wer das wohl sein mochte? Die Stimme kam Awdij bekannt vor. Bald darauf öffnete die Schwester die Zimmertür.

»Hier liegt er.«

»Guten Abend!« sagte die Besucherin. »Sind Sie Kallistratow?«

»Ich bin's«, Awdij traute seinen Augen nicht. Es war das Mädchen, das Awdijs Phantasie so sehr beflügelte, das in Utschkuduk auf dem Motorrad angefahren kam. Awdij war so verwirrt, daß er sie fast nicht hörte, den Sinn ihrer Worte hatte er erst später erfaßt, und daß er seit langem darauf eingestellt war, sie schon beim halben

Wort zu verstehen. Wie es sich herausstellte, hieß das Mädchen Inga Fjodorowna. Und sie sei zu Besuch gekommen, weil ihr Alija Ismajlowna, mit der sie schon im dritten Jahr befreundet ist, von ihm erzählt habe und er sie, die zu wissenschaftlicher Arbeit hierhergekommen sei, sehr interessiert hätte: Befaßten sie sich doch beide, das heißt Awdij und sie, Inga Fjodorowna, mit ähnlichen Fragen, beide hätten sie mit Anascha zu tun; sie stellte eine Untersuchung über deren Ausbreitung in der Mujun-Kum an – im weiteren fiel die kompliziertere lateinische Bezeichnung für den Steppenhanf Anascha –, und aus dem Grund sei sie auch hergekommen, sie wolle ihn kennenlernen und erfahren, ob er nicht Informationen brauchen könne... Auch ein Journalist, denke sie, könne ja ohne wissenschaftliche Daten nicht auskommen.

O mein Gott, was soll da noch die Wissenschaft, ihr unerwartetes Erscheinen hatte ihn betäubt, und nur auf wundersame Weise erriet er, wovon die Rede war, denn er sah nichts als ihre Augen, und in diesem Moment schien es ihm, solche Augen gebe es nur ein einziges Mal auf dieser Welt – so entdeckt der Astronom den unbekannten Stern unter Millionen ähnlicher Sterne, für den nichteingeweihten Menschen aber sind ja doch alle Sterne gleich. Ihm aber wuchsen Flügel, kaum daß ihr Blick auf ihm ruhte...

All das hatte Awdij später rekonstruiert, als er mit sich allein zurückgeblieben war und sich ein wenig beruhigt hatte, aber in den ersten Minuten mußte er wie ein kompletter Idiot ausgesehen haben. Inga Fjodorowna hatte das wohl seinem Fieber zugeschrieben. Das muß doch ein rechter Tölpel sein, der sofort damit herausplatzt: »Woher wußten Sie es, daß ich die ganze Zeit an Sie dachte?« Zur Antwort hatte sie bloß erstaunt die Augenbrauen angehoben, was sie aber noch schöner machte, und sie hatte rätselhaft gelächelt. Hätte sie diesen plumpen, törichten Satz für banal oder vulgär gehalten – wie sehr hätte sich Awdij dann verflucht und verurteilt. Doch Gott hatte Erbarmen, sie war taktvoll und maß seinen Worten keine besondere Bedeutung zu. Und sie erinnerten sich vergnügt an die erste Begegnung in Utschkuduk und lachten über den flüchtigen und für beide doch einprägsamen Zufall. Und noch mehr amüsierte Inga Fjodorowna, als er berichtete, wie sich am Tag darauf Awdij mit Petrucha und Lenka in den Gräsern verborgen hielten, als der Hubschrauber über der Steppe aufgetaucht war. Inga Fjodorowna war offensichtlich in diesem Hubschrauber mit einer kleinen wissenschaftlichen Expedition von Taschkent hergeflogen – eines der Taschkenter Forschungsinstitute befasse sich mit der chemisch-biologischen Vernichtung des Anaschahanfes an den Stellen, wo er vorkomme. Jetzt wurde es Awdij bewußt, daß der Kampf mit diesem Übel in zwei Richtungen verlief – die Ausrottung der Drogensucht und die Ausmerzung der Pflanzen, die das Rauschgift enthalten. Und wie es in dieser Welt eben steht: Es war gar nicht so einfach, dieses Problem zu lösen. Aus Inga Fjodorownas Erklärungen ging hervor, daß es durchaus möglich sei, den Hanf mit chemischen Substanzen nicht nur in der Wachstumsphase zu vernichten, sondern auch mit gezielten Maßnahmen das Vermehrungssystem zu stören und damit die Gattung auszurotten. Diese Methode bringe aber ein noch größeres Übel – sie zerstöre den Boden. Für mindestens zweihundert Jahre würde diese Erde unfruchtbar bleiben. Die Natur wegen der Bekämpfung der Rauschgiftsucht zugrunde zu richten sei ja doch auch ein zweischneidiges Schwert. Zur Forschungsaufgabe Inga Fjodorownas gehörte die Suche nach optimalen Methoden zur Lösung dieses komplizierten Umweltproblems. O mein Gott, dachte Awdij bei sich, wenn die Natur denken könnte, welche schwere Schuld würde dann diese ungeheuerliche Wechselwirkung von wildwachsender Flora und moralischem Verfall der Menschen auf sie abladen.

Wenn Awdij Kallistratow seine Beziehung zu Inga Fjodorowna als die »neue Epoche in seinem Schicksal« bezeichnete, war das keine romantische Übertreibung. Schon am zweiten Tag nach seiner Rückkehr nach Priosk schrieb er ihr einen langen Brief, und dies, nachdem er ihr an fast jeder Bahnstation, wo der Zug länger als fünf Minuten hielt, eine Postkarte geschickt hatte. Es lag etwas Unstillbares in dieser Leidenschaft, das über die Verliebtheit hinausging, er spürte diese Spannung der Gefühle seit dem Augenblick, da es ihm beschieden war, Inga Fjodorowna auf seinem Lebensweg zu begegnen.

Er schrieb ihr: »Was mir widerfährt, kann der Verstand nicht fassen! Ich hatte mich immer für einen recht beherrschten Menschen gehalten, bei dem sich Vernunft und Gefühl im Gleichgewicht befinden, aber jetzt kann ich mich nicht mehr analysieren. Aber seltsamerweise will ich auch gar nichts analysieren. Ich bin ganz und gar im Bann eines ungewöhnlichen Glücks, das wie ein Bergrutsch auf mich herabstürzte, in einem Dokumentarfilm habe ich gesehen, wie eine weiße Schneelawine auf ihrem Weg alles fortreißt – und ich bin glücklich, daß diese Lawine mich zuschüttete. In der Welt hat es noch nie einen derart glücklichen Menschen gegeben, nur mir ist das zugefallen, und wie ein fanatischer, mit Schellentrommeln tanzender Wilder danke ich, danke dem Schicksal für all die Prüfungen, die es mir in diesem Sommer hat zukommen lassen: Es hat mich doch am Leben gelassen, nachdem es mich erkennen ließ, was man lediglich in den Strudeln des Lebens erfahren kann. Ich würde sagen, im Innern der Persönlichkeit ist Liebe die echte Revolution des Geistes! Und falls dem so ist, dann lebe die Revolution des Geistes! Die zugleich zerstörende und wiedergebärende!

Verzeih mir, Inga, diesen Wirrwarr! Aber ich liebe Dich, mir fehlen die Kräfte und die Worte, um all das auszudrücken, was Du für mich bedeutest...

Gestatte mir jetzt, tief Atem zu holen. Ich bin schon in der Redaktion gewesen. Habe kurz erzählt, was und wie es war. Man treibt mich zur Eile an, man erwartet meinen Bericht. Vielleicht ist sogar eine Serie von literarischen Skizzen über dieses aktuelle Thema möglich. Und sollten sich meine Erwartungen bestätigen, kann ich sogar auf eine ständige Mitarbeit für diese Zeitung hoffen. Aber es ist noch zu früh, darüber zu reden. Die Hauptsache ist: Morgen mache ich mich an die Arbeit. Ich habe absichtlich keinerlei Notizen gemacht. Es muß alles aus dem Gedächtnis folgerichtig rekonstruiert werden.

Was auch immer geschehe, das Los der Kuriere, die wegen der Verbreitung von Rauschgift völlig gesetzmäßig ein gerechtes und strenges Urteil zu erwarten haben, läßt mir keine Ruhe. Denn für mich sind es lebende Menschen mit ihren bitteren, gebrochenen Schicksalen. Besonders leid tut mir Lenka. Das Kerlchen geht zugrunde. Und da erhebt sich das moralische Problem, worüber wir miteinander geredet haben, Inga. Du hast völlig recht, Inga, jede Übeltat, jedes menschliche Verbrechen an jedem beliebigen Punkt der Welt berührt uns alle, auch wenn wir uns weit weg davon befinden, davon nichts ahnen und nichts davon wissen wollen. Und wozu verbergen, daß wir bisweilen spotten: Schaut nur an, wohin die geraten sind, die wir gewöhnlich als unsere Gegner bezeichnen. Doch die Zeitungen tun recht daran, wenn sie über die Verbrechen schreiben, die jenseits unserer Grenzen geschehen, darin liegt ein tiefer Sinn. Denn in dieser Welt gibt es eine Bilanz der Menschenlasten, die Menschen sind die einzigen denkenden Wesen im Universum, und diese Gemeinsamkeit steht über allem, was sie trennt, ob wir das wollen oder nicht. Und wir werden dahin gelangen, trotz unserer Widersprüche, und das wird die Vernunft auf dieser Erde retten.

Wie froh ist mir, Inga, daß ich Dir schreiben kann, was mich bewegt, denn ich finde in Deiner Seele den nötigen Widerhall, davon bin ich überzeugt. Ich fürchte, daß ich Dich mit meinen endlosen Briefen langweile, mich drängt es, einen nach dem andern zu verfassen, ohne Unterlaß, sonst halte ich das nicht aus. Ich muß immer mit Dir sein, wenigstens in Gedanken. Wie sehr wünschte es ich mir, von neuem in den Steppen der Mujun-Kum zu weilen und Dich wie zum ersten Mal auf dem Motorrad zu sehen, auf dem Du in Utschkuduk aufgetaucht bist und mich, den Verfechter kirchlichen Neudenkens, sogleich bezwungen hast. Schamvoll muß ich es gestehen, aber ich war durch Dein Erscheinen so ergriffen, daß ich mich noch immer nicht vom Gefühl der Zaghaftigkeit und der Begeisterung lösen kann. Du bist von den Himmeln herabgestiegen, wie eine Göttin unserer Tage...

Und jetzt, da ich daran erinnerte, kann ich mir, nach gelungener Kontaktaufnahme zu den Kurieren, meine Unfähigkeit nicht verzeihen, es so einzurichten, daß in der Bilanz der Menschenleiden der Anteil des Bösen geringer und der Anteil des Guten größer werden würde. Ich hatte damit gerechnet, daß sie vor Gott einen Schrecken bekämen, doch stellte es sich heraus, daß für sie Geld über allem steht. Nun quält mich der Gedanke, wie man wenigstens den Kurieren helfen könnte, mit denen mich das Schicksal zusammengeführt hat und mit denen ich gewisse Erfahrungen sammelte. Um Reue geht es mir vor allem. Dahin möchte ich ihnen den Weg weisen. Die Reue – eine der großen Errungenschaften des Menschengeistes – ist in unseren Tagen ja so diskreditiert. Sie ist doch, kann man wohl sagen, gänzlich aus der Moral des modernen Menschen verschwunden. Aber wie kann der Mensch ein Mensch sein ohne Reue, ohne die Erschütterung und Erleuchtung, die man durch die Anerkennung der Schuld erlangt – in Handlungen, in Gedanken, durch den Vorwurf an sich selbst und die eigene Verurteilung? Der Weg zur Wahrheit ist der tägliche Weg zur Vollkommenheit...

O Gott, ich rede immer nur von meiner Sache! Verzeih mir, Inga. Das rührt alles daher, daß mich die Gefühle übermannen und ich unentwegt an Dich denke. Ich habe immer das Gefühl, daß ich auch nicht ein Tausendstel dessen gesagt habe, was ich Dir habe sagen wollen...

Wie sehr wünschte ich mir, Dich so rasch als möglich, so rasch als möglich aufs neue zu sehen – küsse ich doch schon die Woche, die uns noch trennt...

Und diese wachsende Sehnsucht ist das einzige, was mich jetzt erregt. Alle übrigen Probleme des täglichen Lebens haben auf wunderliche Weise ihre Bedeutung verloren, und sie kommen mir überhaupt nicht wichtig vor...«

Es war bereits Ende Juli, und der Tag war gekommen, da ich bedrückt die Redaktion verließ. Ich war sehr traurig, denn in der Einstellung des Redakteurs zu meinen Steppenskizzen war eine plötzliche Änderung eingetreten. Ja, auch meine Kollegen in der Redaktion, die mich wegen des umwerfenden Stoffs zu der Reise angeregt hatten, verhielten sich nun recht sonderbar, als fühlten sie sich vor mir irgendwie schuldig.

Mich kam das indes sehr schwer an. Wenn ich spüre, daß sich Menschen mir gegenüber schuldig fühlen, ist das für mich so qualvoll, daß ich sie möglichst rasch von ihren Gewissensbissen befreien möchte, damit sie bei meinem Anblick nicht mehr verlegen sind. Denn in ihrer Schuld fühle ich mich dann selbst schuldig...

Beim Verlassen der Redaktion gab ich mir das Wort, hierher nicht zurückzukehren und niemand mehr zu belästigen – sollen sie mich doch einladen, wenn ich gebraucht werde. Und braucht man mich nicht, dann läßt sich das nicht ändern. So werde ich erfahren, daß daraus nichts geworden und nichts zu erhoffen ist.

In der schönsten Zeit des rußländischen Sommers ging ich den Boulevard entlang, und nichts machte mir Freude. Wieviel Kräfte und Mühen hat es mich gekostet, diesen Bericht aus der Steppe niederzuschreiben und in sie all meinen Kummer über das Gemeinwesen zu legen, wie eine Beichte und Offenbarung habe ich sie verfaßt, doch da haben sich gewisse Bedenken hinsichtlich des Prestiges unseres Landes ergeben (bedenkliche Tatsache, wenn wir vor uns selbst ein Geheimnis schaffen), die meine mit solcher Mühsal beschafften Skizzen zu beerdigen drohen. Ich kann nicht schildern, wie sehr mich das kränkte. Und am sonderbarsten war, wie sich der Redakteur zu sagen erlaubte:

»Übrigens müßte man darüber nachdenken, vielleicht ist es angebracht, all das in einem schriftlichen Bericht den

übergeordneten Instanzen zu unterbreiten. Zur Beschluß-
vorlage für entsprechende Maßnahmen.«

Ja, so hat er das gesagt.

Aber ich habe das so nicht hingenommen und ihm
widersprochen: »Wie lange noch wollen wir behaupten,
daß bei uns sogar die Katastrophen die allerbesten sind?«

»Was hat das hier mit Katastrophen zu tun?« Der
Redakteur wurde düster.

»Schlicht damit, daß Drogensucht eine soziale Katastrophe ist.«

Danach bin ich weggegangen. Nur Ingas Briefe erleichterten meine Existenz, ich las sie wieder und wieder und
dachte mit Stichen im Herzen an sie. Das gibt es, ohne
Zweifel gibt es Telepathie in der Welt, wie anders läßt sich
erklären, daß ihre Briefe das vorwegnahmen, woran ich
dachte und meine Seele krankte, was mich am allermeisten bewegte und erregte. Diese Briefe nährten zusehends
meine Hoffnungen und flößten mir die Überzeugung ein:
Nein, das Schicksal hat mich nicht betrogen und überdies
auch nicht verspottet, den modernen jungen Frauen gefallen solche wie ich überhaupt nicht – ein gescheiterter
Seminarist mit archaischen kirchlichen Vorstellungen von
moralischen Werten. Gegen diese Supermänner hatte ich
nie eine Chance. Und dennoch fand ich in Ingas Briefen so
viel Zutrauen und – ich scheue mich nicht, es auszusprechen – Hochachtung, vor allem auch unzweideutige
Erwiderung des Gefühls, daß es mich beflügelte und in
den eigenen Augen emporhob. Welch ein Glück, daß
gerade sie, meine Inga, mir begegnet ist! Liegt nicht darin
die Magie der Liebe – im wechselseitigen Streben des
einen zum andern...

Vorerst mußten wir uns wegen der Sorgen des täglichen Lebens noch nicht den Kopf zerbrechen. Und um so

mehr machte es mich glücklich, daß es solche Probleme gibt und sie gelöst werden müssen. Ich mußte unbedingt eine geregelte Arbeit mit festem Einkommen finden, vorläufig lebte ich noch vom Verkauf der alten Bücher des Vaters, was mich sehr bedrückte. Ich erwog, zu Inga nach Asien zu fahren, um mich dort niederzulassen, eine Arbeit zu finden und in ihrer Nähe zu sein. Ich war bereit, als Hilfsarbeiter ihrer Expedition beizutreten und alles zu tun, damit sie ihre Forschungen erfolgreich durchführe, denn ihre Forschungen waren mir nun nicht mehr gleichgültig. In ihnen verschmolzen unsere gemeinsamen Interessen: Ich versuchte, die Rauschgiftsucht von der Moral her auszumerzen, und sie bemühte sich um eine Lösung dieser Aufgabe vom anderen Ende her, auf dem wissenschaftlichen Weg. Und ihre Begeisterung nahm mich sehr für sie ein. Man konnte ja nicht behaupten, ihre Arbeit sei besonders modisch und auf Prestige ausgerichtet oder hätte gar eine zielstrebige, rasche Karriere verheißen. Im Grunde war Inga wohl die einzige, die sich ernsthaft mit der Vernichtung des wilden Hanfs beschäftigte und die sich dies als ein wissenschaftliches Problem stellte. Bei der Wahl ihres Arbeitsgebiets spielte es, wie mir scheint, keine geringe Rolle, daß sie eine Einheimische war, aus Dshambul stammte und in Taschkent studierte, all dies prägte natürlich ihre Interessen.

Inga hatte auch ihre Schwierigkeiten im Leben. Mit dem früheren Mann, einem Militärpiloten, hatte sie schon fast drei Jahre keine Beziehungen mehr. Sie hatten sich getrennt, als ihr Sohn geboren wurde. Nun wollte der Pilot anscheinend eine andere heiraten. Deshalb hatten sie auch ein letztes Mal zusammenkommen müssen, um alles zu regeln, vor allem hinsichtlich ihres Sohnes. Igorchen war bei Oma und Opa in Dshambul untergebracht, einer

Arztfamilie, aber Inga wünschte sich sehr, daß der Kleine ständig mit ihr lebte. Und als sie mir geschrieben hatte, sie hoffe, im Herbst das Söhnchen zu sich nach Shalpak-Saz zu nehmen, man habe ihr einen Platz im Kindergarten der Eisenbahner zugesagt, da freute ich mich sehr für sie und antwortete ihr, sie könne sich in allem völlig auf mich verlassen.

Und daraufhin hatte sie mir geschrieben, sie würde im Herbst während ihres Urlaubs sehr gern mit mir nach Dshambul fahren, um den Kleinen und die Eltern zu besuchen. Gibt es da noch Worte, wie mich ihr gemeinsamer Reiseplan anrührte. Und ich erwiderte ihr, jeden Augenblick sei ich bereit, zu ihr zu reisen und ihr zur Verfügung zu stehen, daß ich überhaupt in meinem ganzen Leben von unseren gemeinsamen, aber vor allem von ihren Interessen ausgehen möchte und daß ich mein Glück darin sehe, ihr nützlich und unentbehrlich zu sein.

Es wurde also klar, daß sich im Herbst unser Schicksal entschied. Ich lebte mit diesem Gedanken und fieberte nach dieser gemeinsamen Reise nach Dshambul zu Igor und Ingas Eltern. Von dieser Reise hing sehr viel ab. Dafür brauchte es aber gewisse finanzielle Mittel. Was allein schon die einfache Fahrt kostete! In der Hinsicht hatte ich auf die Serie meiner Skizzen von der Mujun-Kum gesetzt, doch, o Graus, da war alles geplatzt, und dies nicht meinetwegen. Dann hatte ich zeitweise die Stelle eines Nachtkorrektors in der Gebietsdruckerei übernommen, was mir ein kleines Einkommen verschaffte...

Und nun kam der Tag, da ich von Inga den Brief erhielt, worin sie anfragte, ob ich in den letzten Oktobertagen anreisen könnte, dann würden wir gemeinsam zu den Novemberfesttagen nach Dshambul aufbrechen...

Ich rannte zum städtischen Telegrafenamt wie ein Verrückter, um ihr ein Telegramm zu schicken ... Eilends mußte ich Bücher verkaufen und mich mit dem Erlös auf die Reise machen.

5

Ober-Kandalow entdeckte Awdij Kallistratow am Bahnhof, als er das Kommando für die Treibjagd in der Mujun-Kum ausspähte.

Wer auch immer Ober-Kandalow mit dieser Sache betraut haben mochte, der war der Sache auf den Grund gegangen: Kandalow, ein erfahrener Leiter der Eisenbahnfeuerwehr und ehemaliger Militärmann, zudem bei einem Strafbataillon (und dies hat ja was zu bedeuten!), eignete sich wie kaum ein zweiter für die dringliche Operation in der Steppe. Kandalow hatte nebenbei seine eigenen, fein ausgesponnenen Hintergedanken. Er rechnete mit der Rehabilitierung: Falls er der Gebietsleitung bei der Planerfüllung der Fleischabgabe zu Diensten war, würde er daraufhin die zuständigen Gebietsinstanzen um die Wiederaufnahme in die Partei ersuchen. Man hatte ihn ja keineswegs wegen Diebstahls oder grober Mißbräuche ausgeschlossen, sondern alles in allem auf Grund einer recht seltenen und – das war die Hauptsache – dem Staat absolut unschädlichen Sache wie Päderastie in Kasernen für Strafbataillone, wozu er andere, unter Ausnutzung seiner Position, zu nötigen pflegte. Die Schande war nun mal nicht aus der Welt zu schaffen, und als ranghöchster Unteroffizier mit den meisten Überstunden hatte er die Angewohnheit, sich so mancherlei ideologisch zweifelhafte Personen, insbesondere aus dem Kreis der Sektenanhänger und Drogenabhängigen, gefügig zu machen; hatten die denn Schonung verdient? Es genügte ja schon, daß ihm die Frau weggelaufen war, er hatte zu saufen begonnen, obgleich man nicht behaupten konnte, er sei zuvor Abstinenzler gewesen. Und wenn man sich in diese Sache gehörig vertiefte, dann erwies er sich als der rechte Mann am rechten Platz. Er war also mit einer bedeutsamen Aufgabe betraut worden und rekrutierte nun seine Gruppe. In tiefer Nacht war er auf den Bahnhof gekommen, beäugte sich dort die Leute und entdeckte mit geübtem Blick, wen die Not drückte und wer dafür zu haben wäre, mit ihm für gutes und schnelles Geld in die Mujun-Kum aufzubrechen. So und nicht anders hatte er auch Awdij Kallistratow aufgelesen.

Nicht nur Not hatte Awdij dazu veranlaßt, Kandalows Vorschlag zu akzeptieren: Unvorhersehbares und Beunruhigendes war eingetreten – er hatte Inga Fjodorowna in Shalpak-Saz nicht angetroffen, obgleich er auf ihren Brief hin angereist war; er war in Mutlosigkeit verfallen, selbst wenn gar nicht klar war, ob er sich das solchermaßen zu Herzen nehmen mußte. Er war mit dem Flugzeug gereist, zu dem Zweck hatte er zuvor nach Moskau fahren müssen und dort einen ganzen Tag wegen des Flugscheins zugebracht, von Alma-Ata aus hatte er den Zug benutzt. Innert weniger Tage war er hierhergejagt, und als er schließlich vor dem Häuschen im Hof des nah beim Krankenhaus gelegenen Laboratoriums anlangte, war es verschlossen, und im Schlüsselloch steckte die Notiz von Inga Fjodorowna. In der Notiz hatte sie ihn darum gebeten, einen postlagernden Brief am Bahnhof abzuholen. Natürlich war Awdij kopfüber zur Post gestürzt. Der Brief war ihm sofort ausgehändigt worden. Mit ersterbendem Herzen hatte er sich in die Grünanlage begeben, auf eine Bank gesetzt und gelesen:

»Awdij, mein Liebster, verzeih. Wenn ich eine solche Panne geahnt hätte, hätte ich es Dich wissen lassen, damit Du noch nicht abreist. Ich fürchte, Dich hat mein Telegramm nicht erreicht und Du bist schon unterwegs. Es geht darum, daß mein ehemaliger Mann plötzlich in Dshambul eingetroffen ist, um die Gerichtssache wegen unseres Igorchens zu regeln. Ich muß dringend nach Dshambul. Vielleicht habe ich ihn zu dieser Reise provoziert: Ich habe ihm offen geschrieben, ich wolle mit einem Menschen, der mich zutiefst interessiere, ein neues Leben anfangen. Ich mußte es ihm mitteilen, da wir ja einen Sohn haben. Verzeih mir nochmals, mein Geliebter, daß alles so gekommen ist. Vielleicht hat es auch sein Gutes: So oder so hätte man diese Frage früher oder später entscheiden müssen. Am besten ist es doch, das gleich von vornherein zu bereinigen.

Wenn Du ankommst, wird die Tür verschlossen sein. Den Schlüssel lasse ich bei unserer Laborantin Saula Alimbajewa. Sie ist ein reizender Mensch. Du weißt doch, wo unser Laboratorium ist. Hol dir bitte den Schlüssel bei ihr, und wohne bei mir. Fühl Dich wie zu Hause, und wart auf mich. Schade, daß Alija Ismajlowna jetzt in Urlaub gefahren ist, die Bekanntschaft mit ihr wäre für Dich interessant gewesen. Sie hält sehr viel von Dir. Ich denke, in einer Woche bin ich zurück. Ich versuche alles, damit uns von nun an nichts mehr im Weg steht. Ich wünsche mir sehr, daß Du Igorchen siehst. Ihr werdet sicher gute Freunde, und ich möchte sehr, daß wir alle zusammenleben, und vorher fahren wir wie besprochen zu meinen Eltern, damit Du mit ihnen bekannt wirst, mit Fjodor Kusmitsch und Veronika Andrejewna. Sei nicht traurig, Awdij, mein Geliebter, und gräm Dich nicht. Ich tue alles, was ich kann. – Deine Inga

PS: Falls Du außerhalb der Arbeitszeit ankommst, hier Alimbajewas Anschrift: Abaj-Straße 41. Ihr Mann heißt Daurbek Iksanowitsch.«

Der Brief, den Awdij in einem Zug durchgelesen hatte, machte ihn nachdenklich. Er war bestürzt: Diese Wendung der Dinge hatte er keineswegs erwartet. Awdij holte den Schlüssel nicht ab, sondern blieb im Wartesaal, er wollte zuerst einen klaren Kopf bekommen. Dann brachte er den Koffer, damit er nicht störe, zur Gepäckaufbewahrung, lief zur Grünanlage, setzte sich dort ein Weilchen hin, schlenderte dann an dem ihm vertrauten Krankenhaus vorüber, fand einen einsamen Fußweg zwischen Bahnhof und Stadt und ging dort auf und ab...

In der Steppe hielt sich der Spätherbst. Es war bereits kühl. Wie Schaumkronen in der Weite des Ozeans schimmerten verwaschene lockere Wolken im Oktoberhimmel, den der Sommer ausgebleicht hatte, die Bäume waren schon halb entlaubt, unter den Füßen raschelte trockenes, purpurbräunliches Laub. Die Gärten waren schon geräumt und kahl. Auf den Straßen von Shalpak-Saz war es öde und trostlos. In der Luft hing ein schwach glitzerndes Spinnennetz und berührte unversehens sein Gesicht. All das flößte Awdij Wehmut ein. Und bei der Station, die mit ihrer industriellen Wucht den riesigen Steppenraum gleichsam erdrückte, krachte und rasselte es in einem fort, das Leben pulsierte weiter, ohne auch nur einen Augenblick einzuhalten. Immerzu wurden auf den zahllosen Geleisen Züge manövriert, Menschen eilten hin und her, und über den ganzen Umkreis hinweg kreischten die Dispatcher aus den Lautsprechern.

Und aufs neue fielen Awdij die Sommertage ein und das Ende der Epopöe der Kuriere. Wieder kam er ins Sinnieren über die Reue. Und je mehr er darüber nachdachte, um so sicherer wurde er, daß die Reue ein Begriff ist, der mit zunehmender Lebenserfahrung an Bedeutung gewinnt und eine Dimension des Gewissens darstellt, die durch menschliche Vernunft erworben, ausgebildet und gepflegt wird. Nur der Mensch hat die Gabe der Reue. Reue ist die ewige und unvergängliche Fürsorge des Menschengeistes um sich selbst. Also müßte doch jede Strafe für ein Vergehen oder ein Verbrechen im Inneren des Täters die Reue wecken, andernfalls wäre das gleichbedeutend mit der Bestrafung eines Tieres.

Mit diesen Gedanken war Awdij zum Bahnhof zurückgekehrt. Und er erinnerte sich an den jähzornigen Leutnant, er wollte herausfinden, ob der ihn vergessen habe, und auch erfahren, wie sich das Schicksal der Kuriere gefügt habe, der Anaschabeschaffer Petrucha, Lenka und der anderen. Noch etwas anderes trieb Awdij dazu: Mit allen Kräften versuchte er sich abzulenken – die Gedanken an Inga Fjodorowna belasteten und beunruhigten ihn wie ein zusammengeballtes Gewitter. Sein ganzes Leben und die Zukunft waren durch dieses Prisma gefiltert, über sein Dasein wurde im fernen Dshambul entschieden. Nein, da er nun mal machtlos war, etwas zu unternehmen, durfte man daran nicht denken, man mußte diesen Gedanken entkommen und entfliehen. Leider konnte er aber den jähzornigen Leutnant nicht aufspüren. Als Awdij an die Tür des Revierraumes anklopfte, trat ein Milizionär auf ihn zu.

»Was wollen Sie?«

»Ja, wissen Sie, ich möchte da einen Leutnant sehen«, hob Awdij zu erklären an, bereits ahnend, daß aus seiner Absicht nichts würde.

»Wie heißt der? Bei uns gibt's viele Leutnants.«

»Leider ist mir sein Name unbekannt, aber wenn ich ihn sehe, werde ich ihn sofort erkennen.«

»Worum geht es?«

»Wie soll ich Ihnen das erklären – ein bißchen reden und plaudern wollte ich...«

Der Milizionär musterte ihn aufmerksam. »Na schön, schau mal nach, vielleicht findest du deinen Leutnant.«

Aber im Raum saß dieses Mal am Telefontisch ein Fremder, mit dem er nichts zu bereden hatte. Awdij entschuldigte sich und ging. Beim Hinausgehen blickte er flüchtig auf den Eisenkäfig, wo damals die Gefaßten gesessen hatten. Dieses Mal stand er jedoch leer.

Aber die quälenden Gedanken holten Awdij wieder ein. Was ist mit Inga? Noch immer war er nicht den Schlüssel holen gegangen, den Inga für ihn hinterlegt hatte. Er wußte: Wenn er einmal in Ingas leerem Haus mit seinen Gedanken allein war, dann verspürte er die Einsamkeit noch stärker. Er hätte auch am Bahnhof warten können, wenn er gewußt hätte, was mit Inga sei und wann sie wiederkomme. Awdij versuchte sich auszumalen, was dort, in Dshambul, jetzt geschah, wie schwer es wohl für seine geliebte Frau war, aber er konnte ihr in nichts helfen. Was ist, wenn ihre Eltern darauf bestehen, daß sie ihre Beziehungen mit dem Mann wiederaufnimmt, damit das Kind nicht den Vater verliert? Ja, so etwas war nicht ausgeschlossen, ihm aber würde dann nichts anderes übrigbleiben, als heimzukehren. Awdij sah den strahlenden Piloten greifbar vor sich, einen imposanten Mann in Uniform und mit Achselklappen, einen Major, wenn nicht mehr, und es war ihm klar, daß er im Vergleich mit ihm schlecht abschnitt. Awdij war davon überzeugt, für Inga würden all die Rangabzeichen und der äußerliche Glanz keinerlei Rolle spielen, doch wer weiß, ob nicht plötzlich Ingas Eltern vom Schwiegersohn klare Vorstellungen hatten – den Militärpiloten, Igors Vater, oder einen arbeitslosen Sonderling?

Es dämmerte. Je näher die Nacht kam, desto trübsinniger wurde Awdij. In dem von Menschen überfüllten Bahnhof herrschte Halbdunkel, es war schwül und verraucht, und Awdij war verzagt wie nie zuvor. Es kam ihm so vor, als sei er in einem düsteren und finsteren Wald. Völlig allein. Der Herbstwind heult durch die Baumwipfel, bald setzt Schneefall ein, und der Schnee wird den Wald und ihn, Awdij, völlig zudecken, alles versinkt im Schnee, vergessen und verschwunden ... Awdij wollte sterben, und wenn jetzt die Nachricht käme, Inga würde nicht oder nicht allein heimkehren, sie werde ihre Sachen und Bücher zusammenpacken und dann mit ihrem Militärpiloten wegfahren, so würde er, ohne nachzudenken, hinausgehen und sich unter den ersten Zug legen...

Just zu dieser bedrückenden Stunde, schon spätabends, war Ober-Kandalow am Bahnhof von Shalpak-Saz bei seiner Suche nach dem passenden Kommando für die »Safari« in die Mujun-Kum auf Awdij Kallistratow gestoßen. Offensichtlich mangelte es Ober-Kandalow nicht eines gewissen Scharfblicks, jedenfalls hatte er ohne Fehl begriffen, daß Awdij seelisch aus dem Gleichgewicht war und nicht mehr ein noch aus wußte. Und in der Tat willigte der sofort ein, als Ober-Kandalow vorschlug, sich für ein paar Tage loszueisen und in der Savanne Mujun-Kum lohnendes Schwarzgeld draufzuverdienen. Awdij war zu allem bereit, nur um nicht einsam herumzusitzen und sich vagen Hoffnungen hinzugeben. Wenn er mit dem Geld aus der Mujun-Kum zurückkehrte, wäre vielleicht auch Inga Fjodorowna wieder da, und alles würde sich aufklären: Entweder bleibt er (welch Glück!)

auf immer bei der Geliebten, oder er muß fort und Kraft finden, damit fertig zu werden ... Doch vor solch einem Ausgang fürchtete er sich ...

Und noch am selben Abend nahm ihn Ober-Kandalow zum Standort der Feuerwehr mit, wo auch Awdij auf einem freien Schlafplatz übernachten konnte ...

Am Morgen des folgenden Tages aber machte sich das gesamte Kommando in einer Autokolonne auf den Weg zur Treibjagd in die Savanne Mujun-Kum. Sie fuhren los zur fröhlichen Jagd ...

Und nun hielten sie Gericht über Awdij Kallistratow. Fünf passionierte Alkoholiker – Ober-Kandalow, Mischasch, Kepa, Hamlet-Galkin und Eingeborenen-Üsükbaj. Genauer betrachtet waren Hamlet-Galkin und Eingeborenen-Üsükbaj nur zugegen, sie bemühten sich, freilich kläglich und zaghaft, den Ingrimm jener drei, die das Gericht vollstreckten, etwas zu dämpfen.

Es hatte damit begonnen, daß über Awdij gegen Abend von neuem diese Besessenheit gekommen war – wie damals im Waggon –, und dies hatte als Anlaß gedient, mit ihm abzurechnen. Die Treibjagd auf die Saigas in der Mujun-Kum hatte ihn so furchtbar erschüttert, daß er die Forderung erhob, das Gemetzel unverzüglich einzustellen, er appellierte an die vertierten Jäger, sich Gott zuzuwenden, agitierte Hamlet-Galkin und Üsükbaj, sich ihm anzuschließen, zu dritt würden sie dann Ober-Kandalow und seine Spießgesellen zurücklassen, sie müßten Alarm schlagen, jeder würde sich dann in Gedanken zu Gott durchringen, dem allergütigsten Schöpfer, Seiner grenzenlosen Gnade vertrauen und Ihn um Verzeihung für das Übel anflehen, das sie, die Menschen, der lebenden

Kreatur zugefügt hatten, denn nur aufrichtige Reue wird die Last von ihnen nehmen.

Awdij hatte geschrien, die Arme hochgerissen und sie dazu aufgefordert, es ihm gleichzutun, auf daß sie sich vom Bösen befreiten und bereuten.

In seiner maßlosen Raserei war er so töricht und lächerlich, hatte sich heiser geschrien und war hin und her gerannt wie im Vorgefühl des Endes der Welt, es war ihm so vorgekommen, als flöge alles zum Teufel und versänke in einem Schlund von Feuer.

Er hatte all die zu Gott hinlenken wollen, die wegen der paar Rubel hierhergekommen waren... Hatte die kolossale Ausrottungsmaschine anhalten wollen, die sich in den Weiten der Savanne Mujun-Kum breitmachte – diese alles zerstörende, mechanisierte Kraft...

Er wollte das Unüberwindbare bezwingen...

Und da hatten sie ihn, auf Anraten von Mischasch, mit Stricken gefesselt und danach auf die Ladefläche geworfen, direkt auf die Kadaver der getöteten Saigas.

»Flack da nur, Hurenbock, und verreck. Riech dich voll an den Stinksaigas«, brüllte ihm, röchelnd vor Erschöpfung, Mischasch zu. »Kannst deinen Gott jetzt anrufen! Vielleicht erhört Er dich, Hundsfott, steigt herab zu dir vom Himmel...«

Es war Nacht, und der Mond ging auf über der Savanne Mujun-Kum, über die eine blutige Treibjagd hinweggerollt war, wo alle Lebewesen und sogar die Wölfe mit eigenen Augen den Untergang der Welt sahen...

Mit Ausnahme von Awdij Kallistratow, den ein böses Schicksal an jenem Tag in die Mujun-Kum verschlagen hatte, feierten die Zerstörer einmütig ihren Triumph.

Und darum hatten sie sich versammelt, über ihn zu richten...

Nachdem sie Awdij vom Laster heruntergezerrt hatten, schleppten ihn Mischasch und Kepa zu Ober und zwangen ihn gewaltsam dazu, vor diesem aufrecht zu knien. Ober-Kandalow saß auf einer leeren Kiste, die Rockschöße des zerknitterten Regenmantels ausgebreitet und die Beine in den wasserdichten Stiefeln breit gespreizt. An diesem kleinen Platz, den die Seitenscheinwerfer bestrahlten, erschien er unnatürlich riesig, geballt und unheilverkündend. Seitlich neben dem Lagerfeuer, das noch immer den Geruch angebrannten Schaschliks aus frischem Saigafleisch verströmte, standen, noch an den letzten Bissen kauend, Hamlet-Galkin und Ureinwohner-Üsükbaj. Sie waren bereits angetrunken und lächelten daher blöde in Erwartung des Oberschen Gerichts über Awdij, sie flüsterten miteinander, versetzten sich gegenseitig Püffe und blinzelten einander vielsagend zu.

»Na also, wie steht's?« stieß schließlich Ober aus und schaute dabei verächtlich auf Awdij herab, der vor ihm kniete. »Hast nachgedacht?«

»Löst die Fesseln!« sagte Awdij.

»Die Hände losbinden? Warum hat man sie dir denn gefesselt, hast du nicht darüber nachgedacht? Hände fesselt man doch nur Rebellen, Verschwörern, Aufrührern und Störenfrieden von Ruhe und Ordnung!«

Awdij schwieg. »Gut, meinetwegen binden wir ihn los, wollen sehen, wie du dich benimmst«, lenkte Ober gnädig ein. »Na los! Löst die Fesseln von den Händen!« befahl er. »Die wird er gleich brauchen.«

»Zum Teufel mit dem Hurenbock, losbinden?« grunzte Mischasch unwillkürlich, während er den Strick hinter Awdijs Rücken losband. »Solche wie dich müßte man wie Welpen gleich ertränken und dreimal kaputtmachen, in Grund und Boden spitzen.«

Erst jetzt, als er die befreiten Arme und Hände bewegte, fühlte Awdij, wie steif die Schultern und die Armgelenke waren.

»So, deine Bitte ist erfüllt«, sagte Ober-Kandalow. »Du hast noch Chancen. Für den Anfang aber, da, trink aus!« Und er reichte Awdij ein Glas Wodka.

»Nein, trinken werde ich nicht«, sagte Awdij bestimmt.

»Wie du willst, Dreckskerl!« Mit jähem Ruck schwappte Ober den Inhalt des Glases direkt in Awdijs Gesicht. Der erstickte fast vor Überraschung und sprang auf. Mischasch und Kepa fielen aber erneut über ihn her und drückten ihn auf die Erde nieder.

»Auch noch lügen, Hurenbock, du wirst trinken!« brüllte Mischasch. »Hab' schon mal gesagt, solche wie dich muß man ertränken! Also los, Ober, gieß den Wodka nach, mach's voll, das Glas! Ich schütt' ihm das in die Gurgel, und wenn er nicht säuft, prügle ich ihn durch wie einen Hund.« Mit den Glasrändern, die in seiner Hand knirschten, schnitt Mischasch in Awdijs Gesicht und Lippen. An Wodka und eigenem Blut fast erstickend, wand sich Awdij und schlug sich mit Händen und Füßen von Mischasch und Kepa los.

»Kumpels, hört auf, zum Kuckuck mit ihm, warum soll er denn trinken, saufen wir selbst!« winselte Hamlet-Galkin kläglich, während er um die Raufenden herumrannte. Eingeborenen-Üsükbaj hüpfte in einem Satz hinter den Wagen und äugte von dort verängstigt und unschlüssig um die Ecke, ob es besser war, auszuharren, da es ja noch eine Menge Wodka gab, oder aber vor dem Unheil auszureißen ... Und nur Ober-Kandalow blieb auf seinem Kasten sitzen wie auf einem Thron und als sei dies eine Zirkusnummer.

Hamlet-Galkin sprang zu Ober heran: »Hör auf, Ober, geh doch dazwischen, die bringen ihn um, wir kommen vor Gericht!«

»Vor Gericht?« Ober zuckte überheblich die Schultern. »Was für ein Gericht gibt's in der Mujun-Kum! Hier bin ich das Gericht! Beweis das mal, den haben doch die Wölfe gerissen. Keiner hat es gesehen, keiner kann es beweisen...!«

Awdij wurde bewußtlos und stürzte zu Boden, sie traktierten ihn mit ihren Stiefeln. Awdijs letzter Gedanke war Inga: Was wird aus ihr, kein andrer kann sie je so lieben wie er, wie er sie geliebt hat.

Er hörte bereits nichts mehr, vor seinen Augen verschleierte sich alles, und unverhofft erschien ihm die graue Wölfin. Ebenjene, die im heißen Sommer über ihn hinweggesprungen war...

»Rette mich, Wölfin!« brach es aus ihm hervor. Er hatte gleichsam intuitiv gespürt, daß sich die Wölfe Akbara und Taschtschajnar jetzt ihrer Höhle, die in jener Nacht von Menschen besetzt war, näherten. Die wilden Tiere zog es zu ihrem gewohnten Nachtlager, deshalb waren sie zurückgekehrt, wohl in der Hoffnung, daß die Menschen ihre Talsenke schon verlassen und sich verzogen hatten.

Aber der Lastwagenkoloß zeichnete sich nach wie vor dunkel und furchterregend ab, Schreie trug es von dort herüber, Gepolter und den Widerhall dumpfer Schläge...

Und die Wölfe mußten aufs neue in die Steppe umkehren. Gepeinigt und rastlos entfernten sie sich blindlings, mit eingezogenen Schwänzen und der Nase nach... Tag und Nacht ließen ihnen die Menschen keine Ruhe... Und sie schleppten sich langsam dahin, der Mond beleuchtete ihre dunklen Silhouetten...

Das selbstherrliche Gericht dauerte an ... Die betrunkenen Treibjäger bemerkten nicht, daß der Angeklagte Awdij Kallistratow schon fast nicht mehr aufzustehen versuchte, als sie ihn ein weiteres Mal mit Fäusten zusammengeschlagen hatten ...

»Na, steh auf, Popenfresse.« Zuerst Mischasch, dann Kepa wollten ihn mit harten Hieben und lästerlichen Flüchen aufzwingen, doch Awdij konnte bloß noch stöhnen. Außer sich vor Wut, packte ihn Ober-Kandalow, hob ihn hoch und hielt den wie ein Sack baumelnden Awdij am Kragen fest. Er setzte an zu einer Strafpredigt und redete sich in blinde Wut hinein.

»Du Lump hast uns also mit Gott erschrecken und in Angst versetzen wollen, uns Gott zum Vorwurf machen, du Scheusal du! Mit Gott jagst du uns keinen Schrecken ein, da bist du an die Falschen geraten, Hundsfott. Und wer bist du schon? Wir erfüllen hier den Staatsplan, und du bist gegen den Plan, Hurenpope, gegen das Gebiet, bist also ein Lump, ein Volksfeind, ein Staatsfeind bist du. Und für so einen Feind und Schädling und Diversanten ist kein Platz auf der Welt! Schon Stalin hat gesagt: ›Wer nicht mit uns ist, der ist gegen uns!‹ Volksfeinde gehören mit der Wurzel ausgerottet! Keinerlei Nachsicht! Gibt der Feind nicht auf, dann radiert man ihn aus, bis kein Fatz mehr übrigbleibt. In der Armee kriegen solche Karzer und Prügel! Damit der Boden sauber und von Unrat frei bleibt. Aber du, Kirchenratte, auf was bist du aus? Sabotage! Auftrag geplatzt! Uns hinter Klostermauern lotsen. Ja, ich erwürg dich, Mißgeburt, wie einen Volksfeind, und man wird sich bei mir bedanken, du Agent des Imperialismus, du, du Scheusal! Denkst wohl, es gibt keinen Stalin mehr und keiner wird mit dir fertig? Du Popenausgeburt, auf die Knie mit dir. Jetzt bin ich die

Macht, schwör ab von Gott, sonst ist das dein Ende, elendiger Lump!«

Awdij hielt sich nicht mehr auf Knien, er fiel um. Sie zerrten ihn hoch.

»Antworte, Scheusal«, brüllte Ober-Kandalow. »Schwör ab von Gott! Sag, es gibt keinen Gott!«

»Gott gibt es!« stöhnte Awdij schwach.

»So ist das also!« Wie verbrüht brüllte Mischasch auf. »Hab ich doch schon gesagt, Hurenbock, dem bist du egal, und schon aus Rache verstellt er sich.«

Vor Wut keuchend, packte ihn Ober-Kandalow erneut und schüttelte ihn am Kragen. »Dann wisse, du Gottliebchen, wir spielen dir jetzt zum Tanz auf, daß du's in alle Ewigkeit nicht vergißt! Schleppt ihn hin zu dem Baum, hängen wir ihn, hängen wir das Scheusal auf!« brüllte Ober-Kandalow. »Und unter deinen Füßen zünden wir ein Feuerchen an. Soll dich ein bißchen ansengen!«

Gemeinsam schleppten sie Awdij zu dem knorrigen Saxaul, der sich am Rand der Talmulde ausbreitete.

»Holt die Stricke!« befahl Ober-Kandalow dem Kepa.

Der sprang zum Fahrerhaus.

»He, du da! Üsükbaj, du Landesherr, haben sie dir denn deine Mutter verschleppt, und du da drüben, Scheißkünstler, willst wohl abseits bleiben, ha? Also los, schmeiß dich her! Sonst laß ich am Wodka nicht mal schnuppern!« verschreckte Ober-Kandalow die jämmerlichen Trunkenbolde, und die stürzten sich Hals über Kopf herbei, um den unglückseligen Awdij aufzuhängen.

Das Rowdytreiben fand plötzlich einen unheilvollen Sinn. Eine üble Farce drohte in ein Lynchgericht umzuschlagen.

»Nur eins ist schlecht, Hurenbock, in dieser miesen Steppe fehlen uns Nägel und ein Kreuz! Scheiße ist das,

Hundsfott.« Bekümmert knickte Mischasch die Saxaulzweige ab. »Das wäre doch was gewesen! Ihn kreuzigen!«
»Macht gar nichts, wir binden ihn mit Stricken fest! Wird nicht schlechter dranhängen als an Nägeln.« Ober-Kandalow hatte den Ausweg gefunden. »Ziehen ihn an Armen und Beinen auseinander wie einen Frosch und fesseln ihn so an, daß er nicht mehr zuckt. Kann dann bis morgen früh hängen und soll mal nachdenken, ob es Gott gibt oder nicht! Ich werd an ihm eine Erziehungsmaßnahme exerzieren, die er bis zum Tod nicht vergißt, diesem Ratten- und Popengeschmeiß werd ich's zeigen. Hab in der Armee schon ganz andere dressiert. Nichts wie los, Kumpels, packt ihn! Hebt ihn hoch, an den Ast da, etwas höher! Dreht den Arm hierher, das Bein dorthin!«

All das geschah ohne Verzug, da sich Awdij schon nicht wehren konnte. Am verkrümmten Saxaul festgebunden, an Armen und Beinen angefesselt, hing er wie ein zum Trocknen ausgehängter Frischbalg. Awdij hörte noch das Gezänk und die Stimmen, doch schon von ganz ferne. Die Qualen raubten ihm die Sinne. Im Leib, von der Seite der Leber her, brannte es unerträglich, im Kreuz schien etwas zu zerreißen oder zu zerbrechen, so stark war da der Schmerz. Langsam verließen Awdij die Kräfte. Und daß die betrunkenen Peiniger unter seinen Füßen vergeblich versuchten, ein Feuer zu entfachen, das beunruhigte ihn schon nicht mehr. Alles war ihm gleichgültig geworden. Aus dem Feuer wurde nichts: Die vom Schnee des Vortages feuchten Gräser und Zweige wollten nicht brennen ... Und niemand kam auf die Idee, Benzin hineinzuschütten. Ihnen genügte es, daß Awdij Kallistratow wie eine Vogelscheuche im Garten dahing. Sein Anblick erinnerte an einen Gehängten oder einen Gekreuzigten, und schon dies möbelte und stachelte sie alle auf.

Speziell Ober-Kandalow war begeistert. Ihm schwebten noch viel effektvollere und spannendere Bilder vor, wo nicht nur einer in der Steppe erhängt wurde.

»So wird es euch allen gehen, reib dir das auf die Nase!« drohte er. »Ich würde einen jeden, der nicht für uns ist, so hochziehen, daß ihm gleich die Zunge heraushängt. Alle würde ich sie aufhängen, alle, alle, die gegen uns sind, und den ganzen Erdball an einem einzigen Strick wie ein Reifen ums Faß, und dann wird keiner mehr auch nur mit einem Wörtchen uns widersprechen, würden alle schön strammstehen ... Auf geht's, Kommissare, saufen wir noch ein letztes Mal, komme, was da kommen mag...«

Sie pflichteten Ober lärmend bei und zogen zum Wagen hin, Ober stimmte indes ein ihm bekanntes Lied an:

»Ziehn wir die Reithosen über
und stecken den Mauser in den Sack
Eins-zwei, eins-zwei...«

Die aufgestachelten »Kumpane des Kommissars« faßten nach: »Eins-zwei, eins-zwei«, sie ließen noch ein paar Halbliterchen kreisen und grölten aus vollem Hals: »Eins-zwei, eins-zwei.«

Nach einiger Zeit blitzten die Scheinwerfer auf, der Motor sprang an, das Fahrzeug wendete und kroch langsam über die Steppe davon. Und es herrschte völlige Finsternis. Ringsum war alles verstummt. Nur Awdij blieb zurück, festgebunden an den Baum, ganz allein in der weiten Welt. In seiner Brust brannte es, das Innerste war verletzt, ein unerträglicher, den Verstand trübender Schmerz quälte ihn ... Und sein Bewußtsein schwand dahin, wie eine winzige Insel im Hochwasser versinkt.

›Meine Insel ist in der Oka ... Wer ist es, der Dich,

Meister, retten wird?‹ Ein letzter Gedanke blitzte auf und erlosch...

Dann drangen die letzten Lebensströme heran...

Und vor seinem erlöschenden Blick erschien ein großes Wasser, eine grenzenlose Wasserfläche ohne Anfang und Ende. Das Wasser brodelte lautlos, weiße Wellen rollten lautlos darüber hinweg wie der Schneesturm, der hauchdünn über den Boden hinwegfegt, von dem niemand weiß, woher er kommt und wohin er geht. Doch am kaum sichtbaren Horizont des lautlosen Meeres zeichnete sich über dem Wasser ein Menschenschatten ab, und Awdij erkannte diesen Menschen – es war sein Vater, Diakon Kallistratow. Und da vernahm Awdij die eigene Knabenstimme – hörbar verlas die Stimme dem Vater das Lieblingsgebet vom versunkenen Schiff, so wie damals in der Kindheit, als er neben dem alten Klavier stand, nur war jetzt die Entfernung zwischen ihnen so riesig, und die Knabenstimme tönte klangvoll und begeistert durch das Universum dahin:

»Soeben ist der Himmel hell geworden, aber die Welt schläft noch...

...Du, Mitleidender, Gesegneter und Gerechter, verzeih mir, daß ich so beharrlich Dich rufe. In meinem Flehen ist kein Eigennutz, ich bitte auch nicht um ein Scherflein irdischer Güter und bete nicht darum, meine Tage zu verlängern. Bloß um die Rettung der Menschenseelen rufe ich Dich unablässig an. Du, Allverzeihender, laß uns nicht in Unwissenheit verharren, gestatte uns nicht die Suche nach Rechtfertigungen, daß Gut und Böse auf der Welt unauflöslich verbunden sind. Schick dem Menschengeschlecht Deine Erleuchtung. Über mich selbst den Mund zu öffnen, wage ich nicht. Ich habe keine Furcht, jeden Ausgang als das Gebührende zu tragen, in der Hölle zu brennen oder in Dein Reich einzugehen, das kein Ende hat. Dies Los zu bestimmen liegt einzig bei Dir, unsichtbarer und unfaßbarer Schöpfer.

Ich bitte nur um das eine, eine größere Bitte habe ich nicht...

Ich bitte nur um das eine, vollbring das Wunder und laß jenes Schiff tagaus, tagein und Nacht für Nacht den alten Kurs halten, solang sich der Tag und die Nacht in dem von Dir bestimmten Weltenlauf ablösen. Laß das Schiff schwimmen, unter unwandelbarer Wacht und bei immer geschlossenen Kanonenrohren, von Ozean zu Ozean, mögen die Wellen ums Heck schlagen, möge ihr machtvolles Rauschen und Tosen nie verstummen. Laß die Gischt des Ozeans es wie mit pfeifendem Regen überschütten, laß es das bittere und flüchtige Naß atmen. Laß das Knarren des Decks tönen, das Dröhnen der Maschinen aus dem Schiffsraum und das Kreischen der Möwen, die dem Schiff im Fahrwind folgen. Und laß das Schiff Kurs halten auf die leuchtende Stadt am fernen Ufer des Ozeans, obgleich es nie und nimmer anlegen kann... Amen.«

Seine Stimme verstummte allmählich, sie entfernte sich immer mehr ... Und Awdij hörte sein Klagelied über dem Ozean...

Und die ganze Nacht hindurch strömte das helle, gleißende Mondlicht über die unermeßliche Savanne Mujun-Kum, und es leuchtete auf die erstarrende, am Saxaul gekreuzigte Menschengestalt. Die Figur erinnerte an einen großen Vogel, den es mit gespreizten, hochgezogenen Flügeln an die Zweige geworfen und geschlagen hatte.

Rund einen halben Kilometer entfernt von diesem Ort stand in der Steppe jener Militärlastwagen, bedeckt mit einer Zeltplane, darin lagen nebeneinander, nach vollbrachter Untat, die Ober-Kandalows auf den Saigakadavern in ihrer vom Fusel während des Schlafs erbrochenen eigenen Kotze. Sattes, schweres Geschnarche schaukelte in der Luft. Sie waren weitergefahren, um Awdij die Nacht über allein zu lassen, sie wollten ihm eine Lektion erteilen: Soll mal ruhig spüren, daß er ohne sie nichts ist, dann wird er sich wohl von Gott lossagen und der Macht beugen...

Diese Strafe hatte sich der ehemalige Artist Hamlet-Galkin für Awdij ausgedacht, nachdem er immer wieder das Glas angesetzt und den Wodka wie geschmackloses totes Wasser hinuntergegossen hatte. Hamlet-Galkin hatte diese Idee vorgelallt, um Ober-Kandalow zu imponieren – laß das Gottesliebchen mal Angst kriegen. Soll mal darüber nachdenken, haben ihn hochgezerrt und angefesselt und sind dann auf immer verschwunden. Der wär wohl lieber gleich auf den Fersen hinterhergerannt, aber da hat er sich eben verrechnet!

Am Morgen, als es bereits zu dämmern begann, näherten sich die Wölfe vorsichtig dem Ort ihrer einstigen Höhle. Vorneweg lief Akbara, ihre Flanken glühten schon die ganze Nacht, sie waren gebrochen, ihr hinkte mürrisch der schwerschädlige Taschtschajnar nach. Am alten Platz war es leer, die Menschen waren für die Nacht verschwunden. Doch die Wildtiere betraten dieses Land wie ein Minenfeld – mit äußerster Vorsicht. Bei jedem Schritt stießen sie auf etwas Feindliches und Fremdartiges: das erloschene Feuer, leere Büchsen, zersplittertes Glas, der scharfe Geruch von Gummi und Eisen, der in den vom Lastwagen zurückgelassenen Fahrrinnen steckte, und allenthalben die leergetrunkenen Flaschen und der aus ihnen strömende Fuselgestank. Während sich die Wölfe anschickten, diesen besudelten Ort für immer zu verlassen, und noch am Rand der Höhle liefen, prallte Akabara plötzlich zurück, wie angewurzelt erstarrte sie – ein Mensch! Zwei Schritte von ihr hing er mit gespreizten Armen und seitwärts hängendem Kopf am Saxaul. Akbara war mit einem Satz im Gebüsch und Taschtschajnar gleich hinterdrein. Der Mensch an dem Baum rührte sich nicht. Ein Windstoß pfiff in den Zweigen und bewegte die Haare auf seiner weißen Stirn. Akbara preßte sich gegen die Erde, angespannt wie eine Feder und bereit zum Sprung. Vor ihr war ein Mensch, das schrecklichste Geschöpf überhaupt, der Urheber ihres Wolfselends, der unversöhnliche Feind. Akbara sträubte sich in furchtbarer Erbitterung auf, wich teufelswild zurück, um steil aufzuspringen, den Menschen jäh anzufallen und die Reißzähne in seine Kehle zu schlagen. Und in der entscheidenden Sekunde erkannte die Wölfin plötzlich diesen Menschen wieder. Wo hatte sie ihn bloß gesehen? Das war doch der Sonderling, dem sie im Sommer begegnet war, als sie mit der gesamten Brut aufgebrochen waren, um den Gräserduft einzuatmen. Und in dem Moment erinnerte sich Akbara auch an den Sommertag und an das Spiel ihrer Wolfsjungen mit diesem Menschen, wie sie ihn verschont hatte und über ihn hinweggesprungen war, als er sich vor Schrecken auf die Erde setzte und mit Händen den Kopf bedeckte. Sie erinnerte sich an den verblüfften Ausdruck seiner erschrockenen Augen, wie er, nackthäutig und wehrlos, davongerannt war...

Jetzt hing dieser Mensch befremdlich am tief geduckten Saxaul, ganz wie ein Vogel, der in den Zweigen hängenblieb, und der Wölfin war nicht klar, ob er lebendig oder tot war. Der Mensch rührte sich nicht, er gab keinen Laut von sich, sein Kopf hing zur Seite, und aus dem einen Mundwinkel sickerte ein dünnes Rinnsal Blut. Taschtschajnar hatte sich bereit gemacht, auf den hängenden Menschen loszustürzen, Akbara aber stieß ihn zurück. Sie näherte sich ihm, blickte durchdringend in die Gesichtszüge des Gekreuzigten und hob an, still zu winseln: Alle ihre vorjährigen Welpen waren umgekommen. Alles Leben in der Mujun-Kum ging zugrunde. Und sie hatte niemand, vor dem sie ihre Tränen vergießen konnte ... Dieser Mensch konnte ihr nicht helfen, sein Ende nahte schon, aber noch hielt sich die Lebenswärme in ihm. Mit Mühe öffnete der Mensch die Augenlider, flüsterte leise und wandte sich der winselnden Wölfin zu:

»Du bist da...« Und sein Kopf fiel willenlos nach unten. Es waren seine letzten Worte.

Da ertönte Motorenlärm – ein Militärlastwagen tauchte in der Steppe auf. Das Fahrzeug bahnte sich seinen Weg und wuchs größer und größer, trüb schimmerten die Scheiben der Fahrerkabine. Die Ober-Kandalows kehrten an den Ort ihres Verbrechens zurück...

Die Wölfe hielt es nicht länger, sie trabten weiter und liefen und liefen, immer schneller und immer schneller. Sie liefen davon, ohne sich umzusehen – die Wölfe der Mujun-Kum verließen die Mujun-Kum, die große Savanne, für immer...

Ein ganzes Jahr verbrachten Akbara und Taschtschajnar im Schilfdickicht des Aldasch. Dort kam ihr größtes Gewölf zur Welt – fünf Wolfsjunge, war das ein Wurf! Die Welpen waren schon herangewachsen, als neues Unglück über die Tiere kam – das Schilfrohr fing an zu brennen. An diesen Plätzen baute man Nebenstrecken zu den Erzbergwerken über Tage, es war unumgänglich, das Röhricht niederzubrennen. Über viele Hunderte, Tausende Hektar rund um den See Aldasch wurde das uralte Schilfdickicht vernichtet. Nach dem Krieg hatte man hier riesige Vorkommen seltener Rohstoffe entdeckt. Und so wurde wieder ein neuer Riesenbriefkasten in der Steppe installiert. Wer denkt da noch an das Röhricht, wenn man sogar den Untergang des Sees, obgleich er als einzigartig galt, nicht verhindern konnte, der Mangel an Rohstoffen ging vor. Warum nicht die Eingeweide des gesamten Erdballs ausnehmen wie einen Kürbis.

Zunächst überquerten Flugzeuge den Schilfdschungel im Tiefflug, sie versprühten aus der Luft eine Brennstoffmischung, damit man das Rohr im erforderlichen Moment auf einen Schlag anzünden konnte.

Der Start für das Feuer wurde mitten in der Nacht gegeben. Das Schilf entflammte wie Pulver, um etliche Mal heftiger und stärker als ein dichter Wald. Die Flamme züngelte zum Himmel empor, und der Qualm überzog die Steppe wie Nebel die Erde zur Winterzeit.

Kaum hatte sie der Brandgeruch erreicht, kaum war das Feuer an den verschiedenen Enden aufgeflammt, da rannten die Wölfe hin und her, sie versuchten, ihre Welpen zu retten. Sie schleppten sie mit den Zähnen von einer Stelle zur andern. Und ein Weltuntergang setzte im Gestrüpp des Aldasch ein. In Wolken flatterten die Vögel über den See und erfüllten die Steppe auf viele Werst hin mit durchdringenden Schreien. Alles, was da im Schilf über Jahrhunderte gelebt hatte, von den Wildschweinen bis zu den Schlangen, war in Panik, alle Geschöpfe rannten im Rohrdickicht durcheinander. Das Schicksal ereilte auch die Wölfe, von allen Seiten hatte sie das Feuer umzingelt –

schwimmen war die letzte Rettung. Und so ließen Akbara und Taschtschajnar drei der Wolfsjungen ins Feuer fallen, zwei davon faßten sie mit den Zähnen und versuchten sie so, die Bucht überquerend, zu retten. Als die Wölfe schließlich am gegenüberliegenden Ufer angelangt waren, stellte es sich heraus, daß beide Welpen, sosehr sich die Wölfe abgemüht hatten, sie möglichst hochzuhalten, im Wasser erstickt waren.

Und von neuem mußten Akbara und Taschtschajnar in neue Gebiete aufbrechen. Dieses Mal führte sie ihr Weg in die Berge. Ihr Instinkt zeigte den Wölfen an, daß die Berge nunmehr der einzige Flecken auf Erden waren, wo sie überleben konnten.

Die Wölfe liefen lange, hinter ihnen qualmte der feuerüberzogene Horizont, den die Menschen angefacht hatten. Sie liefen über das Hochland Kurdaj, einige Mal mußten sie des Nachts große Autotrassen überqueren, auf denen Fahrzeuge mit brennenden Scheinwerfern dahinbrausten, auf ihrem Marsch gab es nichts Schrecklicheres als diese wild dahinjagenden Feuer. Nach dem Kurdaj überquerte das Wolfspaar das Gebirge Ak-Tüsk, aber auch da fühlten sie sich nicht sicher, und so entschlossen sie sich, noch weiter zu laufen. Als sie den Gebirgspaß des Ak-Tüsk bezwungen hatten, gerieten die Wölfe in den Talkessel des Issyk-Kul. Weiterlaufen war nicht mehr möglich. Vor ihnen lag das Meer...

Hier begannen Akbara und Taschtschajnar ihr Leben noch einmal von neuem.

Und wieder wurden Wolfsjunge geboren – dieses Mal kamen vier Tiere zur Welt. Es war ihr letzter, verzweifelter Versuch, ihre Sippe fortzupflanzen.

Doch dort, am Issyk-Kul, vollendete sich die Geschichte der Wölfe in einer schrecklichen Tragödie...

Dritter Teil

I

Menschen suchen das Schicksal, und das Schicksal sucht sich Menschen ... Dies ist der Kreislauf des Lebens ... Ist es aber wahr, daß sich das Schicksal immerzu erfüllt, dann geschah es auch dieses Mal. Alles ereignete sich so einfach, wie es nur selten vorkommt, und daher so unabwendbar wie das Schicksal ...

An jenem Tag mußte sich nämlich Basarbaj Nojgutow den Geologen als Führer zur Verfügung stellen. Basarbaj hätte nie und nimmer vorausgeahnt, daß die Geologen einen Wegkundigen brauchten, es waren ja die Geologen selber, die ihn suchten und das vorschlugen.

Bis nach Taman kamen sie auf der Traktorenspur, über die man Futter für Schafe herbeizuschaffen pflegte.

»Warum heißt der Ort Taman?« fragte einer von ihnen.

»Warum willst du das wissen?«

»Nur so, aus Neugier ...«

»Taman ist der Fuß des Berges. Schau mal, da ist die Stiefelsohle und hier der Bergfuß, deshalb heißt das Taman.«

»So ist das also! Daher kommt Taman und wohl auch die berühmte Tamaner Division!«

»Das kann ich dir nicht sagen, Kamerad. Da mußt du die Generäle fragen. Aber unsere Sache, verstehst du, ist das Hirtengewerbe.«

Die Geologen waren bis Taman gekommen, weiter sei ihnen der Weg, erklärten sie, nur der Karte nach bekannt, deshalb wäre es besser, wenn sie einer der Einheimischen in die Berge führe.

Warum eigentlich nicht! Außerdem blechen sie ja. Wenn's weiter nichts ist, als die vier Kerle mit ihrer Traglast zur Schlucht Atschy-Tasch hinbringen, die Geologen wollen da irgendwelche Proben nehmen, klare Sache, Gold – die suchen doch nur Gold. Und wenn sie welches finden, kriegen die eine Mordsprämie dafür, na ja, ist ihr Bier. Basarbaj mußte nur bis zum Abend in der Schäferei von Taman zurück sein, wo er mit seiner Schafherde das Winterlager aufgeschlagen hatte. Mehr war da nicht.

Übers Geld schienen die Burschen gar nicht nachzudenken, richtige Stadtleute! Basarbaj zierte sich: Hab eigentlich gar keine Zeit zum Bergführen, wenn da plötzlich der Sowchosenboß aufkreuzt, für euch ist das ein Klacks, aber ich muß gradstehen, wo ist denn, fragt man, der Obertschaban Basarbaj Nojgutow, warum hat er sich entfernt, wo doch die Kampagne für die Schafzucht ins Haus steht? Wer hält dann den Kopf hin?

Da legten aber die Freundchen noch etwas drauf und versprachen gleich einen Viertelhunderter.

Deppen sind das! Nur keine Hemmungen, ist ja unser Steuergeld, der Staat wird nicht arm drum. Sind ja selber aufs Geldscheffeln erpicht, da schaut niemand hin. Sollen ruhig blechen.

Für Basarbaj war das ein Schnalzer, die Geologen an die Stelle zu lotsen – also aufgesessen und losgeritten. Am nächsten Tag mußte er sich ohnehin wegen der eigenen dringenden und nutzlosen Sachen abhetzen, besonders, wenn da eine Hochzeit oder ein Leichenschmaus anstand, wo es schon zuvor nach einer Sauferei roch. Und wenn er um den Lohn ins Sowchosenbüro loszieht, steht die ganze Brigade kopf: Der Hirte und die beiden Hirtenjungen, der Nachtwächter und besonders die Frau (auch sie rechnet man zu den Arbeitern), und dann noch die Helfer zum Decken – sie alle machen was durch. Basarbaj kommt in der Nacht völlig besoffen heim, hält sich kaum auf dem Gaul und muß doch den Leuten das Geld bringen. Und offenbar hat sich seine Frau, das Biest, beim Sowchosdirektor beschwert: Ist schon rund drei Monate her, seit der Kassier Boronbaj selbst den Lohn zur Schäferei herschaffte. Nach dem Gesetz hat ja jeder das Recht, höchstpersönlich in der Liste zu quittieren. Sollen sie halt den schicken, wenn ihnen danach ist...

Da geht's um einen glatten Viertelhunderter, die sind dir schön auf den Leim gekrochen. Freilich ist der Pfad ins Atschy-Tasch steinig und bisweilen so steil, daß es dir den Atem verschlägt, da fehlt wenig, ums Genick zu brechen, was soll's, Berge sind nun mal Berge und kein Stadion, wo man im Kreis rumrennt und dir dafür noch eine Medaille um den Hals hängt. Warum sich noch wundern, Gerechtigkeit gibt's in der Welt sowieso nicht, winters und sommers bis du in den Bergen, hast keinen Asphalt, keine Wasserleitung und kein elektrisches Licht, schau selbst, wie du dich durchschlägst, rennst das ganze Jahr den Schafen und dem stinkenden Mist hinterher, und dort rennt so ein Schnellfüßler in weißen Tappern flitzeflink durchs Stadion oder schießt den Ball ins Tor und hat seinen Spaß daran, und das Volk im Stadion gerät aus dem Häuschen, der Schnellfüßler wird hochgelobt und gepriesen, überall und in jeder Zeitung schreiben sie über ihn, aber wer sich von früh bis spät den Buckel krumm macht, ohne Feiertag und Urlaub, der hat nicht mal genug zum Futtern. Also läßt du dich da vor Ärger vollaufen, was soll's, auch wenn dich die Frau auffrißt, bist ja selber sauer. Und dann: Wo bleibt die Zuzucht, kein Muttertier ohne Junges, her mit dem Gewicht und der feinfaserigen

Wolle, drohen immer, statt Wolle die Synthetik zu bringen, aber wo bleibt sie denn, diese Synthetik, und kaum steht die Schur an, überfallen einen gleich hundert Kontrolleure wie die Aasgeier, scheren alles ratzekahl, alles bis zum letzten Wollfädchen gibst du ab. Wegen der Devisen brauchen sie die feinfaserige Wolle ... Müssen sie ja bitter nötig haben, diese Valuta. Und alles verschwindet wie in einem Schlund. Zum Verrecken ist das, zum Teufel mit allem – mit den Schafen und den Menschen und dem ganzen stinkigen Leben ...

Derart bittere Gedanken waren unterwegs über Basarbaj gekommen. Den ganzen Weg über schwieg er deshalb, nur hin und wieder wandte er sich um zu den ihm nachreitenden Geologen und warnte sie vor den gefährlichen Stellen ... Unruhe lag auf seinem Gemüt. Und all das wegen dem Biest, der Frau ... Die reine Pest war das! Muß ihr unbedingt eine reinwürgen, einen Skandal machen. Auch dieses Mal hat sie gebrüllt, und das noch vor Fremden. Sonst wird dir's noch kotzübel. Alles läuft schief und krumm im Leben. Nicht umsonst haben sie seit alters gesagt: Nachts schnurrt die Frau wie die Katze, am Tag züngelt sie wie die Schlange. Es muß was passieren! Aus vollem Hals hat sie gebrüllt! Man hetzt sich weiß Gott ab, und jetzt noch diese Geologen, kannst dich vor Arbeit nicht umdrehen, die Schafe lammen, die Kleinen hängen dir am Hals, und die Älteren im Internat sind schon die reinen Rowdys, kommen sie in die Ferien, fressen sie einem alles weg, kannst dich bis zum Platzen abrackern, nur fressen, nur nehmen, aber Hilfe hast du gar keine von ihnen, rauchen wie die Schlote, und dann picheln sie auch noch Wodka, wer schaut denn nach denen im Internat, der Rektor ist ein Säufer, und wo sollen sie sich daheim ein Beispiel hernehmen? Bist doch nur darauf aus, wohin du dich vertrollen und vollaufen lassen kannst. Wenigstens ist der Gaul gut, der bringt dich von selbst heim, sonst wärst du wohl längst im Suff irgendwo unterwegs verreckt...

Abscheulich, wie die schrie! Und wie oft hab ich sie verprügelt und hab ich es ihr eingebleut, ein Leben lang mit blauen Flecken, haben die Kok Tursun wohl deshalb so getauft – Blaugefleckte Tursun –, aber die giftige Zunge zurückhalten, dazu reicht ihr der Grips nicht.

Und dieses Mal hat das Biest völlig fehl am Platz vor den Geologen laut zu schreien angefangen. Wie oft hat er sie doch so gewürgt, daß ihr die Augen herausquollen! Danach hat sie versprochen, mir nicht mehr das Maul anzuhängen, aber nichts war! Diesmal hat er ihr die Gurgel gestopft. Hat sie ins Haus gerufen wie zur Aussprache, kaum war sie herinnen, hat er sie mucksmäuschenstill an die Wand gepreßt, Auge in Auge, fast den Geist hat sie aufgegeben; da hat er in dem schon erloschenen, blau angelaufenen, faltigen Gesicht seiner Frau, in den vor Angst trüben Augen die ganze Schwermut und Freudlosigkeit der verlebten Jahre erkannt, hat alle die Schläge und die Wut aufs Leben in ihrem ersterbenden Blick gelesen, in dem zur Seite gerutschten, zahnlosen, schwarzen Mund, und er war sich selbst zuwider und zischelte furchterregend: »Trau dich, Hündin, vor mir noch einmal zu plappern, und ich zerdrück dich wie ein Lause!« Und schleuderte sie zur Seite.

Schweigsam hatte sich die Frau den Eimer geschnappt und war auf den Hof hinaus, nachdem sie hinter sich die Tür zugeschlagen hatte. Er hatte tief Atem geholt, war rausgegangen, hatte sich aufs Pferd gesetzt und mit den Geologen auf den Weg gemacht...

Was noch hinhaute, war der Gaul, seine einzige Freude,

ein prima Pferdchen, eins vom Gestüt, so ein komischer Vogel hatte ihn wegen der Fellfarbe ausgemustert, hat nicht unterscheiden können, was das war, ein Brauner oder ein Graubrauner. Was hat das schon zu sagen? Ein flinkes Pferdchen war's, in den Bergen weiß es von selbst, wohin treten, und vor allem ausdauernd, na eben, dein eigener Wolf. Die ganze Zeit im Sattel und fiel nie runter. Was will man mehr, kein Tschaban in der Umgebung hatte so einen Gaul, außer vielleicht Boston, der Sowchosenbestarbeiter, ein seltener Typ, muß man schon sagen, ein richtiger Geizkragen, haben sich ein Leben lang nicht riechen können, aber der hat ein Pferdchen, wie sich's gehört, ein prächtiges Fell hat der Goldfarbene vom Don, heißt ja Donkulük. Bei Boston läuft alles rund. Boston pflegt sein Roß und sieht darauf aus wie ein Prachtkerl, hat jetzt eine junge Frau, die Witwe von Ernasar, der da vor rund drei Jahren in eine Gletscherspalte am Ala-Möngkü abgestürzt ist, so war es, droben am Gebirgspaß ist der abgeblieben...

Meist ritten sie hintereinander, wie im Gänsemarsch, deshalb schwiegen sie, außerdem war Basarbaj nach dem Skandal mit seiner Frau nicht besonders zu Gesprächen aufgelegt. So zogen sie dahin. Der Winter neigte sich dem Ende zu. Die Sonnenhänge, die sich zutraulich unter dem Schnee entblößt hatten, rochen schon nach Frühling. Still und klar war die Erde zu der Stunde. Auf der gegenüberliegenden Seite des großen, in der Niederung perlmuttblau schimmernden Gebirgssees stand bereits die Mittagssonne hoch über den Bergen.

Alsbald brachte Basarbaj die Geologen zum Rand der Schlucht, und da blitzte zum letztenmal vor dem Auge der glasklare Spiegel des Issyk-Kul auf, und dahinter verbarg er sich dann schon jenseits der Berge. Düster hingen hoch oben die Felsensteilhänge. Ringsum Steine, alles unberührt und wild – was wollen die hier aufspüren? Unschlüssig blickte Basarbaj nach allen Seiten. Er beschloß, sofort umzukehren, sobald er die Geologen an Ort und Stelle gebracht hätte. Der Cañon Atschy-Tasch war nicht so lang wie der benachbarte, parallel verlaufende, der einen Ausgang zum Seegebiet hatte. Er hatte sich entschieden, auf dem Rückweg über den Cañon Baschat zu reiten. Da wäre der Weg nach Haus kürzer. Er verabschiedete sich von den Geologen, doch dann ließ er noch eine Bemerkung fallen, nachdem er das heißbegehrte Fünfundzwanzig-Rubel-Papierchen in die Tasche gesteckt hatte:

»Freunde, ihr seid doch rechte Männer«, lächelte er und bürstete sich dabei den Schnurrbart glatt, »und ich bin auch kein Jüngelchen mehr, soll ich euch denn mit trockener Kehle verlassen?«

Basarbaj hatte bloß mit einem Gläschen gerechnet, aber sie waren freigebig und spendierten sogar einen halben Liter, so ein grünliches Fläschchen aus der hiesigen Produktion. Für ein Schlückchen daheim sei das gedacht. Die glückliche Wendung munterte Basarbaj augenblicklich auf. Er wurde geschäftig, zeigte, wo man am besten das Zelt aufschlägt, Stachelgewächs fürs Feuer hackt, er schüttelte lange die Hände und verabschiedete sich von einem jeden der Reihe nach, und er unterließ es sogar, das Pferd mit dem Hafer aus der Satteltasche zu füttern. Wird's schon durchhalten, ist ja nicht das erstemal. Eilig mühte er sich in den Sattel und machte sich auf den Rückweg. Wie geplant fand er auch bald den Pfad, ritt über die halb schneebedeckte Hügelkette und dann hinab in den Cañon Baschat. Dort wuchs an den Hängen ein lichter Wald, hier war es weniger finster als im Atschy-

Tasch, doch vor allem sprudelten hier vielerorten Bäche und Quellen, daher nannte man diese Schlucht auch Baschat, die Quellenschluckende.

Das Fläschchen in der Tasche des Regenmantels über der Pelzjacke ließ ihm keine Ruhe. Unentwegt streichelte und tätschelte er es und grübelte schon, an welchem Bach er haltmachen sollte. Er kannte sein Quantum. Er würde die halbe Flasche leeren können, dazu etwas Wasser trinken und dann weiterreiten. In solchen Fällen war es dann nur noch wichtig, irgendwie im Sattel zu bleiben, das verläßliche Pferd würde ihn dann von selbst heimbringen. Die vielgeplagte Kok Tursun hatte schon die Wahrheit gesagt: Den Basarbaj hält der Teufel unterm Arm, er ist noch kein einziges Mal vom Sattel gefallen.

Schließlich gelangte er an den Bach, der ihm auf den ersten Blick gefiel, er war leicht zugefroren, munter gluckste er über die Steine unter der durchsichtigen, zerbrechlichen Eishaut. Der Platz schien zu passen. Ringsum Weidensträucher und Berberitzen und nur wenig Schnee, hier konnte man das Pferd tränken und füttern. Er löste den Zaum vom Pferd, lockerte die Zügel und schob den Kurdshun mit dem Hafer dem Pferd seitlich unter die Schnauze. Der Gaul kaute knirschend, schnaubte erleichtert und hatte halb die Augen geschlossen, als wolle er sich erholen. Basarbaj machte es sich indes auf dem astigen Baumstumpf neben dem Wasser bequem, holte das Halbliterfläschchen, ergötzte sich daran und hielt es ins Licht, er sah aber nichts Besonderes, vielleicht bemerkte er bloß, daß sich der Tag neigte, die Schatten in den Bergen sich schräg legten, bis zum Sonnenuntergang verblieb nur eine gute Stunde, wenn nicht gar weniger. Doch zur Eile sah Basarbaj keinen Anlaß. Im Vorgeschmack der wohlbekannten, betäubenden Wirkung des Wodkas entkorkte er gemächlich die Halbliterflasche mit dem dicken Fingernagel, beroch sie, wiegte leicht den Kopf hin und her und schmiegte sich an die Flasche. Gierig nahm er einige kräftige Schlückchen. Sodann schöpfte er mit hohlen Händen Wasser aus dem Bach und schmatzte es zusammen mit Eisstückchen. Er zerknirschte die eisigen Splitterchen – bis ins Gehirn spürte er das Knirschen. Basarbajs Gesicht verzerrte sich zu einer häßlichen Grimasse, er hummte und grunzte, schloß die Augen und wartete darauf, bis die Betäubung ins Hirn schlug. Er wartete auf jenen Augenblick, da die ganze Umwelt – die Berge und die Felsen – zu schwanken beginnt, wie sie im Nebel verschwimmt und davonfliegt, er wartete reglos, bis seinem erhitzten Kopf verworrenes Tönen und Lärmen vorschwebten, er blinzelte voller Bereitschaft, sich der Trunkenheit zu ergeben. Und just in der Minute des Erschlaffens vernahm er neben sich ein undeutliches Winseln, als würde da ein Kindchen zu schluchzen beginnen – was konnte das wohl sein? Hinter dem Berberitzengesträuch und den Steinhaufen fing es an zu kläffen, wie junge Hunde ... Basarbaj spitzte die Ohren, nahm noch einmal mechanisch einen Schluck aus der Flasche, dann lehnte er sie schräg an den Wackerstein, wischte sich kräftig die Lippen und stand auf. Nochmals lauschte er, und da war es wieder – genau, er hatte sich nicht geirrt. Das waren Tierstimmen.

Es war die Wolfshöhle, und es winselten die Wolfsjungen Akbaras und Taschtschajnars, sie sehnten sich nach den Eltern, weil die schon lang hätten zurück sein sollen. Nach der großen Flucht aus der Mujun-Kum hatten sie ein ganzes Jahr verloren, nach dem Feuer im Schilfröhricht des Aldasch hatte Akbara zu ungewohnter Jahreszeit und verfrüht im Frühjahr vier Welpen geworfen.

Basarbaj ging auf die Höhle zu und sah den Wolfspfad. Wäre Basarbaj nüchtern gewesen, hätte er wohl nachgedacht, ob er weiterkriechen sollte. Die Höhle konnte er in der Spalte nicht sofort ausfindig machen. Die Erfahrung half ihm weiter, sorgfältig suchte er die Schneekruste ab und entdeckte eine deutliche Spurenkette, da die Wölfe aus Vorsicht immerzu die alten Fährten benutzten. Des weiteren fand Basarbaj im Gebüsch um den Steinhaufen einen ganzen Friedhof abgenagter, halbzerkauter Knochen. Die Raubtiere hatten also öfters einen Teil ihrer Beute hergeschleppt und gemächlich zu Ende gefressen. Nach den Knochenresten zu urteilen, lebten die Tiere hier schon seit längerem. Jetzt war der Zugang zur Höhle leicht zu finden. Schwer zu sagen, warum sich Basarbaj nicht fürchtete, durch die Spalte zu kriechen, die Muttertiere hätten ja auch dasein können. Aber die hungernden Tölpelchen winselten fortwährend und streckten die Köpfchen heraus, als würden sie ihn zu sich bitten.

Hätten die Säuger nur gewußt, daß es nicht von einem leichten Leben herrührte, wenn sich Akbara mit Taschtschajnar zum Jagen entfernt hatte – für die Wölfe setzten die harten Vorfrühlingstage ein, alles Federwild war knochig, die schwächsten Wildziegen und Bergwidder in der gesamten Umgebung waren dezimiert, die Ziegenherden hatten sich in Erwartung der Wölfe in schwer zugängliche Felsgebiete zurückgezogen, und die Großherden der Hausschafe wurden jetzt aus gutem Grund in geschlossenen Schäfereien gehalten. Unter diesen Bedingungen war es gar nicht so einfach, die unentwegt zuzelnden Brutjungen mit Milch zu nähren. Akbara war abgemagert und völlig verändert – großköpfig, dünnbeinig, die Zitzen hingen schlaff. Wölfe sind außergewöhnlich zäh, sie können mehrere Tage ohne Nahrung auskommen, doch eine säugende Wölfin braucht mehr Nahrung. Das Leben hatte Akbara gezwungen, selbst auf weite, gefahrvolle Jagd zu gehen, und wenn sie verenden mußte, dann würden auch ihre Säuger dran glauben müssen.

Wie immer folgte ihr Taschtschajnar auf dem Fuß. Sie mußten sich rasch umsehen, schnell ihre Beute stellen und diese im Nu bezwingen, blitzschnell fressen, die Nahrung in Stücken verschlingen, rasch zur Höhle zurückrennen, um sie dann dort zu verdauen, für die Wölfin war aber die Hauptsache, die Kleinen mit Milch zu versorgen.

An jenem Tag war der Weg an den sonnigen Stellen schlammig und an den schattigen hart von der Winterkälte. Trotzdem liefen die Wölfe in gleichmäßigem, zielstrebigem Galopp durch die Berge. Das Kleinfederwild hielt sich unter der Erde verborgen, es war unmöglich, an die Wild- und Haustierherden heranzukommen, und Großtiere – Pferde, Hornvieh und Kamele – konnte man ohne Partner nicht jagen. Wie gewaltig Taschtschajnar auch sein mochte, Großbeute konnte er unmöglich bis zur Höhle zerren. Vor zwei Tagen hatte er einen Esel gerissen, der sich im Bergvorland verlaufen hatte. Akbara hatte sich dann nachts aus der Höhle entfernt und das Eselfleisch aufgefressen, doch streunten die Esel nicht jeden Tag so sorglos in den Vorbergen herum. Meistens sind Menschen bei ihnen. Deshalb war nun Akbara selbst auf Beute gezogen, um sich am Jagdort zu sättigen.

Anfänglich war Akbara unsicher und voller Unruhe, dann und wann hatte sie sogar kehrtmachen wollen – sie sorgte sich um die Wolfsjungen: Sie brauchen doch ständig die Wärme und die Milch. Aber sie überwand sich und vergaß zeitweise die Höhle. Und als sie, bereits im Bereich des Seegebiets, auf eine Spur stieß, da gewann in ihr der Jagdinstinkt die Oberhand.

Akbara und Taschtschajnar hatten Glück: Als sie die frische Fährte verfolgten, stießen sie auf die ausgedehnte Talsenke, wo einsam, abseits von der Siedlung, drei Jaks weideten, die hatten sich also von der Herde gelöst – mit Jaks hatten die Wölfe bereits vor einem Jahr zu schaffen, und zwar auch aus äußerster Not heraus. Damals mußten sie, frisch zugewandert, sich mit dem zufriedengeben, was ihnen zufällig unterkam. Aber jetzt war die Zeit knapp. In der Nähe waren keine Menschen zu sehen, und so stürzten sich die Wölfe, nachdem sie sich kurz umgesehen hatten, in die offene Attacke. Kaum hatten die Jaks die angreifenden Wölfe erblickt, ergriffen sie brüllend die Flucht, mit plump ausschlagenden Hinterläufen, aber die Wölfe holten sie ein, da blieben die Jaks mit zitternden Flanken stehen – und preschten mit gesenkten Hörnern auf die Wölfe los. Sie hatten keine andere Wahl mehr.

Für einen Augenblick herrschte in der Welt wieder das uralte Gleichgewicht: Die Sonne am Himmel, unbewohnte Berge, völlige Stille, keine Menschen – all das gehörte in gleichem Maß den Wiederkäuern wie den Fleischfressern. Die Wiederkäuer wollten dem Zusammenstoß entrinnen, aber die Fleischfresser konnten sich nicht einfach abwenden und vertrollen, sie konnten ihren quälenden Hunger nicht vergessen. Sie mußten den unausweichlichen Kampf wagen und wenigstens einen der Jaks reißen, um selber zu überleben und den Nachkommen das Leben zu sichern. Die Jaks waren nicht bullig, aber sie waren auch nicht klein; halbwegs im Futter, war ihnen gegen Winterende das zottige Fell abgeschert worden. Und diese Stiere mit dem Pferdeschwanz hatten begriffen, daß der Kampf nicht zu vermeiden war. In Furcht und Wut hatten sie die Köpfe zur Erde gesenkt, brüllten dumpf und zerwühlten mit den Hufen den Boden. Am Himmel aber stand leuchtend die Sonne, und die tauenden Berge umringten stumm die offene, gelbe Talsenke, wo sich von Angesicht zu Angesicht Pflanzen- und Fleischfresser begegneten. Die Wölfe umliefen die Jaks in Kreisen, in Sprüngen wechselten sie den Standort und warteten so den passenden Moment ab. Die Zeit für Akbara war knapp, die Wolfsjungen harrten auf ihre Heimkehr. Und so stürzte sie sich tollkühn als erste auf den Jak, den sie für den schwächsten hielt. Die Augen des Jaks waren blutunterlaufen, und doch erahnte Akbara in seinem Blick die Unsicherheit, obgleich sie sich auch irren konnte. Aber zum Besinnen war es schon zu spät. Akbara sprang den Jak am Hals an. Sekunden entschieden über den Ausgang. Der rasende Jak rüttelte den Kopf hin und her, um die Wölfin abzuwerfen und sie dann mit den Hörnern gegen die Erde zu spießen, jetzt mußte Tasch-tschajnar von der anderen Seite anspringen und dem Jak die Reißzähne in die Kehle bohren, ihm noch im Sprung die Halsschlagader zerfetzen, bis das Blut herausschoß und das Hirn erlosch.

So geschah es denn auch. Doch zuvor gelang es dem Jak doch noch, Akbara abzuwerfen und sie an den Boden zu pressen, er brüllte auf und stieß mit den Hörnern auf sie nieder, noch ein ganz klein wenig, und er hätte sie endgültig zerschmettert und zerstampft, aber Akbara schnellte wie eine Schlange unter den Hörnern hervor und sprang erneut den Hals des Jaks an, biß sich an seinem kräftigen Widerrist mit der beschnittenen riedgrasähnlichen Wolle fest in seinen Rachen. In dieser Attacke zeigte sich ihre unerbittliche Wolfsnatur und das grausame

Wolfsschicksal – töten, um zu leben. Aber ihr war kein harmloses Opfer untergekommen, keine Saiga und kein Hase, die sich demütig der Gewalt ergeben. Der tobende Jak konnte, auch wenn er Blut verloren hatte, noch lange widerstehen und immer noch als Sieger hervorgehen. Aber Akbaras schützender Stern leuchtete auf: Fast im selben Moment war Taschtschajnar von der Seite hergestürmt und hatte sich in die Kehle des Jaks verbissen, der ganz auf das Ringen mit Akbara eingestellt war. Der mörderische Sprung und der tödliche Biß – das war Taschtschajnars Sache. In diesen Sprung legte er seine ganze Kraft. Der Jak begann zu wanken und zu röcheln, er erstickte am eigenen Blut und brach, aufbrüllend und bebend, mit zerfetztem Schlund zusammen. Seine Augen wurden glasig. Während der Kampf tobte, waren die beiden anderen Jaks ausgerissen. In gehöriger Entfernung fielen sie dann in ihren Trott zurück und zogen gemächlich durch die Talsenke weiter, als sei nichts geschehen.

Die Wölfe fielen über den noch halb lebenden Stier her, um ihn zu zerfleischen. Sie konnten nicht abwarten, bis die Beute ihren Geist aushauchte, nahmen sich keine Zeit zum Abwägen, wo sie ihre Zähne zuerst einschlagen wollten. Akbara riß dem Jak die Leisten auf und half dabei mit Pfoten und Krallen nach, sie schlang ganze Brocken des noch heißen, lebenden Fleisches. Sie mußte möglichst viel in sich hineinschlingen und dann zur Höhle zurückeilen, wo die Wolfsjungen sie erwarteten. Taschtschajnar stand ihr nicht nach. Grimmig knurrend zermalmte er mit den gewaltigen Kiefern die Gelenkknochen und riß dabei den Kadaver in Fetzen, wie ein Schlächter.

Alles nahm seinen Gang. Die Raubtiere schlagen sich voll, dann werden sie zurück zur Höhle eilen, nachts werden sie zurückkehren, um sich noch einmal satt zu fressen, und zuletzt werden sie das restliche Fleisch als Vorrat wegschleppen...

Doch während die Wölfe noch im Heißhunger fraßen, winselten in der Spalte unter dem Felsvorsprung die hungrigen Wolfsjungen, sie knäuelten sich wärmesuchend zusammen, krochen auseinander und scharten sich wieder zu einem Häuflein, und da war von draußen das Rascheln zu hören. Basarbaj kam in die Höhle gekrochen, sie winselten noch mehr und wankten auf unsicheren Beinchen zum Ausgang hin, wodurch sie dem Menschen die Aufgabe sehr erleichterten. Vor Spannung war Basarbaj ins Schwitzen geraten. Tastend drang er ins enge Schlupfloch, nur in der Joppe, die Pelzjacke hatte er abgelegt, er packte die Welpen, warf dreie davon wahllos nacheinander hinters Hemd auf die Brust und kroch wieder, das vierte in der Hand am Kragen haltend, ans Licht hinaus. Und als er hinausgerobbt war, kniff er die Augen zusammen, so sehr blendeten die hohen Berge. Aus voller Brust holte er tief Luft. Es herrschte eine betäubende Stille. Er hörte nur den eigenen Atem. Die Wolfsjungen an der Brust krabbelten hin und her, das eine, das er am Kragen festhielt, versuchte loszukommen. Basarbaj beeilte sich. Noch immer schwer keuchend, schnappte er sich die Pelzjacke, strebte zum Bach hin, und der Rest ergab sich ganz von selbst. Die vier geraubten Wolfsjungen konnte er sehr gut in seinem Kurdshun unterbringen. Bestimmt konnte er sie günstig verkaufen: Im vergangenen Jahr hatte ein Hirte der Zoofiliale einen ganzen Wurf verkauft, für jedes Wölfchen hatte er einen halben Hunderter eingesackt.

Basarbaj riß den Kurdshun mit dem Hafer unter der Schnauze des schmatzenden Pferdes weg, schüttelte schnell den Hafer auf die Erde, steckte die Welpen paarweise in jede Tasche, warf den Kurdshun über den Sattel, band ihn mit den Riemen fest, damit er nicht hin und her baumelte, zäumte das Pferd auf und setzte, ohne zu zögern, den Fuß in den Steigbügel. Er mußte hier weg, ehe es zu spät war. Was für ein Massel, was für ein Massel! Nichts wie auf und davon, ehe die Wölfe auftauchten, das hatte Basarbaj sehr wohl begriffen. An die Wodkaflasche, die am Stein lehnte, erinnerte er sich, als er schon im Sattel saß. Zum Kuckuck mit dem Wodka, für die Wolfsjungen würde er so viel kassieren, daß er mehr als ein Dutzend Halbliterchen kaufen könnte. Er trieb das Pferd an. Nur möglichst schnell aus der Schlucht heraus, jedenfalls bevor die Sonne untergeht.

Später würde sich auch Basarbaj noch wundern, wie er so gedankenlos und unvorsichtig in die Höhle kriechen konnte – er hatte ja keine Waffe bei sich. Und wenn die Wölfin oder gar der Wolf in der Nähe gewesen wäre... Wo doch schon die friedliche Hirschkuh ihre Kleinen verteidigt und sich auf den Feind stürzt...

An all das wird er erst später denken. Und wenn er sich jetzt die Strafe für das Getane hätte ausmalen können, wäre ihm nicht mehr wohl gewesen in seiner Haut.

Er trieb das Roß zur Eile an, daß sein Graubrauner so rasch wie möglich durch die felsige Sohle des Cañon Baschat lief, und er blickte andauernd zur Sonne hin, die sich hinter dem Bergrücken in die Tiefe senkte. Die Dämmerung rückte bedrohlich heran, er mußte sich sputen und möglichst schnell zu den Vorbergen hinauskommen, zur Ebene um den See, da ist das Land weit offen, da kannst du galoppieren nach Herzenslust, in jede Richtung, ganz anders als in der engen Schlucht...

Und je mehr sich Basarbaj dem Seegebiet und den Siedlungen näherte, desto sicherer, ja dreister wurde er.

Er wollte schon mit seinem Dusel aufschneiden gehen, das wär doch was, einen Abstecher zu einem Hirten aus der Runde der Saufkumpane machen, die Beute vorzeigen und abwaschen, sich wenigstens hundert Gramm für ein jedes der viere genehmigen, er würde ja nichts schuldig bleiben, wenn die Lebendware erst mal abgesetzt war. Und da bejammerte er, daß er aus lauter Hast das Halbliterchen, das noch zu zwei Dritteln voll war, am Bach zurückgelassen hatte: Wäre doch zu schön gewesen, im Reiten eins runterzukippen ... Aber der Verstand war stärker, das hatte ja noch Zeit, zuvor mußten die Wolfsjungen heil ans Ziel gebracht und gefüttert werden, sind zwar quicklebendig, aber immerhin noch Säugerchen, haben gerade sehen gelernt, die Äuglein waren noch so unverständig. Wie es ihnen dort im Kurdshun wohl gehen mag, sind am Ende gar erstickt ... Basarbaj hatte keine Ahnung davon, daß ihm bereits eine furchtbare Verfolgungsjagd galt, und nur Gott allein konnte wissen, wie das alles ausgehen würde ...

Randvoll hatten sie sich vom Fleisch des getöteten Jaks gefressen, dann kehrten die Wölfe zur Höhle zurück. Vorneweg Akbara und ihr nach Taschtschajnar. Mit aller Kraft zog es sie hin zu den Wolfsjungen im Hohlbau unterm Felsen, sie wollte sich dort mit ihnen im Kreis hinstrecken, sie beruhigen, und dann, nach einer ausreichenden Schnaufpause, zum nicht aufgefressenen Jakkadaver in der Talsenke zurückkehren.

So ist halt das Leben, immer auf Trab, erst hierhin, dann dorthin, man sagt ja nicht von ungefähr: Den Wolf ernähren die Läufe ... Wären es nur die Läufe ... Gierig auf den Kadaver sind auch noch andere Wölfe, die sich nur zu gern an fremdem Gut vergreifen, dann ging es ohne Raufen nicht ab, und das war nicht zum Spaßen, blutige

Balgereien waren das. Doch Recht ist Recht, und die Stärke ist auf der Seite des Rechts.

Schon weit vor der Höhle verspürte Akbara im Herzen, daß etwas nicht stimmte. Als flöge da ein Vogel schattenhaft über ihr, erwitterte sie im Leuchten der untergehenden Sonne Schreckliches. Der beunruhigende purpurne Widerschein auf den Schneegipfeln wurde immer dunkler und düsterer. Und je näher die Höhle rückte, desto schneller lief sie, ohne sich nach Taschtschajnar umzublikken, schließlich fiel sie in Galopp, so sehr war sie von der unerklärlichen Vorahnung gepackt. Und da durchbohrte sie eine noch heftigere Unruhe, sie schnappte in der Luft einen fremden Geruch auf: Es roch nach starkem Pferdeschweiß, und dann war da noch etwas widerwärtig Betäubendes. Was ist das nur? Woher kommt das? Die Wölfin stürmte über den Bach und den Wolfspfad im Gebüsch zur Spalte unter dem Felsvorsprung, huschte in die Höhle, erst erstarrte sie, dann fing sie an zu knurren wie ein Jagdhund und schnupperte dabei in allen Ecken des verlassenen und verwaisten Nestes, lief auf und davon, prallte am Eingang mit Taschtschajnar zusammen, rüffelte ihn im Vorüberlaufen an, als sei er nicht der Vater und ihr Wolfsmann, sondern der Schuldige und der Feind. Der gänzlich unschuldige Taschtschajnar eilte seinerseits in die Höhle und holte die Wölfin bereits am Ufer des Baches ein. Außer sich raste Akbara hin und her und beschnupperte die Fährten, an denen sie das Vorgefallene ablas. Da war jemand gewesen, die frischen Spuren verrieten, daß hier unlängst ein Mensch war, da war der Haufen verstreuten Hafers, der nach Pferdespeichel roch, dann gab es den Haufen Roßbollen und noch etwas in der Flasche, betäubend und stinkend, die Wölfin erbebte, sog den Ruch des Alkohols ein, und da erspähte sie die

Menschenfährte im Schnee. Spuren von wasserdichten Stiefeln. Tschabane sind es, die in solchen Stiefeln gehen. Ein furchtbarer Feind, der hierhergeritten war, auf einem Pferd und mit der ekelhaften Flüssigkeit in der Flasche, er hat die Höhle verwüstet und die Kleinen geraubt! Hat sie am Ende gar gefressen! Und von neuem fiel Akbara den völlig unschuldigen Taschtschajnar an, biß nach ihm wie eine Wahnsinnige, daraufhin knurrte sie dumpf und raste der Fährte nach. Taschtschajnar hinter ihr drein.

Die Wölfe liefen ohne Fehl der Fährte nach, immerzu vorwärts, voran zum Ende des Cañons, weiter und weiter voran bis zum Gebiet der Menschen, die Spuren führten sie hin zum Vorseenland...

Basarbaj hatte indes die Schlucht hinter sich gelassen und ritt im Trab über offene, abschüssige Berghänge, wo sich die Sommerweiden ausbreiteten, da zeigte sich von weitem die dunkelnde Seefläche. Noch ein Stündchen, und er wäre zu Hause. Am äußersten Rand der Erde senkte sich die Sonne, legte sich zwischen die Gebirgsgipfel und glühte allmählich aus. Vom Issyk-Kul wehte ein kühles Lüftchen herüber. ›Wenn nur die Tierchen nicht erfrieren‹, dachte Basarbaj. Zum Einwickeln hatte er nichts dabei, und er beschloß nachzusehen, wie es um sie stand. Tot waren sie ja nutzlos! Er wollte schnell die Sattelriemen lösen, die Tasche abnehmen und nachsehen, aber das Pferd stellte die Beine breit und fing an zu seichen und Pisse zu verspritzen. Und plötzlich wich es, nachdem es einen reichlichen Strahl abgelassen hatte, zur Seite und riß dabei Basarbaj fast die Zügel aus der Hand.

»Halt!« brüllte Basarbaj auf den Gaul ein. »Laß die Zicken!«

Doch das Pferd warf sich wie vor einem Feuer erschreckt zur Seite. Und da hatte Basarbaj erraten, worum es ging. Er wurde starr und witterte im Rücken die angreifenden Wölfe. Basarbaj warf sich auf seinen Falben, verkrallte sich fest in der Mähne, als das Roß, schnaubend und ausschlagend, wild davonstob. Vorm Wind gebeugt, blickte Basarbaj nach allen Seiten. Das Wolfspaar rannte in der Nähe. Klar, das Pferd war erschreckt, weil die Raubtiere auf den Hügel zugesprungen waren. Und jetzt versuchten die Wölfe, ihm den Weg abzuschneiden.

Basarbaj suchte Hilfe in Stoßgebeten, er erinnerte sich an die Götter, denen er an anderen Tagen ins Gesicht gespuckt hatte. Er beschimpfte die Geologen, die ihm wie Schnee aufs Haupt gefallen waren: ›Das Scheißgold soll euch begraben!‹ Er bereute alles, bat die Frau um Verzeihung: ›Mein Ehrenwort! Bleib ich am Leben, krümm ich dir kein Härchen mehr! Warum war ich nur so gierig auf die Wolfsjungen? Wozu bin ich in das Loch gekrochen? Hätt ich doch der Reihe nach ihre Schädel zerschmettert, dann wär alles aus und erledigt, aber jetzt, wohin mit ihnen? Wohin?‹ Die Tasche, die mit den Sattelriemen recht fest angebunden war, konnte man im vollen Galopp nicht abwerfen. Und es wurde immer dunkler, keine Menschenseele in der Nähe, niemand, der an seinem schrecklichen Los Anteil nimmt. Nur das treue Pferd saust pfeilschnell dahin, wahnsinnig vor Angst.

Doch am meisten schmerzte Basarbaj, daß er kein Gewehr dabeihatte, er hätte ihnen die Kugel verpaßt und nicht danebengeschossen. Jeder Tschaban hat ein Gewehr zu Haus, aber wer trägt es schon ständig herum! Basarbaj brüllte aus Leibeskräften, um die Raubtiere zu erschrecken. Seine ganze Hoffnung lag auf dem Pferd – war schon gut, daß es vom Gestüt stammte...

Der Wettlauf ging um Leben und Tod...

So jagten sie dahin durch die Dämmerung verhangener

Vorberge – Reiter und Roß mit den geraubten Wolfsjungen in der Satteltasche und hinter ihm Akbara und Taschtschajnar. Die Wölfe hatten den Geruch der entführten Kleinen erwittert, voller Kummer flehten sie um ihr Leben. Würde doch das Pferd stolpern, wenigstens für einen einzigen Augenblick! Hätten sie sich doch nicht an diesem Büffelfleisch so randvoll gefressen, dann hätten sie den Räuber schon eingeholt, ihn aus vollem Lauf zerfetzt, um in blutiger Vergeltung die Gerechtigkeit herzustellen im uralten, unerbittlichen Kampf um die Erhaltung der Art. Ganz anders war das in den Steppen der Mujun-Kum während der Treibjagd auf die Saigas: Mitten im ungestümen Lauf legten die Wölfe nochmals zu, um die fliehende Beute in die gewünschte Richtung zu wenden. Doch in die Treibjagd waren sie mit nüchternem Magen gegangen und hatten sich rechtzeitig auf den blitzartigen Sprung vorbereitet.

Das Rennen fiel besonders Akbara schwer, die auf Vorrat gefressen hatte, um die Kleinen zu füttern. Aber auch sie ließ nicht ab, sie jagte dahin, was die Kräfte hergaben, und hätte sie den Reiter eingeholt, wäre sie, ohne eine Sekunde zu zögern, ins Gemenge gestürzt, wie es auch immer für sie ausgegangen wäre. Freilich war da neben ihr Taschtschajnar, die unbezwingbare Kraft und ihre Stütze, aber jeder stirbt für sich allein ... Und sie war bereit, jeden Tod zu sterben, nur aufholen, bloß diesen Menschen auf dem schnellfüßigen Pferd einholen ... Nur das ...

Obwohl das Pferd unter Basarbaj flink war, bemerkte es mit Schrecken, daß das Wolfspaar langsam, aber sicher von rechts her aufholte und ihm den Weg zum See abschnitt. Die tückischen Tiere verfolgten das Ziel, den Reiter abzudrängen und in die Berge zurückzujagen, dann würde er früher oder später mit ihnen unmittelbar zusammenprallen. Tatsächlich zog das Pferd, außer sich vor Angst, mehr und mehr zu den Bergen hin, um den von rechts angreifenden Wölfen auszuweichen. Aber da war noch ein Mensch, der das Pferd lenkte, ein denkendes Wesen, das den Plan durchschauen konnte, und ebendarin hatten sich die Wölfe verrechnet.

Und noch ein weiterer Umstand hatte Basarbaj gerettet. Wie ein Geschenk des Schicksals leuchteten vor ihm die Lichter der nächsten Schäferei auf – was hatte er für einen Massel! –, es war die Zucht von Boston Urkuntschijew. Ja, ja, ebenjenes Boston, des Bestarbeiters und Kulaken, den er so gar nicht riechen konnte. Aber das war jetzt ganz egal, wer wem gefällt oder mißfällt, was macht das nun aus, jeder Lebende war ihm so lieb wie das eigene Leben. Eine Menschensiedlung lag vor ihm – das war vielleicht die Rettung. Er brach in Jubel aus, gab dem Pferd die Absätze, und das Pferd jagte mit aller Kraft dahin, wo Menschen waren und die Schafherden. Dennoch verging für Basarbaj eine ganze Ewigkeit, ehe er wagte, mit dem guten Ende zu rechnen, da ratterten Bostons Elektromotoren los wie ein Maschinengewehr, die Hirtenhunde waren aufgescheucht und stürzten sich ihm mit Alarmgebell entgegen. Aber auch die Wölfe ließen nicht locker, sie rückten bedrohlich näher und näher, und der tiergetränkte Atem hatte Basarbaj schon eingefangen: »O mein Gott Baubedin, rette mich bloß«, flehte Basarbaj, »ich will dir auch sieben Stück Vieh zum Opfer bringen.«

»Gerettet! Bin doch gerettet!« jubelte Basarbaj.

Freilich würde keine Stunde vergehen, und er hätte all seine Gelöbnisse vergessen. So ist nun mal die Art des Menschen...

In dem Augenblick aber, da ihm die Hirten entgegeneilten, da fiel er ihnen in die Arme und wiederholte in einem fort: »Wölfe, Wölfe sind hinter mir her! Wasser, Wasser bitte!«

Allem Anschein nach kreisten die Wölfe noch ganz in der Nähe, sie hatten nicht aufgegeben. Auf Bostons Winterweg begann Aufruhr – die Hirten liefen los, verschlossen die Gatter der Umzäunung, schrien sich in der anbrechenden Dunkelheit an, einer von ihnen kletterte aufs Dach und gab aus dem Gewehr mehrere Salven ab. Die Hunde erhoben ein lautes, nicht enden wollendes Gebell, doch aus dem Hof rannten sie nicht hinaus. Sie hielten sich so nah wie möglich am Licht. Die Feigheit der Köter brachte ihre Herrchen auf die Palme.

»Hussa, faß ihn, packt ihn! Ihr wollt irische Wolfshunde sein? Scheißköter seid ihr!« fetzte jemand mit heiserer Stimme die Hunde an. »Los, auf sie! Aktasch, Sholbars, Shaisan, Barpela! Vorwärts! Pack ihn, hussa, hussa! Aha, den Schwanz einziehen, habt Schiß vor den Wölfen!«

»Hund bleibt Hund«, widersprach ihm ein anderer. »Wozu das Gebrüll? Einen Reiter können sie an den Stiefeln vom Sattel runterzerren, ja, aber mit den Wölfen werden die nicht fertig! Was willst du! Kein Hund attackiert den Wolf, laß sie in Frieden, sollen sich anbellen!«

Basarbaj aber dachte gar nicht mehr daran, warum die Wölfe ihm nachgejagt waren. Erst als der Bursche, der sich um Basarbajs Pferd kümmern sollte, plötzlich nachfragte: »Bajke Basarbaj, was habt ihr da im Kurdshun? Da regt sich doch was«, da erinnerte er sich auf einmal.

»Im Kurdshun? Ja, da sind doch die Welpen! Der Teufel soll sie holen, die Boltüruk, ganze vier Wolfsbalge. Hab sie direkt aus der Höhle geholt, im Baschat. Deshalb haben mich ja die Wölfe verfolgt.«

»So ist das also! Schau mal an! Kein schlechter Fang!

Direkt aus der Höhle? Noch mal davongekommen, eh...«

»Sind die vielleicht im Kurdshun krepiert? Und beim Galoppieren erstickt?«

»Was du nicht sagst! Sind doch keine Backpflaumen, oder? Nein, Kamerad, die sind quicklebendig wie Hunde.«

»Los, sehen wir nach, was mit ihnen ist.«

Schließlich nahmen sie die Überhangtasche vom Sattel und trugen sie in Bostons Haus. So eine wichtige Sache mußte im Haus Bostons, der wichtigsten Person und des Herrn der Schäferei, stattfinden, obgleich Boston an dem Abend nicht zu Hause war: Es stand die Rayonsversammlung an, und der Bestarbeiter Boston Urkuntschijew mußte wie gewohnt im Präsidium Platz nehmen.

Basarbaj wurde fast wie ein Held in Bostons Haus geführt, und er mußte wohl oder übel mitspielen. Schließlich war er hier, wenn auch zufällig, Gast.

Man konnte nicht behaupten, Basarbaj überschreite die Schwelle dieses Hauses zum ersten Mal. In den vielen Jahren, wo er in Bostons Nachbarschaft, rund sieben Kilometer entfernt, weidete, hatte hier Basarbaj drei Mal seinen Besuch abgestattet: Das erste Mal war es zum Leichenschmaus für Ernasar gewesen, der in die Gletscherspalte am Paß Ala-Möngkü abgestürzt war; das zweite Mal war er wieder zur Beerdigung hergekommen, ein halbes Jahr nach Ernasars Tod war die damalige Frau Bostons gestorben (sei eine gute Frau gewesen, die verblichene Arzügul), so war Basarbaj also damals zum Begräbnis hergeritten, wie alle Tschabane und Bewohner aus der Umgebung, ein Haufen Leute war da versammelt, samt Pferden, Traktoren und Lastwagen, nicht zum Zählen war das. Und auch das dritte Mal war er nicht freiwillig gekommen, als nämlich die Gebietsleitung ein Seminar zur Produktion durchführte, Boston Urkuntschijew sollte da den Schäfern seine Erfahrungen vermitteln; er hatte eigentlich nicht hinreiten wollen, aber was kann man da machen, die zwingen einen ja, und da hatte er fast einen lieben halben Tag lang die Lektion anhören müssen, wie und was zu tun sei, damit die Lämmer nicht krepieren, mehr Wolle und Fleisch abgeben. Mit einem Wort, wie halt der Plan zu erfüllen sei. Die halten sich wohl für besonders schlau, als wisse er das alles nicht schon: im Winter rechtzeitig füttern, sommers in den Bergen möglichst früh raus und abends so spät wie möglich in die Falle, kurzum: gut arbeiten und das Vieh nicht aus den Augen lassen. Sei ein Freund und Helfer. Wie Boston, aber nicht nur er allein. Doch bei den einen klappt es besser, bei den andern schlechter. Ist halt so, die einen haben Glück, die andern Pech. Nehmen wir mal den Motor bei Boston, der läuft einfach, gibt Licht die ganze Nacht über, Elektrisch in den Häusern und Scheunen und um den Hof herum. Und warum? Hat es eben geschafft, sich zwei Aggregate rauszuschlagen, geht das eine nicht oder wird gewartet, wirft er das andre an. Und die übrigen Tschabane – auch Basarbaj – haben nur einen Motor das Jahr hindurch. Und mit einem Motor ist das ein heilloses Wirrwarr: Mal läuft er, mal setzt er aus, dann gibt es den Brennstoff, ein ander Mal nicht, es geht was kaputt, und der Kerl, der dran rumfummelt, pfeift auf alles und will doch nur in die Stadt – dort lebt und verdient die Jugend hundert Mal besser. Was kommt dabei raus – in den Listen haben alle Hirtenbrigaden Elektrisch, in Wirklichkeit aber nichts davon...

Klar, wer dann der Gute, Anständige ist: Boston, und außerdem säuft er nicht. Und wer ist der Schlechte?

Basarbaj und seinesgleichen, sind zudem noch Säufer. Gehörst du aber mal zu den Schlechten, dann kannst du dir das Genick brechen, trau dich da, was von Kündigung zu sagen, lassen gleich die Miliz auf dich los, nehmen dir den Paß weg, kriegst keine Papiere mehr, an die Arbeit, Mann, von wegen aussteigen, heute will doch keiner mehr Tschaban sein, solche Deppen sind rar, alle wollen in die Stadt: Dort hast du dein Pensum, kannst dich ordentlich vergnügen; und wenn nicht, erholst du dich in deiner Wohnung, hockst an dem fertigen Tisch, brauchst keinen Ofen heizen, Licht hast du rund um die Uhr, ob Tag oder Nacht, die Wasserleitung ist gleich vor der Nase, der Abort einen Katzensprung daneben im Gang ... Aber was ist das für ein Leben bei der Schafherde? Beim Werfen fast anderthalb tausend Stück Vieh steuern und keine Minute Ruhe, Tag und Nacht durchmachen, alle anderthalbtausend liegen dir auf dem Magen, probier nur mal, dich aus dem Mist rauszuhalten, nicht zu vertieren, die Frau und die Helfer nicht zu prügeln und dann nicht zu saufen ... Und wer ist dann schlecht? Basarbaj und seinesgleichen ...

Und beim geringsten Anlaß reiben sie dir den vor die Nase – schau dir mal den Boston Urkuntschijew an, da hast du den Besten, nimm dir ein Beispiel ... Man müßte ihm eine in die Fresse würgen, diesem Kulakenvorbild! Aber der Boston schafft es, die besten Leute gehen zu ihm, sie laufen ihm auch nicht weg, arbeiten wie eine Familie. Basarbaj und die vielen anderen Tschabane spucken schon lang auf die kaputten Motoren, leben eben wie seit alters bei Kerosinlampen und Taschenlaternen, während der Generator MI-1157 bei Bostons Schäferei läuft wie eine Uhr, man hört das Aggregat durchs ganze Tal, auch das Licht sieht man von weither. Das hat auch die Wölfe abgeschreckt, haben dich beinah eingeholt, kaum das Licht gesehen und das Tuckern gehört, sind die auf ein Mal stehengeblieben.

Die Hunde bellen noch. Die Wölfe streunen also noch irgendwo, aber sie fürchten sich, näher zu kommen...

Ja, der hat Glück, bei Boston klappt alles, blitzeblank ist sein Haus und Hof, hell ist das Licht im Wohnhaus und pieksauber, auch wenn es ein Schaflager ist, wo die hausen. Da muß man die Schuhe ausziehen, Stiefel und Fußlappen in der Diele lassen und in bloßen Stricksocken über Filzmatten ins Zimmer gehen.

Hat ein Mensch einmal Erfolg, dann kommt er in allem auf einen grünen Zweig. Früher hätte es Basarbaj gar nicht bemerkt, daß die Witwe Ernasars, der am Gebirgspaß umgekommen ist, so ein Prachtweib und gar nicht alt ist. Jetzt aber war Gulümkan, die Frau des Boston, offensichtlich glücklich, auch wenn sie ihr Leid durchgemacht hat. Dürfte knapp vierzig sein, eher noch weniger, die zwei Töchter von Ernasar studieren im Internat, und sie hat mir nichts, dir nichts erst neulich dem Boston, der wieder mal Glück hatte, einen Sohn geboren, und die beiden Töchter Bostons von der früheren Frau haben anscheinend schon ihre Mannsbilder angelacht und geheiratet. Und wie leutselig sie ist, die Gulümkan, auch nicht dumm, nein, blöd ist die gar nicht, weiß haargenau, daß ich und Boston uns nicht ausstehen können, hat sich das aber nicht anmerken lassen und dich herzlich empfangen, hat Anteil genommen und Mitgefühl gezeigt: Tritt ein, sagt sie so, Nachbar unserer Nachbarn, komm herein und mach dir's bequem auf dem Teppich, ei, sieh mal, was für ein Pech, hat man schon so was gehört, daß einem Wölfe auf der eigenen Fährte nachsetzen, dank sei Gott und den Seelen unsrer Ahnen von Arbak, daß sie dich vor dem

Unheil retteten. Er selber ist aber nicht daheim: Wieder bei so einer Versammlung im Rayon, müßte aber bald zurück sein, haben versprochen, ihn im »Gasik« des Direktors mitzunehmen. Setz dich doch, nach so einer Geschichte muß man doch Tee trinken, und wenn du noch ein Weilchen wartest, kriegst du von mir gleich was Heißes zu essen.

Basarbaj wollte aber die Hausherrin doch testen, nachdem er nun mal so in der Klemme saß, sie ist ja derart aufrichtig zu dem ungeladenen Gast, außerdem wollte er gern eins trinken, nach dem Erlebten zu sich kommen, und so leistete er sich eine Frechheit:

»Tee ist Weibergetränk«, sagte er brüsk. »Mußt schon entschuldigen, aber läßt sich im Haus des reichen Boston nicht etwas Kräftigeres finden? Man rühmt ihn doch weiß Gott wohin!«

Basarbaj hatte ein so widerwärtiges Wesen, daß er, hätte man ihm auch nichts zu trinken angeboten, schon damit zufrieden gewesen wäre, wie sich plötzlich der Gesichtsausdruck von Bostons Frau veränderte. Die Unverblümtheit Basarbajs war nicht nach ihrem Geschmack. Doch wozu sich zieren, nicht nur Beks oder Chans führen sich so auf, sondern auch Sowchosenviehzüchter.

»Tut mir leid«, erwiderte sie verdüstert, »Boston hat es nicht gern, verstehst du, diese Sache...«

»Ich weiß, ich weiß, dein Boston trinkt nicht!« unterbrach Basarbaj herablassend. »Ist mir nur so rausgerutscht. Danke für den Tee. Dachte, er trinkt zwar selber nicht, aber wenn Gäste kommen...«

»Ach nein, so ist es nicht gemeint«, verlegen blickte Gulümkan auf Ryskul, der neben Basarbaj saß, vor dessen Knien lag die unglückselige Überhangtasche mit den Wolfsjungen.

Ryskul erhob sich und wollte den Wodka holen, doch da tauchte im Türrahmen der zweite Helfer Bostons auf, Marat, der sein Studium am Pädagogischen Institut abgebrochen hatte, ein forscher Bursche, der recht tüchtig durchs Gebiet getollt war, nun bei Boston seßhaft geworden und zur Vernunft gekommen war.

»Hör mal, Marat«, wandte sich Ryskul an ihn. »Du hast da doch ein Halbliterchen versteckt. Das weiß ich. Keine Angst, wenn nötig, verantworte ich das vor Boston. Hol schnell deine Flasche, begießen wir Basarbajs Beute.«

»Begießen! Augenblicklich bin ich da«, lachte Marat hellauf zufrieden.

Und schon das erste Glas vertrieb allen Verdruß und die Angst, Basarbaj fand seine übliche Selbstsicherheit und Zwanglosigkeit wieder und streckte sich auf dem Teppich breit aus, als wäre er bei sich daheim, er hob an, seine Geschichte zu erzählen, und holte die Wolfsjungen hervor. Anfänglich waren die Welpen flau, sie reagierten auf fast gar nichts und wollten sich, als suchten sie nach Schutz, allesamt verkriechen, aber dann lebten sie auf, erwärmt krochen sie auf dem Filzläufer umher, winselten und stießen die Menschen mit ihren Mäulchen, kuckten dabei aus ihren unverständigen, unerfahrenen Augen, sie suchten nach der Mutter und deren Zitzen.

Mitfühlend schüttelte die Hausherrin den Kopf: »Die armen Dingerchen, sind ja ganz ausgehungert! Kleine bleiben Kleine, egal, ob von Wölfen. Die krepieren ja bei dir vor Hunger! Wozu denn das?«

»Warum krepieren?« reagierte Basarbaj schwer beleidigt. »Die sind doch kerngesund. Ich will sie zwei Tage lang füttern und dann im Rayon abgeben. In der Zoofiliale kennen die sich aus. Die Obrigkeit kann alles, wenn sie will, die zähmen sogar einen Wolf und lassen ihn im Zirkus auftreten, und für den Zirkus zahlen die Leute mit gutem Geld. Vielleicht kommen die in den Zirkus.«

Da brachen alle, auch wenn sie das Mitgefühl der Hausherrin angesteckt hatte, in Gelächter aus. Und die Frauen, die herbeigeeilt waren, um die lebenden Wölfe anzusehen, fingen an, untereinander zu flüstern.

»Basarbaj«, sagte Gulümkan, »wir haben da Lämmer, verwaiste kleine Säuger, die kriegen Milch, was wär's, wenn man den Wolfsjungen die Lämmerfläschchen bringt?«

»Auch das noch!« platzte Basarbaj vor Lachen heraus. »Schafe füttern Wölfe. Das ist Spitze! Los, probieren wir's!«

Und es war die Stunde angebrochen, an die sich in der Folgezeit ein jeder von ihnen voller Schrecken erinnern würde. Die Menschen stimmte der Gedanke versöhnlich, daß sie Raubtiere mit Schafsmilch nährten, daß die Wolfsjungen zutraulich und drollig waren, und eine Welpe aus dem Wurf – ein Weibchen – war sogar blauäugig, niemand hatte je gehört, daß eine Wölfin blaue Augen haben konnte, das gab es nicht einmal im Märchen. Und wie sich Bostons Sprößling vergnügte, auf einmal waren da vier Wildtierchen im Haus. Die Erwachsenen rührte es zutiefst, wie Kendshesch, dieses anderthalbjährige Pummelchen, in seiner nur ihm selbst verständlichen Sprache lallte, wie da seine Äuglein aufleuchteten und wie hingebungsvoll er mit den Wolfsjungen spielte. Und die vier Welpen schmiegten sich an das Kind, als hätten sie es erraten, daß dieses Wesen ihnen hier am nächsten stand. Unter sich sprachen die Erwachsenen: Schau nur, das Kindchen spürt die Kinderchen. Und sie wollten von Gulümkan wissen, was der wohl den Wolfsjungen sagte.

Und Gulümkan lächelte überglücklich, preßte ihr Söhnchen an sich und redete ihm zärtlich zu: »Putzelchen, Welpchen, mein herzallerliebstes Putzelchen! Sieh nur, da sind kleine Wolfstierchen zu dir gekommen. Schau nur, wie zart und grauweich sie sind. Wirst lieb Freund sein zu ihnen, ja?«

Da sprach Basarbaj einen Satz aus, an den sie sich später noch erinnern würden: »Es war einmal ein Wölflein im Haus, und dann wurden ihrer fünf. Willst du ein Wölflein sein? Dann steck ich dich, den Sprößling Bostons, in die Höhle, wirst gemeinsam mit ihnen aufwachsen...«

Alle lachten aus vollem Herzen, und sie tranken den Tee. Basarbaj und Marat, errötet vom Schnaps, hatten das Halbliterchen geleert und dazu Speck und kalten Braten gespert, je mehr sie tranken, desto lebhafter wurden sie. Im Freien war es bereits dunkel, die Hunde hatten aufgehört zu bellen, da tauchte plötzlich der größte Köter, Shaisan – ein fuchsroter struppiger Riese –, auf der Schwelle der angelehnten Tür auf. Der Hund blieb im Türrahmen stehen, wedelte mit dem Schwanz, unschlüssig, über die Schwelle zu treten. Man warf ihm ein Stückchen Brot zu, das er im Flug aufschnappte und dabei laut die Zähne zuklappte. Und da holte sich der angetrunkene Marat zum Spaß einen Wolfsjungen und trug ihn hin zum Köter. »Los, Shaisan, faß ihn! Faß ihn, sag ich.« Und setzte das zitternde, gebrechliche Tierchen vor den Hund.

Zur Verwunderung der Anwesenden knurrte Shaisan bös auf, zog Kopf und Schwanz ein und riß aus. Und erst dann, als er schon im Hof war, schlug er ein feiges, klägliches Bellen an.

Alle lachten hellauf, am lautesten aber lachte Basarbaj:

»Bemühst dich vergeblich, Marat! Es gibt keinen Hund, den der Wolfsgeruch nicht vertreibt! Willst du, daß euer Shaisan zum Löwen wird? Das passiert nie!«

Alle hörten mit Lachen auf, als der kleine Kendshesch zu weinen anfing, ihm tat das Wolfsjunge leid, er ängstigte sich um das Tierchen und hoppelte hin zu ihm, um es vor den unsinnigen Streichen der Erwachsenen zu beschützen.

Basarbaj hatte dann die vier unglückseligen Wolfsjungen in den Kurdshun zurückgesteckt und sich bald darauf entfernt. Sein Pferd war inzwischen ausgeruht und frisch gesattelt, dann hatte Basarbaj das Winterlager Bostons in munterem Trab verlassen. Neben Basarbaj trabten Marat und Ryskul mit geschulterten Flinten, beide hatten getrunken, doch Marat war beschwipst und daher über die Maßen redselig. Diese kräftigen Kerle hatten sich angeboten, Basarbaj zu begleiten, um den ärgerlichen Zwischenfall ein bißchen zu verwischen, der sich unmittelbar vor dem Weggang der ungebetenen Gäste in Bostons Haus ereignet hatte.

Schon beim Gehen nämlich hatte Basarbaj, zufrieden damit, daß er in Bostons Hütte im Mittelpunkt gestanden war, den Kurdshun mit den Welpen an Marat übergeben, der solle das Zeug doch über den Sattel hängen, er selber aber hatte das Gewehr genommen, das neben einem riesigen Wolfsfell an der Wand hing. Andächtig musterte er die Flinte, sie hatte sein Gefallen gefunden – war gut gearbeitet und von gelungener Form, brüniert schimmerte der Stahl, diese gezogene Kugelbüchse für Großwild war eine wahre Augenweide. Das Wolfsfell, das als Trophäe an der Wand hing, hatte Boston mit einem Volltreffer aus diesem Gewehr erbeutet. Das war allen bekannt.

»Hör mal, Gulümkan!« sagte Basarbaj gedehnt und wechselte dabei trunkene Blicke vom Gewehr zur Herrin des Hauses. Wenn mir diese Gulümkan, blitzte es in ihm auf, an einem abgelegenen Ort unterkommt... Er war es gewohnt, sich Frauen rücksichtslos zu nehmen, manchmal gleich auf einem Feld oder am Weg, mal klappte es, mal auch nicht, doch juckte ihn das weder im einen noch im anderen Fall, und wie er da unversehens Gulümkan mit seiner abgeschlafften, zerschundenen Kok Tursun verglich, stellte er sich lebhaft vor, wie er der mit voller Wucht eine dafür reinwürgte, daß er grade sie und nicht die Gulümkan gekriegt hatte, daß sie ihm zum Hals heraushing, aber er nahm sich zusammen und sagte nur: »Bei euch daheim ist es prima, bist eine gute Hausfrau. Aber was hatte ich sagen wollen? Ach ja, mußt verstehen, Gulümkan, ich hab Angst, die Wölfe könnten mir nochmals nachsetzen. Ich kann doch die Knarre mitnehmen und sie morgen durch einen von den Unsrigen zurückbringen.«

»Um Gottes willen, häng sie wieder hin«, sagte Gulümkan streng. »Boston erlaubt es niemand, das Gewehr anzufassen. Er mag es nicht, wenn man seine Flinte berührt.«

»Du kommst wohl ohne ihn mit dem Schießeisen nicht zu Rande?« lächelte Basarbaj trüb vor sich hin, während er sich lebhaft ausmalte, wie er dieses Weib stoßen würde, wenn sich dazu eine Gelegenheit ergäbe.

»Was soll denn das! Wenn Boston heimkommt und sieht, daß das Gewehr weg ist, das hat mir grad noch gefehlt... Außerdem weiß ich auch nicht, wo die Patronen sind. Boston hält sie versteckt. Niemand kriegt eine Patrone von ihm.«

Basarbaj beschimpfte Boston in wüsten Gedanken, sich selber schalt er: Hätte doch wissen müssen, was für ein knausriger Geizkragen dieser Boston ist, und seine Frau ist kein Haar besser; beinah hätt er ihr gesagt: Steck dir den Schießprügel doch rein. Da half ihm Ryskul aus der Patsche und entspannte, wie man so sagt, die Lage.

»Regst dich umsonst auf, Basake. Marat und ich werden mit dir reiten, wenn du willst, mit Gewehren und direkt bis vor deine Haustür«, versicherte er lachend. »Wir haben einen Haufen Zeit, die ganze Nacht liegt vor uns, und laß wirklich lieber die Finger vom Schießeisen, häng es an den Platz zurück. Weißt doch: Boston ist nun mal Boston, er liebt seine Ordnung!«

Sie waren schon beim Weggehen, aber da mußte Ryskul noch ein paar Minuten verweilen und den Kleinen von Boston besänftigen: Kendshesch hatte aufgeschluchzt: Warum hat denn der Onkel die Wolfsjungen in den Sack gesteckt, und wohin wird man die bringen... Der Kleine wand und riß sich aus den Armen der Mutter und verlangte die Rückgabe der Tierchen, an denen er Gefallen gefunden hatte...

Aber als sie dann vom Hof weggeritten waren, fing der verkrachte Student Marat mit der drolligen Geschichte an, die, so hatte er angenommen, seine Weggefährten amüsieren müßte:

»Neulich war da in unserer Gegend ein Skandal los, der in der ganzen Welt die Runde machte, zum Totlachen war das! Nicht davon gehört, Basake?«

»Ja, doch, nein, nichts gehört«, gab Basarbaj zu.

»Ein Allerweltsskandal war das, bestimmt, ich schwör's!«

»Los, erzähl, Studentchen!« befahl Ryskul und trieb das Pferd mit den Stiefelabsätzen an.

»Also, da ruft doch so ein Gebietschef den Redakteur unserer Rayonzeitung an. Warum läuft da, sagt der, in den

Spalten eurer Zeitung ›Die Morgenröte des Sozialismus‹ so eine Propaganda für das kapitalistische Amerika? Und der Redakteur – wir haben mal zusammen studiert, ein Hosenscheißer und Arschkriecher wie kaum ein zweiter – fing bei den Wörtern gleich an zu stott-tt-ern: ›W-w-ir hab-ben d-doch üb-ber Am-merik-ka g-ggarni-i-chts g-g-g-gesch-schrieb-ben! V-v-v-v-ver-z-z-zeih-en Sie, w-w-was f-für eine P-p-p-pro-p-paganda?‹ Und der gleich zu ihm: ›Was, nicht geschrieben? Was ist denn das für eine Schlagzeile da, hier – schwarz auf weiß: *Boston ruft – folgt dem Beispiel, Genossen!*‹ – ›Aber das ist doch unser Aktivisten-Tschaban, unser Boston Urkuntschijew, über ihn doch, über seine Arbeit wurde geschrieben.‹ – ›Klare Sache, aber viele lesen in Zeitungen doch nur die Schlagzeilen.‹ – Ha, ha, ha! Das ist doch die Wucht, ha, ha! Einfach toll! – ›Was sollen wir jetzt machen?‹ fragt der Redakteur. Und der Natschalnik sagt zu ihm: ›Befehlen Sie dem Aktivisten, den Namen zu ändern.‹«

»Halt mal«, unterbrach ihn Basarbaj, »wie ist das nun, haben die in Amerika vielleicht auch ihren Boston?«

»Was soll denn das, natürlich nicht«, belustigte sich Marat. »Boston ist eine Stadt in Amerika, eine der Großstädte, vielleicht nur ein bißchen kleiner als New York, und bei uns ist ›boston‹ ein Graupelz. ›Bos‹ ist grau, und ›ton‹ ist Pelz. Alles klar?«

»Pfui, hol's der Teufel! Und wie wahr!« stimmte ihm Basarbaj zu und bedauerte es, daß das Ei schon gegessen war und nichts mehr hergab, um dem Boston zu schaden. »Genau, so ist das. Boston ist ein Graupelz.«

Die Sternendecke der Nacht hüllte alles ein – die Berge und den Himmel und den fernen See, dessen gewaltiger, gekrümmter Rücken gerade noch im Dunkeln zu erspähen war. Und die drei Reiter ritten possenreißend nach

Taman und ahnten nicht, wie sich in dieser Nacht schwere Schicksale fest und unauflöslich verknoteten ... Und immer leiser und unverständlicher trug es ihr Reden und das Schlagen der Hufe gegen die Steine dahin ... Nur das vertraute Klopfen von Bostons Motor blieb hinter ihnen zurück, das Licht, das es abgab, stach aus dem dunklen Berghang hervor, ein kleiner Kreis von Leben, der Hof eines Tschabanen.

Und unweit davon hielten sich die Wölfe verborgen ...

2

Mit großer Mühe, Überredungskünsten und Zärtlichkeiten war es Gulümkan gelungen, den Kleinen schlafen zu legen, sie selbst legte sich nicht zur Ruhe – sie wartete auf den Mann. Er mußte jeden Augenblick kommen. Und als draußen die Hunde in ihr gutmütiges Bellen einfielen, hüllte sie sich den warmen Schal um die Schultern und schmiegte sich ans Fenster. Der »Gasik« des Direktors durchschnitt die Dunkelheit mit glühenden Scheinwerfern und wendete neben dem großen Schafstall, wo sie die Mutterschafe hielten. Gulümkan sah, wie Boston aus dem Fahrerhäuschen ausstieg und sich verabschiedete, wie er die Türen zuschlug und das Auto nach einem scharfen Einschlag heimwärts davonrollte. Gulümkan wußte, ihr Mann würde nicht sofort ins Haus kommen. In solchen Fällen pflegte er zunächst eine Runde um die Schafgehege und Scheunen zu machen, einen Blick unter die Überdachungen zu werfen, die Nachtwache Kudurmat zu befragen, wie es gehe und stehe und wie der Tag vergangen sei, ob es keinen Vorfall gegeben habe, eine Fehlgeburt, ob Lämmer zur Welt gekommen seien ...

Sie heizte den Herd mit den eigens dafür vorbereiteten

Holzscheiten auf, um den Mann mit heißem Essen und gutem Tee direkt vom Feuer zu empfangen – ohne dies war das Leben für Boston kein Leben –, da hörte Gulümkan auf die Schritte des Mannes im Gang und freute sich schon im voraus, wie sich der kleine Kendshesch im Bettchen umdrehen und unter der Berührung des frostkalten Schnauzbartes mit den Lippen schmatzen würde. Gewöhnlich brachte Boston den Kleinen selbst zu Bett, davor gab er sich ausgiebig ab mit ihm, es kam auch vor, daß er ihn selber im Trog badete, nachdem er das Haus gut durchgeheizt, alle Türen und Fenster verschlossen hatte. Die Nachbarn meinten, Boston sei mit den Jahren kindernarrisch geworden, früher sei das anders gewesen, da habe er die Arbeit mehr geliebt als die Kinder, die nun, selbst Eltern geworden, ihr eigenes Leben lebten und nur noch zu kurzen Besuchen kamen. Das Jüngste aber ist immer das Allersüßeste, und man liebt es am allermeisten. All dies stimmte zwar, doch wer außer ihr, Gulümkan, wußte den tiefen und bitteren Grund der Anhänglichkeit Bostons zu dem kleinen Kendshesch. Hatten sie doch niemals daran gedacht, weder sie noch er, sie würden einmal Mann und Frau werden können, und daß ihnen ein Sohn geboren würde; denn wäre ihr früherer Mann, Ernasar, am Gebirgspaß nicht umgekommen und daraufhin Bostons erste Frau, Arsygul, verstorben, hätte es nie eintreten können. Sie mühen sich darum, nicht ans Gewesene zu denken, und wissen doch: Für sich allein hängt jeder seiner Vergangenheit nach ... Der Kleine aber war das Gemeinsame, das sie verband, das sie um einen zu hohen Preis empfangen hatten. Den Weg zum Paß hatte ja Boston festgelegt, und sein Helfer Ernasar war vor seinen Augen zu Tode gekommen, er war dort geblieben, am Grund der tiefen Spalte ... Nur der Kleine konnte die

Lücke in seiner Seele füllen, heißt es doch seit alters: Nur die Geburt macht den Tod wett.

Die Schritte erschallten, und Gulümkan eilte ihrem Mann entgegen, half ihm die Stiefel abstreifen, brachte Wasser, Seife und Handtuch. Schweigend übergoß sie die Hände des Mannes mit Wasser, doch vorerst würden sie nicht miteinander sprechen, ihr Gespräch setzt erst beim Teetrinken ein, wo Boston mit seiner beliebten Redensart anhebt: ›Denk dir nur und hör mal zu, was es nicht alles gibt auf der Welt‹, alles wird er ihr erzählen, was er an Neuem gesehen und erfahren hat, und in solchen Momenten, besonders wenn sie allein waren, fühlten sich beide wohl. Es war dann ganz ihr Gespräch, das Verstehen zwischen zweien, die sich vertraut sind wie das Schiff und sein Ankerplatz, wo man im voraus weiß, wo es seicht oder tief ist. Sie erinnert sich genau, es war schon nach dem Leichenschmaus, seit Arsyguls Tod war ein Jahr ins Land gegangen, als sie schließlich die Heirat beschlossen hatten, Boston kam zu ihr von seinen Bergen herabgeritten, in ihr verwitwetes Haus am Rand der Siedlung beim See; sie hatten Bostons Pferd am Roßbalken gelassen und sich in den Linienbus gesetzt, vor den Leuten das erste Mal zusammen fühlten sie sich unwohl, sie waren dann in das Rayonsstandesamt gefahren, hatten dort sofort die nötigen Papiere unterschrieben, um möglichst rasch wieder wegzukommen, danach hatten sie schon keine Lust mehr gehabt, den Bus zu nehmen, und da sie auch auf der Straße keinem Bekannten begegnen wollten, gingen sie zum See hinab und dort das Ufer entlang bis zu ihrem Witwenhaus. An jenem trockenen, windstillen Herbsttag war das lichte Blau des Issyk-Kul wie immer klar und friedlich. Und da hatte Boston, vom Uferpfad inmitten des Lärchenwaldes aus, zwei vertaute Boote erblickt und war stehengeblieben. Eine sanfte Brise schaukelte die Boote, man konnte darunter den sandigen Grund sehen.

»Sieh nur, ringsum das Wasser, die Berge und das Land, das ist das Leben. Und dieses Bootspaar, das sind wir beide. Wohin uns die Welle trägt, man wird es sehen. Was mit uns geschehen ist und was wir durchgemacht haben, wird uns, solange wir leben, nicht verlassen. Bleiben wir für immer zusammen. Ich bin schon ein alter Mann. Im Winter klopft das neunundvierzigste Jahr an. Aber du hast noch kleine Kinder, wir müssen ihnen etwas beibringen und helfen, ihren Platz zu finden ... Gehen wir und sammeln unsere Kräfte. Du wirst wieder in die Berge gehen, Tochter des Fischers, aber diesmal mit mir ... Ich halte es nicht aus, allein zu leben...«

Gulümkan war, ohne zu wissen, warum, in Tränen ausgebrochen, und er hatte sie lange getröstet ... Und als sie dann schon zusammenlebten und miteinander übers Leben redeten, da erinnerte sich Gulümkan oft an jenes Bootspaar auf dem See. Daher war es ihr auch in den Sinn gekommen, das Gespräch mit einem nahen Menschen sei wie ein vertrauter Ankerplatz. Aber heute war ihr nicht entgangen, daß der Mann mehr als sonst besorgt war. Beim Licht des flimmernden Lämpchens in der Diele trocknete sich Boston, der sie um Kopfeslänge überragte, absichtlich lange die großen, rauhen Hände und zerknüllte dabei das Handtuch. Der Blick seiner zusammengekniffenen grünlichen Augen war trüb, das gebräunte und aufgerauhte Gesicht mit dem schweren dichten Vollbart dunkelrot und von der Farbe eingedunkelten Honigs. Was hatte das alles zu bedeuten? Nachdem er die Hände abgetrocknet hatte, ging Boston als erstes zu dem Kleinen, ließ sich vor dem Holzbettchen, das er selbst gezimmert hatte, auf die Knie nieder, küßte den Sohn mit seinen rissigen Lippen und fing unwillkürlich zu lächeln an, während er ihm zärtliche Worte zuflüsterte, als sich Kendshesch, der den Kuß verspürt hatte, im Schlaf bewegte.

»Kudurmat hat gesagt, Basarbaj sei hiergewesen, als ich noch weg war«, sagte er nebenbei, während er sich zum Essen setzte. »Eine ungute Sache.«

Gulümkan nahm das auf ihre Art, errötete und brauste fast verletzt auf.

»Was hätte ich tun sollen? Sie sind lärmend ins Haus eingedrungen. Wir wollen euch, sagten sie, die Wolfsjungen zeigen. Und Kendshesch war ganz und gar überrascht, ist doch was Lustiges für ihn... Nun, ich hab ihnen halt Tee serviert...«

»Schon gut, darum geht's mir nicht. Meinetwegen, wie er kam, so ging er. Nur schwant mir, die Sache ist ungut...«

»Was ist daran schon Schlimmes«, sagte Gulümkan, ohne zu ahnen, worauf er hinauswollte. »Du hast doch selbst mal Wölfe geschossen. Da hängt das letztjährige Fell, und wir haben es sehr schön ausgeschmückt«, sie wies mit dem Kopf auf das Wolfsfell an der Wand.

»Hängt, wie es hängt«, erwiderte Boston und reichte der Frau die geleerte, henkellose Tasse. »Du hast wahr gesprochen, es ist so, daß auch ich einen Wolf abschoß, die Welt ist nun mal so eingerichtet, daß es den Wolf gibt und den Menschen. Aber eine Wolfshöhle hab ich nie geplündert. Der niederträchtige Basarbaj hat doch Wolfsjunge geraubt, und die Wölfe, grimmige Raubtiere, in Freiheit gelassen. Aus Bosheit hat er uns den Schaden zugefügt. Die Wölfe leben hier, sie können nirgendwo anders hin, sie sind jetzt, verstehst du, furchtbar wütend...«

Auf Gulümkan wirkten seine Worte niederschmetternd. Sie hob an zu seufzen und machte ihren auf die Schulter gefallenen Zopf zurecht.

»Was für ein Unglück! Und was hat ihn nur, diesen Liederjan, in unsere Gegend gebracht? Warum mußte er die Höhle antasten? Ja, leid können sie einem tun, jede Kreatur hat doch ihre Kinderchen lieb, das weiß doch jeder. Und warum hab ich mir das nicht sofort ausmalen können.«

»Weißt du, was ich denke«, fuhr Boston besorgt fort. »Was das wohl für Wölfe sind? Doch nicht ebendie?« Boston schwieg eine Weile und fügte hinzu: »Kudurmats Worten nach sind sie Basarbaj vom Baschat her nachgejagt.«

»Und wenn schon?«

»Ebendieselben, die zugewanderten Wölfe – Taschtschajnar und Akbara. Es gibt so ein Paar.«

»Oh, laß die Scherze!« brach Gulümkan in Lachen aus. »Willst du etwa behaupten, Wölfe haben Namen wie Menschen?«

»Mir ist nicht nach Scherzen. Wir kennen diese Wölfe. Die sind anders als die hiesigen. So mancher hat sie schon gesehen. Ein wildes, gewaltiges Paar, gehen in kein Fangeisen, und du kannst sie nicht anschießen. Das hat uns gerade noch gefehlt, daß uns dieser Gauner, der Lumpenhund Basarbaj, zufällig auf die Höhle gestoßen ist und ihr Geheck herausriß, und du wirst dich noch wundern, was für Namen die haben! Das Männchen, Taschtschajnar, ist so gewaltig, daß es ein Pferd umwirft. Aber die Wölfin Akbara ist eine Anabascha, ein Führungsmuttertier, ein kluges Raubtier, oh, wie schlau die ist! Und daher besonders gefährlich.«

»Hör auf damit, Vater meines Sohnes, und laß die Scherze! Wofür hältst du mich, für ein Kind etwa?«

lächelte Gulümkan argwöhnisch. »Du erzählst von ihnen so, als lebtest du mit ihnen seit deiner Kindheit... Also sag, gibt's denn so was?«

Boston lächelte nachsichtig, er rang sich aber nach einigem Überlegen dazu durch, seine Frau nicht weiter zu beunruhigen.

»Schon gut«, sagte er und schwieg eine Weile, »vergiß es. Es war nicht ernst gemeint. Machen wir's Bett zurecht. Ist schon recht spät. Morgen müssen wir früh aufstehen, du weißt ja, bis zum großen Lammen bleiben uns nur ein paar Tage. Und manche Muttertiere werfen vielleicht schon in der Nacht oder zum Morgen hin, besonders die mit Zwillingen oder gar Drillingen.«

Als sie nach dem Lichtlöschen im Bett lagen, erzählte Boston beim Einschlummern – und er konnte schnell weg sein – noch ein wenig von der Rayonsversammlung, wo sie zum wiederholten Mal erörtert hatten, warum die Jugend von heute nichts von Schafzucht wissen will, was da zu tun wäre und wie man damit zu leben habe – da war auf einmal von draußen das Getrappel von Pferdehufen zu vernehmen. Gulümkan sprang vom Bett auf, rannte in Unterwäsche zum Fenster, warf sich den Schal um die Schultern und sah am großen Schafstall zwei Reiter mit ihren Gewehren dahertraben.

»Sind die Unsrigen, Ryskal und Marat«, sagte sie. »Sie haben Basarbaj begleitet.«

»Schön blöd!« murmelte Boston und fiel damit in den Schlaf.

Gulümkan konnte dagegen nicht gleich einschlafen. Sie wickelte das Söhnchen im selbstgebastelten Bettchen ganz warm ein, ewig strampelt es sich im Schlaf frei und stößt die Kleider ab. Schade, der Kleine läßt einen nicht schlafen, besonders dann, wenn man schlafen möchte.

Heute aber wollte der Schlaf gar nicht zu ihr kommen. Schon der Tag war ein einziges Durcheinander gewesen, alles wie verquer. Und auf das hin noch Basarbaj, wie hereingeschneit kam er. Für Boston der reinste Schlag ins Kontor. Ist halt ein Mensch, mein Boston, der keinen Lärm und keine Hektik mag und vor allem nicht solche Flegel wie den Basarbaj, auch wenn dieser ihm nichts Übles getan hat. Freilich ist ihm Basarbaj gar nicht grün, er ist voller Neid, daß Bostons Sachen gutgehen. Doch wieviel Mühen das kostet, davon hat Basarbaj keinen blassen Schimmer. Schon frühmorgens steht er im Geschirr, und so geht das bis in die späte Nacht hinein, überall muß er dabeisein, wo man das Auge des Wirtschaftenden braucht...

Gulümkan ging zum Fenster und bohrte ihre Blicke in die Aluminiumfinsternis der Nacht, der Mond leuchtete hell über den gekrümmten Bergrücken, und sämtliche Sterne strahlten aus voller Kraft. Zum Morgen hin würden der Mond vergehen und die Sterne erlöschen, doch nun erschien die Nacht noch als etwas Ewiges und Unvergängliches. In der tiefen Stille des Vorgebirges ertönte nur das vertraute Klopfen des Motors.

Vielleicht schlief Gulümkan schon lange, vielleicht dämmerte sie auch nur dahin, doch da brach mitten in ihren Schlaf plötzlich Hundebellen und ein lang anhaltendes Geheul ein. Gulümkan schreckte auf und hörte jetzt deutlich, während sie mit dem Schlaf kämpfte, schweres, zum Himmel getragenes, qualvolles Wolfsheulen. Das Geheul jagte ihr Grauen ein. Gulümkan geriet außer sich, rückte näher zu ihrem Mann hin und schmiegte sich an ihn. Aber da ging das Heulen schon über in leiderfülltes Schluchzen, es erklang der nicht enden wollende Schmerz, das Stöhnen und Wehklagen eines gepeinigten Tieres.

»Das ist sie, Akbara«, sagte Boston mit schläfrig heiserer Stimme und erhob jäh den Kopf vom Kissen.

»Was für eine Akbara?« Gulümkan verstand nicht einmal, wovon er redete.

»Die Wölfin!« sagte Boston und fügte, dem Wolfsgeheul lauschend, hinzu: »Und er auch, Taschtschajnar heult mit. Hörst du, er brüllt wie auf der Schlachtbank.«

Sie erstarrten und hielten den Atem an.

»Ou-ou-u-u-ua-a-a-a!« Und von neuem trug es das wilde, wehmütige Schluchzen in die grenzenlose Nacht.

»Was ist mit ihr, warum heult sie?« flüsterte Gulümkan erschrocken.

»Warum denn wohl? Das Tier trauert!«

Sie verstummten.

»Ein Elend ist das!« Boston schimpfte ärgerlich vor sich hin. »Bleib du liegen, und sieh nach dem Kind, daß es nicht aufwacht. Und hab keine Angst, bist ja erwachsen und stark! So ist es halt, die Wölfin heult irgendwo in der Nähe, weint um die Welpen, was soll man da machen? Ich schau mal nach, was sich in den Schafställen tut.«

Er zog sich hastig an und ging, ohne das Licht zu löschen, hinaus, um die Schuhe überzuziehen, dann kam er ins Zimmer zurück, knipste die Lampe aus und entfernte sich, nachdem er die Dielentür hinter sich zugeschlagen hatte. Sie hörte ihn unter den Fenstern vorüberschreiten, vor sich hin fluchen und den Hund herrufen: »Shaisan! Shaisan! Komm her!« Und sie hörte, wie seine Schritte allmählich verhallten. Und da trug es wiederum das langgezogene Geheul der Wölfin herüber, und wie tief aus dem Bauch fiel der Wolf in ihr Geheul mit ein. In ihrem Heulen kochte der Zorn, Drohen wechselte mit Wehklagen, dann schwollen aufs neue Verzweiflung und Wut wie bis zum Irrsinn an, dann wieder das Flehen...

Das Geheul war unerträglich. Gulümkan hielt sich die Ohren zu, dann ging sie den Türhaken schließen, als könnten die Wölfe ins Haus einfallen, zitternd und ins Wolltuch eingehüllt, kehrte sie ins Bett zurück, ratlos und voller Angst, die Wölfe könnten von neuem zu heulen anheben und den Kleinen wecken. Am meisten fürchtete sie, Kendshesch würde erwachen und sich ängstigen.

Aber die Wölfe heulten weiter, und ihr schien, als streunten und kreisten sie in der Nähe. Böse winselnd und bellend, antworteten ihnen die Hunde, doch sie trauten sich nicht, die Hofgrenze zu verlassen. Und plötzlich erschallte ein ohrenbetäubender Schuß und gleich darauf noch einer. Gulümkan nahm an, Boston und die Nachtwache Kudurmat hätten die Schüsse abgegeben, um sie einzuschüchtern.

Daraufhin wurde es still. Die Hunde verstummten. Und es verstummten die Wölfe. »Endlich, Gott sei Dank, das wär sonst schlimm!« dachte Gulümkan erleichtert. Und dennoch blieb ihr Herz voller Unruhe. Sie holte den schlummernden Kendshesch, trug ihn zu sich ins große Bett und legte ihn in die Mitte, daß er zwischen den Eltern liege. Mittlerweile war Boston zurückgekommen.

»Haben einem den Schlaf gestört, bringen alles durcheinander«, brummelte er verärgert und meinte damit wohl die Wölfe, die Hunde und alles, was damit zusammenhing. »Ein mieser Dreckskerl, dieser Basarbaj, einfach ein Unmensch!« empörte er sich und legte sich gleich wieder ins Bett.

Gulümkan verzichtete darauf, ihren Mann durch ihre Fragerei zu beunruhigen, die Wölfe raubten ihm sowieso den Schlaf. In aller Herrgottsfrühe hatte er auf dem Viehhof anzutreten, er gehörte nicht zu der Sorte Schafhirten, die sich erlaubten, spät aufzustehen.

Als sie sah, wie sich ihr Mann entspannte und den Kleinen an sich drückte und ihm Koseworte zuflüsterte, da wurde es Gulümkan leichter ums Herz. Boston hatte seinen Kendshesch lieb, daher hat er ihm auch den Namen gegeben – Kendshebek, das ist Bek der Jüngere, der jüngste Prinz des Geschlechts. Zu allen Zeiten hatten die Hirten davon geträumt, zu Fürsten aufzusteigen, die Ironie des Schicksals hatte es aber so haben wollen, daß die Hirten zu allen Zeiten Hirten blieben. Und darin war auch Boston keine Ausnahme.

Sie schliefen wieder ein, dieses Mal mit dem Kleinen in der Mitte, doch alsbald weckte sie wieder das schwermütige Wolfsgeheul. Und auf dem Hof setzte aufs neue das Bellen der aufgescheuchten Hunde ein.

»Was ist denn das nur! Was für ein Leben!« jammerte Gulümkan im Zorn, und schon taten ihr die Worte leid: Boston stand schweigend auf und begann, sich im Dunkeln anzukleiden. »Geh nicht weg«, flehte sie. »Laß sie doch heulen. Ich habe Angst. Das muß nicht sein, geh nicht!«

Boston wollte seiner Frau nicht widersprechen. Und so lagen sie da, im dunklen Haus, und lauschten erzwungenermaßen dem Geheul der Wölfe, in einer finsteren Nacht in den Bergen. Mitternacht war schon überschritten, es nahte das Morgengrauen, aber die Wölfe ließen nicht nach und setzten den Menschen zu mit ihrem markerschütternden, traurigen, bösen Heulen.

»Haben sich die ganze Seele ausgeheult, aber was wollen sie denn bloß?« brach es aus Gulümkan hervor.

»Was sie haben möchten? Klarer Fall, sie fordern ihre Kleinen zurück«, erwiderte Boston.

»Aber die sind doch nicht mehr hier, diese Kleinen. Man hat sie doch längst fortgetragen.«

»Woher sollen sie das wissen?« antwortete Boston. »Sind wilde Tiere und wissen nur eines: Die Spur hat sie hierhergeführt, und für sie ist das der Endpunkt, da endet ihre Welt in der Sackgasse. Versuch mal, ihnen das zu erklären. Schade, daß ich nicht da war. Ich hätte diesem Mistvieh Basarbaj den Hals umgedreht. Er hat die Beute an sich genommen, und uns läßt er dafür zahlen...«

Und wie zur Bestätigung seiner Worte zog es das Geheul wieder über die Schäferei hin, mal wehevoll und bleiern, mal wütend und böse, blind vor Schmerz kreisten und irrten die Wölfe in der Dunkelheit umher. Völlig außer sich war vor allem Akbara. Sie jammerte wie ein Klageweib am Friedhof, und Gulümkan fiel ein, wie sie einst selber wehklagte und den Kopf gegen die Mauer schlug, als Ernasar am Gebirgspaß ums Leben gekommen war, unerträgliche Schwermut erfaßte sie nun, und es kostete sie nicht wenig Mühe, an sich zu halten und Boston nicht zu erzählen, woran sie gedacht und was sie soeben empfunden hatte.

So lag sie also da mit aufgerissenen Augen, nur der kleine Kendshesch, das arglose Kleinkind, schlief seinen tiefen, langen Schlaf. Während sie das nicht verstummende Heulen Akbaras um die geraubten Welpen anhörte, wuchs die Unruhe um ihr Kind noch stärker an, obgleich es von nichts bedroht war.

Über den Bergen leuchtete die frühe Dämmerung. Die Dunkelheit zog sich zurück und löste sich im Firmament auf, die Sterne hatten ihren Dienst verrichtet und erloschen, immer greifbarer zeichneten sich die nahen und weiten Berge ab, und die Erde wurde wieder zur Erde...

Zu dieser Stunde zogen sich die Wölfe Akbara und Taschtschajnar ins Gebirge zurück, hin zum Cañon Baschat. Ihre Silhouetten tauchten auf Höhenzügen auf, um dann wieder im Dunst zu verschwinden. Niedergeschlagen trabten die Wölfe dahin, der Verlust ihrer Kleinen kam sie schwer an, und auch das unaufhörliche Geheul die ganze Nacht hindurch hatte sie mitgenommen. Von hier aus hätten sie den Weg zu der Talsenke nehmen müssen, wo noch ein Großteil des am Vortag erlegten Jak-Kadavers lag. Gewöhnlich hätten sie auch nicht gezögert, sich an dem frischen Fleisch randvoll zu fressen, doch dieses Mal war es Akbara nicht danach, zur rechtmäßigen Beute zurückzukehren, und Taschtschajnar hätte dies ohne sie, die Anabascha, nie gewagt.

Bei Sonnenaufgang waren sie nah der Höhle, da raste Akbara Hals über Kopf davon, als würde sie von ihren Säugerchen sehnsüchtig erwartet. Diese Selbsttäuschung und der Selbstbetrug übertrugen sich auch auf Taschtschajnar, jetzt sausten beide durch die Schlucht – es war die Hoffnung, die sie vorwärtstrieb, möglichst bald ihre Brut zu sehen.

Und so wiederholte sich alles – flink über den Wolfspfad durchs Gehölz huschend, eilte Akbara zur Spalte unter dem Felsvorsprung, von neuem beschnupperte sie die leeren Winkel und die erkaltete Streu, noch einmal überzeugte sie sich davon, daß ihre Kleinen nicht mehr da waren, sie aber wollte sich damit nicht abfinden, sprang aus der Höhle heraus, vor lauter Schmerz verlor sie jeden Verstand und jagte wieder witternd den Bach entlang, den Spuren von Basarbajs Aufenthalt am Vorabend nach. Widerwärtig und feindlich war hier alles, besonders die gegen den Stein gelehnte, angebrochene Wodkaflasche. Der scharfe und beißende Dunst brachte Akbara zur Raserei, sie knurrte und biß sich, rammte Schnauze und Zähne in die Erde, fiel dann in ein langgezogenes Gewinsel, richtete die Schnauze nach oben, die Stimme erstickte im Tränengeheul, als sei sie tödlich verletzt, und aus ihren eigentümlichen Augen floß ein Strom von trüben Tränen.

Und es gab niemand, der sie in ihrem Schmerz zu trösten vermocht hätte, niemand war da, der auf ihr Wehklagen hätte antworten können. Kalt waren sie, die hohen Berge...

3

Am Morgen des anderen Tages, etwa gegen zehn Uhr, schickte sich Basarbaj Nojgutow an, das Pferd zu satteln, um im Rayonzentrum vorzusprechen, aber da bemerkte er einen sich ihnen nähernden Reiter. Was der wohl im Tamaner Winterlager zu suchen hatte! Der Reiter im gelbgefärbten, aufgeknöpften Pelz und mit der Fuchsmütze kam in lockerem Trab von Westen am Fuß eines sanften Abhangs herangeritten. Gut, ja ausgezeichnet saß er im Sattel, Basarbaj hatte den Reiter sofort erkannt, und nachdem er sich den goldfarbenen Gaul aus den Gestüten des Don genauer betrachtet hatte, war er sich ganz sicher: Das war Boston Urkuntschijew höchstpersönlich auf seinem Donkulük. Das plötzliche Erscheinen Bostons setzte Basarbaj in Unbehagen, ja es war ihm so unwohl, daß er seinen Sattel weglegte und sich vornahm, seinen Nachbarn und Widersacher abzuwarten. Und damit Boston ja nicht denken sollte, er würde ihn erwarten, begann er, sein Pferd mit einem Bündel Stroh abzureiben. Er tat so, als sei er ganz in diese Arbeit versunken. Basarbaj hatte das merkwürdige Gefühl, als habe ihn Boston irgendwie ertappt. Sein Blick ging über Haus und Hof, die Schafställe und die Hirten, die mit ihrer Morgenarbeit beschäftigt waren – ist da auch alles in Ordnung? Natürlich war es in Bostons Winterlager ordentlicher, Boston werkelte wie ein Berserker, doch dafür war er ja auch der Beste (böse Zungen pflegten zu sagen, in den heroischen Jahren hätte man ihn als Kulaken nach Sibirien verschickt), und er, Basarbaj, war dagegen nur ein hundsordinärer asiatischer Tschaban. Solche wie ihn gab es in Bergen und Steppen ohne Zahl, sie weideten die millionenfachen Herden, deren Hufe das Gras über der Erde sich nicht aufrichten lassen und es bis zu den Wurzeln zertreten. Und schließlich ging ja jeder seinen eigenen Weg. Boston den einen, er halt einen anderen. Während sich Boston näherte, huschten in seinem Kopf die Gedanken hin und her. ›Was mag das wohl sein, daß sich unser Kulak so früh am Morgen hermüht? Das hat es doch noch nie gegeben!‹ Er hatte sich vorgenommen, Boston ins Haus zu bitten, wenn das schon mal so sein sollte, aber dann fiel ihm seine Bleibe ein, die verwahrloste Brigadehütte, und, vor allem anderen, dachte er an seine Frau, die unglückselige keifende Kok Tursun (wenn man sie mit Gulümkan verglich), und so verwarf er sein Vorhaben.

Boston hielt das Pferd an der Hofgrenze des Tamaner Winterlagers an, blickte sich nach allen Seiten um, dann erkannte er neben dem Schuppen den Hausherrn persönlich und ritt auf ihn zu. Sie begrüßten sich zurückhaltend, Boston blieb im Sattel, und Basarbaj verrichtete weiterhin sein Geschäft. Keiner von ihnen sah übrigens darin eine Geste, die den andern beleidigt hätte.

»Gut, daß ich dich antreffe«, sagte Boston und glättete sich mit der Handfläche den Schnurrbart.

»Wie du siehst, bin ich hier. Worum geht es, oder ist das ein Geheimnis?«

»Was heißt Geheimnis, hab was zu erledigen.«

»Na klar, so einer wie du kommt nicht umsonst«, gab Basarbaj hochmütig von sich. »Stimmt's, was ich sage?«

»Richtig.«

»Dann rutsch vom Gaul, wenn du was zu erledigen hast.«

Boston band schweigend seinen Donkulük an den Pflock. Wie immer vergaß er auch dieses Mal nicht, den Sattelgurt zu lockern, der Gaul sollte sich von den Riemen, die auf die Brust preßten, erholen und frei bewegen können. Daraufhin blickte er um sich, als wolle er begutachten, was sich auf dem Hof abspielte.

»Was stehst du herum? Was gibt's da zu beäugen?« rief ihm Basarbaj mit kaum verhüllter Gereiztheit zu. »Setz dich da auf den Holzklotz«, schlug er vor, er selbst machte es sich auf dem Traktorreifen bequem, der vor seinen Füßen herumlag.

Sie blickten sich mit gleicher dumpfer Mißbilligung an. Alles an Boston mißfiel Basarbaj: der gute Pelz, den der trug und der mit einem Saum aus schwarzem Lammfell versehen war, und daß er den Pelz auf der breiten Brust aufgeknöpft hatte. Ihm mißfielen die kerngesunden und glasklaren Augen, das honigfarben eingedunkelte Gesicht – Boston war ja um fünf Jahre älter als er, Basarbaj, und es stank ihn an, daß Boston gestern wohl mit Gulümkan im Bett gelegen hatte, obwohl ihn das ja wirklich nichts anging.

»Also, leg los, ich höre«, nickte Basarbaj.

»Du weißt, weshalb ich da bin«, begann Boston, »sieh mal, ich hab auch den Kurdshun mitgenommen und am Sattel befestigt. Du gibst mir diese Wolfsjungen her, Basarbaj. Sie müssen zurück, wo sie hingehören.«

»Wohin denn?«

»In die Höhle.«

»So ist das also!« Basarbaj verzog böse das Gesicht. »Und da hab ich mir gedacht: Was kommt da unser

Bestarbeiter in aller Herrgottsfrüh zu klagen? Hat seine Siebensachen liegenlassen, ist einfach hierhergaloppiert. Hast wohl vergessen, Boston, daß ich nicht dein Hirte bin. Ich bin auch Tschaban wie du selber. Du hast mir nichts zu befehlen.«

»Was soll das, ist doch kein Befehl! Was ist los? Kannst du einem nicht ruhig zuhören? Wenn du denkst, die Wölfe vergessen, was sich gestern zugetragen hat, dann irrst du dich gewaltig, Basarbaj.«

»Geht mich doch nichts an! Meinetwegen vergessen sie's nicht, ist nicht mein Bier, und was schert dich das?«

»Ganz einfach, wir haben die ganze Nacht kein Auge zugetan, aus zwei Kehlen heulten die Wölfe ihre Klagen. Diese Tiere werden sich nicht beruhigen, ehe sie ihre Kleinen zurückbekommen. Ich kenne die Wolfsnatur.«

Boston war als Bittsteller gekommen. Dies verleitete Basarbaj dazu, eitel aufzutrumpfen und zu spotten. Daß Boston höchstpersönlich hergeritten war, ihn um eine Gefälligkeit anzugehn, das wäre ihm nicht im Traum gekommen. Und Basarbaj nahm sich fest vor, die Gunst der Stunde zu nutzen und nicht nachzugeben. Außerdem durchblitzte es ihn vor Schadenfreude: Grade recht und gut, daß nicht ihm die Nachtruhe genommen worden war und Boston zu Gulümkan nicht zärtlich sein konnte. Wär's nur immer so! Und so sagte er, nachdem er auf Boston einen schrägen Blick geworfen hatte:

»Mach mir nichts vor, und halt mich nicht zum Narren, Boston! Hab das Gewölf nicht deswegen genommen, um es am Ende gar mit Verbeugungen abzugeben. Dein Handwerk beherrschst du wohl. Aber du hast deine Interessen und ich die meinigen. Ich pfeif drauf, wie du da mit deiner Alten gepennt oder nicht gepennt hast, das macht mich weder heiß noch kalt.«

»Denke nach, Basarbaj, lehne das nicht rundweg ab.«
»Was soll ich da noch nachdenken?«

»Ist dumm von dir«, sagte Boston und hielt sich mit Müh und Not im Zaum. Er hatte eingesehen, einen großen Fehler begangen zu haben. Jetzt blieb ihm nur noch ein letztes Mittel übrig. »In dem Fall«, sagte er und versuchte noch immer, sich zu beherrschen, »laß uns einen ehrlichen Handel machen, du verkaufst, und ich kaufe! Du wirst diese Wolfsjungen sowieso veräußern, verkauf sie also an mich. Nenn deinen Preis, und dann mit Handschlag.«

»Ich verkauf nicht!« Basarbaj sprang sogar auf. »Um kein Geld in der Welt überlaß ich sie dir! Denkst wohl, bist ein Schlaumeier – verhökern! Hast die Moneten, und ich hab sie nicht. Ist mir scheißegal, ob du Geld hast, versaufen werd ich das Geheck, aber dir verkauf ich die nicht, kapiert? Ist mir schnuppe, wer und was du für einer bist! Hör mal gut zu, hock dich so schnell wie möglich auf deinen Klappergaul, und verdrück dich, bevor was passiert!«

»Red kein dummes Zeug, Basarbaj. Reden wir von Mann zu Mann. Was ist schon dran, wenn du die Welpen verkaufst?«

»Genau das! Du hast mir nichts beizubringen. Dafür brauch ich dich nicht. Und wenn du willst, dann leg ich dir so ein Ei, daß du bei deiner Parteiversammlung, wo du dich immer so heraushängst – ich, der Beste der Bestarbeiter –, wo du allen Grips und Mores anschaffst, da werd ich dir ein solches Ei legen, daß du nicht mehr weißt, wo die Sonne aufgeht und wo sie untergeht. So ein dickes Ei leg ich dir, daß du ewig dran denkst!«

»Komm, komm!« Boston verwunderte sich aufrichtig und hob abwehrend die Hand vor Basarbaj. »Hör auf, mich einschüchtern zu wollen, und erklär mal, warum du so wütend bist?«

»Wieso wütend? Weil du eben gegen die Staatsgewalt bist. Klar! Willst ein Schlauberger sein! Überall verlangt die Obrigkeit die Ausrottung der Raubtiere, und du hast beschlossen, die Wölfe zu schonen, sollen wohl hecken – so ist es doch? Denk mal selber nach, in deinem Kulakenhirn. Ich hab ein ganzes Geheck ausgehoben, hab also dem Staat großen Nutzen gebracht, und du, du möchtest sie heimlich in die Höhle legen, sollen wachsen und gedeihen und sich vermehren – etwa nicht? Und dafür willst du mich noch bestechen!«

»Ich will dich nicht bestechen, meine Augen können dich nicht ausstehen, ich will die Wolfsjungen kaufen. Es bringt nichts, wenn du mir fast mit dem Gericht drohst. Denk erst mal nach, und streng dein Hirn an, was du anrichtest und wer du dann bist! Hol doch die ausgewachsenen Wölfe, wenn du so ein Held sein willst! Vor allem die Wölfin, wenn du schon auf die Höhle gestoßen bist. Und bist du dafür zu schwach, dann sag es den andern, so und so ist das, soll sich damit abgeben, wer sich stark genug fühlt.«

»Und wer soll das sein – etwa du?«

»Meinetwegen auch ich! Aber probier jetzt mal, diese Wölfe zu finden, das ist, als suchst du den Wind auf freiem Feld. Hast du einmal ihre Höhle geplündert, dann wirst du Wolf und Wölfin nicht aufspüren und nicht töten. Jetzt werden sie im ganzen Umkreis das Federwild reißen und das Vieh und sich jederzeit an Menschen rächen. Versuch jetzt mal, mit denen fertig zu werden. Hast du daran gedacht?«

»Erzähl nur, erzähl nur weiter, sieh mal einer an, was sich da für ein Wolfsadvokat anbiedert. Geh doch hin und beweis es – wer wird dir glauben? Erzähl von den Wölfen, als seien sie Menschen, bist gewöhnt daran, andern ins Hirn zu scheißen. Ich durchschau dich durch und durch! Ich will dir was anderes sagen. Wenn du hier dazwischenpfuschen, mich anmachen und unter Druck setzen willst...« Basarbaj brach ab, riß seine Mütze vom kahlen Schädel, sprang zu Boston hin, der war genauso ein sturer Büffel – sie standen sich hautnah gegenüber, Auge in Auge, beide schnauften schwer, und es würgte sie der Haß.

»Was möchtest du mir noch sagen?« sprach Boston mit spannungsgeladener, heiserer Stimme. »Sonst hab ich hier nichts mehr zu suchen.«

»Hab es schon immer gewußt, bist ein Geizhals, denkst nur an dich, scheffelst nur für dich, darum treibst du dich auch auf den Versammlungen herum, ohne dich würden ja die Hirten nicht zu Rande kommen. Nur weiß keiner, daß du vor Neid platzst, wie ein Hund, wenn ein anderer was schafft. Nicht du hast die Beute genommen, nicht du hast das Gewölf eingehakt, dir ist was abhanden gekommen, kannst nicht schlafen in der Nacht, wo der andere einen kleinen Erfolg hat.«

»Pfui Teufel!« platzte es aus Boston heraus. »Und ich rede auch noch mit so einem Scheusal! Was für ein Esel bin ich doch! Hätte es wissen müssen, wäre besser nicht hergeritten! Schluß damit! Aus und vorbei! Und wenn du die Wolfsjungen jetzt hergibst, nehm ich sie nicht mehr. Geh, mach, was du willst!«

Kochend vor Zorn ging Boston zum Pferdepflock, riß heftig die Zügel los, zerrte den Bauchriemen in jähem Ruck fest, so daß das Pferd schwankte und von einem Bein aufs andere sprang, und saß mit einem Satz im Sattel. Er war so böse, daß er nicht mehr hörte, wie ihn Basarbajs

Frau anrief. Die Arme hatte sich nur ein bißchen verspätet. Kaum aus dem Haus, bemerkte sie, wie sich ihr Mann mit jemand laut unterhielt, und schlug die Hände zusammen. ›Mit wem wird er wohl reden?‹ dachte sie. ›Ist das etwa Boston persönlich, der sich da beschwert, und was hat den eigentlich zu uns getrieben?‹ Aber da hatte sie schon begriffen, daß zwischen den Männern ein Streit entbrannt war, und sie eilte zu ihnen, aber zu spät, Boston ritt schon auf dem goldfarbenen Dongestütler davon und blickte sehr erzürnt drein. Er hatte die Mütze über den kahlen Kopf gezogen und peitschte auf das Pferd ein, jagte davon, die Rockschöße der Pelzjacke flatterten wie Flügel.

»Boston! Boston! Halt ein! Hör mich an!« schrie Kok Tursun, doch Boston wandte sich nicht um, wer weiß, ob er sie gehört hatte oder nicht erwidern wollte.

»Wieso hast du den Mann beleidigt? Worüber habt ihr euch gestritten?« Kok Tursun trat auf Basarbaj zu.

»Geht dich nichts an! Und schrei nicht, warum hast du ihn rufen müssen? Was soll er dir?«

»Kommt einmal in hundert Jahren zu dir – und du?! Wer hat dich nur auf die Welt gebracht? Ein Ungeheuer bist du, kein Mensch!«

Die Worte der Frau versetzten Basarbaj in Raserei, er schoß hoch, sprang auf den Holzklotz und brüllte Boston hinterher: »Ich ertränk noch deine Mutter! Bist an den Falschen geraten! Immer gewohnt, daß man dir den Diener macht! Deine Mutter...«

»Laß das! Hör auf damit!« Kok Tursun stürzte sich kühn auf den Mann und zerrte ihn vom Holzklotz. »Dann schlag mich lieber, warum mußt du einen Menschen entehren? Wofür denn?«

»Weg mit dir, Aas!« Basarbaj stieß sie zurück. »Was

geht dich das an? Er wollte ja nur haben, daß Basarbaj vor ihm kriecht. Dann behalt in Gottes Namen die Wolfsjungen, sagt der, und dein Wille geschehe! Ist aber an den Falschen geraten!«

»War das also wegen der Wolfsjungen?« erstaunte Kok Tursun. »Wär's doch nur was Handfestes gewesen! Ich begreif die Welt nicht mehr! Der reine Weltuntergang! Was für eine Schande...«

4

An dem Tag brachen die Wölfe auf. Sie machten sich nicht einfach auf den Weg, sie verließen die Höhle für immer, kehrten auch nicht auf die Nacht zurück, und sie fingen damit an, sich anderswo herumzutreiben, zwischendurch legten sie sich entmutigt irgendwo nieder, um wieder Kräfte zu sammeln, dann streiften sie in der Gegend umher, hielten sich auch gar nicht verborgen, benahmen sich dreist, als hätten sie aufgehört, sich vor Menschen vorzusehen. In jenen Tagen wurden sie von etlichen Schafhirten an Stellen bemerkt, wo sie niemand erwartet hätte. Und die Wölfin ging immerzu mit tiefhängendem Kopf voran, als sei sie vom Wahn getrieben, und der Wolf folgte ihr beständig nach. Man hatte den Eindruck, als suche dieses Paar seinen Untergang, so offensichtlich verachteten sie die Gefahren. Einige Male riefen sie ungewöhnlichen Aufruhr unter den Hunden hervor, als sie in der Nähe von Siedlungsgebieten und Schafzüchtereien vorüberzogen. Die Köter erhoben ihr böses Gebell, tobten und gerieten außer Rand und Band, sie taten so, als würden sie auf der Stelle angreifen, aber die Wölfe schenkten ihnen keinerlei Aufmerksamkeit, sogar als hinter ihnen hergeschossen wurde, setzten sie unbeirrt ihren Marsch fort, als hätten sie keine Schüsse gehört. Die Besessenheit dieser seltsamen Wölfe war in aller Munde. Und erst recht, als Akbara und Taschtschajnar am hellichten Tag einen Traktoristen mitten auf offener Straße umkreisten. Er fuhr Heu auf dem Anhänger. Das Steuer verkeilte, und der Traktorist, ein junger Bursche, kletterte herunter, um nach dem Rechten zu sehen. Er mühte sich lange mit seinen Schraubenschlüsseln ab, und plötzlich nahm er wahr, wie die beiden Wölfe über den tauenden Schnee auf ihn zuliefen. Am meisten beeindruckten ihn die Wolfsaugen. Mit grimmigem und, wie er später erzählte, erstarrtem Blick seien sie ganz nahe herangekommen, die Wölfin habe einen kleineren Widerrist und blaue Augen gehabt. Feucht und durchbohrend seien ihre Augen gewesen. Zu seinem Glück war der Bursche nicht kopflos geworden und rechtzeitig ins Fahrerhäuschen aufgesprungen, er habe den Verschlag gerade noch zuschlagen können. Auch der Motor sei glücklicherweise über den Anlasser angesprungen, andernfalls hätte er ihn von Hand ankurbeln müssen. Und es habe gleich auf Anhieb geklappt. Der Traktor fing an zu rattern, die Wölfe sprangen zurück, machten aber keine Anstalten davonzulaufen, wiederholt näherten sie sich mal von der einen, mal von der anderen Seite.

Ein anderes Mal war ein halbwüchsiger Hirte wie durch ein schieres Wunder mit heiler Haut davongekommen. Auch das hatte sich am Tag ereignet. Er war auf einem Eselchen weggeritten, um Brennmaterial zu holen, gar nicht weit weg vom Haus entfernt, er hätte Reisig zum Anzünden besorgen sollen. Während er am Gesträuch dürres Leseholz mit der Sichel zerschnitt, waren von irgendwoher zwei Wölfe herangesprungen. Das Eselchen hatte nicht einmal seine Stimme anschlagen lassen können. So urplötzlich sei die Attacke erfolgt, stumm und blutrünstig. Der Junge rannte los, hielt die Sichel in der Hand fest; als er die Schäferei erreichte, stürzte er nieder und schrie wie am Messer. Als die Leute aus der Schäferei mit ihren Gewehren zum Gebüsch hinrannten, zogen sich die Wölfe im gemächlichen Trab hinter den Hügel zurück. Nicht einmal die Schüsse hatten sie ihren Lauf beschleunigen lassen...

Eine kleine Weile später richteten die Wölfe unter den trächtigen Muttertieren, die man unweit der Schäferei zum Weiden hinausgetrieben hatte, ein regelrechtes Blutbad an. Niemand hatte gesehen, wie das geschehen war. Es fiel erst auf, als sich die am Leben gebliebenen Tiere vor Angst in den Hof drängelten. Ein halbes Dutzend trächtiger Mutterschafe lag zerfetzt auf der Weide. Sie hatten sie samt und sonders auf bestialische Art getötet, die Kehle durchbissen, sinnlos niedergemetzelt, nicht um sich zu sättigen, sondern um sie einfach abzuschlachten.

Und man machte die Rechnung auf über die Freveltaten Akbaras und Taschtschajnars. Um sie wuchs ein schrecklicher Ruhm. Aber die Menschen sahen bloß die äußere Seite der Sache und wußten nichts von der eigentlichen Ursache und den wahren Gründen der Rachezüge, sie hatten keine Ahnung von der hoffnungslosen Trauer der Wolfsmutter um ihre aus der Höhle geraubten Wolfsjungen...

Basarbaj gammelte herum und spielte sich auf, er versoff das erworbene Geld wie ein Irrer und trieb es in den Tagen toll und dreist in den Ausflugslokalen der Seekurorte, die außerhalb der Saison leer und trostlos waren, dafür floß um ihn der Wodka in Strömen. Und wo immer sich Basarbaj so vollaufen ließ, daß sogar seine Glatze blutrot glänzte, hatte er nur ein Gesprächsthema –

wie er diesem eingebildeten und aufgeblasenen Boston so richtig eine reingewürgt habe, diesem Geizkragen und Reptil, diesem noch nicht entlarvten, hinterfotzigen Kulaken, den man früher als Klassenfeind an die Wand gestellt hätte und damit basta. Schade nur, daß die Zeiten vorüber sind. So ein Typ gehört ausgemerzt, ist doch die verdammte Pflicht und Schuldigkeit! Aber was passiert? In den zwanziger und dreißiger Jahren hätte jeder Milizionär so einen Kulaken, so einen Reichen gleich bei sich im Hof erschießen können. Das konnte man in Büchern nachlesen, und im Radio war's zu hören, wie da ein Kulak den Knecht niedermacht und übervorteilt, den hat man dafür am hellichten Tag vor aller Augen liquidiert, daß ihm die Lust vergeht, die armen Leute zu beleidigen. Am liebsten erzählte jedoch Basarbaj die Geschichte – und dabei geilte er sich an den eigenen Worten auf –, wie er den Boston restlos fertigmachte, wie er ihn anschiß und verpißte, als der bei ihm in Taman aufkreuzte. Basarbajs Saufbrüder, größtenteils vor Untätigkeit im Winter herumlungernde Domotuchtschen, schnatterten vor Lachen, bis die Gläser in den muffigen und vor Tabakqualm stinkenden Speisesälen schepperten, die Saisonarbeiter feuerten und stachelten den betrunkenen Basarbaj an und entfachten damit noch mehr dessen Prahlereien. Dieses Gerede war bis zu Bostons Ohren gedrungen. Darum war es auch zu dem großen Skandal bei der Versammlung mit dem Sowchosdirektor gekommen.

Am Vorabend wälzte sich Boston die ganze Nacht über vor Schlaflosigkeit und bedrückenden Gedanken. Und das hatte alles damit begonnen, daß die Wölfe aufs neue in der Nähe des Winterlagers kreisten und wieder jenes unerträgliche, die Seele aufwühlende Klagelied anstimmten, und zitternd vor Angst preßte sich Gulümkan erneut an ihren Mann, hielt es nicht aus und holte den schlafenden Kendshesch ins Bett, sie streichelte und schützte ihn mit ihrem Leib, als bedrohte ihn etwas. Boston war davon ganz unwohl geworden, obgleich er begriff, daß seine Frau die Dunkelheit und die ungewohnten Töne fürchtete.

Einige Male hatte sich Boston aufraffen und eine Gewehrsalve abgeben wollen, aber seine Frau hatte ihn nicht gehen lassen, sie mochte keine Minute allein bleiben. Sie war schließlich in einen unruhigen, leichten Schlaf gefallen, während Boston die Schlaflosigkeit nicht überwinden konnte. Allerlei Gedanken jagten durch seinen Kopf. Es kam ihm vor, als würde das Leben immer schwerer und schwieriger, je länger er auf dieser Welt lebte, und das galt nicht einmal so sehr für das Leben an sich, sondern eher noch für den Sinn des Lebens überhaupt. Was er bisher nicht oder nur in der Tiefe seines Inneren verschwommen gefühlt hatte, tauchte nun hartnäckig in seinen Gedanken auf und verlangte von ihm eine Erklärung, womit das alles zusammenhing.

Von früher Kindheit an hat er von seiner Hände Arbeit leben müssen. Er hatte ein schweres Los gezogen: Sein Vater war im Krieg gefallen, als er in der zweiten Schulklasse lernte, dann war die Mutter gestorben, die älteren Brüder und Schwestern schlugen sich selbst durch, einige lebten schon nicht mehr, er aber war in allem ganz auf sich und die eigene Arbeit gestellt gewesen, er hatte, wie er jetzt begriff, ein sich selbst vorgegebenes Ziel zäh angesteuert, stetig und von Tag zu Tag, er arbeitete unentwegt und glaubte, dies sei der ganze Sinn des Lebens. Ebenso eifrig ließ er auch all diejenigen werken, die ihm unterstellt waren. Vielen, die seine Schule durchmachten, zog er zu Menschen heran, er lehrte sie richtig arbeiten und dadurch das Leben in der Arbeit schätzen. Wer dieses Ziel nicht anstrebte, den ließ Boston offen spüren, daß er ihn nicht mochte und nicht verstehen konnte. Solche Leute hielt er für Nichtsnutze. Zu ihnen war er kurz angebunden und unfreundlich. Er wußte, daß ihn deswegen etliche ins Gesicht hinein schmähten, einen Geizkragen und Kulaken hießen, dessen Knochen schon längst im sibirischen Schnee faulen würden, wenn er früher geboren wäre. In der Regel reagierte Boston auf keinerlei Beschimpfungen, denn er zweifelte nie daran, daß die Wahrheit auf seiner Seite stand, anders durfte das auch nicht sein, sonst wäre ja die Welt kopfgestanden. Davon war Boston ebenso überzeugt wie von der Tatsache, daß die Sonne im Osten aufgeht. Nur ein einziges Mal hatte ihn ein blindes Geschick auf die Knie und zu bitterer Reue gezwungen, damals war ihm bewußt geworden, welche Bürde und Bitternis der Zweifel bringt...

5

Bis zu jenem tragischen Ereignis hatte er drei Jahre mit Ernasar, Gulümkans verstorbenem Mann, zusammengearbeitet. Ein guter Arbeiter war der gewesen und ein zuverlässiger Mensch – genau so einen hatte Boston in seiner Brigade gebraucht. Ernasar war von selbst zu ihm gekommen, und damit hatte ihre gemeinsame Arbeit angefangen. Irgendwann im Herbst war er zu Boston nach Beschkungej geritten, wo sich damals die Schafherde vor dem Winter aufgehalten hatte. Zum Reden, sagte er, sei er hergekommen. Beim Tee haben sie sich ausgesprochen. Habe die Nase voll, klagte Ernasar, mit jedem Beliebigen zu schaffen; du kannst dich noch so abmühen, vom Rackern allein kommt wenig rüber, wenn der leitende Tschaban kein Chef ist. Die Jahre gehen dahin, zwei Töchter wachsen heran, siehst danach, daß sie bald heiraten, die Zeit vergeht da schnell, aber wie ich auch schufte, bin selber immerzu verschuldet, hab ein Haus gebaut, wer weiß, wie man über die Runden kommt, aber bei dir, Boske – so nannte er ihn zutraulich –, ich will das gar nicht verheimlichen, da läßt sich arbeiten und auch was verdienen. Bei dir, Boske, fließen immer die Prämiengelder, und das nicht wenig – für die Wolle, die Zucht und das Gewicht. Hab da also nachgedacht und will dich bitten, wenn du nichts dagegen hast, sprich mit dem Direktor, soll mich zu dir als ersten Tschaban abstellen, als deine rechte Hand. Ich mach dir keine Schwierigkeiten, begreifst wohl selber, sonst hätt ich ja nicht das Gespräch angefangen...

Boston hatte Ernasar schon gekannt, sie lebten natürlich in einer Sowchose, und Gulümkan war eine entfernte Verwandte seiner Frau Arsygul. Also Leute, die zueinander paßten. Aber die Hauptsache war, Boston glaubte Ernasar aufs Wort und hatte das auch später nie bedauert.

Damit hatte alles seinen Anfang genommen, mit dieser einfachen Alltagsgeschichte. Es war nicht schwer, sich aufeinander einzuarbeiten, weil Ernasar wie Boston selber ein eingefleischter Wirtschafter war, vom Standpunkt anderer ein ausgesprochen seltener Depp: Geht mit dem Sowchosenvieh genau so um wie mit dem eigenen, als gehöre es ihm höchstpersönlich. Ist nicht ganz bei Trost, oder?

Und von daher ergab sich der Rest – er werkelte wie für sich selbst, kümmerte sich um den Betrieb wie ums eigen Blut. Fleiß lag in Ernasars Wesen. Damit war er von Natur ausgestattet und entwickelte den Fleiß – diese Universaleigenschaft der Ordnung – im Verlauf des

Lebens weiter, eigentlich sollten damit alle Menschen ausgerüstet sein, nur: Die einen bauen die Eigenschaft aus, und die andern lassen es bleiben. Nicht auszudenken, wieviel Faulenzer es allenthalben und überall gab. Alte und junge, Männer und Frauen. Als wüßten die Leute nicht, wieviel Unglück und Armseligkeit im Leben zu allen Zeiten von der Faulheit herrührten. Aber Boston und Ernasar waren ausgesprochene Schaffer und darum seelenverwandt. Das ließ sie freundschaftlich und harmonisch zusammenarbeiten, und sie verstanden einander blendend. Dennoch hat es sich so ergeben, daß just dies eine schicksalhafte Rolle in ihrem Leben spielen sollte...

Wer kann sagen, wie es genau geschah... Es ging darum, daß lange, bevor es zu den Produktionsverträgen auf der Grundlage von Brigaden und Familien gekommen war, Boston Urkuntschijew, wohl auf Grund seiner Intuition, bei jeder passenden Gelegenheit darauf beharrte, daß das Land ihm, beziehungsweise seiner Brigade, zur ständigen Nutzung zugeteilt bleibe. Dieses einfache Ziel war freilich arglos dahingesagt, aber vom Standpunkt mancher Orthodoxer etwas Herausforderndes. Meinetwegen, sagte er, führt das dazu, daß ich mein Weidegebiet, das heißt mein Land, habe, meinetwegen habe ich meine Schäfereien, und ich trage dafür die Verantwortung, aber nicht der Sowchoskommandant, den es wenig kratzt, wenn es durchs Dach tropft, ich habe meine Sommerweideplätze in den Bergen und werde mit der Herde nicht wer weiß wohin getrieben, sollen ruhig alle wissen, ich selbst, Boston, habe die Weideplätze abgepflockt und nicht irgendein anderer, und ich kümmere mich um all das selber, als Chef und Landarbeiter, dann bring ich hundertmal mehr überm

Plan zusammen als auf einem Stück unpersönlichem Land, wo ich dann wie ein Batrak und Dshaldama schufte, der im nächsten Herbst Gott weiß wohin weiterzieht.

Nein, diese Idee Bostons kam nicht durch. Anfänglich waren alle einverstanden, ja, das ist selbstverständlich richtig und vernünftig, so müßten alle ihr Land bestellen, die Leute sollen sich als ihre eigenen Herren fühlen, die Kinder und die ganze Familie müssen das wissen und ihren Boden gemeinsam bearbeiten; aber da mußte nur einer der wachsamen Politökonomen seine Zweifel anbringen – das ist doch ein Anschlag auf die geheiligten Prinzipien des Sozialismus –, und schon nahmen das alle unverzüglich zurück und behaupteten das Gegenteil und bewiesen, was nicht bewiesen werden mußte. Wer will schon der Ketzerei verdächtigt werden. Und lediglich Boston Urkuntschijew – der ungebildete Hirte – beharrte stur auf seinem Standpunkt bei fast jeder Sowchos- oder Rayonsversammlung. Man hörte ihm zu, war angetan und lachte ein wenig: Was kann dem schon passieren, sagte man, der Boston kann denken und meinen, was er will, den wirft man nicht raus, dem machen sie die Karriere nicht kaputt. Ein Glückspilz!

Jedes Mal verpaßte man ihm eine ideologische Abfuhr, in dieser Sache legte sich besonders eifrig der Sowchosenpartorg Kotschkorbajew ins Zeug, der typische Schriftkundige mit dem Diplom der Gebietsparteischule. Bostons Beziehungen zu diesem Parteiorganisator waren Stoff für viele Geschichten. Der war nun schon so viele Jahre Parteiorganisator der Sowchose, aber Boston kam mit ihm einfach nicht ins reine – das eine Mal spielte Kotschkorbajew die Rolle des naiven Beckmessers (was ihm wohl gewisse Vorteile verlieh), das andere Mal war er das tatsächlich. Vom Aussehen ein rotbäckiger Kastrat, glatt wie ein Hoden, immer mit Krawatte und irgendeiner Aktenmappe, ewig bekümmert – Termine, Termine –, flitzt er vorbei und quasselt daher, als lese er aus der Zeitung ab. Bisweilen dachte Boston, der würde auch noch im Traum wie ausgedruckt sprechen.

»Genosse Urkuntschijew«, warf Partog Kotschkorbajew vom Rednerpult her Boston vor, »Sie müßten doch längstens begriffen haben, bei uns ist das Land allgemeines Volkseigentum. So steht es in der Verfassung geschrieben. Das Land in unserem Lande gehört dem Volk, nur dem Volke und sonst niemandem. Aber Sie fordern für sich winters und sommers die Weideplätze, die Schäfereien, das Futter und das übrige Inventar sozusagen beinahe als Privateigentum. Das können wir nicht zulassen, wir haben kein Recht dazu, die Prinzipien des Sozialismus zu verunstalten. Haben Sie verstanden, wohin Sie tendieren und wohin Sie uns führen wollen?«

»Ich möchte niemanden nirgendwohin führen«, setzte dem Boston entgegen. »Wenn es nicht ich bin, sondern das Volk der Eigentümer ist, dann sollen halt die Leute in meiner Schäferei arbeiten, und ich schau nach dem Rechten und was daraus wird. Wenn ich nicht verantwortlich bin, muß doch letztendlich wer der Chef sein?«

»Das Volk, Genosse Urkuntschijew, ich wiederhole es noch einmal, das Sowjetvolk, der Staat.«

»Das Volk? Und wer bin ich nach Ihrer Meinung? Irgendwas kapier ich nicht. Warum bin nicht ich der Staat? Scheinbar bist du, Partorg, ein Gelehrter, nur, was haben die Ihnen dort beigebracht, wenn mir Ihre Worte nicht in den Kopf gehen?«

»Genosse Urkuntschijew, ich werde Ihnen nicht auf den Leim gehen, denn Sie verbreiten die reinste Kulakendemagogie, vergessen Sie aber nicht, Ihre Zeit ist um, und wir erlauben niemandem, sich an den Grundlagen des Sozialismus zu vergreifen.«

»Also schön, als Obrigkeit haben Sie den besseren Durchblick«, erwiderte Boston bissig, »nur bleib ich dabei, arbeiten muß ich und kein anderer. Und Sie wollen mir fast das Maul stopfen – das Volk, das Volk! Das Volk ist sein eigener Herr. Schön. Dann soll auch das Volk selber urteilen: Von Jahr zu Jahr haben wir mehr und mehr Vieh, im Sowchos allein rund vierzigtausend Stück Kleinvieh – davon hat niemand zu träumen gewagt –, und immer weniger Land frei, das nicht bewirtschaftet wird, und die Pläne wachsen weiter. Urteilen Sie doch selbst: Als erster hab ich pro Stück drei Kilo und siebenhundert Gramm geschoren, aber vor etwa zwanzig Jahren fing ich – das weiß jeder – mit zwei Kilo an, das heißt, ich habe in zwanzig Jahren bei größter Mühe ein Kilo siebenhundert dazugelegt. Und jetzt hat man den Plan um ein halbes Kilo pro Jahr erhöht. Woher nehmen? Wer bin ich, soll ich zaubern? Und wenn ich den Plan nicht erfülle, kriegt die Brigade auch rein gar nichts. Sie haben Familien. Wozu sollen die Leute arbeiten und das ganze Jahr den Schafen hinterhertrotten? Wie kann denn einer den Plan erfüllen, wenn jeder Tschaban wie ein Geier darauf aus ist, dem andern den besten Weideplatz wegzuschnappen, weil das Land für alle da und keiner dafür verantwortlich ist. Und wieviel Zänkereien hat es unter den Schafhirten wegen der Weideplätze gegeben, während du dich, mein lieber Parteiorganisator, um einen feuchten Dreck kümmerst und dem Direktor die Hände bindest! Wer bin ich denn, ein Blinder, oder?«

»Was ich tue oder lasse, darüber befindet das Rayonkomitee. Aber es ist nun mal so, daß das Rayonkomitee auf

Ihre gefährlichen Abenteuer nicht eingeht, Genosse Urkuntschijew!«

Und so war das Gespräch ein jegliches Mal im Sand verlaufen...

Aber da war es wieder das Schicksal gewesen, das ihm Ernasar in die Brigade geführt hatte, und an Bostons Seite war ein Gleichgesinnter und Verbündeter aufgetaucht. Ihre Frauen – Arsygul und Gulümkan – pflegten über sie beide zu lachen: Zwei Stiefelpaare haben sich gefunden – kein Schlaf und keine Erholung, sie kannten nur die Arbeit. Damals war bei ihnen auch die Idee geboren worden, das Vieh für den Sommer über den Gebirgspaß Ala-Möngkü zu treiben. Der Einfall gehörte Ernasar. Was soll das, sagte er, sich den ganzen Sommer über in den Vorbergen mühsam durchschlagen, mit dem Nachbarn um jeden einzelnen Grashalm raufen, wäre es nicht viel besser, sommers über den Paß zum Weideplatz Kitschibel zu ziehen? Die Alten erzählen, in früheren Zeiten seien die Viehhirten der Bais mit ihren Pferde- und Schafherden dorthin gezogen. Dazumal hätten sie auch das Lied »Kitschibel« gedichtet. Sie hätten gewußt, der Dshajloo von Kitschibel sei zwar nicht groß, dafür wären aber die Gräser märchenhaft. Schon in fünf Tagen setze das Vieh ein Gewicht an, wofür man es sonst einen ganzen Monat lang mästen muß.

Boston hatte daran auch schon gedacht, aber um Kitschibel gab es viele Ungereimtheiten. Noch vor dem Krieg waren Kolchosviehzüchter zur Sommerszeit über den einzig möglichen Paßweg gewandert – über den Gletscher Ala-Möngkü. Im Krieg, da in den Ails bloß die Alten und die Kinder zurückgeblieben waren, hatte so einen Marsch schon niemand mehr gewagt. Und dann hatten sich die verarmten Kolchosen zu einer einzigen

Großsowchose mit dem unsinnigen Namen zusammengeschlossen, der aus den sechs Worten für ein Jubiläumssoundso bestand, den dann die Einheimischen in »Berik« umtauften, nach dem Flüßchen Berik-Sun; in der Hast der Fusionen und Umgestaltungen ging allmählich vergessen, daß man sommers für ganze zwei Monate und noch länger das Vieh über den verschneiten Paß des großen Ala-Möngkü zum Futtern treiben konnte. Vielleicht hatte auch gar niemand mehr Lust, eine derartige Höhe zu überwinden, erforderte das doch Unternehmungsgeist und Versessenheit des Besitzers, der seine Tiere in bestmöglichem Zustand halten will. Nicht von ungefähr hatten sich in den alten Zeiten die Kirgisen, wenn sie einander begegneten, gefragt: »Mal shan amanby?« – was soviel bedeutete wie: »Sind Tiere und Seelen gesund?« In erster Linie ging es ums Vieh. Was soll's, so ist halt das Leben...

Von dieser althergebrachten Idee entflammt, berechneten Boston und Ernasar mit Bleistiften in der Hand alle Varianten des Kitschibel: Sogar nach Mindestkalkulationen und unter Berücksichtigung der Tatsache, daß die Tiere den Paß in beiden Richtungen zu bezwingen hatten und an Gewicht verlieren würden, war das der Mühe wert. Die Sache verhieß einen großen Gewinn, denn außer den Lohnkosten waren die direkten Ausgaben, wenn man den Transport der Salzbrocken nicht einbezog, praktisch gleich Null. Freilich blieb es vorerst lediglich bei den verlockenden Berechnungen.

Boston nahm sich vor, zunächst die Leitstelle anzugehen, sodann den Sowchosdirektor, aber an den Partorg wollte er sich nicht wenden. Den Partorg mochte er nicht, er hatte sich wiederholt davon überzeugen können – der drischt Stroh und verwarnt dich unentwegt, dies darfst du nicht, das darfst du nicht, tritt nur bei Versammlungen auf und käut wieder, was in den Zeitungen steht, und hängt seinen Schlips raus. Dem Direktor und Chef der Sowchose legte Boston die Sache dar: Das ist so, Ibraim Tschotbajewitsch, Ernasar und ich haben vor, die alten Weideplätze jenseits des Passes Ala-Möngkü von wegen der Sache wieder einzuweihen. Für den Anfang, meinte er, ziehen wir zu zweit los, den Weg erkunden, wollen mal nachsehen, was für Plätze es am Kitschibel gibt und welche Gräser, wenn wir dann zurück sind, treiben wir die Herden dorthin, für den ganzen Sommer. Und wenn alles wunschgemäß klappt, soll man die Weidegründe von Kitschibel für ihn, Boston, reservieren, wenn ihm aber ein Tschaban über den Paß nachziehen will, bitte schön und gerne, auch der wird Raum genug vorfinden, die Hauptsache sei eben, daß er, Boston, weiß, welche Weideplätze ihm zugeteilt werden und worauf er sich für die Saison einstellen kann. Mit dem Anliegen, meinte er, bin ich zu Ihnen gekommen, in zwei Tagen wollen Ernasar und ich zum Gebirgspaß Ala-Möngkü aufbrechen, die laufende Arbeit werden wir den Frauen und Helfern anvertrauen.

»Nebenbei gesagt, Boske, wie sehen eure Frauen euer Unternehmen an?« mischte sich der Direktor interessiert ein. »Ist ja nicht zum Spaßen.«

»Scheint so, haben Verständnis dafür. Gott der Gerechte weiß es, meine Arsygul ist ein Weib mit Verstand, und auch die Gulümkan, Ernasars Ehefrau, ist zwar etwas jünger, doch eine Dumme ist sie überhaupt nicht, ganz und gar nicht. Wie ich sehe, kommen sie miteinander gut zu Rande. Darüber bin ich auch froh. Gibt ja nichts Schlimmeres, als wenn sich die Weiber zanken. Das ist dann gar kein Leben mehr... Soll ja schon vorgekommen sein...«

Und da war noch dies und das, worüber er sich mit dem Direktor unterhielt. Dabei ergab sich, daß man Boston in der Liste der Rayonaktivisten fast ganz obenauf vorgemerkt hatte, wonach er im Herbst zu der Ausstellung der Volkswirtschaftlichen Errungenschaften mit dem schwer auszusprechenden Namen WDNCH reisen durfte.

»Kann ich denn da nicht mit meiner Frau hinfahren, Ibraim Tschotbajewitsch? Meine Arsygul träumt schon seit langem davon, Moskau anzusehen.« gestand Boston.

»Ich versteh dich gut, Boske«, lächelte der Direktor, »aber man sagt doch, abwarten und Tee trinken. Warum eigentlich nicht? Wir brauchen die Zustimmung des Partorgs. Ich will ihn daraufhin ansprechen.«

»Den Partorg?« meinte Boston nachdenklich.

»Da mach dir nur keine Sorgen, Boske. Was soll er denn, etwa deinetwegen deine Frau schikanieren, oder? Das wär doch nicht nach Männerart.«

»Nein, darum geht's nicht. Da fragt man sich, dürfen wir fahren oder dürfen wir nicht. Ist schon ein Jammer. Hab schon immer mit dir darüber reden wollen, Direktor. Sag mal offen, brauchst du so einen Partorg in deinem Betrieb dringend? Kommst du nicht ohne den aus?«

»Wozu fragst du?«

»Ich will's halt gern genau wissen. Also, sagen wir mal, ein Wagen hat vier Räder und alle am richtigen Fleck, wenn du nun aber ein fünftes anbringst, wird der nicht mehr rollen und die andern stören. Ist das Rad also nötig oder nicht?«

»Sieh mal...« Der Direktor, ein hochgewachsener, kräftiger Mann mit schielenden Augen auf einem breiten, grobschlächtigen Gesicht, wurde ernst, er fing an, die Papiere auf dem Tisch zu sortieren, und ließ die müden Lider über die Augen fallen.

›Unausgeschlafen, immer auf Trab‹, dachte Boston bei sich.

»Ehrlich gesagt, einen gescheiten Partorg bräuchten wir schon«, sagte er nach einer Pause.

»Aber den da?«

Der Direktor blickte ihn kurz an. »Warum müssen das wir erörtern? Das Raykom hat ihn nun mal delegiert, was willst du da machen.«

»Das Raykom. Sieh mal einer an«, brach es aus Boston hervor. »Manchmal kommt es mir so vor, als würde der sich verstellen, wenn er sich so aufführt. Warum muß er denn die Leute unentwegt einschüchtern, als ob ich den Sozialismus untergraben möchte? Das ist doch nicht wahr. Wenn ich etwas verlange, dann geht's um die Sache. Ich will das Land nicht verkaufen und auch niemand vermachen, ist Sowchosenland, und dabei bleibt es. Und trotzdem lebe ich, solang ich da bin und arbeite, nach meinem Kopf.«

»Wozu stiftest du mich immer an, Boske, es geht nicht, was du vorschlägst.«

»Warum eigentlich nicht?«

»Weil es nicht geht.«

»Ist das eine Antwort?«

»Was soll ich dir sonst sagen?«

»Ich versteh dich, Ibraim Tschotbajewitsch. Bist mal abgestürzt, hast es möglichst gut machen wollen, dann haben sie dir den Hals gebrochen und dich abgesägt, aus dem Raykom in den Sowchos versetzt.«

»Richtig, das reicht mir, will nicht noch mal das Genick brechen, bin schon gelehrt genug.«

»Da siehst du nun, jeder denkt zuerst an sich. Nichts dagegen, man muß an sich denken, doch nur auf gescheite Art. Man darf nicht den bestrafen, der was Neues macht,

sondern den, der es tun könnte und bleiben läßt. Aber bei uns ist alles andersherum.«
»Hast gut reden«, lächelte der Direktor.
»Alle denken das. Aber ich hab die Nase voll, so zu leben, als sei ich immer eingeladen. Was arbeitet der schon, der Gast? Du begreifst das selber. Am Anfang schuftest du ein, zwei Tage, dann hängt es dir zum Hals raus... Aber wie ist es bei uns – du arbeitest und arbeitest, dann schnalzt dir Kotschkorbajew einen über die Nase – du bist der Gast und nicht der Wirt.«
»Einigen wir uns so, Boske; du berufst dich nicht auf mich, mach, was du für nötig hältst.«
Damit trennten sie sich.

Drei Tage später brachen Boston und Ernasar vor Sonnenaufgang ins Kitschibel auf. Noch lag alles im Schlaf, als sie die Pferde bestiegen. Boston ritt auf dem Goldfuchswallach, sein Donkulük – nunmehr ein Zweijähriger – war noch jung, und in die Berge begibt man sich am besten auf einem ruhigen Traber, schließlich galoppiert man ja nicht auf einen Gebirgspaß. Unter Ernasars Sattel war auch ein guter Gaul. Zu der Jahreszeit waren die Pferde bereits kräftig im Futter und hatten eine schnelle Gangart. Jeder trug einen Kurdshun Hafer mit sich, für den Fall, daß sie im Schnee biwakieren mußten. Sie hatten dafür auch Lammfellmäntel mitgenommen.
Bisweilen kommt es vor, daß einem der Ausritt selber Freude bereitet. Besonders dann, wenn der Weggefährte guter Laune ist, das Gespräch gemächlich und zwanglos dahinfließt. Und an dem Tag zeigte sich das Wetter in ausnehmend seltener Klarheit, die Berge ragten vor ihnen hoch auf, ein Schneekamm verlief über dem anderen, an

Schnee immer massiger und wuchtiger; und wandte sich der Blick zurück ins Flachland, breitete sich dort, so weit das Auge reichte, der große See aus. Und bei jeder Gelegenheit zog es die Blicke auf die erstarrte, einem eingedunkelten Spiegel gleichende Bläue des Issyk-Kul.

»Ach, könnte man doch ein Stückchen Blau des Issyk-Kul im Kurdshun mitnehmen«, scherzte Ernasar.

»Und womit willst du anstatt des Hafers dein Pferd füttern – mit Bläue?« antwortete ihm Boston sinnig.

Und beide brachen in Lachen aus. Selten genug konnten sie sich von den alltäglichen, schweren Hirtensorgen frei machen, und als sie aufbrachen, um die Wegstrecke über den Gebirgspaß zu erkunden – immerhin stand ihnen das schwierigste und mühsamste Stück noch bevor –, waren sie in guter Stimmung, der Pfad der Ahnen war ihnen vorerst noch gnädig gesinnt. Ernasar ritt in bester Laune, immerhin war es seine Idee gewesen, die nun umgesetzt wurde. Seit dem Krieg und ganze vierzig Jahre lang war niemand auf diesen Paß geritten, erst Boston und er wagten das wieder.

Ernasar war übrigens einer, der gern sinnierte und knobelte. Ein stattlicher Kerl, der nach dem Krieg in den letzten Kavallerieeinheiten gedient hatte. Seine Haltung war, wie sich's gehörte, auch wenn seitdem schon so viele Jahre verflossen waren. Unter Lachen pflegte Gulümkan zu erzählen, daß ihr Ernasar einmal fast Artist geworden wäre. Ein Filmregisseur sei einmal angereist und habe Ernasar zu Aufnahmen überreden wollen. Wenn dein Ernasar, so habe der gesagt, in Amerika lebte, würde der fürs Kino Cowboy spielen. Aber Gulümkan habe dem geantwortet: »Ich kenne euer Kino, hab gehört, wie sie einmal einen Pferdehirten zu Aufnahmen holten, und dann war er verschwunden – eine Artistin hatte ihn entführt.

Ich laß meinen Ernasar nicht ziehen.« War da ein Gelächter! Und Boston dachte sich, wie er im Herbst, nach der Rückkehr aus dem Kitschibel, Ernasar helfen würde, die Leitung einer Brigade zu bekommen, soll er doch ständig mitarbeiten, wäre ja längst an der Zeit, ihm die Stellung eines Tschabanen anzuvertrauen, das schickt sich nicht, ihn so lang unter den Hirtenbuben zu halten; wäre er, Boston, Sowchosdirektor oder Partorg, er wüßte schon, wann und wohin man welche Leute zu bestellen hätte, aber wie das Volk sagt: »Biri kem dunie« – in der Welt ist halt immer was faul.

In den Bergen waren ihnen schon keine Traktoren und Reiter mehr begegnet, immer seltener stießen sie unterwegs auf Winterlager und Schäfereien, auch die Landschaft hatte sich geändert: Die Natur war hier fremd, rauher und kälter. Bis zum Abend, noch vor Sonnenuntergang, hatten Boston und Ernasar die Felsschlucht am Fuß des Gebirgspasses Ala-Möngkü erreicht. Solange es noch nicht dunkelte, hätten sie weiterreiten können, aber sie hatten es sich überlegt, beim Viehauftrieb würden sie auch keine größere Strecke zurücklegen, selbst wenn sie vor Tagesanbruch und bei Sternenhimmel aufbrächen und den ganzen Tag dahintrieben; sie müßten also hier in der Schlucht, am Ausgangspunkt des Passes, für die Nacht haltmachen. Viehzüchter nennen so eine Nacht »Schykama« – die Nacht vor der Erstürmung des Gebirgspasses. Außerdem war dieser Platz für die Schykama sehr geeignet. Ein Flüßchen strömte von den Gletschern herab, hier war sein Ursprung, sie konnten auch einen Flecken unter dem Felsvorsprung auswählen, den der Gletscherwind nicht erreichte. Die Tschabane wußten sehr wohl, der durchdringende und gefährliche Gletscherwind setzte immer nach Mitternacht ein und hielt bis zum Sonnenaufgang an. Die Herde über Nacht vor dem Gletscherwind zu schützen und am Morgen mit frischen Kräften den Gebirgspaß zu erstürmen, das ist ja der Sinn der Schykama.

Sie sattelten die ermatteten Pferde ab, dann bereiteten sich die Weggefährten aufs Nachtlager vor. Ihren Platz wählten sie sich unter einer kleinen Felswand aus und trugen Brennholz zusammen. Ernasar war emsig und ziemlich weit in die Schlucht abgestiegen, bis zu den Stellen, wo niedriges Krüppelgewächs gedieh. Dann verzehrten sie am Feuer den Proviant, den sie von zu Hause mitgenommen hatten, sogar ihren Tee kochten sie in Blechkesselchen ab und legten sich nach dem langen Weg zufrieden zur Ruhe.

In den Höhen unter dem Gebirgspaß dunkelte es rasch, und sogleich brach die Kälte ein, als hätte der Winter begonnen. Die Wegstrecke vom Sommer in den Winter hatte bloß einen Tagesritt gedauert. Frostig wehte es von den Gletschern des Ala-Möngkü herab, sie waren ganz nah, diese ewigen Gletscher konnten sie sozusagen mit Händen fassen. Boston hatte es aus einer Zeitung, daß diese Eisberge in den Höhen schon Millionen Jahre daliegen und daß dank ihnen auch hier, in den Tälern, das Leben möglich wurde – immerfort taute das Eis und schenkte den Flüssen ihren Ursprung, die ihr Wasser in die heißen Niederungen und Felder trugen, so weise war alles in der Natur eingerichtet.

»Ernasar«, sagte Boston schon halb im Schlaf, »was für eine Kälte! Spürst du, wie sie durchzieht? Schon gut, daß wir die Pelzmäntel mitgenommen haben.«

»Pelze, schön und gut«, erwiderte Ernasar. »In alten Zeiten haben sie sich mit einem Gebet geschützt, so hieß das auch – das Paßgebet. Erinnerst du dich?«

»Nein, weiß nicht mehr.«
»Ich schon, ich weiß noch, wie es Großvater vortrug.«
»Sag's auf.«
»Was kenn ich noch davon. Fitzelchen...«
»Besser als gar nichts. Los, fang an damit!«
»Meinetwegen. Ich werde vorsprechen und du wiederholst. Hörst du mich, Boston, sag es nach: ›O Herrscher des eisig kalten Himmels, blauer Tengri, schleif ihn nicht glatt, unseren Weg über den Gletscherpaß. Wenn dir's gefällt, daß das Vieh in den Schneesturm gerät, dann nimm an seiner Statt doch den Raben im Himmel. Wenn es dir gefällt, daß unsere Kinder vor Kälte fast ersticken, dann nimm an ihrer Statt doch den Kuckuck. Und wir wollen die Bauchriemen der Pferde straffen, die Lasten fester an die Höcker der Stiere binden und dir unser Antlitz zuwenden, nur allein dir, Tengri; stell dich nicht in unseren Weg, laß uns über den Gebirgspaß zu den grünen Gräsern, den kühlen Wassertränken hinüber, und nimm dafür diese Worte an.‹ So etwa geht das wohl, weiter erinnere ich mich nicht.«

»Schade.«

»Warum schade. Heute braucht solche Gebete niemand mehr, in den Schulen lehrt man, das sei alles rückständig und finster. Seht doch, sagen sie, Menschen fliegen in den Weltraum.«

»Was hat das mit dem Weltraum zu tun? Und wenn wir schon in den Weltraum fliegen, müssen wir darum die alten Zaubersprüche vergessen? Wer in den Weltraum fliegt, kannst du an Fingern abzählen, aber wie viele von uns leben auf der Erde und von der Erde? Unsere Väter und Großväter haben von der Erde gelebt, was haben wir im Weltraum verloren? Meinetwegen, sollen sie fliegen, ist ihre Sache, wir haben die unsrige.«

»Leicht gesagt, Boske, aber solche wie unser Partorg Kotschkorbajew beschimpfen in jeder Versammlung alles Alte und schreiben dir vor, die Hochzeiten nicht wie üblich auszurichten, warum küßt ihr nicht bei den Hochzeiten, warum schmiegt sich die Braut beim Tanzen nicht an den Schwiegervater? Den Kindern müßt ihr andere Namen geben, es gibt, sagt er, eine oben abgesegnete Liste neuer Namen, und die althergebrachten sollen alle ersetzt werden. Und mir nichts, dir nichts nimmt er Anstoß an was, so dürft ihr, sagt er, einen nicht bestatten und den Verblichenen nicht beweinen. Wie die Leute zu weinen haben, schreibt der vor: Nicht wie früher dürft ihr weinen, sagt der, ihr sollt modern weinen.«

»Ja, weiß ich, Ernasar, ist mir nicht neu. Falls ich da jetzt nach Moskau komme, sieht ganz danach aus, daß man mich im Herbst dahin zur Ausstellung schickt, dann werd ich aber, mein Ehrenwort, ins ZK gehen und herausfinden, ob wir solche wie den Kotschkorbajew tatsächlich brauchen oder ob das unsere Not ist? Und du sagst ihm kein Sterbenswörtchen, beim leisesten Verdacht geht er dir an die Gurgel, du bist wohl einer, sagt er, der gegen die Partei ist. Er allein ist nämlich die ganze Partei. Und niemand muckt auf gegen ihn. So ist es nun mal bei uns. Sogar der Direktor macht einen Bogen um ihn. Aber was soll's! Nur schade, daß es nicht wenige Kotschkorbajews auch anderswo gibt ... Laß uns schlafen, Ernasar. Morgen haben wir doch den schwersten Tag vor uns ...«

So waren die beiden Tschabanen bei Gesprächen über dies und das zu jener Nacht in der Schlucht unter dem großen Gletscherpaß Ala-Möngkü eingeschlummert. Die Sterne leuchteten schon in schimmernder, dunkler Höhe über den Bergen, alle, wie viele es auch sein mochten, waren vollzählig am Firmament erschienen, und es verwunderte Boston, wie solche großen und schweren Sterne, ein jeder so groß wie eine Faust, nicht herabfielen, sondern am Himmel hingen, und es war der kalte Wind, der in den Sternen grimmig pfiff... Der würde nie genug Platz haben für sich, Schamal, der Gott der Winde... Ist immerfort unzufrieden und hält allezeit etwas verborgen...

Ein ebenso heftiger kalter Wind drückte sich zu der dumpfen Nachtzeit mit feinem Pfeifen durch die Fensterritzen, als sich Boston unter dem bedrückenden Geheul der Wölfe aufs neue an das Erlebte erinnerte. Wiederum ordnete er der Reihe nach im Gedächtnis das Alte, das Vergangene; die Kränkung, die ihm von untauglichen Menschen zugefügt worden war, die sogar das Elend der anderen zu Hohn und Verleumdung ausnutzten, rieb ihn im Innern wund. O wie mächtig waren sie doch in diesem gemeinen, uralten Handwerk! Sie lassen leiden, wen sie wollen, sorgen für die Qualen der Schlaflosigkeit – vom Zaren bis zum Hirten. Und Boston war von diesen hoffnungslosen Gedanken so elend zumut, daß ihm das Wolfsgeheul, das sich in der Nacht wiederum erhoben hatte, bisweilen wie das Wehklagen seiner gepeinigten Seele vorkam. Ihm schwante, diese kranke Seele würde in der Dunkelheit um die Schafställe treiben, sie ist es doch, seine vor Schmerz erblindete Seele, die dort gemeinsam mit der Wölfin Akbara weint und heult. Und er hatte keinerlei Kräfte mehr, das Geheul der Wölfin zu ertragen, er hätte ihr die Kehle zudrücken wollen.

›Was ist die bloß unverschämt! Was soll ich mit ihr nur anstellen? Was möchtest du denn noch von mir?‹ ergrimmte Boston. ›Mit nichts hab ich dir helfen können. Ich hab mich darum bemüht, aber es hat rein nichts geklappt, Akbara, glaub mir, alles ist schiefgelaufen. Und hör auf zu heulen! Sie sind weg, deine Welpen sind nicht mehr hier, mußt schon Hunderte Werst laufen, versoffen sind sie, irgendwohin verkauft. Du kannst die jetzt nicht mehr finden! Komm doch zur Vernunft! Wie lang willst du uns dafür bestrafen? Geh, verschwinde, Akbara! Vergiß es endlich. Ich versteh es doch, dir ist's schwer ums Herz, aber geh fort und verschwinde, und komm mir bei Gott nicht mehr unter die Augen, ich erschieß dich, du Unglückliche, koste es, was es wolle, erschießen werde ich dich, denn du läßt einen nicht leben, und mach mich nicht grollen, auch ohne dich ist mir schon alles zuwider, dich kann ich töten, aber was soll ich mit denen anstellen, die mein Unglück verspotten, also geh weg und verschwinde, daß ich dein Geheul nie mehr anhören muß! Und noch einen würde ich umbringen, und meine Hand – das schwör ich bei meiner Mutter – würde nicht zittern. Wir beide haben einen gemeinsamen Feind, Akbara, er hat deine Kleinen geraubt, und mich hat diese versoffene Kreatur mit seiner dreckigen Zunge beschmutzt. Und wenn ich daran denke, speziell an die Augenblicke, da ich mit aufgerissenen Nägeln in jene Gletscherspalte gekrochen bin, nach Ernasar gerufen habe, mutterseelenallein in den unerbittlichen Bergen, dann will ich nicht mehr, da möchte ich überhaupt nicht mehr leben. Und ich wär schon längst nicht mehr am Leben, würde auf alles pfeifen, wenn nicht der Kleine da wäre. Gleich hier daneben liegt er, hat sich gerade umgedreht, das Kerlchen, es schläft, die Mutter hat ihn nah zu mir herangelegt. Ist doch klar, meine Frau fürchtet sich vor dem Wolfsgeheul, aber der Kleine schläft, weil er unschuldig und ein harmloses Kind ist, mir für meine Qualen anvertraut, es ist mein Fleisch und Blut und mein letztes Ebenbild. Aber ich hab mir doch kein solches Schicksal erbeten, es hat sich von selbst eingestellt, wie der Tag oder die Nacht, zu Recht heißt es ja, deinem Schicksal entkommst du nicht, und dieses Scheusal Basarbaj ist ein so widerlicher Ehrabschneider, er verleumdet mich, so daß ich ihn wie einen räudigen Hund erwürgen könnte, weil ihm nicht beizukommen ist. Aber wer ist es, der mit ihm plärrt – unser erster Partorg, als hätte der nichts anderes zu tun, der schnappt alles auf, was dieser Trunkenbold daherfaselt, er möcht mein Bübchen ins Verderben stürzen ... Ich kann doch deinen Kummer nur zu gut verstehen, Akbara!‹

So dachte Boston und quälte sich in jener schlaflosen Nacht ab, doch sogar bei allem Verstand und seiner Einfühlsamkeit konnte er sich das volle Ausmaß von Akbaras Leiden nicht ausmalen. Wenn ihr dafür auch die Worte fehlten, sie empfand Höllenschmerzen, die sie nicht aussprechen konnte. Keinen Augenblick konnte sie sich von ihren brennenden Qualen frei machen. Hätte sie vielleicht aus ihrer Haut fahren sollen? Hatte sie etwa nicht versucht, ziellos und unablässig durch Berge und überschwemmte Gebiete umherzulaufen, gemeinsam mit Taschtschajnar, der ihr unablässig und überallhin und immerzu folgte, und sie hofften, sich abzuhetzen und zusammenzubrechen, vor Erschöpfung zu verlöschen und zu verenden. Hatte sie es denn nicht darauf ankommen lassen, den unauslöschlichen Schmerz des Verlusts zu besänftigen und zu betäuben, indem sie wutentbrannt und gemeinsam mit Taschtschajnar verzweifelt alles anfiel, was ihr über den Weg lief? Hatte sie es nicht durchgekostet, zu ihrer Höhle unter dem Felsen heimzukehren, um

sich wieder und wieder davon zu überzeugen, daß sie leer war, um endgültig jegliche Hoffnung in sich abzutöten und sich nicht mehr durch Traumbilder zu betrügen...?
O wie qualvoll war das nur! An jenem Abend hatte Akbara, ziellos in der Umgebung umherstreunend, jählings kehrtgemacht und war zum Cañon Baschat hingaloppiert, dabei beschleunigte sie den Lauf, als erfordere irgend etwas ihre unverzügliche Anwesenheit. Taschtschajnar lief wie immer hinter der Wölfin her, ohne auch nur einen Schritt zurückzufallen. Akbara aber lief immer schneller, sie rannte wie eine Rasende über Stock und Stein, durch Schneewehen und Wälder ... Den vertrauten Weg entlang, über den alten Wolfspfad, an den Berberitzensträuchern vorbei drang sie in den Unterschlupf ein, um sich erneut davon zu überzeugen, daß die Höhle leer ist und schon längst nicht mehr behaust, noch einmal heulte sie auf und winselte kläglich, alles durchwühlend und beschnuppernd, wo sich der Geruch der Säugerchen hatte erhalten können: ›Wo sind sie, was ist mit ihnen? Wo seid ihr, meine Welpen, ihr vier Milchklümpchen? Wenn ihr erwachsen und eure Reißzähne erstarkt wären, wenn ihr neben mir herlaufen würdet, wie sicher wären meine Flanken, wie unermüdlich meine Läufe.‹
Akbara schoß dahin, sie sauste den Bach entlang, wo nach wie vor dieser Flaschenhals ekelhaft stank und wo die in den Boden gefrorenen Reste des von Vögeln zerhackten Hafers lagen...
Sie kehrte dann noch einmal in die Höhle zurück, streckte sich lang und steckte die Schnauze in die Leisten, Taschtschajnar legte sich daneben und wärmte sie mit seinem dichten, festen Fell.
Es war bereits Nacht. Und Akbara träumte davon, daß

die Wolfsjungen an ihrer Seite in der Höhle lagen. Unbeholfen krabbelten sie heran und schmiegten sich an die Zitzen. Ach, wie lang war es schon her, daß sie ihnen die Milch abgeben wollte, alles, was sich so schmerzhaft angestaut hatte, alles, bis zum letzten Tropfen ... Und die Welpen saugten so gierig, sie schmatzten und erstickten fast am Überfluß der Milch, voller Süße durchströmte das ermattende Empfinden den Körper der glücklichen Wolfsmutter, nur daß eben die Milch nicht ausgeschieden wurde ... Und das beunruhigte Akbara – was war bloß geschehen, wieso ist es ihr um die Zitzen nicht leichter geworden, warum haben sich die Welpen nicht satt getrunken? Alle vier Kleinen waren doch da, gleich daneben, an ihrer Seite, da sind sie doch – das eine, flinker als die andern, das mit dem weißen Schwanzspitzchen, und jenes dort, das am längsten saugte und mit der Zitze im Rachen einschlummerte, das dritte, rauflustig und wehleidig, und unter ihnen das Weibchen, die winzige Wölfin mit den blauen Augen. Das war sie, die künftige, die neue Akbara ... Und dann träumte der Wölfin, sie würde nicht laufen, sondern fliegen, ohne die Erde zu berühren – aufs neue in der Mujun-Kum, der großen Savanne, und neben ihr die vier Wolfsjungen, auch sie laufen nicht, sondern sie fliegen, und mit ihnen fliegt Vater Taschtschajnar, dahingetragen von Riesensprüngen. Hell leuchtet die Sonne über der Erde, und die kühle Luft fließt und strömt wie das Leben selbst ...

Und da war Akbara erwacht, sie lag lange da und rührte sich nicht, niedergeschlagen von der rauhen Wirklichkeit. Dann erhob sie sich so behutsam, daß es sogar Taschtschajnar nicht hörte, umsichtig tappend verließ sie die Höhle. Das erste, was sie erblickte, wie sie hinaustrat, war der Mond über den schneebedeckten Bergen. Der Mond schien in jener klaren Nacht so nah, und er stach am Sternenhimmel so scharf ab, als ob man mühelos zu ihm hinjagen könnte. Die Wölfin trat an den geschwätzig glucksenden Bach, verzagt streunte sie am Ufer lang, ließ den Kopf hängen und setzte sich dann nieder, sie zog den Schwanz ein und blickte lange auf den runden Mond. In jener Nacht hatte Akbara so deutlich und klar wie nie zuvor die Vision von Büri-Ana, der Göttin der Wölfe, die sich auf dem Mond befand. Ihre riesige Silhouette ähnelte Akbara selbst – die Göttin Büri-Ana saß dort wie lebend, mit hängendem Schwanz und aufgerissenem Rachen. Akbara kam es vor, als würde die Mondwölfin sie sehen und hören. Sie steckte die Schnauze hoch auf und wandte sich weinend und klagend an die Göttin, dampfend stiegen Schwaden aus ihrem Rachen auf: ›Blick auf mich, Wolfsgöttin Büri-Ana, da bin ich, Akbara, hier im kalten Gebirge, unglücklich und einsam. O wie schlecht geht es mir! Hörst du, wie ich weine? Du hörst, wie ich heule und schluchze, und mein ganzer Leib brennt vor Schmerz, meine Zitzen platzen vor Milch, niemand hab ich mehr zu tränken, niemand zu nähren, ich habe meine Wolfsjungen verloren. Oh, wo sind sie, und was ist mit ihnen? Komm herab, Büri-Ana, komm zu mir, und wir kauern dicht zusammen, heulen und schluchzen miteinander. Steig herab, Wolfsgöttin, und ich führe dich in die Gebiete, wo ich geboren wurde, in die Steppen, wo es für uns Wölfe keinen Platz mehr gibt. Komm hierher, in die steinigen Berge, wo auch kein Platz mehr ist für uns, nirgendwo gibt es einen Platz mehr für Wölfe ... Und wenn du nicht kommst, Büri-Ana, dann nimm mich zu dir, mich, die verwaiste Wölfin, Mutter Akbara. Und ich will auf dem Mond leben, mit dir sein und über die Erde weinen. O Büri-Ana-a-a, hörst du mich denn? Erhör mich, erhör mich, erhör mich, Büri-Ana, erhör mein Wehklagen!‹

So weinte und heulte Akbara in jener Nacht inmitten der kalten Berge den Mond an...

Als die Schykama am Gebirgspaß vorüber war, erhob sich Ernasar als erster, er schlüpfte in den Pelzmantel und schaute nach den angepflockten Pferden.

»Kalt?« fragte Boston mit behutsamen Blicken unter dem Pelz hervor, als Ernasar zurückkam.

»Hier ist's immer so«, erwiderte Ernasar. »Jetzt ist es hundekalt, aber bei den ersten Sonnenstrahlen wärmt es sofort auf.« Und er streckte sich auf der Pferdedecke lang.

Es war noch früh und dämmrig in den Bergen zu der Stunde.

»Wie geht's dort unsren Pferden?«

»Normal.«

»Ich meine, wenn wir's Vieh hochtreiben, würd es ja nicht schaden, für die Nacht ein Zelt aufzuschlagen, wär allemal wärmer.«

»Warum eigentlich nicht«, pflichtete ihm Ernasar bei. »Schlagen wir im Handumdrehen auf. Nur den Pfad müssen wir finden, der Rest hängt von uns selber ab.«

Mit Sonnenaufgang wurde es auch tatsächlich wärmer. Die Luft taute auf, und kaum war es hell geworden, sattelten sie die Pferde.

Bevor sich Boston in den Sattel schwang, schaute er noch mal in die Runde, seine Blicke schweiften über die sie umgebenden Steilhänge und Felsen. Gewaltig und gigantisch waren sie, und der Mensch erschien neben ihnen als ein Winzling. Sie aber forderten diese Berge heraus. ›Der Paß schreckt uns nicht‹, dachte sich Boston, ums Leben. Wenn es aber ums Leben geht, kann den Menschen nichts schrecken, er findet überall seinen Weg, auf dem Meer, unter der Erde und am Himmel. Auch wir werden durchkommen.‹

Für den Anfang machten sie den alten Pfad ausfindig, der von Steinen gesäubert war, und verfolgten in Gedanken, wie er sich wohl über den Paß hinzöge. Der Gebirgspaß sollte über einen verschneiten Sattel zwischen zwei Gipfeln verlaufen. Ebendorthin bewegten sie sich. Jenseits dieses Sattels, auf der anderen Seite der Gebirgskette des Ala-Möngkü, würde dann offenbar der Abstieg beginnen zum Dshajloo Kitschibel hinab, wo, wie die Alten erzählten, ein Birkenwald wächst und ein schneller Gebirgsfluß strömt. Es kommt ja gar nicht so selten vor, daß die Natur ihre Lieblingsplätzchen in weitab gelegenen Winkelchen verbirgt und unzugänglich hält. Geht es aber ums tägliche Brot, muß der Mensch sein Teil holen – er muß ja auf Erden leben...

Der Pfad stieg immer steiler an. Als Schneekruste unter den Hufen einsetzte, fiel den Pferden das Stapfen zusehends schwerer, je weiter sie schritten, desto tiefer wurde der Schnee. Die Sonne strahlte, der Wind flaute ab, und in der völligen Stille war das anschwellende Pferdeschnauben so gut zu hören, als sei es der eigene Atem.

»Allerhand, oder?« fragte Boston und blickte sich dabei nach Ernasar um. »Wenn den Schafen der Schnee bis über den Wanst reicht, wird's hart auf uns zukommen. Was meinst du?«

»Wir gehen da natürlich nicht irgendwohin, Boske! Hauptsache, wir placken uns nicht zu lange ab. Müssen dann halt den Weg für die Schafe frei schaufeln, da und dort werden wir wohl stampfen.«

»Daran hab ich auch gedacht. Müssen eben Schaufeln

mitnehmen. Denk daran, Ernasar, wir brauchen was zum Schaufeln.«

Als die Pferde bis über die Knie im Schnee einsackten, saßen die Tschabane ab und führten sie am Zügel. Dann wurde die Luft dünn, und sie mußten durch den Mund einatmen. Das Schneeweiß blendete die Augen, man hätte diese dunklen Brillen gebrauchen können, in denen jetzt alle auf den Straßen herumspazieren. Sie mußten auch ihre Pelzmäntel ausziehen und auf die Sättel werfen. Die Pferde schnaubten schwer und schwitzten, ihre Flanken zitterten. Zum Glück war es bis zum kritischen Punkt am Gebirgssattel nicht mehr weit...

Die Sonne stand bereits im Zenit über dem sich ewig auftürmenden Massiv der erstarrten Schneeberge. Nichts kündigte eine Wetterwende an, wenn man von den wenigen Wolken absah, die auf ihrem Weg lagen. Man ging durch sie hindurch, eher noch ging man daran entlang wie an Watte. Kaum zu glauben, wie heiß es zu dieser Stunde in den Niederungen um den Issyk-Kul war, wo sich jetzt an den Seestränden Erholungssuchende bräunten. Noch runde fünfhundert Meter waren vor ihnen, sie dachten jetzt schon daran, jenseits des Passes würde es nicht schlechter gehen.

Endlich waren sie am Gebirgspaß angelangt, Boston und Ernasar hielten ein zum Verschnaufen. Sie waren restlos erschöpft und außer Atem. Auch die Pferde waren ordentlich erschlafft. Glücklich und zufrieden blickten sie auf den zurückgelegten Weg hinunter.

»Geschafft, Boske«, sagte Ernasar lächelnd. Seine Augen strahlten vor Freude. »Wir kommen hier durch mit der Schafherde. Natürlich, wenn es mit dem Wetter klappt.«

»Genau. Bei ruhiger Witterung eben.«

»Zweieinhalb Stunden sind wir unterwegs«, sagte Ernasar, nachdem er auf die Uhr geblickt hatte. »Ist gar nicht so übel, oder?«

»Aber mit den Schafen müssen wir wohl mit drei Stunden rechnen«, bemerkte Boston, »vielleicht noch mehr. Aber wir wissen jetzt, man kann über den Paß. Und jetzt weiter. Los, weg von hier, mein ich, der Abstieg ist schon in Sicht, vielleicht zeigt sich auch bald Kitschibel. Dort müßte es ja jetzt vor lauter Grün sprießen.«

Und so zogen sie weiter. Ringsum lag lauter Schnee, von Winden aufgetürmt und hochgekreiselt zu glitzernden Wellen in glattem Schleier. Man konnte schon ahnen, daß bald die Welt des Schnees enden und eine andere beginnen würde. Sie hatten das Verlangen, möglichst rasch dorthin zu gelangen und Kitschibel – das Ziel ihres Ritts – mit eigenen Augen zu sehen. Sie bewegten sich über den Sattel zwischen den Bergen dahin, als liefen sie durch Kamelhökker, und der ersehnte Augenblick erschien ihnen ganz nahe. Boston schmeckte den Schnee, er ging voran, das Pferd am Zaum führend, plötzlich erbebte etwas unter seinen Füßen. Er vernahm hinter sich einen Aufschrei.

Jählings wandte er sich um und war wie vom Blitz getroffen: Ernasar war weg, von der Bildfläche verschwunden – weder er selber noch sein Pferd waren zu sehen. Nur Schnee wirbelte dort auf, wo er soeben noch gegangen war.

»Ernasar!« schrie Boston heftig und vom eigenen Schrei erschreckt, der in der tödlichen Stille weithin schallend verrollte.

Hals über Kopf stürzte sich Boston zu der Stelle hin, wo es den Schnee hochgewirbelt hatte, und wie durch ein Wunder verharrte er und prallte zurück – vor ihm gähnte ein klaffender Abgrund. Aus der Einsturzstelle wehte es schwarze Finsternis und frostige Eiseskälte. Flach legte sich Boston auf den Schnee und kroch bäuchlings zum äußersten Rand hin, ohne sich des Geschehenen bewußt zu sein, vielmehr ohne zu wagen, es sich zu vergegenwärtigen. Und da hatte er sich mit all seinen Gefühlen und Gedanken in ein einziges Bild des Schreckens verwandelt, Angst knebelte seinen Körper. Und dennoch kroch Boston weiter, immer weiter, da war eine Kraft, die ihn schob und weiteratmen ließ. Boston robbte, stützte sich dabei auf die Ellbogen und wischte den im Gesicht klebenden Schnee weg. Er begriff nun, unter ihm war blankes Eis, und ihm fielen die Erzählungen über die Bruchstellen und Spalten ein, die sich unterm Schnee verbergen, in die manchmal ganze Herden abgestürzt seien, er erinnerte sich an den Fluch »Dsharakaga ket!« – fahr doch in den Spaltengrund! Doch warum nur mußte der Fluch gerade über Ernasar kommen und nicht nur über Ernasar, sondern auch über ihn selbst?

Vielleicht aus keinem anderen Grund als für die Unersättlichkeit, nichts war ihm genug, mit allem war er unzufrieden... Hätte er es nur zuvor gewußt, daß so ein Unheil geschieht...

Boston kroch zur Bruchkante hin, vor ihm tat sich eine aufgerissene, schwarze, nach unten ziehende, zerlöcherte Steilwand auf. Er erbebte vor blankem Entsetzen.

»Ernasar«, flüsterte Boston leise, seine Kehle war auf einmal wie ausgetrocknet, dann brüllte er mit hemmungsloser, abgerissener Stimme: »Ernasar, wo bist du? Ernasar! Ernasar! Ernasar!«

Und als er verstummte, vernahm er, wie ihm deuchte, von unten ein Stöhnen und die kaum zu unterscheidenden Worte: »Komm nicht näher!«

Und Boston brüllte laut auf:

»Ernasar! Bruder! Ich bin gleich da! Sofort! Halt aus! Ich hol dich sofort heraus!«

Er sprang hoch und riskierte dabei, selbst abzustürzen, den Schnee durchpflügend rannte er zum Pferd, riß das Sattelzeug herunter: Das aufgewickelte Seil und die Axt, die sie für alle Fälle mitgenommen hatten, waren an Ernasars Sattel angeschnallt gewesen und mit ihm zusammen in den Schlund hinabgerissen worden. Boston riß das Messer aus der Scheide, zerschnitt die Enden der Lederriemen am Schweif, an der Brust und am Bauch, an den Steigbügeln, an Zaum und Zügeln und band sie alle zu einem einzigen Riemen zusammen. Er schnitt sich bis aufs Blut, die Hände zitterten vor Spannung. Und von neuem stürzte er zur Einbruchstelle hin, kroch wieder bis zum Rand, drängte vor, ohne den Weg zu wählen, keuchte wie in Agonie, als befürchtete er, Ernasar wäre sofort tot und er könne ihn nicht mehr erretten.

»Ernasar! Ernasar!« rief er aus. »Da ist ein Seil, ein Seil habe ich! Hörst du, ein Seil! Hörst du mich? Ernasar! Bruder, so antworte doch!«

Den aus dem Sattelzeug zusammengebundenen Riemen hatte er am einen Ende um die Faust gewickelt und in die Kluft hinabgelassen. Doch da war niemand, der nach dem Riemen gefaßt hätte, niemand war da, der sein Rufen erwiderte. Und er wußte nicht, wie weit der Riemen, den er hinabgelassen hatte, reichte und wie tief diese Spalte war.

»Antworte doch, Ernasar! Laß was hören! Wenigstens ein Wort, Ernasar! Mein Bruder!« rief und rief Boston, aber das Echo aus dem Abgrund gab nur seine eigene Stimme wieder, und Boston fing es an zu gruseln. »Wo bist du denn, Ernasar!« flehte Boston. »Hörst du mich, Ernasar? Was soll ich denn nur tun?« Und außerstande, sich zu beherrschen, hob er an, zu heulen und zusammenhanglose Wörter hinauszuschreien. Er führte Klage beim Vater, der an der Front gefallen war, bei der seit langem verstorbenen Mutter, bei den Kindern, bei Brüdern und Schwestern, und insbesondere führte er Klage bei seiner Frau Arsygul. Nein, das geschehene Unglück hatte in seinem Bewußtsein keinen Platz ... Umgekommen ist er, Ernasar ist zugrunde gerichtet! Und niemand konnte ihn in seinem Elend trösten ... Von nun an würde es sein ganzes Leben begleiten ... Und dann schrie Boston auf: »Hast du denn unsere Beschwörungen nicht vernommen!? Was hast du nur angerichtet!« Und er begriff gar nicht, an wen er sich überhaupt wandte.

Er erhob sich und schwankte, er sah, daß schon der Abend nahte, und verspürte, wie am Gebirgspaß das Wetter umschlug. Wolken krochen heran, und ein kalter Scheesturm fegte stoßweise über den Boden. Aber was war zu tun? Wohin sollte er gehen? Das Pferd, das er auf dem Pfad zurückgelassen hatte, befand sich bereits auf dem Rückweg, er nahm wahr, wie es abstieg, es einzuholen wäre unmöglich gewesen. Was hätte es ihm auch genutzt, nachdem er das ganze Sattelzeug samt Bauchriemen und Steigbügel zerschnitten hatte. Voller Grimm gab er dem unnützen Sattel einen Fußtritt. So stand er da, verquollen und verschmiert und ohne Mütze (die war längst in die Spalte hinuntergerollt), blickte inmitten der Felsen und des ewigen Eises am Gebirgspaß Ala-Möngkü völlig verlassen um sich. Der durchdringende Wind am Paß brachte eine hoffnungslose Schwermut über ihn und sein ohnehin schon erschüttertes Herz. Wohin jetzt gehen und was tun? Wie erfolgreich hatte doch alles begonnen, und woher nur war auf ihrem Weg diese schreckliche Spalte aufgetaucht? Als er die eigene Spurenkette verfolgte, stellte er fest, daß Ernasar aus reinem Zufall in die Spalte gestürzt war, er selbst war buchstäblich anderthalb Meter von der Bruchkante entfernt vorübergegangen, Ernasar indes hatte zu seinem Unglück ein wenig rechts davon passieren wollen, und da waren Roß und Reiter zusammen in die unterm Schnee verborgene Gletscherspalte hinabgestürzt.

Er konnte dem Freund mit nichts helfen. Aber er war auch nicht imstand, sich damit abzufinden. Boston dachte plötzlich: ›Was nun, wenn Ernasar noch lebt, wenn er nur das Bewußtsein verloren hat, dann muß man ihm möglichst rasch aus dem Abgrund heraushelfen, bevor er dort endgültig zu Eis erstarrt. Dann ist er vielleicht noch zu retten.‹ Und er warf den Pelzmantel in den Schnee, stürzte im Lauf zum Tal hinab, obgleich es an vielen Stellen schwer war, zu rennen. Er mußte Mittel und Wege finden, die Sowchose über das Unglück zu unterrichten, dann würden sie, dachte er, Leute mit Seilen zu Hilfe schicken, mit Spaten und Lampen, er selber würde an Seilen in die Spalte hinabklettern, Ernasar dort finden und ihn retten.

Er fiel einige Male hin und dachte erschreckt: ›Nur nicht das Bein brechen!‹ – raffte sich wieder auf und beschleunigte den Schritt.

Boston rannte und hoffte, er würde das Pferd doch noch einholen, obgleich es jetzt sogar kein Halfter mehr trug. Das Wetter verschlechterte sich mit jeder Minute. Die Luft schmeckte bereits nach Neuschnee. Doch das beunruhigte Boston nicht, er wußte, unten würde kein Schnee fallen, selbst dann nicht, wenn am Gebirgspaß ein heftiges Gestöber losbräche. Ihn ängstigte, was mit Ernasar geschähe. Würde er die Retter abwarten können, wenn er noch lebte? Schneller, schneller, hämmerte es in seinem Gehirn. Ihn beunruhigte, die Dämmerung könnte hereinbrechen, in der Dunkelheit würde er nicht rasch laufen können.

Das Pferd hatte Boston trotz allem nicht einholen können. Der Goldfuchs war, die Freiheit witternd, davongaloppiert zu den heimischen Plätzen.

Boston nahm den direkten Weg über die vertrauten Vorberge und kürzte dadurch seine Strecke erheblich ab. Es war nicht das Gehen durch die endlosen Schluchten und Felder, was ihn quälte, ihn peinigten die schweren, keine Minute von ihm weichenden Gedanken an das Geschehene. Sein Kopf dröhnte vor endlosen Plänen, Ernasar zu retten. Das eine Mal schien es ihm unzulässig gewesen zu sein, den Paß zu verlassen und Ernasar allein gelassen zu haben, hätte ihn doch der Schneesturm ruhig hinwegfegen sollen. Ein anderes Mal schwebte ihm vor, wie der sterbende Ernasar in der stockfinsteren Dunkelheit der Eishöhle stöhnte und hoch oben über ihm der grimmige Sturm pfiff. Als er sich vorstellte, was er Ernasars Familie, den Kindern und Gulümkan sagen sollte, wurde es ihm vollends unerträglich, ihm schien, er müßte gleich wahnsinnig werden.

Und trotz alledem trafen ihn nicht nur Schläge, er hatte auch seinen Dusel gehabt. Einer der Schafhirten feierte an jenem Tag Hochzeit in den Vorbergen. Er verheiratete den Sohn, einen Studenten, der auf Ferien heimgekommen war. Die Gäste waren spät aufgebrochen, die letzten hatten sich weit nach Mitternacht auf einem Lastwagen entfernt. Der Mond schien hell. Im Vorgebirgsland wehte kühle Seeluft. Im fernen Tal war der glitzernde Spiegel des Issyk-Kul verschwommen auszumachen. Die Menschen hatten das Verlangen zu singen, und so sangen sie ein Lied nach dem andern.

Als Boston die Lieder vernahm, sprang er auf die Straße

hinaus und winkte verzweifelt mit den Armen. Auf diesem Lastwagen war er gegen zwei Uhr noch zur Sowchose »Berik« gelangt. Der Laster hatte am Hause des Sowchosedirektors gehalten. Ein Hund bellte auf und schnappte wie üblich nach den Stiefeln. Er schenkte dem keine Aufmerksamkeit und schlug mit der Faust gegen das Fenster.

»Wer da?« ertönte eine alarmierte Stimme. »Ich bin es, Boston Urkuntschijew.«

»Was ist passiert, Boske?«

»Schlimmes.«

Am nächsten Tag gegen zwölf Uhr standen die Retter bereits am Gebirgspaß Ala-Möngkü. Zusammen mit Boston waren sie zu sechst. Bis zum äußerstmöglichen Punkt waren die Leute im Geländewagen gefahren. Nun schritten sie im Gänsemarsch die Steigung hoch, ausgerüstet mit Seilen und Gerät. Schweigend und beständig folgten sie Boston und schonten den Atem. Jeden Augenblick sollte aus der Stadt ein Hubschrauber herfliegen und ihnen drei erprobte Alpinisten beistellen.

Boston dachte daran, wie er gestern zur selben Zeit mit Ernasar denselben Pfad zum Paß hochgestiegen war, ohne vorauszuahnen, was ihnen auflauerte...

Er hatte unterdessen begriffen, daß Ernasar, selbst wenn er nach dem Absturz am Leben geblieben war, sicher nicht den ganzen Tag und die Nacht am Grund der eisigen Spalte ausgeharrt haben konnte. Und doch hatte er an ein Wunder glauben wollen.

Nach dem Schneesturm, der in der vergangenen Nacht getobt hatte, war es am Paß pulvrig und totenstill. Der Schnee funkelte schmerzhaft in den Augen. Leider hatte das Unwetter alle Spuren gänzlich verweht, und Boston konnte jetzt nicht mehr genau bestimmen, wo sich der Bruch im Eis befand. Wie immer gab es auch hier Glück im Unglück, einer der Rettungsleute hatte im Schnee den Pelzmantel gefunden, den Boston weggeworfen hatte, bevor er fortgerannt war, einige Schritte vom Pelz entfernt fand sich dann auch der weggeschleuderte Sattel. Sie orientierten sich an diesen Sachen und konnten die Bruchstelle, die über Nacht zugeweht war, recht genau bestimmen. Unterdessen waren auch die Alpinisten eingetroffen. Sie hatten sich in die Spalte abseilen lassen, die, ihren Worten zufolge, so tief war wie ein sechsstöckiges Haus...

Als sie wieder hochgeklettert waren, erklärten die Alpinisten, sie würden Ernasar nicht holen können. Sein Körper sei festgefroren, eingelötet in eine massive Eisschicht, ebenso verhielte es sich mit dem Pferdekadaver. Die Alpinisten erläuterten, das Eis würde sich erst unter heftigen Schlägen lösen, dies könne jedoch eine Lawine auslösen, die Rettungsleute opfern und zerquetschen... Die Alpinisten meinten, Boston bliebe nur noch die Möglichkeit eines Abstiegs in die Spalte, wenn er sich von Ernasar verabschieden wolle. Einen anderen Ausweg gäbe es nicht...

Und noch lange Zeit, Jahr um Jahr, träumte Boston ein und denselben furchtbaren Traum, der sich tief in sein Gedächtnis einprägte. Ihm träumte, er seilte sich ab in den Abgrund und beleuchte die Gletscherwände mit einer Taschenlampe. Für den Fall, daß er die eine Laterne verliert, hat er sich noch eine Ersatzlampe mitgenommen. Plötzlich bemerkt er, die Ersatzleuchte ist abhanden gekommen, er gerät deshalb völlig außer Rand und Band. Er ist entsetzt, und es gruselt ihn. Er möchte schreien.

Aber er steigt langsam weiter hinab, immer tiefer und tiefer in die ungeheure Gletscherhöhle, schließlich schneidet das Licht der Lampe aus der Dunkelheit den ins Eis gefrorenen Ernasar heraus: Ernasar kniet, der Pelzmantel hat sich ihm auf den Kopf gestülpt, sein Gesicht ist blutüberströmt, die Lippen fest aufeinandergepreßt und die Augen weit aufgerissen: »Ernasar!« ruft ihn Boston. »Ich bin's! Hörst du, ich hab dir die Ersatzlampe dalassen wollen, hier ist es so fürchterlich finster, aber ich hab sie verloren. Verstehst du, Ernasar, verloren. Aber ich gebe dir meine. Hier hast du sie, nimm meine Lampe. Nimm sie, Ernasar, ich bitte dich darum!« Aber Ernasar ergreift nicht seine Lampe und reagiert überhaupt nicht. Boston weint, er bebt vor Schluchzen und erwacht tränenüberströmt.

Und den ganzen nächsten Tag ist er dann wie verdreht, an solchen Tagen ist Boston verschlossen und mürrisch. Von diesem Traum hatte er niemals einem anderen erzählt, keiner Sterbensseele und erst recht nicht Gulümkan, auch nachdem sie seine Frau geworden war. Keiner Person aus Ernasars Familie hatte er gesagt, daß er in den Abgrund gestiegen war, um sich von Ernasar zu verabschieden.

Als er vom Gebirgspaß heimgekehrt war, wußten bereits alle von der Tragödie. Und nichts war für Boston schwerer gewesen, als die von Schmerz geschlagene, weinende Gulümkan zu sehen, lieber, so schien ihm, wäre er dort am Paß verschwunden, lieber wäre er tausendmal in jenen Abgrund hinabgestiegen und hätte den ganzen Schrecken von neuem durchlebt. Gulümkan trug schwer am Tod des Mannes. Man befürchtete, sie würde den Verstand verlieren. Die ganze Zeit trieb es sie um, irgendwohin zu laufen: ›Ich glaub es nicht, ich will nicht glauben, daß er tot ist! Laßt mich los! Ich find ihn! Ich geh zu ihm.‹

Eines Nachts war sie tatsächlich fortgerannt. Boston hatte sich den Tag über abgequält und sich ausruhen wollen, hatte er sich doch schon einige Tage nacheinander nicht ausziehen und ins Bett legen können, er mußte die Kondolierenden empfangen: Aus der ganzen Gegend waren die Leute angereist, nach altem Brauch begannen viele schon von weither mit ihrem Wehklagen über Ernasar: »Ernasar, mein innig Geliebter, mein Herzstück, wo werd ich dich sehen?« – und Boston half ihnen vom Pferd und beruhigte sie ... An jenem Tag indes schien der Abend mehr oder weniger frei zu sein, Boston hatte sich bis zum Gürtel entkleidet, wusch sich im Hof und übergoß sich mit der Schöpfkelle. Arsygul war bei Gulümkan: Dieser Tage hielt sie sich fast die ganze Zeit über bei der Nachbarin auf.

»Boston, Boston, wo bist du?« war auf einmal Arsyguls Rufen zu vernehmen.

»Was ist passiert?«

»Lauf schnell los, hol Gulümkan ein! Sie ist weggerannt. Ihre Töchterchen weinen, und ich hab sie nicht aufhalten können.«

Boston hatte gerade noch das Trikotleibchen überziehen können und rannte, mit einem Handtuch um den Hals, im Laufschritt sich abtrocknend, der außer sich geratenen Gulümkan hinterher.

Er holte sie nicht sofort ein.

Sie eilte durch die sanft ansteigende Schlucht zu den Bergen hinauf.

»Gulümkan, bleib stehen, wohin willst du denn?« rief ihr Boston zu.

Sie lief weiter, ohne sich umzusehen. Boston legte

einen Schritt zu, er dachte, Gulümkan könnte ihn in so einem Zustand ins Gesicht hinein beleidigen, er fürchtete sich am meisten davor, sie würde sagen, daß er, Boston, ihren Ernasar getötet habe, und dieser Gedanke verbrühte ihn wie kochendes Wasser, quälte er sich doch mit solchen Vorwürfen selbst ab, und deswegen war auch sein Herz voller Unruhe. Was sollte er ihr denn dann antworten?

Wie konnte er sich rechtfertigen? Welchen Sinn hätten Rechtfertigungen für sie? Wie beweisen, daß es schicksalhafte Umstände gibt, über die der Mensch keine Macht hat? Aber auch diese Worte brachten keinen Trost, es gab nun mal überhaupt keine versöhnenden Worte für das, was geschehen war. Und es gab keine Worte, die Gulümkan erklären könnten, warum er nach allem Geschehenen noch lebte.

»Gulümkan, wohin willst du?« Keuchend hatte Boston sie eingeholt. »Bleib stehen, hör mich an, laß uns heimgehen...«

Zu jener Abendstunde war es noch recht hell, man konnte die Berge sehen im ruhigen Dämmerlicht des langsam erlöschenden Tages, und als sich Gulümkan umwandte, kam es Boston so vor, als strömte von ihr das Leid wie eine Gespensterstrahlung aus, sie starrte auf ihn, ihre Gesichtszüge waren verzerrt wie unter einem Wasserschwall. Unerträglich schmerzhaft war es für ihn, ihre Qualen mit anzusehen, ihr kläglicher Anblick tat ihm weh – gestern war sie ja noch eine blühende, lebensfrohe Frau gewesen –, es schmerzte ihn, daß sie völlig außer sich fortgerannt war, daß das verknitterte Seidenkleid, das man ihr angelegt hatte, auf der Brust auseinanderhing, daß die neuen schwarzen Itschigi an ihr wie Trauerstiefel aussahen und ihr Zopf zum Zeichen der Trauer entflochten war.

»Wohin willst du, Gulümkan? Wohin gehst du?« sagte Boston und ergriff unwillkürlich ihre Hand.

»Dorthin, zu ihm auf den Gebirgspaß will ich«, sprach sie mit abwesender Stimme.

Anstatt zu sagen: ›Bist du bei Trost? Wie willst du dahin? In so einem dünnen Kleid wirst du dort auf der Stelle umkommen!‹, fing er an, sie zu bitten: »Muß nicht jetzt sein. Ist schon bald Nacht, Gulümkan. Gehst lieber ein andermal. Ich selbst will dir den Ort zeigen. Aber das muß nicht jetzt sein. Gehn wir heim. Die Mädchen weinen, Arsygul ist voller Sorge. Bald kommt die Nacht. Los, gehn wir, ich bitte dich darum, Gulümkan.«

Gulümkan schwieg und krümmte sich unter der Schwere ihres Kummers. »Wie kann ich denn ohne ihn leben?« flüsterte sie traurig und wiegte den Kopf. »Wie ist er doch so ganz allein und verlassen, nicht beerdigt, nicht beweint und ohne Grab?«

Boston wußte nicht, wie er sie trösten sollte. Er stand vor ihr mit hängendem Kopf und voller Schuld, in dem abgetragenen, an den dünnen Schultern hängenden Trikot, das Handtuch um den Hals, in seinen Kirsa-Stiefeln, in denen der Tschaban beständig geht, sommers wie winters. Unglücklich, schuldbewußt, bedrückt; er hatte begriffen, er würde nie und nimmer dieser Frau den Verlust ersetzen können. Und hätte er ihren Mann zum Leben erwecken können und sein eigenes dafür geben müssen, er hätte dies ohne Zögern getan.

Sie schwiegen und dachten an das, was sie bewegte.

»Laß uns gehen.« Boston nahm Gulümkan bei der Hand. »Wir müssen dort sein, wenn die Leute kommen, um Ernasars zu gedenken. Müssen zu Hause sein.«

Gulümkan ließ sich an seine Schulter fallen und gab ihrem Kummer freien Lauf wie dem leiblichen Vater gegenüber, sie murmelte undeutlich, erstickte fast vor Schluchzen und erbebte am ganzen Körper. Er stützte sie unter den Armen, und so kehrten sie, in Kummer und Tränen vereint, nach Hause zurück. Der stille Sommerabend ging zu Ende, voll und herb dufteten die Berggräser. Ihnen entgegen kam, Ernasars Mädchen an der Hand führend, Arsygul. Die Frauen blickten einander an und umarmten sich, wie nach langer Trennung brachen sie in Tränen aus und fanden neue Kraft...

Ein halbes Jahr später, als Arsygul schon im Rayonskrankenhaus lag und Gulümkan längst in die Fischersiedlung am Seeufer umgezogen war, erinnerte sich Boston an jenen Abend, und seine Augen wurden trüb von den ihn überströmenden Gefühlen.

Boston saß im Krankensaal seiner Frau und blickte voller Schmerz auf ihr entkräftetes, blutloses Gesicht. Es war ein warmer Herbsttag, ihre Mitpatientinnen spazierten im Freien, und deshalb war es auch zu jenem Gespräch gekommen, das Arsygul selbst begonnen hatte.

»Ich möchte dir etwas sagen.« Arsygul sprach die Worte langsam aus, mühevoll richtete sie ihre Augen auf den Mann, und Boston stellte fest, das Gesicht war während der Nacht noch gelber verfärbt und eingefallen.

»Ich höre dich, was möchtest du sagen, Arsygul?« fragte Boston zärtlich.

»Hast du den Arzt getroffen?«

»Ja, er hat gesagt...«

»Warte. Es ist unwichtig, was er gesagt hat, darüber später. Versteh mich, Boston, wir müssen miteinander ernsthaft reden.«

Von diesen Worten wurde es Boston klamm ums Herz. Er langte nach seinem Taschentuch und wischte sich den Schweiß von der Stirn. »Vielleicht ist es nicht angebracht, du wirst gesund, und wir reden dann...« Boston hatte versucht, vom bevorstehenden Gespräch abzulenken, aber am Blick seiner Frau war ihm klargeworden, daß man sie davon unmöglich abbringen könnte.

»Alles zu seiner Zeit.« Die Kranke bewegte ihre bleichen Lippen. »Ich hab hier unentwegt nachgedacht, was soll man im Krankenhaus anderes tun als nachdenken? Ich dachte daran, daß wir beide ein gutes Leben geführt haben, und ich bin mit meinem Los zufrieden. Kein Grund, Gott zu zürnen, wir haben die Kinder aufgezogen und auf ihre eigenen Beine gestellt, sie können jetzt selbständig leben. Über die Kinder will ich mit dir nachher reden. Aber du, Boston, du machst mir Sorgen. Du tust mir am meisten leid. Du bist ungeschickt, findest zu Menschen keinen Zugang, hast vor niemandem Respekt. Ja, dann bist du auch nicht mehr der Jüngste. Scheu die Menschen nicht, wenn ich nicht mehr bin. Sei nach mir kein einsamer, armer Fröner, Boston. Richte den Leichenschmaus aus, und denke daran, was du dann machen willst, ich möchte nicht, daß du alleine bleibst. Die Kinder leben schon ihr eigenes Leben.«

»Wozu sagst du das alles?« Boston sprach kaum vernehmlich. »Müssen wir denn darüber sprechen?«

»Genau das, Boston, ebendarüber! Wovon denn sonst? Darüber spricht man zu guter Letzt. Nach dem Tod kann man nichts mehr sagen. Also, ich habe eben über dich und mich nachgedacht. Gulümkan ist oft bei mir. Du weißt selber, sie ist uns keine Fremde. Das Leben hat's gewollt, daß sie als Witwe mit kleinen Kindern zurückbleibt. Eine würdige Frau. Mein Rat an dich: Heirate sie! Und entscheide dann selbst, wie du das machst. Jeder ist frei, für sich selbst zu entscheiden. Wenn ich nicht mehr da bin, erzähl ihr von unserem Gespräch ... Und vielleicht kommt es so, wie ich es mir wünsche. Und Ernasars Kinder haben einen Vater...«

Wer an den Issyk-Kul reist, macht sich oft über die Einheimischen lustig: Sie leben am See und sehen ihn nicht, haben keine Zeit dafür. So war auch Boston nur alle Schaltjahre zum Ufer aufgebrochen, sonst erfreute er sich von fern und nur so nebenbei an der Bläue des Issyk-Kul.

Aber dieses Mal ging er, als er gegen Abend das Krankenhaus verließ, sogleich zum Ufer, es zog ihn dahin, ganz für sich allein am blauen Wunder inmitten der Berge zu verweilen. Boston schaute zu, wie der Wind die weißen Wogen über den See jagte, in gleichmäßig schäumenden Reihen wie die Furchen hinter einem unsichtbaren Pflug. Er wollte weinen und im Issyk-Kul verschwinden, er wünschte zu leben und wollte nicht mehr leben... Genau wie diese Wogen – die Welle schäumt, entschwindet und wird wieder aus sich selbst geboren...

Und dann hatten die Wölfe Boston doch noch bis aufs äußerste zugesetzt und die Lagerstatt so lange und unerträglich umheult, daß sie ihn zwangen, aus dem Bett aufzustehen. Aber auch Kendshesch hatten sie geweckt. Der Kleine war weinend aufgewacht. Boston rückte sein Söhnchen näher zu sich heran, versuchte, ihn zu beruhigen, nahm ihn die Arme und drückte ihn fest an sich:

»Kendshesch, mein Kendshesch! Ich bin doch da. Na, was ist denn, mein Dummerchen? Und die Mama ist hier, da ist sie, sieh doch! Willst du die Miau? Möchtest du, daß ich Licht mache? Hab doch keine Angst. Das sind doch die Katzen, die so heulen.«

Gulümkan war ebenfalls aufgewacht und hatte sich darangemacht, den Kleinen zu besänftigen, aber der ließ sich nicht beschwichtigen. Sie mußten das Licht einschalten.

»Gulüm«, sagte Boston, bereits von der Tür aus, zu seiner Frau, er hatte den Lichtschalter betätigt. »Ich geh jetzt doch den Viechern einen Schrecken einjagen. So kann das nicht weitergehen.«

»Welche Zeit haben wir?«

Boston blickte auf die Uhr. »Zwanzig vor drei.«

»Da hast du's«, ärgerte sich Gulümkan. »Und um sechs mußt du raus. Wozu soll das noch führen? Diese verfluchte Akbara bringt uns noch um den Verstand. Was ist das nur für eine Strafe!«

»Nun beruhig dich schon. Was sollen wir denn tun? Ich bin augenblicklich zurück. Hab keine Angst. Bei Gott, ja, was für eine Strafe. Ich verschließe die Tür von draußen mit dem Schloß. Sei unbesorgt. Leg dich schlafen.«

Und er schritt unter den Fenstern entlang, stampfte laut mit den Stiefeln, die er hastig über die bloßen Füße gezogen hatte. Endlich war es soweit, daß Boston mit den Wölfen den offenen Kampf aufnehmen wollte, deshalb hatte er auch absichtlich die Hunde laut herbeigerufen und sie mit den unmöglichsten Ausdrücken beschimpft. Nun war er zu allem bereit, so unerträglich waren ihm die vor Schmerz rasenden Wölfe geworden.

Er konnte ihnen nicht mehr helfen. Es war nur noch die Hoffnung verblieben, die Wölfe erlegen zu können, wenn er sie unter die Augen bekam, zum Glück besaß er ein halbautomatisches Gewehr.

Er hatte jedoch die Wölfe nicht angetroffen. Und war dann, die ganze Welt verwünschend, ins Haus zurückgekehrt. Aber er konnte auch nicht einschlafen. Lange lag er im Dunkeln, in seinem Kopf kreisten aufdringlich die unruhigen, brennenden Gedanken.

Und er dachte an so mancherlei. Wie schwer war es von Jahr zu Jahr geworden, gewissenhaft zu arbeiten, und die Heutigen, insbesondere unter den Jugendlichen, kannten überhaupt keine Scham mehr. An Worte glaubte jetzt sowieso niemand mehr. Jeder ist vor allem auf seinen Vorteil aus. Vor dem Krieg noch, ja, da hatten sie den berühmten Kanal am Tschuj erbaut, von allen Ecken und Enden des Landes waren sie hergereist, hatten kostenlos und freiwillig gearbeitet. Aber jetzt glaubt das niemand mehr. Märchen, sagen sie, lauter Märchen erzählt ihr uns, wer kann sich nur so was ausdenken. Nicht mal mit dem Lasso schleppst du einen her, daß er ein Tschaban wird. Und alle wissen es, doch sie tun so, als gäbe es da nur eine vorübergehende Schwierigkeit. Sprichst du das offen an, beschuldigen sie dich der Brunnenvergiftung, heißen dich einen Verleumder, würdest sozusagen das Liedchen des Feindes anstimmen! Und keiner will ernsthaft nachdenken, wie es weitergehen soll. Das einzige, was ihn versöhnte und beglückte, war Gulümkan, sie schimpfte ihn nicht aus und hielt ihm nicht vor, daß er sich das ganze Jahr um die Schafe kümmerte, ohne freien Tag und Urlaub. Man konnte doch die Herde nicht allein lassen, die schaltest du nicht ab, du zerhackst auch nicht den Starkstromschalter, rund um die Uhr mußt du nach einer Herde schauen. Da hast du es, wohin du blickst, überall fehlen Hände zum Anpacken. Und nicht etwa deshalb, weil es keine Leute gibt, sondern weil die Leute nicht arbeiten möchten. Aber warum nur? Ohne Arbeit kann man doch nicht leben. Wär doch ein Verderben. Vielleicht hat es damit zu tun, daß man anders leben und arbeiten muß? Am schwierigsten war doch: Wo kriegst du die Leute her, die beim Lammen der trächtigen Muttertiere helfen und sich um die Lämmchen kümmern? Wieder das alte Lied, auch dahin kriegst du keine Jugend. Dort muß man ja rund um die Uhr aufpassen. Auf die Zuzucht mußte man äußerst gewissenhaft achten, darum kriegst du die jungen Burschen auch nicht mit Gewalt dahin. Die Jugend von heute will nicht im Dreck und in der Abgeschiedenheit hausen. Zudem wird dafür wenig bezahlt, ein Bursche oder ein Mädchen verdient in der Stadt bei einem Achtstundentag in der Fabrik oder am Bau weitaus mehr. ›Und warum haben wir uns ein liebes Leben lang dort abgerackert, wo arbeitende Hände gefragt waren, aber nicht dort, wo es von Vorteil ist? Und jetzt, wo die Jungen dran wären, kannst du nichts Gescheites von ihnen erwarten, keine Scham und kein Gewissen haben die‹, beklagten sich die Alten. Dieser Konflikt hat allmählich dazu geführt, daß sich die Generationen nicht mehr verstehen und entfremden, die Gemüter der Menschen sind seit langem wund gerieben. Und wieder tauchte in Bostons Gedächtnis diese Aussprache auf. Er hatte sich damals nicht zurückgehalten. Umsonst. Abermals hatte er seinen Beitrag dem leidigen Thema gewidmet, ein Mensch muß arbeiten wie für sich selbst. Einen anderen Weg sieht er nicht, dafür muß der Arbeitende persönlich daran interessiert sein, was er tut. Wie oft hatte Boston davon gesprochen, daß der Lohn vom Arbeitsergebnis abhängen muß, und für einen Tschaban ist eben die Hauptsache das Land, das ihm gehört, mit ganzem Herzen muß er daran hängen, auch die Helfer und die Familie, sonst kommt nichts dabei heraus...

Die Abfuhr hatte ihm wie üblich Partorg Kotschkorbajew erteilt. Gazetten-Kischi, die Menschen-Zeitung, wie Kotschkorbajew in der Sowchose hieß, saß auf der rechten Seite des Direktorentisches, gleich neben Boston. Er hatte die Augenbrauen zusammengezogen – es lief ihm also gegen den Strich –, wie üblich zog er sich, um solide zu wirken, die Krawatte zurecht, dann schielte er unfreundlich zu Boston hin. Sowchosdirektor Tschotbajew konnte sich leicht den Gedankengang Kotschkorbajews vorstellen. Über viele Jahre gemeinsamer Arbeit hatte er sich gut dessen unerschütterliche, unauslöschliche, ein für allemal einstudierte Demagogenlogik eingeprägt: Abermals war dieser Boston Urkuntschijew hervorgekrochen, dieser Kulak und Konterrevolutionär neuen Schlags. Das Leben hat ihm schmerzhafte Schläge verpaßt, und er probiert es immer wieder. Man müßte ihn möglichst weit wegjagen wie zu früheren Zeiten...

Bei der Arbeitsversammlung war damals auch der neue Instrukteur des Rayonkomitees anwesend, dem Aussehen nach ein zurückhaltender junger Mann, den die Leute von »Berik« vorerst noch nicht kannten. Er hörte sich die Diskussionsredner aufmerksam an und trug alles in seinen Notizblock ein. Tschotbajew vermutete, Kotschkorbajew würde keine Gelegenheit auslassen, sich in Anwesenheit des neuen Rayoninstrukteurs hervorzutun. Und er hatte sich nicht getäuscht. Nach Bostons Auftritt bat Kotschkorbajew ums Wort, als wolle er diesem widersprechen. Und er hob an zu reden wie gedruckt. Er konnte eben ein Problem so allumfassend darlegen wie eine Zeitung, und darin beruhte ja auch seine Stärke.

»Wie lange noch, Genosse Urkuntschijew«, wandte er sich Boston zu und siezte ihn offiziell wie immer, »wie lange werden Sie die Menschen mit Ihren zweifelhaften Vorschlägen noch in Verwirrung stürzen? Der Typus der Produktionsverhältnisse innerhalb eines sozialistischen Kollektivs ist schon längst von der Geschichte definiert worden. Sie aber möchten, daß ein Tschaban wie ein Patron entscheide, mit wem er arbeiten möchte und mit wem nicht und wem er wieviel entlöhnen soll. Was ist das eigentlich? Doch nichts anderes als ein Angriff auf die Geschichte, auf unsere revolutionären Errungenschaften, ein Versuch also, die Ökonomie über die Politik zu stellen. Sie gehen lediglich von den engen Interessen Ihrer Schafherde aus. Für Sie ist das die Frage der Fragen. Aber hinter der Schafherde stehen der Rayon, das Gebiet und das Land! Wohin wollen Sie uns denn noch bringen – zur Entstellung der sozialistischen Prinzipien der Bewirtschaftung?«

Boston brauste auf und sprang von seinem Platz hoch.

»Niemand will ich nirgendwohin bringen. Ich hab es schon satt, darüber zu sprechen. Ich will niemand nirgendwohin bringen, ist doch nicht meine Hirtensache, was da im Gebiet, im Land, erst recht nicht in der Welt passiert. Dafür gibt's genug Neunmalkluge. Mir geht's um die Schafherde. Wenn der Partorg nicht wissen will, was mir zu meiner Herde einfällt, wozu ruft man mich dann zu solchen Versammlungen, um mich von der Arbeit abzuhalten? Leeres Gewäsch ist nichts für mich. Vielleicht hat das ein anderer nötig, aber ich blicke da nicht durch. Genosse Direktor, du brauchst mich nicht mehr einladen! Man soll mich nicht von der Arbeit wegholen. Solche Versammlungen hab ich nicht nötig!«

»Warum denn das, Boske?« Tschotbajew rutschte unruhig auf seinem Platz hin und her. »Du bist der Bestarbeiter, Tschaban Nummer eins im Sowchos, ein erfahrener Arbeitsmann, wir wollen wissen, was du denkst. Darum bitten wir dich her.«

»Du erstaunst mich, Direktor.« Boston war es bitter ernst. »Wenn ich Bestarbeiter bin, wer anders als du, Direktor, müßte es wissen, was mich das kostet. Warum also schweigst du? Bringt das was, wenn ich's Maul aufmache und Kotschkorbajew mich nicht ausreden läßt und sich sowieso wie der Staatsanwalt aufspielt, du aber, Direktor, sitzst da und schweigst, als sei nichts geschehen, als ging dich das nichts an.«

»Halt, halt«, unterbrach ihn Tschotbajew.

Der Direktor war sichtlich verstört: Er war in eine sehr schwierige Lage geraten – dieses Mal würde es ihm nicht gelingen, zwischen Boston und Kotschkorbajew die Neutralität zu wahren. In Anwesenheit des Instrukteurs mußte der Direktor Position beziehen. Bis dahin hatte er sich mit Kotschkorbajew, diesem Gazetten-Kischi, nicht anlegen wollen, dessen Demagogie bedrohliche Gewalten bewegen konnte, war doch Kotschkorbajew bei weitem nicht das einzige Glied in der Kette, die sich nach unkritischen und dogmatischen Prinzipien ausrichtete. Und dieses Mal hatte Kotschkorbajew die Diskussion absichtlich zugespitzt und den Schafhirten unbeirrbar – nicht mehr und nicht weniger – des »Angriffs auf unsere revolutionären Errungenschaften« beschuldigt, also wer würde ihm danach noch zu widersprechen wagen? Dennoch mußte er irgendwie die Situation in den Griff bekommen.

»Halt, halt, Boske, du brauchst nicht aufzubrausen«, sagte der Direktor und trat hinter dem Tisch hervor. »Wollen wir die Sache klarstellen, Genossen.« Tschotbajew wandte sich an die Versammlung, fieberhaft überlegend, wie er die beiden versöhnen könnte. »Natürlich hat Boston recht, und mit Kotschkorbajew ist nicht gut Kirschen essen. Wie gehen wir vor? Was ist eigentlich unser Thema?« räsonierte der Direktor. »Der Tschaban, wie ich das verstehe, möchte Herr über die Herde und das Land sein, nicht aber eine Person, die sich gegen Lohn verdingt, und er spricht nicht nur in eigenem Namen, sondern auch für seine Brigade und die Familien der Hirten, und das darf man doch auch nicht außer acht lassen. Mir scheint, das macht durchaus einen Sinn. Die Tschabanenbrigade ist unsere kleinste ökonomische Zelle. Damit muß man auch beginnen. Ich fasse das so auf, Urkuntschijew will alles in seine Hand nehmen: den Viehbestand und die Weideplätze, das Futter und die Gebäude – kurzum all das, was für die Produktion nötig ist. Er hat sich darauf eingestellt, die Brigadenabrechnung einzuführen, so daß jedermann weiß, was er verdienen kann, wenn er wie für sich tätig wird, aber nicht für den Nachbarn, von und bis. So fasse ich Urkuntschijews Vorschlag auf, und es lohnt sich, dem Gehör zu schenken, Dshantaj Ischanowitsch«, wandte sich Tschotbajew dem Partorg zu.

»Aber ich als Sowchospartorg, der mit Ihnen gemeinsam, Genosse Tschotbajew, die Leitung einnimmt, fasse das so auf: Die Förderung der Psychologie des Privateigentums in der sozialistischen Produktion steht keinerlei Personen zu, vor allem nicht einem Betriebsleiter«, hielt Kotschkorbajew dem Direktor mit triumphierender Stimme vor.

»Aber begreifen Sie doch, das geschieht im Interesse der Sache«, begann der Direktor seine Rechtfertigung. »Die Jugend will doch von Tschabanenbrigaden nichts mehr wissen.«

»Das heißt, unsere Massenagitation ist schlecht, man muß die Jugend an Pawlik Morosow und dessen kirgisischen Kollegen Kytschan Dshakypow gemahnen.«

»Das gehört schon in Ihr Ressort, Genosse Kotschkorbajew«, fügte der Direktor ein. »Sie sind da der Fachmann. Gemahnen Sie, agitieren Sie. Niemand wird Sie stören.«

»Und wir werden agitieren, nur keine Sorge«, warf der Partorg herausfordernd ein. »Ein ganzer Komplex von Maßnahmen ist bei uns vorgesehen. Aber es ist sehr wichtig, privatwirtschaftliche Tendenzen rechtzeitig zu unterbinden, wie geschickt sie sich auch maskieren mögen. Wir werden es nicht zulassen, daß die Grundlagen des Sozialismus untergraben werden.«

Beim Anhören dieser Polemik, die in vollem Ernst geführt wurde, empfand Urkuntschijew völlige Mutlosigkeit, unwillkürlich kroch Angst in ihm hoch. Er hatte doch nur gesagt, er wolle das Land nach seinem Verständnis bewirtschaften und nicht nach fremden Anweisungen.

»Keine Zugeständnisse und keine Nachsicht, für niemand«, fuhr Kotschkorbajew fort. »Die sozialistischen Produktionsformen sind für alle verbindlich. Meine Worte sind vor allem an den Genossen Urkuntschijew gerichtet. Die ganze Zeit sucht er für sich irgendwelche Ausnahmebedingungen durchzusetzen.«

»Nicht nur für mich«, unterbrach ihn Boston. »Solche Bedingungen haben alle nötig, dann wird bei uns auch die Arbeit gut vorankommen.«

»Ich bezweifle das! Und überhaupt, was ist denn das für eine Art, seine Bedingungen zu stellen? Tut dies und tut das! Es reicht schon, daß Sie, Genosse Urkuntschijew, auf der Jagd nach Ihrem privaten Weideplatz für Ihre Herde am Gebirgspaß Ala-Möngkü ein Menschenleben vernichtet haben. Oder reicht Ihnen das immer noch nicht?«

»Mach nur so weiter, mach nur so weiter!« konterte Boston im Zorn. Unerträglich, verletzend und schmerzhaft war das, von Ernasars Tod so zu reden, so nebenbei und unter anderem.

»Was denn, mach weiter, mach weiter? Hab ich vielleicht nicht die Wahrheit gesagt?« setzte ihm Kotschkorbajew zu.

»Ja, die Unwahrheit.«

»Wieso die Unwahrheit, wo doch Ernasars Leichnam bis heute im Eis am Gebirgspaß liegt. Und vielleicht noch tausend Jahre dort liegenbleiben wird.«

Boston verstummte, es war ihm schon sehr unerquicklich, daß sie bei der Versammlung darüber ein Gespräch führten. Aber Kotschkorbajew ließ nicht locker.

»Was schweigen Sie, Genosse Urkuntschijew?« Er schüttete Öl ins Feuer. »Sind Sie vielleicht nicht losgezogen, um sich einen neuen privaten Dshajloo zu erschließen?«

»Ja, für mich«, antwortete Boston heftig. »Aber nicht nur für mich, sondern auch für alle anderen, darunter auch für dich, Kotschkorbajew. Denn ich bin's, der dir zu essen und zu trinken gibt, nicht aber du mir. Und jetzt spuckst du in den Brunnen, aus dem du trinkst.«

»Was soll das heißen?« empörte sich Kotschkorbajew, sein Gesicht war blutunterlaufen. »In allem bin ich nur der Partei verpflichtet!«

»Und woher, denkst du, nimmt's die Partei, womit ernährt sie dich?« erwiderte Boston giftig. »Vom Himmel etwa, oder?«

»Was soll das bedeuten, was führst du nur für unverantwortliche Reden!« Kotschkorbajew zog in krampfhafter Erregung seine Krawatte zurecht.

Ein Skandal bahnte sich an. Kotschkorbajew und Boston standen – der eine am Tisch, der andere an der Wand – wie zum Tod Verurteilte, es fehlte nur wenig, und einer der beiden würde zu Boden gehen. Der junge Instrukteur des Raykom rückte die Situation ein wenig zurecht.

»Beruhigen Sie sich, Genossen«, unerwartet ließ er aus der Ecke, wo er saß und Notizen in seinen Block eintrug, seine Stimme vernehmen. »Ich sehe das so: Tschaban Urkuntschijew ist, wie wir gerne sagen, der Schöpfer der materiellen Werte, er hat ein Recht auf seine eigene Meinung. Nur, muß man dabei so weit gehen?«

»Ja, Sie kennen ihn nicht, Genosse Mambetow«, hakte Kotschkorbajew nach, »Urkuntschijews Anmaßungen kennen keinerlei Grenzen. Da hat doch zum Beispiel unlängst ein Tschaban, Nojgutow, ja, genau der, Nojgutow Basarbaj, eine Wolfshöhle in den Bergen entdeckt. Nun, er hat das Gewölf ausgehoben, hat sie sozusagen expropriiert, das heißt, er hat die vier Wolfswelpen ratzekahl entfernt, um das Rudel an der Wurzel zu liquidieren. Er ist vorgegangen, wie es sich auch vorzugehen gehört. Und was glauben Sie denn? Dieser Urkuntschijew hat damit begonnen, Nojgutow buchstäblich zu verfolgen. Zunächst hat er ihn bestechen wollen, als aber die Nummer bei dem nicht zog, weil Nojgutow ein Mann von Prinzipien ist, fing Urkuntschijew damit an, ihm zu drohen und ihn aufzufordern, daß Nojgutow die Wolfswelpen an ihren Platz zurückbringe, mit keinem geringeren Ziel als dem, daß sich diese Raubtiere auch weiterhin vermehren können. Was soll denn das alles? Was steckt denn da dahinter? Vielleicht wollen Sie, Genosse Urkuntschijew, zu allem übrigen, noch Ihre Privatwölfe halten? Eigene, sozusagen nur Ihnen persönlich gehörende. Vielleicht ist dann die Sowchose auch verpflichtet, Ihnen zusätzlich die Wölfe zu versorgen? Zunächst das eigene Land, die eigenen Schafe und dann auch noch die eigenen Wölfe! So ist es doch, oder? Oder wie soll man Sie verstehen – sollen die ruhig hecken, unsere Herden reißen und auf Kosten des allgemeinen Volkseigentums leben?«

Boston hatte sich unterdessen wieder in der Hand und sagte ziemlich ruhig: »Stimmt alles hinsichtlich der Wölfe, da ist nur ein Übel – die Wölfe haben ja keine Ahnung, daß sie sich am allgemeinen Volkseigentum vergreifen.«

Die Anwesenden brachen unwillkürlich in lautes Lachen aus, Boston nutzte die Pause und fuhr fort: »Über die Wölfe hätten wir nicht reden müssen. Aber wenn nun mal das Gespräch schon darauf gekommen ist, will ich dazu auch meine Meinung sagen. Jede Sache hat ihren Sinn, dafür sind wir auch mit Verstand auf die Welt gekommen. Manchen von uns fehlt es an Verstand, dafür prahlen die im Überfluß. Da ist zum Beispiel der Fall mit den Wolfsjungen. Wie schon gesagt, Basarbaj hat sie ausgehoben, ganz einfach gesprochen – er hat die Welpen gestohlen, aus der Höhle heraus, und schon ist überall wer weiß wieviel Lärm drumherum, man hat ihn fast zum Helden gemacht. Aber der Held hat nicht überlegt, daß man zuvor die Wolfseltern aufspüren und sie, die Ausgewachsenen, erlegen muß, erst danach kann man überlegen, was mit den Wolfsjungen zu machen ist. Er aber hat sich gesputet, die Welpen zu verkaufen und das Geld zu versaufen. Deshalb habe ich Basarbaj gebeten, sie mir zurückzugeben oder mir zu verkaufen, damit man mit den Kleinen den Wolf und die Wölfin heranlocken kann, sie aber nicht frei herumwüten läßt, nachdem man ihr Wolfsnest verwüstet hat. Man muß doch begreifen, ein rasender Wolf macht zehn Wölfe zusammen aus. Er ruht nicht, bevor er sich gerächt hat. Alle Tschabane wissen es, wie jetzt das Paar, dem man die Kleinen weggenommen hat, in der Gegend wütet, Akbara und Taschtschajnar – und was die für Reißzähne haben. Und da gibt es gar nichts, womit man sie jetzt bändigen kann, sie können auch einen Menschen anfallen – das Schlimmste ist von ihnen zu erwarten. Manch schlechten Menschen nennt man – darüber habe ich in Zeitungen gelesen und in Büchern – einen Provokateur. Das ist er, Basarbaj ist ein Wolfsprovokateur, er hat die Wölfe aufgehetzt zum Wüten. Ich hab es ihm schon gesagt, und sag es ihm nochmals direkt ins Gesicht: Er hat sich aufgeführt wie ein feiger Provokateur. Und dir, Partorg, sag ich direkt ins Gesicht: Ich kann nicht verstehen, was du für ein Mensch bist. Bist schon so viele Jahre in unsrem Sowchos, bis heute kannst immer du die Zeitungen herunterleiern und solche wie mich einschüchtern, sagst, wir Hirten seien gegen die Revolution und die Sowjetmacht, ans Wirtschaften denkst du gar nicht und hast auch keine Ahnung davon, sonst hättest du nicht einen Menschen beschuldigt, er würde wollen, daß sich die Wölfe vermehren. Zum Kuckuck mit ihnen, mit den Wölfen, über deine Anschuldigung lachen ja die Hühner. Deine andere Beschuldigung aber, Genosse Kotschkorbajew, die kann ich nicht unbeantwortet lassen. Ja, Ernasar ist am Gebirgspaß umgekommen. Warum sind wir aber beide dorthin? Nicht ums leichte Leben! Was haben wir dort gesucht? Hast du denn darüber nachgedacht, Partorg, was uns dahin getrieben hat, hast du einmal überlegt, daß wir so etwas nicht riskiert hätten, wenn es nicht die schreckliche Not mit den Weideplätzen gäbe? Und die Not wird schlimmer mit jedem Tag. Da sitzt der Direktor, soll er sagen, wann er als Direktor angefangen hat, was es da noch für Gräser, Weideplätze und Ländereien gegeben hat! Und was ist jetzt? Nur Staub und Trockenerde, ein jedes Hälmchen zum Zählen, all das, weil man zehn Mal mehr Schafe hinläßt, als die Weideplätze vertragen, und die Schafhufe verderben sie. Das ist der Grund, warum

Ernasar und ich nach Kitschibel aufgebrochen sind. Wir haben unser Bestes geben wollen, aber uns hat ein Unheil aufgelauert. Unser Ausritt hat ein schlimmes Ende genommen. Und dann hab ich von dem Ziel Abstand genommen, und ich habe geschwiegen, das Unglück hat mich zum Schweigen gezwungen, mir war nicht danach. Aber nun ist es anders gekommen, wenn ich in dem Jahr zur Ausstellung nach Moskau fahren soll, dann geh ich zu unseren obersten Chefs und werde denen von dir, Kotschkorbajew, erzählen. Du prahlst damit, daß du nur an die Partei denkst, aber hat denn die Partei solche Leute wie dich nötig, die selbst nichts tun und anderen nur die Hände binden.«

»Jetzt sind Sie aber zu weit gegangen!« Kotschkorbajew hielt nicht mehr länger an sich. »Das ist eine Verleumdung! Und Sie, Urkuntschijew, werden sich für Ihre Worte auf dem Parteiweg strengstens zu verantworten haben.«

»Ich selbst will es, ich möchte bei der Parteiversammlung für alles geradestehen. Und mache ich es wirklich nicht richtig und denke falsch, jagt mich davon, dann ist für mich kein Platz in der Partei, und es wäre zwecklos, mich zu schonen. Aber auch du, Kotschkorbajew, solltest daran denken.«

»Ich hab nichts zu überdenken, Genosse Urkuntschijew. Mein Gewissen ist rein. Ich bin immer mit der Partei.«

Boston schöpfte Atem, als liefe er auf einen Berg, und sagte mit Blick auf den Instrukteur: »Aber dich, neuer Genosse Instrukteur, bitte ich sehr darum, im Raykom zu berichten. Sie sollen sich mit uns bei der Parteiversammlung auseinandersetzen. So kann ich nicht weiterleben.«

Boston Urkuntschijew hatte sich bald davon überzeugen können, daß sich um seinen Streit mit Kotschkorbajew die Ereignisse zusammenballten. Er war zum Ufergebiet geritten, um seine Angelegenheiten zu erledigen. Um den Issyk-Kul sollten gerade um die Zeit die Gärten aufblühen. Die letzten Frühjahrstage standen an, Boston war noch immer nicht dazu gekommen, die Apfelbäume in seinem Garten und auf Ernasars einstigem Hof zu besprengen. Boston und Gulümkan hatten jetzt zwei Häuschen und zwei Gärten, und nach beiden mußte gesehen werden. Das Hirtenleben spielt sich indes in den Bergen ab, immerzu mangelt es an Zeit, das Nötige fürs Hauswesen zu erledigen. Da schiebt man alles auf die lange Bank, und dann muß man sich umsehen, die Zeit ist verstrichen, und alle Fristen sind überzogen. Doch wie auch immer, der Garten mußte unbedingt besprengt werden, andernfalls würden sich die Schädlinge mit erstaunlicher Geschwindigkeit vermehren, die Fruchtknoten verderben und die Ernte vernichten. Dieses Mal hatte Gulümkan nicht an sich gehalten und Boston tüchtig Vorhaltungen gemacht: Er würde alles hinausschieben, hätte früher hinreiten sollen, sich mit einem der Nachbarn einigen müssen, wenn er schon zur Arbeit selber nicht käme. Laß das doch die Nachbarn tun, gegen Bezahlung.

»Was ist das für eine Hilfe am Haus?« hielt ihm Gulümkan verärgert vor. »Tag und Nacht treibst du dich bei der Schafherde herum oder hockst auf Versammlungen. Wenn du den Garten selber nicht vernünftig pflegen kannst, dann bleib mal einen guten Tag mit Kendshesch daheim – das Dummerchen darf doch nicht aus dem Auge gelassen werden, und ich geh zum Ufer, mach das an deiner Stelle, was sich für einen ordentlichen Hausherrn gehört.«

Gulümkan hatte nur zu recht, da hatte er nichts zu vermelden und konnte nur schweigsam zuhören.

Mit diesen Gedanken war Boston am Morgen zum Ufergelände hinausgeritten, um sich im Garten zu betätigen. Er ritt auf Donkulük. Von alters her heißt es, der Frühling macht Gras und Pferde stark. Außerdem war Donkulük in bester Form: Feurig blitzten die Augen, kernig schweifte der Schwanz, überstrotzend vor Kraft trieb es ihn zum Rennen an. Doch Boston war nicht in Stimmung, Hals über Kopf loszugaloppieren. Er hielt das eifrige Pferd im Zaum, er hatte das Verlangen, unterwegs über dies und das in Ruhe nachzudenken. In der vergangenen Nacht hatte er schlecht geschlafen. Hatte sich lang hin und her gewälzt und nicht vergessen können, wie ihn der Partorg für den Tod Ernasars beschuldigte. Heimgekehrt von der Versammlung, hatte er der Frau das Wie und Was knapp berichtet, aber die Anschuldigung selber hatte er verschwiegen. Er wollte Gulümkan nicht wieder an den ehemaligen Mann erinnern, obgleich schon viele Jahre seit dessen Tod verflossen waren, denn dann wäre einem bedrückenden Gespräch nicht auszuweichen gewesen, das sie und ihn schlimm angekommen wäre, lag doch Ernasar unbestattet am Gebirgspaß Ala-Möngkü, auf ewig erfroren im Eis, in der finsteren Nacht des schrecklichen Abgrunds. So war es wohl besser gewesen, die Anschuldigung zu verschweigen. Aber kaum war Boston am Einschlafen gewesen, tauchten aufs neue die Wölfe auf. Und wieder hatte auf dem Hügel jenseits der großen Schäferei das zermarternde Geheul Akbaras eingesetzt, die ihre geraubten Welpen beweinte. Und mit seinem tiefen, bauchigen Baß hatte ihr Taschtschajnar sekundiert. Während aber Boston beim Anhören des Wolfsgeheuls zuvor von Mitgefühl zu den Wölfen und ihrem Leid durchdrungen war, so war in ihm nunmehr Wut aufgekommen, er wollte diese aufsässigen Tiere endlich töten, um wenigstens ihr Geheul nicht mehr hören zu müssen, das wie ein Fluch klang, auch über ihn – aber wo war denn überhaupt seine Schuld? In der vergangenen Nacht hatte er den Entschluß gefaßt, die Wölfe um jeden Preis zu vernichten, es war sogar der Plan herangereift, wie er das anstellen würde. An dem Tag, da er bei der Versammlung mit Kotschkorbajew zusammengestoßen war, hatten Akbara und Taschtschajnar noch zu allem drei Schafe aus seiner Herde niedergemacht. Der Unterhirte hatte erzählt, daß sich die Wölfe an die Herde herangeschlichen hätten, und wie er auch geschrien und mit dem Stock geschwenkt habe, sie seien überhaupt nicht eingeschüchtert gewesen, sondern hätten drei Schafe gerissen und sich dann zurückgezogen. Dieser Vorfall nahm Boston die Selbstbeherrschung. Wenn das so weitergeht, dachte er sich, dann bleibt uns nur noch die Flucht von hier, eine Schande wäre das, vor Wölfen zu flüchten.

Akbara und Taschtschajnar konnten nicht ahnen, daß sie sich mit ihrem unaufhörlichen Geheul eben zu jener Stunde das Todesurteil ausgestellt hatten. Boston wußte nun mit Bestimmtheit, was er zu tun hatte, er wäre bereit gewesen, unverzüglich an die Ausführung seines Planes zu gehen, hätte er nicht am nächsten Morgen in Haushaltsangelegenheiten zum Seeufergebiet aufbrechen müssen. Aber sein Entschluß stand auch so fest, zunächst wollte er im Garten die Dinge in Ordnung bringen, damit ihm seine Frau keine Vorwürfe machte, danach würde er mit den Wölfen abrechnen.

Das war es, woran Boston unterwegs dachte...

Mit dem Besprengen und dem Aufhäufeln der Apfelbäume im Frühjahr war er an einem Tag fertig. Es war ihm gelungen, im Dorf einen gewandten Burschen aufzutreiben, der machte sich gegen Bezahlung an die Arbeit und erledigte sie zügig. Boston hatte ihm ein Lamm von seinen Schwarzschafen zugesagt.

Nach Beendigung der Arbeiten nahm sich Boston vor, Kendshesch ein neues Spielzeug zu kaufen. Er wollte dem Söhnchen eine Freude machen. Ist so ein nettes Kerlchen, tollt durchs Haus, in einem guten Monat wird er schon zwei Jahre sein. Das lustige und findige Bübchen erfreute mit seinen Einfällen den alternden Boston. Jedes neue Wort des Kleinen versetzte den Vater in Entzücken. Durch ihn erfaßte Boston den tiefen, verborgenen Sinn des Lebens, der in der Liebe zum Kind und der Mutter aufging. Das war der eigentliche und höchste Punkt des für Boston bestimmten Schicksals. Er wollte die Frau und den Kleinen liebhaben, darüber hinaus hatte er keine Ansprüche und Wünsche ans Leben – ist das etwa nicht das höchste Glück, das uns beschieden wird? Niemals redete er darüber, aber er war sich selbst sicher, so und nicht anders muß es sein. Und er glaubte, die Frau teilte in ihrem Innern seine Gefühle.

Boston saß neben dem Rayonkaufhaus »Madanijat« ab, lief hinein und kaufte einen glotzäugigen komischen Frosch zum Aufziehen – bestimmt wird sich der Knirps amüsieren! Als er auf die Straße hinausging und aufs Pferd steigen wollte, verspürte er plötzlich Hunger und erinnerte sich daran, daß er seit dem Morgen nichts gegessen hatte. Gleich neben dem Kaufhaus lag das Speiselokal, und zu seinem Unglück entschied er sich dafür, dorthin zu gehen. Kaum hatte Boston den halbdunklen Saal betreten, den ein Geruch billigen Essens durchzog, mit dem man hier vorüberfahrende Chauffeure verköstigte, kaum hatte Boston unweit des Eingangs an einem Tisch Platz genommen, da hörte er auch schon Basarbajs Stimme hinter sich. Boston drehte sich nicht um, er hatte auch so mitgekriegt, daß der hier mit seinen Spezis zechte.

›Sitzt und säuft am hellichten Tag mit den Schmarotzern, den Mann läßt das völlig kalt, hat weder Scham noch Gewissen‹, dachte Boston unfreundlich. Er wollte aufstehen und möglichen Unannehmlichkeiten ausweichen, aber dann dachte er: ›Warum denn eigentlich, und wieso soll ich gehen, ohne etwas gegessen zu haben?‹ Er bestellte sich Borschtsch, Kotelettes, und unterdessen hatte man es Basarbaj wohl schon zugetragen, daß Boston in der Ecke sitze. Und auf einmal setzten die Stimmen hinter ihm auf feindselige Weise aus, um dann erneut loszulärmen. Bald danach wurde zu Boston einer von Basarbajs Freunden geschickt, ein gewisser Kor Samat, Krumm-Samat, ein Trunkenbold und Klatschmaul, dem man schon in der Jugend bei einer Schlägerei ein Auge herausgeschlagen hatte.

»Salam, Boston, Salam!« Mit einem vielsagenden spöttischen Lächeln streckte er Boston die Hand hin – da war nichts zu machen, er mußte sie ihm geben. »Was bist du da so ganz allein und einsam?« Er trat an Boston heran. »Und wir sitzen dort mit Basarbaj. Haben uns schon lang nicht mehr gesehen, wollten mal wieder zusammenkommen. Gehn wir rüber zu uns. Basarbaj persönlich lädt ein.«

»Sag, ich hab keine Zeit«, antwortete Boston so beherrscht wie möglich. »Ich esse zu Ende und reite gleich in die Berge.«

»Kommst noch zur rechten Zeit, die laufen dir nicht davon, deine Berge!«

»Nein, danke. Hab zu schaffen.«

»Meinetwegen, mach, was du willst, nur weiter so«, bemerkte Kor Samat und entfernte sich.

Nach ihm kreuzte Basarbaj selbst auf, schon merklich angeheitert, und hinter Basarbaj zockelten noch andere daher. »Paß auf, was bist du so hochnäsig? Man lädt dich freundlich ein, von Mensch zu Mensch, und du? Wer bist du denn, hältst dich für was Besseres als die andern!« Basarbaj nutzte unbeirrt die Situation aus.

»Hab es schon gesagt, keine Zeit«, erwiderte Boston ruhig und begann, den Borschtsch aus dem Teller zu löffeln, den er sonst nach dem ersten Löffel am liebsten nicht mehr berührt hätte.

»Ich hab mit dir was zu erledigen«, sagte Basarbaj und setzte sich unverschämt Boston gegenüber hin.

In Erwartung der knisternden Szene blieben die übrigen stehen.

»Was können wir miteinander zu erledigen haben?« antwortete Boston.

»Wir hätten zum Beispiel wenigstens über die Wolfsjungen zu reden, Boston.« Basarbaj verzog finster das Gesicht und wackelte mit dem Kopf.

»Darüber haben wir schon gesprochen, müssen wir nochmals darauf zurückkommen?«

»Ich meine, ja.«

»Ich nicht. Laß mich in Ruhe. Ich esse zu Ende und geh dann weg.«

»Warum so eilig, du Hundling?« Basarbaj stand jählings auf, beugte sich vor und näherte sich Boston mit wutverzerrtem Gesicht. »Warum so eilig, du Lump? Wir haben uns noch nicht über die Wölfe unterhalten. Du hast mich vor allen anderen im Büro des Direktors einen Provokateur geheißen und gesagt, es sei meinetwegen, daß die Wölfe wüten. Denkst wohl, ich weiß nicht, was ein Provokateur ist? Denkst wohl, ich bin ein Faschist und du bist der einzig Ehrliche bei uns?«

Boston war ebenfalls von seinem Platz aufgesprungen. Jetzt standen sie Auge in Auge.

»Hör auf, Quatsch zu reden«, wies Boston Basarbaj zurecht. »Einen Faschisten hab ich dich nicht geheißen, darauf bin ich nicht gekommen, es hätte sich gelohnt. Aber daß du ein Provokateur bist und ein hirnloser Bösewicht – das stimmt. Das hab ich dir auch vorher gesagt und sag es jetzt wieder. Aber noch besser wär es, du gehst an deinen Platz zurück und hörst auf, mir auf die Pelle zu rücken.«

»Und du befiehl, wer wo sein und was tun soll!« Basarbaj geriet in Wut. »Du hast mir nichts zu befehlen. Ich scheiß auf dich. Meinetwegen bin ich für dich ein Provokateur, aber du, was bist du selber für einer? Meinst du, die Leute wissen nicht, was du für einer bist? Meinst wohl, du hast Ernasar umgebracht und alle Spuren sind verwischt. Du, ja, du Scheusal, hast an seiner Frau geschnuppert, als Ernasar noch lebte und deine Alte im Sterben lag. Dann hast du dich entschlossen, Ernasar am Paß in den Abgrund zu stoßen und selbst diese Hündin Gulümkan zu heiraten. Versuch mal zu beweisen, daß das nicht stimmt. Warum bist nicht du abgestürzt, sondern Ernasar? Ihr seid doch denselben Weg gegangen. Denkst wohl, keiner weiß das! Aber er ist es, der umkam, und du bist am Leben geblieben. Ja, wer seid ihr denn dann, du und deine Hündin Gulümkan? Ernasar ist am Paß ins Eis eingefroren und ohne Grab geblieben wie ein Hund, und du Vieh rammelst sein ruchloses Weib, die käufliche Hündin, und lebst fröhlich dahin! Und noch in der Partei! Man sollte dich in hohem Bogen aus der Partei werfen. Da sieh mal einer, was das für ein Bestarbeiter ist, ein Stachanow! Vor Gericht gehörst du!«

Boston hatte kaum an sich halten können, um nicht mit

Fäusten auf Basarbaj zu stürzen und ihm die eklige Visage zu zermahlen. Der provozierte ihn offensichtlich zum Streit, zu einem Skandal, zu einer blutigen Schlägerei. Aber er tat sich Gewalt an, preßte die Kiefer zusammen und sagte dem wutschnaubenden Basarbaj: »Ich hab mit dir nichts zu bereden. Deine Worte bedeuten mir nichts. Ich werde dir nicht mit gleicher Münze heimzahlen. Denk und red über mich, was du willst und wie du willst. Und jetzt aus dem Weg. He, Bursche«, rief er dem Kellner zu, »da, fürs Mittagessen.« Er steckte ihm einen Fünfer zu und ging schweigend weg.

Basarbaj packte ihn am Ärmel: »Halt mal! So brauchst du dich nicht zu deiner Hündin beeilen! Vielleicht treibt die's gerade mit einem Schafhirten, wenn du nicht da bist, und dann störst du die nur!«

Boston schnappte vom Nachbartisch eine leere Champagnerflasche. »Nimm die Hand weg!« sprach er langsam und nachlässig aus, ohne den sofort erbleichten Basarbaj aus dem Auge zu verlieren. »Ich sag's nur einmal, nimm die Pfote weg! Hörst du?« sagte er und rüttelte dabei die wuchtige dunkle Flasche.

So trat dann Boston auf die Straße hinaus, die Flasche fest in der Hand. Erst nachdem er in den Sattel gesprungen war, hatte er sich dessen wieder besonnen, er schleuderte die Flasche in den Wassergraben, ließ Donkulük freien Lauf zum schnellen Galopp. Schon lang nicht mehr war er in so wahnsinnigem Tempo dahingesprengt – das unheimliche Galoppieren hatte ihn wieder zu sich kommen lassen, und ernüchtert schreckte er zusammen: Hatte ihn doch ein winziger Sekundenbruchteil von einem Mord getrennt, Dank sei Gott, der hatte ihn davor bewahrt, andernfalls hätte er den Schädel des verhaßten Basarbaj in einem Schlag zerschmettert. Die Leute auf dem Traktoranhänger waren verwundert gewesen und wollten ihren Augen nicht trauen, sie hatten ihm lang nachgeschaut: Was war bloß mit Boston geschehen, ist doch sonst ein so ernster Mensch, aber er galoppiert daher wie ein leichtsinniger Halbwüchsiger. Boston konnte so schnell nicht zu Atem kommen, erst als er das kalte Wasser am Bach getrunken hatte, war er wieder völlig seiner Herr geworden. Er schüttelte sich zurecht, stieg in den Sattel und gab Donkulük schon nicht mehr die Sporen. Er ritt im Schritt und war rundum froh darüber, daß er den Totschlag hatte vermeiden können.

Als er unterwegs über das alles nachdachte, wurde er erneut finster und runzelte die Stirn. Und gänzlich unwohl wurde ihm, wie ihm plötzlich einfiel, daß er auf dem Fensterbrett in der Kantine den Spielzeugfrosch, den er für Kendshesch gekauft hatte, liegenließ, so eine nette Spielerei – den glotzäugigen, großmäuligen Aufziehfrosch. Natürlich war der nicht teuer gewesen, er hätte dem Kleinen im selben Rayonkaufhaus »Madanjat« auch ein ander Mal das Spielzeug mitnehmen können, doch das war jetzt ein schlechtes Omen. Auf keinen Fall hätte er das für den Kleinen bestimmte Ding vergessen sollen. Aber es war geschehen....

Der eigene Aberglaube erregte ihn und weckte in ihm das Verlangen, dem Gang der Geschehnisse irgendwie zu widerstehen. Beim Gedanken daran, wie er die Wölfe in den Hinterhalt locken und diese verfluchten Tiere erschießen würde, um sie auch nicht mehr aus der Nähe nur zu riechen, würgte ihn der Zorn.

Was für eine Versuchung ist das nur, dachte er sich, hatte doch der heutige Zusammenstoß mit Basarbaj in der Kantine, der beinahe mit Mord geendet hätte, wieder wegen des Streits um diese Wölfe begonnen...

Boston plante, seine Absicht am nächsten Tag zu verwirklichen. Während der Nacht traf er Vorsorge und durchdachte alle Einzelheiten der Operation, und es war wohl das erste Mal in ihrem gemeinsamen Leben, daß er vor seiner Frau ein für ihn wichtiges Vorhaben verheimlichte. Boston wollte kein Gespräch über die Wölfe und die Welpen anfangen – die Ursache des Skandals mit Basarbaj –, er wollte über nichts reden, was an Ernasars Tod am Gebirgspaß hätte erinnern können, und deshalb schwieg er daheim mehr als sonst, er amüsierte sich mit dem Kleinen und beantwortete Gulümkans Fragen einsilbig. Er wußte, sein Schweigen beunruhigte seine Frau und weckte Zweifel, aber er konnte sich nicht anders verhalten. Er hatte sehr wohl begriffen, daß sein Zusammenprall mit Basarbaj und das schmutzige Gerede, das über ihn hereingeprasselt war, früher oder später auch ihr bekannt werden mußte. Vorerst jedoch schwieg er – er wollte nicht wiederholen, was dieser abscheuliche Basarbaj über sie gesagt hatte, das war mehr als nur ekelhaft und widerwärtig.

Er dachte ebenfalls daran, wie merkwürdig schwer und kompliziert sich sein Leben mit Gulümkan entwickelt hatte. Wieviel versteckte Mißgunst und unverhohlene Feindseligkeit haben sie von den anderen erlebt seit der Zeit, da sie Mann und Frau geworden waren, und es gab keine Verleumdung, die man nicht über sie verbreitet hätte. Und dennoch hatte es Boston nie bereut, daß er sein Leben mit Ernasars Witwe verbunden hatte. Er konnte sich ein Leben ohne sie kaum vorstellen, er empfand das Bedürfnis, sie ständig um sich zu haben ... Doch, ein ganz anderes Leben wäre es gewesen. Nur mit ihr konnte er leben, auch wenn sie mit ihm bisweilen unzufrieden war, dann und wann sogar ungerecht, aber sie war ihm treu und zugetan, das war die Hauptsache. Unter sich redeten sie darüber nie, solche Dinge verstehen sich von selbst. Und hätte man Boston gefragt, was dieser Kleine für ihn bedeutete, dieses lebhafte Bübchen, das nur einige wenige Wörter kannte, dieses lustige, helläugige, quirlige Kerlchen auf seinen rundlich weichen Beinchen, ihr Jüngstes und Letztes, dann hätte Boston nichts zu sagen vermocht. Dafür hätte er keine Worte gefunden. Diese Gefühle überstiegen die Worte, denn in dem Kleinen sah er sich in einer gottgegebenen, unschuldigen Kindesgestalt...

Mit seinem Innersten aber verstand und erkannte er alles; während er nachts neben der Frau und dem Kleinen lag, kam er zur Ruhe, er fand wieder zu seinem Gleichgewicht und seiner Gutmütigkeit. Er wollte den Zwischenfall in der Kantine vergessen. Er dachte sogar, wenn die Wölfe in der Nacht nicht auftauchten, würde er die Sache mit dem Hinterhalt verschieben und seinen Entschluß vielleicht überhaupt rückgängig machen. Boston sehnte sich nach Ruhe...

Aber wie zum Trotz meldeten sich die Wölfe um Mitternacht aufs neue. Und abermals setzte auf dem Hügel hinter der großen Schäferei das Gestöhn und Geheul Akbaras ein, und Taschtschajnar gesellte sich mit seinem tiefen Baß zu. Und wieder erwachte und schluchzte Kendshesch vor Angst, Gulümkan murrte schlaftrunken und verwünschte das Leben, in dem es vor den ergrimmt wütenden Wölfen keine Ruhe mehr gab. Boston übermannte noch mal ein unbändiger Zorn, er hätte aus dem Haus springen und den Wölfen bis ans Ende der Welt nachsetzen wollen, und von neuem fiel ihm ein, wie ihn der gemeine und nichtige Basarbaj geschmäht, beleidigt und erniedrigt hatte, und er bedauerte es, ihm nicht mit der Flasche den Schädel eingeschlagen zu haben. Er hätte ja nur die wuchtige Flasche auf den Kopf des verhaßten Basarbaj niedersausen lassen müssen, und das hätte dessen Garaus bedeutet. Und nichts hätte er bereut, dachte sich Boston, mitnichten, nein, im Gegenteil, er hätte sich nur gefreut, diese gemeine Kreatur in Menschengestalt endlich beseitigt zu haben... Aber die Wölfe heulten weiter...

Er mußte das Gewehr nehmen und sich wieder aufmachen, um die Wölfe wenigstens einzuschüchtern. Anstatt ein oder zwei Mal zu schießen, feuerte Boston nacheinander fünf Schüsse in das nächtliche Dunkel. Darauf kehrte er nach Hause zurück, konnte aber nicht einschlafen, und es war unerfindlich, warum er daranging, das Gewehr zu reinigen. Er machte es sich in der Ecke des Vorzimmers zurecht, beugte sich über seine »Bars«-Jagdflinte und putzte sie konzentriert, als würde er sie bald brauchen. Bei dieser Arbeit dachte er nochmals nach, wie er mit den Wölfen abrechnen würde, und nahm sich fest vor, unverzüglich zu handeln, sobald es dämmerte.

Währenddessen hatten sich Akbara und Taschtschajnar, aufgeschreckt von den Schüssen, zur Höhle entfernt, um dort den Rest der Nacht zu verbringen. Das rastlose Paar hatte keine feste Heimstatt mehr, sie übernachteten, wo es gerade ging. Akbara lief wie immer vorneweg. Die vor dem Haaren gewachsenen, hängenden Zotteln verliehen ihr in der Dunkelheit ein schreckliches Aussehen. Die Augen glühten in phosphoreszierendem Glanz, die Zunge hing heraus, man hätte denken können, sie sei tollwütig. Nein, der Kummer der Wölfin hatte sich nicht gelegt, sie hatte ihre Jungen verloren und konnte ihren Verlust nicht vergessen. Ihr Instinkt gab ihr dumpf ein, daß die Welpen in Bostons Schäferei waren, nirgendwo sonst konnten sie sein, denn dort hatte sich der Räuber versteckt, dessen Spuren sie an jenem verhängnisvollen Tag nachgejagt waren. Weiter konnte ihr Tierverstand nicht vordringen. Und deshalb hatten die Wölfe in jenen Tagen so wild gewütet und in der Umgebung das Vieh wahllos gerissen, nicht so sehr, um den Hunger zu stillen, als vielmehr aus dem unbändigen, unbezähmbaren Bedürfnis, das Gefühl von Leere und Wut auf die Welt in Fleisch und Blut zu betäuben, zu zerreißen und zu tilgen. Mit dem Geschlachteten vollgefressen, zog es die Wölfe an den Ort zurück, wo sie die Fährte der Wolfsjungen verloren hatten. Akbara litt ganz besonders, sie konnte sich nicht damit abfinden. Kein Tag verging, da sie nicht zu dem Ort gelaufen wäre, und es verstrich auch kein Tag, da sie nicht mit Taschtschajnar um Bostons Lagerplatz herumgestreunt wäre. Darauf hatte auch Boston gesetzt, als er sich dazu fest entschlossen hatte, die Wölfe, koste es, was es wolle, zu vernichten.

Am Morgen des nächsten Tages ordnete Boston an, die Schafherde nicht auf die Weide zu treiben, sondern sie in zwei Schafställen zu halten und den Tieren mehr Kornfutter zu verabreichen und sie aus den Tränken im Hof saufen zu lassen. Er selbst wählte sich aus der Herde rund zwanzig Muttertiere mit zierlichen Lämmern aus, größtenteils Pärchen, damit sie möglichst laut lärmten und blökten, und trieb diese kleine Herde in die unbesiedelte, unwegsame Richtung.

Er nahm niemanden mit. Ganz allein trieb er die Herde mit einem langen Stock an. Er hatte das in der Nacht gereinigte und polierte Gewehr geschultert, das Patronenmagazin war voll geladen. Er nahm sich Zeit und ging lange. Man mußte möglichst weit weg von der bewohnten Gegend.

Der Tag war warm und wirklich frühlingshaft. Die Berge saugten die Sommerwärme ein und gaben sie an das grünende Gras auf den Hügeln und in den Mulden ab. Vereinzelte blütenweiße Wolkenlocken aalten sich friedlich am Himmelsblau. Lerchen sangen, inmitten der Steine balzten Gebirgsrebhühner, kurzum, ein einziger Segen. Nur die am gesamten Horizont steil aufragenden, furchteinflößend schneebedeckten Gebirgsketten, wo in jedem Augenblick ein Schneesturm losbrechen konnte, und die schwarzen Wolken, die ein ungestümer Wind hertrieb und die die Sonne verfinstern konnten, gemahnten daran, daß der Segen nicht ewig währte.

Aber vorerst gab es nichts, was eine Wende zum Schlechten angekündigt hätte. Die kleine Herde der Mutterschafe mit den Lämmern, die sich einander lotterig zuriefen, zog, wohin sie der Mensch trieb. Die Lämmer hüpften ausgelassen zu den Alttieren, um im Gehen etwas Milch zu saugen. Boston aber war nach dieser Nacht mißmutig gelaunt. Und je mehr er nachdachte, desto ergrimmter wurde er auf die Wölfe und Basarbaj, der an dieser schrecklichen Geschichte schuld war. Mit Basarbaj wollte er nichts zu schaffen haben, ihm fiel der Spruch ein: Was du nicht anfaßt, stinkt nicht. Die Wölfe aber mußten beseitigt werden, erschossen und vernichtet – einen anderen Ausweg gab es nicht mehr. Sein Kalkül war einfach: Die Stimmen der Muttertiere und der Lämmer würden die Wölfin bestimmt anlocken, er aber würde im Hinterhalt harren. Die Wölfe würden sich auf Muttertiere und Lämmer stürzen, und im Glücksfall könnte er sie durchaus anschießen. Aber es heißt ja: Der Mensch denkt, und Gott lenkt ... So kam es denn auch ...

Fast bis zum Mittag machten die Raubtiere keinerlei Anstalten, sich zu zeigen. Boston hatte die Schafe in einer abgelegenen, gut überblickbaren Talsenke verteilt und sich an deren Rand hingelegt, er verbarg sich mit seinem Gewehr zwischen Steinen und spärlichem Gesträuch. Er war ein guter Schütze, seit der Kindheit war er mit der Jagd vertraut, und am Issyk-Kul hatte er mehr als einen Wolf erlegt. Und deshalb zweifelte er auch nicht daran, die Wölfe anschießen zu können, wenn es bloß gelänge, sie heranzulocken. Die lärmenden Alttiere und ihre Lammpaare ließen die ganze Zeit ihre Stimmen ertönen, blökten sich gegenseitig zu, doch die Zeit verstrich, und die Raubtiere tauchten immer noch nicht auf, obgleich sie an anderen Tagen oftmals Überfälle gemacht und ihre Wut auch am Tag an benachbarten Herden ausgelassen hatten.

Die Sonne fing an zu stechen; wie er da auf seinem Wams unter dem Busch lag, hätte Boston wahrscheinlich bei anderem Anlaß vor sich hin gedöst, aber jetzt durfte er sich das nicht erlauben. In seinem Innersten war er ja auch bedrückt; daß man ihm offensichtlich den Tod Ernasars zur Last legte, kam ihn schwer an. Seine Feinde, sowohl Kotschkorbajew als auch Basarbaj, hatten sich verbündet, jeder von ihnen verleumdete ihn auf jeweils eigene verlogene Weise und trieb ihn in eine Sackgasse. Warum denn das alles in seinem Leben, wofür und weswegen haßten ihn die unterschiedlichsten Leute? Und dann noch diese Wölfe, die ihm unablässig zusetzten und den letzten Nerv töteten. Daher hatte er auch daheim keine Ruhe mehr. Und was würde dann noch passieren, wenn die Gerüchte über seinen Zusammenprall mit Basarbaj seiner Frau zu Ohren käme. Der Speisesaal war voller Leute gewesen, als Basarbaj ihn und die Frau mit den letzten Ausdrücken beschimpft hatte, und wieviele waren darunter, die ihm übelwollen...

Von Wölfen noch immer keine Spur, und Boston verlor allmählich die Geduld. Und nichtsdestoweniger hielt er Sicht und Gehör in Anspannung, er paßte sie ab und war auf der Hut. Wichtig ist, die Raubtiere möglichst frühzeitig zu bemerken, um auf sie schießen zu können, sobald sie die Schafe anfallen. Den Moment zu erhaschen, wo sich die Wölfe zeigen, war so einfach gar nicht: Hausschafe haben keinen Spürsinn, auch ihr Sehvermögen taugt nichts, kurzum, blödere und tapsigere Tiere gibt es nicht auf der Welt. Für Wölfe sind Schafe allerleichteste Beute, und nur ein Mensch kann Schafe vor Wölfen retten. Und darum haben es hier die Wölfe nur mit dem Menschen zu tun. So war es auch diesmal...

Die sorglosen Schafe witterten auch jetzt keine Gefahr. Sie weideten und ließen sich bloß durch die Rufe der Lämmer ablenken, ließen diese beständig und gefügig an den Zitzen saugen, sie kannten keinerlei andere Sorgen. Lediglich Boston bemerkte die Gefahr...

Ein Pärchen weißgestreifter Bergelstern, die in der Nähe emsige Hast an den Tag legten, fingen auf ein Mal unruhig zu zirpen an und von einem Ort zum anderen zu flattern. Boston spitzte die Ohren, spannte den Hahn, lehnte sich aber nicht hinaus, im Gegenteil, er verbarg sich noch sorgsamer, Wahrscheinlich war es jetzt soweit. Er war bereit, einige Schafe zu opfern, um die Räuber auf einen offenen Platz herauszulocken. Aber offenbar witterten sie die Gefahr, nicht auszuschließen, daß diese Elstern sie alarmiert hatten. Sie hatten das Gezirpe an dem einen Plätzchen beendet und huschten eilends dorthin, wo Boston im Hinterhalt saß, auch hier erhoben sie ihr lautes, unverschämtes Zirpen, obgleich Boston wohl kaum ihre

Aufmerksamkeit auf sich gezogen hatte, ohne zu mucken, saß er hinter dem Strauch. Wie auch immer, die Wölfe sprangen nicht in einem Satz hervor, sie hatten sich, wie es sich zeigte, aufgeteilt: Akbara kroch heimlich durch die runden Felssteine, vom entfernten Ende her, ihr entgegen kam von der anderen Seite Taschtschajnar (später klärte sich auf, daß er unweit der Stelle vorüberkroch, wo sich Boston mit dem Gewehr verborgen hielt).

Doch von alldem war noch nichts zu entdecken.

Während er das Erscheinen der Wölfe erwartete, blickte Boston gespannt um sich, er konnte jedoch überhaupt nicht erspähen, von welcher Seite die Wölfe anrückten. Ringsum herrschte tiefe Stille: Die Schafe weideten friedlich, die Lämmer tummelten sich, die Elstern hatten ihr Plappern eingestellt, man hörte lediglich den nahen Bach rauschen und die Vögel in den Büschen trällern. Boston war schon des langen Wartens müde, aber da huschte ein grauer Schatten durchs Gestein, die Schafe waren jäh zur Seite ausgewichen und in erschreckter Wartehaltung erstarrt. Boston war aufs äußerste angespannt, die Wölfe versetzten also die Herde in Angst und Schrecken, um herauszufinden, wo sich der Mensch verbirgt: In solchen Fällen würde ja jeder Hirt ein Geschrei erheben und zu den Schafen hinrennen. Boston hatte sich aber eine andere Aufgabe gestellt, deshalb gab er sich durch nichts preis. Daraufhin huschte durch die Gesteinsbrocken erneut der Grauschatten, und der Räuber war in zwei Sätzen bei den aufgescheuchten Schafen. Das war Akbara. Boston riß das Gewehr hoch, nahm das Ziel ins Visier, wollte schon den Hahn abdrücken, als ihn ein leichtes Rascheln hinter ihm veranlaßte, sich umzudrehen. In derselben Sekunde gab er, ohne zu zielen, einen Schuß auf das anfallende Riesentier ab. Alles spielte sich in einem Augenblick ab.

Der Schuß hatte Taschtschajnar bereits im Sprung getroffen, er fiel jedoch nicht sogleich nieder, sondern flog noch eine Weile automatisch zu Boston hin – mit böse fletschenden Zähnen, grimmig blitzenden Augen und raubtierhaft ausgestreckten Pfoten, bis er, nur einen halben Meter von Boston entfernt, wie tot zusammenbrach. Boston richtete das Gewehr auf der Stelle in die andere Richtung, doch der Moment war bereits verpaßt – Akbara hatte ein im Lauf niedergerissenes Schaf zurückgelassen und verschwand hinter den Felstrümmern. Mit gefälltem Gewehr stürzte er der Wölfin hinterdrein und hoffte, sie durch Kugeln zu erlegen, er sah aber nur noch, wie Akbara über den Bach hinwegsetzte. Er feuerte und verfehlte sie...

Boston schöpfte Atem, bedrückt blickte er umher. Vor lauter Spannung war er ganz bleich und keuchte. Sein Hauptziel hatte er nicht erreicht – Akbara war entkommen. Jetzt war die Sache noch komplizierter, es würde gar nicht einfach sein, sie vors Gewehr zu bekommen – die Wölfin wäre nicht zu fassen. Im übrigen dachte Boston: Hätte er sich nicht rechtzeitig nach Taschtschajnar umgesehen und ihn mit der ersten Kugel niedergestreckt, hätte alles schlimm ausgehen können. Beim Nachdenken über das Geschehene war sich Boston klar, die Raubtiere hatten beim Anpirschen an die Herde Gefahr gewittert und sich aufgeteilt; als dann Taschtschajnar bemerkte, wie der Mensch die Wölfin mit dem Gewehr bedrohte, die den Hinterhalt nicht erahnen konnte, hatte er ohne Zögern den Feind angefallen...

Nachdem er die vor Schreck versprengten Schafe zusammengetrieben hatte, schaute Boston nach dem getöteten Wolf. Taschtschajnar lag zur Seite gerollt, die gelben Riesenreißer waren gefletscht, seine Augen bereits glasig.

Boston faßte den Kopf Taschtschajnars an, ein Koloß von Schädel, vom Maß eines Pferdes, wie konnte das Tier nur so ein Gewicht schleppen, und dann die Pfoten – Boston hob sie hoch, wog sie und war unwillkürlich angetan: Was für eine Kraft war da in diesen Pfoten zu verspüren, wieviel hatten die wohl abgelaufen und welche Beute gerafft!

Nach einigem Schwanken entschied sich Boston dafür, Taschtschajnar nicht das Fell abzuziehen. Zum Kuckuck mit dem Balg, ums Fell ging es ja nicht. Um so mehr, als die Wölfin unversehrt war – zum Triumphieren gab es keine Gründe.

Boston blieb noch eine Weile nachdenklich stehen, dann schwang er das von der Wölfin aufgeschlitzte Schaf auf die Schulter und trieb die Herde heim.

Später kehrte er zurück mit Spaten und Picke und schaufelte bis zum Abend eine Grube, um darin Taschtschajnars Kadaver zu verscharren. Er hatte damit lange zu schaffen. Der Boden war steinig. Manchmal hielt Boston mit der Arbeit inne und hielt sich ruhig, vorsichtig blickte er nach allen Seiten, vielleicht tauchte da zufällig die Wölfin auf. Das treffsichere Gewehr Bostons lag daneben, er hätte nur die Hand ausstrecken müssen...

Aber Akbara kehrte erst in tiefer Nacht zurück... Sie streckte sich lang neben den frischen Erdhaufen hin und lag dort bis zum Morgengrauen, und mit den ersten Sonnenstrahlen war sie verschwunden...

6

Die Frühlingstage hielten an, man konnte sogar sagen: Der Sommer hatte begonnen. Für die Schafzüchter war es an der Zeit, zu den Sommerweiden weiterzuziehen. Wer im Vorgebirge überwintert hatte, wechselte in die Tieftäler und Schluchten zu frischen Gebirgswiesen, um sich allmählich den Pässen zu nähern. Wer auf den Feldern das Winterlager in Stallungen aufgeschlagen hatte, der zog auf die Weidereserven des Frühjahrs. Es war eine aufreibende Zeit: Das Viehtreiben und Verladen der häuslichen Habseligkeiten und das allerschwerste – die Schafschur –, alles kam zusammen, und Spannung lag in der Luft. Zu alldem sputete sich ein jeder, möglichst früh das Sommerlager aufzuschlagen und die besten Plätze zu besetzen. Mit einem Wort, man hatte alle Hände voll zu tun. Und jeder hatte seine Sorgen...

Nur Akbara war rastlos zurückgeblieben. Nur sie berührte das ringsum siedende Leben nicht. Ja, die Menschen hatten sie im Grunde vergessen: Nach dem Verlust Taschtschajnars hatte sich Akbara durch nichts mehr bemerkbar gemacht, sogar bei Bostons Winterlager hatte sie mit ihrem nächtlichen Geheul aufgehört.

Akbara war hoffnungslos und niedergeschlagen. Sie war völlig verändert, flau und teilnahmslos fraß sie allerlei Federwild, eben was ihr gerade unter die Augen kam, und meistens verbrachte sie die Tage trostlos an einem einsamen Flecken. Sogar das Herdentreiben, wo sich eine tausendköpfige Viehmasse von Ort zu Ort bewegte und es bei dem Lärmen keinerlei Anstrengung gekostet hätte, ein verirrtes Lämmchen wegzuschleppen oder gar ein ausgewachsenes Schaf, ließ sie völlig gleichgültig.

Für Akbara hatte die Welt den Sinn verloren. Ihr Leben

bestand jetzt aus Erinnerungen ans Vergangene. Den Kopf auf die Pfoten gelegt, sann Akbara tagelang den Zeiten der Freude und des Leides in der Savanne Mujun-Kum nach, den Steppen beim Aldasch und den Bergen um den Issyk-Kul. Immer wieder erstanden vor ihrem Blick die Bilder des verflossenen Lebens, das sie Tag für Tag mit Taschtschajnar verbracht hatte, und ein jedes Mal, wenn sie ihre Schwermut nicht mehr aushalten konnte, stand Akbara auf, streunte hängenden Kopfes umher und streckte sich aufs neue nieder, um ihr gealtertes Haupt auf die Läufe zu legen, und sie gedachte noch einmal ihrer Kleinen – an jene vier, die man ihr vor kurzem geraubt hatte, an die bei der Treibjagd in der Mujun-Kum umgekommenen oder die im Röhricht am See verbrannten, doch am häufigsten erinnerte sie sich an ihren Wolf, den zuverlässigen und gewaltigen Taschtschajnar. Und manchmal kam ihr auch jener sonderbare Mensch in den Sinn, den sie im Hanfgesträuch angetroffen hatte, ihr fiel ein, wie der Nackthäutige und Wehrlose an den Welpen Gefallen fand und wie er erschreckt in die Hocke ging, als sie ihn ansprang und ihm aus dem Flug die Kehle zerschlitzen wollte, wie er dann den Kopf mit Händen bedeckte und, ohne sich umzusehen, davonrannte ... Und wie sie ihn danach, schon zu Winteranfang, bei Morgengrauen in der Savanne Mujun-Kum an den Saxaul gekreuzigt sah – sie erinnerte sich, wie sie in die vertrauten Gesichtszüge blickte, worauf er die Augen leicht öffnete und ihr etwas still zuflüsterte und verstummte...

Das vergangene Leben kam ihr vor wie ein Traum, ein unwiederbringlicher Traum. Doch allem zum Trotz war die Hoffnung nicht tot, noch erwärmten Funken Akbaras Herz – manchmal kam es ihr vor, als würde ihr noch ein letzter Wurf bevorstehen. Und deshalb war sie in manchen Nächten zu Bostons Winterlager hingeschlichen, aber hatte dann nicht mehr aus gewohnter Verzweiflung furchterregend geheult, sondern nur noch aus der Ferne gelauscht: Vielleicht trägt da der Wind plötzlich das Kläffen der herangewachsenen Welpen herüber oder den vertrauten süßen Geruch... Wäre ein solches Wunder nur möglich! Wie würde dann Akbara zu ihren Welpen hinsausen, ohne Menschen und Hunde zu fürchten, sie würde ihre Kinder befreien und aus der Gefangenschaft forttragen, sie würde wie auf Flügeln von hier wegjagen in andere Gebiete und dort ihr freies, rauhes Leben führen, wie es sich für Wölfe gehört...

In diesen Tagen gaben die vielen Belästigungen Boston keine Ruhe, er hatte schon genug Sorgen mit dem Herdenzug, da drängten sich auch noch blödsinnige Amtsangelegenheiten dazwischen. Kotschkorbajew hatte doch, wie angekündigt, über Boston Urkuntschijew bei übergeordneten Instanzen Beschwerde eingelegt, die hatten eine Kommission herbeordert, um klären zu lassen, wer im Recht und wer der Schuldige war, aber die Meinungen waren geteilt. Die einen meinten, man müsse Tschaban Boston Urkuntschijew unbedingt aus der Partei ausschließen, da er die Persönlichkeit des Partorgs schwer beleidigt und der Partei selbst moralischen Schaden zugefügt habe, die anderen Kommissionsmitglieder meinten, das sei nicht angebracht, da ja Tschaban Boston Urkuntschijew zur Sache gesprochen habe und das Ziel seiner Kritik die Erhöhung der Arbeitsproduktivität gewesen sei. Sie hatten auch Basarbaj Nojgutow vor die Kommission geladen. Sie nahmen seine schriftlichen Erklärungen in Sachen Wolfswelpen zu Protokoll, die Boston Urkuntschijew angeblich in die Höhle zurückgebracht haben wollte... Mit einem Wort, die Angelegenheit wurde nach allen Regeln behandelt...

Auf die letzten beiden Vorladungen hin war Boston nicht mehr erschienen. Er ließ ausrichten, er müsse das Vieh zum Flußoberlauf hinauftreiben, mit Kind und Kegel und Sack und Pack für den Sommer dorthin übersiedeln, die Fristen seien knapp, man solle das alles ohne ihn in Ordnung bringen, er sei mit jeder Bestrafung einverstanden, die die Kommission für nötig halte, worüber Kotschkorbajew frohlockte, dem solches Verhalten von seiten Bostons nur zupaß kam.

Für den Tschaban gab es aber keine andere Wahl. Der Herdenauftrieb auf die Sommerweiden hatte schon begonnen, und Boston hätte sich niemals erlaubt, sich darin zu verspäten. In den letzten Jahren hatte man das Vieh einen Tag im voraus weggetrieben und danach die transportable Behausung mit den ganzen Habseligkeiten hinterhergebracht, so weit die Autos fahren konnten, weiter ging es dann wieder nach alter Väter Sitte auf Tieren. Aber schon das war eine große Erleichterung, vor allem beschleunigte es den Viehauftrieb. So scheuchte auch Boston zunächst das Vieh ins Sommerlager, ließ bei der Herde die Helfer zurück, kehrte nachts zurück, um am nächsten Tag Familie und Hausrat aufs Auto zu laden und bis zum Herbst in die Berge zu fahren.

Und dann kam jener Tag...

Aber dem war die Nacht vorausgegangen, da Akbara in ihre alte Höhle zurückkehrte. Zum ersten Mal nach Taschtschajnars Tod. Die einsame Wölfin hatte die alte

Höhle unter dem Felsvorsprung gemieden, sie wußte, sie war leer, und dort würde sie niemand erwarten. Und trotzdem hatte die verhärmte Wölfin einmal den plötzlichen Wunsch, über den vertrauten Weg zu laufen, über den Wolfspfad in die Höhle zu huschen, am Ende warteten dann doch auf einmal die Kleinen auf sie. Sie war der Versuchung nicht gewachsen und hatte sich der Selbsttäuschung hingegeben.

Akbara rannte wie verrückt, ohne auf den Weg zu achten, über Stock und Stein, über Wasser und an nächtlichen Feuern vorüber, die man bei den Sommerlagern entfacht hatte, vorbei an wütenden Hunden, und hinter ihr krachten Schüsse.

So lief sie, einsam und von Sinnen, durch die Berge unter dem hoch oben am Himmel stehenden Mond ... Und als sie bei der Höhle anlangte, die von frisch gewachsenen Gräsern und Berberitzen zugewachsen war, so daß man sie kaum wiedererkannte, wagte sie nicht, ins längst verwaiste, verlassene Nest einzudringen ... Aber sich fürs Weglaufen zu überwinden, dafür hatte sie auch keine Kräfte mehr ... Und so wandte sich Akbara aufs neue an die Wolfsgöttin Büri-Ana, sie weinte lange, winselte und heulte, beklagte sich über ihr bitteres Schicksal und flehte die Göttin an, sie zu sich auf den Mond zu nehmen, dorthin, wo es keine Menschen gibt...

Boston war in jener Nacht unterwegs. Er kehrte nach dem Viehauftrieb zum Winterlager zurück. Er hätte freilich auch den Morgen abwarten und sich dann auf den Weg machen können. Dann wäre er aber am Lagerplatz erst gegen Abend eingetroffen, er hätte einen ganzen Tag zuwarten müssen, erst danach den Lastwagen laden und den Schafherden nachfolgen können, und so viel Zeit durfte er nicht verlieren. Zudem war am Lagerplatz fast niemand zurückgeblieben, außer Gulümkan mit dem Kleinen und noch einer Familie, sie warteten darauf, bis auch sie ins Sommerlager umziehen konnten, und Männer waren überhaupt keine mehr da.

Deshalb hatte sich Boston in der Nacht so beeilt, weil ja auch Donkulük, wie immer, gewandt und selbstsicher lief. Gut lief er, da ging einem das Herz auf. Donkulük hat einen flotten Schritt. Im Mondlicht schimmerten Ohren und Mähne des goldfarbenen Dongestütlers, auf der festen Kruppe schillerten die Muskeln wie das Kräuseln auf Wasser bei Nacht. Das Wetter war nicht heiß und nicht kalt. Es duftete nach Gräsern. Boston hatte das Gewehr über den Rücken gehängt, bei Nacht kann in den Bergen so viel geschehen. Daheim würde Boston die Flinte an ihren Platz zurückhängen, an den Nagel, gesichert und mit fünf Schüssen im vollen Magazin.

Boston schätzte, er würde noch bei Morgengrauen beim Lagerplatz eintreffen, so gegen fünf Uhr, und es sah auch danach aus. In dieser Nacht wurde ihm wieder klar, wie sehr er an Frau und Sohn hing: Schon nach einem Tag hatte er Sehnsucht nach ihnen, und jetzt trieb es ihn eilig nach Hause. Und am stärksten beunruhigte ihn unterwegs, ob die Wölfin Akbara nicht erneut um die Wohngebäude streunte und mit ihrem unheimlichen Geheul Gulümkan und Kendshesch Angst einflößte. Boston beschwichtigte sich nur damit, daß die Wölfin nach der Erschießung des Wolfes nicht mehr aufgetaucht war, jedenfalls war sie nicht mehr zu hören gewesen.

In jener Nacht machte sich aber Boston seine Sorgen umsonst.

Akbara befand sich im Cañon Baschat, wo sie in jener Nacht bei der alten Höhle Büri-Ana ihr Leid klagte. Und selbst dann, wenn sich Akbara neben Bostons Lagerstatt aufgehalten hätte – die Ruhe hätte sie niemandem mehr geraubt, nach Taschtschajnars Tod lauschte sie nur noch leidvoll den Stimmen, die es vom Lagerplatz herübertrug...

Und nun war der Tag angebrochen...

Boston erwachte am Morgen, als die Sonne schon mit voller Kraft schien: Er war zum Morgengrauen eingetroffen und hatte dann rund vier Stunden geschlafen. Er hätte noch etwas weitergeschlummert, aber das Söhnchen hatte ihn aufgeweckt. Wie sich Gulümkan an dem Morgen auch darum bemüht hatte, Kendshesch nicht zum Vater zu lassen – einmal hatte sie, mit den Reisevorbereitungen beschäftigt, auf den Kleinen nicht achtgegeben. Und der Kleine zupfte, vor sich hin plappernd, den Vater unverfroren an den Wangen. Boston öffnete die Augen, lächelte und nahm Kendshesch in die Arme, und es erfaßte ihn mit besonderer Kraft eine unbeschreibliche Zärtlichkeit zu dem Bübchen. Es tat wohl, zu wissen, daß Kendshesch, sein eigen Fleisch und Blut, gesund und munter heranwächst, mit seinen nicht ganz zwei Jahren recht aufgeweckt ist und die Eltern liebhat, daß er nach Art und Anlage des Charakters ihm ähnelt, nur die feucht schimmernden schwarzen Johannisbeeraugen schlagen ganz nach der Mutter. In allem ein wohlgeratener Junge, und wie Boston auf ihn blickte, erfüllte ihn Stolz, daß er einen so prachtvollen Sohn hatte.

»Was ist, Sohnemann? Muß ich aufstehen? Na dann, zieh mich an der Hand! Ziehen, ja, zieh, genau so! Oho, hast du aber eine Kraft! Und jetzt deine Arme um meinen Hals!«

Gulümkan hatte unterdessen den kräftigen Kalmükkentee kochen und den gesalzenen Pfannkuchen vorbereiten können, was ihr Mann so gerne mochte, und da nicht nur die Schafherde, sondern auch die Hunde und die anderen weit in den Bergen waren, konnten es sich die Urkuntschijews wenigstens einmal im Jahr leisten, den Tee ungestört und in Ruhe zu sich zu nehmen. Wer konnte schon verstehen, wie selten solch eine Erholung für die Familie eines Tschabanen war. Unablässig fordert einem das Vieh volle Aufmerksamkeit ab, rund ums Jahr und rund um die Uhr, und wenn in einer Herde beinahe tausend Stück, mit der Zuzucht gut anderthalbtausend, sind, da kann die Familie eines Tschabanen von so einem freien, sorglosen Morgen nur träumen. Sie saßen beieinander und genossen die Ruhe vor den Umzugsverrichtungen, fuhren sie doch für den ganzen Sommer dorthin. Das Auto wurde zum Mittag erwartet, bis dahin mußte der gesamte Hausrat zusammengepackt sein.

»Nicht zu glauben«, redete Gulümkan in einem fort, »wie gut und schön, was für eine Wohltat, was für eine Ruhe! Ich weiß nicht, wie es dir geht, aber ich möchte nicht wegfahren. Bleiben wir doch hier. Kendshesch, mein Bübchen, sag deinem Vater, wir fahren gar nirgendwohin.«

Der kleine Kendshesch plapperte vor sich hin, setzte sich mal zum Vater, mal zur Mutter, und Boston stimmte seiner Frau wohlgelaunt zu: »Wozu fragst du? Hast recht. Warum sollen wir nicht den ganzen Sommer hier verbringen?«

»Was du nicht sagst«, lachte Gulümkan, »du bist doch schon nach einem Tag zu deiner Schafherde auf und davon, daß man dich sogar auf deinem Donkulük nicht mehr einholt.«

»Stimmt, holst mich nicht mal auf Donkulük ein!« stimmte Boston beifällig zu und strich sich über seinen rubbeligen Schnurrbart. Dies besagte: Er war glücklich.

So verbrachten sie ihre Teestunde um den niedrigen Rundtisch, die Erwachsenen saßen auf dem Boden, und der Knirps rannte umher. Die Eltern wollten ihm zu essen geben, aber der Kleine war an dem Morgen recht ausgelassen, er rannte und tollte herum, er wollte sich überhaupt nicht zum Essen hinsetzen. Die Türen waren sperrangelweit offen – bei den geöffneten Türen wurde es heiß, und Kendshesch hüpfte immer wieder ungehindert nach draußen, spurtete über den Hof, beobachtete die kleinen, hurtigen, flaumfedrigen Küken, die um ihre Glucke flitzten. Es war die Gluckhenne ihrer Nachbarn, des Nachtwächters Kudurmat. Der war bereits oben am Sommerlager, während sich seine Frau Asylgul fertigmachte, gemeinsam mit den Urkuntschijews aufzubrechen. Sie hatte sie schon aufgesucht und gesagt, sie habe alles gepackt und müsse nur noch die Henne mit den Küken im Korb verstauen, das würde sie aber erledigen, wenn das Auto da sei. Und bis dahin würde sie noch Wäsche auswaschen und trocknen.

So verging der Morgen. Die Sonne brannte schon tüchtig. Jeder kümmerte sich um seine Siebensachen. Boston und Gulümkan packten ihre Bündel und brachten das Geschirr unter. Asylgul richtete ihre Kleinwäsche her, man hörte, wie sie immer wieder das Seifenwasser aus der Tür herausschüttete. Und den kleinen Kendshesch hatte man sich selbst überlassen, mal rannte er aus dem Haus, dann fegte er wieder ins Haus zurück und kurvte immerzu um die Küken herum.

Die geschwätzige Glucke hatte unterdessen die Küken etwas weiter weg vom Haus geführt, um hinter einer Ecke im Boden zu wühlen. Der Kleine war den Küken nachgefolgt, und sie waren unmerklich hinter die geschlossene Scheunenwand geraten. Hier war es, inmitten der Kletten und des Pferdesauerampfers, sommerlich friedfertig und still. Die Küken piepsten und stocherten im Müll, und Kendshesch redete, leise lachend, mit den Küken und wollte sie dabei immerzu streicheln. Die Glucke scheute Kendshesch nicht, aber als da, lautlos näher tretend, ein großer grauer Hund erschien, schreckte die Henne auf, mißmutig begann sie zu gackern und zog es vor, die Küken weiter wegzubringen. Der große graue Hund mit den seltsam blauen Augen hatte aber Kendshesch nicht im geringsten erschreckt. Sanft blickte er auf den Buben und wedelte freundlich mit dem Schwanz. Das war Akbara. Sie hatte sich schon seit langem um das Winterlager herumgetrieben.

Die Wölfin hatte sich dazu durchgerungen, an die Menschenwohnstatt so nah heranzugehen, weil seit der verflossenen Nacht die Unterkünfte leer waren, weder die Stimmen von Menschen noch die von Hunden waren zu hören gewesen. Getrieben von mütterlicher Schwermut und unauslöschlicher Hoffnung, umkreiste sie vorsichtig alle Schafställe, verharrte immer wieder, nirgendwo hatte sie ihre verlorenen Welpen entdecken können und war so ganz dicht an die Menschenwohnstatt herangeschlichen. Und jetzt stand Akbara vor dem Jungen. Und es war unfaßlich, wie sich ihr offenbarte, daß dieser Kleine genau so war wie ein jedes ihrer Wolfsjungen, nur war es ein Menschenjunges, und als er zu ihrem Kopf näher rückte, um den gutmütigen Hund zu streicheln, erbebte das vor Kummer erschöpfte Herz Akbaras. Sie schritt zu ihm hin und beleckte sein Pausbäckchen. Den Jungen beglückte ihre Liebkosung, er lächelte still und faßte die Wölfin um den Hals. Und daraufhin erweichte Akbara vollends, legte sich zu seinen Füßen und begann mit ihm zu spielen – sie verlangte danach, daß er an ihren Zitzen sauge, aber statt dessen setzte er sich rittlings auf sie. Dann sprang er herunter und rief sie zu sich. »Shür! Shür!« – »Los! Los!« rief er ihr zu und lachte laut auf, Akbara jedoch sperrte sich weiterzugehen, sie wußte, dort sind Menschen. Ohne sich vom Fleck zu rühren, blickte die Wölfin mit ihren blauen Augen auf das Bürschchen, und er ging wieder hin zu ihr und streichelte ihren Kopf. Akbara aber leckte das Kleine ab, und ihm gefiel das sehr. Die Wölfin verströmte an ihm ihre angestaute Zärtlichkeit und sog seinen Kindergeruch in sich ein. Wie tröstlich, kam ihr, müßte es sein, wenn dieses Menschenkleine in ihrer Höhle unter dem Felsvorsprung lebte. Und um seinen kleinen Hals nicht zu verletzen, packte sie den Jungen am Kragen seines Jäckchens und warf ihn in jähem Schwung auf den Nacken – auf diese Weise schleppen die Wölfe aus einer Herde die Lämmer davon.

Der Junge schrie gellend auf, so kurz wie ein weidwunder Hase. Die Nachbarin Asylgul, die zur Scheune gegangen war, um Wäsche aufzuhängen, und auf den Schrei von Kendshesch herbeigeeilt war, blickte um die Ecke, ließ die Wäsche auf die Erde fallen und stürzte Hals über Kopf zu Bostons Tür.

»Ein Wolf! Der Wolf hat das Kind verschleppt! Schnell, schnell!«

Außer sich riß Boston das Gewehr von der Wand und sprang aus dem Haus, ihm folgte Gulümkan.

»Dort! Dorthin! Da ist Kendshesch! Seht doch, der Wolf schleppt ihn weg!« heulte die Nachbarin laut auf und faßte sich vor Schreck an den Kopf.

Boston hatte aber die Wölfin auch schon erblickt, sie trabte dahin und trug den wild brüllenden Kleinen auf dem Nacken.

»Halt! Bleib stehen, Akbara! Halt an, sag ich!« schrie

Boston aus Leibeskräften und rannte der Wölfin hinterher.

Akbara beschleunigte den Lauf, während ihr Boston mit der Jagdflinte nachjagte und wie am Spieß brüllte. »Laß ihn mir, Akbara! Laß mir meinen Sohn! Nimmermehr will ich deiner Sippe was antun! Laß ihn mir, laß das Kind los, Akbara! So hör mich doch an, Akbara!«

Er hatte anscheinend vergessen, daß seine Worte für die Wölfin rein gar nichts bedeuteten. Die Schreie und die Verfolgung jagten ihr nur Furcht ein, und so lief sie noch schneller.

Und Boston verfolgte Akbara, ohne auch nur einen Augenblick einzuhalten.

»Akbara! Laß meinen Sohn frei, Akbara!« flehte er sie an.

Und, etwas zurückgefallen, rannten mit verzweifeltem Klagegeschrei und Jammern Gulümkan und Asylgul.

»Schieß! Schnell, schieß doch!« kreischte Gulümkan und hatte dabei vergessen, daß Boston nicht schießen konnte, solange die Wölfin den Jungen auf sich trug.

Die Schreie und die Verfolgung versetzten Akbara in Erregung und entfachten den Wolfsinstinkt, sie würde ihre Beute gewiß nicht freigeben. Mit verkrampftem Biß hielt sie den Jungen am Kragen fest und lief beständig vorwärts, sie entfernte sich immer mehr in die Berge, und sogar als ein Schuß hinter ihr loskrachte und die Kugel über ihren Kopf hinwegpfiff, warf sie ihre Last nicht ab. Der Junge weinte indes unablässig, er rief nach dem Vater und nach der Mutter. Und Boston schoß aufs neue in die Luft, ohne zu wissen, womit er die Wölfin noch einschüchtern könnte, aber auch der Schuß verängstigte sie nicht. Akbara entfernte sich weiter in Richtung der Steinhaufen, und dort würde es ihr schon keine Mühe mehr machen, die Spuren zu verwischen und sich der Sicht zu entziehen. Boston geriet in Verzweiflung: Wie kann er das Kind retten? Was soll er tun? Was für eine furchtbare Strafe ist über sie gekommen? Für welche Vergehen?

»Wirf den Jungen ab, Akbara! Laß ihn fallen, ich bitte dich, gib uns unseren Sohn zurück!« flehte er die flüchtende Räuberin an, wie ein ausgebranntes Pferd schnaufend und keuchend.

Und noch ein drittes Mal feuerte Boston in die Luft, und wiederum pfiff die Kugel über den Kopf des Raubtiers hinweg. Die Steinhaufen rückten immer näher. Im Magazin waren nur noch ganze zwei Patronen. Noch eine Minute, das hatte er jetzt begriffen, und dann hatte er die letzte Chance verpaßt, und da rang sich Boston die Entscheidung ab, auf die Wölfin zu schießen. Im Laufen ließ er sich auf die Knie fallen und nahm sie aufs Korn: Er zielte auf die Läufe, nur auf die Läufe. Aber es wollte und wollte ihm nicht gelingen, sie ins Visier zu kriegen – die Brust bebte, die Hände zitterten und versagten ihm ihren Dienst. Und trotzdem strengte er sich an, sammelte alle Kräfte, und wie er durch das krampfhaft zuckende Visier blickte und sah, daß die Wölfin wie auf Sturmwellen galoppierte, legte er an und löste den Hahn. Daneben. Die Kugel war dicht über der Erde eingeschlagen und hatte neben dem Ziel Staub aufgewirbelt. Boston lud das Gewehr wieder auf, gab die letzte Patrone in den Lauf, legte erneut an und hatte dann den eigenen Schuß nicht einmal mehr gehört, sondern nur noch gesehen, wie die Wölfin einen Sprung machte und zur Seite gerollt war.

Er riß die Flinte über die Schulter und lief wie im Traum zur gefallenen Akbara hin. Ihm schien, er laufe so langsam und lange, als schwimme er in einem leeren Raum...

Und als er schließlich so abkühlte, als herrschte im Freien ein starker Frost, lief er hin zur Wölfin. Und schlug sich krumm und lahm, taumelte und wand sich in einem stummen Schrei: Akbara lebte noch, aber neben ihr lag der tote, durch die Brust geschossene Junge.

Und die Welt hatte ihre Klangfarben verloren und hüllte sich in Schweigen. Er versank, er verschwand, an seinem Platz dräute nur noch tosende, glühende Finsternis. Er traute den Augen nicht, beugte sich über den von purpurfarbenem Blut überströmten Körper seines Sohnes, hob ihn sachte von der Erde hoch, preßte ihn gegen die Brust, und da wich er zurück vor den blauen Augen der verendenden Wölfin. Er drehte sich ab und ging, von Schmerz übermannt, auf die ihm entgegenhastenden Frauen zu.

Seine Frau schien vor seinen Augen zu wachsen, eine riesengroße Frauenerscheinung schreitet ihm mit riesigem verzerrtem Gesicht entgegen und streckt ihre riesenhaften, entstellten Arme aus.

Er schleppt sich wie ein Blinder und drückt seinen von ihm getöteten Jungen an die Brust. Gulümkan wankt ihm heulend und klagend nach, die wehklagende Nachbarin stützt sie am Arm.

Boston, vom Schmerz betäubt, hört nichts davon. Mit einem Mal aber brechen über ihn, wie das Krachen des Wasserfalls, die Laute der realen Welt ohrenbetäubend zusammen, und er hat mitbekommen, was geschehen ist, er erhebt die Augen zum Himmel und schreit furchtbar hinauf:

»Wofür nur, wofür hast du mich so bestraft?«

Daheim legte er den Körper des Jungen ins Bettchen, das bereits zum Verladen vorbereitet war, und da fiel Gulümkan ans Kopfende und heulte, wie Akbara die

Nächte hindurch geheult hatte... Neben ihr war Asylgul auf den Boden gesunken...

Boston holte das Gewehr und verließ das Haus. Einen Patronensatz hatte er ins Magazin gegeben, den anderen in die Tasche gesteckt, als ziehe er ins Gefecht. Dann schleuderte er den Sattel auf den Rücken Donkulüks, sprang in einem Schwung aufs Pferd und ritt von dannen, weder seiner Frau noch der Nachbarin Asylgul hatte er auch nur ein Wort gesagt...

Als er sich vom Lagerplatz etwas entfernt hatte, gab er Donkulük freien Lauf, und der goldfarbene Dongestütler trug ihn denselben Weg zum Tamaner Winterlager entlang, über den er damals, am Ende des Winters, galoppiert war.

Der, den er suchte und den er gewiß überall aufgespürt hätte, sogar noch unter dem Erdboden, war an Ort und Stelle.

Im Fuhrhof des Basarbaj Nojgutow beluden sie an dem Tag ebenfalls ein Auto, sie wollten den Hausrat zu den Sommerweideplätzen verschicken. Die mit diesen Aufgaben betrauten Leute nahmen nicht wahr, wie Boston hinter der Schäferei auftauchte, wie eilig er es hatte, wie er das Gewehr abnahm, wie er es auflud und schießfertig machte, um es daraufhin wieder um die Schulter zu hängen.

Sie wurden seiner erst gewahr, als er schon ganz nahe beim Ladeplatz war. Basarbaj sprang vom Lastwagen herunter und starrte ihn verwundert an.

»Was willst du?« sagte er, während er sich im Nacken kratzte und in Bostons Gesicht sah, das schwarz war wie ein verkohltes Scheit Holz. »Was willst du hier? Was schaust du so?« fragte er erschreckt in ungutem Vorgefühl. »Geht's wieder um die Wolfsjungen, oder? Hast du nichts zu tun? Man hat mich darum gebeten, da hab ich eben geschrieben.«

»Darauf pfeif ich, was du da geschrieben hast«, warf Boston finster ein, ohne den bleiernen Blick von ihm abzuwenden. »Darum geht's mir nicht. Ich möchte dir sagen, du bist nicht wert, auf dieser Welt zu leben, und ich selbst will mit dir Schluß machen!«

Basarbaj konnte nicht einmal mehr eine Deckung finden, da hatte schon Boston das Gewehr hochgerissen und, fast ohne zu zielen, auf ihn geschossen. Basarbaj schwankte, er hatte noch hinter den Lastwagen springen wollen, aber der zweite Schuß hatte ihn erreicht und in den Rücken getroffen, dreimal hatte sich Basarbaj überschlagen, er war mit dem Kopf gegen die Karosserie gerumpelt, auf die Erde gestürzt, in die er verkrampft die Hände krallte. All das spielte sich so unverhofft ab, daß zunächst niemand von seinem Platz gewichen war. Und erst als die unglückselige Kok Tursun mit Wimmern auf den Körper ihres Mannes gefallen war, schrien alle auf einmal auf und wollten zu dem Ermordeten losrennen.

»Rührt euch nicht vom Fleck!« befahl Boston lautstark und ließ nach allen Seiten den Blick schweifen. »Daß sich keiner vom Fleck rührt!« drohte er und richtete der Reihe nach die Mündung auf einen jeden. »Ich begebe mich jetzt selbst dahin, wohin man muß. Und deshalb warne ich euch, niemand rührt sich vom Fleck! Andernfalls hab ich genug Patronen!« klopfte er gegen seine Tasche.

Alle verharrten wie vom Donner gerührt, niemand konnte etwas begreifen oder sagen, als hätten sie die Sprache verloren. Nur die unglückselige Kok Tursun jammerte lauthals über dem Körper des verhaßten Mannes:

»Ich hab es schon immer gewußt, du endest wie ein Hund, denn ein Hund bist du gewesen! Töte auch mich, Mörder!« stürzte sich die jammervolle und häßliche Kok Tursun zu Boston hin. »Bring auch mich um wie einen Hund. Ich hab doch von der Welt sowieso nie was gehabt, warum soll ich leben!« Sie wollte noch etwas hinausschreien: Sie hätte doch Basarbaj davor gewarnt, daß es nicht lohnt, die Wolfsjungen zu rauben, daß das zu nichts Gutem führt, aber das Ungeheuer hat vor nichts haltgemacht, sogar vor wilden Tieren nicht und sie dazu noch versoffen – aber dann hatten ihr zwei Hirten den Mund zugehalten und sie weggezerrt.

Dann musterte Boston mit hartem Blick die Umstehenden und sprach verhalten, aber unerbittlich: »Das reicht, ich reite jetzt, wohin man muß, ich werde mich selbst anzeigen. Ich wiederhole – ich selbst! Und ihr bleibt, wo ihr seid. Verstanden?«

Niemand gab einen Laut von sich. Erschüttert schwiegen sie allesamt. Wie er in die Gesichter der Menschen blickte, hatte Boston mit einem Mal begriffen, daß er in dieser Minute eine Grenze überschritten und sich von den übrigen getrennt hatte: Standen doch vertraute Menschen um ihn, mit denen er tagaus, tagein und Jahr für Jahr das tägliche Brot verdient hatte. Er kannte jeden einzelnen. Und sie kannten ihn, zu jedem hatte er seine besondere Beziehung, aber nun war ihren Gesichtern eine Fremdheit abzulesen, und ihm war klar: Von nun an war er auf immer verstoßen, als hätte ihn nichts und niemals etwas mit ihnen verbunden, als sei er von den Toten auferstanden und nur noch ein Schrecken für sie.

Boston nahm das Pferd am Zügel und ging von dannen. Er sah sich nicht um, entfernte sich zum Seegebiet, um sich dort den Behörden zu stellen. Er ging den Weg entlang, mit hängendem Kopf, ihm folgte, etwas hinkend und mit dem Zaumzeug klirrend, sein treuer Donkulük.

Sein Leben war vorbei...

»Da hast du das Ende der Welt«, sagte Boston laut vor sich hin, und ihm erschloß sich eine furchtbare Wahrheit: Die ganze Welt war bisher in ihm selbst gewesen, und diese Welt hatte ihr Ende erreicht. Sie war der Himmel und die Erde, das Gebirge und Akbara, die große Mutter alles Seienden. Sie war Ernasar, der auf ewig im Eis des Gebirgspasses Ala-Möngkü blieb, und sie war seine letzte Gestalt – das Kleinkind Kendshesch, erschossen von ihm selbst –, und sie war Basarbaj, den er im Herzen verwünscht und gemordet hatte, und alles, was er in seiner Lebenszeit gesehen und durchgemacht hatte – all dies war sein Universum, das lebte in ihm und für ihn, und was wird nun daraus? Es wird all das weiterwähren, wie es ewig währte, nun aber ohne ihn – es wird eine andere Welt sein, doch seine Welt wird sich nie wiederholen, sich nie erneuern, sie ist verloren und wird in keinem und in nichts mehr wiedergeboren. Das ist seine große Katastrophe, das ist das Ende seiner Welt...

Auf dem öden Feldweg zum Seegebiet wandte sich Boston auf ein Mal jäh um, umarmte den Hals des Pferdes, ließ sich daran hängen und schluchzte laut und hoffnungslos.

»Oh, Donkulük, nur du begreifst es nicht, was ich angerichtet habe!« weinte er und zitterte vor krampfhaftem Schluchzen am ganzen Körper. »Was soll ich jetzt tun? Den Sohn hab ich mit der eigenen Hand getötet, bin fortgegangen, ohne ihn zu bestatten, und lasse die geliebte Frau allein zurück.«

Danach band er die Zügel zusammen, legte den Zaum

um den Hals des Pferdes, befestigte die Steigbügel am Sattelbogen, damit sie nicht an die Flanken schlügen.

»Geh, lauf heim, lauf, wohin du willst!« verabschiedete er sich von Donkulük. »Wir werden uns nie mehr sehen!«

Mit der Handfläche gab er dem Roß einen Klaps auf die Kruppe, er verscheuchte es, und das Pferd, verwundert über seine Freiheit, lief zum Lagerplatz.

Boston ging seinen Weg weiter...

Die blaue Jähe des Issyk-Kul rückte immer näher, und er wollte sich darin auflösen, verschwinden – er wünschte zu leben und wollte nicht mehr leben. Genau wie diese Wogen – die Welle schäumt, entschwindet und wird aufs neue aus sich selbst geboren.

Worterklärungen

Namen kirgisischer und kasachischer Herkunft werden, von Ausnahmen abgesehen, auf der letzten Silbe betont, einige Beispiele aus dem Roman: *Anaschá, Anabaschá, Ala-Möngkú, Aldásch, Akbará* und *Taschtschajnár, Arsygúl* und *Gulümkán, Basarbáj* und *Bostón, Kitschibél* und *Schykamá*. Namen, die auf »-íjew«, »-ájew« u. ä. enden, betont man in der Regel auf der vorletzten Silbe, also: *Urkuntschíjew, Nojgútow, Mambétow, Kotschkorbájew*. Die Betonungen im Russischen sind komplizierter, hier genügt das Beispiel: *Áwdij Kallistrátow*. Weder im Kirgisischen noch im Russischen werden Akzente im Schriftbild verwendet, zur Erleichterung des Lesenden geschieht dies lediglich für einige der häufig vorkommenden Namen in der Liste der Worterklärungen. Da im Deutschen einige der Umlaute, die das Kirgisische kennt, vorkommen, werden sie hier – anders als in der russischen Schreibweise, die über keine Umlaute verfügt – so verwendet wie im Kirgisischen.

Áwdij Kallistrátow: Im Original wird als Quelle des Namens das »3. Buch der Könige« genannt, Aitmatow nutzt also die in etlichen russischen Bibelfassungen übliche griechische Septuaginta. In der hebräischen Vorlage der Bibeltexte entspricht dies – in der Fassung von D. Martin Luther – dem »Ersten Buch der Chronika«, 7. (sonst 6.) Kapitel, Vers 44: »Ihre Brüder aber, die Kinder Merari, stunden zur Linken, nemlich Ethan, der Sohn Kusis, des Sohns Abdis, des Sohns Malluchs.«
In Aitmatows Novelle »Die Träume der Wölfin« war der Familienname mit »Kalistratow«, in der Romanfassung ist er mit »Kallistrátow« angegeben.
Bajké (kirg.): Vertraulich für »Baj« – »hoher Herr«.
Basaké (kirg.): Vertraulich für »Basarbaj«.
Batrák (kirg.): Knecht

Bitschará (kas.): Unglücklicher
Boské (kirg.): Vertraulich für »Bostón«.
Burka (georg.): Kaukasischer Überhang aus weichem Ziegenloden.
Chalchin-Gol: Fluß in der Mongolei, wo von Mai bis August 1939 japanische Invasionstruppen, nach dem Überfall auf die Mongolei, eine vernichtende Niederlage erlitten.
Dshajlóo (kirg.): Weideplatz
Dshaldamá (kirg.): Pächter
Domotuchtschen: Kirgisisch-russische Verballhornung für »Saisonarbeiter in Erholungsheimen« (von »dom otdycha...« = Erholungsheim).
Hypostase: In der christlichen Theologie werden in der Trinität (Heilige Dreifaltigkeit) drei göttliche Hypostasen oder Personen gleicher Substanz (gleichen Wesens) unterschieden.
Itschigé (kirg.): Eng anliegende, weichlederne Frauenstiefeletten ohne Absätze.
Issyk-Kul: Größter See in Tienschan, bildet mit seiner Uferzone ein großes Naturschutzgebiet Kirgisiens.
Kandalow: Name, abgeleitet von »kandaly« = eiserne Fesseln, Ketten. »Kandaly« waren einst den Verbannten in Sibirien angelegt worden.
Kirsá-Stiefel: Dichter Filzstiefel, übliches Schuhwerk der Schafhirten (deutsch: »Kirsei«; englisch: »kersey«).
Klajpeda: Litauisch für »Memel«.
Machatschkala: Hauptstadt der Daghestanischen SSR.
Mujun-Kúm (kas.): Savanne im Westen Kasachstans. Grenzt im Süden an das Kirgis-Alatáu.
Natschálnik (russ.): Boß, Chef, Vorgesetzter
Partórg (russ.): Gebräuchliche Abkürzung für »partijnyj organisator« (Parteiorganisator), neben dem Direktor der wichtigste und mächtigste Mann.
Platz der drei Bahnhöfe: Die um einen Platz in Moskau liegenden drei Bahnhöfe: »Kasaner«, »Jaroslawler«, »Leningrader«.
Raykóm: Abkürzung für »rajónnyj komitét« = Rayonskomi-

tee. Der Rayon ist eine Verwaltungseinheit, entspricht in etwa dem deutschen »Kreis«.
Rus': Alter Name für Rußland (vgl. »Kiewer Rus'«). Bedeutung der Namen, die Grischan im Gespräch mit Awdij aufzählt: *Pretschistenskijs* = die Hochreinlichs, *Bogolepows* = die Gottschicklichs, *Blagowestows* = die Segensbotens, *Kallistratow* (urspr. griech. = Schönschichter).
Saiga-Antilope: »Aus einer sterbenden Art ist in drei Jahrzehnten das zahlreichste wilde Huftier der Sowjetunion geworden. Hunderttausende von Menschen decken dadurch ausschließlich ihren Fleischbedarf – von Landstrichen, die sonst überhaupt nicht für Menschen zu nutzen sind.« (Dr. B. Grzimek)
Saxaúl: Salzsteppenstrauch, Halaxylon. Knorriges Holzgewächs in Sand- und Salzwüsten.
Schabáschnik: Eine Art Schwarzarbeiter. Personen oder Brigaden, die sich für rasche Ausführung von Arbeiten anbieten, Engpässe und Schludrigkeiten des offiziellen Angebots ausnutzend. Ihre Löhne liegen um ein Mehrfaches höher als üblich. »Schabasch« = Tätigkeit des Schabaschniks.
Shigúl: Jargon für »Shiguli«. Pkw, der in der Exportversion »Lada« heißt.
Tschij: Hochwachsendes Steppengras in Zentral- und Mittelasien.
Tschekíst: Angehöriger der in der Revolutionszeit von Felix E. Dshershinskij gegründeten militärischen Sicherheitstruppen »Tscheka«, aus der später die unter verschiedenen Namen bekannte Staatssicherheitspolizei hervorgegangen ist.
Tschabán (kirg.): Kirgisischer Schafhirte, der zugleich eine Schäferei leitet (vgl. türkisch: »Tschoban«).
Turaner Seite: Überwiegend aus Wüste bestehendes Tiefland im Bereich der Kasachischen, Usbekischen und Turkmenischen SSR. Im Süden wird das Tiefland von Turan von den hohen Gebirgszügen Mittelasiens umrahmt, im Norden sind es flache Bergländer, die allmählich den Übergang zum westsibirischen Tiefland bilden.